ГАРРИЕТ БИЧЕР-СТОУ

Хижина дяди Тома

Дорогой читатель!

Мы рады, что у Вас в руках эта книга, которая увидела свет в дни празднования 10-летнего юбилея издательства. Десять лет мы работали рядом с Вами и для Вас. Сегодня трудно найти человека, не читавшего наших книг, общий тираж которых составил более 300 млн.экз. Книги от "ЭКСМО" есть в каждой домашней и публичной библиотеке, в любом книжном магазине нашей страны и многих зарубежных государств.

В строгих переплетах тесно стоит русская и зарубежная классика, труды древних мыслителей, тома энциклопедий, словарей, справочников. Произведения лучших современных прозаиков и поэтов соседствуют с документальной прозой и мемуарами, исторической и психологической литературой. Рядом - огромная библиотека детектива, остросюжетного и любовного романа, фантастики, фэнтези. В ярких, красочных обложках выстроились книжки для детей и подростков.

Для нас нет "хороших" и "плохих" жанров - мы лишь стараемся обеспечить Вам свободу выбора, чтобы каждый мог найти в "ЭКСМО" книгу по душе...

Каждый день мы выпускаем многотысячными тиражами десять новых книг и считаем, что наши успехи - это прежде всего Ваша заслуга. Вы - тонкий ценитель и взыскательный критик, наш добрый советчик и, надеемся, настоящий друг.

Искренне Ваше "ЭКСМО"

ГАРРИЕТ БИЧЕР-СТОУ

Хижина дяди Тома

ЭКСМО-ПРЕСС
2002

УДК 820(73)
ББК 84(7США)
Б 67

Бичер-Стоу Г.
Б 67 Хижина дяди Тома. — М.: Изд-во ЭКСМО-Пресс, 2001.— 544 с., илл.
ISBN 5-04-008715-2

УДК 820(73)
ББК 84(7США)

ISBN 5-04-008715-2

ГЛАВА 1,
в которой читатель знакомится с «гуманным» человеком

Суровый февральский день склонялся к вечеру. В маленьком городке П., в штате Кентукки, два джентльмена сидели в уютной столовой за бокалом вина. Они были одни. Сдвинув поближе стулья, джентльмены углубились в серьезный деловой разговор.

Мы из вежливости сказали «два джентльмена», но, строго говоря, это определение вовсе не подходило к одному из собеседников. Это был невысокий коренастый человек с грубыми, маловыразительными чертами лица. Он держал себя с наглостью и напыщенностью, свойственными людям, которые, не стесняясь в средствах, пробивают себе путь к успеху. Одет он был с большой претензией — его пестрый жилет и синий в желтую крапинку галстук, завязанный огромным замысловатым узлом, вполне подходили к его крикливо-франтоватому виду. Грубые пальцы его рук были унизаны множеством колец, и на тяжелой золотой цепочке от часов болтались самые разнообразные брелоки, которыми он самодовольно позвякивал в пылу разговора. Речь его отнюдь не соответствовала правилам грамматики, и сдабривал он ее время от времени такими красочными проклятиями, которые я, при всем моем стремлении к наибольшей правдивости, не могу здесь привести.

Его собеседник, мистер Шельби, производил впечатление человека образованного. Вся окружавшая обстановка свидетельствовала об обеспеченности и даже значительном материальном благополучии. Оба собеседника были поглощены разговором.

— Вот именно так я и желал бы уладить это дело, — произнес мистер Шельби.

— На такие условия я не могу согласиться, никак не могу, мистер Шельби! — ответил его собеседник, приподняв бокал и рассматривая на свет налитое в него вино.

— Но примите во внимание, Хеллей: Том в самом деле замечательный парень и, безусловно, сто́ит этой суммы. Он спокоен, честен, умен, так что всю работу на плантации он наладил, как часовой механизм.

— Вы имеете в виду: честен, как может быть честен негр, — заметил Хеллей, наливая себе рюмку бренди.

— Нет, я имею в виду настоящую честность. Том — хороший, работящий, разумный и благочестивый человек. Я доверил ему все мое имущество — деньги, дом, лошадей, разрешил ему свободно передвигаться по окрестностям. Он вполне оправдал мое доверие.

— Немало людей, Шельби, считают, что верующих негров не бывает, — с ударением произнес Хеллей. — Но я готов допустить, что ваш Том верующий. В последней партии, которую я пригнал в Орлеан, был один — стоило послушать, как эта скотина молилась! Лучше всякой проповеди! И притом — кроткий, покладистый. Ну и заработал я на нем порядочно деньжонок! Я приобрел его на аукционе — продавалось имущество несостоятельного должника, и достался он мне чуть не даром. Я получил на нем шестьсот долларов чистой прибыли! О да! Благочестие у негра — вещь ценная, разумеется, если товар неподдельный.

— Что касается Тома, его благочестие и преданность — товар, во всяком случае, неподдельный, — промолвил мистер Шельби. — Не далее как прошлой осенью я послал его одного по моим делам в Цинциннати[1]. Он должен был привезти мне пятьсот долларов. «Том, — сказал я ему, — я доверяю тебе, зная, что ты человек честный и порядочный. Ты меня не обманешь». И Том действительно вернулся. Я знал, что так будет. По имеющимся у меня сведениям, какие-то негодяи спрашивали его, почему он не удрал в Канаду. «Мой господин доверял мне, — ответил Том, — поэтому я не мог так поступить». Вся эта история стала мне известна. Должен признаться, что мне очень тяжело расстаться с Томом. Вам следовало бы, Хеллей, принять его в покрытие всего долга; вы так и поступили бы, будь у вас совесть.

— Ого! Совести у меня ровно столько, сколько нужно деловому человеку. Ровно столько, чтобы при случае поклясться ею, — продолжал в шутливом тоне торговец. — Кроме того, я готов сделать все в пределах разумного, лишь бы услужить моим друзьям. Но то, что вы предлагаете, — это уж через край! Этого я не могу. — При этом Хеллей, вздохнув, снова наполнил до краев свой бокал.

— Так как же, Хеллей? Какие условия вы ставите?

— Неужели у вас не найдется мальчишки или девчонки, которых вы могли бы продать вместе с Томом?

— Хм, право, не знаю… Говоря по совести, меня только тяжелая необходимость заставила прибегнуть к продаже. Мне не хотелось бы расставаться ни с кем из моих людей.

В эту минуту распахнулась дверь, и в комнату вбежал мальчик-квартеронец[2] лет четырех или пяти. Ребенок был

[1] *Цинциннати* — город в штате Огайо, откуда невольник легче всего мог бежать в Канаду.

[2] *Квартеронец* — человек, у которого одна четверть крови негритянская (от лат. *«кварта»* — четверть).

на редкость красив и привлекателен. Черные шелковистые кудри обрамляли круглое личико с ямочками на щеках, а большие темные глаза, одновременно мягкие и огненные, из-под густых, длинных ресниц с любопытством оглядывали присутствующих. Аккуратно сшитое платьице из красной с желтыми квадратиками материи хорошо сидело на его маленькой фигурке и очень шло ему. Забавная застенчивость, смешанная с известной уверенностью, показывала, что он привык встречать ласку и внимание со стороны своего господина.

— Хэлло, Гарри-галчонок! — крикнул мистер Шельби и, свистнув, бросил ему гроздь темного винограда. — На, подбери!

Ребенок кинулся со всех ног за подачкой.

— Подойди-ка сюда, Гарри-галчонок! — смеясь, позвал его Шельби.

Мальчик подошел, и Шельби, погладив его по кудрявой головке, взял его за подбородок.

— Ну вот, а теперь покажи нашему гостю, как ты умеешь петь и танцевать.

Мальчуган сразу же своим чистым, звучным голоском затянул одну из полудиких, забавных песенок, которую часто поют негры, сопровождая пение целым рядом комических движений рук, ног и всего тела. Видно было, что он всем существом ощущает ритм.

— Браво! — воскликнул Хеллей, бросая ему четвертушку апельсина.

— А теперь, Гарри, покажи, как ходит старый дядя Кудж, когда его мучает ревматизм! — крикнул мистер Шельби.

Гибкие члены мальчика сразу же словно скрючились и стали неподвижны. Сгорбившись и опираясь на палку своего господина, он заковылял по комнате, сплевывая по сторонам.

Сидевшие за столом хохотали во все горло.

— А теперь, Гарри, покажи-ка, как Роббинс, председатель церковного совета, запевает псалом.

Ребенок по мере сил вытянул свое пухленькое личико и с непоколебимой торжественностью гнусаво затянул какую-то церковную мелодию.

— Ура! Браво! — завопил Хеллей. — Вот молодец! Из него выйдет толк! Я вам кое-что скажу, — добавил он неожиданно шепотом, хлопнув Шельби по плечу. — Прикиньте этого мальчугана, и дело в шляпе. Давайте по рукам, и все будет в порядке...

Дверь тихо раскрылась, и вошла молодая квартеронка лет двадцати пяти.

Достаточно было перевести взгляд с ребенка на эту женщину, и сразу можно было угадать, что это его мать. У нее были такие же темные блестящие глаза, такие же шелковистые черные вьющиеся волосы. На смуглых щеках ее проступил заметный румянец, еще более сгустившийся, когда она поймала на себе беззастенчивый, полный восхищения взгляд незнакомого человека, сидевшего за хозяйским столом. Платье плотно облегало ее стан, обрисовывая прекрасные линии ее тела. Красивые руки, изящная форма ног — ничто не ускользнуло от внимательного взора торговца, умевшего сразу определить ценность добротного женского товара.

— Что тебе, Элиза? — спросил мистер Шельби, заметив, что она в нерешительности глядит на него.

— Простите, мастер[1], я пришла за Гарри.

Малыш подбежал к ней, хвастая добычей, которую он завернул в подол своего платьица.

— Хорошо, уведи его, — сказал Шельби, и она, поспешно подхватив на руки ребенка, вышла из комнаты.

— Клянусь Юпитером! — воскликнул торговец, с восхищением оборачиваясь к хозяину дома. — Вот это това-

[1] *Мастер* — хозяин раба.

рец! На этой девушке вы можете в любое время, если захотите, заработать в Орлеане состояние. Мне случалось видеть, как платили по тысяче долларов за девчонок, которые были ничуть не лучше этой.

— Я не намереваюсь наживать на ней состояние, — сухо возразил Шельби. Желая переменить тему разговора, он откупорил новую бутылку вина. — Отведайте, — произнес он, обращаясь к Хеллею, — и скажите, какого вы мнения об этом напитке.

— Великолепно, сэр! Первый сорт! — объявил торговец, затем, фамильярно похлопав мистера Шельби по плечу, он продолжал: — Ну так как же? Согласны вы заключить сделку насчет девушки? Что вам предложить? Сколько вы за нее хотите?

— Мистер Хеллей! Я не могу продать ее. Жена моя не согласится отдать ее ни за какие деньги.

— Чепуха! Женщины болтают всякий вздор потому, что не умеют считать. Разъясните им только, сколько часиков, шляп, драгоценностей они смогут купить за эти деньги, и они начнут по-новому смотреть на дело.

— Я уже сказал вам, Хеллей, что об этом и речи быть не может. И уж если я сказал: нет, — значит, нет! — решительно заявил Шельби.

— Но мальчишку вы мне все же добавите, Шельби. Вы должны отдать мне справедливость: я предложил за него хорошую цену.

— На что вам, черт возьми, дался этот ребенок?

— Штука в том, что у меня есть приятель. Он скупает красивых мальчиков и выращивает их для рынка. Это предмет на любителя: красивые слуги для богачей, которые могут выложить достаточную сумму. По-настоящему красивый мальчик, открывающий дверь и подающий к столу, — украшение для хорошо поставленного дома. На этих ребятах можно хорошо заработать. А ваш маленький чертенок такой забавный да еще музыкальный зверек, что вполне подойдет для такой цели.

— Мне очень не хотелось бы продавать его, — проговорил в задумчивости Шельби. — Я человек гуманный, и мне неприятно отнимать ребенка от матери.

— В самом деле?.. Да это и вполне естественно, я вас понимаю. Нелегко подчас бывает управиться с этим женским полом. Их визг и рев мне тоже невтерпеж. Да и работе мешает. Поэтому я свои дела обычно устраиваю так, что мне всего этого слышать не приходится. А что, если б вы эту женщину на денек-другой куда-нибудь услали? Все было бы кончено раньше, чем она вернется домой. Ваша жена могла бы купить ей пару сережек, платье или другую ерунду, чтобы ее успокоить.

— Боюсь, что это не уладит дела.

— Да, разумеется, уладит! Эти существа ведь не похожи на белых: они все переживут, лишь бы умно взяться за дело. Говорят, — произнес Хеллей, придавая своему лицу чистосердечное и благодушное выражение, — говорят, будто бы моя деятельность убивает всякую чувствительность. Но я с этим не согласен. Я никогда не действовал теми способами, к которым прибегают другие. Мне приходилось встречать торговцев, которые вырывали ребенка из рук матери и выставляли его тут же на продажу, тогда как женщина здесь же рядом вопит как зарезанная. Крайне неразумно! Портит товар, может привести его в полную негодность. Я помню случай, когда красивую женщину таким способом совершенно загубили. Покупатель, который приобрел ее, ни за что не хотел брать ребенка, а она, когда в ней закипала кровь, становилась упряма, как животное. Представьте себе только: она изо всех сил прижала к себе детеныша, болтала всякий вздор и вообще вела себя черт знает как. Меня в дрожь бросает при одном воспоминании. Когда у нее вырвали ребенка, она совсем осатанела, а неделю спустя умерла. Чистый убыток в тысячу долларов, и все из-за недостатка осторожности — больше ничего. Гораздо разумнее, как подсказывает мне опыт, действовать по возможности гуманно.

Торговец откинулся на спинку стула. Лицо его выражало уверенность в собственной добродетели.

Шельби задумчиво чистил апельсин, а Хеллей все никак не мог расстаться с увлекшей его темой.

— Самого себя хвалить обычно не полагается. Я говорю об этом только потому, что это сущая правда. За мной укоренилась слава, что я обычно пригоняю на рынок самые лучшие гурты негров. По крайней мере, так мне многие говорили в лицо. Я проделывал это не раз и не два, а сотни раз, и всегда все в отличном состоянии: толстые, упитанные. Кроме того, ни у одного другого торговца нет такой малой убыли. Все это я отношу за счет моего способа обращения, основой которого является человеколюбие.

Шельби не нашелся, что ответить, и поэтому только неопределенно протянул:

— В самом деле?

— Случалось, меня за мои принципы высмеивали и пытались убедить, что я не прав. Но я крепко стоял на своем и заработал на этом немало денег. Клянусь богом, мои принципы окупились!

Торговец захохотал, полагая, что удачно сострил.

Это представление о гуманности было так противоестественно и нелепо, что Шельби не мог удержаться и расхохотался вместе с ним. Быть может, смеешься и ты, читатель, но ведь тебе известно, что гуманность у нас в Америке проявляется в самой неожиданной форме и «гуманные» люди подчас говорят и делают совсем неожиданные вещи.

Смех Шельби подбодрил торговца, и он продолжал:

— Просто удивительно, что мне никак не удавалось вбить это в головы тем, с кем приходилось иметь дело. Вот знали бы вы моего компаньона Тома Локера там, на Юге, в Нахчецце. Том Локер был умный парень, но по отношению к неграм — настоящий черт. И знаете — из чистого принципа. Это была его *система*, и все тут. Случалось, я делал попытку урезонить его. «Том, — говорил я ему, — что пользы бить твоих девок по голове и толкать их, когда они кричат и ревут? Это просто смешно да к тому же бесполезно. Что до меня, то я никакого преступления в том, что они ревут, не вижу. Это вполне естественно, — говорю я ему, — и если природе не дать волю в одном, она себя проявит в другом. В общем, Том, — объясняю я ему, — ты портишь таким образом своих женщин. Они становятся болезненными, вешают нос, даже дурнеют, особенно желтые девушки, и приходится затрачивать чертовски много труда, пока они привыкают к обстановке. Почему бы тебе лучше не сказать им пару добрых слов, польстить им? Поверь мне, Том, иногда немного гуманности принесет больше пользы, чем твоя брань, да и доходу даст больше, говорю я тебе». Но Том никак не мог с этим согласиться и столько экземпляров мне перепортил, что пришлось с ним расстаться, хоть он и был добродушнейший парень и дельный коммерсант.

— Значит, вы считаете вашу систему в делах более продуктивной, чем система Тома? — спросил Шельби.

— Разумеется. Я убежден в этом. Видите ли, я всегда при неприятных обстоятельствах (а ведь в нашей отрасли приходится сталкиваться со всякими историями, например при продаже малышей) принимаю меры предосторожности: отсылаю женщин куда-нибудь подальше с глаз долой, понимаете? А потом, когда все уже свершилось и ничего изменить нельзя, они понемногу привыкают. Ведь все это не так, вы сами понимаете, как у белых, которые вырастают в надежде сохранить при себе жен и детей. Негры, знаете ли, если получают надлежащее воспитание, вообще ничего не ждут от жизни, так что такие штуки переживают гораздо легче.

— В таком случае, — произнес Шельби, — я очень опасаюсь, что мои негры воспитаны не так, как следует.

— Я тоже так думаю. Вы здесь, в Кентукки, балуете ваших людей. Вы руководитесь добрыми намерениями, но неграм вы вовсе не оказываете этим услугу. Негру, видите ли, предстоит мыкаться по свету. Его могут продать Дику, или Джиму, или еще бог весть кому, поэтому ему только вред приносят, приучая его к каким-то правам. Тем труднее ему потом переносить предстоящие невзгоды. Я убежден, что ваши негры, попав в такое место, где остальные негры вопят от восторга, будут чувствовать себя бог весть какими несчастными. Каждый, разумеется, считает свой способ наилучшим. По-моему, я обращаюсь с моим черным товаром отлично... Особенно если товар того сто́ит.

— Счастлив тот, кто собой доволен, — сказал Шельби, пожимая плечами и явно испытывая какое-то неприятное чувство.

— Так как же, — спросил Хеллей, после того как они некоторое время сидели молча, углубившись в свои мысли, — что вы скажете на мое предложение?

— Я еще подумаю, — ответил Шельби, — и посоветуюсь с женой. Но вам, Хеллей, я настоятельно рекомендую пока держать в строжайшей тайне цель вашего приезда в эти места. Иначе вряд ли удастся осуществить все это в той спокойной форме, о которой вы только что говорили. Пойдут разговоры среди моих негров, и как только об этом узнает жена Тома, поднимется шум и плач, можете мне поверить.

— Конечно, конечно! Лучше держать язык за зубами. Но должен вас предупредить: я чертовски спешу и хотел бы твердо знать, как обстоят дела, — сказал Хеллей, поднявшись и накидывая плащ.

— Зайдите сегодня между шестью и семью часами, и вы получите ответ, — произнес Шельби.

Хеллей поклонился и вышел из комнаты.

— Ах, если б я только мог спустить с лестницы этого мерзавца со всей его наглой самоуверенностью! — прошептал Шельби, когда дверь захлопнулась за посетителем. — Но я хорошо знаю, какие у него преимущества. Если б мне кто-нибудь в прежние годы сказал, что я когда-нибудь продам Тома какому-то бесчестному торговцу невольниками, который переправит его на Юг, я, наверно, ответил бы: «Разве мой негр — собака, чтобы я продал его?» А теперь я вижу, что это стало неизбежным. Да еще мальчика Элизы! Какой шум подымет жена уже из-за одного Тома... А все долги... — Он вздохнул. — Этот негодяй прекрасно понимает, что держит меня в руках, и хочет использовать положение...

В штате Кентукки положение невольников по сравнению с положением рабов на Юге относительно сносное. Сельские работы протекают в спокойной последовательности, там неизвестны периоды горячечной спешки и напряжения, которые в южных районах повторяются через определенные промежутки времени. Поэтому работа негров в Кентукки здоровее и менее утомительна.

Человек, случайно посетивший какую-нибудь из плантаций в тех краях, подчас бывает готов охотно поверить распространяемым легендам о якобы «патриархальном» быте и добропорядочных взаимоотношениях между господами и их рабами. Но — увы! — и там на эти отношения падает мрачная тень — *тень закона*, который рассматривает рабов — эти человеческие существа с бьющимся пульсом и живыми чувствами — как бездушные предметы.

Шельби по сравнению с другими рабовладельцами мог считаться человеком более передовых взглядов. Он старался не допускать, чтобы негры в его поместьях терпели недостаток в чем-либо, что требовалось для поддержания их сил. Но в связи с мало продуманными деловыми операциями он запутался в долгах, и его векселя на крупную сумму попали в руки Хеллея.

Это краткое сообщение должно послужить ключом к объяснению предшествующей сцены.

Элиза, приближаясь к дверям, уловила обрывки разговора, происходившего в комнате. Она поняла, что работорговец предлагал хозяину продать одного из его негров.

Когда она затем, взяв ребенка, вышла из комнаты, ей захотелось остановиться за дверью и дослушать разговор до конца. Но в эту минуту ее позвала госпожа.

Она не могла отделаться от мысли, что торговец предлагал продать ему ее мальчика. Ошибалась ли она? Сердце ее затрепетало, и она с такой силой прижала к себе ребенка, что малыш с удивлением поглядел ей в лицо.

— Что с тобой случилось? — спросила миссис Шельби, когда Элиза, уронив на пол кувшин с водой, затем по рассеянности достала из платяного шкафа и подала своей госпоже длинный халат вместо требуемого шелкового платья.

Элиза вздрогнула.

— О миссис! — прошептала она. Глаза ее наполнились слезами, и она, вдруг опустившись на стул, горько разрыдалась.

— Да скажи же, что с тобой приключилось, Элиза?

— О миссис, миссис! — воскликнула Элиза. — Внизу, в столовой, сидит торговец. Он о чем-то разговаривает с хозяином... Я слышала...

— Так что ж в этом страшного, глупенькая ты?

— О миссис, неужели это возможно, чтобы наш господин решился продать моего Гарри? — Несчастная женщина, откинувшись на спинку стула, зарыдала еще громче.

— Продать Гарри? Глупая ты! Да разве ты не знаешь, что господин никогда не заключает сделок с торговцами с Юга и никогда не продает никого из своих рабов? Неразумное дитя! Да кто же захочет купить твоего Гарри? Не воображаешь ли ты, что все на свете так восхищены им, как ты? Перестань плакать и подойди лучше сюда. Застегни мне платье, заплети косы и уложи их в такую прическу, которую тебя недавно научили делать. А главное — не подслушивай больше у дверей.

— Но, миссис... вы не дали бы своего согласия... если бы все-таки?..

— Какие глупости, девочка! Разумеется, нет. Как ты можешь говорить такие вещи? Это так же невозможно для меня, как продать кого-нибудь из моих собственных детей. Но право же, Элиза, ты чересчур уж гордишься своим мальчуганом. Стоит только кому-нибудь сунуть нос в дверь — и ты уже убеждена, что пришли покупать твоего сына.

Успокоенная тоном своей госпожи, Элиза ловко и быстро помогла ей одеться и сама уже готова была смеяться над своими страхами.

Миссис Шельби была женщина благородная и честная. Доброта и великодушие подкреплялись у нее глубокой принципиальностью и твердостью убеждений.

Муж ее глубоко ценил эту непоколебимость и твердость ее взглядов. Необходимость сообщить жене о своих переговорах с Хеллеем и о том решении, к которому он вынужден был прийти, до чрезвычайности угнетала его. Он был уверен,что натолкнется на самое страстное сопротивление с ее стороны.

Миссис Шельби, находившаяся в полнейшем неведении относительно денежных затруднений своего мужа, зная к тому же его доброту и мягкосердечие, была вполне искренна, когда старалась рассеять опасения Элизы. Не испытывая поэтому никакого беспокойства и собираясь отправиться в гости, она совсем забыла о своем разговоре со служанкой.

ГЛАВА II
Мать

Элиза выросла и воспитывалась в доме своей госпожи. Ее баловали, как общую любимицу.

Тем, кому приходилось путешествовать по южным районам, должны были броситься в глаза своеобразное изящество, мягкий голос и миловидность, которыми так часто отличаются мулатки[1] и квартеронки. У квартеронок этой особой, свойственной им привлекательности нередко сопутствует и ослепительная красота.

Защищенная от всех невзгод заботливостью своей госпожи, Элиза расцвела, превратившись в красавицу-девушку, не подвергаясь при этом тем соблазнам, которые подчас превращают для рабыни ее красоту в роковой источник гибели. Она вышла замуж за умного, развитого и талантливого молодого мулата по имени Джордж Гаррис, принадлежавшего одному из соседних плантаторов.

Этот молодой человек был отдан своим хозяином внаем на ткацкую фабрику, где благодаря своей ловкости и живому уму слыл лучшим рабочим. Он изобрел машину для очистки хлопка, которая, если учесть уровень знаний и положение изобретателя, свидетельствовала о его исключительных способностях в области механики.

Красивый, умевший прекрасно и с достоинством держаться, Джордж Гаррис пользовался на фабрике всеобщими симпатиями. Ввиду того, однако, что он перед лицом закона был не более чем вещь, все эти исключительные способности оказывались собственностью узколобого, бездушного тирана-хозяина. Услышав об изобретении Джорджа, он прискакал на фабрику с целью лично убедиться в том, что сумела сделать его «живая собственность». Владелец фабрики встретил хозяина Джорджа очень пре-

---

[1] *Мулаты* — потомство от браков европейцев с неграми.

дупредительно и поздравил его с тем, что он владеет таким ценным рабом.

Джордж водил своего хозяина по фабрике, показывал машины и в радостном возбуждении говорил так гладко, держался так прямо, выглядел таким красивым, что его господина охватило неприятное чувство от сознания собственной неполноценности. На кой черт его рабу изобретать какие-то там машины, свободно повсюду бегать и поднимать голову в присутствии белых людей? Он не замедлит положить этому конец. Он заберет его обратно, вернет к лопате и мотыге, и тогда посмотрим, будет ли он расхаживать с такой важностью! К величайшему удивлению владельца фабрики, он тут же потребовал плату, следуемую за работу Джорджа, и заявил о своем намерении забрать его с собой.

— Но, мистер Гаррис, — воскликнул фабрикант, — я этого никак не ожидал!

— Возможно. Но разве этот раб не моя собственность?

— Мы охотно повысили бы плату за него!

— Меня это вовсе не интересует. У меня нет необходимости отдавать своего раба внаем, когда мне этого не хочется.

— Но у него, по-видимому, к этому делу особые способности.

— Вполне возможно. Хотя до сих пор он никогда не проявлял особых способностей на тех работах, на которые я его ставил.

— Но вы только подумайте: ведь он изобрел эту машину! — воскликнул один из рабочих, не предполагая, что этими словами он вредит Джорджу.

— Еще бы: машину, которая сберегает труд! Не правда ли? Меня вовсе не удивляет, что он такую штуку изобрел. Это как раз дело, подходящее для негра. Все они только и мечтают, как бы поменьше работать. Пусть собирается!

Джордж, слыша эти слова из уст человека, власть которого над ним, как он знал, была ничем не ограничена, словно оцепенел. Скрестив руки, он крепко сжал губы, но в груди его клокотал вулкан самых горьких чувств. Его большие темные глаза сверкали, как раскаленные уголья. Он тяжело переводил дыхание, и дело, возможно, кончилось бы опасной вспышкой, если бы фабрикант, коснувшись его руки, не шепнул ему:

— Подчинись, Джордж. Отправляйся сейчас с ним. Мы попытаемся как-нибудь помочь тебе.

Хозяин Джорджа уловил этот шепот, хотя не мог разобрать слов. Это еще больше утвердило его в намерении проявить всю силу власти, которой он обладал, над своей жертвой.

Джорджа доставили обратно в поместье и заставили выполнять самую грязную работу. Внешне он покорился, стараясь подавить каждое непочтительное слово, готовое сорваться с его уст, но сверкающий взгляд и мрачные складки, прорезавшие лоб, были достаточно красноречивы и служили лучшим доказательством того, что человека нельзя превратить в вещь.

Во время своей работы на фабрике Джордж познакомился с Элизой и женился на ней. Владелец фабрики благоволил к нему, и Джордж пользовался правом располагать свободным временем по своему усмотрению.

Миссис Шельби отнеслась к их союзу благожелательно. Со свойственной большинству женщин склонностью к сватовству она радовалась возможности выдать хорошенькую Элизу за человека ее же круга, который во всех отношениях так хорошо подходил к ней. Их обвенчали в большой гостиной Шельби, госпожа собственноручно украсила чудесные волосы невесты флердоранжем и приколола свадебную вуаль, которая, казалось, никогда не украшала более прелестной головки. Не было также недостатка ни в белых перчатках, ни в вине, ни в сладких пирогах, и собравшиеся гости восхваляли красоту невесты и щедрость госпожи.

В течение нескольких лет Элиза часто виделась со своим мужем, ее счастье было омрачено только смертью двух первых ее детей.

После рождения маленького Гарри Элиза постепенно стала ровнее и спокойнее. Любовь и забота о ребенке исцелили раны ее сердца. Молодая мать окрепла и поправилась. Она считала себя счастливой женщиной. Но все это блаженство внезапно кончилось, когда ее муж был грубо оторван от увлекавшей его работы и оказался вновь в железных лапах своего законного владельца.

К величайшему удивлению владельца фабрики, мистер Гаррис... заявил о своем намерении забрать Джорджа с собой.

Верный своему слову, фабрикант через несколько недель после ухода Джорджа посетил мистера Гарриса. Он надеялся, что тот уже остыл и будет сговорчивее. Кровно заинтересованный в возвращении этого на редкость одаренного рабочего, он использовал все средства и доводы, чтобы заставить Гарриса отпустить Джорджа снова на фабрику.

— Можете не стараться, — с непоколебимым упрямством ответил Гаррис. — Я знаю, что делаю.

— Я и не осмеливаюсь вам что-либо предписывать, мистер Гаррис, — сказал фабрикант, — но мне казалось, что вам прямой расчет сдать мне этого раба на предложенных условиях.

— О, я великолепно разбираюсь в этом деле, — возразил Гаррис. — В тот день я отлично видел, когда приехал за ним, как вы шептались и подмигивали ему. Но меня не так-то легко провести! Мы, слава богу, живем в свободной стране! Этот негр принадлежит мне, и я могу делать с ним все, что мне заблагорассудится! Вот как обстоит дело.

Таким образом, для Джорджа угас последний луч надежды. Ему было ясно: предстояла жизнь, полная страданий и непосильного, отупляющего труда. А жестокое обращение и самые изощренные мучительства, продиктованные злобой и властолюбием, сделают этот труд еще более горьким.

Какой-то человеколюбивый ученый-юрист сказал: «Нельзя придумать для человека худшего применения, чем повесить его». Нет, он ошибся. Бывает и хуже.

ГЛАВА III
Супруг и отец

Миссис Шельби уехала, как собиралась, в гости. Элиза, грустная, стояла на веранде и глядела вслед удалявшемуся экипажу. Вдруг чья-то рука неожиданно легла на ее плечо. Она обернулась, и радостная улыбка осветила ее лицо.

— Джордж! Неужели это ты? Как ты меня напугал! Как я рада, что ты пришел! Миссис до вечера не вернется домой. Пойдем ко мне в комнатку, там нам никто не помешает.

С этими словами она ввела его в хорошенькую комнатку, выходившую на веранду. Здесь она обычно проводила время за шитьем, готовая в любую минуту поспешить на зов своей госпожи.

— Как я рада! Почему ты не улыбаешься? Погляди только на Гарри, как он растет!

Мальчуган, уцепившись за юбку матери, чуть-чуть испуганно сквозь спадавшие на глаза кудри поглядывал на отца.

— Ну, разве он не хорош? — проговорила Элиза, откидывая кудряшки со лба ребенка и нежно целуя его.

— Лучше бы ему вовсе не родиться! — с едкой горечью проговорил Джордж. — Лучше бы мне вовсе не родиться!

Удивленная и испуганная, Элиза упала на стул и, прижавшись к плечу мужа, разразилась слезами.

— Элиза, бедная моя, как нехорошо с моей стороны так огорчать тебя, — проговорил он с нежностью. — Но мне слишком тяжело! Уж лучше бы ты никогда не встречалась со мной... Быть может, ты была бы более счастлива...

— Джордж, Джордж, как можешь ты так говорить! Наверно, произошло что-нибудь ужасное... Или должно произойти... Мы еще совсем недавно были так счастливы!

— Да, любимая моя, — проговорил Джордж. Притянув к себе ребенка, он посадил его на колени и медленно провел рукой по его густым волосам. — Он вылитый твой портрет, Элиза, и ты самая красивая женщина, какую я только видел. Да и самая хорошая к тому же. И все-таки — лучше бы я никогда не встречался с тобой!

— Джордж, да что это с тобой?

— Горе, одно только горе и несчастье! Жизнь моя горька, как полынь. Горе грызет мое сердце!.. Что я такое? Бедное, беспомощное вьючное животное! И тебя я тоже тяну за собой в пропасть. Какая польза от того, что я прилагаю все усилия, стараясь что-нибудь сделать, чему-нибудь научиться? К чему я еще существую на свете? Лучше бы я был мертв!

— Джордж, дорогой мой, грешно так говорить, — прошептала Элиза. — Я знаю, как тяжело у тебя на душе с тех пор, как тебе пришлось оставить место на фабрике. И господин у тебя жестокий... Но умоляю тебя, потерпи еще немного, и, может быть...

— Терпеть? — прервал он ее. — Да разве я не был терпелив? Разве я хоть слово промолвил, когда он явился и увел меня с фабрики? Я отдавал ему весь свой заработок до последнего цента, а ведь все говорят, что я хорошо работал.

— Разумеется, это ужасно! — сказала Элиза. — Но ведь ты сам знаешь: он твой господин.

— Мой господин! А кто сделал его моим господином? Я всегда думаю об этом. Какие права он имеет на меня? Я такой же человек, как он, и более толковый, чем он. Я лучше знаю дело, чем он. Я лучше читаю, чем он, у меня лучший почерк. И научился я всему сам, не ему я этим обязан; я учился, преодолевая препятствия, которые он ставил на моем пути. И вот я спрашиваю: какое право он имеет превращать меня во вьючное животное? Забрать меня с места, где я мог сделать многое, чего он даже и понять не в состоянии, и нагрузить меня работой, которую может выполнять любая лошадь? Он говорит, что выбьет из меня самомнение, заставит на брюхе ползать. Он наваливает на меня самую тяжелую и грязную работу.

— Джордж, дорогой, ты пугаешь меня. Я никогда не слышала от тебя таких слов. Я чувствую: ты готов сделать что-нибудь ужасное! Меня не удивляет твой гнев. Но умоляю тебя: будь осторожен, хотя бы ради меня, ради Гарри!..

— Я был осторожен, был терпелив, но дольше терпеть не могу. Хозяин пользуется любым поводом, чтобы оскорбить и помучить меня. Я надеялся, что, если я хорошо буду справляться с порученной мне работой и вести себя спокойно, у меня будет оставаться хоть немного времени после рабочего дня на чтение и на то, чтобы учиться. Но чем больше он убеждается в моей выносливости, тем больше он наваливает на меня работы. Он говорит, что, хоть я и молчу, он все же видит, что во мне сидит дьявол. И, может быть, он не так уж не прав: этот дьявол когда-нибудь вырвется наружу, и так, что это вряд ли понравится хозяину... Пусть он имеет это в виду!..

— О господи! Что же нам делать? — с глубокой печалью прошептала Элиза.

— Не далее как вчера, — продолжал Джордж, — когда я грузил на телегу камни, сын мастера Гарриса, маленький мастер Том, не переставая щелкал бичом, стоя подле самой лошади. Конь заволновался. Я вежливо попросил мальчика перестать. Но он разошелся еще больше. Я еще раз обратился к нему с той же просьбой. Тогда, повернувшись, он принялся хлестать кнутом меня. Когда я удержал его за руку, он поднял неистовый рев и бросился к отцу жаловаться. Тот прибежал совершенно взбешенный, закричал, что научит меня понимать, кто мой господин, привязал меня к дереву, нарезал тут же длинных прутьев и, вручив их молодому мастеру, сказал, что он может пороть меня, пока не устанет. И тот воспользовался разрешением... Он еще когда-нибудь вспомнит об этом!

Лоб Джорджа прорезали гневные морщины, и в глазах загорелся опасный огонь. Дрожь пробежала по телу Элизы.

— Кто сделал этого человека моим господином? Вот что я желаю знать! — воскликнул он.

— Мне всегда казалось, — растерянно проговорила Элиза, — что мой долг повиноваться господину моему и госпоже. Так объяснял господин пастор. Он говорил, что я обязана быть покорной.

— Священники всегда так говорят! В твоих условиях, может быть, это хоть в какой-то мере правильно, — сказал Джордж. — Твои хозяева растили тебя, как родное дитя, кормили и одевали. Хозяйка была добра к тебе, учила тебя, так что ты получила хорошее воспитание. Поэтому они вправе и предъявлять к тебе известные требования. Но меня топтали ногами, осыпали бранью, били и в лучшем случае не обращали на меня внимания. Какие у меня обязательства по отношению к такому господину? Свое содержание я окупил во сто крат. Нет, больше я не хочу этого выносить! — воскликнул он, в гневе сжимая кулаки.

Элиза молчала. Никогда еще не видела она своего мужа в таком состоянии.

— Помнишь, — снова заговорил Джордж, — помнишь бедного маленького Карло, которого ты когда-то мне подарила? Эта собачонка была моим единственным утешением. Ночью она спала подле меня, а днем всюду бегала за мной. Она глядела мне в глаза с таким видом, будто понимала, как тяжело у меня на душе. Несколько дней назад я кормил Карло отбросами, подобранными мной у дверей кухни. Неожиданно появился хозяин. Он заявил, что я кормлю собаку на его счет и он, мол, не так богат, чтобы позволить каждому из его негров держать собаку. Он приказал мне привязать камень к шее собаки и бросить ее в пруд.

— Но ты не сделал этого, Джордж?! — воскликнула Элиза.

— Нет, я этого не сделал. Но хозяин сделал это сам, и он и маленький Том еще швыряли в Карло камнями, когда он тонул. Если б ты видела, с каким укором несчастный песик глядел на меня, будто не понимая, почему я не прихожу ему на помощь!.. Затем меня еще избили за то, что я не исполнил приказания. В ту минуту мне это было безразлично. Мой хозяин еще поймет когда-нибудь, что я не из тех, кого ударами можно заставить покориться. Его час придет раньше, чем он успеет опомниться!..

— Что ты замышляешь? Джордж, умоляю, не делай ничего дурного! Если ты положишься на бога, он придет тебе на помощь!

— Я не так настроен, как ты, Элиза. Мое сердце полно горечи. Я не могу положиться на божью волю. Почему, если бог существует, допускает он, чтобы совершались такие несправедливости?

— Джордж, муж мой, мы должны быть крепки в вере. Моя госпожа говорит, что бог направляет все к лучшему, даже в тех случаях, когда нас как будто поражает величайшее несчастие.

— Это легко говорить людям, восседающим на мягких диванах и разъезжающим в каретах. Но попробовали бы они поменяться со мною местами. Тогда они, надо пола-

гать, заговорили бы совсем по-другому. Я желал бы быть мягкосердечным и добрым, но сердце мое горит, и я не могу примириться с судьбой. Ты поймешь меня, когда все узнаешь…

— Что? Что? Говори скорее!

— Недавно господин мой сказал, что был дураком, позволив мне жениться на стороне. Он, мол, ненавидит мистера Шельби и все его отродье за их гордость и за то, что они задирают перед ним нос. От тебя, по его словам, я научился бог весть что воображать о себе. Он сказал, что больше не позволит мне ходить к тебе, что я должен жениться и жить безвыходно в его поместье. Прежде он говорил такие вещи, когда выходил из себя и ругался. Но вчера он объявил мне, что я должен жениться на Мине и поселиться с нею в хижине, не то он продаст меня на Юг.

— Но ведь нас с тобой венчал священник точно так же, как венчают белых, — сказала Элиза в недоумении.

— Да разве тебе не известно, что раб не имеет права жениться? — почти закричал Джордж. — В нашей стране это воспрещается законом. Я не имею права оставаться твоим мужем, если хозяин пожелает разлучить нас. Потому я и говорил, что лучше бы нам никогда не встречаться! Лучше бы мне не родиться на свет! Нам обоим было бы легче. И для этого бедного ребенка тоже было бы лучше, если б он вовсе не рождался. Кто знает, что ему еще предстоит в жизни...

— О, наш господин так добр!

— Да, конечно. Но он может умереть, и дитя может быть продано кому угодно. Мы не смеем радоваться тому, что наш мальчик красив, умен, талантлив. Говорю тебе, Элиза: за каждый дар, которым природа наградила твое дитя, меч пронзит твое сердце, — эти дары сделают ребенка слишком ценным товаром, и тебе не удастся сохранить его при себе.

Эти слова тяжело легли Элизе на сердце. Снова перед ее внутренним взором мелькнул образ работорговца. Она побледнела, и у нее захватило дыхание, словно ей нанесли смертельный удар. Со страхом взглянула она на веранду, куда убежал мальчуган — его утомил чрезмерно серьезный разговор, и сейчас он с торжествующим видом скакал верхом на тросточке мистера Шельби. Она подумала, не рассказать ли мужу о своих опасениях, но подавила это желание и промолчала.

«Нет, нет, бедному Джорджу и так слишком тяжело, — решила она. — Я ему ничего не скажу. Да ведь это, может быть, вовсе и не так. Миссис никогда нас не обманывает...»

— Будь здорова, Элиза, будь мужественной. Я ухожу, — произнес Джордж.

— Ты уходишь, Джордж? Но куда?

— В Канаду[1], — сказал он, высоко подняв голову. — А когда я окажусь там, я выкуплю тебя. Это единствен-

---

[1] *Канада* в то время была английской колонией в Северной Америке, где не существовало рабства. Невольник, попав в Канаду, переставал быть рабом.

ная надежда, которая остается нам. Я выкуплю тебя и мальчика. Хочу верить, что мне удастся выполнить это намерение.

— Господи!.. А если тебя поймают?

— Я не дамся им в руки, Элиза. Лучше смерть! Я буду свободен или умру.

— Но ведь ты не решишься на самоубийство?

— Этого не понадобится. Они сами убьют меня. Но живым они не продадут меня торговцам там, на низовье.

— Умоляю тебя, Джордж... Ради меня, берегись! Не соверши непоправимого... Не покушайся ни на свою жизнь, ни на чужую. Я понимаю... Искушение велико... Ты должен бежать... но будь осторожен и благоразумен...

— Хорошо, хорошо. Но выслушай меня, Элиза. Вот что я надумал. Мой хозяин решил сегодня послать меня со счетом к мистеру Саймсу. Он живет еще на милю дальше этой усадьбы, так что я должен был пройти мимо вашего дома. Хозяин, верно, так и предполагал, что я зайду к тебе, чтобы рассказать о своих делах. Мысль о том, что все «отродье этих Шельби», как он выражается, будет огорчено его решением, доставляет ему величайшее наслаждение. Я с самым покорным видом вернусь домой, сделав вид, что у нас с тобой все покончено. Кое-что я уже подготовил; кроме того, есть люди, готовые мне помочь. Еще до конца будущей недели я окажусь в списке «исчезнувших»... Не забывай меня, Элиза!

— Прощай, Джордж!.. Прощай!.. Мысленно я буду всегда с тобой!..

— Прощай! — проговорил Джордж и, взяв Элизу за руку, глубоко заглянул ей в глаза.

Они стояли так молча. Затем прозвучали последние прощальные слова и вздохи... Хлынули горькие слезы. Так расстаются люди, у которых надежда на возможную встречу висит на волоске, тонком, как паутина.

ГЛАВА IV

Вечер в хижине дяди Тома

Хижина дяди Тома была маленьким бревенчатым строением, почти вплотную прилегавшим к «дому», как негры обычно называют жилище хозяина. Перед хижиной раскинулся участок земли, где тщательно выращивались клубника, малина и множество разных ягод и овощей. Летом весь фасад хижины утопал в зелени и алых цветах буйно разросшегося индийского жасмина и распространенных в этих краях месячных розах, которые так густо переплелись, что почти полностью скрывали необструганные балки строения. Здесь же в скромном уголке имели право в полной красе расцветать и хризантемы, петунии и разные другие цветущие растения — радость и гордость тетушки Хлои.

Но войдем в комнату.

Ужин в господском доме уже кончился, и тетушка Хлоя, которая в качестве главной поварихи наблюдала за приготовлением и подачей к столу кушаний, предоставив теперь уборку и мытье посуды низшим «кухонным чинам», вернулась к себе домой, чтобы приготовить ужин своему «старику». Это именно ее вы и видите у очага, где она с заботливым вниманием следит за чем-то шипящим на сковороде и время от времени торжественно приподымает крышку формы для печенья, откуда подымается не оставляющий никаких сомнений сладостный аромат чего-то вкусного. У нее круглое черное лоснящееся лицо, такое гладкое, что можно предположить, будто оно смазано белком, как приготовляемые ею к чаю булочки. Оттеняемое туго накрахмаленной пестрой головной повязкой, оно излучает довольство, веселье и — мы никак не можем этого скрыть — известную долю самоуверенности, вполне обоснованной у лучшей поварихи во всей округе — ибо таковой повсюду слывет тетушка Хлоя.

Своему поварскому искусству она предана телом и душой. Все куры, индюшки и утки во дворе при ее приближении становятся серьезны и обмениваются глубокомысленными замечаниями на тему о жизни и смерти. Так как все ее помыслы всегда направлены на фарширование и жарение, то вполне естественно, что каждой домашней птице, еще сохраняющей жизнь и склонной к размышлениям, она внушает глубокий страх. Ее пирожные, в своем бесчисленном многообразии, навеки остались для менее изощренных ее товарок неразгаданной тайной. Упираясь руками в толстые свои бока, она покатывалась со смеху, когда весело и гордо повествовала о бесплодных попытках своих соперниц, надеявшихся сравняться с ней.

Приезд в дом гостей и организация званых обедов и ужинов словно пробуждали ее к новой жизни. Для нее не было более желанного зрелища, чем груда дорожных чемоданов на веранде: они означали, что ее ожидают новые подвиги и победы.

В настоящий момент тетушка Хлоя внимательно следила за формой для печенья, и мы, предоставив ее этому приятному занятию, закончим описание хижины.

В одном углу стояла кровать, покрытая белоснежным покрывалом, а перед ней был разостлан ковер довольно большого размера. Ковер этот и кровать, перед которой он был разостлан, как и весь этот угол хижины, были в большом почете и по возможности охранялись от разбойничьего вторжения ребятишек. Словом, этот угол заменял гостиную. В другом углу находилась кровать гораздо более скромного вида, явно по-настоящему служившая постелью. Стену над очагом украшали очень яркие литографии — картинки из Священного Писания и портрет генерала Вашингтона[1], нарисованный и раскрашенный так

[1] *Генерал Вашингтон*, Джордж (1732—1799) — главнокомандующий войск США в борьбе с Англией за независимость, затем — первый президент Соединенных Штатов.

2 – 4402

любовно, что сам герой, наверно, был бы крайне удивлен, если б это изображение попалось ему на глаза.

В третьем углу двое черноволосых ребят с блестящими карими глазами, сидя на грубо сколоченной скамье, внимательно следили за первыми попытками самостоятельного хождения их младшей сестренки. Попытки эти сводились к тому, что девчурка, с трудом поднявшись на ноги, мгновение покачивалась и затем снова падала. Каждое падение вызывало восторженное ликование окружающих, словно являлось небывалым достижением. К очагу был пододвинут стол с не совсем устойчивыми ножками. Он был покрыт скатертью. На столе выстроились цветастые чашки; другие признаки также указывали на ожидавшийся пир. За столом сидел дядя Том — лучший работник мистера Шельби. Ввиду того что ему предстоит стать главным героем этого повествования, мы должны возможно подробнее описать его. Это был высокий, широкоплечий человек, крепко сложенный, с черной, до блеска, кожей. На лице его лежала печать редкостной сердечной доброты и спокойного, рассудительного ума. Каждое движение его было полно достоинства и уверенности, но одновременно и доверчивой простоты и скромности.

Склонившись над столом, он медленно и усердно выводил буквы на лежавшей перед ним грифельной доске. В этом важном деле им руководил молодой мастер Джордж, красивый тринадцатилетний мальчик, исполненный сознания своего достоинства, как это и подобало учителю.

— Не так, не так, дядя Том! Тут три палочки, а не две! — воскликнул он, видя, что Том неправильно выводит букву «m». — Если ты начертишь две палочки, получится не «m», а «n».

— Да неужели? — с искренним удивлением проговорил дядя Том, почтительно и даже с некоторым восхищением следя за тем, как его юный преподаватель ловко выводит на доске нужную букву. Ухватив грифель своими

толстыми, загрубелыми пальцами, он терпеливо начал снова выводить буквы, одну за другой.

— Как легко все дается этим белым! — произнесла тетушка Хлоя, собиравшаяся как раз смазать сковородку кусочком сала. — Погляди только, как он пишет, да еще и читает! — добавила она, на мгновение прервав свое занятие и с гордостью глядя на мастера Джорджа. — И приходит к нам по вечерам, читает нам вслух!

— Все это так, тетушка Хлоя, но я страшно голоден, — сказал Джордж. — Неужели пирог там в форме еще не скоро будет готов?

— Уж почти готов, мастер Джордж, — произнесла тетушка Хлоя, приоткрыв форму и заглянув туда. — Он уже почти такого коричневого цвета, как надо: настоящий светло-коричневый отлив. О, тут со мной никто не сравнится! На днях миссис велела Сэлли испечь пирог, чтобы она научилась это делать. «Да оставьте лучше, миссис, — говорю я ей. — Мне просто жаль дать портить хорошие вещи. Пирог поднялся только с одного бока — никакого в нем вида, никакого шика. Ну точь-в-точь мой башмак! Нет, оставьте уж лучше!»

С этими словами, в которых сквозило ее презрение к неопытности Сэлли, тетушка Хлоя приподняла крышку формы, и взорам открылся бисквитный пирог, которым вправе была бы гордиться любая городская кондитерская. Пирог явно составлял главную часть пира, и тетушка Хлоя деятельно принялась за последние приготовления к ужину.

— Марш с дороги, Мос и Пит, прочь, ребятишки! Отойди, Полли, медовое мое дитятко! Мамми даст сейчас что-то вкусненькое своей доченьке. Ну, мастер Джордж, отложите-ка книжки в сторону и сядьте поближе к моему старику. Сейчас я достану жареные сосиски, и первая сковородка маисовых лепешек мигом окажется на тарелках.

— Мне следовало бы к ужину быть дома, — сказал

Джордж, — но я ведь разбираюсь в том, что вкусно, и предпочитаю поужинать здесь.

— Верно, верно, милый мой, — приговаривала тетушка Хлоя, накладывая на его тарелку груду маисовых лепешек. — Вы хорошо знали, что старая тетка Хлоя прибережет для вас самый лучший кусочек! Уж будьте покойны! — И, шутливо ткнув Джорджа пальцем в бок, она снова повернулась к своим кастрюлям и сковородам.

— Ну, теперь дело дошло до пирога! — воскликнул Джордж, когда шипение на сковородке затихло, и, подняв большой нож, он нацелился на долгожданный пирог.

— Ради бога, мастер Джордж! — вскрикнула тетушка Хлоя, удерживая его руку. — Не собираетесь ли вы резать его этим большим, тяжелым ножом? Он сразу опустится, он так великолепно поднялся! Вот тоненький старый нож, я всегда держу его отточенным на такой случай. Вот видите: пирог поддается так легко, как пух. Кушайте на здоровье, лучшего нигде не найдете.

— Том Линкольн говорит, — пробормотал Джордж с набитым ртом, — что его Джинни лучше готовит, чем ты.

— Эти Линкольны ровно ничего собой не представляют, — презрительно бросила тетушка Хлоя. — Насчет господских манер они и понятия не имеют. Можно разве поставить мастера Линкольна рядом с мастером Шельби? Господи, боже ты мой! А миссис Линкольн? Умеет она разве войти в гостиную, шурша юбками, так плавно, так шикарно, как наша миссис? Нет уж, отстаньте от меня с вашими Линкольнами, мастер Джордж, невысокого полета они птицы!

И тетушка Хлоя откинула голову, как человек, уверенный в своем знании света.

— Но ведь ты сама говорила, — настаивал Джордж, — что Джинни хорошая кухарка.

— Говорила. И это правда. Добрую, простую кухню она хорошо знает. Она печет хороший хлеб, картофель у нее хорошо отварен, но с маисовыми лепешками дело у нее уже получается не совсем ладно. Что же касается всяких тонкостей, тут она способна ужас что настряпать! Она, скажем, готовит паштеты, но какая у них корочка! Умеет она разве приготовить настоящее слоеное тесто так, чтобы оно во рту таяло, расходилось, словно оно воздухом надуто? Я однажды ходила туда, когда мисс Мэри выходила замуж и Джинни показывала мне свадебные пироги. Вы ведь знаете, мастер Джордж, мы с Джинни приятельницы. Я ничего не говорю, но если б я испекла такой пирог, да я бы целую неделю глаз не сомкнула! Никуда они не годились!..

— А Джинни, верно, думала, что они превосходные? — спросил Джордж.

— Ну, конечно! Она мне их показывала, думая, что они очень даже хороши. В том-то и дело. Джинни и понятия не имеет, какие они должны быть. Дом-то ведь, семья — не бог весть какие! Чего же от нее требовать? Это не ее вина. Ах, мастер Джордж, вы даже сами не знаете, как вам хорошо и какая у вас семья!

Тут тетушка Хлоя вздохнула и возвела очи к небу.

— Я это прекрасно понимаю, тетушка Хлоя. Что же касается превосходства наших паштетов и пудингов, то ты бы спросила у Тома Линкольна, как часто я хвастаю ими, — сказал Джордж.

Тетушка Хлоя откинулась назад и захохотала так, что слезы покатились по ее круглым лоснящимся щекам. При этом она награждала Джорджа шутливыми шлепками, называя его «злодеем», который когда-нибудь уморит ее. И она снова и снова покатывалась со смеху, так что Джордж и сам начинал верить, что он остроумнейший парень.

— Что же вы сказали Тому? О господи, чего только молодежь не проделывает! О господи, мастер Джордж, я умру, умру со смеху!

— Да, — подтвердил Джордж. — Я ему не раз говорил: «Ты бы, Том, попробовал паштетов тетки Хлои, вот это паштеты так паштеты!»

— Как жаль, что Тому Линкольну ни разу не довелось их попробовать! — вдруг огорчилась тетушка Хлоя, доброе сердце которой исполнилось состраданием к бедному, неопытному отпрыску Линкольнов. — Вам бы следовало когда-нибудь пригласить его пообедать, мастер Джордж. Это было бы очень мило с вашей стороны. Не надо чересчур гордиться своими преимуществами.

— Хорошо, я как-нибудь на будущей неделе приглашу Тома, — предложил Джордж. — А ты уж постарайся сделать все только как можно лучше. Пусть-ка подивится! Пусть так наестся, что на две недели вперед будет сыт!

— Да, да, — с восхищением произнесла тетушка Хлоя. — Вы увидите... Господи, и каких только обедов у нас не бывало! — продолжала она с умилением. — Вы помните, какой куриный паштет я состряпала, когда у нас к обеду был генерал Кнокс? Из-за корочки мы даже чуть было не поспорили с миссис. Не знаю, что иногда находит на хозяек! И, заметьте, всегда в такое время, когда на тебя ложится величайшая ответственность, им взбредет на ум путаться под ногами и во все вмешиваться! Миссис в тот раз все пыталась мне указывать, как и что мне делать, пока я вдруг на рассердилась и не сказала: «Миссис, взгляните-ка не ваши прекрасные белые руки с длинными пальцами и сверкающими перстнями! Они похожи на белые лилии в моем садике, когда на них роса блестит. А потом поглядите на мои большие, черные, толстые ручищи. Ну, не кажется ли вам, что бог создал меня на то, чтобы я месила тесто для паштета, а вас на то, чтобы сидеть в гостиной?» Да, вот что я посмела сказать.

— Что же сказала мама?

— Что она сказала? Она улыбнулась, улыбка засветилась в ее больших красивых глазах, и она сказала: «Знаешь, тетушка Хлоя, ты, кажется, права». И пошла себе в гостиную. Она должна была бы рассердиться, но что поделаешь: мне все эти дамы в кухне не нужны!

— Да, с тем обедом все получилось замечательно, — сказал Джордж. — Я хорошо помню: все говорили, что ты с честью вышла из положения.

— В самом деле? Я стояла за дверьми столовой и видела, как генерал Кнокс три раза протягивал тарелку, чтобы ему положили еще паштета. И он сказал: «У вас, миссис Шельби, должно быть, замечательная кухарка!» Я чуть не умерла с хохоту!.. Любезный человек этот генерал. Он принадлежит к одной из самых лучших семей в Старой Виргинии[1]. Он знает не хуже меня толк в хорошей кухне. Да, он знает толк. Видите, мастер Джордж, в паштетах есть такие тонкости, которые не все умеют ценить. Но генерал знал толк, это сразу было видно по его замечаниям... Да вы кушайте, мастер Джордж!..

Но Джордж дошел уже до того предела, который непреодолим даже для подростка: он был так сыт, что не мог больше проглотить ни кусочка.

— Лови, Мос! Лови, Пит!.. — закричал он, отламывая большие куски пирога и бросая их ребятишкам. — Вам ведь тоже хочется вкусненького? Правда? Тетушка Хлоя, пожалуйста, испеки и для них по пирожку.

Джордж и Том уселись поудобнее в уголке у очага, тогда как тетушка Хлоя, успевшая напечь целую гору лепешек, взяв на колени младшего ребенка, села в сторонке и принялась поочередно набивать то его рот, то свой, не забывая в то же время о Пите и Мосе. Последним лепешки доставляли особое наслаждение: поглощая их, они в то же время катались по полу под столом, щекоча друг друга и пощипывая ножку девчушки, свисавшую с материнских коленей.

---

[1] *Старая Виргиния* — юго-восточный штат, одно из первых мест поселений англичан на Американском материке. Потомственная аристократия Старой Виргинии считалась самой знатной.

— Да перестаньте же! — покрикивала время от времени мать, пытаясь на ощупь оттолкнуть ногой озорников, когда они уж чересчур начинали шуметь. —Вот погодите, я вам пуговицы пониже пришью, когда мастер Джордж уйдет!

Трудно сказать, что означала эта угроза, на юных грешников она, во всяком случае, особого впечатления не произвела.

— Господи, да что же это такое? — сказал наконец дядя Том. — Они так разошлись, что никакого удержу не знают!

Ребята выбрались из-под стола. Лица и руки их были вымазаны сиропом, но они, не задумываясь, накинулись на свою сестренку, покрывая ее поцелуями.

— Марш! Убирайтесь! — приказывала мать, отстраняя курчавые головы. — А то вы еще склеитесь все вместе, и вас будет не оторвать друг от друга. — Слова сопровождались громкими шлепками, не причинявшими, впрочем, боли: мальчишки захохотали еще громче и, кувыркаясь, выкатились за дверь. С улицы донеслись их победные крики.

— Видели вы когда-нибудь таких невозможных озорников? — с явным удовольствием проговорила тетушка Хлоя. Затем, достав старое, должно быть именно на такие случаи припасенное, полотенце, налила из разбитого чайника на уголок немного воды и принялась очищать лицо и ручки девочки от липкого сиропа. Когда лицо ребенка заблестело, как зеркало, она усадила его на колени к Тому и занялась уборкой посуды. Девчушка, пользуясь дарованной ей свободой, ущипнула Тома за нос и зарылась ручонками в курчавых волосах отца.

— Разве не чудная девчонка! — произнес Том. Он высоко подкинул ее на вытянутых руках и заплясал с нею по комнате.

Джордж швырял в них скатанным носовым платком, а вернувшиеся в дом мальчики, рыча, бегали вокруг них,

подражая медведю. Они продолжали прыгать, кричать и плясать, пока окончательно не выбились из сил.

— Надеюсь, вы кончили? Мос и Пит, — сказала тетушка Хлоя, вытаскивая из угла ящик с постелью, — ложитесь-ка спать. Сейчас люди начнут собираться на молитву.

— Ой, мама, не надо спать! Позволь нам остаться поглядеть, как будут молиться! Это так потешно!..

— Тетушка Хлоя, пожалуйста, убери ящик, исполни их просьбу, — сказал Джордж и решительно оттолкнул ящик в угол.

Приличия были соблюдены, и тетушка Хлоя сама была, видимо, обрадована, когда спальный ящик исчез из виду.

— Кто знает, может быть, это пойдет им на пользу, — проговорила она успокоительно.

Все присутствующие, образовав подобие распорядительного комитета, взялись за обсуждение порядка предстоящего собрания.

— Не знаю, право, где мне взять столько стульев? — суетливо говорила тетушка Хлоя.

— Старый дядя Пит в прошлый раз «отпел» две ножки от самого старого стула, — задумчиво заметил один из мальчиков.

— Ты, наверно, сам отломил их! — воскликнула тетушка Хлоя.

— Ничего, я прислоню его к стене, — сказал Мос.

— Пусть только дядя Пит не садится на него, — продолжал неугомонный мальчуган. — Когда он поет, он все время ездит на своем стуле. В прошлый раз он чуть не всю комнату объездил.

— Вот и хорошо: пусть сядет на этот стул! — восторженно воскликнул Мос. — Как только он затянет: «Придите ко мне, верующие и грешники!» — и бац! шлепнется на пол. — И мальчуган постарался воспроизвести гнусавый голос дядюшки Пита, а затем скатился со стула, изображая будущую катастрофу.

— Будешь ли ты вести себя как следует! — крикнула тетушка Хлоя. — И не стыдно тебе?

Но мастер Джордж вступился за шалунов и даже заявил, что Мос — умная голова.

— Ну, старина, — сказала тетушка Хлоя, обращаясь к Тому, — тащи сюда бочонки.

— Помнишь, в прошлый раз у бочонка провалилось дно, и все грохнулись во время пения! — с наслаждением вспомнил Пит. — Вот было ловко!..

Пока мальчики, предвкушая предстоящее развлечение, с восторгом обсуждали подробности, Том и его жена вкатили в помещение два пустых бочонка. С боков их укрепили камнями, сверху на них положили доски. Опрокинули вверх дном все имевшиеся в хижине лоханки и ведра, расставили колченогие стулья, и необходимые приготовления этим закончились.

В то время как Джордж развлекался в хижине дяди Тома, в господском доме происходили события другого рода.

Торговец и мистер Шельби, снова занятые беседой, сидели в той самой столовой, о которой уже упоминалось выше. На столе перед ними были разложены документы и все необходимое для письма.

Шельби перебирал кредитки, сложенные в аккуратные стопки, и, просчитав одну за другой, подвигал к торговцу, который тщательно проверял правильность подсчета.

— Все в порядке, — сказал наконец Хеллей. — А теперь подпишем вот это.

Шельби поспешно пододвинул к себе акт продажи и подписал его, как человек, старающийся как можно скорее отделаться от тяжелого для него дела. Хеллей вынул из поношенного кожаного саквояжа какой-то документ и, внимательно пробежав его глазами, протянул мистеру

Шельби, которому с трудом удалось подавить нетерпение, сквозившее в каждом его движении.

— Ну вот, дело сделано! — сказал торговец, поднимаясь из-за стола.

— Да, сделано... — задумчиво повторил Шельби, глубоко вздохнув. — Решено и сделано...

— Мне кажется, вы не слишком этому рады, — заметил торговец.

— Хеллей, — ответил Шельби, — я надеюсь, что вы не забыли: вы честью своей клялись, что не продадите Тома, не узнав предварительно, в какие руки он перейдет.

— А разве вы сами не продали его торговцу «живым товаром»? — ехидно спросил Хеллей.

— Вы отлично знаете, что меня вынудили обстоятельства! — почти крикнул Шельби.

— Вот видите... А меня тоже могут вынудить обстоятельства, — насмешливо ответил торговец. — Тем не менее я сделаю все возможное, чтобы устроить Тома в хорошие руки. А я уж с ним дурно обращаться не стану, можете не беспокоиться. Благодарение господу, я никогда не был жесток!

Вспомнив утренние рассуждения торговца о гуманности, Шельби отнюдь не почувствовал себя успокоенным этими уверениями. Он без дальнейших разговоров распрощался с торговцем и закурил сигару.

ГЛАВА V

Что чувствует живая собственность при перемене владельца

Супруги Шельби удалились к себе в спальню. Мистер Шельби, сидя в удобном кресле, просматривал письма, прибывшие с вечерней почтой, а его жена, стоя перед зеркалом, распускала волосы, которые Элиза так искусно уложила перед отъездом своей госпожи в гости. Заметив бледность и расстроенный вид своей служанки, миссис Шельби отпустила ее на весь вечер, посоветовав лечь в постель. Необходимость самой расплетать волосы напомнила ей утренний разговор с Элизой, и она повернулась к мужу.

— Скажи, Артур, кто этот грубый и невоспитанный человек, которого ты сегодня пригласил к столу?

— Его имя — Хеллей, — ответил Шельби, беспокойно повернувшись в кресле и не поднимая глаз от письма.

— Хеллей?.. А кто он такой? И разреши мне спросить, зачем он явился к нам?

— Это человек, с которым мне приходилось вести дела, когда я в последний раз был в Нахчецце, — ответил Шельби.

— И этого достаточно, чтобы он позволил себе явиться к нам к обеду и держаться так, словно он находится у себя дома?

— Я пригласил его, — сказал Шельби. — Мне нужно было произвести с ним расчеты.

— Он работорговец? — спросила миссис Шельби, заметив, что муж ее чем-то смущен.

— Почему ты так думаешь, дитя мое, и к чему этот вопрос? — И Шельби на этот раз прямо посмотрел в лицо жены.

— О, только потому, что Элиза после обеда прибежала ко мне страшно взволнованная. Плача и рыдая, она рассказала мне, что ты беседуешь с торговцем рабами и что он предлагает тебе продать ему ее мальчика. Подумать только! Такая глупенькая!

— Вот как? — произнес мистер Шельби и на несколько мгновений словно целиком углубился в чтение письма, не замечая, что держит его вверх ногами.

«Все равно рано или поздно, а сказать придется», — думал он.

Миссис Шельби продолжала расчесывать волосы.

— Я сказала Элизе, — снова заговорила миссис Шельби, — что она просто дурочка со своими нелепыми страхами. Я сказала ей, что ты никогда никаких дел не имеешь с этими торговцами. Я ведь знаю, что у тебя не может быть намерения продать кого-либо из наших рабов, тем более такому человеку.

— Правильно, Эмилия, — ответил Шельби. — Я и сам всегда так думал и рассуждал. К сожалению, мои дела сейчас в таком положении, что мне не избежать... Мне придется продать кое-кого из моих слуг.

— Продать этому отвратительному человеку, Артур? Это невозможно! Ты шутишь, Шельби!

— Мне очень грустно, но я должен признаться тебе, что говорю совершенно серьезно. Я дал согласие продать Тома.

— Как? Нашего Тома? Этого доброго, преданного человека, который с юных лет был твоим верным слугой? О Шельби!.. Да ведь ты к тому же обещал освободить его... Мы оба обещали ему это, говорили об этом сотни раз. Если это правда, я готова поверить всему. Могу поверить даже, что ты способен продать крошку Гарри, единственного ребенка несчастной Элизы! — воскликнула миссис Шельби с болью и возмущением.

— Ну, раз тебе все равно придется узнать... Да, я договорился продать Тома и Гарри. И я, право, не знаю, почему ты так возмущаешься мною, словно я какое-то чудовище. Ведь я делаю только то, что многие другие делают ежедневно.

— Но почему ты остановил свой выбор именно на них? — спросила миссис Шельби. — Почему ты продаешь именно этих, а не других, если ты вообще вынужден продавать?

— Потому что за них была предложена самая большая сумма, вот почему. Я, конечно, мог сделать и другой вы-

бор, если бы ты дала свое согласие. Этот человек предложил очень высокую цену за Элизу. Тебе бы это больше пришлось по душе?

— Что за негодяй! — вскрикнула миссис Шельби.

— Разумеется, я ни на секунду об этом даже не подумал. Я ни за что не сделал бы этого, чтобы не огорчить тебя. Зачти в мою пользу хотя бы это.

— Дорогой мой, — проговорила миссис Шельби, уже совершенно овладев собой. — Прости мою резкость. Я была поражена и совершенно не подготовлена к этому известию. Но ты все-таки разрешишь мне сказать хоть несколько слов в защиту этих несчастных созданий. Том — такой благородный, такой преданный человек! Мне кажется, Шельби, если бы понадобилось, он отдал бы за тебя свою жизнь.

— Знаю и верю этому. Но что пользы об этом говорить: у меня нет другого выхода.

— Почему не пожертвовать лучше деньгами? Я готова взять часть на себя. О Шельби, ведь я добросовестно старалась выполнять свой долг по отношению к этим несчастным, доверчивым и зависимым существам. Я заботилась о них, обучала их, внимательно следила за их жизнью и бывала посвящена во все их маленькие горести и радости!.. Как покажусь я им теперь на глаза, если мы из-за какой-то ничтожной, жалкой выгоды продадим такого преданного, чудесного, достойного доверия человека, как этот бедный Том, и в одно мгновение лишим его всего, что мы сами научили его любить и уважать? Я старалась внушить этим людям сознание долга по отношению к семье, говорила им о взаимных обязанностях мужа и жены, родителей и детей... Как же я перенесу это?.. Я вынуждена буду открыто признать, что там, где дело идет о денежной выгоде, мы не считаемся ни с долгом, ни с семейными связями, как бы святы они ни были... Я говорила с Элизой о ее мальчике, объясняла ей, что ее долг охранять его и воспитывать в правилах нравственности. Что же я теперь скажу ей, если ты вырвешь у нее ребенка и отдашь его во власть подлого, лишенного совести человека? И все это только ради денег? Я говорила ей, что человек дороже всех денег на земле. Как же ей в будущем верить моим словам, если она увидит, что мы, в прямое противоречие всему говорившемуся мной, продаем ее ребенка, зная, что тем самым мы обрекаем его на гибель?

— Мне очень больно, Эмилия, что ты все это так близко принимаешь к сердцу, — тихо произнес Шельби. — Я с глубоким уважением отношусь к твоим чувствам, хотя и не разделяю их целиком. Но клянусь тебе всем святым: все это бесполезно, у меня нет иного выхода. Я не хотел посвящать тебя во все это, но... короче говоря, у меня нет выбора: я должен продать этих двух или продать плантацию целиком. Я должен пожертвовать ими или всем. В руки Хеллея попала закладная, и если я сейчас же не покрою ее, ему достанется в руки все наше имущество. Я наскреб все, что мог, занял денег, чуть не выпрашивал их у друзей, но не хватило как раз той суммы, которую он предложил за этих двоих. Пришлось уступить ему Тома и Гарри. Мальчуган понравился Хеллею, и он стоял на своем, заявляя, что только при этом условии ликвидирует дело. Я находился в его власти и вынужден был уступить. Если продажа этих двоих так сильно волнует тебя, то что было бы с тобой, если бы пришлось продать всех?

Миссис Шельби стояла, словно пораженная громом. Наконец она опустилась на стул и, закрыв лицо руками, громко застонала.

— Это проклятие, тяготеющее на рабовладении, — сказала она. — Самый факт его существования — проклятие и для раба и для владельца. Преступление при таких законах, как наши, владеть рабами! Я чувствовала это, когда еще была девушкой. Еще глубже убедилась я в этом после замужества. Но мне все казалось, что возможно как-то перешагнуть через эту бездну... Я надеялась, что лаской, заботой смягчу участь своих рабов, дам им кое-какие знания; думала, что их положение будет лучше, чем на воле... Глупая я, глупая!..

— Жена моя, ты рассуждаешь, как настоящая аболиционистка![1]

— Если бы аболиционисты знали все, что знаю я о рабовладении, то они многое могли бы еще добавить к своим речам. Нам они нового ничего сказать не могут. Ты знаешь сам: я всегда считала, что рабовладение дело дурное, что я никогда не желала иметь рабов.

---

[1] *Аболиционистами* в Северной Америке называли сторонников движения за освобождение рабов.

— В этом вопросе ты расходишься с очень многими мудрыми и благочестивыми людьми, — возразил Шельби. — Забыла ты разве проповедь пастора Б., произнесенную в позапрошлое воскресенье?

— Я не люблю такие проповеди! — с волнением воскликнула миссис Шельби. — Я не желала бы больше видеть и слышать пастора Б. Священники, возможно, не в силах искоренить это зло... но защищать его!.. Это всегда было неприемлемо для меня. Ты сам, наверно, был невысокого мнения об этой проповеди.

— Не спорю, — произнес Шельби. — Пастыри нередко в этих вопросах заходят дальше нас, бедных грешников... Но вернемся к делу, моя дорогая; я надеюсь, что ты поняла неизбежность свершившегося и признаешь, что я выбрал лучший исход при создавшихся обстоятельствах.

— Да, да, разумеется... — торопливо проговорила миссис Шельби, рассеянно теребя золотую цепочку с часами. — У меня совсем нет драгоценностей, — добавила она после некоторого раздумья. — Нельзя ли было бы продать хоть эти часики? Они когда-то стоили очень дорого... Если б я могла спасти хотя бы мальчика Элизы, я готова была бы с радостью отдать все, что у меня есть...

— Мне очень, очень жаль, Эмилия, — произнес Шельби с грустью, — мне очень жаль, что ты не можешь забыть об этом. Но поверь мне, ты ничем не можешь помочь. Сделка состоялась, документы подписаны и уже в руках Хеллея. Благодари бога, что не случилось худшего. Этот человек имел возможность погубить всех нас, но теперь я развязался с ним. Если бы ты так же хорошо знала его, как я, ты бы поняла, что мы избежали большой опасности.

— Неужели он такой жестокосердный?

— Он настойчив и неподатлив, как недубленая кожа. Человек, которому безразлично все, за исключением наживы, холодный, безжалостный, как могила и смерть. Если б это ему сулило выгоду, он продал бы родную мать.

— И этому негодяю принадлежат сейчас наш добрый, верный Том и ребенок Элизы?

— Да, и это тяжким бременем лежит у меня на сердце... Кстати, Хеллей очень торопится. Он хотел бы уже завтра увезти свою вновь приобретенную собственность. Я рано утром прикажу оседлать лошадь и уеду. Я не могу встретиться с Томом... что правда, то правда... Тебе я рекомендовал бы также уехать куда-нибудь и взять с собой Элизу. Лучше всего, если он обделает это дело в ее отсутствие.

— Нет, нет! — воскликнула миссис Шельби. — Я ни в коем случае не желаю оказывать поддержку и помощь в этом жестоком деле. Я пойду к бедному нашему Тому. Да поможет ему бог в его горе! Пусть они знают, что их госпожа всем сердцем сочувствует им. Об Элизе я не смею даже и подумать! Какое преступление мы совершили, что должны были столкнуться с такой страшной необходимостью?

Ни господин, ни госпожа Шельби не подозревали, что весь этот разговор был подслушан лицом, кровно заинтересованным в происходившем.

Вплотную к спальне прилегала большая ниша с выходом в главный коридор. Когда миссис Шельби отослала Элизу, молодой женщине в ее лихорадочном беспокойстве вспомнилась эта ниша. Она пробралась туда и, плотно прижавшись к дверной щели, не упустила ни одного слова, сказанного ее хозяевами.

Когда голоса смолкли, она поднялась и осторожно, крадучись, вышла в коридор. Бледная, дрожа от озноба, с застывшим лицом и плотно сжатыми губами, она утратила всякое сходство с кротким и застенчивым существом, каким она была до сих пор. Неслышно прокравшись по коридору, Элиза на мгновение замерла у дверей своей госпожи, в немой мольбе подняв руки к небу. Затем она прошла в свою каморку. Это была тихая, уютная комнатка, расположенная в том же этаже, что и спальня госпожи. У широкого солнечного окна Элиза нередко сиживала с шитьем, тихо напевая песню. Там на полочке стояли ее книги и всякие безделушки. В шкафу и комоде были сложены ее простенькие платья. Здесь, одним словом, было все ее прошлое, в общем довольно счастливое. На кровати лежал ее спящий ребенок. Длинные локоны небрежно спускались на лоб и щеки. Розовые губы были полуоткрыты, маленькие пухлые ручки покоились поверх одеяла, и улыбка, словно солнечный луч, освещала его лицо.

— Мальчик мой, бедное дитя мое! — прошептала Элиза. — Тебя продали, но твоя мать спасет тебя!

Ни слезинки не капнуло на подушку. При таких страданиях глаза остаются сухими. Только сердце неслышно истекает кровью. Взяв со стола листок бумаги, она поспешно набросала карандашом следующие строки:

«Дорогая миссис! Не считайте меня неблагодарной, не думайте обо мне дурно: я слышала все, о чем вы и наш господин говорили сегодня вечером. Я попытаюсь спасти моего мальчика. Вы не осудите меня. Прощайте и простите меня!»

Сложив записку и надписав на ней имя миссис Шельби, она подошла к комоду и собрала небольшой узелок детских вещей. Такая большая нежность бывает в материнской заботе, что даже в эти ужасные мгновения она не забыла вложить в узелок несколько любимых игрушек своего ребенка. Ярко раскрашенного попугая она отложила в сторону, чтобы позабавить мальчика, когда он проснется.

Разбудить крепко спящего ребенка оказалось не так-то легко, но когда Гарри открыл глаза, то сразу ухватился за попугая. Мать между тем торопливо надевала шляпу и закутывалась в шаль.

— Куда ты, мамми? — спросил он, видя, что она, держа в руках его костюм и шапочку, направляется к кровати.

Элиза близко подошла к нему и с такой серьезностью посмотрела ребенку в глаза, что он сразу же почувствовал необычность происходящего.

— Тише, Гарри, — чуть слышно прошептала она. — Не говори громко, а то нас могут услышать. Пришел злой дядя, он хочет отнять маленького Гарри от его мамы и увезти далеко, далеко... Но мамми не отдаст своего мальчика. Она наденет своему мальчику шапочку, пальтишко и убежит с ним...

Занимая мальчика разговором, она в то же время торопливо одевала его. Затем, взяв его на руки и шепнув, чтобы он вел себя тихо, отворила дверь комнаты, ведущую на веранду, и бесшумно выскользнула в сад.

Была холодная звездная ночь. Элиза плотнее укутала ребенка в свою шаль. Охваченный смутным страхом, мальчик совсем притих, обеими руками охватив шею матери.

Старый Бруно — большой ньюфаундлендский пес, спавший у входа на веранду, приподнялся, слегка зарычав, когда она приблизилась к нему, но она ласково окликнула его по имени, и пес, старый любимец и товарищ ее игр, вильнул хвостом и собрался следовать за нею, хоть и не вполне постигая своим простым собачьим умом, что означает эта необычная ночная прогулка. Он несколько раз приостанавливался, оглядываясь на Элизу, не перестававшую быстро двигаться вперед, затем, словно успокоенный своими размышлениями, нагнал ее и побежал рядом с нею.

Через несколько минут они достигли хижины дяди Тома. Элиза остановилась и постучала в окно.

— Кто это такой? — проговорила тетушка Хлоя, соскочив с постели и поспешно отдергивая занавеску. — Клянусь всеми святыми, это Лиззи! Скорее надень куртку, старина. Тут и наш Бруно, он царапается в дверь... Что бы только это могло значить? Я поскорее отопру дверь.

Дверь распахнулась, и свет зажженной Томом сальной

свечи упал на искаженное страданием лицо и темные блуждающие глаза беглянки.

— Господи, сохрани нас! Испугаться можно, глядя на тебя! Ты захворала или что над тобой стряслось?

— Я должна бежать, дядя Том и тетушка Хлоя! Я спряталась сегодня вечером в нише, подле комнаты миссис, и слышала, как наш хозяин сказал ей, что продал торговцу невольниками моего Гарри и тебя, дядя Том. Хозяин завтра с утра уедет, а тот в течение дня явится за своей собственностью.

Том стоял, воздев руки к небу и широко раскрыв глаза. Только постепенно осмыслив услышанное, он медленно опустился на стул и уронил голову на колени.

— Но ведь это не может быть правдой! — вскрикнула тетушка Хлоя. — В чем же он провинился?

— Ни в чем он не провинился. Тут другая причина. Хозяину не хочется его продавать, а миссис... она ведь такая добрая... Я слышала, как она просила за нас, но он сказал ей, что все напрасно. Он должен этому торговцу много денег и находится целиком в его власти. Если хозяин не рассчитается с этим человеком, ему в конце концов придется продать плантацию со всеми людьми. Я даже слышала, как он сказал, что у него нет выбора: либо продать этих двоих, либо — всех. Этот человек жестоко прижимает его... Я думаю, что поступаю правильно, а если и неправильно, что ж? Я не могу иначе.

— А ты, старина? Почему бы тебе не уйти вместе с нею? Неужели ты станешь дожидаться, пока тебя свезут по реке, туда, где негров морят голодом и убивают непосильной работой? Я бы в десять раз охотнее умерла, чем отправилась бы туда, — утирая слезы, промолвила тетушка Хлоя. — Есть еще время. Собирайся и беги вместе с Лиззи. У тебя есть пропуск, и ты можешь передвигаться по своему желанию. Приготовься, я соберу твои вещи...

Том поднял голову и с горечью, но спокойно огляделся вокруг.

— Нет, — произнес он. — Я не убегу. Пусть Элиза бежит, она имеет на это право. Я не стану ее отговаривать. Но ведь ты слышала, что́ она сказала: или нужно продать меня, или все здесь будет разорено и пойдет прахом. Тогда уж лучше пусть продадут меня. Я думаю, что перенесу это не хуже остальных, — добавил он, и судорожное рыдание с хрипом потрясло его широкую грудь. — Мастер всегда находил меня там, где я был нужен. Так будет и дальше. Я никогда не обманывал его доверия, я никогда не пользовался моим пропуском против его желания. Не сделаю этого и теперь. Лучше пусть продадут меня, чем плантацию со всеми людьми и имуществом. Хозяина не следует порицать, Хлоя, он позаботится о тебе и об этих бедняжках, поверь мне.

Говоря это, Том повернулся к складной кроватке, где покоились курчавые головки, и тут выдержка сразу оставила его. Он оперся о спинку стула и, закрыв лицо руками, глухо застонал. Громкие рыдания потрясли его грудь, и крупные слезы хлынули из глаз.

— Послушайте, — сказала Элиза, стоя уже на пороге. — Сегодня днем я видела моего мужа. Я тогда еще ничего не знала о том, что́ нам грозит. Его довели до отчаяния, и он сообщил мне, что собирается бежать. Попытайтесь передать ему известие обо мне. Скажите, что я бежала и постараюсь перебраться в Канаду. Передайте ему мой прощальный привет и скажите, что я никогда не забуду его… Кликните Бруно, — добавила она. — Заприте его! Бедное животное!.. Ему нельзя бежать за мной.

Еще какие-то отрывистые слова, слезы, последнее «прости» — и, прижав к себе испуганного ребенка, она бесшумно выбежала из хижины.

ГЛАВА VI
Все раскрылось

Мистер и миссис Шельби после вечернего объяснения долго не могли уснуть и проснулись поэтому несколько позже обыкновенного.

— Хотела бы я знать, куда делась Элиза, — проговорила миссис Шельби, несколько раз безуспешно позвонив в колокольчик и видя, что никто не является.

Мистер Шельби стоял перед зеркалом и точил бритву. Открылась дверь, и вошел подросток-негр с водой для бритья.

— Энди, — сказала миссис Шельби. — Пойди к Элизе и скажи ей, что я уже три раза звонила… Бедняжка! — добавила она со вздохом.

Энди быстро вернулся. Глаза его были широко раскрыты от удивления.

— О миссис! Все ящики у Лиззи выдвинуты, вещи разбросаны… Я думаю, она уехала куда-то!

Супруги мгновенно поняли, в чем дело.

— Она, несомненно, заподозрила что-то и бежала! — воскликнул мистер Шельби.

— Слава богу! — прошептала миссис Шельби. — Хочу надеяться, что это так.

— Жена, ты говоришь глупости! — с возмущением произнес Шельби. — Подумала ли ты о том, в каком неудобном положении я окажусь, если это в самом деле так? Хеллей видел, что я колебался, он решит, что побег был устроен с моей помощью. Это бросит тень на мою честь! — И Шельби поспешно вышел из комнаты.

Около четверти часа в доме царила суматоха. С треском раскрывались и захлопывались двери; всюду мелькали взволнованные лица. Но единственный человек, который мог бы бросить свет на это дело, упорно молчал. Это была старшая повариха, тетушка Хлоя. Молчаливая, с мрачным выражением на обычно веселом лице, она подсушивала к завтраку гренки, будто не замечая царившего вокруг возбуждения.

Вскоре на перилах веранды расселась добрая дюжина негритят: каждый из них жаждал первым сообщить приезжему господину о постигшей его неудаче.

— Вот-то взбесится! — воскликнул Энди.

— А ругаться будет, как бешеный! — с радостью добавил маленький чернолицый Джек.

— Что другое, а ругаться он умеет! — заметила курчавая Менди. — Я вчера слышала, когда он сидел за столом. Я пробралась в кладовушку, где миссис хранит большие кувшины, и мне каждое слово было слышно. — И Менди, обычно размышлявшая о виденном не больше, чем веселый котенок, расхаживала теперь в сознании своей глубокой осведомленности, забывая, однако, добавить, что хоть она действительно и пробралась в кладовку, но все время крепко спала там.

Когда наконец появился Хеллей, в ботфортах со шпо-

рами, его со всех сторон встретили известиями о неудаче. Маленькие разбойники на веранде не ошиблись в своих расчетах: Хеллей ругался так многословно и красочно, что слушатели получили полное удовольствие. Они корчились от смеха и ловко носились вокруг Хеллея, стараясь избежать ударов хлыста, которым он яростно размахивал.

— Только бы мне изловить какого-нибудь из этих чертенят! — шипел Хеллей сквозь зубы.

— Но вам их не изловить! — торжествующе закричал Энди, строя ужасные гримасы и совершая за спиной торговца необыкновенные сальто-мортале, как только тот удалялся на несколько шагов.

— Послушайте, Шельби, — в ярости проговорил Хеллей, без стука врываясь в комнату, где сидели супруги. — Что это за история?! Говорят, женщина удрала со своим детенышем!

— Мистер Хеллей, — прервал его Шельби. — Здесь находится моя жена.

Хеллей поклонился.

— Прошу прощения, мадам, — пробормотал он, все

еще хмуря брови. — Но я вынужден повторить: что за странная история! Я спрашиваю вас, сэр: это правда?

— Мистер Хеллей, — сказал Шельби, — если вы желаете говорить со мной, вам придется оставаться в рамках приличия. Энди, возьми у этого господина шляпу и хлыст. Прошу вас присесть. Я вынужден, к сожалению, сообщить вам, что женщина подслушала наш вчерашний разговор или каким-нибудь другим путем узнала о нем. Она бежала ночью и унесла с собой ребенка.

— Я рассчитывал в этом деле на честную игру, должен вам признаться, — грубо бросил Хеллей.

— Сэр! — с раздражением воскликнул Шельби. — Как прикажете понять это замечание? Для того, кто позволяет себе ставить под сомнение мою честь, у меня только один ответ.

Это резкое замечание произвело должное действие. Торговец уже более сдержанно заявил, что чертовски обидно для человека, заключившего честную сделку, попасть в такое глупое положение.

— Мистер Хеллей, — сказал Шельби, — если бы я не считал вашу досаду в некоторой степени оправданной, я не потерпел бы той бесцеремонности, с которой вы позволили себе ворваться ко мне. Ввиду того, однако, что нам нужно объясниться, я заранее предупреждаю вас, что не потерплю никаких намеков на то, будто я в этой истории играл какую-либо неблаговидную роль. Я считаю, кроме того, своим долгом предоставить в ваше распоряжение моих лошадей и слуг и оказать вам помощь для поимки вашей собственности. Одним словом, Хеллей, — закончил он вдруг, переходя от ледяной официальности к своему обычному приветливому тону, — самое лучшее, что вы можете сделать, чтобы сохранить спокойствие духа, — это позавтракать. Затем мы обдумаем, что можно еще предпринять.

При этих словах своего супруга миссис Шельби подня-

лась и сказала, что неотложные дела вынуждают ее оставить их. Поручив солидного вида мулатке позаботиться о завтраке, она удалилась.

— Почтенная леди, по-видимому, недолюбливает вашего покорного слугу, — сказал Хеллей, пытаясь перейти на фамильярный тон.

— Я не привык, чтобы так вольно выражались о моей жене, — сухо оборвал его Шельби.

Хеллей принужденно засмеялся.

— Прошу извинения, — пробормотал он, — я, разумеется, пошутил.

— Некоторые шутки производят неприятное впечатление, — сказал Шельби.

— Проклятье! Он чертовски зазнался с тех пор, как я подписал те бумаги, — неслышно прошипел Хеллей. — Ужасно заважничал со вчерашнего дня!..

Известие о падении полновластного министра не могло бы вызвать бо́льшего волнения, чем вызвало известие о судьбе дяди Тома среди его чернокожих товарищей на плантации. Все говорили только о нем. Ни в доме, ни в поле никто не работал: все были заняты разговорами о продаже Тома и бегстве Элизы.

Черный Сэм, как его обычно звали, так как он был втрое чернее любого другого негра на плантации, обсуждал вопрос со всех сторон и со всех точек зрения, проявляя большую проницательность, но сводя все к тому, какое влияние это событие может оказать на его личное благополучие.

— Плох ветер, который никуда не дует, это уж так, — заявил Сэм поучительно и подтянул штаны, с необычайной ловкостью заменив при этом длинным гвоздем недостающую пуговицу — операция, которая, к его удовольствию, полностью ему удалась.

— Да, да, плохой ветер, — повторял он. — Том пал. Но зато для другого негра открывается возможность взобраться выше… А почему бы не для меня? Я думаю так… Том разъезжал верхом в начищенных сапогах, с пропуском в кармане, как большой человек. А почему бы Сэму не ездить так, хотел бы я знать?

— Хэлло! Сэм! Сэм! Хозяин зовет! Поймай Билля и Джерри! — закричал Энди, прерывая беседу Сэма с самим собой.

— А что там опять стряслось?

— Ты как будто и понятия не имеешь, что Лиззи сбежала вместе со своим мальчуганом.

— С каких это пор яйцо хочет считать себя умнее курицы? — с бесконечным презрением протянул Сэм. — Я знал об этом много раньше, чем ты. Я не так глуп, чтобы этого не знать.

— Хорошо. Так вот хозяин желает, чтобы Билль и Джерри были как можно скорее оседланы и взнузданы, и мы с тобой оба вместе с мистером Хеллеем поскачем за ней вдогонку.

— Правильно! — воскликнул Сэм. — Настало время, и зовут Сэма, он человек подходящий. Пусть поглядят только, как я ее поймаю! Мастер увидит, на что способен Сэм.

— Эх, Сэм, — сказал Энди, — обдумай все хорошенько. Дело в том, что миссис не желает, чтобы Элизу поймали. Попадет тебе от нее.

— Вот ловко! — воскликнул Сэм, широко раскрыв глаза. — Откуда ты это знаешь?

— Я сегодня утром своими ушами слышал, когда подавал хозяину воду для бритья. Она послала меня к Лиззи в комнату, чтобы узнать, почему Лиззи не идет одевать ее, и когда я сказал, что Лиззи исчезла, она поднялась и произнесла: «Слава богу». А мастер как рассердился!.. «Жена, — сказал он ей, — ты рассуждаешь, как дура». Но увидишь, она справится с ним. Я хорошо знаю, как все

3 – 4402

это произойдет. Всегда лучше быть на стороне миссис, я тебе говорю.

В ответ на это черный Сэм почесал свою курчавую голову, которая хоть и не служила вместилищем особой мудрости, но все же содержала известную долю того разума, который в состоянии разобраться, где кроется его выгода. О людях, обладающих таким умом, принято говорить, что они-де «отлично знают, на какой стороне хлеб намазан маслом». Сэм поэтому остановился, все хорошенько взвесил и лишний раз подтянул штаны.

— В этом мире нельзя ничего утверждать окончательно, — глубокомысленно изрек он наконец. — А ведь казалось, миссис обыщет весь свет, лишь бы найти Лиззи, — добавил он задумчиво.

— Разумеется, — согласился Энди. — Но не можешь ты разве видеть дальше своего носа, черный ты негр? Миссис не желает, чтобы мастеру Хеллею достался сын Лиззи. В этом вся штука.

— Ого! — воскликнул Сэм с явным удовольствием.

— И я тебе еще кое-что скажу, — неожиданно произнес Энди. — Беги-ка ты со всех ног за лошадьми. Я слышал, как миссис о тебе спрашивала. Довольно тебе здесь околачиваться и болтать.

Теперь Сэм пришел в движение и вскоре показался с Биллем и Джерри. Держа одну лошадь в поводу, он галопом подлетел к крыльцу и, поравнявшись с коновязью, соскочил на полном ходу. Привязанная к столбу молодая и пугливая лошадка Хеллея взвилась на дыбы.

— Ого! — протянул Сэм. — Ты из пугливых? — И по лицу его скользнула странная, хитрая усмешка. — Ничего, я с тобой управлюсь.

Большое буковое дерево простерло перед домом широкие ветви, и маленькие трехгранные орешки усеивали землю под ним. Вертя один из них в руках, Сэм приблизился к лошади Хеллея, погладил и потрепал ее, словно желая успокоить. Делая вид, будто он поправляет седло, он ловко подсунул под него орешек, так что малейшее давление на седло должно было привести нервное животное в возбуждение, в то же время не оставив на спине у него ни ранки, ни даже царапины.

— Так, — пробормотал он, вращая глазами и самодовольно усмехаясь. — Теперь все в порядке!..

В эту минуту на балконе появилась миссис Шельби и знаком подозвала его. Сэм подошел к ней, всем своим видом выражая готовность и услужливость. Так, по его мнению, подобало держаться претенденту на освобождающийся пост.

— Почему ты только сейчас явился, Сэм? — спросила миссис Шельби. — Я ведь велела Энди сказать тебе, чтобы ты поторопился.

— Господи боже мой, миссис! Коней ведь в одну минуту не поймаешь! — воскликнул Сэм. — Они были на южном пастбище, бог весть как далеко от дома.

— Сэм, сколько раз я уже запрещала тебе всуе упоминать имя господне? Это грешно.

— О боже мой! Я совсем забыл, миссис. Больше никогда зря не буду упоминать его имя.

— Сэм, Сэм! Да ведь ты сейчас только снова упомянул его.

— В самом деле? Бог свидетель, я не хотел этого!

— Ты должен следить за собою, Сэм.

— Дайте мне только отдышаться, миссис, и я буду разговаривать совсем как полагается. Я буду очень стараться.

— Мне сказали, Сэм, — заговорила снова миссис Шельби, — что ты поедешь с мистером Хеллеем, чтобы показать ему дорогу и помочь ему. Береги лошадей, Сэм. Ты ведь знаешь, что Джерри на прошлой неделе прихрамывал. Не гони их слишком быстро.

Последние слова миссис Шельби произнесла, понизив голос и с особым ударением.

— Положитесь на меня, миссис, — сказал Сэм, выразительно вращая глазами. — Видит бог... Ого, это нечаянно вырвалось! — воскликнул Сэм, внезапно оборвав свою речь, и с таким забавным испугом, что его госпожа поневоле улыбнулась. — Да, миссис, я поберегу коней.

— Знаешь, Энди, — сказал Сэм, вернувшись под тень бука. — Меня нисколько не удивит, если конь этого приезжего господина начнет брыкаться, как только он вскочит в седло. С некоторыми лошадьми это бывает. — И Сэм при этом многозначительно толкнул Энди в бок.

— Ого! — вскрикнул Энди, сразу сообразив, в чем дело.

— Видишь ли, Энди, миссис хочет выиграть время, это сразу видно. Я хочу ей чуточку в этом помочь. Знаешь что? Отвяжи-ка всех коней, пусть они побегают по площадке вон до той рощи. Тогда, я думаю, мастеру не так-то скоро удастся выехать.

Энди осклабился.

— И послушай еще: если лошадь мастера Хеллея начнет беситься, нам придется своих коней отпустить, чтобы помочь ему. И мы ему поможем, не правда ли?

Сэм и Энди, закинув назад головы, разразились подавленным, непрерывающимся смехом и заплясали на месте, высоко вскидывая пятки.

Как раз в эту минуту на веранде показался Хеллей. Выпив несколько чашек прекрасного кофе, он несколько смягчился и находился в довольно сносном настроении.

Сэм и Энди схватились за плетенки из пальмовых листьев, которые они привыкли считать шляпами, и поспешили к коновязи, чтобы «помочь мастеру».

Шляпа Сэма совсем разъехалась. Торчавшие кверху концы листьев придавали ей крайне вызывающий вид и даже некое сходство с вождем дикого племени. У шляпы Энди поля были совсем оторваны, но он ловким шлепком нахлобучил на голову тулью и самодовольно оглянулся во-

круг, словно спрашивая: «Кто посмеет сказать, что это не шляпа?»

— Ну, ребята, — крикнул Хеллей, — шевелитесь! Времени терять нельзя!

— Сию минуточку, — ответил Сэм, передавая поводья Хеллею и почтительно поддерживая стремя, в то время как Энди отвязывал двух других лошадей.

Но едва лишь Хеллей коснулся седла, как горячая лошадь сделала неожиданный скачок и скинула своего хозяина, так что он, перелетев через ее голову, упал на мягкую высохшую траву лужайки. Сэм испустил крик ужаса и ухватился за поводья, но так как при этом жесткие концы пальмовых листьев коснулись глаз лошади, то это отнюдь не содействовало ее успокоению. Возбужденное животное свалило Сэма с ног, презрительно фыркнуло, взвилось на дыбы и понеслось к нижнему краю лужайки, куда за ним последовали Билль и Джерри, которых, следуя уговору, Энди своевременно отпустил, ускоряя их бег своими криками и возгласами.

Началась невообразимая сумятица. Сэм и Энди бегали и кричали, собаки лаяли. Пит, Мос, Менди, Фанни и все чернокожие мальчишки и девчонки с плантации, примчавшиеся на шум, хлопали в ладоши, вопили и кричали, охваченные горячим усердием и неудержимой готовностью услужить. Серая в яблоках лошадь Хеллея, быстрая и горячая, казалось, испытывала величайшее удовольствие от этой игры. Имея для бега в своем распоряжении свободное пространство длиной в полумилю, окаймляемое с двух сторон лесом, она забавлялась тем, что подпускала преследователей совсем близко к себе, и, когда они оказывались почти рядом, делала прыжок в сторону, и, фыркнув, вскачь уносилась к лесу и исчезала за деревьями.

В намерения Сэма вовсе не входило поймать которую-нибудь из лошадей раньше, чем он сочтет это нужным. Но со стороны должно было казаться, что он делает самые героические усилия, чтобы догнать разыгравшихся коней. Подобно мечу Ричарда Львиное Сердце[1], который всегда сверкал в самой гуще боя, пальмовая шляпа Сэма виднелась всюду, где могла грозить опасность, что будет поймана хоть одна лошадь. Стоило только лошади замедлить бег, как он с воплем: «Стой! Стой! Наконец поймали!» — бросался к ней, и она незамедлительно летела дальше.

Хеллей бегал взад и вперед, ругался и топал ногами.

Мистер Шельби, стоя на веранде, тщетно силился отдать какие-то приказания слугам, а миссис Шельби из окна своей комнаты с удивлением наблюдала за происходящим. В глубине души она, вероятно, догадывалась, чем вызван был этот переполох.

Было уже около двенадцати, когда Сэм, верхом на Джер-

---

[1] *Ричард Львиное Сердце* — английский король в 1189—1199 гг. За храбрость, проявленную им в битвах, получил прозвище «Львиное Сердце».

ри, с торжествующим видом подскакал к веранде. Он держал в поводу покрытую по́том и пеной лошадь Хеллея. Но горящие глаза и раздувающиеся ноздри благородного животного говорили о том, что в нем еще не угасла жажда свободы.

Поймал! — ликовал Сэм. — Не будь меня, они бы всю душу порастрясли, бегая за ней, но я ее поймал!

— Ты? — переспросил Хеллей не слишком приветливо. — Не будь тебя, этого вообще не случилось бы.

— Господи, смилуйся над нами! — произнес Сэм тоном величайшего огорчения. — Я ведь так гонялся и бегал, что с меня пот льет ручьем.

— Знаю тебя, — буркнул Хеллей. — Мы с твоими проклятыми штучками и так потеряли три часа. Но теперь едем, и чтоб больше никаких глупостей!

— Что вы, мастер, — скромно заметил Сэм, — не захотите же вы уморить и нас, и коней? Мы валимся с ног от усталости, а лошади все в поту. Мастеру нечего и думать выехать до обеда. Лошадь мастера необходимо вычистить. Поглядите только, как она забрызгалась. А Джерри захромал. Миссис, наверно, не отпустит вас до обеда. Боже упаси! Мы нагоним время, обед не повредит нам, а Лиззи никогда не бегала особенно шибко.

Миссис Шельби, с веранды прислушивавшаяся к разговору, решила теперь и со своей стороны принять коекакие меры. Подойдя к перилам, она вежливо выразила сожаление по поводу постигшей Хеллея беды, настоятельно посоветовала ему остаться к обеду и добавила, что велит немедленно подавать к столу.

Хеллею хоть и с неудовольствием, но оставалось только покориться неизбежному. Он отправился в гостиную, в то время как Сэм за его спиной состроил невероятную рожу и затем двинулся с лошадьми к конскому двору.

— Видел ты его, Энди? Видел ты его? — затараторил Сэм, привязав к конюшне лошадей. — Ах, господи, это было занятнее, чем на молитвенном собрании! То-то он орал! А бегал, бегал-то как! А потом валялся на траве!.. А руками как размахивал и при этом все время ругался! «Ругайся, ругайся сколько влезет, старина, — говорю я себе. — Тебе все-таки придется подождать, пока я подам тебе лошадь». Господи, Энди, мне мерещится, будто он все ещё передо мною!

Сэм и Энди, прислонившись к стене, досыта нахохотались.

— А как он был взбешен, когда я подал ему лошадь! Право же, он охотнее всего убил бы меня, если б только посмел. А я стою перед ним, будто невинный младенец.

— О, я видел тебя! — с восхищением воскликнул Энди. — Ты хитрая голова, Сэм!

— Еще бы! А видел ты миссис у окна? Как она смеялась!

— Я так гонялся за лошадьми, — сознался Энди, — что ничего не видел.

— Знаешь, Энди, — начал Сэм, с крайне серьезным видом принимаясь чистить лошадь Хеллея, — я приобрел привычку наблюдать. Это очень важно, и тебе, мальчик, тоже следовало бы в этом поупражняться, ведь ты еще молод. Приподыми-ка ей заднюю ногу, Энди. Не заметил я разве сегодня, еще с утра, откуда дует ветер? Не увидел я разве, что желает миссис, хоть она ни словечка не сказала? Вот это я называю уметь наблюдать. Это уж, наверно, от природы у человека бывает такая способность. Она не у каждого есть, но следует все-таки упражняться.

— Эге! — усмехнулся Энди. — Однако, если бы сегодня утром я не помог тебе «наблюдать», ты вряд ли придумал бы такую штуку.

— Энди, — сказал Сэм, — ты способный паренек, в этом нет сомнения. Я самого лучшего мнения о тебе и нисколько не стыжусь позаимствовать у тебя хорошую мысль. Ни на кого не следует глядеть сверху вниз, Энди. Ведь даже и самый умный человек может иной раз попасть впросак. Но, знаешь, давай-ка зайдем в дом. Я уверен, что миссис сегодня припасла для нас что-нибудь вкусное.

ГЛАВА VII
Любовь матери

Трудно вообразить себе человеческое существо более несчастное и одинокое, чем Элиза с той минуты, как она покинула хижину дяди Тома.

К мыслям о страданиях и опасностях, которым подвергался ее муж, и к страху за ребенка присоединилось смутное чувство ужаса перед тем риском, на который она пошла, покинув дом, где привыкла считать себя родной, и лишившись поддержки женщины, которую любила и почитала. Разлука со всем, что было знакомо и дорого, — с местами, где она росла, с деревьями, в тени которых играла, с рощей, где она в счастливые дни бродила со своим молодым мужем, — все это сейчас причиняло ей особую боль. Образы прошлого, вставая перед ней при неровном мерцании звезд, словно с укоризной глядели на нее, спрашивая, куда она направляет свои шаги.

Но материнская любовь, доведенная почти до безумия близостью страшной опасности, брала верх над всеми другими чувствами. Мальчик был достаточно велик, чтобы идти с ней рядом. При обычных обстоятельствах она вела бы его за руку, но сейчас ее охватывал трепет при одной мысли о возможности выпустить его из своих объятий, и, все ускоряя шаг, она судорожно прижимала его к груди.

Подмерзшая земля скрипела у нее под ногами. Элиза задрожала, уловив этот звук. Каждый сорвавшийся лист, каждая мелькнувшая тень заставляли кровь волной приливать к сердцу. Она сама дивилась силе, внезапно проснувшейся в ней: с легкостью, будто пушинку, несла она на руках тяжелого ребенка. Каждая новая вспышка страха увеличивала эту сверхъестественную силу и заставляла ее ускорять шаг. Побледневшие губы не переставая шептали: «Господи, помоги мне и спаси!»

О вы, матери, читающие эти строки, если бы это вашего Генри должны были поутру оторвать от вас, если бы вы своими глазами видели грубого и безжалостного торговца, узнали бы, что уже подписан акт о продаже, если б времени на то, чтобы спастись, у вас оставалось от полуночи до утра, как быстро несли бы вас ваши ноги, сколько миль[1] пробежали бы вы за эти короткие часы, прижимая к груди свою драгоценную ношу, чувствуя на плече любимую головку спящего ребенка, а вокруг шеи обвивающие ее маленькие ручонки!..

Мальчик спал. Вначале непривычная обстановка и беспокойство не давали ему уснуть, но мать так настойчиво приказывала ему не разговаривать, сдерживать каждый вздох, так твердо уверяла его, что непременно спасет его, если только он не будет шуметь, что он, успокоившись и положив головку к ней на плечо, уже совсем сонным голосом спросил:

— Мамми, а что, если я усну?

— Спи, любименький мой, спи, если хочешь.

— Но, мамми, ты не отдашь меня тому злому дяде, если я усну?

— Нет, нет, успокойся, детка моя! — прошептала мать, еще больше бледнея.

— Наверное не отдашь, мамми?

— Не отдам, не отдам, — ответила мать, и уверенность, с которой она произнесла эти слова, поразила ее самое: казалось, они были подсказаны ей кем-то другим, какой-то силой, владевшей всем ее существом.

Мальчик снова уронил усталую головку к ней на плечо и вскоре уснул. Прикосновение теплых ручек, легкое дыхание, касавшееся ее затылка, разжигали в ней пламя жизни. Казалось, что каждое движение ребенка вливает во все ее тело неиссякаемый поток энергии.

Кустарник, лес — все это словно в тумане проносилось

[1] *Миля* — английская путевая мера длины, равная 1609 метрам.

мимо. Позади, одно за другим, оставались знакомые места, но Элиза не решалась передохнуть, пока на рассвете не вышла на проезжую дорогу. Много миль отделяли ее от родных.

Элиза нередко сопровождала свою госпожу, когда та отправлялась в гости к своим родственникам, проживавшим в городе Т., недалеко от реки Огайо, поэтому она хорошо знала дорогу. Дойти туда, перебраться через Огайо — вот путь, который она наметила в первые минуты. Дальше — полная неизвестность. Надеяться ей было не на кого.

На дороге стали появляться запряженные лошадьми повозки, и Элиза, несмотря на владевшее ею возбуждение, поняла, что ее расстроенное лицо и торопливый шаг могут привлечь к ней внимание и показаться подозрительными. Спустив с рук ребенка, она привела в порядок свою одежду и, взяв мальчика за руку, двинулась дальше, умеряя шаг настолько, чтобы не обращать на себя внимания проезжих. В узелке у нее были завязаны печенье и яблоки. Время от времени она бросала яблоко вперед на дорогу, яблоко катилось несколько шагов, и мальчик бросался за ним вдогонку. Этот прием помог ей преодолеть не одну полумилю.

Несколько времени спустя они поравнялись с небольшой густой рощей, которую пересекал прозрачный ручей. Ребенок пожаловался на голод и жажду. Элиза перебралась с ним через изгородь, уселась позади большой скалы, скрывавшей их от глаз проезжих, и достала из узелка завтрак для мальчика.

Малыш удивился, что она сама ничего не ест. Обхватив ручонкой ее шею, он пытался засунуть ей в рот кусочек пирожка. Но она не в силах была ничего проглотить.

— Нет, нет, родной! Мама не может есть, пока ты не будешь в безопасности!.. Нам нужно идти дальше, все дальше, пока мы не доберемся до реки.

Она снова поспешно выбралась на дорогу и пошла вперед, делая над собою невероятные усилия, чтобы сохранить спокойствие и размеренность движений.

Элиза находилась уже в нескольких милях за пределами тех мест, где ей могли встретиться знакомые. Но если бы ей и встретился кто-нибудь из людей, лично знавших ее, то вряд ли у него могло бы возникнуть подозрение, что она убежала, так как всем было известно хорошее отношение к ней ее хозяев.

Успокаивало Элизу также и то, что она и ребенок были настолько белы, что об их негритянском происхождении можно было догадаться, только пристально вглядевшись в них. Поэтому она надеялась проскользнуть незамеченной.

Именно это обстоятельство придало ей решимости около полудня завернуть в приветливый фермерский домик, чтобы хоть немного отдохнуть и подкрепиться едой.

Пожилая фермерша была, видимо, рада возможности поболтать и приняла на веру заявление беглянки, что она отправляется на неделю погостить к друзьям. «Ах, если бы это была правда!» — думала Элиза.

За час до захода солнца Элиза в полном изнеможении, с израненными ногами, но все еще бодрая духом, достигла городка Т. на Огайо. Первый взгляд ее был обращен к реке, отделявшей ее от земли обетованной.

Уже наступила весна, река вздулась и рвалась вперед. Огромные ледяные глыбы неслись по мутным волнам.

Со стороны Кентукки берег далеко вдавался в воду, а на противоположной стороне, в изгибе реки, лед задерживался и, громоздясь, закрывал весь узкий проток, образуя как бы огромный волнистый движущийся плот, загораживающий всю реку и доходящий почти до самого кентуккийского берега. Элиза на мгновение остановилась и с первого же взгляда оценила всю трудность положения. Ясно было, что паро́м при таких условиях не ходит. Она

направилась к небольшой таверне на берегу, чтобы узнать, как обстоит дело с перевозом.

Хозяйка, занятая приготовлением ужина, сразу же обернулась, услышав печальный и мягкий голос Элизы.

— Нет ли здесь лодки, на которой можно было бы переправиться в Б.? — спросила она.

— Нет, лодки еще не ходят, — ответила женщина.

Отчаяние, отразившееся на лице Элизы, поразило хозяйку.

— Вам необходимо переправиться? — спросила она. — Кто-нибудь заболел? Вы как будто очень волнуетесь?

— У меня там ребенок, он в большой опасности, — проговорила Элиза. — Я узнала об этом только вчера вечером и сегодня прошла пешком большое расстояние, надеясь попасть на паро́м.

— Какая неудача, — сказала женщина, в которой заговорили материнские чувства. — Мне вас очень жаль!.. Соломон! — крикнула она в окошко в сторону маленького сарайчика, стоявшего во дворе.

В дверях сарая показался человек в кожаном фартуке.

— Скажи-ка, Сол, — обратилась к нему хозяйка, — сосед ведь, кажется, собирался сегодня ночью перевезти на тот берег бочки, не так ли?

— Он сказал, что попытается, если только будет возможно, — ответил Соломон.

— Один человек собирается сегодня ночью, если удастся, переправить на тот берег товар, — пояснила хозяйка. — Он зайдет сюда поужинать. Вам лучше всего подождать его. Какой хорошенький мальчик, — продолжала она, протягивая ему пирожок. Но ребенок, измученный усталостью, в ответ только заплакал.

— Мальчик не привык много ходить, — сказала Элиза. — Он переутомился.

— Внесите его сюда, — проговорила женщина, открывая дверь в маленькую комнату, где стояла удобная кровать.

Элиза уложила усталого ребенка и держала его ручки в своих руках, пока он не заснул. Для нее самой не могло быть покоя. Мысль о преследователях безжалостно гнала ее вперед, и она не могла отвести тоскующих глаз от бурлящих вод, отделявших ее от свободы.

Теперь мы на некоторое время покинем Элизу и обратимся к ее преследователям.

Хотя миссис Шельби и обещала, что обед будет подан немедленно, но ряд причин задержал выполнение этого обещания. Приказание миссис Шельби, данное в присутствии мистера Хеллея, было передано тетушке Хлое по меньшей мере дюжиной юных гонцов, но почтенная повариха только пробормотала что-то нечленораздельное, покачала головой и продолжала выполнять свои обязанности с величайшим спокойствием и тщательностью.

Среди слуг царила уверенность, что миссис не очень-то будет гневаться за промедление, и просто удивительно, сколько неожиданных происшествий сразу же стали замедлять ход дела.

Какой-то незадачливый поваренок пролил подливку, приготовленную к жаркому, другой споткнулся, неся воду, и вынужден был вторично отправиться к водокачке, у третьего из рук выскользнула тарелка с маслом. Время от времени в кухне появлялся какой-нибудь вестник, сообщавший, что Хеллей от нетерпения не в силах усидеть на месте и ежеминутно подбегает к окну или выскакивает в переднюю.

— Так ему и надо! — проворчала тетушка Хлоя.

— Он, наверно, попадет в ад! — воскликнул маленький Джек.

— Он это заслужил, — с гневом проговорила тетушка Хлоя. — Он разбил много, много сердец, и они взывают к мщению. И поверьте, поверьте, он будет наказан!

Все, раскрыв рот, прислушивались к словам тетушки Хлои. Обед был уже благополучно подан на стол, и в кухне оставалось достаточно времени для разговоров.

— Он вечно будет гореть в аду, не правда ли? — спросил Энди.

— Посмотрел бы я, как он горит! — воскликнул маленький Джек.

— Дети мои! — раздался голос, при звуке которого все вздрогнули. То был голос дяди Тома. Он вошел незамеченным и слышал весь разговор.

— Дети мои, — повторил он. — Вы сами не понимаете, что́ говорите. Вечность — страшное слово, страшно даже вообразить ее себе. Вечных мучений нельзя желать ни одному человеческому существу.

— Никому не пожелаем, кроме торговцев людьми, — ответил Энди. — А им это следует пожелать! Они такие негодяи.

— Да разве не восстает против них сама природа! — воскликнула тетушка Хлоя. — Разве они не отрывают младенца от груди матери? Не уводят разве силой маленьких детишек, которые с плачем цепляются за платья своих матерей? Не разлучают они разве мужа с женой? — продолжала она со слезами. — А чувствуют ли они при этом хоть каплю жалости? Пьют себе, курят, будто сделали самое обыкновенное дело. Если черти таких злодеев не заберут себе, то зачем вообще-то черти нужны!

Закрыв лицо клетчатым передником, тетушка Хлоя громко зарыдала.

— Нужно уметь прощать своим врагам, — произнес Том, пытаясь найти для нее, да и для себя утешение.

— Прощать негодяям? — вскрикнула тетушка Хлоя. — Нет, это мне не под силу!

— Подумай, Хлоя, о том, что делается в душе такого торговца рабами, и радуйся, что ты не похожа на него, — сказал Том. — Я предпочитаю быть тысячу раз проданным, чем отвечать перед своей совестью за поступки, подобные тем, которые совершает этот человек.

Меня очень радует, — продолжал Том, — что наш господин не уехал сегодня утром, как собирался. Мне это было бы больнее, чем то, что он меня продал. Я ведь знаю его с юных лет. Теперь, когда я видел мастера, я готов примириться со своей судьбой. Ведь у него не было другого выхода. Боюсь только, что здесь все развалится, когда меня не будет. Нельзя ожидать, что мастер будет так тщательно следить за всем и смотреть за порядком, как это делал я. Вот это меня беспокоит.

Но тут раздался звонок, и Тома позвали в гостиную.

— Том, — мягко произнес мистер Шельби. — Прошу тебя иметь в виду, что я поручился за тебя и вынужден буду заплатить этому джентльмену тысячу долларов, если тебя не окажется на месте, когда он тебя потребует. Сегодня он будет занят своими делами, и ты свободен на весь день. Отправляйся куда тебе угодно, старина.

— Благодарю вас, сэр, — сказал Том.

— Берегись, — вмешался торговец, — и не пробуй сыграть какую-нибудь из ваших негритянских штучек. Не то я потребую с твоего господина всю неустойку в тысячу долларов до последнего цента. Если б он послушался меня, то не доверял бы ни одному из вас. Все вы готовы ускользнуть, как угри.

— Мастер, — произнес Том, выпрямившись и обращаясь к мистеру Шельби, — мне было ровно восемь лет, когда старая миссис положила мне вас на руки. Вам тогда и году еще не было. И она сказала мне: «Том, он будет твоим молодым хозяином. Береги его хорошенько». И вот теперь я спрашиваю вас, мастер: разве я когда-нибудь не сдержал своего слова или отказал в повиновении?

Мистер Шельби растрогался, слезы навернулись у него на глазах.

— Дорогой мой, — произнес он. — Ты говоришь чистую правду, и будь я в силах хоть что-нибудь изменить, я не продал бы тебя ни за что на свете.

— И клянусь тебе, — добавила миссис Шельби, — мы выкупим тебя, как только мне удастся раздобыть необходимые средства. Мистер Хеллей, — обратилась она к торговцу, — не забудьте написать мне, кому вы его продали.

— Охотно сделаю это, — сказал Хеллей. — Кто знает, может быть, я уже через год привезу его вам обратно. Будем надеяться, что он будет не слишком изнурен работой и еще пригодится вам.

— Вы не окажетесь в убытке, — произнесла миссис Шельби.

— Разумеется, — ответил Хеллей. — Я с одинаковым удовольствием продаю свой товар на Юг и на Север. Не все ли мне равно, куда везти их — вверх или вниз по реке, лишь бы заработать. Наш брат, мадам, ведь хочет жить, как и всякий другой.

Мистер и миссис Шельби в глубине души были возмущены такой наглой фамильярностью работорговца, но оба они отдавали себе отчет в необходимости сдерживаться. Чем больше он проявлял бессердечия и эгоизма, тем острее становились опасения миссис Шельби за судьбу Элизы и ребенка, если работорговцу удастся догнать их. Поэтому миссис Шельби готова была пустить в ход любую из женских уловок, она соглашалась с ним, весело болтала — делала все, что было в ее силах, чтобы время для него проходило незаметно.

В два часа Сэм и Энди подвели к крыльцу лошадей, ко-

торым, судя по их бодрому и свежему виду, утренняя пробежка пошла на пользу. Сэм после обеда был преисполнен невероятным рвением и усердием. Как только Хеллей приблизился к нему, он, обернувшись к Энди, принялся хвастать, что стоит ему только взять дело хорошенько в свои руки, и успех будет обеспечен.

— Разве у вашего господина нет собак? — спросил Хеллей, собираясь сесть на лошадь.

— Как же! Много собак! — торжествуя, воскликнул Сэм. — Поглядите, вон Бруно, он здорово лает. Кроме того, почти каждый из наших негров держит собаку, кто какую.

Хеллей грубо выругался.

— Но ваш господин не держит собак для охоты на негров! — сказал он презрительно. — Уверен, что не держит!

Сэм прекрасно понял, чтó именно Хеллей имеет в виду, но ответил с самым глупым видом:

— У всех наших собак прекрасное чутье; по-моему, это как раз такие, как надо. Только им не приходилось участвовать в такой охоте. Они все могут найти, стоит им только дать волю. Бруно, сюда! — И он свистом подозвал тяжеловесного водолаза, который, неуклюже подпрыгивая, бросился к нему.

— Иди ты к черту! — выругался Хеллей, поднимаясь в седло. — Садись наконец на лошадь.

Сэм подчинился приказанию, но при этом успел щекотнуть Энди, так что тот громко захохотал.

Этот неуместный смех так возмутил Хеллея, что он замахнулся на парня хлыстом.

— Садись, Энди, — произнес Сэм с важностью. — Дело серьезное. Не шути. Не так должны мы помогать мастеру.

— Я поеду прямо к реке, — решительно сказал Хеллей, когда они достигли границы плантации. — Я знаю их повадку: все они устремляются в Канаду.

— Верно, верно, — подтвердил Сэм. — Это правильно. Мастер Хеллей попал в самую точку. Но штука в том, что к реке ведут две дороги: проезжая и обыкновенная, лесная. По какой из них мастер желает ехать?

Энди с самым невинным видом взглянул на Сэма: он был поражен этим новым открытием в географии. Все же он с горячностью подтвердил слова Сэма, без конца повторяя версию о двух дорогах.

— Мне так думается, — продолжал Сэм, — что Лиззи выбрала лесную дорогу: по ней меньше народу ходит.

Хеллей был, правда, хитрой старой лисой и склонен к недоверчивости, все же довод Сэма показался ему убедительным.

— Если б только вы оба не были такими гнусными лгунами... — пробормотал он в раздумье.

Эти слова ужасно рассмешили Энди. Он немного отстал и так затрясся от хохота, что чуть не свалился с лошади. Зато лицо Сэма оставалось невозмутимо серьезным.

Мастер, разумеется, может поступать, как ему будет угодно, — снова заговорил Сэм. — Он может выбрать ту дорогу, которую он считает лучшей, наше дело — сторона. А может быть, все же лучше ехать по большой дороге?

— Она, конечно, избрала самую безлюдную дорогу, — вслух размышлял Хеллей, не обращая внимания на замечания Сэма.

— В этом вовсе нельзя быть уверенным, — заметил Сэм. — Женщины всегда все делают по-своему. Они обычно поступают как раз наперекор тому, что нам кажется правильным. Предположишь, что она пошла по одной дороге, на самом же деле она отправилась по другой. По-моему, Лиззи пошла по дороге через болото, поэтому я советую ехать по проезжей.

Это глубокомысленное замечание относительно слабого пола, по-видимому, не склонило Хеллея к выбору большой дороги. Он решил ехать по дороге через болото и спросил Сэма, когда они на нее выедут.

— Немножечко дальше, — ответил Сэм, подмигивая Энди. — Но я все обдумал, — добавил он очень серьезным тоном. — По-моему, мы напрасно решили ехать по этой дороге. Я никогда по ней не ходил, там не встретишь живой души; мы можем заблудиться и неизвестно куда в конце концов попадем.

— И все-таки я поеду именно по этой дороге, — объявил Хеллей.

— Я сейчас только вспомнил: мне говорили, что внизу у ручья сейчас нет проезда. Не так ли, Энди?

Энди не был в этом уверен. Он только слышал об этой

дороге, сам же никогда по ней не ходил. Одним словом, он ни за что не отвечает.

Хеллей, считавший, что негры способны только лгать, имел обыкновение учитывать лишь бóльшую или меньшую вероятность какого-нибудь утверждения. По его мнению, все говорило в пользу дороги, идущей через болото. Он полагал, что Сэм необдуманно сболтнул о ней сначала и сейчас всеми силами пытается отговорить его, чтобы не подвергать Элизу опасности.

Поэтому сразу, как только Сэм указал ему начало тропинки, Хеллей, не раздумывая, поехал по ней. Сэм и Энди последовали за ним.

Это и в самом деле была старая дорога, ведущая к реке, но уже много лет, после прокладки новой проезжей дороги, совершенно заброшенная. Примерно с час по ней можно было беспрепятственно ехать верхом, но дальше она была перегорожена заборами и изгородями. Сэму это было отлично известно, и он ехал, сохраняя на своем лице невозмутимое спокойствие. Энди же изредка охал и стонал, жалуясь, что дорога чересчур ухабистая и опасная для больной ноги Джерри.

— Вот что, — сказал наконец Хеллей. — Я вас хорошо знаю, и вы вашей болтовней не заставите меня отказаться от этой дороги. Поэтому — замолчать!

— Мастер вправе приказывать, — с жалостной покорностью проговорил Сэм. При этом он, однако, снова подмигнул Энди.

Сэм был в превосходном настроении. Он хвастал своим отличным зрением, ежеминутно оглядывался по сторонам. Временами он вскрикивал, уверяя, что видит женскую шляпу на верхушке дальнего холма, или спрашивал Энди, не кажется ли ему, что это Лиззи пробирается вон там, в глубине долины. Все эти замечания он делал именно тогда, когда дорога была особенно трудна и когда нельзя было гнать лошадей. Таким способом ему удавалось держать Хеллея в состоянии непрерывного напряжения.

Они ехали уже около часа, как вдруг дорога, спускаясь под уклон, уперлась в хозяйственный двор какой-то большой фермы. Кругом не видно было ни души: все рабочие, по-видимому, находились в поле. Но так как сарай стоял как раз поперек дороги, не подлежало сомнению, что ехать дальше в этом направлении было невозможно.

— Не говорил ли я раньше, что так будет? — произнес Сэм с видом оскорбленной невинности. — Как же приезжему господину лучше знать местность, чем человеку, который здесь родился и вырос!

— Негодяй! — крикнул Хеллей. — Ты это отлично знал!

— Да разве я не говорил, что знаю? — обиженно спросил Сэм. — Но вы не хотели мне верить. Я говорил мастеру, что дорога перегорожена и нам будет не проехать. Энди слышал, что я говорил.

Это трудно было оспаривать, и несчастному работорговцу оставалось только подавить кипевшее в нем бешенство. И все трое, сделав крутой поворот, поехали в сторону большой дороги.

Из-за всех этих промедлений преследователи добрались до поселка со значительным опозданием. Мальчик Элизы уже минут сорок как крепко спал, когда Хеллей со своими спутниками подъехал к таверне.

Элиза, стоявшая у окна, глядела в противоположную сторону, но зоркие глаза Сэма издали заметили ее. Хеллей и Энди отстали на несколько шагов. Минута была критическая. Но Сэм умудрился устроить так, что ветер сорвал с его головы шляпу. Он пронзительно вскрикнул, и крик этот привлек внимание Элизы. Она поспешно отступила в глубь комнаты, в то время как всадники пронеслись мимо окна и осадили своих коней у входа у харчевню.

Элиза, казалось, в это мгновение пережила тысячу

жизней. Дверь из ее комнаты вела к реке. Схватив ребенка на руки, она бросилась вниз по ступенькам, ведущим к воде.

Хеллей заметил ее в то самое мгновение, когда она исчезла в прибрежных кустах. Он соскочил с лошади и, крикнув Сэму и Энди, чтобы они следовали за ним, бросился за беглянкой, как охотничья собака в погоне за дичью.

Ноги Элизы словно не касались земли. В одно мгновение она очутилась у самой воды. Хеллей преследовал ее по пятам. Но воодушевленная порывом, овладевающим человеком только в минуту страшного отчаяния, она, дико вскрикнув, перескочила через мутный поток, отделявший лед от берега, и очутилась на ближайшей льдине. Это был невероятный прыжок, возможный только в порыве безумия или отчаяния.

Хеллей, Сэм и Энди инстинктивно вскрикнули, когда она прыгнула.

Большая зеленая льдина покачнулась и затрещала под ее тяжестью, но она ни на мгновение не остановилась. Все с тем же диким криком, напрягая все силы, она продолжала свой путь, перепрыгивая со льдины на льдину.

Спотыкаясь, делая страшные прыжки, скользя и снова подымаясь, она несется дальше и дальше... Она теряет башмак... Чулки свисают клочьями, кровавые следы отмечают каждый ее шаг, но она ничего не видит, не чувствует... Наконец, будто в туманном сне, она различает перед собой берег, какой-то человек спешит ей навстречу и помогает подняться по откосу...

— Ты смелая девушка, кто бы ты ни была! — вскрикнув от удивления, проговорил неизвестный.

Элиза взглянула на него и узнала знакомого фермера.

— О мистер Саймс, спасите меня, умоляю вас, спасите, спрячьте меня! — воскликнула Элиза.

— Как? Что я вижу? Да ведь это служанка Шельби!

— Мой сын... этот мальчик... его продали. Вон там

стоит его хозяин, — показывая на противоположный берег, проговорила Элиза. — О мистер Саймс, ведь у вас самого есть мальчик!..

— Да, есть, — сказал Саймс, с грубоватой ласковостью помогая ей взобраться на берег. — Но, кроме того, ты храбрая девчонка, а я ценю смелость, где бы я ее ни встречал.

Поднявшись на откос, Саймс остановился.

— Я охотно бы помог тебе, — сказал он, — но я не знаю, куда мне тебя деть. Самое большее, что я могу сделать, это посоветовать тебе: пойди туда. — Он указал ей на большой белый дом, расположенный несколько в стороне от главной улицы поселка. — Пойди туда. Люди там хорошие, и они помогут тебе, у них есть опыт в таких делах.

— Благодарю, благодарю вас! — с глубоким чувством сказала Элиза. Прижав к груди ребенка, быстрыми, твердыми шагами она двинулась дальше.

Саймс поглядел ей вслед.

«Ну, Шельби, пожалуй, не сочтет это за добрососедскую услугу, — подумал он. — Что ж, если ему когда-нибудь при подобных же обстоятельствах попадется какая-нибудь из моих негритянок, пусть отплатит мне той же монетой. Я не буду в претензии. И почему это я обязан заниматься ловлей чужих невольников?»

Так рассуждал этот небогатый житель Кентукки, плохо осведомленный о законах своей страны. Но именно эта неосведомленность и заставляла его поступать так, как подобает благородному человеку. Знай он несколько лучше американские законы, он, вероятно, поступил бы иначе.

Ошеломленный, стоял Хеллей и смотрел, пока Элиза не исчезла из виду, достигнув противоположного берега. Тогда только он с растерянным видом повернулся к Сэму и Энди.

— Вот так история! — молвил Сэм.

— В этой девке сидит дьявол! — злобно крикнул Хел-лей. — Она прыгала, как дикая кошка!

— Н-да, — протянул Сэм, почесывая голову, — надеюсь, мастер не заставит нас переправляться по этой дороге. Боюсь, у меня не хватит ловкости. — Сэм весело хихикнул.

— Смеешься?! — прошипел Хеллей.

— Да простит меня бог, мастер, — сказал Сэм, давая наконец волю своей долго скрываемой радости. — Не могу удержаться от смеха. Так потешно было глядеть, как она скачет, — лед трещит, а она перепрыгивает с одной льдины на другую: плум... бум... хлоп!.. Господи, какие прыжки!..

Сэм и Энди захохотали так, что слезы ручьем текли у них по щекам.

— Я научу вас смеяться по-другому! — завопил Хеллей, и хлыст его засвистел над их головами.

Оба присели, спасаясь от ударов, затем с криком бросились вдоль берега и вскочили на лошадей раньше, чем он успел их догнать.

— До свиданья, мастер! — крикнул Сэм с самым серьезным видом. — Боюсь, что миссис будет беспокоиться о Джерри. Мастеру Хеллею мы все равно сегодня уже не понадобимся. Да миссис и не позволила бы, чтобы мы с нашими конями переправлялись по «Элизиному мосту»!

Толкнув Энди в бок, Сэм пустил лошадь рысью. Энди последовал за ним.

ГЛАВА VIII
Погоня

Смеркалось, когда Элиза достигла противоположного берега. Густой вечерний туман, поднявшийся над рекой, укрыл ее от глаз преследователей, а вздувшийся поток с громоздящимися друг на друга льдинами образовал между нею и ее преследователями непреодолимую преграду.

Хеллей, раздосадованный, медленно вернулся в корчму, чтобы обдумать свои дальнейшие шаги. Хозяйка провела его наверх и открыла перед ним дверь маленькой комнаты, в которой стояли покрытый блестящей черной клеенкой стол и несколько стульев с прямыми ножками и высокими узкими спинками. На полу лежал старый, потертый ковер. На выступе камина, в котором тлели сырые поленья, красовались ярко раскрашенные гипсовые фигурки, а длинная деревянная скамья стояла перед самым очагом. Хеллей опустился на скамью и предался размышлениям о бренности человеческих надежд и непостоянстве человеческого счастья вообще.

— Хотел бы я знать, — ругал он самого себя, — зачем мне вообще понадобился этот паршивый мальчишка? Ради него я, как лиса, полез в капкан, чтоб меня черт побрал!

Хеллей постарался излить свою душу в самых изощренных проклятьях и ругательствах по собственному адресу, которые мы, несмотря на наше согласие с ним, не можем по известным соображениям воспроизвести здесь.

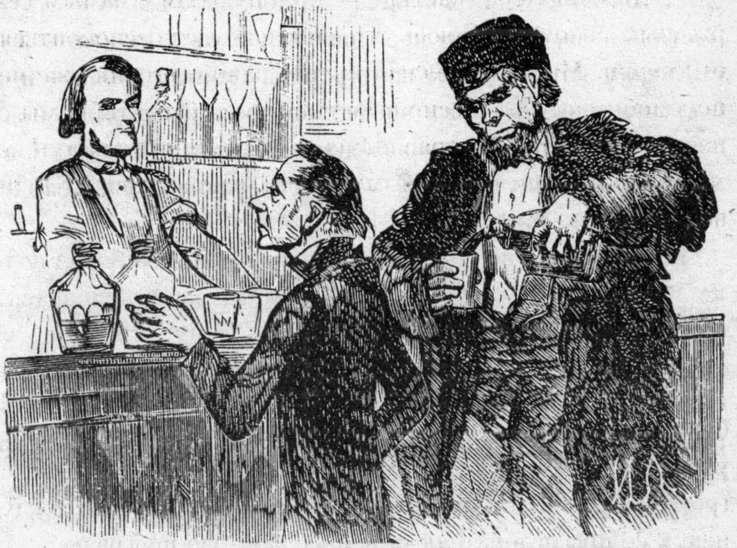

От этого занятия его отвлек неблагозвучный голос человека, который, по-видимому, слезал с лошади у дверей корчмы. Хеллей бросился к окну.

— Клянусь честью, можно подумать, что само так называемое провидение пришло мне на помощь! — воскликнул он. — Ей-богу, это Том Локер! — С этими словами он поспешил спуститься вниз.

У стойки в углу комнаты стоял плотный, мускулистый человек, ростом в добрых шесть футов и соответственной толщины. На нем была куртка из буйволовой кожи шерстью наружу, что придавало его внешности нечто звериное и вполне подходило к свирепому выражению его лица.

В каждой черте этого лица сквозили грубость, необузданность и жестокость. Читателю достаточно вообразить себе волкодава в куртке и шляпе, чтобы получить ясное представление о внешности Тома Локера.

Его спутник совершенно не походил на него. Это был маленький человечек с ловкими и вкрадчивыми кошачьими движениями. Его черные колючие глазки как будто постоянно высматривали мышь; такое же выражение застыло в заостренных чертах его лица. Длинный тонкий нос был так далеко вытянут вперед, словно стремился проникнуть в сущность всего происходящего вокруг. Жидкие прямые черные волосы были гладко зачесаны назад. Вся его манера держаться выражала хитрость и осторожность.

Высокий человек налил себе полный пивной бокал водки и молча опрокинул его в рот. Маленький человечек, вытянувшись на носках и наклоняя голову то вправо, то влево, как будто принюхивался к выстроенным на стойке бутылкам. Наконец, словно все тщательно взвесив, тоненьким, дрожащим голоском он заказал стакан мятного сиропа.

Когда ему подали заказанное, он приподнял стакан, с удовольствием посмотрел его на свет и опорожнил маленькими, медленными глотками.

— Вот это называется удачей! — произнес Хеллей, подойдя к широкоплечему человеку и протягивая ему руку. — Как поживаете, Локер?

— Черт! — прозвучал учтивый ответ. — Как вас сюда занесло?

Человек с настороженным взглядом, которого звали Мэркс, вытянув шею, уставился на пришельца с тем любопытством, с каким кошка подчас следит за сухим листком.

— Послушайте, Локер, лучшего я бы и пожелать не мог, — сказал Хеллей. — Я попал в гнусную переделку. Вы должны помочь мне выпутаться.

— Разумеется! — прохрипел Локер. — Когда вы радуетесь встрече с кем-нибудь, можно быть уверенным, что этот человек вам зачем-нибудь понадобился. В чем же дело?

— С вами, приятель, вероятно, ваш компаньон? — недоверчиво протянул Хеллей.

BUMIAWAP
ALIVE
KILLED

— Вы угадали. Эй, Мэркс! С этим человеком я вместе работал в Нахчецце.

— Рад познакомиться, — произнес Мэркс, протягивая свою длинную сухую руку, похожую на воронью лапу. — Мистер Хеллей, не правда ли?

— Я самый. Но вот что, джентльмены, раз уж судьба так счастливо свела нас, поговорим о делах. Пройдемте в ту комнату... Эй ты, старый тюлень! — крикнул он человеку за стойкой. — Подай нам горячей воды, сахару, сигар и добрую меру «чистого», мы подкрепимся и побеседуем.

Когда были зажжены свечи, а в очаге вспыхнул и разгорелся хворост, три достойных приятеля уселись за стол, уставленный всем, что было заказано и что так располагает к дружеской беседе. Хеллей взволнованным тоном изложил всю историю своих злоключений.

Локер слушал его, хмурясь, в мрачном молчании, а Мэркс деловито приготовлял себе пунш по вкусу; время от времени он поднимал глаза на говорившего и своим остреньким носом и подбородком чуть не тыкался в лицо Хеллея, явно уделяя рассказу самое пристальное внимание. Конец повествования, по-видимому, показался ему необычайно забавным, и тонкие губы его искривились в улыбке, выражавшей величайшее внутреннее удовлетворение.

— Значит, в самом деле провела вас? — пропищал он. — Хи-хи-хи! Здорово вы влипли!

— Торговля детьми, — жалобно проговорил Хеллей, — в нашем деле причиняет одно беспокойство.

— Если б удалось вывести такую породу женщин, которые не беспокоились бы о своих детенышах, это было бы величайшим изобретением цивилизации, — сказал Мэркс, хихикнув про себя.

— Удивительное дело, — заметил Хеллей, — никогда я этого не мог понять. Ребята доставляют им одни лишь заботы и муки, казалось бы, они должны радоваться возможности от них избавиться. Но ничего подобного: чем больше ребенок причиняет им хлопот, чем меньше от него пользы, тем он им дороже.

— Мистер Хеллей, передайте мне, пожалуйста, кипяток, — сказал Мэркс. — Да, джентльмен, — продолжал он, — вы повторяете сейчас то, о чем я много раз думал сам, о чем мы все думали. Однажды, когда я еще занимался этими делами, я купил женщину, здоровую, крепкую, работящую. У нее был сынишка — хилый такой, болезненный, горбатый, кривобокий. Я подарил его одному человеку, который надеялся хоть что-нибудь заработать на нем, так как он достался ему даром. Вы и вообразить себе не можете, как отнеслась к этому мать горбуна! Видели бы вы ее только, господи боже мой! Мне, право, кажется, что она еще сильнее любила его именно за то, что он был больной и терзал ее. Она вела себя как помешанная, кричала, плакала, бегала, искала его, словно потеряла всех друзей. Просто странно! Не поймешь этих женщин!..

— Да и со мной произошло однажды нечто подобное, — сказал Хеллей. — Прошлым летом в низовьях Красной реки я купил женщину с довольно миловидным ребенком. Глазенки у него были такие же ясные, как ваши. Но, разглядев его поближе, я убедился, что у него на глазах бельма. Слепой, понимаете? Ясно, что его невозможно было пустить в продажу. Не говоря худого слова, я променял его на бочонок виски. Но когда его стали отбирать у матери, она превратилась в настоящую тигрицу! Мы стояли еще на якоре. Негры не были закованы. Она, как кошка, вскарабкалась на тюк хлопка, схватила нож, и, клянусь вам, на одну минуту все отступили. Но вскоре она поняла, что сопротивление бесполезно. Тогда она повернулась и, не выпуская из рук ребенка, бросилась в реку. Она пошла ко дну и больше не выплыла.

— Чушь! — пробурчал Том Локер, выслушавший

4 – 4402

обоих с презрением, которого он и не пытался скрыть. — Оба вы просто не умеете взяться за дело. Мои девки мне такого представления не устраивают, могу вас уверить.

— В самом деле? Как же вы этого достигаете? — с интересом спросил Мэркс.

— Как достигаю? Да очень просто. Когда я покупаю женщину с ребенком и ребенок предназначен к продаже, я иду к ней, подношу к самому лицу ее кулак и говорю: «Если ты хоть пикнешь, я выбью тебе все зубы. Я не желаю слышать ни слова, ни единого звука! Этот ребенок принадлежит мне, а не тебе. Тебе до него нет никакого дела. Я продам его, как только представится случай, и слышишь: чтоб ты не поднимала шуму, не то лучше бы тебе не родиться!» Они быстро начинают понимать, что со мной шутки плохи, будьте уверены! Они у меня молчат как рыбы. А уж если которая-нибудь из них заревет... тогда... — И Локер так ударил кулаком по столу, что собеседники без слов поняли его.

— Вот это красноречие так красноречие, — протянул Мэркс, хихикая и толкая своего приятеля в бок. — Ну, не потешный ли парень этот Том Локер? Хи-хи-хи!.. Знаете, Том, вы способны вбить в их курчавые головы настоящее понимание вещей, им не приходится сомневаться в смысле ваших слов. Если вы не дьявол собственной персоной, то уж, во всяком случае, его родной брат. За это я готов поручиться!

Том принял этот комплимент с подобающей скромностью и состроил самую любезную физиономию, какая была мыслима при его характере.

Хеллей, который уже довольно много выпил, почувствовал вдруг пробуждение какого-то неожиданного мягкосердечия, что у людей его склада случается иногда после достаточно обильных возлияний.

— Вы, право, иногда хватаете через край, Том Локер! — сказал он. — Помните, я ведь не раз убеждал вас

тогда в Нахчецце, что мы зарабатывали бы столько же и жилось бы нам на этом свете не хуже, если б мы помягче обращались с неграми, к тому же у нас оставались бы кое-какие шансы попасть в царствие небесное в тот час, когда прах возвращается праху...

— К черту! — крикнул Том. — Прекратите эту болтовню. Меня мутит от таких глупостей. У меня желудок и без того не совсем в порядке. — И Том налил себе полный стакан водки.

Но Хеллей, откинувшись на спинку стула, продолжал, сопровождая свою речь выразительными жестами:

— Я говорю и всегда говорил, что веду свою торговлю так, чтобы, во-первых, заработать денег не меньше других. Но торговля, дела — это еще не все. У человека есть душа. Вы слышали, что говорят по этому поводу священники?.. Вот я и решил: когда я сколочу приличный капиталец, я позабочусь о своей душе. Так зачем же мне творить больше зла, чем необходимо? По-моему, это просто нерасчетливо.

— Заботиться о своей душе! — презрительно повторил Том. — Долго вам придется искать, чтоб обнаружить эту самую душу. Не тратьте даром труда. Сам черт у вас никакой души не найдет, даже если протрет вас сквозь сито.

— Не к чему вам так грубить, Том! — успокоительно произнес Мэркс. — Чего вы кипятитесь, когда человек желает вам только добра.

— Заткни наконец глотку! — хмуро буркнул Том. — Все я способен снести, кроме такой благочестивой болтовни. Сдохнуть я от нее способен! В чем, собственно, разница между нами? Не в том, конечно, что в вас, Хеллей, есть крупинка жалости; это не жалость, а одна подлость, вы просто надеетесь обмануть черта и спасти вашу шкуру. Я вижу вас насквозь. А что касается вашего так называемого благочестия, так, по-моему, это просто обман: человек всю жизнь накапливает у черта счет, а когда наступит день расплаты, пытается сбежать.

— Спокойнее, джентльмены, так не делаются дела, — пропищал Мэркс. — Сами знаете: каждый по-своему смотрит на вещи. Хеллей, как всем известно, человек осторожный, у него особого сорта совесть, а у вас, Том, — у вас свой способ действия, прекраснейший способ. Но ссориться, право же, совсем бесполезно. Перейдем лучше к делу. Итак, мистер Хеллей, вы хотите поручить нам поимку этой женщины?

— Мне никакого дела нет до этой женщины, она принадлежит Шельби. Мне принадлежит только мальчишка. И глупцом я был, что купил эту обезьянку.

— Вы всегда глупец, — буркнул Том Локер.

— Тише, Локер! — елейным голосом заговорил Мэркс. — Сегодня эти грубости ни к чему. Вы ведь видите, что мистер Хеллей хочет дать нам заработать. Помолчите немного. Заключать условия — это уж дело мое. Как выглядит эта женщина, мистер Хеллей? Что она собой представляет?

— Кожа у нее белая, и она очень красива. Воспитание получила хорошее. Я готов был дать Шельби за нее восемьсот, даже тысячу долларов и еще здорово бы на ней заработал.

— Белая, красивая и хорошо воспитана! — воскликнул Мэркс, все лицо которого вспыхнуло в ожидании наживы. — Локер, тут есть ради чего поработать! Мы поймаем ее! Мальчишку, разумеется, отдадим мистеру Хеллею, а ее отвезем на продажу в Новый Орлеан. Что вы на это скажете?

Локер слушал, раскрыв рот. Дослушав до конца, он стиснул челюсти, как собака, ухватившая брошенный кусок говядины, и несколько минут, казалось, медленно переваривал поданную ему мысль.

— Видите ли, — сказал Мэркс, обращаясь к Хеллею. — Всюду на том берегу у нас есть судьи, которые за недорогую плату помогают нам во всех случаях, когда может понадобиться их помощь. Том берет на себя грубую часть работы, а я — тонкую. Я появляюсь, отлично одетый, в блестящих ботфортах — все самого лучшего качества, появляюсь именно тогда, когда дело доходит до присяги. Вы бы только поглядели, — продолжал Мэркс, гордый своими подвигами, — в каких разнообразных ролях я выступаю! Один раз я — мистер Твикен из Нового Орлеана, в другой раз я только что приехал со своей плантации на реке Жемчужной, где у меня работает семьсот негров. Иногда я выступаю в качестве дальнего родственника Генри Клея, а не то изображаю старого помещика из Кентукки. У каждого свои способности. Том — дьявольский парень, когда нужно драться, но врать он не умеет, у него получается как-то ненатурально. Зато, клянусь своей душой, нигде вы не найдете такого мастера, который готов присягнуть в чем только угодно, как ваш покорный слуга. Если такой найдется, хотел бы я на него поглядеть! Мне кажется, я мог бы довраться до успеха даже в том случае, если бы судьи по-настоящему искали правды! Сквозь любые трудности я проползу, как змея. Мне бы подчас даже приятнее было, если б судьи действительно старались повнимательнее разобраться в деле: было бы интереснее, знаете, их обмануть.

Но тут Том Локер, в голове которого мысли ворочались медленно, прервал красноречие Мэркса, с такой силой ударив кулаком по столу, что все стоящее на нем задребезжало.

— Дело подходящее! — рявкнул он.

— Что вы, что вы! Зачем же бить посуду, Том! — воскликнул Мэркс. — Берегите ваши кулаки для более подходящего случая.

— Но, джентльмены, — проговорил Хеллей, — разве я не буду участником прибыли?

— А разве не хватит с вас того, что мы изловим вам мальчишку? — сказал Том Локер. — Что вам еще надо?

— Но раз возможность заработать указал вам я, должен же и я за это получить, скажем... ну, хоть десять процентов вырученной суммы после вычета расходов?

— Как же, как же! — заорал Локер и со страшным проклятием снова ударил кулаком по столу. — На вас это похоже, Дэниель Хеллей! Не думайте только, что вам удастся окрутить меня вокруг пальца. Не воображаете ли вы, что мы с Мэрксом занялись охотой на беглых негров ради того, чтобы оказывать любезности таким джентльменам, как вы, а самим оставаться ни с чем? Нет, не рассчитывайте! Женщина принадлежит нам, а вы держите язык за зубами, не то мы захватим обоих, — кто нам может помешать? Вы навели нас на след. Теперь мы выследим дичь сами. Если же вы или Шельби вздумаете вмешиваться... Попробуйте, суньтесь!..

— Пусть будет так, — с беспокойством проговорил Хеллей. — Значит, решено. Вы поймаете мальчишку, это будет моя доля. Вы всегда поступали со мной честно и держали слово.

— Это вам хорошо известно, — сказал Том более миролюбиво. — Не терплю благочестивой болтовни, но не солгу даже самому черту. Уж если я обещаю, то обещание свое держу крепко.

— Конечно, конечно, Том. Я так и сказал, — робко пролепетал Хеллей. — И если только вы обещаете мне изловить мальчишку и через неделю доставить в такое место, которое вы сами назначите, то большего я и не требую.

Но я требую большего, — сказал Том. — Не думайте, что я ничему не научился, работая с вами там, на Юге, в Нахчецце. Я научился способу удержать в руках угря, когда схватишь его. Если вы не выложите на стол пятьдесят долларов чистоганом, вы и мальчишки не увидите!

— Как? Я доставляю вам дело, на котором вы наживете от тысячи до тысячи шестисот долларов, и вы... У вас слишком большой аппетит, Том.

— У нас есть дела, которые могут занять все наше время на пять недель вперед... Мы откажемся от них, пустимся в погоню за вашим мальчишкой и в конце концов вдруг не поймаем эту девку — в женщинах ведь подчас кроется сатана... Что тогда? Заплатите вы нам тогда хоть цент? Хотел бы я видеть, как заплатите! Нет, выкладывайте пятьдесят долларов, и больше никаких! Если дело удастся и оно окажется сто́ящим, я вам ваши деньги верну, если нет — это будет плата за наши труды. Разве это не справедливо, Мэркс?

— Разумеется, разумеется, — примирительно произнес Мэркс, — это только аванс на необходимые расходы... Хи-хи-хи... Ведь мы, судейские, знаете, мы очень добры, очень покладисты, очень уступчивы. Знаете что? Том доставит вам ребенка, куда только вы пожелаете... Не правда ли, Том?

— Если я найду его, то отвезу к Грени Бельхер, у пристани, — буркнул Том.

Мэркс вытащил из бумажника какой-то длинный список. Он сел и, внимательно глядя на него своими острыми черными глазками, принялся читать вполголоса:

— «Бэрнс — графство Шельби... юноша Джим, триста долларов за него, живого или мертвого. Эдвардс, Дик и Люси — муж и жена, шестьсот долларов... Девка Полли и двое ее ребят, шестьсот долларов за нее или за ее голову». Я проверяю наши дела, чтобы убедиться, можем ли мы помочь мистеру Хеллею, Том. Мы вынуждены будем некоторые из тех дел передать Адамсу и Шпрингеру, ведь побеги зарегистрированы давно.

— Они слишком много сдерут, — сказал Том Локер.

— Это предоставьте уж мне, — пропищал Мэркс. — Они в этих делах — начинающие и должны работать дешево. С тремя из списка справиться несложно: с ними возиться не придется — пристрелить или присягнуть, что они пристрелены, это не так уж дорого стоит. Остальные дела, — продолжал он, складывая бумагу, — можно еще на некоторое время отложить. А теперь подробнее ознакомимся с обстоятельствами. Видели ли вы, мистер Хеллей, как женщина ступила на берег?

— Так же ясно, как я вижу вас.

— И видели, что какой-то человек помог ей взобраться наверх? — спросил Локер.

— Да, и это видел.

— Кто-нибудь, должно быть, дал ей пристанище, — задумчиво протянул Мэркс. — Но кто? Вот в чем вопрос. Какого вы мнения, Том?

— Нам необходимо сегодня же ночью перебраться через реку, — ответил Том.

— Но поблизости нет лодок. Лед несется со страшной силой. Разве это не опасно, Том?

— Не знаю. Но переправиться необходимо, — повторил Том решительно.

— Господи милосердный, — со вздохом сказал Мэркс, — темно, как в пасти у волка, и затем, Том…

— Коротко и ясно: вы струсили, Мэркс? Но ничего не поделаешь, вам придется пуститься в путь. Или не желаете ли вы проваляться здесь несколько деньков, а женщину за это время тайно переправят в Сандуски?

— Да нет, Том, я не боюсь, — ответил Мэркс, — только…

— Только?.. — переспросил Том.

— Но лодка? Вы же сами видите, что лодок нет.

— Хозяйка говорила, что сегодня вечером здесь будет лодка. Какой-то человек собирается переправиться. Пусть лодка трещит или ломается, но мы должны ехать.

— Надеюсь, у вас добрые псы? — осведомился Хеллей.

— Лучшие на всем свете, — сказал Мэркс. — Да что

толку: у вас ведь нет ничего, что принадлежало женщине и что можно было бы дать им понюхать.

— Нет, есть! — обрадованно прервал его Хеллей. — Вот ее платок, она второпях оставила его на кровати. И шляпа ее тоже здесь.

— Это удача! — воскликнул Том. — Дайте сюда эти вещи.

— Но ведь собаки могут искусать женщину, если неожиданно наскочат на нее, — с беспокойством заметил Хеллей.

— Да, это нужно хорошенько обдумать, — согласился Мэркс. — Наши собаки однажды на Юге чуть не разорвали в клочья одного парня раньше, чем мы успели отнять его.

— Вот видите, когда главная ценность товара в его красивой внешности, собаки не годятся, — произнес Хеллей.

— Правильно, — сказал Мэркс. — К тому же возможно, что она нашла где-нибудь приют. И тогда тоже нельзя пользоваться собаками. В тех случаях, когда негров увозят на повозках, собакам трудно нащупать след. Они пригодны только на южных плантациях. Там чернокожие, скрываясь, вынуждены передвигаться пешком.

— Эй вы! — крикнул Локер, который успел спуститься вниз, чтобы навести справки. — Человек с лодкой прибыл! Итак, скорей собирайся, Мэркс!

Достойный приятель Тома Локера с грустью оглядел удобную комнату, с которой ему приходилось расставаться. Прощаясь, он бросил Хеллею несколько слов, после которых тот с явной неохотой передал ему пятьдесят долларов. Вслед за этим почтенная троица рассталась.

Возможно, что некоторые из наших соотечественников, люди благовоспитанные и цивилизованные, осудят нас на то, что мы ввели их в такую компанию, но пусть они постараются отделаться от предрассудков.

Охота на негров — да будет нам позволено напомнить об этом — постепенно превращается не только во вполне легальную профессию, но считается даже проявлением «патриотизма». Если обширный край, заключенный между Миссисипи и Тихим океаном, будет и дальше оставаться главным центром торговли людьми, если рабство будет развиваться с той же быстротой, с какой развивается в наш век и все остальное, охотник за неграми и работорговец имеют полное основание вскоре рассчитывать на почетное место в рядах американской аристократии.

В то время как в трактире разыгрывалась описанная сцена, Сэм и Энди весело продолжали свой путь.

Восторг Сэма дошел до крайних пределов, и он выражал свое торжество дикими криками и гримасами. Он то поворачивался задом наперед, лицом к хвосту своего коня, то с гиком пересаживался обратно, не преминув при этом перекувырнуться и совершить какой-то невероятный прыжок. Затем, вдруг вытянувшись и приняв торжественный вид, начинал в самых патетических выражениях укорять Энди за то, что он дурачится и не умеет вести себя серьезно.

Несмотря, однако, на все эти шутки, Сэм не позволял лошадям убавлять ход, так что между десятью и одиннадцатью часами стук их копыт раздался на усыпанной гравием дорожке, ведущей к веранде.

Миссис Шельби выбежала на крыльцо:

— Сэм, это ты?.. А где остальные?

— Мистер Хеллей отдыхает в корчме, — ответил Сэм, — он ужас как устал.

— А Элиза, Сэм?..

— Ну, она по ту сторону Иордана, в земле обетованной, если можно так выразиться.

— Что ты хочешь этим сказать? — прерывающимся от

радостного волнения голосом проговорила миссис Шельби, догадываясь об истинном смысле слов Сэма.

— Что и говорить, миссис: бог защищает своих рабов. Лиззи перебралась через реку в штат Огайо, и это было так замечательно, будто сам господь перевез ее на огненной колеснице, запряженной парой коней.

Благочестие Сэма в присутствии хозяйки всегда необычайно возрастало и изливалось в неиссякаемом потоке библейских картин и образов.

— Поднимись сюда, Сэм, — крикнул мистер Шельби, также выходя на веранду, — и расскажи госпоже обо всем, что она так хочет узнать. Да успокойся же, Эмилия, — продолжал он, обнимая жену, — ты вся дрожишь, словно от озноба. Право, ты все это принимаешь чересчур близко к сердцу.

— Чересчур близко к сердцу! — воскликнула миссис Шельби. — Разве я не женщина, не мать? Разве мы оба не несем ответственности перед своей совестью за эту женщину? Мы глубоко виновны перед нею!..

— В чем наша вина, Эмилия? Ты должна наконец признать, что мы сделали лишь то, к чему нас принуждали обстоятельства.

— Что бы ты ни говорил, мы виноваты. Меня тяготит страшное чувство вины, — тихо прошептала миссис Шельби, — и тут не помогут никакие доводы...

— Эй ты, Энди, негр! Пошевеливайся! — кричал между тем внизу Сэм. — Отведи коней в конюшню! Не слышишь разве, что меня зовет мастер? — И вслед за этим он появился на веранде, держа в руках свою пальмовую шляпу.

— Теперь, Сэм, расскажи нам подробно, как все произошло. Где Элиза? — спросил мистер Шельби.

— Я видел, мастер, своими собственными глазами, как она бежала по движущемуся льду. Даже не поймешь, как она могла добраться до того берега! Это чистое чудо!

Потом я видел, как какой-то человек помог ей на той стороне взобраться по откосу. После этого она исчезла в темноте.

— Сэм, это чудо мне кажется просто невероятным, — заметил мистер Шельби. — Перебраться через реку по движущемуся льду совсем не легко!

— Легко?! — воскликнул Сэм. — Без помощи господней этого никто бы не сумел сделать! Вы только послушайте: вот как все это произошло. Мистер Хеллей, я и Энди подъехали к маленькой корчме на берегу реки. Я проскакал немного вперед: я так стремился поймать Лиззи, что мне не терпелось, — и когда я подъехал к окну, оказалось, что она на самом деле там, я сразу узнал ее. Тогда я неожиданно уронил шляпу и так громко вскрикнул, что покойник мог бы очнуться. Лиззи, разумеется, услышала меня и отошла от окна, как раз когда мимо него проезжал мистер Хеллей, затем она через боковую дверь бросилась вниз к берегу. Мистер Хеллей увидел ее, закричал, и мы с Энди ринулись за нею в погоню. Лиззи побежала к реке. У самого берега мчался поток шириной футов в десять, а дальше — лед, глыбы громоздятся одна на другую и, будто острова какие-то, качаются на воде. Мы следовали за ней по пятам, и я, клянусь своей душой, думал, что нет ей спасения! Но вдруг она закричала — такого крика я никогда не слыхал!.. И сразу же очутилась по ту сторону потока, на льду. Она бежала, а лед трещал, скрипел и ломался, но она перескакивала с одной льдины на другую, будто олень. И прыгала же она!.. Я глазам своим не мог поверить.

Миссис Шельби, вся бледная, молча слушала рассказ Сэма.

— Какое счастье, что она не погибла, — произнесла она. — Где-то сейчас несчастный ребенок?..

— Господь позаботится о них, — сказал Сэм с видом величайшего благочестия, возводя взор свой к небесам. —

Миссис нас учила, что все мы орудия в руках господних и готовы выполнить его волю... Не будь, скажем, например, меня, ее бы двадцать раз успели изловить. Не отпустил я разве утром лошадей и не гонялся ли за ними до самого обеда? Не заставил я разве сегодня мистера Хеллея проехать добрых пять миль лишних по негодной дороге, а не сделай я этого — мистер Хеллей поймал бы Лиззи, как собака ловит енота. Все это лишь пути провидения!

— В дальнейшем, Сэм, я все же не советую тебе разыгрывать роль провидения, — сказал мистер Шельби. — У себя на плантации я не разрешаю подстраивать такие штуки приезжим господам.

Полученный выговор нисколько не смутил Сэма, хоть он и стоял, состроив жалостную гримасу и вертя в руках шляпу.

— А теперь, Сэм, — сказала миссис Шельби, — ты можешь отправиться к тетушке Хлое и сказать ей, чтобы она отрезала тебе ломоть от того окорока, который остался сегодня от обеда. И ты и Энди, наверно, проголодались.

— Миссис чересчур добра к нам, — сказал Сэм и, поспешно поклонившись, отправился на кухню.

Читатель уже успел заметить, что Сэм обладал особым природным даром, и дар этот, если бы Сэм занимался политикой, несомненно, привел бы его к славе: он из любых событий и обстоятельств извлекал для себя выгоду и почет. Проявив достаточное благочестие и человеколюбие в гостиной, он отправился во владения тетушки Хлои в надежде заслужить одобрение кухни.

«Сейчас, — рассуждал про себя Сэм, — я удивлю негров. Вот-то вытаращат они глаза!..»

Ничто в обычное время не доставляло Сэму такого удовольствия, как возможность сопровождать своего хозяина на всевозможные политические собрания. Взобравшись на дерево или на забор, он с жадностью слушал ораторов. Затем, вернувшись домой, он в кругу своих приятелей с невозмутимой торжественностью старался воспроизвести слышанные им речи.

Эти выступления, хотя и подражательные и подчас карикатурные, прославили Сэма как красноречивого оратора, и он никогда не упускал случая закрепить за собой эту славу.

Между ним и тетушкой Хлоей всегда царил некий холодок, причину которого трудно было точно установить, но, так как на этот раз Сэм собирался совершить налет на пищевые запасы, он решил проявить миролюбие и уступчивость. Он знал, что приказание госпожи будет выполнено с точностью, но добрая воля кухарки могла значительно расширить возможности.

Он явился поэтому к тетушке Хлое, всем видом своим выражая трогательное смирение, как человек, тяжко пострадавший при защите своих невинных братьев. Обратившись к прославленной поварихе и заявив, что госпожа направила его прямо к ней, он как бы признал ее неоспоримое владычество над всем кухонным департаментом. Лесть принесла плоды, и никогда еще ни один американский кандидат в депутаты не сумел с такой ловкостью оплести любезностями неопытного избирателя, как Сэм умилостивить тетушку Хлою. Будь он даже самим блудным сыном, вернувшимся в родной дом, его не угощали бы с большей щедростью и материнской заботливостью. Вскоре, преисполненный счастья и гордости, он уже сидел за столом. Перед ним было поставлено металлическое блюдо, на котором громоздились в живописном беспорядке остатки прекрасных кушаний, подававшихся к господскому столу за последние три дня: куриные крылышки, пупки и ножки, ломти розовой ветчины, золотистые лепешки, корочки от паштета и прочие лакомства... Сэм полновластно распоряжался этой снедью, уделяя кое-что Энди, сидевшему по его правую руку.

Из всех хижин сбежались негры послушать рассказ Сэма о совершенных им за этот день подвигах. Это был час торжества для него. Он повествовал о своих похождениях, каждый раз сызнова повторяя свой рассказ и каждый раз украшая его все новыми подробностями. Непрерывающиеся раскаты смеха сопровождали его повествование. Хохотали все, не исключая малышей, ползавших по полу в поисках крошек. Но Сэм сохранял на своем лице соответствующее его роли выражение торжественной серьезности.

— Вы видите сами, дорогие мои сограждане, — ораторствовал он, потрясая индюшечьей ножкой, — что в данном случае я встал на защиту всех вас. Пытаться помочь в беде одному из вас — совершенно равносильно тому, чтобы помочь всем. Основа та же. Когда в следующий раз торговцы невольниками станут рыскать вокруг, обратитесь ко мне, братья, и я научу их уму-разуму. Я буду стоять за ваши права до последнего вздоха!

— А между тем, — вмешался Энди, — сегодня утром, до разговора со мной, ты был расположен поймать Элизу.

— Не говори о том, чего не знаешь, — тоном необычайного превосходства произнес Сэм. — Такие юнцы, как ты, даже при самых добрых намерениях не способны понять глубокие мысли, которые руководят поведением взрослых мужчин.

Энди, по-видимому, устыдился своей дерзости.

— Я и в самом деле, — продолжал Сэм, — подумывал о том, чтобы поймать Элизу, когда я предполагал, что таково требование хозяев. Но, заметив, что у госпожи совсем противоположные желания, я добросовестно переменил намерение. Вот вы и видите, что я честно следую голосу моей совести и всегда придерживаюсь принципов, да, принципов! Зачем им и существовать, этим принци-

пам, как не для того, чтобы поддерживать в нас постоянство? (Возьми эту кость, Энди, на ней еще кое-что осталось.) Постоянство, друзья мои, — продолжал Сэм, — это одна из основных добродетелей. Люди, утверждающие сегодня одно, а завтра противоположное, не имеют никакого права считаться постоянными... (Энди, передай-ка мне тот кусок пирога...) Я прибегну к простому сравнению. Надеюсь, леди и джентльмены, вы извините меня. Мне, скажем, вздумалось взобраться на стог сена. Подставляю лестницу с одной стороны, но она недостаточно высока. Тогда я, не применяя дальнейших усилий в этом месте, переношу свою лестницу на другую сторону. Можно ли меня упрекнуть в недостатке постоянства? Нет, конечно. Ведь чего я хотел? Взобраться наверх. Ясно?

— Твое постоянство никогда не проявлялось в чем-нибудь путном, — сказала тетушка Хлоя, нахмурившись, так как веселость собравшихся начинала ее тяготить.

— Да, — произнес Сэм, для большей важности поднимаясь на ноги. — Да, сограждане, у меня есть принципы, и я слишком горд, чтобы прятать их в карман. Я готов стоять за них, даже если меня сожгут живьем...

— Так вот во имя твоих принципов иди-ка лучше спать и не держи тут народ до самой зари, — сказала тетушка Хлоя, давая этим понять, что пора расходиться по домам.

— Негры! — воскликнул Сэм, взмахнув шляпой. — Благословляю вас! Идите спать и не унывайте.

ГЛАВА IX,

из которой видно, что и сенатор — только человек

Отблески яркого огня, горевшего в камине, падали на мягкий ковер, устилавший пол уютной гостиной, и отражались в тонком фарфоре чашек и в до блеска начищенном чайнике. Сенатор Берд, стянув ботфорты, собирался заменить их новыми мягкими домашними туфлями, которые жена вышила ему за время его поездки на сессию сената. Миссис Берд, с сияющим от счастья лицом, следила за тем, как накрывают на стол, время от времени покрикивая на расшалившихся ребят.

— Том, оставь дверную ручку! Будь хорошим мальчиком! Мэри! Мэри! Не тяни кошку за хвост! Бедная киска!.. Джим, нельзя взбираться на стол! Нет, нет, дорогой мой муж, ты и представить себе не можешь, какая радость для всех нас, что ты сегодня вечером уже с нами, — произнесла она, наконец с трудом улучив минуту и обращаясь к мужу.

— Я вырвался на самый короткий срок, чтобы хоть ночь провести дома, в покое и уюте. Я страшно устал, и у меня разболелась голова.

Миссис Берд взглянула на пузырек с камфарным спиртом, стоявший в стенном шкафчике, дверцы которого были полуоткрыты, и уже потянулась за ним, но муж остановил ее:

— Нет, нет, Мэри, не нужно лекарств, только чашку хорошего, горячего чая и немножко домашнего тепла и уюта — вот все, что мне надо. Да, законодательство — нелегкая штука.

И сенатор улыбнулся, словно радуясь мысли, что он приносит себя в жертву ради своей родины.

— Ну как же, — спросила миссис Берд, как только семья уселась вокруг чайного стола, — что же обсуждали в сенате?

Обычно кроткая маленькая миссис Берд мало интересовалась происходившим в сенате, считая, что у нее достаточно забот по собственному дому.

— Ничего особенного, — ответил мистер Берд, удивленный этим непривычным вопросом.

— Правда ли, что собираются издать закон, который запрещает оказывать помощь несчастным беглым неграм, запрещает дать им поесть или напиться? Мне рассказывали о таком законе, но я не могу поверить, чтобы это была правда.

— Мэри, Мэри, да ты, кажется, занялась политикой?

— Глупости, я ни капельки не интересуюсь вашей политикой, но издание этого закона, по-моему, было бы жестокостью, недостойной порядочных людей. Надеюсь, дорогой мой, что вы таких решений не принимали?

— Принят закон, запрещающий оказывать поддержку и помощь невольникам, бежавшим из Кентукки, — помедлив, ответил сенатор. — Невоздержанность аболиционистов привела к тому, что плантаторы в Кентукки находятся в величайшем возбуждении. Чтобы хоть сколько-нибудь успокоить их, сочли нужным издать подобный закон. Это было простым проявлением добрососедских отношений.

— Что же сказано в этом законе? Не может же он запретить нам предоставить этим несчастным существам ночлег, посытнее накормить их, снабдить каким-нибудь старым платьем и затем спокойно отпустить? Или именно это и воспрещается?

— Да, друг мой, именно это и подходит под определение: «оказывать помощь и поддержку».

Миссис Берд была маленькая, хрупкая, застенчивая женщина с добрыми, кроткими голубыми глазами, нежным, как персик, лицом и чарующим голоском. Особой храбростью она никогда не отличалась: рассерженный индюк мог своим кулдыканьем обратить ее в бегство, а солидному дворовому псу достаточно было оскалить зубы, чтобы она смертельно испугалась.

Муж и дети заполняли для нее весь мир, и этим миром она управляла больше с помощью просьб, чем приказаний. Была лишь одна вещь, способная вывести из равновесия эту мягкую и сострадательную женщину: всякое проявление жестокости могло довести ее до вспышек гнева, которые производили особенно сильное впечатление именно потому, что казались совершенно несвойственными ее характеру.

Услышав слова мужа, миссис Берд, быстро поднявшись, подошла к нему.

— А теперь, Джон, — сказала она твердо, — я желала

бы знать, считаешь ли ты такой закон справедливым и можно ли совместить его с требованиями нашей совести?

— Ты не прикажешь расстрелять меня, Мэри, если я скажу: да?

— Я не ожидала этого от тебя, Джон! Ты не голосовал за него?

— К сожалению, голосовал, мой прелестный маленький политик.

— Тебе должно быть стыдно, Джон! Эти несчастные люди, лишенные приюта и крова… О, какой позорный закон, бессердечный и безжалостный! Я нарушу его при первом же случае… Мы дошли до очень печального положения, если женщина, не совершая преступления, не может предоставить кров и горячую пищу умирающим с голоду несчастным людям только потому, что они рабы, то есть в течение всей своей жизни подвергались унижениям и мукам. Бедные создания!

— Дорогая моя, выслушай меня. Все чувства твои справедливы и человечны, и я люблю тебя за то, что ты их испытываешь. Но, дорогая, нельзя давать волю чувствам без контроля разума. Дело не в наших личных переживаниях: на карту поставлены важные государственные интересы. Население охвачено таким возбуждением, что мы вынуждены жертвовать своими личными симпатиями.

— Нет, Джон! Я ничего не смыслю в вашей политике, но я твердо знаю: мой долг накормить голодного и утешить страждущего. Так вот, я подчиняюсь тому, что повелевает мне моя совесть, а не ваш закон.

— А что, если твой поступок повлечет за собой серьезные общественные бедствия?

— Я знаю, что этого не может быть. Всегда следует поступать так, как подсказывает сердце. В этом я твердо убеждена.

— Удели мне одну минуту внимания, Мэри, и я приведу тебе неопровержимое доказательство…

— Нет, Джон, говори хоть всю ночь напролет, тебе не удастся меня переубедить. И я спрашиваю тебя, Джон: прогнал бы ты из своего дома человека, умирающего от голода и холода, только потому, что этот человек — беглый раб? Сделал бы ты это? Скажи прямо.

Мы вынуждены признать, что наш сенатор был человек отзывчивый и мягкий. Он никогда не бывал способен оттолкнуть человека, находящегося в беде. Жена это прекрасно знала и вела наступление на плохо защищенные позиции. Поэтому ему оставалось только изыскивать любые меры, лишь бы выиграть время. Он откашливался, вытаскивал из кармана платок, протирал стекла очков, а миссис Берд, видя его нерешительность, проявляла все больше энергии.

— Хотела бы я поглядеть, — настойчиво продолжала она, — хотела бы я видеть, как бы ты поступил: мог бы ты прогнать, например, от своих дверей женщину в снежную метель или же выдать ее, чтобы ее засадили в тюрьму?.. Нет, нет, скажи: прогнал бы? Да?

— Это был бы очень тягостный долг, — печальным тоном проговорил мистер Берд.

— Долг, Джон? Не произноси таких слов! Ты сам знаешь, что вовсе не в этом твой долг. Это не может быть долгом! Если владельцы не хотят, чтобы невольники бежали от них, пусть обращаются с ними как следует — вот мое мнение. Если бы у меня были невольники (надеюсь, что у меня их никогда не будет!), я-то уж сумела бы вести себя так, чтобы они не убежали от меня и от тебя, Джон. Повторяю тебе: никто не убежит, если ему хорошо. Когда они решаются на побег, эти несчастные, то, значит, натерпелись холода, голода и страха. И незачем всем и каждому ополчаться против них. И хоть закон, хоть нет — а не подчинюсь ему, боже меня сохрани!..

— Мэри, Мэри, выслушай меня!

— Не стану! Терпеть не могу рассуждений, Джон!

Вы — политики, вы кружите, кружите вокруг самых простых вещей, а на практике сами отступаетесь от своих теорий. Я достаточно хорошо знаю тебя, Джон. Ты и сам не считаешь, что это справедливо…

В этот критический момент в дверь просунулась голова старого слуги, негра Куджо. Он попросил госпожу выйти на кухню. Сенатор с некоторым облегчением вздохнул и, опустившись в кресло, принялся просматривать какие-то бумаги.

Но не прошло и нескольких минут, как за дверью послышался взволнованный голос миссис Берд:

— Джон, Джон, выйди сюда на минутку, прошу тебя!

Мистер Берд, оставив бумаги, вышел на кухню. Пораженный зрелищем, представившимся его глазам, он замер на пороге. На двух составленных вместе стульях лежала молодая изможденная женщина. Платье ее было порвано, один башмак она, видимо, потеряла, чулок был сорван, нога была порезана и вся в крови. Женщина лежала, закинув назад голову, словно в предсмертной агонии. Она казалась страшно измученной, и все же нельзя было не заметить ее трогательной красоты. Мертвенная неподвижность, застывшие черты, в которых ощущалось дыхание смерти, вселяли ужас в сердца присутствовавших.

Мистер Берд стоял молча и тяжело дышал. Его жена и чернокожая служанка, тетушка Дина, хлопотали вокруг незнакомки, пытаясь привести ее в чувство, в то время как старый Куджо, посадив ребенка к себе на колени, стаскивал с него чулки и сапожки, стараясь согреть его ноги.

— Какой у нее вид! Смотреть невозможно! — страдальчески морщась, бормотала тетушка Дина. — Ее, верно, здесь, в тепле, разморило. Она была еще не так плоха, когда вошла, и попросила разрешения немного погреться. Я только успела спросить ее, откуда она, а она вдруг как грохнется!.. Поглядите на руки, сразу видно, что она никогда не занималась грубой работой.

— Бедняжка, — с волнением проговорила миссис Берд.

Внезапно большие черные глаза молодой женщины раскрылись, и она странным, блуждающим взором огляделась вокруг. Ужас отразился на ее лице.

— Гарри! — вскрикнула она. — Гарри! Они схватили его!..

Услышав ее голос, ребенок соскользнул с колен старого Куджо и, протягивая ручонки к матери, бросился к ней.

— Ах, вот он, вот!.. — воскликнула женщина и, повернувшись к миссис Берд, с отчаянием продолжала: — О миссис, защитите его! Не дайте им схватить его!..

— Нет, нет, бедная вы моя, — сказала миссис Берд, — никто не причинит вам здесь зла. Не бойтесь, здесь вы в безопасности.

— Благодарю, благодарю вас, — прошептала женщина и, закрыв лицо руками, разрыдалась.

Малыш, видя, что она плачет, силился утешить ее своими ласками.

Наконец, благодаря нежной заботливости миссис Берд,

она несколько успокоилась. На скамье у очага ей постелили постель, и она вскоре уснула, крепко прижимая к себе ребенка, который казался не менее утомленным, чем она сама.

Несмотря на усилия окружающих, она ни за что не соглашалась расстаться с ним хоть на мгновение и при малейшей попытке взять его из ее рук начинала в смертельном ужасе сопротивляться. Даже во сне она с силой прижимала к себе ребенка, словно желая защитить его от опасности.

Сенатор и его жена вернулись в гостиную, и, как это ни странно, ни он, ни она ни одним намеком не упомянули о предыдущем споре. Миссис Берд занялась вязанием, а сенатор делал вид, что погружен в просмотр бумаг. Но вдруг, отложив их в сторону, он повернулся к жене.

— Я совершенно не представляю себе, кто она такая, — произнес он.

— Когда она проснется и сколько-нибудь оправится, видно будет, — ответила миссис Берд.

— Послушай, дорогая... — снова после некоторого раздумья начал сенатор.

— Я слушаю тебя, мой друг.

— Нельзя ли ей надеть которое-нибудь из твоих платьев... если его удлинить, разумеется? Мне кажется, что она выше тебя ростом.

Еле заметная улыбка скользнула по лицу миссис Берд.

— Посмотрим, — сказала она.

Снова молчание, и снова его нарушил сенатор:

— Послушай, дорогая...

— Да?..

— Ты знаешь, этот домотканый плащ, которым ты укрываешь меня, когда я укладываюсь подремать после обеда... Его тоже можно было бы ей отдать. Ее необходимо одеть.

Но тут вошла Дина и сообщила, что женщина проснулась и хотела бы поговорить с госпожой.

Мистер и миссис Берд направились в кухню, сопровождаемые двумя старшими детьми. Младшие члены семьи уже были уложены в постель.

Элиза сидела на приступке очага, подле самого огня. В ее взгляде было беспредельное отчаяние...

— Вы хотели говорить со мной, — сказала миссис Берд с большой мягкостью. — Надеюсь, вы чувствуете себя теперь лучше, бедняжка?

Глубокий вздох был единственным ответом Элизы, но она подняла на миссис Берд глаза с выражением такой тоски и трогательной мольбы, что отзывчивая женщина почувствовала, как у нее к горлу подступают слезы.

— Здесь вам нечего опасаться, — сказала миссис Берд. — Все мы — ваши друзья. Скажите, откуда вы и чего вы желаете?

— Я пришла из Кентукки...

— Когда? — спросил сенатор, желавший держать нить допроса в своих руках.

— Сегодня ночью.

— Каким путем?

— Я перебралась по льду.

— Перебрались по льду? — невольно повторили все присутствующие.

— Да. Я перебралась по льду потому, что они уже настигали меня... совсем... совсем... и не было другого пути!

— Боже! — воскликнул Куджо. — Ведь лед раскололся на глыбы, и они плывут по реке, крутятся, налезая одна на другую!..

— Да, да... — произнесла Элиза, как безумная устремив взгляд в пространство. — И все же я прошла по льду. Мне казалось, что я не пройду... я не надеялась, что доберусь до другого берега... Но у меня не было выбора, нужно было перейти или умереть...

— Вы были невольницей? — спросил мистер Берд.

— Да, сэр.

— Хозяин жестоко обращался с вами?

— Нет, сэр, он был добрым хозяином.

— А ваша хозяйка? Она была жестока?

— Нет! О нет, сэр. Моя госпожа всегда была добра ко мне.

— Что же могло заставить вас бросить такой хороший дом и бежать, подвергаясь страшным опасностям?

Элиза поглядела на миссис Берд испытующим взглядом и увидела, что она одета в траур.

— Миссис, — произнесла она вдруг с неожиданной решимостью, — приходилось ли вам когда-нибудь терять ребенка?

Вопрос был неожиданный, он задел незажившую рану: всего месяц назад миссис Берд похоронила ребенка, любимца всей семьи.

Сенатор отвернулся и отошел к окну. Слезы брызнули из глаз миссис Берд, но она постаралась овладеть собой.

— Почему вы задали этот вопрос?.. Да, я недавно потеряла ребенка.

— Тогда вы поймете мое горе, — проговорила Элиза. — Я потеряла двоих детей, одного за другим. Они остались там, в той земле, откуда я пришла. У меня теперь только один этот ребенок... Он для меня все на свете — мое утешение, моя гордость, все мои мысли о нем и днем и ночью. И вот, миссис, они захотели отнять его у меня и продать торговцам с Юга, отправить его туда одного, его, такого крошку, который ни разу в жизни ни на одну минуту не покидал меня; не было ни одной ночи, когда бы он не спал подле меня... Я не могла это перенести, миссис! Я знала, что, если его увезут, я не смогу жить, у меня не будет на это сил... И когда я узнала, что он продан, что бумаги подписаны, я схватила его и убежала среди ночи... Они гнались за мной — тот, который купил моего мальчика, и двое слуг хозяина... Они уже готовы были схватить меня... Я слышала их... чувствовала их приближение... Я прыгнула на лед... Как я прошла? Не знаю... Затем я увидела человека, который помог мне выбраться на берег...

Она не рыдала, не плакала. Она достигла той степени горя, когда иссякают слезы. Но все окружавшие ее по-своему проявляли горячее сочувствие.

Оба маленьких мальчугана, напрасно порывшись в карманах в поисках носового платка, которого никогда у ребят не оказывается на месте, зарыдав, уткнулись в юбку матери, вытирая глаза и носы об ее платье. Миссис Берд закрыла платком лицо, а старая Дина, у которой слезы ручьем текли по ее доброму черному лицу, не переставала повторять:

— Господи, помилуй.. Господи ты боже мой!..

Старый Куджо изо всех сил тер глаза краем рукава и, строя самые невероятные гримасы, вторил Дине. Сенатор, как государственный человек, не имел права плакать, как все остальные смертные. Поэтому, повернувшись спиной к присутствующим, он подошел к окну, пыхтя и усиленно протирая очки, но сморкался при этом так часто, что мог бы внушить кое-какие подозрения, если б среди присутствующих нашелся хоть кто-нибудь достаточно владеющий собой, чтобы заниматься критическими наблюдениями.

— Как же вы могли сказать, что у вас был добрый хозяин? — сказал он вдруг, резко повернувшись.

— Я сказала это потому, что это правда, — ответила Элиза. — Он был добр к нам. И госпожа моя тоже была добра. Но у них не хватало средств. Они задолжали. Я не умею все это объяснить... И был человек, который держал их в руках и заставлял их исполнять его волю. Я слышала, как хозяин сказал хозяйке, что мой ребенок продан. Хозяйка заступалась за меня. Но он ответил, что не

может иначе и что бумаги уже подписаны. И вот тогда я схватила ребенка и убежала. Ведь он — это все, что у меня есть на свете!

— Разве у вас нет мужа?

— Есть. Но он принадлежит другому хозяину. Его господин дурно обращается с ним, не позволяет ему встречаться со мной и каждый день грозится, что продаст его на Юг... Наверно, я уж никогда не увижу его...

Спокойный тон, которым были произнесены эти слова, мог бы заставить поверхностного наблюдателя предположить, что она совершенно равнодушна к разлуке с мужем. Но стоило заглянуть ей в глаза, и сразу становилось понятно, что отчаяние было беспредельно и только потому проявлялось в такой сдержанной форме.

— Куда же вы направляетесь, бедная вы моя? — ласково спросила миссис Берд.

— Я хотела бы пробраться в Канаду... если б только я знала туда дорогу, — сказала Элиза. — А далеко до Канады? — спросила она вдруг, доверчиво и просто глядя на миссис Берд.

— Несчастное дитя! — невольно вырвалось у той.

— Я и сама думаю, что это очень далеко, — с трепетом проговорила Элиза.

— Много дальше, чем вы думаете, милая. Но мы попробуем помочь вам... Дина, прежде всего нужно постелить ей постель в вашей комнате. До завтра я обдумаю, что делать дальше. Но вы, дорогая, — обратилась она к Элизе, — ничего не бойтесь. Мы сделаем все, что будет в наших силах.

Миссис Берд и ее муж вернулись в гостиную. Жена уселась в качалку, стоявшую у камина, и задумалась. Сенатор шагал взад и вперед по комнате.

— Неприятная, ужасно неприятная история! — бормотал он про себя.

Наконец, круто повернувшись, он подошел к жене.

— Необходимо, дорогая, чтобы она сегодня же ночью уехала отсюда! Торговец настигнет ее самое позднее завтра на заре. Если б женщина была одна, она могла бы притаиться, пока он проедет. Но даже целая армия, пешая и конная, не управится с мальчуганом: он высунет нос в окно или в дверь и выдаст всех, ручаюсь тебе. Подумай, в каком я окажусь положении, если их захватят здесь, у меня!.. Нет, необходимо, чтобы она уехала сегодня же ночью.

— Сегодня ночью? Да разве это возможно? Куда же ей деться?

— Куда? Я знаю куда, — сказал сенатор, натягивая сапоги. — Это необходимо, — повторил он. — Хотя... фу ты, какая неприятная история!.. — И, торопливо натянув второй сапог, он выглянул в окно.

Миссис Берд была благоразумная женщина. Ни разу в жизни не говорила она мужу: «А разве я этого не предсказывала?» — и сейчас, хоть и догадываясь, о чем задумался ее муж, она хранила молчание, не желая нарушить хода его мыслей, и терпеливо ждала, когда ему заблагорассудится объявить свое решение.

— Я, кажется, рассказывал тебе когда-то, — начал наконец мистер Берд, — об одном из моих бывших клиентов, некоем ван Тромпе, приехавшем из Кентукки, где он в свое время освободил всех своих рабов. Он построил себе дом в семи милях отсюда вверх по реке, в самой чаще леса, и найти его не так-то легко. Там она будет более или менее в безопасности. Досадно только, что никому не пробраться туда в темноте, кроме меня.

— Но Куджо ведь прекрасно правит лошадьми!

— Конечно. Но беда в том, что придется дважды переезжать вброд через приток реки. Второй переезд опасен, если не знать его так хорошо, как я. Мне приходилось много раз проезжать там верхом, и я хорошо знаю, где нужно свернуть. Ничего не поделаешь. Пусть Куджо, не производя шума, около полуночи запряжет лошадей, и я отвезу их к ван Тромпу. Затем Куджо доставит меня в ближайшую корчму, где между тремя и четырьмя часами ночи проезжает почтовый дилижанс, направляющийся в Колумбус. Все должно производить такое впечатление, будто я приехал туда в карете только с целью захватить дилижанс. Завтра с утра я уже буду на заседании. Не знаю только, как я буду себя чувствовать после этой ночи. Но иначе поступить я не могу!

— Сердце у тебя лучше, чем голова, по крайней мере в данном случае, — сказала миссис Берд, положив свою маленькую ручку на руку мужа. — Да разве я полюбила бы тебя, если бы не знала тебя лучше, чем ты сам себя знаешь!

Она была так хороша в эту минуту, что сенатор подумал, какой он, должно быть, замечательный человек, если сумел внушить этому очаровательному существу такое горячее восхищение. Что оставалось ему еще делать, как не отправиться посмотреть, запрягают ли лошадей?

Но на пороге он остановился.

— Мэри, — проговорил он нерешительно, — не знаю, как ты отнесешься к этому... но ведь в комоде много вещей... нашего бедного маленького Генри... — Он быстро повернулся на каблуках и запер за собою дверь.

Миссис Берд приоткрыла дверь небольшой комнаты, прилегавшей к ее спальне, поставила свечу на комод, достала из маленькой ниши спрятанный там ключ, задумчиво сунула его в замок и вдруг остановилась. Двое мальчиков, которые вошли в комнату вслед за матерью, не сводили с нее вопросительного взгляда.

О матери, читающие эти строки, скажите, не было ли у вас в доме когда-нибудь ящика или комнатки, которые вы отпирали бы, как отпирают на кладбище склеп? Счастливые, счастливые матери, которые могут ответить: нет!

Миссис Берд медленно выдвинула ящик. Тут были платья и курточки всяких цветов и фасонов. Целые коллекции фартучков и стопки чулок. Были даже и немного поношенные башмачки. Были здесь также игрушки, самые любимые когда-то: лошадка, тележка, мячик, волчок. Драгоценные мелочи, собранные с невыразимой болью и слезами.

Опустившись на пол около ящика, она закрыла руками лицо и заплакала. Затем, внезапно подняв голову, она с нервной решимостью принялась отбирать самые лучшие и крепкие из вещей и связывать их в узел.

— Мама, — проговорил один из мальчиков, — неужели ты отдашь эти вещи?

— Дорогие мои, — проговорила она взволнованным голосом, — если б наш любимый маленький Генри мог видеть нас, он радовался бы, что мы поступаем так. Поверьте, я никогда не согласилась бы отдать эти вещи каким-нибудь счастливчикам. Я отдаю их матери, сердце которой было поражено еще тяжелее, чем мое...

Покончив с этим делом, миссис Берд раскрыла платяной шкаф, достала из него еще пригодные платья и, усевшись за свой рабочий стол и вооружившись ножницами, иголкой и наперстком, принялась удлинять платье, как ей это посоветовал муж. Она просидела за работой до тех пор, пока старые стенные часы не пробили двенадцать и до ее слуха не донесся шум подъезжающего экипажа.

— Мэри, — сказал сенатор, входя в комнату и держа в руках плащ, — нужно ее разбудить. Нам пора ехать.

Миссис Берд поспешно уложила отобранные ею вещи в ручной чемодан, закрыла его, попросила мужа отнести вещи в карету и удалилась, чтобы разбудить несчастную странницу.

Вскоре в дверях показалась Элиза. На ней была накидка и дорожная шляпа; она была закутана в теплую шаль. На руках она держала ребенка. Сенатор поспешно проводил ее до кареты. Миссис Берд вышла на крыльцо. Сев в карету, Элиза протянула ей руку, такую же нежную и красивую, как и рука миссис Берд. Взгляд ее больших

5 – 4402

черных глаз с выражением бесконечной благодарности был устремлен на маленькую голубоглазую женщину. Казалось, она хотела что-то сказать, губы ее раскрылись, но она не в силах была произнести ни слова, опустилась на сиденье экипажа и закрыла лицо руками. Карета тронулась...

В последние месяцы шли непрерывные дожди, и жирная почва Огайо превратилась в непролазную грязь. Ехать приходилось по «рельсам».

— По каким «рельсам»? — спросил однажды приезжий с Запада, для которого «рельсы» связывались лишь с представлением о локомотиве и быстром передвижении.

Так узнайте же, наивные приезжие с Запада, что в благословенных восточных районах грязь достигает фантастической, неслыханной глубины и дороги состоят из неотесанных круглых бревен, которые укладываются по топи одно к другому. Их прикрывают сверху землей, дерном — всем, что окажется под рукой. Местные жители называют это «дорогой» и радостно по ней передвигаются. Со временем дождь размывает землю и все насыпанное сверху, разбрасывает бревна, раскидывает их в живописном беспорядке, оставляя между ними глубокие ямы, наполненные липкой грязью.

По такой-то дороге, трясясь в своем экипаже, продвигался сенатор, погруженный в размышления, время от времени прерываемые неожиданными дорожными приключениями. Карета качалась, погружалась куда-то и подскакивала. Описать эту поездку можно было бы, пользуясь просто звукоподражанием: «Бум! Шлеп! Крах! Шлеп!»

Сенатора, женщину и ребенка швыряет из стороны в сторону, они ежеминутно меняют положение. Куджо на козлах осыпает коней бранью. Колеса увязают, вздрагивают. Затем карета катится дальше. Передние колеса снова

проваливаются в грязь. Сенатор, женщина и ребенок падают на переднее сиденье. Шляпа джентльмена без всякого стеснения съезжает на самые глаза ее владельца. Сенатору кажется, что это — конец. Ребенок плачет. Куджо читает своим лошадям очередную проповедь, они брыкаются, поднимаются на дыбы и рвутся вперед под ударами кнута. Выбираясь из ямы, экипаж снова обретает равновесие.

Некоторое время все идет благополучно, если не считать толчков, тряски и возгласов: «Ай!» и «Ну, дружки, ну!» — и хлюпания воды под колесами. Внезапно страшный двойной толчок поднимает всех на ноги и тут же с неимоверной быстротой отбрасывает их обратно на сиденье. Карета замирает на месте, затем в окошечко заглядывает Куджо.

— Прошу прощения, сэр, но, кажется, дела плохи. Не знаю, удастся ли нам выбраться. Придется, пожалуй, подкладывать бревна.

Сенатор в полном отчаянии выбирается из кареты. Он

старается отыскать место, куда бы можно было ступить. Нога увязает, он пытается вытащить ее, теряет равновесие и во весь рост растягивается в грязи. Стараниями верного Куджо его удается вытащить, но в самом плачевном виде.

Была уже глубокая ночь, когда карета, выбравшись из трясины и переехав вброд речку, остановилась у крыльца большой фермы. Потребовалась немалая настойчивость, чтобы разбудить ее обитателей. Наконец дверь растворилась, и показался сам почтенный владелец. Это был высокий, крепко сложенный человек ростом в шесть футов с лишним. Он был одет в охотничью куртку из красной фланели. Копна белокурых, почти бесцветных волос, походивших на дикий лес, уже несколько дней не бритое лицо придавали этому человеку не слишком привлекательный вид. Несколько мгновений он стоял, держа в руках светильник и глядя на приезжих с видом такой растерянности и недоумения, которые могли показаться даже забавными. Сенатору пришлось потратить немало усилий, пока он ему объяснил, в чем дело.

В то время как мистер Берд изощряется в красноречии, мы постараемся познакомить читателей с этим новым действующим лицом.

Честнейший Джон ван Тромп был некогда богатым фермером и владельцем значительного числа рабов в Кентукки. Но «медвежьей в нем была лишь шкура», ибо природа одарила его добрым сердцем и великодушием. Человеколюбивый и отзывчивый, он долго оставался бессильным свидетелем того, что происходило кругом, и наблюдал за печальными результатами, которые приносила система — одинаково вредная как для угнетенных, так и для самих угнетателей. В конце концов терпение его иссякло. Он перебрался через Огайо, купил значительный участок земли и, вернувшись, освободил своих рабов — мужчин, женщин и детей, усадил их в повозки и отправил в свои владения по ту сторону реки. Сам же направился ближе к устью реки и поселился в уединенной усадьбе.

— Скажите, — без обиняков спросил сенатор, — решитесь ли вы дать приют несчастной женщине и ребенку, которых преследуют охотники за невольниками?

— Полагаю, что да, — ответил Джон решительно.

— Я тоже так полагал, — сказал сенатор.

— Если они явятся сюда, — произнес Джон, выпрямляясь так, что все мускулы его атлетического тела заиграли, — им придется иметь дело со мной! А затем, у меня семеро сыновей, все шести футов ростом, они тоже будут рады встретить этих господ. Передайте им от нас привет. Пусть сунутся сюда, если захотят… И чем скорее, тем лучше. Нам все равно.

Он расчесал пальцами копну волос, покрывавших его голову, словно соломенная крыша, и разразился веселым смехом.

Еле передвигая ноги, полумертвая от усталости, Элиза с трудом дотащилась до дверей, держа на руках спящего ребенка. Джон поднес к ее лицу светильник, и у него вырвалось какое-то подобие рычания, выражавшее жалостливое сочувствие. Он распахнул дверь комнатки, примыкавшей к большой кухне, в которой они находились.

— А теперь, милая моя, — сказал он, — вам больше нечего бояться. Пусть явится кто угодно, мы сумеем их встретить! — добавил он, указывая на карабины, висевшие на стене. — Людям, знающим меня, известно, что плохо придется тому, кто попробует увести из моего дома гостя вопреки моему желанию. А теперь, дитя мое, спите спокойно, как если б ваш сон охраняла родная мать.

Он вышел из комнаты и запер за собою дверь.

— Она очень хороша, — сказал он, обращаясь к сенатору. — Но, увы, нередко именно красота и заставляет их бежать, если они честные женщины. Поверьте, я знаю, как обстоит дело.

Сенатор коротко, в нескольких словах, рассказал историю Элизы.

— Что вы говорите! Возможно ли? Я готов богохульствовать, слыша о подобных вещах! — воскликнул честный Джон, вытирая мозолистой ладонью глаза. — Должен вам признаться, сэр, — продолжал он, обращаясь к сенатору, — я годами не посещаю церковь, потому что священники с амвона проповедуют, будто Библия допускает рабство.

Джон откупорил бутылку пенистого яблочного вина и налил сенатору стакан.

— Вам следовало бы остаться здесь до утра, — предложил он радушно, обращаясь к своему гостю. — Я позову свою старуху, она в одну минуту постелет вам постель.

— Благодарю вас тысячу раз, дорогой друг, но я должен сейчас же ехать, чтобы успеть к дилижансу, который идет в Колумбус.

— Если так, я провожу вас и покажу другую дорогу. Она лучше той, по которой вы приехали.

Джон оделся и с фонарем в руке провел своего гостя по дороге, которая огибала его дом. Уезжая, сенатор вложил ему в руку десятидолларовую бумажку.

— Для нее, — произнес он коротко.

— Хорошо, — так же коротко ответил Джон.

Обменявшись рукопожатиями, они расстались.

ГЛАВА X
Отправка товара

Серое, невеселое утро заглядывало в окно хижины дяди Тома. Лица у всех обитателей хижины были печальные. Маленький столик, покрытый белой гладильной простыней, был пододвинут к самому очагу. На спинке стула висела грубая холщовая сорочка, на столике перед тетушкой Хлоей была разложена вторая. С бесконечным вниманием и заботливостью расправляла и разглаживала она каждую складку, время от времени отрываясь от своего дела и утирая рукой слезы, стекавшие по ее щекам.

Том, подперев голову рукой, сидел подле нее. На коленях у него лежала раскрытая Библия. Ни один из них не произносил ни слова. Было очень рано, и дети еще спали в своей грубо сколоченной кроватке.

Поднявшись, Том подошел к постели ребят, чтобы взглянуть на них.

— В последний раз... — проговорил он.

Хлоя не ответила, но утюг скользнул взад и вперед по грубой рубахе, хоть она и была уже такой гладкой, какой только могли сделать ее женские руки. Вдруг, с жестом отчаяния, она опустилась на стул и громко зарыдала.

— Я знаю, — повторяла она, — знаю, что нужно смириться! Но разве я могу смириться?.. Если бы я только знала, куда тебя увезут, как будут с тобой обращаться!.. Госпожа хоть и уверяет, что постарается через год или два выкупить тебя... но известно: кого увозят на Юг, те никогда не возвращаются. Там убивают негров. Знаю я, как с ними обращаются на плантациях!

— Бог тот же и там и здесь, Хлоя.

— Хорошо, пусть будет так, — сказала Хлоя, — но бог иногда дает свершаться страшным вещам... Боюсь, что я не найду в этом большого утешения...

— Я должен благодарить бога, Хлоя, за то, что продан я, а не ты и не наши дети. Здесь вы в безопасности. Все дурное, что может случиться, обрушится только на меня...

— Нет, это несправедливо! — вскрикнула тетушка Хлоя. — Этого не должно быть! Хозяин не имел права за свои долги расплачиваться тобой. Ты заработал для него вдвое больше! Он был обязан освободить тебя, давно должен был освободить! Верно, ему трудно пришлось, но все же он дурно поступает. Никто меня не уверит в обратном. Такого преданного человека, как ты!.. Все его дела ведь ты делал! Да, он был тебе дороже жены и детей... Продать любовь, продать кровь сердца, лишь бы развязаться с ростовщиком! Это дурно, очень дурно с его стороны!

— Хлоя, если ты любишь меня, не говори так. Подумай о том, что мы, может быть, никогда не увидимся. Бранить хозяина — это все равно, что бранить меня. Ведь его положили ко мне на руки, когда он был еще совсем крошкой. Мой долг был все делать для него, это ясно; а он не обязан был думать о бедняге Томе. Ведь хозяева привыкли, чтобы на них работали, и естественно, что они даже не замечают искренней преданности. Но наш хозяин много лучше других. Я знаю, он не продал бы меня, если бы у него был другой выход...

— Как бы то ни было, он не прав, — твердила Хлоя, руководствуясь только своим непосредственным чувством справедливости. Это была одна из основных черт ее характера. — Я не умею объяснить тебе, в чем он не прав, но я чувствую, что он не прав... Эх, да к чему слова! Сейчас я выну из печки пирог и накормлю тебя хорошим завтраком. Кто знает, когда тебе придется снова вкусно поесть.

Чтобы отдать себе ясный отчет, как велики страдания негров, которых продают на южных невольничьих рынках, необходимо вспомнить, что все они глубоко и нежно привязаны к семье, к дому, к месту, где живут и очень тяжело переживают разлуку с близкими. Прибавьте к этому все ужасы, которые им внушались с детства: быть проданным на Юг — это самая страшная угроза, стоящая перед глазами негра с самого раннего детства, самая большая кара, которой его пугают. Угроза бичевания, пытки кажутся им менее страшными, чем перспектива быть отправленными к низовьям реки. Нам самим приходилось быть свидетелями того, как выражались эти чувства. Мы видели, какой ужас отражается на лицах негров при одной мысли об этом. Мы знаем, какие чудовищные истории они рассказывают в часы вечернего досуга о «низовьях реки», которые кажутся им пределом

Неведомой страны,
Откуда нет возврата...

Нам случалось беседовать с неграми, бежавшими от своих хозяев. Многие из них рассказывали, что бежали от сравнительно хороших хозяев и подвергали себя всем ужасам, связанным с бегством, только под влиянием отчаяния, в которое приводила их одна мысль о возможности быть проданными на Юг.

Скромный завтрак, дымясь, стоял на столе. Миссис Шельби освободила на этот день тетушку Хлою от ее обязанностей на кухне. Несчастная женщина собрала все свои силы, чтобы приготовить прощальную трапезу для мужа. Она зарезала и изжарила лучших своих цыплят, маисовая лепешка была испечена по вкусу Тома. Кроме того, тетушка Хлоя вытащила какие-то таинственные бутылки и консервы, хранившиеся на самый торжественный случай.

— Хороший у нас сегодня будет завтрак! — сообщил своему брату маленький Мос и в ту же секунду схватил со стола кусок цыпленка.

Хлоя сильно дернула его за ухо.

— Подумайте только! — с возмущением крикнула она. — Набрасывается, как обжора, на последний завтрак, который отцу придется съесть дома!

— О Хлоя! — мягко остановил ее Том.

Дети притихли, поглядывая то на отца, то на мать. Одна только малышка цеплялась за юбку матери, испуская короткие, требовательные крики.

— Ну ладно, — проговорила Хлоя, краем передника утирая глаза и беря девчурку на руки, — ладно, кушайте,

кушайте... Том, это мой самый лучший цыпленок... И вы, бедные мои ребятишки, тоже получите свою долю.

Ей не пришлось дважды повторять своего приглашения. Мальчики с похвальной поспешностью подбежали к столу. И были правы, иначе поставленным на столе яствам, пожалуй, не было бы уделено достойного внимания.

— А теперь, — сказала Хлоя, торопливо подымаясь из-за стола, — я займусь твоими вещами, Том. Кто его знает, еще, пожалуй, все отберут. Все они такие... подлецы и только... Видела я таких! Вот погляди: в этот угол я кладу теплую фуфайку на случай, если разыграется твой ревматизм. Береги ее, никто тебе не припасет новую... Вот тут старые рубахи, а там — новые. Вчера вечером я надвязала твои чулки и сунула туда клубочек со штопкой. Но, господи боже ты мой, кто заштопает их тебе в следующий раз? — И тетушка Хлоя, снова поддаваясь приливу горя, уткнулась лицом в крышку сундучка и заплакала. — Как подумаю, что ни за здоровым, ни за больным никто уж за тобой не будет ухаживать! А тут еще будь благочестивым и покорным!.. — приговаривала она.

Проглотив все стоявшее на столе, мальчики стали внимательно приглядываться к происходящему вокруг них. Видя, что мать плачет, а отец чем-то опечален, они принялись вздыхать и тереть себе глаза. Том взял на руки девочку, которая принялась таскать отца за волосы, восторженно взвизгивая и царапая его лицо.

— Веселись, веселись, несчастное ты создание! — воскликнула тетушка Хлоя. — И твоя очередь настанет... Доживешь, что и твоего мужа продадут, а может быть, продадут и тебя... и братьев твоих, вот этих самых, что стоят здесь... их тоже, наверно, продадут, если можно будет выручить сколько-нибудь денег... Разве не так поступают с нами, бедными неграми!..

— Госпожа идет! — крикнул в эту минуту один из мальчиков.

— Зачем она идет сюда? — воскликнула несчастная Хлоя. — Ей здесь нечего делать!

Когда миссис Шельби вошла, Хлоя с мрачным видом пододвинула ей стул. Но миссис Шельби, казалось, ничего не замечала, она была бледна и очень взволнована.

— Том, — проговорила она сдавленным голосом. — Я пришла, чтобы…

Она внезапно остановилась, взглянув на примолкнувшую семью, опустилась на стул и, закрыв платком лицо, заплакала.

— Ах, миссис, — прошептала Хлоя, — мы… — И она также разрыдалась.

Не прошло и минуты, как плакали уже все.

— Том, бедный мой, — заговорила наконец миссис Шельби, — сейчас я ничем не могу помочь тебе. Если я дам тебе денег, у тебя их отнимут. Но я торжественно клянусь тебе, что я не потеряю тебя из виду и при первой возможности выкуплю тебя. А до тех пор соберись с силами…

— Вот идет мистер Хеллей! — закричали дети.

Грубым ударом ноги распахнув дверь, Хеллей остановился на пороге. Настроение у него было прескверное. Ночная поездка и бесплодная охота приводили его в ярость.

— Негр, сюда! Ты приготовился? Сударыня, приветствую вас! — добавил он, увидев миссис Шельби и снимая шляпу.

Хлоя закрыла и завязала сундучок, с гневом поглядывая на торговца. Слезы ее, казалось, превращались в искры.

Том поднялся, спокойный и сдержанный, как всегда. Взвалив на плечи тяжелый сундук, он приготовился следовать за своим новым хозяином. Хлоя подняла на руки девочку, чтобы проводить мужа до повозки. За ней последовали плачущие мальчики.

Миссис Шельби подошла к торговцу и остановила его. Она заговорила с ним горячо и настойчиво. Вся семья

Тома между тем направилась к повозке, стоявшей у крыльца. Вокруг нее уже собрались все невольники с плантации Шельби — старые и молодые, желавшие попрощаться с Томом: он пользовался всеобщим уважением и любовью. Его горькая судьба вызывала сочувствие и сожаление, особенно среди женщин.

— Ах, Хлоя, ты переносишь это легче, чем я, — сказала одна из женщин, удивленная мрачной сдержанностью тетушки Хлои, стоявшей возле повозки, и заплакала.

— Я уже наплакалась досыта, — ответила Хлоя, с ненавистью взглянув на торговца. — Я не хочу плакать перед этим мерзавцем!

— Садись в повозку! — приказал Хеллей, пробираясь сквозь толпу негров, стоявшую в мрачном молчании.

Том повиновался.

И тогда, достав спрятанные под сиденьем тяжелые кандалы, торговец надел их Тому на ноги.

Ропот возмущения пробежал по толпе.

— Мистер Хеллей! — крикнула с крыльца миссис Шельби. — Уверяю вас, что это совершенно лишняя предосторожность!

— Не знаю, сударыня, — со злостью ответил торговец. — У меня здесь пропал невольник стоимостью в пятьсот долларов. Я не хочу больше подвергаться риску.

— Ничего иного от него и нельзя было ожидать! — с гневом проговорила тетушка Хлоя. Мальчики, только сейчас начинавшие отдавать себе отчет в происходящем, с плачем и стонами уцепились за ее платье.

— Мне очень жаль, — сказал Том, — что нет мастера Джорджа.

Джордж рано утром уехал к одному из своих друзей на соседней плантации и ничего не знал о беде, которая стряслась над Томом.

— Пожалуйста, передайте мастеру Джорджу от меня привет, — с большой теплотой проговорил Том.

Хеллей хлестнул лошадей кнутом. Повозка тронулась. Том долгим последним взглядом простился с родным домом, с дорогими его сердцу местами и людьми. Но вот и они исчезли из виду.

Мистера Шельби не было дома. По свойственной ему слабохарактерности, желая избежать хотя бы печальной сцены прощания, он с утра уехал, надеясь, что все закончится до его возвращения. Повозка, в которой ехали Том и Хеллей, мчалась по дороге, поднимая за собой облака пыли. Мимо, словно призраки, проносились знакомые предметы. Границы плантации вскоре остались позади, и повозка выехала на большую дорогу.

Проехав около мили, Хеллей остановил лошадей у дверей какой-то кузницы и попросил кузнеца переделать пару наручников, которые он захватил с собой.

— Они маловаты для человека такого роста, — сказал Хеллей, показывая кузнецу наручники и кивнув в сторону Тома.

— Как?! Да ведь это Том мистера Шельби! — воскликнул с удивлением кузнец. — Неужели мистер Шельби продал его?

— Да, продал, — небрежно бросил Хеллей.

— Не может быть! Тома?! Кто бы мог поверить! Ну, вам его незачем заковывать. Это самое доброе, самое кроткое создание, какое...

— Знаю, знаю! — перебил его Хеллей. — Но именно эти «добрые создания» и удирают с особенной охотой. Всякие болваны или пьяницы, которым на все наплевать, лишь бы их досыта кормили, сидят на месте и даже довольны бывают, что их возят по белу свету. А вот такие образцовые рабы терпеть этого не могут и только норовят, как бы убежать. Их приходится заковывать.

Кузнец неторопливо рылся в своих инструментах.

— Н-да, — протянул он задумчиво, — негры из Кентукки не любят южных плантаций. Говорят, они там мрут как мухи.

— Да, пожалуй, — равнодушно согласился Хеллей. — Виной климат да еще многое другое... Ну что ж, торговля от этого идет бойчее.

— Так-то оно так, — сказал кузнец, — а все-таки тяжело видеть, что туда отправляют такого честного, такого славного парня, как этот бедняга Том.

— Ему еще повезло. Я обещал, что буду хорошо обращаться с ним. Я устрою его в какую-нибудь хорошую старинную семью в качестве домашнего слуги, и если он вынесет климат и лихорадку, он будет так счастлив, как только может быть счастлив негр.

— Но ведь здесь, если не ошибаюсь, остается его семья, дети? — сказал кузнец.

— Велика штука! Он обзаведется там новой семьей.

Пока шел этот разговор, Том печально сидел в повозке у дверей кузницы. Внезапно он услышал отрывистый стук копыт на дороге. Не успел он опомниться, как его молодой хозяин, Джордж Шельби, в одно мгновение оказался в повозке и, обняв Тома за шею, прижал его к себе.

— Какая подлость! — твердил он. — Какая подлость! Пусть они говорят что хотят; если бы я был взрослым, они не посмели бы этого сделать, не посмели бы! — повторял он с еле сдерживаемым гневом.

— О мастер Джордж! Как вы порадовали меня, — проговорил Том. — Мне так горько было уехать, не повидавшись с вами! Вы очень, очень порадовали меня.

Том шевельнул ногой. Джордж, опустив глаза, внезапно увидел кандалы.

— Какой позор! — воскликнул он, заломив руки. — Я изобью этого паршивца! Изобью!

— Нет, нет, мастер Джордж, не надо! Даже кричать так не надо. Мне вы этим не поможете, а только еще больше озлобите его против меня.

— Хорошо, Том, ради тебя... я не трону его. Я сдержу себя... Но одна мысль об этом... Такой стыд! Они не дали мне знать! Не заикнулись ни одним словом! Если б не Томас Линкольн, я бы ничего не узнал. Ну и отделал же я их всех дома!.. Всех, да, всех!

— Боюсь, что вы много лишнего наговорили, мастер Джордж. Напрасно вы это сделали...

— Я не мог владеть собой! Я сказал им, что это позор! Но вот, дядя Том, — добавил он вдруг с таинственным видом, повернувшись спиной к дверям кузницы, — я привез тебе свой доллар...

— Нет, нет, я не могу взять его от вас, мастер Джордж! Это невозможно, — воскликнул Том, растроганный.

— Нет, возьмешь! — стоял Джордж на своем. — Погляди: тетушка Хлоя посоветовала мне просверлить в нем дырку, продернуть шнурок и повесить его тебе на шею. Ты спрячешь его под одеждой, чтобы эти паршивцы не отобрали его у тебя. Нет, Том, я не могу! Я исколочу его! Мне будет легче...

— Нельзя этого делать. Мне от этого лучше не будет.

— Хорошо, пусть будет по-твоему, — сказал Джордж, надевая доллар на шею Тома. — Застегни куртку... вот так... Храни его и каждый раз, когда взглянешь на него, подумай о том, что я непременно приеду за тобой туда и привезу тебя домой. Я и тетушке Хлое сказал, чтобы она не горевала. Я этим делом займусь, а отец... Я буду мучить его, пока он этого не выполнит.

— О мастер Джордж, не говорите так о вашем отце!

— Боже мой, Том, у меня ведь нет дурных намерений.

— А теперь, мастер Джордж, — сказал Том, — будьте добрым, хорошим юношей. Не забывайте о том, сколько сердец уповает на вас... Не предавайтесь безумствам, которым так легко предаются молодые люди. Слушайтесь матери. Не думайте, как многие другие мальчики, что вы уже взрослый и матери незачем подчиняться. Помните всегда, мастер Джордж, что много прекрасного судьба может подарить нам дважды, но что мать у вас одна и другой не будет. Никогда, мастер Джордж, не придется вам встретить другую такую женщину, хотя бы вы сто лет прожили. Не покидайте ее и, когда вы подрастете, будьте ей опорой. Вы исполните это, дорогой мой мальчик, исполните, не правда ли?

— Да, дядя Том, — серьезно сказал Джордж, — обещаю тебе.

— Не забудьте этого обещания, мастер Джордж! Мальчики ваших лет нередко начинают своевольничать, такова уж природа. Но дети, получившие такое хорошее воспитание, как вы, должны относиться к родителям с уважением... Вы не обиделись на меня, мастер Джордж?

— Конечно, нет, дядя Том! Ты всегда давал мне одни добрые советы.

— На то ведь я и старше вас, мастер Джордж, — мягко проводя своей большой сильной рукой по кудрявой голове мальчика, сказал Том. Голос его звучал нежно и ласково, словно голос женщины. — Я ведь вас хорошо знаю, — продолжал он. — О мастер Джордж, у вас все преимущества: вы получаете образование, умеете читать и писать... Вы станете большим, ученым и добрым человеком. Все люди на плантации, и прежде всего ваши родители, будут гордиться вами. Будьте хорошим хозяином, как ваш отец, и добросердечным, как ваша мать... Никогда не забывайте о вашем долге перед людьми, оказавшимися в ваших руках.

— Я постараюсь быть хорошим человеком, дядя Том... Я хочу стать настоящим человеком. Но ты, дядя Том, не падай духом! Я верну тебя домой. Когда я вырасту, я перестрою твой дом, и у тебя будет гостиная с ковром. О, ты еще хорошо поживешь, дядя Том!

Из дверей кузницы вышел Хеллей, неся наручники.

— Послушайте, вы, — высокомерно обратился к нему Джордж. — Я расскажу моим родителям, как вы обращаетесь с дядей Томом!

— Расскажите, расскажите, — сказал торговец.

— Хоть бы постыдились! — продолжал Джордж. — Всю жизнь скупать мужчин и женщин и сажать их на цепь, как скот. Это гнусное ремесло!

— Пока, благодарение господу, находятся люди, которые покупают этих мужчин и женщин, я могу торговать ими. Это примерно одно и то же.

— Когда я буду взрослым, — воскликнул Джордж, — я не стану делать ни того ни другого. Мне стыдно сейчас, что я родом из Кентукки, а раньше я этим гордился. — Он вытянулся, упираясь в стремена, словно желая проверить, какое впечатление его слова произвели на штат Кентукки.

— Прощай, дядя Том! — проговорил он вдруг с болью в голосе. — Прощай — и не падай духом!

— Прощайте, мастер Джордж, прощайте! — сказал Том, глядя на него с нежностью и восхищением. — Да благословит вас бог! В Кентукки не много таких, как вы! — воскликнул он в горячем порыве.

Джордж ускакал. Том смотрел ему вслед, пока стук лошадиных копыт не затих вдали. Это был последний отголосок родных краев!..

— А теперь послушай, что я тебе скажу, — произнес Хеллей, подходя к повозке и бросая на дно ее наручники. — Тебе будет у меня хорошо, как и всем моим неграм, если ты будешь вести себя прилично. Я со своими неграми обращаюсь хорошо, поскольку это в моих силах. Тебе лучше всего примириться с тем, что произошло, и не устраивать мне никаких штук. К тому же это все равно было бы напрасно: я наизусть знаю все ваши негритянские фокусы; если негры ведут себя спокойно и не пытаются бежать, им у меня живется хоть куда. Если же они фокусничают — что ж, тогда вина не моя, а их собственная.

Том спокойно ответил, что бежать не собирается.

Здесь мы временно простимся с Томом, чтобы проследить за приключениями других героев нашего повествования.

ГЛАВА XI

Живая собственность проявляет непокорность

Был поздний дождливый вечер, когда у дверей маленького деревенского трактира в Кентукки остановился какой-то приезжий. В общей комнате к этому времени собралось уже довольно смешанное общество. Ненастная погода принудила немало людей искать убежища под гостеприимным кровом трактира. Долговязые, ширококостные кентуккийцы в охотничьих блузах сидели, со свойственной им бесцеремонностью развалившись на стульях и вытянув длинные ноги чуть ли не до середины комнаты. Составленные в углу охотничьи ружья, сваленные в угол

патронташи и сумки и возившиеся на полу охотничьи собаки и чернокожие ребятишки дополняли картину. По обе стороны очага, далеко откинувшись на спинки стульев, восседали два длинноногих джентльмена в шляпах, положив ноги в забрызганных грязью сапогах на полку камина.

Читателю необходимо знать, что такова излюбленная поза посетителей трактиров на Западе. Они склонны считать, что это усиливает их умственную деятельность и обогащает ее новыми мыслями.

Стоявший за стойкой трактирщик, как и большинство жителей этих мест, был человек высокого роста. Физиономия у него была добродушная, приветливая. Вся его крупная фигура поражала своей гибкостью. Он был в очень высокой шляпе, только частично покрывавшей его густую шевелюру.

Нужно сказать, что все в этой комнате были в шляпах — этой неотъемлемой эмблеме мужского достоинства в Кентукки. Будь то соломенная шляпа или пальмовая плетенка, касторовая шляпа или лоснящийся цилиндр, но каждая из них соответствовала особенностям характера их владельца. Шляпа характеризует человека. У одних шляпа дерзко склонялась набок — это были весельчаки, беззастенчивые шутники или хитрецы. У других шляпа была надвинута на самый нос — это были люди непокладистые, упрямые, скандалисты, они носили шляпу так, как они желали ее носить, ни с кем не считаясь. Третьи, у кого шляпа сидела на затылке, — были люди живые и подвижные, всем интересующиеся и стремящиеся все видеть. Были и явно легкомысленные люди, надевавшие шляпу как попало.

Да, шляпа такая вещь, которую нелишним было бы изучить самому Шекспиру!

Несколько негров, прекрасно чувствующих себя в своих широких штанах и явно стесненных своими узкими рубашками, скользили между посетителями, стремясь неукоснительно выполнять все распоряжения своего хозяина и его гостей.

Добавьте к этой картине яркий огонь, пылавший в широкой пасти камина и рассыпавшийся тысячью искр, раскрытые двери и окна, занавески, вздуваемые сильным ветром, — и у вас составится полное представление о всех прелестях кентуккийской таверны.

Предки современных кентуккийцев были отважные охотники. Они проводили ночи в лесу, под открытым небом, и звезды служили им светильниками. Поэтому их потомки смотрят на дом, как на палатку, всюду сидят в шляпах, всюду готовы растянуться, кладут ноги в сапогах на полочку камина или на спинку стула, как их предки — на поваленное дерево. И летом и зимой они держат окна и двери открытыми, чтобы иметь столько воздуха, сколько необходимо для их широких легких. С небрежным благодушием называют всех заезжих людей «чужестранцами», а в общем это самые простодушные, самые покладистые и веселые люди на свете.

Такова была компания, которая представилась глазам

нашего приезжего, когда он вошел в таверну. Приезжий был невысокий, коренастый пожилой человек, одетый довольно изысканно. Вид у него был добродушный и благожелательный.

Все внимание его было сосредоточено на саквояже и зонтике, которые он сам внес в комнату, упорно не подпуская к ним никого из негров, настойчиво предлагавших свои услуги. Окинув комнату внимательным взглядом, в котором сквозило некоторое беспокойство, он забрался в самый теплый угол подле очага, положил свои вещи под стул и уселся наконец, с опаской поглядывая на почтенную особу — по всем признакам заезжего скотопромышленника, каблуки сапог которого украшали противоположный угол камина: человек этот поплевывал направо и налево с такой силой и энергией, которая способна была напугать любого приличного джентльмена, не обладающего достаточно крепкими нервами.

— Как дела, чужестранец? — развязно осведомился длинноногий, обращаясь к приезжему и вежливо приветствуя его плевком табачного сока и жвачки.

— Ничего, благодарю вас, — ответил приезжий, поспешно отодвигаясь.

— Какие новости? — продолжал сидевший у камина, вытаскивая из кармана кисет и длинный охотничий нож.

— Никаких, насколько мне известно, — ответил приезжий.

— Жуете? — спросил словоохотливый собеседник, с неотразимым благодушием протягивая приезжему кусок табаку.

— Нет, благодарю вас, мне это вредно, — ответил приезжий, отодвигая от себя табак.

— Вот как? Не употребляете? — с удивлением переспросил длинноногий джентльмен, набивая табаком собственный рот.

Заметив наконец, что приезжий поспешно отодвигается каждый раз, как струя табачного сока направляется в его сторону, приветливый сосед, изменив прицел, принялся обстреливать каминную решетку, проявляя при этом тактическую изобретательность, достаточную для занятия какого-нибудь важного стратегического пункта.

— Что там такое? — с любопытством спросил приезжий, увидев, что часть присутствующих столпилась вокруг наклеенного на стене объявления.

— Сбежал какой-то негр! — был лаконический ответ, брошенный одним из стоявших перед плакатом.

Мистер Вильсон — так звали приезжего джентльмена — поднялся и, бережно убрав в сторону свой саквояж и зонтик, вынул очки, надел их и, подойдя к объявлению, прочел следующее:

Из дома нижеподписавшегося сбежал невольник-мулат по имени Джордж; рост — шесть футов, цвет кожи почти белый, волосы каштановые, вьющиеся, умен, хорошо говорит, умеет писать и читать. По всей вероятности, попытается выдать себя за белого. На плечах и спине — глубокие рубцы. На правой руке выжжена буква «Г».

Четыреста долларов тому, кто доставит его живьем. Столько же, если будет официально доказано, что он убит.

Мистер Вильсон прочитал объявление от начала до конца, словно изучая его.

Длинноногий скотопромышленник, до сих пор осаждавший каминную решетку, поднялся, вытянувшись во весь свой огромный рост, подошел к объявлению и решительно выстрелил в него густой струей табачного сока.

— Вот вся цена этой штуке, — буркнул он, снова усаживаясь на место.

— Что вы сделали! — с возмущением воскликнул хозяин.

— Я поступил бы так же с тем, кто написал это объявление, если бы он только оказался здесь, — сказал долговязый. — Человек, который владеет таким ценным рабом и так скверно с ним обращается, ничего другого не заслуживает. Раб бежал от него, и хорошо сделал!.. Такие объявления — позор для Кентукки. Вот мое мнение, если оно кого-нибудь интересует. У меня, сэр, целое стадо рабов, — продолжал скотопромышленник. — «Мальчики, — постоянно говорю я им, — можете убираться, улепетывать, бежать, когда вам будет угодно! Я и не подумаю гнаться за вами». И вот таким способом я удерживаю их при себе. Более того, у меня лежат готовые акты об освобождении на случай моей смерти. Они знают это. И могу вас уверить, чужестранец, во всем районе нет ни одного хозяина, которому негры приносили бы такой доход, как мне. Мои невольники не раз ездили в Цинциннати с конями стоимостью в пятьсот долларов и привозили мне деньги до последнего цента. Я и не ожидал другого. Обращайтесь с ними, как с собаками, они и работать и поступать будут, как собаки. Обращайтесь с ними, как с людьми, и они будут вести себя, как люди, и работать, как люди.

— Мне кажется, друг мой, что вы правы, — сказал мистер Вильсон. — Невольник, приметы которого здесь сообщают, личность необыкновенная. Ошибки здесь быть не может. Он лет шесть работал у меня на ткацкой фабрике и был лучшим мастером. Более того: он человек изобретательный. Он изобрел машину для очистки конопли. Это великолепная машина. Сейчас она применяется и на других фабриках. Патентом же пользуется его хозяин.

— Ну, конечно, пользуется, будьте уверены! — подтвердил длинноногий. — И наживает на нем немало денег. И ведь не постеснялся выжечь на правой руке такого раба особое тавро! Если мне только повезет и я встречу этого прохвоста, я наложу на него метку не хуже той, что он поставил на руке этого несчастного, ручаюсь вам! И он не скоро от нее избавится.

— Но с этими способными невольниками всегда бездна хлопот, — произнес человек сомнительного вида, стоявший в противоположном конце комнаты. — Потому-то их и приходится драть кнутом и метить каленым железом. Если бы они вели себя как следует, этого бы не понадобилось.

— Другими словами, — сухо бросил скотопромышленник, — бог создал их людьми, а вы стараетесь превратить их в скотов!

— Все эти умные невольники никакой выгоды своим хозяевам не приносят, — упрямо продолжал тот, под щитом своего невежества даже не замечая презрения в словах собеседника. — К чему все эти способности? Они служат им только для того, чтобы затмить своих господ. У меня было несколько таких вот способных рабов, я всех их продал туда, на низовья реки. Все равно сбежали бы рано или поздно.

— Лучше бы вы уж просто убили их, хоть души их отпустили бы на свободу! — резко бросил скотопромышленник.

Но разговор неожиданно прервался. К таверне подъехал небольшой изящный кабриолет. В экипаже сидел хорошо одетый, приличного вида человек. Лошадью правил его цветной слуга.

Все общество рассматривало приехавшего с тем особым вниманием, с которым люди, вынужденные дождливой погодой к безделью, рассматривают каждого вновь прибывшего. Это был человек очень высокого роста, смуглолицый, с прекрасными черными глазами, похожий на испанца. Его вьющиеся волосы были также черны, но какого-то тусклого цвета. Тонкие, изумительно очерченные губы, орлиный нос и на редкость пропорциональная фигура поразили всех присутствующих. Красиво и непринужденно поклонившись, он вошел в комнату и, жестом указав слуге, куда поставить чемоданы, медленно, держа шляпу в руке, направился к стойке. В книгу приезжающих он записался под именем Генри Бутлера из Окленда. Повернувшись, он заметил объявление и с видом величайшего равнодушия пробежал его глазами.

— Послушай, Джим, — сказал он, обращаясь к своему слуге, — не кажется ли тебе, что мы поблизости от Барнана встретили какого-то парня, подходящего к этому описанию?

— Да, мастер, — ответил слуга. — Только я не разглядел его руку.

— И я тоже не обратил внимания, — произнес незнакомец, зевнув со скучающим видом.

Вернувшись к хозяину, он попросил отвести ему отдельную комнату, так как ему срочно нужно написать несколько писем.

Хозяин подобострастно поспешил удовлетворить его требование. Изо всех углов, шумя, словно стая вспугнутой дичи, поднялась толпа негров — мужчин и женщин, взрослых и детей, в порыве неудержимой услужливости бросившихся приготовлять комнату для приезжего господина. Сам он между тем, взяв стул, уселся посреди комнаты и вступил в оживленный разговор со своими соседями.

Фабриканта Вильсона томило странное, почти мучительное любопытство. Ему казалось, что он узнает этого человека, этого Бутлера, что он где-то встречал его... точно же вспомнить ничего не мог. Когда незнакомец говорил, улыбался, Вильсон не мог оторвать от него взгляда, но, встретив черные, блестящие, спокойные глаза незнакомца, поспешно отворачивался. Вдруг, совершенно неожиданно, правда, словно молния, прорезала мозг Вильсона. Поднявшись, он с удивленным и почти испуганным видом приблизился к Бутлеру.

— Да, да, разумеется, — растерянно, словно во сне, пробормотал Вильсон.

В эту минуту появившийся откуда-то негритенок доложил, что комната джентльмена готова.

— Джим, присмотри за вещами! — небрежно бросил джентльмен и, обращаясь к Вильсону, добавил: — Я был бы счастлив побеседовать с вами несколько минут. Пройдемте ко мне в комнату, если вы ничего не имеете против.

Мистер Вильсон последовал за ним, не отдавая себе даже отчета в своих действиях. Они вошли в большую комнату во втором этаже, где в камине горел яркий огонь. Слуги заканчивали уборку.

Когда все было в порядке и слуги удалились, молодой человек запер дверь и решительным жестом положил ключ в карман. Затем, обернувшись и скрестив на груди руки, он взглянул прямо в глаза мистера Вильсона.

— Джордж! — воскликнул фабрикант.

— Да, Джордж, — произнес молодой человек. — Мне кажется, маскарад мой довольно удачен, — добавил он с улыбкой. — Ореховый отвар придал моей коже красивый смуглый оттенок, волосы я выкрасил в черный цвет. Как видите, приметы мои вовсе не совпадают с теми, которые перечислены в объявлении.

— Ах, Джордж, ты играешь в очень опасную игру! Я бы не советовал тебе идти по этому пути.

— Я готов нести ответственность за свои поступки, — сказал Джордж, и горделивая улыбка пробежала по его устам.

Джордж по отцу был белый. Его мать принадлежала к числу тех несчастных, которых редкая красота как бы предназначает к тому, чтобы стать рабынями страстей их хозяев и матерями детей, которым никогда не суждено знать своего отца. От одной из самых знатных семей в Кентукки Джордж унаследовал неукротимость и смелость нрава, а от матери — еле уловимый желтоватый оттенок кожи, искупавшийся чудесными черными глазами. Слегка изменив цвет кожи и волос, он превратился в настоящего

испанца. Изящество и благородство манер были ему свойственны от природы, поэтому для него и не представило особого труда разыграть рискованную роль, выбранную им: роль путешествующего джентльмена.

Мистер Вильсон, по существу добрый, но в то же время осторожный и робкий старик, мелкими шажками бегал взад и вперед по комнате, колеблясь между желанием помочь Джорджу и воспитанным с детства страхом перед законом, который нужно заставлять уважать.

Не останавливаясь и продолжая расхаживать по комнате, он наконец заговорил:

— Итак, Джордж, ты сбежал, сбежал от своего законного владельца? Я не удивляюсь, Джордж, нет, но я огорчен. Да, Джордж, в самом деле, мне кажется... что я обязан сказать тебе это... мой долг тебе это сказать...

— Чем, собственно, вы огорчены? — спросил Джордж спокойно.

— Тем, что ты восстал против законов своей страны.

— Моей страны? — спросил Джордж, и выражение горечи и гнева искривило его губы. — Моей страны! Для меня родной страной может быть только могила. И лучше бы мне уж покоиться на дне ее!

— Что ты, Джордж! О нет, нет, не надо таких слов! Это греховные слова, они противоречат Святому Писанию. Джордж, у тебя дурной хозяин, я это знаю. Он вел себя скверно по отношению к тебе, и я не собираюсь защищать его. Но ведь тебе известно, что ангел приказал Агари вернуться к Сарре[1] и покориться ей? Ты ведь знаешь...

— Не напоминайте мне о Библии, мистер Вильсон! — вскрикнул Джордж, и в глазах его вспыхнули огоньки. — Я не очень-то верю тому, что в ней написано. Напоминать о Библии человеку, находящемуся в таком положении, как я, не к чему: пожелав стать свободным, я не совершил греха.

— Ну, конечно, конечно, Джордж! Твои чувства вполне естественны... И все же я не имею права толкать тебя на этот путь... Да, дорогой мой мальчик, я болею душой за тебя. Твое положение очень, очень тягостно... Но апостол сказал: да останется всякий человек там, куда он по-

---

[1] Автор имеет в виду библейское сказание о том, как выгнанная из дома хозяйкой Саррой служанка Агарь встречает в пустыне ангела, который повелевает ей вернуться домой.

ставлен. И мы обязаны покоряться воле провидения. Разве не так, Джордж?

Джордж стоял, высоко подняв голову, с горькой улыбкой на губах.

— Хотел бы я знать, мистер Вильсон, — начал он, — если, скажем, индейцы похитили бы вас, оторвали бы вас от вашей жены и детей, если б захотели заставить вас всю жизнь молотить рожь, — скажите, вы тогда тоже считали бы, что ваш долг оставаться в том положении, в которое вас поставило провидение? Я склонен думать, что вы в первой встретившейся вам лошади увидели бы неоспоримое небесное знамение и, оседлав ее, умчались бы куда глаза глядят. Не так ли?

Эта неожиданная логика заставила старика широко раскрыть глаза. Он не был глубоким мыслителем, но все же у него хватило здравого смысла поступить так, как поступают философы: ничего не сказать, когда сказать нечего. Продолжая тщательно разглаживать складки на своем зонтике, он вновь приступил к увещеванию.

— Ты знаешь, Джордж, — сказал он, — что я всегда был тебе другом и все, что я говорю, говорю из желания тебе добра. Ты подвергаешь себя ужасной опасности, и у тебя почти нет шансов на благополучный исход. Если тебя поймают, положение твое будет хуже, чем когда-либо. Они будут тебя истязать, бить и затем продадут на Юг.

— Мистер Вильсон, — сказал Джордж, — все это мне известно. Я подвергаюсь большой опасности, но... — Он расстегнул сюртук, и Вильсон увидел заткнутые за пояс два пистолета и кинжал. — Как видите, — произнес Джордж, — я готов ко всему. На Юг я не дам себя отправить ни при каких обстоятельствах. Если дело дойдет до этого — что ж, шесть футов земли я себе добуду... В первый и последний раз в жизни стану собственником земли в Кентукки!

— Джордж, ты просто в ужасном состоянии! Неужели

же ты хочешь пойти наперекор всем законам своей родины?

— Снова «моя родина», мистер Вильсон! Родина есть у вас, но какая родина у меня или у любого другого, рожденного матерью-невольницей? Какие законы существуют для нас? Не мы издаем эти законы, и никто не спрашивает нашего согласия на их издание. Нам нет до них никакого дела! Все их отношение к нам сводится лишь к тому, что они способствуют нашему угнетению и порабощению.

Мистера Вильсона легко можно было сравнить с добрым тюком хлопка: он был так же мягок, неустойчив и так же легко вспыхивал. Ему было от всей души жалко Джорджа, и он даже смутно догадывался о чувствах, руководивших этим беглым рабом. Тем не менее он считал своим священным долгом наставить его на путь истинный.

— Джордж, — заговорил он снова, — все это очень дурно. Как друг я обязан сказать тебе, что лучше не углубляться в такие вопросы. Это вредные, очень вредные мысли для человека в твоем положении. — Мистер Вильсон уселся на стул и в волнении принялся крутить ручку своего зонтика.

— Мистер Вильсон, — сказал Джордж, решительно усаживаясь напротив него. — Поглядите на меня хорошенько. Разве я не сижу перед вами, словно я такой же человек, как и вы? Взгляните на мое лицо, на мои руки, фигуру, разве я хуже любого другого? У меня был отец, мистер Вильсон, какой-то господин из Кентукки, которому до меня не было дела, настолько не было дела, что он даже не позаботился о том, чтобы я после его смерти не был продан вместе с собаками и лошадьми, принадлежавшими ему. Мать моя и семеро ее детей были при мне выставлены на продажу. На глазах матери по одному продали всех ее детей, всех — разным хозяевам! Я был самым младшим. Она бросилась на колени перед моим хозяином, моля его купить ее вместе со мной, чтоб у нее осталось хоть

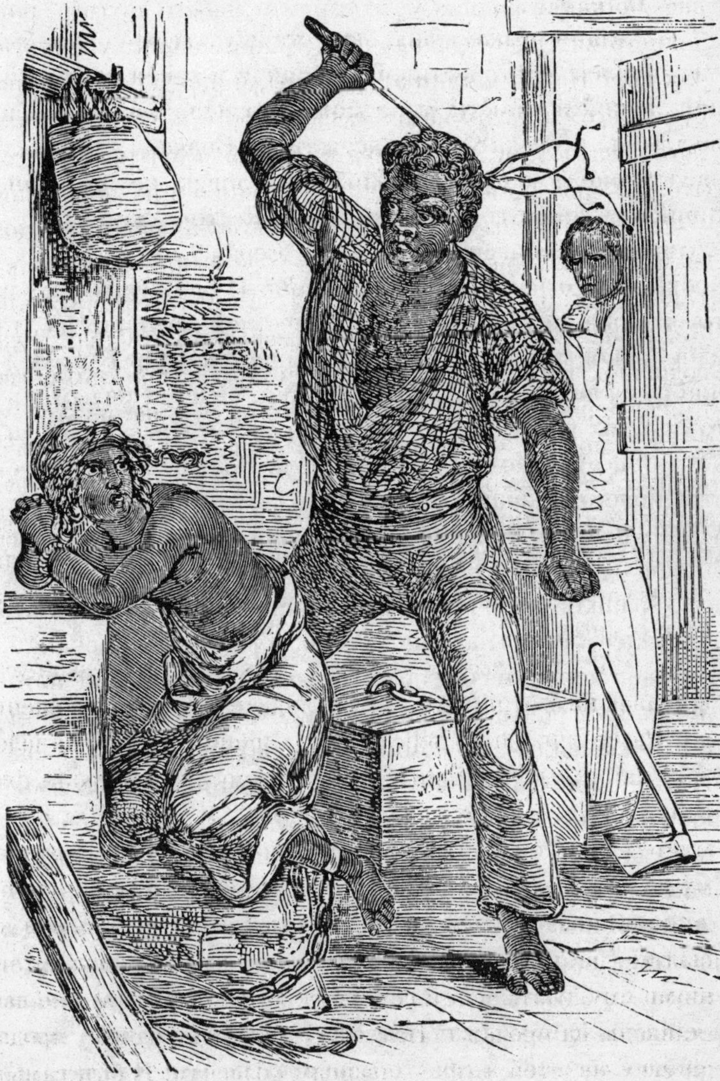

одно-единственное дитя. И тогда он ногой оттолкнул ее... Я видел все и слышал ее вопли и стоны, когда меня привязывали к лошади и увозили в имение хозяина.

— И тогда?..

— Хозяин позже купил мою старшую сестру. Она была хорошей, благочестивой девушкой и такая же красивая, какой в юности была моя мать. Она была хорошо воспитана и умела хорошо держаться. Вначале я радовался, что около меня будет близкий человек, но затем мне пришлось лишь горевать об этом. Я стоял за дверью и слышал, как ее избивали кнутом. Сердце мое обливалось кровью от сознания моего бессилия. И били ее только за то, что она желала вести жизнь честной девушки, на что ваши законы не дают права девушке-рабыне. В последний раз я видел ее скованной цепями, вместе с целым гуртом других рабов; их везли на продажу в Новый Орлеан, хотя они ни в чем не провинились. Больше я о моей сестре ничего не знаю... Я подрастал. Уходил год за годом. У меня не было ни одной живой души, которая оказывала бы мне больше внимания, чем собаке. Меня морили голодом, бранили, избивали. Я бывал иногда так голоден, что радовался, если находил кость, брошенную собакам. Я плакал иногда целые ночи напролет, но плакал не потому, что был голоден, и не потому, что меня били кнутом. Нет, я плакал при воспоминании о матери, о сестре и еще оттого, что не было у меня на свете никого, кого бы я мог любить. Мне неведомы были ни радость, ни утешение. Никогда ни от кого не слышал я ласкового слова, пока не попал на вашу фабрику. Вы относились ко мне хорошо, мистер Вильсон, вы советовали мне учиться грамоте и пытаться пробить себе путь в жизни. Вы знаете, как я вам за это благодарен. Затем я встретил ту, которая стала моей женой. Когда я понял, что и она любит меня, когда женился на ней, я просто поверить не мог, что все это действительность, — так безмерно я был счастлив... Но чем же это кончилось? Пришел мой хозяин, увел меня с работы, оторвал от друзей, от всего, что мне было дорого. И за что? Только за то, что, по его словам, я забыл, кто я такой! Он научит меня помнить, говорил он, что я только негр. В конце концов он решил разлучить меня с женой и приказал мне жениться на другой женщине. И на все это ваш закон дает ему право! Вот видите, мистер Вильсон, все мерзости, которые разбили сердце моей матери, сердце моей сестры, моей жены и мое собственное, — все они совершались с разрешения вашего закона. А вы называете это законами моей родины! У меня нет родины, как не было отца. Но я найду себе родину. От вашей родины я требую только одного: чтобы мне не препятствовали мирно покинуть ее. Если я доберусь до Канады, где законы будут меня защищать, она станет моей родиной, и я подчинюсь ее законам. Если же кто-либо попытается остановить меня, — пусть поостережется: я пойду на все. За свою свободу я буду бороться до последнего издыхания. Вы рассказывали, что ваши предки поступали именно так. Если у них было на это право, то и у меня оно есть.

Говоря это, Джордж вскочил на ноги и, выразительно жестикулируя, зашагал по комнате. Глаза его сверкали, на ресницах повисли слезинки. Добродушный старик, к которому были обращены эти слова, глубоко взволнованный, вытащил большой желтый шелковый платок и принялся им обмахиваться.

— Чтоб их всех черт побрал! — выпалил он вдруг. — Разве я не говорил всегда: проклятые старые подлецы! Да простит меня бог, неужели это я так выругался? Ну иди, иди, Джордж, только берегись, мальчик, не стреляй в людей, если только... Ну... я хотел сказать, что лучше уж тебе ни в кого не стрелять... Я, по крайней мере, на твоем месте стрелял бы так, чтобы не попасть, знаешь... А где же твоя жена, Джордж? — спросил он вдруг, в волнении поднимаясь со стула.

— Исчезла, бежала вместе с ребенком бог весть куда. Она направилась на Север. И когда мы встретимся, и встре-

6 – 4402

тимся ли вообще в этой жизни — этого никто не скажет!..

— Возможно ли? Кто мог бы подумать! Такие добрые хозяева!

— Добрые хозяева иногда попадают в лапы кредиторов, и законы нашей страны позволяют им оторвать ребенка от груди матери и продать его, чтобы покрыть долги хозяина, — с горечью произнес Джордж.

— Да, да, — пробормотал добрый старик, шаря в карманах. — Возможно, я поступаю необдуманно, но... к черту! Я вовсе не хочу ничего обдумывать, — неожиданно добавил он. — Поэтому возьми вот это, Джордж, — сказал он, вытаскивая из бумажника пачку денег и протягивая ее Джорджу.

— Нет, добрый мой господин Вильсон, — сказал Джордж, — вы и так очень много сделали для меня, и этот поступок может навлечь на вас неприятности. У меня, надеюсь, хватит денег на то, чтобы добраться в такое место, где я буду в безопасности.

— Нет, ты должен их принять от меня, — настаивал Вильсон. — Деньги могут оказать тебе большую помощь. Чем больше их окажется на руках в трудную минуту, тем лучше, лишь бы это не были деньги, добытые нечестным путем.

— Хорошо, я возьму их, но только с условием, что возвращу их вам при первой возможности.

— А теперь, Джордж, скажи мне: сколько времени ты еще рассчитываешь так разъезжать? Надеюсь, не долго и не далеко? Ты великолепно играешь свою роль, но все это чересчур рискованно. Кто такой твой спутник?

— Человек, преданный мне. Год назад он бежал в Канаду, но несколько времени спустя он узнал, что его хозяин, взбешенный его побегом, подверг его старуху мать страшным истязаниям. Он проделал весь путь обратно, чтобы утешить ее и, если удастся, увезти.

— Ему это удалось?

— Пока нет. Он бродил в окрестностях, но ему еще не представилось случая встретить ее. Сейчас он проводит меня до Огайо и познакомит с друзьями, которые помогли и ему. Затем он вернется за ней.

— Опасно, очень опасно! — проговорил Вильсон.

Джордж пренебрежительно улыбнулся.

Старик почти с восхищением окинул его взглядом с головы до ног.

— Джордж, — сказал он, — ты необычайно изменился. Ты говоришь, держишься, будто стал совершенно другим человеком.

— Все дело в том, сэр, что я свободный человек, — ответил Джордж гордо.

— Будь осторожен. Тебя могут схватить. Спасение еще далеко.

— Если дойдет до этого — что ж, в могиле все люди равны и свободны, мистер Вильсон.

— Твоя дерзость просто поражает меня, — снова заговорил Вильсон. — Показаться здесь, в одной из ближайших таверн...

— Но, мистер Вильсон, в том-то и штука: эта таверна находится так близко от плантации, что им никогда в голову не придет искать меня здесь. Меня будут искать где-нибудь подальше... Да, кроме того, ведь даже вы с трудом узнали меня. Хозяин же Джима живет не в этих краях, Джима здесь никто не знает, да его уже и искать перестали. Меня же по приметам, указанным в объявлении, вряд ли узнают.

— А метка у тебя на руке?

Джордж стянул перчатку и показал свежий рубец от раны, видимо недавно затянувшейся.

— Это прощальный подарок мистера Гарриса, — сказал он. — Недели две тому назад ему вдруг пришло в голову наложить на меня эту печать, так как он предчувствовал, что я попытаюсь бежать. Замечательно, не правда ли? — сказал он, вновь натягивая перчатку.

— Кровь стынет в жилах, когда я думаю обо всем этом! Твое положение... опасности... О господи!

— Моя кровь стыла годами, сейчас она закипела ключом, — сказал Джордж возбужденно.

— Мистер Вильсон, — заговорил он после некоторого молчания. — Я заметил, что вы узнали меня, и решил поговорить с вами. Но теперь прощайте, я уеду завтра на рассвете, а следующую ночь я надеюсь уже спокойно спать в Огайо. Я буду передвигаться днем, останавливаться в лучших гостиницах, обедать за одним столом с важными господами. Итак, прощайте! Если вы услышите, что меня поймали, — знайте, что меня нет в живых.

Джордж протянул руку мистеру Вильсону с достоинством владетельного принца. Добрый старик горячо пожал ее и, робко оглядевшись, взял свой зонтик и вышел.

Джордж несколько секунд стоял в задумчивости, не отводя взгляда от закрывшейся двери. Внезапно какая-то мысль мелькнула в его мозгу, он бросился к двери и распахнул ее.

— Мистер Вильсон! — крикнул он. — Еще одно слово.

Вильсон вернулся. Джордж, как и в первый раз, запер дверь на ключ. Некоторое время он простоял в нерешительности, опустив глаза. Затем, словно сделав над собой усилие, поднял голову.

— Мистер Вильсон, — сказал он, — вы вели себя по отношению ко мне как друг. Разрешите мне попросить вас сделать еще одно доброе дело.

— Я слушаю тебя, Джордж.

— То, что вы говорили раньше, сэр, — правда. Надо мной нависла страшная опасность. Если я умру... у меня на всем свете нет никого, кто заплакал бы обо мне... — Слышно было, с каким трудом дыхание вырывалось из его груди. Он постарался овладеть собой и продолжал: — Меня бросят в яму, как собаку, и никто даже не вспомнит обо мне... никто, кроме моей бедной жены. Бедняжка, как она будет горевать... Не согласитесь ли вы каким-нибудь способом переслать ей эту булавку? Она подарила ее

мне однажды на Рождество. Дорогая моя деточка... Передайте ей эту вещицу и скажите, что я ее любил до самого конца. Вы сделаете это, сэр? Сделаете? — проговорил он срывающимся голосом.

— Разумеется, сделаю, бедный мой мальчик, — произнес старик со слезами на глазах. Голос его дрожал.

— Скажите ей, — продолжал Джордж, — чтобы она перебралась в Канаду — это последний мой завет ей. Скажите ей, чтобы она вырастила нашего мальчика свободным человеком. Тогда ему не придется переносить тех страданий, которые перенес я. Передайте ей это, мистер Вильсон.

— Хорошо, Джордж, я все передам ей. Но я уверен, что ты не погибнешь. Выше голову! Будь мужественен. Ты славный парень. Уповай на божью милость, Джордж. От всей души желаю тебе, чтобы ты добился... добился... Да, желаю тебе это...

— Есть разве бог, на которого можно возлагать надежды? — сказал Джордж с такой горячностью, что слова замерли на устах старика. — То, что мне пришлось видеть в жизни, заставило меня не раз усомниться в том, существует ли бог. Вы, белые христиане, не знаете наших мыслей. Для вас бог, может быть, есть, для нас его нет.

— Мальчик мой, мальчик, не давай волю таким мыслям! — воскликнул старик, готовый разрыдаться.

— Благодарю вас за все, — произнес Джордж, — благодарю за то, что вы так говорили со мной. Я буду всегда помнить вас.

ГЛАВА XII

Своеобразные картины из области дозволенной законом торговли

Мистер Хеллей и Том продолжали свой путь, погруженные каждый в свои размышления.

Любопытная вещь — разница в мыслях у людей, сидящих друг подле друга: люди едут в повозке, сидят рядом на одном и том же сиденье, у каждого из них одинаковые органы чувств, одни и те же картины проносятся перед их взорами... А между тем как глубоко различны их думы!

Вот хотя бы, к примеру, мистер Хеллей. Он размышляет о росте Тома, о ширине его груди, о цене, которую можно будет за него выколотить, если ему удастся сохранить его таким же упитанным и в таком же хорошем состоянии до продажи. Он думает о том, из скольких голов будет состоять стадо, которое он выведет на аукцион, размышляет о рыночной цене на мужчин, женщин и детей и о разных других вещах, связанных с его торговыми делами. Затем он не без самодовольства вспоминает о своем человеколюбии, о том, что многие другие его собратья по ремеслу надевают своим неграм кандалы на ноги и руки, а он, Хеллей, довольствуется только ножными кандалами. Вот он оставил Тому руки свободными... Правда, до тех пор, пока он будет вести себя как следует. И Хеллей вздыхает о людской неблагодарности.

Он даже задает себе вопрос: достаточно ли Том оценил его доброту? Ведь сколько раз его обманывали негры, с которыми он хорошо обращался. Просто удивительно, как это он, несмотря ни на что, сохранил такое мягкосердечие!

Вытащив из кармана несколько газет, Хеллей занялся просмотром объявлений. Он не отличался особой грамотностью и поэтому имел обыкновение читать вполголоса, чтобы уши его могли проверить то, что читали глаза. Так, вполголоса, прочел он и следующее объявление:

АУКЦИОН

На основании постановления суда во вторник, 21 февраля, в городе Вашингтоне, штат Кентукки, поступят в продажу с аукциона негры, имена которых перечислены в прилагаемом списке:

Агарь — 60 лет,

Джон — 30 лет,
Бен — 21 год,
Саул —25 лет,
Альберт — 14 лет.

Вырученная сумма идет в погашение долгов и на удовлетворение кредитов и наследников мистера Джоссе Блэтчфорда, эсквайра.

Подписали: *Сэмюэль Морри,*
Томас Флинт —
душеприказчики.

— Нужно будет взглянуть, — произнес Хеллей, за неимением другого собеседника обращаясь к Тому. — Вот видишь, Том, у меня подберется неплохая компания, которую я присоединю к тебе... чтобы тебе не было скучно. Нет ничего лучше доброй компании. Согласен со мной? Итак, мы прежде всего поедем прямехонько в Вашингтон. Там я помещу тебя в тюрьму на время, пока справлюсь с делами.

Том принял это приятное известие с невозмутимым спокойствием. Ему хотелось только знать, у многих ли из этих несчастных были жены и дети и переживали ли они разлуку с ними так же тяжело, как он. Нужно признаться, что обещание Хеллея посадить Тома в тюрьму не произвело особенно отрадного впечатления на человека, который всегда гордился своим безупречным поведением. Другое дело, если б он принадлежал к высшим кругам; тогда, возможно, он и не придал бы этому такого большого значения.

День прошел, и к вечеру Хеллей и Том удобно устроились в Вашингтоне: один — в гостинице, другой — в тюрьме.

На следующий день, около одиннадцати часов утра, у входа в здание суда собралась большая толпа народа. Одни курили, другие жевали табак, одни сплевывали, дру-

гие разглагольствовали, в зависимости от своих вкусов и привычек.

Все ждали открытия торгов. Мужчины и женщины, предназначавшиеся к продаже, сидели в стороне отдельной группой. Они тихо разговаривали между собой. Женщина, значившаяся в объявлении под именем Агарь, по лицу и фигуре была типичная африканка. Возможно, что ей действительно было шестьдесят лет, но она казалась гораздо старше: болезнь и непосильная работа состарили ее раньше времени. Она была почти слепа, руки и ноги ее были скрючены ревматизмом. Рядом с ней стоял ее сын — невысокий, но живой и красивый четырнадцатилетний мальчик. Это был последний оставшийся при ней отпрыск некогда многодетной семьи, которая на глазах несчастной матери постепенно распродавалась на южных невольничьих рынках. Несчастная старуха держалась за него обеими руками и со страхом и беспокойством вглядывалась в тех, кто осматривал его.

— Не беспокойся, тетушка Агарь, — произнес старший из негров. — Я говорил с мистером Томасом, и он сказал, что надеется продать вас обоих вместе.

— Пусть они не думают, что я не могу работать, — воскликнула Агарь, поднимая вверх свои трясущиеся руки. — Я могу готовить, мыть, чистить посуду. Я еще заслуживаю того, чтобы меня купили.

Хеллей между тем, пробившись сквозь толпу, подошел к старшему из негров, заставил его открыть рот, проверил челюсти, простукал согнутым пальцем зубы, приказал ему выпрямиться, согнуться и проделать ряд движений, при которых можно было проверить качество его мускулатуры. Затем, перейдя к следующему, он так же тщательно осмотрел и его. В конце концов он подошел и к Альберту, пощупал мускулы, приказал вытянуть руки, внимательно оглядел пальцы и заставил его попрыгать, чтобы проверить, насколько он гибок.

— Его не продадут без меня! — воскликнула со страстной энергией старуха. — Нас поставят вместе! Я еще очень крепка, мастер, я еще могу работать, хорошо работать!

— На плантации? — презрительно взглянув на нее, бросил Хеллей. — Вот так штука! — Затем, словно удовлетворенный осмотром, он стал прохаживаться по двору, засунув руки в карманы, попыхивая сигарой, сдвинув набок шляпу, готовый к действию.

— Что вы думаете приобрести? — спросил Хеллея человек, также осматривавший негров.

— Думаю купить мальчишку, — коротко ответил Хеллей, сплевывая жвачку.

— Но они как будто хотят продать мальчика вместе со старухой матерью, — заметил его собеседник.

— Как бы не так! Кому нужен мешок старых костей? Она не отработает и того, что съест.

— Значит, вы не купите ее?

— Надо быть сумасшедшим, чтобы купить этакое ста-

рье! Она полуслепая, руки и ноги скрючены, к тому же идиотка.

— Некоторые люди покупают таких старух и извлекают из них больше пользы, чем можно бы думать, — проговорил собеседник Хеллея, словно взвешивая что-то.

— Для меня это дело неподходящее, — сказал Хеллей. — Я не взял бы ее, хоть бы мне отдали ее даром. Я уже сделал выбор.

Разговор был прерван шумом. Толпа двинулась к помосту.

Аукционист, низкорослый, неуклюжий человек, с деловитой важностью действуя локтями, проталкивался сквозь толпу. Старуха, затаив дыхание, уцепилась за мальчика.

— Не отходи от меня, Альберт, — шептала она. — Они продадут нас вместе.

— Ой, мама, боюсь, что нет, — тихо проговорил мальчик.

— Нет, вместе, вместе, вместе, иначе я умру! — не переставала твердить несчастная.

Аукционист потребовал тишины и громовым голосом объявил, что торги начинаются.

Толпа несколько отступила. Аукцион начался.

Несколько невольников было продано по сходным ценам. Двое из них достались Хеллею.

— Эй ты, мальчик, подойди-ка сюда! — приказал аукционист, коснувшись молотком плеча Альберта. — Встань! Покажи-ка свою ловкость!

— Сэр, умоляю вас, поставьте нас вместе! Умоляю вас, умоляю! — прошептала старуха, цепляясь за сына.

— Убирайся подальше! — грубо крикнул аукционист, отталкивая ее от мальчика. — Тебя будут продавать в конце. Эй ты, черномазый, прыгай! — крикнул он, подталкивая мальчика к помосту.

За его спиной послышался стон. Мальчик остановился и повернул голову. Слезы капали из его больших блестящих глаз.

Красивое лицо и изящество подростка сразу внесли значительное оживление в торги. Со всех сторон одновременно посыпались надбавки. Аукционист был оглушен. Мальчик, оробев, беспомощно оглядывался по сторонам. Его пугали шум и крики покупателей, стремившихся перебить его друг у друга. Наконец аукционист стукнул молотком по столу. Мальчик достался Хеллею. Его толкнули к новому хозяину. Он остановился еще на мгновение, чтобы в последний раз взглянуть на старуху мать, которая, вся дрожа, протягивала к нему трепещущие руки.

— Купите меня тоже, сэр, — повторяла она. — Ради господа нашего, прошу вас, купите меня! Я умру, если вы не купите меня!

— Ты еще гораздо скорее умрешь, если я тебя куплю, — сказал Хеллей. — Отстань! — И он повернулся к ней спиной.

Торги на несчастную старуху закончились быстро. Человек, беседовавший раньше с Хеллеем и, казалось, не лишенный чувства сострадания, купил ее за какую-то пустячную сумму.

Толпа начала расходиться.

Несчастные жертвы этой торговли, прожившие несколько лет вместе, собрались вокруг бедной матери, отчаяние которой вызывало у всех жалость.

— Неужели они не могли оставить мне хоть одного? Хозяин всегда говорил, что одного мне оставят! — твердила она с невыразимой болью.

— Покоритесь воле божьей, тетушка Агарь, — проговорил один из негров. — В церкви нам всегда говорили, что нужно покоряться.

— Что проку в этом! — воскликнула женщина с горьким плачем.

— Мама! Мама! — кричал мальчик. — Все говорят, что твой новый хозяин добрый человек.

— Ах, не все ли мне равно! Альберт, Альберт, дитя мое! Последнее мое дитя! Как я буду жить без тебя?

— Эй вы, да уберите же ее! — резко сказал Хеллей, обращаясь к невольникам.

Старший из негров силой и уговорами заставил бедную мать разжать руки, которыми она обвивала сына, и, провожая негритянку к повозке ее нового хозяина, пытался, как мог, утешить ее.

— Вперед! — скомандовал Хеллей, сгоняя вместе свое человеческое стадо. Он надел на руки негров наручники и, скрепив всех троих толстой цепью, погнал их по направлению к тюрьме.

Через несколько дней Хеллей и его невольники уже благополучно плыли на пароходе по реке Огайо. Купленные Хеллеем негры должны были составить основное ядро его гурта; он предполагал увеличить его при помощи своих агентов, которые скупали для него живой товар и собирали его в определенных пунктах по пути следования парохода.

«Прекрасная река» — таково было название корабля (лучшего из всех, когда-либо бороздивших воды этой реки) — весело плыл по течению под ослепительным небом. На носу развевался американский флаг — полосы и звезды, рассеянные по нему.

По палубе разгуливали джентльмены и леди в нарядных туалетах, наслаждавшиеся прелестью чудесной погоды. Кругом царило веселье и праздничное оживление.

Только невольники Хеллея, погруженные в трюм вместе с товарами, как будто не разделяли общей радости. Собравшись в кружок, негры вполголоса беседовали между собой.

— Ребята! — крикнул Хеллей, неожиданно появляясь среди них. — Надеюсь, все идет хорошо? Веселей! Веселей! Нечего грустить! Побольше жизни! Ведите себя хорошо, и я буду с вами хорош!

Невольники ответили своим неизменным: «Да, мастер!» Это был многовековой пароль несчастных порабощенных африканцев. Мы вынуждены, однако, признаться, что при этом они не проявляли особой веселости. Все они тосковали о матерях, о женах, о своих детях, с которыми они расстались навсегда. Веселиться им строго приказывали те, кто обрек их на горе, и поэтому веселье их проявлялось довольно слабо.

— У меня была жена, — произнес, положив скованные руки на колени Тома, тот, кто в списке значился как «Джон, 30 лет». — У меня была жена, — повторил он. — Она, бедная, ничего не знает о моей судьбе...

— Где она живет?

— Недалеко отсюда, в какой-то таверне... Хотел бы я хоть раз еще в этом мире повидаться с ней.

Бедный Джон! Это было так естественно. И когда он говорил это, слезы лились из его глаз.

Тяжелый вздох вырвался из груди Тома, и он попытался утешить беднягу.

Над их головами в каютах помещались отцы и матери, жены и мужья, и веселые, жизнерадостные дети, словно бабочки, носились вокруг них.

Это была картина обеспеченной, радостной, благоустроенной жизни.

— Мамочка, — сказал мальчуган, спускавшийся на нижнюю палубу. — На пароходе едет торговец неграми, и внизу сидят пять или шесть негров.

— Несчастные, — проговорила мать голосом, в котором звучали и гнев и возмущение.

— Что случилось? — спросила другая дама.

— Внизу, под нами, сидят закованные в цепи невольники.

— Какой позор для нашей страны представляет такое зрелище!

— О, тут можно многое сказать и за и против, — вмешалась третья дама, сидевшая с шитьем у дверей своей отдельной каюты, в то время как ее мальчик и две девочки играли подле нее. — Я много поездила по Югу и пришла к заключению, что негры в неволе гораздо счастливее, чем на свободе.

— Я долго жила в Кентукки и в Виргинии и немало видела таких ужасов, — с горячностью воскликнула первая дама, — от которых сердце готово было разорваться. Представьте себе только, сударыня, что от вас оторвали бы обоих ваших детей... и продали бы их!

— Смешно судить о чувствах этих... людей по нашим собственным чувствам, — сказала третья дама.

— О, вы совершенно не знаете их, если так говорите! — воскликнула первая собеседница. — Я родилась, воспитывалась среди негров и знаю, что их чувства так же глубоки, а может быть, даже глубже наших.

— По воле самого провидения африканцу положено быть рабом и выполнять самую тяжкую работу! — вмешался в разговор джентльмен в черном, торжественный и серьезный вид которого обличал в нем служителя церкви.

— Желал бы я знать, где это сказано, — заметил человек высокого роста, стоявший поблизости.

— Пути провидения неисповедимы, — невозмутимо продолжал служитель церкви, — оно сочло нужным обратить это племя в рабство, и так длится веками. Мы не смеем восставать против его воли!

— Ну что ж, отлично! Будем выполнять священную волю провидения и покупать негров! Не так ли, сэр? — И говоривший повернулся к Хеллею, который, прислонившись к дверям и засунув руки в карманы, внимательно прислушивался к разговору.

— Итак, — с нескрываемой иронией продолжал высокий джентльмен, — мы обязаны подчиниться воле провидения. Негров можно продавать, за ними разрешается охотиться и угнетать их. На то они и созданы богом! Какая успокоительная точка зрения, не правда ли, чужестранец?

— Я никогда не задумывался над этим, — ответил Хеллей. — И я ничего не могу сказать по этому поводу. Я занялся торговлей, чтобы заработать себе на жизнь. Если это грех — я успею своевременно покаяться.

— А пока что вы стараетесь не задумываться над этим? Подумать только: как полезно изучать Писание! Если бы вы, подобно этому почтенному джентльмену, хотя бы только читали Библию, вам не пришлось бы даже беспокоить себя мыслями о покаянии. Вы просто произнесли бы: «Да будет проклят...» — ну, как его там? И могли бы, не тревожась, заниматься своими делишками.

И высокий джентльмен, тот самый честный скотопромышленник, с которым читатель познакомился в таверне в Кентукки, усевшись на место, закурил. Ироническая улыбка снова скользнула по его длинному сухощавому лицу.

Служитель церкви приготовился было что-то возразить скотопромышленнику, но пароход неожиданно остановился, и все общество ринулось к борту, желая узнать, какая это пристань.

В ту самую минуту, когда пароход пристал к берегу, какая-то негритянка, еле дождавшись, когда спустят сходни, расталкивая толпу, взбежала на палубу и бросилась к помещению, где ютились негры. С криком обхватив руками шею «товара», поименованного в списке «Джон, 30 лет», она разразилась слезами и рыданиями.

Это была его жена.

Молодой человек с умным и честным выражением лица стоял в стороне и, скрестив на груди руки, молча наблюдал за этой встречей. Неожиданно повернувшись к Хеллею, находившемуся подле него, он произнес голосом, срывающимся от волнения:

— Друг мой, как смеете вы, как можете вы вести такую торговлю? Взгляните на этих несчастных! Я счастлив, что скоро встречусь с женой и детьми, но тот же пароходный колокол, который, дав сигнал к отправке парохода, приблизит минуту нашей встречи, навсегда разлучит этих несчастных супругов. Подумайте об этом!

Работорговец отошел, не произнеся ни слова.

Усевшись поудобнее и достав бумажник, Хеллей занялся подсчетами: способ, к которому охотно прибегают еще и не такие грешники, как он, чтобы заглушить голос своей совести.

Пароход плавно отошел от берега и, пыхтя, двинулся вниз по реке. Мужчины продолжали беседовать, женщины занялись рукоделием, дети резвились вокруг них.

Однажды, когда пароход остановился около небольшого кентуккийского городка, Хеллей сошел на берег.

Том, которому разрешалось иногда подниматься на палубу, чтобы подышать свежим воздухом, подошел к борту и взглянул на пристань. Вскоре он увидел Хеллея, который торопливо шел к пароходу, ведя за собой темнокожую женщину с маленьким ребенком на руках. Она была одета опрятно, казалась веселой и оживленно болтала с негром, который нес за нею небольшой сундучок.

Пробил колокол, машина загудела, пароход дал свисток и медленно поплыл по реке.

Женщина устроилась на носу среди багажа и занялась

ребенком. Она забавляла его, все время что-то приговаривая.

Пройдясь несколько раз по палубе, Хеллей подошел к женщине и, усевшись около нее, вполголоса заговорил с нею.

Том заметил, что мрачная тень скользнула по лицу женщины, и услышал, как она с горячностью сказала:

— Не верю! Не хочу верить! Вы просто смеетесь надо мной!

— Если не веришь, взгляни на эту бумагу, — сказал Хеллей, вытаскивая какой-то документ. — Это акт о продаже, подписанный твоим хозяином. Я заплатил за тебя изрядную сумму, можешь мне поверить.

— Нет, нет! — воскликнула женщина. — Мой хозяин не стал бы так обманывать меня! Это невозможно!

— Раз ты не хочешь мне верить и не полагаешься на мои слова, спроси любого, кого захочешь. Эй, сэр, будьте столь любезны, прочтите-ка эту бумагу!

— Это акт о продаже, — взглянув на бумагу, сказал пассажир, к которому обратился Хеллей, — акт, свидетельствующий о том, что нижеподписавшийся Джо Фосдайк передает вам в собственность девицу Люси и ее ребенка. Акт составлен, как мне кажется, по всем правилам закона.

Возгласы женщины привлекли к ней внимание окружающих, и около нее собралась толпа. Работорговец в коротких словах объяснил причину ее возбуждения.

— Он сказал мне, что я поеду в Луисвилл и буду служить кухаркой в трактире, где работает мой муж, — твердила женщина. — Вот что сказал мне хозяин, и вы не убедите меня, что он солгал.

— Но он продал вас, бедная женщина, — произнес один из пассажиров, с жалостью посмотрев на нее. — Тут никакого сомнения быть не может.

— Незачем больше говорить об этом, — сказала женщина, внезапно затихнув, и, словно успокоившись, повернулась спиной к любопытным. Прижав к груди ребенка, она опустилась на какой-то ящик и устремила в речную даль взгляд, полный безнадежности.

— Видите, она уже успокаивается, — сказал Хеллей пассажирам. — Она примирится со своей судьбой.

Женщина не шевелилась. Легкий ветерок, овевая ее голову, несколько освежал ее. Она видела, как последние лучи заходящего солнца разбросали по воде золотые блики. До слуха ее доносился веселый смех, но на сердце ее словно тяжелый камень навалился. Ребенок, поднявшись на ножки, принялся ручонками гладить ее лицо. Он подпрыгивал, откидывался назад и, лепеча что-то непонятное, казалось, пытался ее утешить.

Ребенку едва ли исполнился год, но он был велик для своего возраста и ни одной минуты не сидел спокойно.

— Какой великолепный мальчуган! — проговорил один из пассажиров, неожиданно остановившись перед ними. — Сколько ему месяцев? — добавил он, не вынимая рук из карманов.

— Десять с половиной, — ответила мать.

Джентльмен протянул мальчику леденец, а малыш, следуя обычаю всех ребят, поспешил схватить его в кулачок и засунуть в рот.

— Вот так молодчина! — произнес джентльмен и, насвистывая, продолжал свою прогулку по палубе. Достигнув противоположного конца парохода, он поравнялся с Хеллеем, который курил, забравшись на груду тюков.

— Вы совершили довольно удачную покупку, чужестранец, — произнес джентльмен, вытащив из кармана фитиль и раскуривая сигару.

— Надеюсь, что так, — ответил Хеллей.

— Красивая девка! — сказал джентльмен.

— Да, недурна.

— Вы везете ее в Новый Орлеан?

Внимательно следя за кольцами табачного дыма, расплывавшимися в воздухе, Хеллей утвердительно кивнул.

— На плантацию?

— Да, — ответил Хеллей. — Мне поручено приобрести рабов для одной плантации, и я надеюсь сбыть ее туда. Меня уверяли, что она отличная стряпуха. Она может пригодиться на кухне. Да и хлопок может щипать, пальцы у нее подходящие, я смотрел. Во всяком случае, сбыть ее будет не трудно. — И Хеллей снова затянулся своей сигарой.

— Ребенок на плантации не будет нужен… — заметил пассажир.

— Я продам его, как только представится случай, — ответил Хеллей, зажигая вторую сигару.

— И дорого вы возьмете за него? — спросил джентльмен и, вскарабкавшись на груду сундуков, уселся поудобнее рядом с Хеллеем.

— Право, не знаю еще… Мальчишка хорошенький, здоровый, толстенький, и тело плотное, как камень.

— Все это так. Но сколько возни и расходов, пока его вырастишь!

— Та-та-та!.. Такая мелюзга растет сама по себе. Возни с ними не больше, чем со щенятами. Через месяц он уже будет бегать.

— У меня есть хорошее место для выращивания таких ребят. И я подумал, не купить ли мне его. У нашей кухарки на прошлой неделе погиб ее сынишка: утонул в лохани, пока она развешивала белье. Неплохо было бы поручить ее заботам вот этого взамен умершего.

Хеллей и пассажир некоторое время продолжали молча курить. Ни тот ни другой не хотели, по-видимому, вплотную подойти к интересовавшему их вопросу. Первым наконец заговорил пассажир:

— Вы не спросите, думаю, за него больше десяти долларов, раз вам все равно необходимо избавиться от него?

Хеллей, отрицательно покачав головой, пренебрежительно сплюнул.

— О такой цене и речи быть не может! — буркнул он и снова затянулся.

— Так сколько же вы хотите за него? — с некоторым нетерпением произнес пассажир.

— Н-да... Я могу и сам вырастить мальчишку или отдать его куда-нибудь на воспитание... Не часто попадаются такие красивые и такие здоровенные. Месяцев через шесть он будет стоить долларов сто. Если я буду тщательно его выхаживать, он через год, через два будет стоить уже двести долларов.

— Это неслыханная цена! — воскликнул пассажир.

— Я ничего не уступлю, — коротко бросил Хеллей.

— Предлагаю вам тридцать долларов и ни цента больше!

— Давай договоримся, — сказал Хеллей, сплевывая. — Разницу — пополам. Давайте сорок пять долларов, и дело с концом!

— По рукам!

— Значит, сторговались, — сказал Хеллей. — Где вы высаживаетесь?

— В Луисвилле.

— В Луисвилле? Отлично. Мы приедем туда в сумерки. Малыш будет спать. Вы унесете его потихоньку, чтобы он не закричал... Я люблю, чтобы все шло спокойно. Терпеть не могу шума и суматохи.

Банкноты перекочевали из кармана покупателя в карман продавца. Хеллей снова занялся своей сигарой.

Стоял тихий звездный вечер. Пароход остановился у набережной Луисвилла.

Молодая женщина сидела, держа на руках ребенка, не произнося ни слова. Услышав название города, она поспешно положила ребенка в углубление, образовавшееся между сундуками, бережно подостлав под него свою накидку. Затем она быстро перебежала на ту сторону, где была пристань, надеясь среди служащих гостиниц, толпившихся на берегу, увидеть своего мужа. Она перегнулась через борт. Вся душа сосредоточилась в ее глазах. С невероятным напряжением впиваясь взглядом в эту массу голов, она старалась разглядеть среди них одну.

Толпа оттеснила ее от ребенка.

— Пора, — произнес Хеллей, поднимая спящего ребенка и передавая его своему новому знакомому. — Только не разбудите его, а то он закричит и мать поднимет дьявольский шум.

Подхватив свою добычу, покупатель быстро скрылся в толпе.

Когда пароход, гудя и фыркая, отошел от берега и, ускоряя ход, поплыл посредине реки, женщина вернулась на свое место. Она застала там Хеллея.

— Что такое? Где он? — закричала она, увидев, что ребенка нет на месте.

— Люси, — сказал работорговец, — ребенка твоего нет... Рано или поздно, а сказать тебе об этом все равно бы пришлось. Ты сама понимаешь, что его нельзя было везти на Юг. Я воспользовался случаем и поместил его в прекрасной семье, где его воспитают лучше, чем могла бы его воспитать ты.

Взгляд, полный безнадежного отчаяния и муки, брошенный несчастной женщиной на Хеллея, вероятно, смутил бы менее закаленного человека. Но Хеллей был защищен непроницаемой броней равнодушия к страданиям своих рабов. Сотни раз встречал он такой взгляд...

Для него это искаженное нечеловеческой мукой темное лицо, это прерывистое дыхание, эти судорожно сжимавшиеся руки были лишь неотъемлемой особенностью его ремесла. Его беспокоило лишь одно: будет ли она кричать и устроит ли на пароходе скандал? Ибо, подобно всем защитникам существующего в Америке порядка, он не терпел беспорядка.

Но женщина не закричала. Удар был нанесен в самое сердце, и у нее не было ни слов, ни рыданий.

Она села, словно оглушенная. Руки безжизненно повисли; глаза глядели в одну точку, ничего не видя. Словно сквозь сон слышала она шум машины. Безмерная душевная мука не находила себе исхода ни в криках, ни в слезах.

Она оставалась спокойной.

Работорговец, не менее «гуманный», чем все американские политики, готов был утешить свою жертву.

— Я знаю, Люси, что в первые минуты это переживается очень тяжело. Но такая умная и толковая девушка, как ты, сумеет и виду не показать... Ты ведь сама понимаешь, что это было вызвано необходимостью...

Люси молчала.

— Ты хорошая девушка, Люси. Я желаю тебе добра и подыщу тебе хорошее место там, в низовьях. У тебя скоро будет другой муж... Такая красивая женщина, как ты...

— Хозяин! Умоляю вас... Не говорите мне ничего! — проговорила женщина.

В голосе ее звучала такая скорбь, что работорговец понял: не в его силах было успокоить ее.

Он отошел. Люси прикрыла лицо краем плаща.

Хеллей прохаживался взад и вперед; время от времени он останавливался и наблюдал за нею.

«Она скверно переносит эту историю, — размышлял он. — Но все же она спокойна... Ну, ничего: помучается, поревет, а потом забудет».

Том все видел и все понял. Сердце его разрывалось от жалости к несчастной женщине, которая сидела, склонив голову, как увядшее растение. Ему были понятны муки матери, которая в глазах закона ничем не отличалась от тюков, ящиков и свертков, громоздящихся вокруг.

Приблизившись, Том попытался заговорить с ней. Но в ответ раздался только стон. Он говорил о милости господней, об утешении, которое он дарует. Но несчастная мать была глуха ко всему.

Наступила безмолвная, сияющая бесчисленными звездами ночь.

На пароходе жизнь постепенно замирала. Пассажиры уснули. Под кормой тихо журчала вода.

Том растянулся на каком-то сундуке. Засыпая, он слышал сдавленные рыдания Люси.

— О господи! Что мне делать? Что делать? — шептала она.

Под утро какой-то шорох неожиданно разбудил Тома. Мимо него быстро скользнуло что-то черное, и вслед за тем послышался всплеск воды. Он поднял голову. Люси не было. Напрасно он искал ее поблизости. Она положила конец своим страданиям, а река позади судна текла попрежнему спокойно и невозмутимо.

Хеллей проснулся рано и явился по-хозяйски проведать свой живой товар. Теперь настала его очередь прийти в смущение и замешательство.

— Куда делась женщина? — спросил он Тома.

Том понимал бесплодность всякого спора с торговцем людьми и не счел нужным делиться своими наблюдениями.

— Не знаю, — просто ответил он.

— Не может быть, чтобы она сошла на какой-нибудь из ночных остановок, — рассуждал Хеллей вслух. — Всякий раз, как пароход останавливался, я вскакивал и был начеку. Присмотр за невольниками я никогда и никому не поручаю.

Тон, которым были произнесены эти слова, должен был вызвать Тома на разговор. Но негр не ответил.

Работорговец обыскал весь пароход от носа и до самой кормы, рылся среди тюков, ящиков и бочек, в машинном отделении, около труб. Убедившись в бесплодности своих поисков, он снова вернулся к Тому.

— Послушай, — сказал он. — Скажи мне правду, ты

что-нибудь знаешь? Не отпирайся. Ты можешь сообщить мне нужные сведения. Я видел Люси в десять часов вечера, видел в двенадцать, в час ночи. В четыре ее уже не было здесь, а ты все это время не сходил со своего места. Ты что-то знаешь, в этом нет сомнений.

— Могу сказать вам только одно, мастер. Под утро я видел, как мимо мелькнуло что-то черное. Я приоткрыл глаза, и тут я услышал, как в воду упало что-то тяжелое. Я проснулся. Женщины не было на месте. Вот все, что я знаю.

Торговец не был ни поражен, ни смущен. Он привык ко всякого рода катастрофам. Даже сама смерть не вызывала в нем священного трепета. За время своих поездок по стране он видел смерть не раз, но она была для него лишь чересчур требовательной гостьей, которая стесняла его в коммерческих операциях. Люди для него были только товаром, и сейчас он повторял себе, что ему чертовски не везет и что, если так пойдет дальше, он ни цента не заработает на всем своем грузе. Его следовало пожалеть, тем более что Люси, как он полагал, отправилась в страну, которая не возвращает беглецов, какие бы законные требования ни предъявляли достославные Соединенные Штаты.

Раздосадованный торговец вытащил свою счетную книгу и вписал пропавшие тело и душу в рубрику «убытков».

Отвратительный субъект, не правда ли, этот работорговец? Бесчувственное создание! Просто негодяй!

Но зато ведь подобных господ не принимают в порядочном обществе!

Правильно. А кто создает таких работорговцев? Кто более достоин осуждения? Образованный ли, благовоспитанный джентльмен, защищающий систему, которая неизбежно порождает таких торгашей, или сам этот жалкий торгаш? Ведь именно вы, господа, занимающие высокое положение в стране, разлагаете этого человека, развращаете его так, что он перестает ощущать позорность своего ремесла! Поверьте, уважаемые джентльмены, в день расплаты ваши сегодняшние преимущества будут свидетельствовать против вас!

Однако мы просим наших читателей не думать, что американские законодатели вовсе лишены нравственного чувства. О, что вы! Что вы! Кому не ведомо, что американские государственные деятели превосходят один другого в красноречии, ратуя против торговли рабами... в других странах! У нас целая армия изумительных ораторов, которых просто приятно послушать. Торговать людьми... в Африке — возмутительно! Просто страшно подумать! Но торговля рабами в Кентукки — о, это совсем другое дело!

ГЛАВА XIII
Поселок в лесу

Перед нами мирная картина. Мы входим в большую кухню, стены которой раскрашены яркими красками. На желтом кирпичном, тщательно натертом полу не видно ни соринки. Черная чугунная плита сверкает образцовой чистотой. Оловянная посуда, расставленная на высоких полках, способна пробудить аппетит и вызывает в воображении тысячу мыслей о всевозможных гастрономических прелестях. Блестят выкрашенные в зеленый цвет старинные деревянные стулья. Сбоку стоит маленькая качалка с подушкой из разноцветных лоскутков. Рядом с ней большая качалка, широкая и уютная, словно приглашающая отдохнуть на пуховых подушках, которыми она выложена.

В качалке, тихо раскачиваясь и опустив глаза на свое шитье, сидит наша старая знакомая — Элиза. Да, это она, побледневшая и осунувшаяся по сравнению с тем, какой она была в доме Шельби. Сгустилась тень, отбрасываемая темными ресницами, а в линии губ легко угадать глубокую, но сдерживаемую боль. В этих слегка изменившихся чертах можно прочесть и то, что душа этой молодой женщины под жестоким натиском горя приобрела силу и стойкость. Иногда она отрывает взгляд от работы, наблюдая за веселой возней маленького Гарри, который носится по комнате, словно тропическая бабочка. Воля и непоколебимая решимость, так мало свойственные ей в прежние счастливые годы, чувствуются сейчас в этой молодой женщине.

Рядом с ней сидит другая женщина. На коленях у нее оловянное блюдо с сухими персиками. На вид ей лет пятьдесят пять — шестьдесят. Но она обладает лицом, которому годы, коснувшись его, придают лишь новую красоту. Ее белоснежный кисейный чепец и косынка из простенькой кисеи, скрещенная на груди, а также шаль и платье серого цвета сразу позволяют угадать в ней жену квакера[1]. Ее не потерявшее округлости лицо залито нежным румянцем и, словно зрелый персик, покрыто бархатистым пушком. Волосы, в которые годы вплели серебряные нити, зачесаны назад, оставляя открытым высокий, благородный лоб. Большие карие глаза светятся добротой и честностью. Стоит заглянуть в них, чтобы понять, какое прекрасное, доброе сердце бьется в груди этой женщины.

Столько раз прославлялась, столько раз воспевалась красота молодых девушек! Почему бы не воспеть красоту старых женщин? Если кто нибудь нуждается во вдохновении для развития этой неожиданной темы, пусть взглянет на Рахиль Холлидей, сидящую в своей низенькой качалке.

Качалка немилосердно скрипела. Возможно, что в дни далекой своей юности она схватила простуду или в ней сказывалась наклонность к астме, но при каждом движении она издавала такие звуки, которые в другом кресле казались бы нестерпимыми. И все же старый Симеон

[1] *Квакеры* — религиозная секта, стоявшая за освобождение рабов.

Холлидей нередко говаривал, что эти звуки ему милей любой музыки, а дети уверяли, что они ни на какие блага в мире не променяли бы этот скрип материнского кресла. А почему? Вот уже свыше двадцати лет с высоты этого кресла раздавались наставления, полные материнской любви и заботы. Сколько затруднений они разрешили! И все это только несколькими словами, произнесенными нежной и любящей женщиной.

— Так как же, Элиза, ты окончательно решила пробираться в Канаду? — спросила Рахиль своим мягким голосом.

— Да, мэ-эм, — с твердостью ответила Элиза. — Я должна уйти. Я боюсь оставаться здесь.

— А что же ты будешь делать там? Об этом необходимо подумать, дочь моя.

Руки Элизы задрожали, и слезинки закапали на работу. Но ответила она все с той же твердостью:

— Я буду делать все, что придется. Надеюсь, что я найду работу.

— Но ты ведь знаешь, что здесь ты можешь оставаться так долго, как только пожелаешь!

— О, благодарю вас! — проговорила Элиза. — Но... — и она взглянула на Гарри, — я не сплю по ночам. Вчера еще мне приснилось, что на дворе вдруг появился тот человек... — Она задрожала.

— Бедная ты моя, — сказала с жалостью Рахиль. — Тебе незачем так беспокоиться. До сих пор не было еще такого случая, чтобы в нашем поселке схватили хоть одного беглеца. Будем надеяться, что ты не окажешься первой.

Дверь распахнулась, и на пороге появилась маленькая, кругленькая, пухлая женщина — настоящая подушка для булавок. Ничто не могло бы сравниться с ослепительными красками ее цветущего лица. Она походила на спелое яблоко. Одета она была точно так же, как и Рахиль: строгое серое платье, кисейная косынка, концы которой целомудренно скрещивались на ее пышной груди.

— Руфь Стедмен! — воскликнула Рахиль, поднявшись и радостно спеша ей навстречу. — Как поживаешь, Руфь? — И Рахиль с большой сердечностью сжала ее руки.

— Великолепно, — сказала Руфь, снимая маленькую шляпу и смахивая с нее носовым платком пыль.

Чепец, который она носила под шляпой, никак не мог усидеть на ее круглой голове. Он весьма легкомысленно съезжал то вправо, то влево, несмотря на усилия пухлых ручек, пытавшихся удержать его в подобающем равновесии. Вьющиеся прядки волос то и дело вылезали из-под чепца и требовали немедленного водворения на место.

Последний взгляд, брошенный ею в зеркало, очевидно,

вполне удовлетворил ее. Да и всякий был бы удовлетворен: уж очень мила была эта маленькая двадцатипятилетняя женщина с открытым, излучающим радость лицом, способным покорить любое мужское сердце.

— Руфь, позволь представить тебе нашего друга, Элизу Гаррис. А вот и ее мальчик, о котором я тебе рассказывала.

— Я очень рада видеть тебя, Элиза, очень рада! — сказала маленькая женщина, пожимая руку Элизы, словно она была ее старой подругой. — А это твой милый мальчуган? Я принесла ему пирожное.

Она протянула Гарри бисквитное сердечко, которое тот робко принял из ее рук, поглядывая на Руфь сквозь свешивавшиеся на глаза темные кудряшки.

— А где твой крошка? — спросила Рахиль.

— О, он здесь. Но твоя Мэри завладела им и повела его на ферму, чтобы показать остальным ребятишкам.

В эту самую минуту отворилась дверь и вошла Мэри — живая копия матери, с таким же розовым лицом и огромными карими глазами, неся на руках ребенка Руфи.

— Ах! — воскликнула Рахиль, беря с рук девочки беленького пухленького крошку. — Какой он хорошенький и как вырос!

— Да, очень, — подтвердила Руфь.

И, в свою очередь, подхватив малыша на руки, она сняла с него голубой шелковый капор и целую кучу всяких платков и шалей, в которые он был укутан.

Щелкнув его по носу, пошлепав, потрепав, погладив и крепко поцеловав, она опустила его на пол, давая ему наконец возможность отдышаться.

Малыш, вероятно, привык к такому обращению; засунув в рот пальчик, он погрузился в собственные размышления, тогда как его мать, успокоившись, уселась и, достав длинный белый в голубую полоску чулок, с увлечением принялась за вязанье.

— Мэри, тебе следовало бы наполнить водой котелок, — мягко сказала мать.

Мэри поспешила к колодцу и, быстро вернувшись, поставила котелок на плиту. Те же руки, следуя совету матери, поставили на огонь оловянный таз с сухими персиками.

Тогда Рахиль, подвязав белоснежный передник, проворно принялась за изготовление пирожков.

— Как здоровье Абигайл Питерс? — спросила Рахиль, продолжая возиться с тестом.

— О, ей много лучше, — ответила Руфь. — Я заходила к ней сегодня утром. Постелила постель и прибрала в доме. После обеда к ней зайдет Лия Хиллс, испечет хлеб и лепешки на несколько дней, а я обещала заглянуть еще вечерком и посидеть с ней.

— Я схожу к ней завтра, — сказала Рахиль. — Постираю и починю белье.

— Это будет очень хорошо, — произнесла Руфь. — Я узнала сегодня, что захворала Анна Стэнвуд. Джон просидел около нее всю ночь. Завтра пойду я.

— Пусть Джон придет обедать и ужинать к нам, если ты собираешься пробыть там целый день, — сказала Рахиль.

— Благодарю тебя, Рахиль. Посмотрим, что будет завтра... Но вот и Симеон.

В комнату вошел Симеон Холлидей, высокий, крепкий мужчина в темных штанах и куртке из грубого домотканого сукна и в широкополой шляпе на голове.

— Как дела, Руфь? — спросил он ласково и пожал своей сильной большой рукой пухленькую ручку гостьи. — А как поживает Джон?

— Благодарю тебя, Джон здоров, как и все наши домашние, — весело ответила Руфь.

— Какие новости, отец? — спросила Рахиль, ставя на огонь противень с лепешками.

— Питерс Стелбинс предупредил меня, что будет здесь сегодня ночью в сопровождении друзей, — с ударением произнес Симеон, умываясь под чистеньким рукомойником в соседней комнате.

— В самом деле? — задумчиво произнесла Рахиль, взглянув на Элизу.

— Ты говорила мне, если не ошибаюсь, что тебя зовут Гаррис? — спросил Симеон, возвращаясь в кухню и подходя к Элизе.

Рахиль, быстро обернувшись, поглядела на мужа.

— Да, — ответила Элиза, вздрогнув.

Страх, непрестанно владевший ею, заставил ее предположить, что, вероятно, уже развешаны объявления о ее бегстве.

— Мать! — позвал Симеон, уходя в соседнюю комнату.

— Что тебе, отец? — спросила Рахиль, вытирая запачканные в муке руки и следуя за мужем.

— Муж этой молодой женщины находится в нашем поселке и будет здесь сегодня ночью, — шепотом сказал Симеон.

— И ты не сказал ей об этом! — сияя, воскликнула Рахиль.

— Он в нашей колонии, — продолжал Симеон. — Питерс был там вчера вечером с повозкой. Он застал старуху и двух мужчин. Одного из них зовут Джордж Гаррис. По всему тому, что Элиза рассказывала нам о муже, я заключил, что это он. Это красивый и приветливый молодой человек. Не знаю, сказать ли ей об этом сейчас? — добавил Симеон. — Не посоветоваться ли с Руфью? Руфь! Руфь, пойди-ка сюда!

— Руфь, отец говорит, что муж Элизы прибыл с последней партией и будет здесь сегодня ночью...

Руфь радостно захлопала в ладоши, два непокорных локона, выскользнув из-под чепчика, упали на белую косынку.

— Тише, тише, дорогая, — мягко остановила ее Рахиль. — Успокойся... Как ты думаешь: сказать ей об этом сейчас?

— Ну, конечно! Сейчас, сию же минуту! Господи, что, если б это был мой бедный Джон, что бы со мной было!

— Ах, Руфь, Руфь, ты обо всем и обо всех судишь по себе, — ласково пошутил Симеон.

— Правда. Но разве это не естественно? Если б я не так крепко любила Джона и детку... я не так горячо сочувствовала бы горю Элизы. Ну, идем, идем же! Скажи ей! Уведите ее в спальню, а я пока займусь курицей, — твердила Руфь.

Рахиль вернулась в кухню, где Элиза продолжала сидеть, склонившись над шитьем.

— Пойдем, дочь моя, — произнесла Рахиль, приоткрыв дверь спальни. — У меня есть для тебя новости.

Кровь яркой волной залила бледное лицо Элизы. Волнуясь, она поднялась и с трепетом взглянула на сына.

— Да нет же, нет! — воскликнула маленькая Руфь, схватив ее за руки. — Не пугайся! Иди, иди, новости хорошие! — Проводив Элизу до спальни, она закрыла за ней дверь. Затем, схватив маленького Гарри, Руфь принялась его целовать.

— Ты увидишь своего папу, малыш! Знаешь ты это? Папу, который скоро придет! — И она все повторяла ему одни и те же слова.

В соседней комнате в это время разыгрывалась другая сцена.

— Твой муж спасся из рабства, — сказала Рахиль, обняв Элизу. — Его сопровождают друзья, и сегодня ночью он будет здесь.

— Сегодня ночью? — повторила Элиза. — Сегодня ночью! — и, почти теряя сознание, она опустилась на стул. В голове ее все перепуталось, будто во сне. Все заволоклось туманом.

Страшное нервное напряжение, владевшее ею с первой минуты бегства, медленно ослабевало. Чувство безопасности, давно забытого покоя наполняло ее душу и казалось незнакомым и новым. Она пыталась подняться, следя за всеми движениями окружающих. В раскрытую в соседнюю комнату дверь она увидела приготовленный к ужину стол, покрытый белоснежной скатертью, слышала тихую песню чайника, видела Руфь, мелкими шажками и в то же время быстро двигавшуюся вокруг стола, приносившую печенье, консервы. Она видела статную фигуру Рахили, время от времени подходившей к ее постели, чтобы поправить одеяло. Казалось, что ее большие карие глаза излучают солнечное тепло. Элиза увидела вошедшего в комнату мужа Руфи. Видела, как Руфь уселась за стол, держа на руках своего ребенка; видела их всех за столом и маленького Гарри на высоком стуле подле Рахили. До нее доносился тихий разговор, позвякивание ложек и мягкий звон тарелок и чашек. Радостная мечта о счастливой жизни! И Элиза уснула, как не засыпала еще ни разу после того памятного полуночного часа, когда, схватив ребенка, она пустилась бежать, освещенная холодным звездным светом.

Ей снилась неведомая прекрасная страна, страна покоя, зеленеющие берега, прелестные островки, широкие воды, сверкающие в солнечных лучах. Она видела своего сына, весело играющего, счастливого, свободного. Она слышала шаги мужа... угадывала, что он здесь, близко, чувствовала, что его руки обнимают ее, что слезы Джорджа капают на ее лицо.

Она проснулась. Это не был сон.

Давно уже наступила ночь. Ребенок сладко спал около нее. Трепетал мигающий свет свечи. Джордж тихо плакал, склонившись к ее изголовью.

Утро следующего дня было полно радости в доме квакера. Мать поднялась на рассвете и, окруженная юношами и девочками, с которыми мы накануне не успели познакомить читателя, готовила завтрак. Весь этот юный народец любовно и беспрекословно подчинялся ей.

Джон спешил к колодцу; Симеон-младший просеивал маисовую муку для лепешек; Мэри было поручено смолоть кофе. Рахиль же поспевала всюду. Усердие молодых помощников подчас готово было перехлестнуть через край. Но достаточно было ее легкого «Тише, тише!» или «Я не хотела бы», чтобы сразу восстанавливался порядок.

Все шло так ровно, так гладко и гармонично в этой обширной кухне, такая атмосфера ласкового доверия царила в ней, что каждый, казалось, с особой любовью делал свое дело. Даже вилки и ножи как-то по-особому мелодично звенели, ударяясь друг о друга; курица и ветчина весело шипели на сковородке, будто радуясь, что жарят их именно так, а не по-другому.

Маленький Гарри, Элиза и Джордж были встречены с такой сердечностью, что им снова показалось, будто все это лишь счастливый сон.

Вскоре все вместе сидели за столом. Одна только Мэри, стоя у очага, поджаривала гренки. Их подавали на стол постепенно, по мере того как они достигали того золотисто-коричневого цвета, который для гренков положено считать совершенством.

Казалось, Рахиль, сидевшая во главе стола, никогда не испытывала такого полного, такого настоящего счастья. В каждом движении ее, когда она протягивала блюдо с пирожками или наливала в чашку чай, сквозила нежная материнская заботливость.

Это был дом, по-настоящему дом! Семья! Джордж до этого дня никогда не знал, что́ означает это слово. Впервые надежда и вера в будущее согрели его душу. Мрачные сомнения, мучительное и горькое отчаяние — все это померкло, потонуло в этом море человеческого расположения, любви и доброжелательства.

— Отец, а что, если тебя опять накроют? — спросил Симеон-младший, намазывая масло на свою лепешку.

— Уплачу штраф, — спокойно сказал Симеон Холлидей.

— А если они тебя посадят в тюрьму?

— Неужели вы вместе с матерью не сумеете справиться с фермой? — улыбаясь, спросил отец.

— Мама все умеет! — воскликнул мальчик. — Но разве подобные законы не позор! Я ненавижу всех этих рабовладельцев!

— Надеюсь, дорогой хозяин, — с тревогой спросил Джордж, — что вы из-за нас не подвергаете себя неприятностям?

— Не волнуйся, Джордж, — произнес спокойно Симеон Холлидей. — Для чего же мы существуем на свете? Если б мы не были готовы идти на риск ради доброго дела, то чего бы мы тогда стоили?

— Да, но я не потерплю, чтобы вы рисковали из-за нас! — произнес Джордж, волнуясь.

— Не тревожься, Джордж. То, что мы делаем, делается не только для тебя, а во имя правды и человечности. Пробудь здесь спокойно весь день. Вечером, в десять часов, Финеас Флетчер отвезет тебя и твоих спутников до следующего поселка. Преследователи близко, и мы не хотим тебя задерживать.

— Но тогда к чему откладывать? — воскликнул Джордж.

— Пока ты в безопасности. В нашем поселке все люди верные, и все они настороже. К тому же тебе будет спокойнее передвигаться ночью.

ГЛАВА XIV
Ева

Миссисипи![1] Какая волшебная палочка изменила ее с тех пор, как Шатобриан в поэтическом стиле рассказывал о девственном безлюдии, о бескрайних пустынях, о сказочных красотах природы, среди которых катятся ее воды!

---

[1] *Миссисипи* — одна из самых многоводных рек США (в переводе — «Отец вод»).

Можно подумать, что за короткий срок эта река, овеянная поэзией фантастической легенды, перенеслась в царство реальности, не менее ослепительной. Какая другая река в мире несет к океану такие сокровища?

Но гордая река обречена также нести на себе чудовищную тяжесть горьких слез и стонов угнетенных, нестерпимую муку истерзанных сердец, возносящих мольбу к неведомому и далекому, незримому и безмолвствующему богу...

Последние лучи заходящего солнца играют на безбрежных волнах этой реки, широкой, как море. Трепещущий тростник, высокие кипарисы, с которых траурными гирляндами свисают темные мхи, освещены золотистым блеском заката.

Тяжело груженный пароход продолжает свой путь.

Тюки хлопка громоздятся всюду — на бортах, на носу, на палубах: здесь скопился урожай многих плантаций. Издали пароход кажется огромной движущейся серой глыбой.

Нам долго приходится искать, прежде чем мы обнаружим нашего старого друга Тома. Он сидит на носу среди гор тюков.

Просьбы мистера Шельби оказали некоторое действие; да Хеллей и сам убедился в кроткой покорности Тома и в его спокойной, никогда не изменяющей ему выдержке.

Вначале Хеллей неусыпно следил за Томом, но постепенно спокойствие и покорность Тома вселили в душу работорговца какое-то подобие уважения к негру. Он уже менее упорно следил за Томом и, довольствуясь его честным словом, разрешал ему свободно расхаживать по пароходу.

Добрый и услужливый, всегда готовый оказать помощь любому из грузчиков и матросов, он завоевал общие симпатии.

Убедившись, что делать больше нечего, он отыскивал

себе местечко среди груды тюков и углублялся в чтение Библии.

За этим занятием мы и застали его сейчас.

Уровень воды за несколько сот миль до Нового Орлеана делается выше окружающих берегов, и река катит мощный поток своих вод между насыпями высотой в двадцать футов. С верхней палубы, словно с вершины плавучей башни, взору путешественника открывается почти беспредельная даль. Том, перед глазами которого скользили одна за другой прибрежные плантации, мог составить себе ясное представление о жизни, ожидавшей его.

Он видел вдали рабов, занятых тяжелой работой; видел их хижины, вытянутые длинными рядами, вдали от роскошного хозяйского дома и парка. По мере того как перед ним разворачивалась эта живая картина, мысли его возвращались к старой кентуккийской ферме, приютившейся в тени буков. Вспоминался дом Шельби с его просторными, прохладными комнатами и его собственная маленькая хижина со свисающими многоцветными фестонами ползучих растений, с палисадником, алеющим пышными кустами индийского жасмина и бегонии... Казалось, он видит лицо своего друга, с детства росшего вместе с ним. Он видел жену, хлопотливо готовившую ужин, слышал веселый смех мальчиков и радостный лепет девочки на руках матери... Затем все заволоклось туманом. Перед его глазами проплывали лишь сахарный тростник, поблескивавшие в лучах заката кипарисы, роскошные хозяйские усадьбы. Он слышал лишь треск и скрежет машины, напоминавшей ему, увы, что вся эта счастливая полоса жизни осталась навсегда позади.

При подобных обстоятельствах у нас остается хоть горькое утешение — письмо. Мы пишем жене, детям, но Том не умел писать. Поэтому нечего удивляться, если скупые слезы изредка капают на страницы книги, положенной на тюк хлопка, в то время как палец Тома медленно двигается от одного слова к другому...

Когда-то в доме Шельби он любил слушать кого-нибудь из хозяйских детей, читавшего ему вслух Библию, особенно своего юного друга Джорджа. Слушая, он пером и чернилами наносил на страницы какие-то крупные и очень заметные знаки в тех местах, которые особенно поражали слух его или сердце.

Его книга, таким образом, была украшена бесчисленными и самыми разнообразными знаками, с помощью которых он легко мог найти любимое место. И Библия его каждой черточкой или значком, нанесенным в те радостные прошлые дни, была полна этим прошлым, напоминала ему сцены и картины милого прошлого. Она была последним звеном, связывающим его с былыми днями.

На пароходе среди других пассажиров находился молодой, богатый и знатный джентльмен, постоянный житель Нового Орлеана.

С ним была его дочь, девочка пяти или шести лет, находившаяся под присмотром одной леди, по-видимому, их родственницы.

Том не раз обращал внимание на эту девочку. Это было одно из тех живых и непоседливых маленьких существ, которых так же трудно удержать на месте, как солнечный луч или летний ветерок.

Раз увидев, невозможно было ее забыть. В ней была воздушная грация, приписываемая обычно героиням легенд. Лицо ее отличалось не столько правильностью черт, сколько удивительной одухотворенностью. Форма головы, гибкая шея, линия плеч — все было полно какого-то особого благородства. Длинные золотисто-каштановые волосы, словно облако, вились над ее прелестным лбом, а оттененные длинными ресницами синие с фиолетовым отливом глаза глядели умно и серьезно. Все выделяло ее среди других детей и заставляло оглядываться ей вслед, когда она носилась по пароходу.

Не думайте, однако, что она была грустным и не по летам серьезным ребенком. Наоборот. Выражение невинной радости лежало на ее лице, словно тень весенней листвы. Она была вечно в движении, розовые губы ее улыбались, и она что-то напевала на ходу, будто в радостном сне.

Одетая всегда в белое, она проносилась, как легкое облачко, нигде не останавливаясь, не задерживаясь. Не было уголка, которого бы она не обследовала, — от верхней палубы и до самого трюма, но ее белое платье словно не принимало ни пятен, ни пыли. Всюду носили ее легкие ножки, всюду, в каждом закоулке успевала она побывать, точно нежное видение с золотистой головкой и глубоким взглядом синих глаз.

Тысячу раз неслись ей вслед произнесенные грубыми голосами благословения, и суровые лица при ее появлении внезапно освещались выражением бесконечной нежности.

Когда она бесстрашно добиралась до какого-нибудь опасного места, мозолистые, почерневшие от копоти руки невольно тянулись к ней, стремясь защитить и поддержать ее.

Очарованный простотой и непосредственностью девочки, Том следил за нею глазами с интересом, возраставшим день ото дня. Что-то сказочное чудилось ему в этой маленькой фигурке.

Нередко она задумчиво и печально проходила мимо группы закованных в цепи мужчин и женщин. Скользя между ними, она глядела на них с грустью и состраданием. Иногда она своими маленькими ручками пыталась приподнять их цепи и, глубоко вздохнув, вдруг быстро исчезала. Но вскоре возвращалась с руками, полными сластей, орехов и апельсинов, которыми радостно наделяла несчастных.

Том долго приглядывался к ней, раньше чем решился заговорить. Он пустился даже на хитрость. Он умел делать корзиночки из вишневых косточек, вырезывать смешные рожицы из кокосовых орехов. Никто не мог бы превзойти его в умении выделывать свистульки всех видов и размеров. Карманы его всегда были набиты этими соблазнительными вещицами, изготовляемыми им в минуты отдыха. Сейчас, отобрав лучшие, он воспользовался ими, чтобы завязать знакомство с прелестной крошкой.

Девочка вначале дичилась его. Трудно было привлечь ее и удержать ее внимание. Она прибегала, словно канарейка усаживалась где-нибудь на высоком ящике поблизости от Тома, робко принимала вещички, которые дарил ей негр, и быстро исчезала. Но постепенно ему удалось завоевать ее полное доверие.

— Как зовут маленькую мисс? — спросил Том, решив, что пришло время, благоприятное для наступления.

— Еванджелина Сен-Клер, — ответила девочка. — Но папа и все остальные зовут меня Евой. А вы... вас как зовут?

— Мое имя Том, но маленькие дети там, в Кентукки, обычно называли меня «дядя Том».

— Тогда и я буду называть тебя «дядя Том», — сказала Ева, — потому что... потому что ты мне очень нравишься... А теперь скажи, дядя Том, куда ты едешь?

— Не знаю, мисс Ева.

— Как не знаешь?

— Не знаю. Меня везут на продажу, а кому продадут — не знаю.

— Папа мог бы купить тебя! — с живостью воскликнула Ева. — И если он тебя купит, тебе будет очень хорошо. Я обязательно сегодня попрошу его купить тебя!

— Благодарю, маленькая мисс.

Пароход остановился у небольшой пристани, чтобы погрузить дрова. Услышав голос отца, Ева бросилась к нему, а Том, поднявшись, пошел помогать грузчикам.

...Ева с отцом стояли у самого борта, наблюдали, как пароход отваливает от пристани. Перегнувшись через борт, девочка внимательно следила за движением тяжелого колеса. Вдруг пароход сделал резкий поворот, и девочка, потеряв равновесие, упала за борт.

В отчаянии отец рванулся было за ней. Но его удержали люди, стоявшие рядом: они видели, что ребенку будет оказана более надежная помощь.

Том в минуту несчастья стоял на нижней палубе, совсем близко от девочки. Он видел, как она упала, и мгновенно бросился за ней. Человеку с такими могучими руками, с такой широкой грудью, как у Тома, ничего не стоило продержаться на воде, пока девочка не всплыла на поверхность.

Подхватив ее, он подплыл к пароходу. Сотни рук протянулись ему навстречу. Девочка была без сознания. Отец отнес ее в каюту...

Томительно жаркий день клонился к вечеру. Пароход подходил к Новому Орлеану. На палубе царили шум и суета. Пассажиры разыскивали свои вещи, готовились к выходу на берег. Вся прислуга — стюарды, горничные — мыла, чистила, терла, чтобы пароход мог войти в гавань в полном блеске.

Том, по своему обыкновению, сидел на баке, скрестив руки на груди, бросая тревожные взгляды на группу людей, находившуюся в противоположном конце парохода.

Среди стоявших там людей была малютка Ева. Она была бледнее, чем накануне, но никаких иных следов вчерашнего приключения на ней не было заметно. Рядом стоял еще молодой и стройный джентльмен, небрежно опираясь локтем на тюк хлопка. Перед ним лежал раскрытый бумажник.

Достаточно было одного взгляда, чтобы с уверенностью сказать, что этот человек — отец Евы.

Тот же овал лица, те же большие синие глаза, те же золотисто-каштановые волосы. Но выражение его лица было совершенно иное. Его большие глаза были лишены той мечтательной глубины, которая отличала лицо дочери. В глазах джентльмена была ясность, смелость и веселая жизнерадостность. На тонко очерченных губах изредка мелькала насмешливая и гордая улыбка. Сознание превосходства сквозило в его непринужденных движениях, не лишенных горделивого изящества. Небрежно, с веселой, хотя и несколько презрительной улыбкой слушал он Хеллея, который многословно и красноречиво перечислял все достоинства продаваемого товара.

— Итак, — сказал отец Евы, когда Хеллей кончил говорить, — полное собрание всех христианских добродетелей, переплетенное в черный сафьян. Ну-с, милейший, во сколько же, как говорят у вас в Кентукки, вы цените убыток? Короче: на какую сумму вы собираетесь меня ограбить? Только не увлекайтесь!

— Что ж, — сказал Хеллей, — если я спрошу за него тысячу триста долларов, то только-только покрою расходы. Честное слово!

— Бедняга! — насмешливо протянул молодой джентльмен, не сводя с торговца проницательного взгляда. — И вы все же согласны уступить мне его за такую сумму, лишь бы доставить мне удовольствие?

— Ничего не поделаешь, придется! Маленькой леди он так понравился. Да это и вполне естественно.

— Разумеется. Из чистейшей любезности! Вот вы и скажите мне: за сколько, без запроса, вы готовы продать его, чтобы доставить удовольствие молодой леди?

— Подумайте сами, — оживляясь, заговорил Хел-

лей. — Поглядите, какое сложение! Одна ширина плеч чего стоит! Он силен, как лошадь. Поглядите на его лицо: такой высокий лоб бывает только у умных и развитых негров, которые годны для любого дела. Я замечал это не раз. Негр с таким сложением дорого стоит, даже если он глуп. Но добавьте к этому, что он обладает необычайной сообразительностью, я могу вам это доказать. Все это значительно повышает его ценность. Этот негр управлял всем поместьем своего хозяина. У него редкие деловые способности.

— Это скверно, очень, очень скверно... Он знает чересчур много... — протянул джентльмен все с той же насмешливой улыбкой. — Никакого толку из него не выйдет. Все эти умные парни обычно удирают, крадут лошадей и способны сыграть любую дьявольскую штуку. По-моему, вам за эти особые умственные способности следует скинуть сотню-другую долларов.

— Вы не так уж неправы, но в данном случае против таких предположений говорит его превосходная репутация. Я могу сослаться на отзывы его хозяина и других лиц, они подтвердят, что он по-настоящему религиозный, богобоязненный и покорный парень. Это самое кроткое создание, какое мне когда-либо попадалось. В той местности, где он жил, все называли его проповедником.

— Ну, тогда он может, пожалуй, пригодиться в качестве домашнего священнослужителя, — сухо заметил молодой чловек. — Неплохая мысль! Впрочем, у нас в доме религия не в чести.

— Вы изволите шутить? — пробормотал Хеллей.

— Откуда у вас все эти сведения? — все тем же насмешливым тоном продолжал джентльмен. — Как вы можете его рекомендовать как проповедника? Какой синод рукоположил его и проверил его знания? Предъявите-ка документы!

Если б работорговец, руководствуясь своим опытом, не

был заранее уверен, что все эти насмешки и шуточки в результате закончатся хорошим заработком, он, возможно, вышел бы из терпения. Но он даже и виду не показал, что раздосадован. Вытащив засаленный бумажник и положив его на тюк хлопка, он принялся внимательно просматривать всякие бумажки. Отец Евы наблюдал за ним все с той же холодно-насмешливой улыбкой.

— Папа, купи его, все равно за сколько! — проговорила Ева, взобравшись на ящик и обхватив ручонками шею отца. — Я знаю, у тебя денег хватит... Купи его мне. Он мне очень, очень нужен!

— Ну на что он тебе, крошка? Ты хочешь сделать из него погремушку или деревянную лошадку?

— Я хочу сделать так, чтоб ему было хорошо!

— Вот уж действительно оригинальная мысль!

Хеллей в эту самую минуту протянул молодому человеку удостоверение, подписанное мистером Шельби. Отец Евы взял бумагу кончиками длинных, тонких пальцев и рассеянно пробежал ее глазами.

— Почерк человека из общества, — произнес он, — и с орфографией все в порядке. Но меня беспокоит эта религиозность. — И снова язвительная насмешка сверкнула в его взгляде. — Всюду развелось столько религиозных людей, что просто деваться некуда! Даже на ближайших выборах одни благочестивые кандидаты. К тому же я что-то не в курсе: во сколько сейчас на рынке ценится религия? Давно не просматривал газет и не знаю, как этот товар котируется. Во сколько же долларов вы цените благочестие вашего Тома?

— У вас все шутки, — сказал Хеллей. — Но в ваших словах есть кое-какая правда. Тут нужно уметь разобраться. Благочестие всякое бывает. Например, есть такой сорт: церковно-благочестивые или посетители религиозных собраний — это любители всяких там молитвенных завываний. В общем, пустышки, все равно, будь они черные или белые. Но у этого негра благочестие настоящее, неподдельное.Такие попадаются и среди белых, и среди негров. Это — кроткие, послушные экземпляры. Они никогда не совершат ничего, что идет против их совести. По этому письму вы можете судить, какого мнения о Томе его прежний хозяин.

— Н-да, — с самым серьезным видом сказал молодой джентльмен, склонясь над своим бумажником, — если вы действительно можете поручиться, что я приобретаю благочестие именно такого сорта и оно там, на небесах, мне будет зачтено, то, пожалуй, стоит кое-что и накинуть. Какого вы мнения по этому поводу?

— Нет, — растерянно пробормотал Хеллей, — за это я, конечно, поручиться не могу...

— Досадно, — сказал отец Евы, — но ничего не поделаешь! — Говоря это, он вынул пачку банкнотов. — Итак, дружище, считайте! — сказал он, протягивая работорговцу деньги.

— Все в порядке, — проговорил Хеллей. Вытащив из кармана старую дорожную чернильницу, он составил акт о продаже и протянул его молодому джентльмену.

— Хотел бы я знать, — сказал Сен-Клер, — если бы меня так разобрать по косточкам, какую можно было бы нагнать за меня цену? Столько-то за форму головы, столько-то за благородную линию лба, столько-то за руки, за плечи, столько-то за образованность, за знания, за одаренность, за скромность, за... благочестие. За последние статьи, пожалуй, дорого бы не дали. Но довольно! Ева, идем!

Взяв ее за руку, он направился на противоположный конец парохода.

— Ну-с, Том, — весело сказал он, касаясь пальцем подбородка негра, — погляди-ка, нравится тебе твой новый хозяин или нет?

Том взглянул на него, и на его глаза навернулись слезы.

— Тебя зовут Том, не так ли? Умеешь ты править лошадьми? — один за другим задавал ему вопросы Сен-Клер.

— Я умею обращаться с лошадьми, сэр. У мистера Шельби их было много.

— Отлично. Я назначу тебя кучером, при условии, что напиваться ты будешь не чаще одного раза в неделю, не считая, конечно, особо торжественных случаев.

Том удивился и даже обиделся:

— Я вовсе не пью, мастер.

— Мне уже рассказывали эту сказку! — весело улыбнулся Сен-Клер. — Увидим! Впрочем, тем лучше, разумеется. Да ну, ну, не обижайся! — добавил он, видя, что Том как будто смущен его шуткой. — Я уверен, что ты полон самых благих намерений.

— О, я буду стараться! — воскликнул Том.

— И тебе будет у нас хорошо, Том, — проговорила маленькая Ева. — Отец очень добрый, только он любит надо всем смеяться.

— Отец нижайше кланяется и благодарит вас, сударыня, за похвалу! — смеясь, сказал Сен-Клер и, повернувшись на каблуках, отошел.

ГЛАВА XV

О новом хозяине Тома и еще кое о чем...

Раз уж нити скромной жизни нашего героя переплетаются с судьбами лиц, занимающих видное положение в обществе, придется познакомить читателя и с этими знатными господами.

Огюстэн Сен-Клер был сыном богатого плантатора в Луизиане. Семья его вела свой род из Канады. Из двух братьев, очень схожих по характеру, один поселился на цветущей ферме в Вермонте, второй стал богатым плантатором в Луизиане.

Мать Огюстэна была француженкой-протестанткой, предки которой эмигрировали в Луизиану. Огюстэн и его брат были единственными детьми у своих родителей.

Унаследовав от матери хрупкое сложение, Огюстэн по совету врачей был отправлен к дяде в Вермонт, где и провел бо́льшую часть своего детства. Холодный и здоровый климат этого края должен был, как предполагали врачи, закалить его и укрепить физические силы.

Огюстэн Сен-Клер был, что называется, человек во всех отношениях достойный и высокоодаренный. Но к практической деятельности, к торговым и деловым операциям он испытывал чуть ли не отвращение.

Вскоре после окончания колледжа он пережил романтическую любовь. Это была подлинная страсть, разгоревшаяся со всей силой и захватившая его душу без остатка. Он полюбил прекрасную молодую девушку и добился взаимности. Они обручились. Невеста Огюстэна жила в одном из Северных штатов, и ему пришлось вернуться на Юг, чтобы окончательно привести в порядок дела.

Внезапно Огюстэну были возвращены все его письма с короткой запиской опекуна молодой девушки. В записке его извещали, что раньше, чем это письмо дойдет до него, его невеста станет женой другого.

Слишком гордый, чтобы молить или требовать объяснений, Огюстэн в поисках забвения очертя голову ринулся в водоворот светских развлечений. Вскоре он уже был в числе поклонников прославленной царицы балов. Все совершилось с головокружительной быстротой: он женился, стал законным обладателем стройной фигурки, прелестного личика, пары сияющих черных глаз и ста тысяч долларов приданого. Все считали его счастливейшим из смертных.

Новобрачные поселились в роскошной вилле на берегу

озера Поншартрен, окруженные блестящей толпой друзей.

Однажды молодому супругу подали письмо. Это был ее незабываемый почерк!

В своей комнате он вскрыл письмо, сейчас уже ненужное, увы, больше чем ненужное. Она подробно рассказывала о происках опекуна и его семьи: ее хотели принудить выйти замуж за сына этого человека. Прежде всего стали перехватывать письма Огюстэна. Не подозревая этого, она продолжала писать ему, хотя и не получала ответа. Затем она поддалась сомнениям и горю. Не выдержав потрясения, она заболела и слегла. В конце концов ей удалось раскрыть заговор. Все это было рассказано в письме. Оно заканчивалось выражением надежды и уверениями в вечной любви. Для Огюстэна это было страшнее смерти.

Он тут же ответил ей:

«Я получил Ваше письмо. Слишком поздно. Я поверил тому, что мне написали. Я пришел в отчаяние, потерял надежду. Я женат. Все кончено… Забвение — все, что остается и Вам и мне…»

Так кончилась романтика в жизни Огюстэна Сен-Клера.

В романе автор разбивает сердца людей или даже убивает их, и все кончается. В книге все очень удобно устраивается и даже кажется занимательным. Но в действительной жизни мы не умираем, даже если навсегда умирает наша радость. Остается печальная необходимость: нужно есть, пить, спать… Человек одевается, гуляет, посещает знакомых, читает, покупает, продает — это обычно и называют жизнью. Так жил и Огюстэн. Если бы его жена была настоящим человеком, она бы могла — женщина может все! — связать порванные нити этой разбитой жизни, но Мари Сен-Клер даже не была способна заметить, что нити порваны. Мы уже говорили: миссис Сен-Клер — это было только красивое лицо, изумительные глаза и сто тысяч долларов. Но все это не способно излечить страдающую душу.

Когда после получения письма Огюстэна нашли лежащим на диване и он сослался на головную боль, Мари посоветовала ему понюхать нашатырный спирт. Когда же головная боль затянулась на несколько недель, она мимоходом заметила, что никогда не думала, что мистер Сен-Клер такой хилый, болезненный. Но ничего не поделаешь: как видно, он подвержен мигреням; это очень печально... Всем покажется странным встречать ее в обществе без мужа через какой-нибудь месяц после свадьбы.

В глубине души Огюстэн даже был доволен, что его жена так мало проницательна, но, когда кончились визиты и празднества, заполнявшие первые месяцы их совместной жизни, он понял, что красивая молодая женщина, всю жизнь окруженная поклонением и баловством, может оказаться в домашнем быту жестоким тираном. Мари никогда не отличалась способностью любить. Она была лишена чувствительности, все лучшее, что еще жило в ее сердце, заглушалось беспредельным, отвратительным эгоизмом, не признающим никаких прав, кроме своих собственных. С раннего детства она была окружена слугами, поглощенными только тем, чтобы предупредить малейшее ее желание. Она даже никогда не подозревала, что у них могут быть какие-либо иные желания или помыслы, как только угождать ее прихотям. Никто более беспощадно не требует любви, чем эгоистичная женщина. Только чем более она желает быть любимой, тем менее она становится способной пробудить любовь.

Когда Сен-Клер стал меньше проявлять к ней внимания и реже оказывать любезности, к которым приучил ее в период ухаживания, он оказался лицом к лицу с султаншей, вовсе не желавшей отказаться от своего раба. Начались слезы и семейные бури, затем более резкие проявления неудовольствия, булавочные уколы и вспышки гнева. Сен-Клер, со свойственной ему мягкостью и снисходительностью, попытался умилостивить жену с помощью подарков. Когда же Мари произвела на свет прелестного ребенка, в нем проснулось даже нечто вроде нежности к жене.

Мать Сен-Клера была женщина редкого благородства и душевной чистоты. Огюстэн назвал ребенка именем своей матери, надеясь, что девочка когда-нибудь явится повторением этого прекрасного женского образа. Это задело его жену и пробудило в ней жестокую ревность. Она недоверчиво, с неудовольствием наблюдала за глубокой привязанностью Огюстэна к дочери. Ей казалось, будто все, что он дарил девочке, он отнимал у нее. Ее здоровье после рождения ребенка стало заметно ухудшаться. Жизнь в полной бездеятельности, какая-то душевная спячка, тоска и скука, вместе с обычной для этого периода материнства слабостью, за очень короткий срок превратили цветущую красавицу в бледную, вялую и болезненную женщину. Все ее время было поглощено возней со всякими настоящими и мнимыми недугами. Она искренно считала себя самым несчастным существом на свете.

Жалобам не было конца. Мигрень привязывала ее к комнате, не позволяя двигаться. Все хозяйство было брошено на слуг. Дом начал казаться Сен-Клеру неуютным. Его девочка была очень хрупким ребенком, и он опасался, чтобы здоровье ее и даже жизнь не оказались в опасности из-за отсутствия материнского ухода. Он повез ее с собою в Вермонт, где ему нужно было побывать по делам, и там уговорил свою кузину, мисс Офелию, отправиться с ними в их южную резиденцию.

Мы познакомились с ними во время их обратного путешествия.

Но теперь, когда перед нашими глазами уже вырисовываются контуры соборов и шпилей Нового Орлеана, нам кажется необходимым представить нашим читателям мисс Офелию.

Тому, кто путешествовал по штатам Новой Англии[1], наверно, запомнился виденный среди прохладного селения обширный фермерский дом, окруженный поросшим травою двором, затененный густой зеленью сахарного клена. Все здесь дышит чистотой и порядком. Ни единого покосившегося колышка в заборе, ни соломинки, валяющейся на дворовых газонах. Под окнами пышно разрослись кусты сирени. Внутри дома — простор и чистота. Никакого беспорядка — все стоит на своем месте основательно, прочно, навеки; все идет размеренным, раз и навсегда установленным ходом, как старые стенные часы, висящие в одном из углов гостиной. В комнате, где обычно собирается семья, красуется солидный книжный шкаф с застекленными дверцами. «История» Роллэна, «Потерянный рай» Мильтона, «Странствия пилигрима» Беньяна, семейная Библия — выстроились в торжественном порядке подле таких же солидных и не внушающих сомнения томов. В доме нет служанок; все делается самой хозяйкой. В белом чепце, в очках, она после обеда усаживается за шитье в кругу своих дочерей. Вся работа закончена утром, точно не укажешь даже часа, но так рано, что о ней уже забыли, и когда бы вы ни зашли, все уже давно сделано. На выложенном плитками кухонном полу — ни пятнышка, ни пылинки. Столы, стулья, вся кухонная утварь — словно бы никогда не сходили со своего места. А между тем здесь четыре раза в день едят, моют посуду, чистят кастрюли и приготовляют масло и сыр. Но когда, как? — никак не угадаешь!

Вот на такой ферме, в таком доме, в такой семье мисс Офелия провела сорок пять лет своего безмятежного су-

---

[1] *Новая Англия* — северо-восточная часть Соединенных Штатов Америки.

ществования, когда неожиданно приехавший кузен предложил ей отправиться вместе с ним в его южное поместье. Офелия была старшей дочерью в большой семье и до сих пор числилась в разряде «детей». Предложение поехать в Новый Орлеан было воспринято всеми членами семьи как событие огромной важности. Седовласый отец достал из шкафа атлас Морза, точно проверил широту и долготу, а затем, чтобы ближе ознакомиться с нравами и обычаями в этих дальних краях, прочел описание путешествий Флинта по Югу и Западу.

Добрая матушка с тревогой спросила, не господствуют ли в этом Новом Орлеане дурные нравы, добавив, что он представляется ей чем-то вроде Сандвичевых островов, населенных одними язычниками.

Вскоре и в доме священника, и в доме доктора, и у модистки мисс Прибоди только и речи было, что о предполагавшейся поездке мисс Офелии Сен-Клер в Новый Орлеан к ее кузену. Этот важный вопрос обсуждался всем селением. Священник, заметно склонявшийся в сторону аболиционистов, задумывался над тем, не будет ли эта поездка воспринята рабовладельцами как знак одобрения их системы. Зато доктор, будучи ярым сторонником колонизации, настаивал на поездке, дабы тем самым доказать жителям Нового Орлеана, что их северные братья в общем вовсе не так дурно относятся к ним.

Он лично считал, что следует поддерживать южан.

Когда решение мисс Офелии сделалось известным всем, на нее со всех сторон посыпались приглашения «на чашку чая» к друзьям и знакомым. Все ее планы и намерения подвергались всестороннему обсуждению.

Мисс Мослей, на которую пала ответственная задача пополнить дорожный гардероб мисс Офелии, сразу приобрела значительность и вес.

Всем было доподлинно известно, что эсквайр Сен-Клер отсчитал пятьдесят долларов, предложив своей кузине купить самую лучшую одежду. К этому добавляли, что два шелковых платья и шляпа были выписаны для нее из Бостона.

Серьезному обсуждению подвергся, между прочим, и вопрос о том, что «полагается» и что нет. Одни высказывались за то, что раз в жизни можно позволить себе такой расход. Другие придерживались мнения, что следовало эти деньги пожертвовать миссионерам. Все сходились, однако, на том, что никогда еще никому не приходилось видеть более роскошного зонтика и что, какого бы мнения ни быть о мисс Офелии, нельзя было не сознаться, что шелковое платье, присланное ей, может само стоять на полу[1]. Нескончаемо много разговоров было о носовом платке. Ходили слухи, что он обшит кружевами, а углы на нем вышиты. Последнее так и не удалось выяснить, и вопрос этот остается открытым по сие время.

И вот мисс Офелия стоит перед нами в своем нарядном дорожном платье из коричневого полотна. Это — женщина высокого роста, костлявая, угловатая. У нее худощавое, остро очерченное лицо. Губы поджаты, как у человека, составившего себе раз и навсегда незыблемое мнение обо всем на свете. Черные глаза с пронизывающим живым взглядом словно постоянно высматривают, не нарушен ли где-нибудь надлежащий порядок.

Все движения ее были резки, решительны и энергичны. Она говорила немного, но все сказанное было правильно и не могло быть подвергнуто сомнению.

В отношении привычек она была воплощением порядка, точности, методичности. Она была пунктуальна, как часы, и стремительна, как локомотив. Вдобавок она ненавидела все, что не походило на нее.

В ее глазах самым смертельным грехом, средоточием и

---

[1] Речь идет о кринолине, т.е. юбке, поддерживаемой обручами, какие носили в начале XIX века.

основой всех бед было легкомыслие. Предельная степень ее презрения выражалась в слове «непоследовательность», произносившемся в таких случаях с особым ударением. Этим словом она клеймила все, что выходило за пределы ею самой очерченного круга понятий. Безграничное презрение вызывали в ней люди, которые из слабохарактерности не умели или не стремились идти прямым путем к намеченной цели и были лишены сознания долга. Это презрение не всегда выражалось словами, чаще особой гримасой и ледяной холодностью, словно бы она боялась унизиться, даже и упоминая о таких вещах.

Что касается ее духовной жизни, то она обладала прямым, ясным и деятельным умом. Знала историю и читала старинных английских классиков. В пределах определенных узких границ суждения ее были правильны и не лишены остроумия.

Ее религиозные воззрения были раз и на всю жизнь вылиты в определенные формы и сложены в голове в такие же аккуратные стопочки, как и белье в ее бельевом шкафу. Они существовали в определенном числе, и им не полагалось умножаться.

То же самое можно было сказать о ее практических взглядах, касавшихся повседневной жизни, взаимоотношений с друзьями и соседями.

Но в основе всего и выше всего было в ней чувство долга, совесть. Нигде это чувство не развито в такой мере, не поглощает в себе все, как у женщин Новой Англии. Для них это незыблемая основа мироздания, погружающаяся в недра земли и возносящаяся над вершинами гор.

Офелия была раба долга.

Докажите ей, что «стезя долга», как она выражалась, направлена туда-то и туда-то, и ничто уже не сможет заставить ее уклониться от этого пути. Во имя долга она готова была броситься в колодезь или пошла бы навстречу заряженным пушкам. Но это чувство долга было столь всеобъемлющим, в него входило столько обязанностей, у него было столько разветвлений, оно так мало оказывало снисхождения человеческим слабостям, что мисс Офелии, несмотря на героические усилия, не удавалось достигнуть идеала, и она была как бы подавлена сознанием недостаточности своих усилий и своей слабости.

Это сознание своего несовершенства придавало и религиозным ее воззрениям несколько мрачный оттенок.

Как могла мисс Офелия найти общий язык с Огюстэном Сен-Клером — веселым, легкомысленным, скептическим, страдающим полным отсутствием пунктуальности, с дерзкой небрежностью топчущим, если можно так выразиться, все взгляды и принципы, которые Офелия свято чтила?

Сказать по правде, она была нежно привязана к нему.

Когда он был ребенком, она учила с ним катехизис, причесывала его, чинила его одежду, окружала его заботой. В сердце ее оставался какой-то теплый уголок. Этот уголок Огюстэн сумел завоевать целиком. Поэтому ему и удалось без особого труда убедить ее, что путь долга ведет ее прямо в Новый Орлеан и она должна ехать с ним, чтобы охранять Еву и предотвратить полный развал, грозивший дому из-за постоянных болезней его жены. Представление о доме, о хозяйстве, которым никто не занимается, пронзило сердце мисс Офелии. Кроме того, она любила малютку Еву. Да кто бы не полюбил эту очаровательную девчурку? И хоть она и считала Огюстэна язычником, все же она, как мы уже говорили, любила его, смеялась над его шутками и в своей терпимости к нему не знала предела.

Ближе мы познакомимся с мисс Офелией в ходе дальнейшего повествования.

Сейчас мы застаем ее в пароходной каюте среди груды саквояжей, коробок, картонок и сундучков, которые она с лихорадочной поспешностью собирает, запирает, связывает.

— Ева! Ты сосчитала свои вещи? Ты, наверное, даже и не подумала это сделать? Вот что значит ребенок! У тебя ковровый саквояж и голубая картонка с твоей хорошей шляпой — это уже два, резиновая коробка — три, моя рабочая шкатулка — четыре, мой несессер — пять, моя картонка с воротничками — шесть и самый маленький кожаный сундучок — семь... А куда ты девала свой зонтик? Дай его мне, я заверну его в бумагу и привяжу к моему зонту. Вот так!

— Но, тетушка, к чему это? Ведь мы едем прямо домой!

— А порядок, дитя мое? Если хочешь иметь вещи, нужно заботиться о них... А твой наперсток? Ты спрятала его?

— Не помню.

— Дай-ка я загляну в твою рабочую корзиночку. Так,

наперсток, воск... две ложечки... ножницы, ножик, иголки... Отлично. Уложи все назад в корзинку. Что же было с вашими вещами, когда вы путешествовали вдвоем с папой? Наверно, все теряли!

— Конечно, тетушка, я много вещиц теряла. Но когда мы приезжали куда-нибудь, папа покупал мне новые.

— Господи, вот так воспитание!

— Но, тетушка, это очень удобно!

— Это недопустимое легкомыслие!

— Тетушка, а что же вы теперь будете делать? Сундук такой полный... Он не закроется.

— Должен закрыться! — произнесла Офелия повелительным тоном и, опустив крышку, всей тяжестью своего тела надавила на нее. Оставалась еще небольшая щелка. — Влезь на сундук, Ева, — решительно сказала мисс Офелия. — Если крышка закрылась раз, то должна закрыться и в другой раз. Этот сундук необходимо запереть на ключ. Это ясно как день.

Смущенный, должно быть, такой настойчивостью, сундук поддался, замок щелкнул и захлопнулся. Мисс Офелия повернула ключ и, вынув его, с торжествующим видом сунула в карман.

— Вот мы и готовы. Где же твой папа? Мне кажется, пора выносить вещи. Погляди, Ева, не видно ли его?

— Вон он стоит у своей каюты и ест апельсин.

— Неужели он не знает, что мы уже приехали? Сбегай, Ева, скажи ему!

— Папа никогда не торопится, — заявила девочка. — А потом, тетушка, мы ведь еще не у пристани... Поглядите, тетушка, вон там, в конце улицы, наш дом!

Пароход между тем с оглушительным ревом, словно утомленное гигантское чудовище, готовился пробить себе путь среди множества скопившихся в гавани судов. Ева радостно указывала мисс Офелии на башни, купола соборов и рыночные площади, по которым она узнавала родной город.

— Да, да, милая... Очень, очень красиво... Но, господи прости, где же твой отец?

На пристани уже начались шум, толчея и сутолока, всегда сопровождающие прибытие парохода. Служащие гостиниц устремляются к приезжим. Люди бегают взад и вперед, матери зовут своих детей, мужчины поспешно собирают вещи, толпа пассажиров заполняет сходни.

Мисс Офелия с решительным видом уселась на сундук, только что причинивший ей столько затруднений, и выстроила перед собой в строгом военном порядке все свои саквояжи, картонки, коробки и чемоданы, готовясь защищать их до последнего издыхания.

— Ваш багаж, сударыня!

— Ваш сундук, сударыня!

— Я понесу! Очередь моя!

— Нет, моя!

Офелия непоколебимо сидела на своем сундуке. Лицо ее выражало твердую решимость. Она сидела, прямая, как булавка, воткнутая в доску, держа в одной руке связку зонтиков и отбиваясь ею с энергией, способной обратить в бегство любого нападающего. Иногда она в глубочайшем недоумении обращалась к Еве, желая узнать от нее, о чем, собственно, думает ее отец.

— Не свалился же он в воду, в самом деле! — воскликнула она. — Но с ним, наверно, что-нибудь приключилось! Я начинаю даже беспокоиться!

В эту самую минуту показался Огюстэн. Он приближался своей обычной медлительной и небрежной походкой. Подойдя к ним, он подал Еве ломтик апельсина.

— Что ж, кузина Вермонт, — сказал он, — вы, надеюсь, готовы?

— Вот уже целый час, как я готова и жду, — проворчала мисс Офелия. — Я даже стала беспокоиться о вас.

— Вот ловкий парень, он отнесет вещи, — произнес Сен-Клер, оборачиваясь к следовавшему за ним носильщику. — Идемте, коляска ждет нас. Толпа схлынула. Можно двигаться спокойно, не боясь, что вас затолкают. Возьмите, — сказал он, обращаясь к стоявшему рядом кучеру, — возьмите вещи.

— Я пойду с ним и погляжу, как он их сложит, — с тревогой проговорила мисс Офелия.

— Что вы, сестрица! К чему это?

— Тогда я, по крайней мере, сама понесу вот это, вот это и еще вот это! — сказала мисс Офелия, схватив три картонки и присоединив к ним небольшой саквояж.

— Дражайшая моя вермонтская мисс, вам никак не удастся привить здесь нравы Зеленых Гор. Придется подчиниться обычаям Юга и не показываться на улицах увешанной пакетами. Вас примут за вашу собственную горничную. Сдайте все этому парню. Он понесет ваши картонки так осторожно, будто там упакованы свежие яйца.

Мисс Офелия бросила взгляд, полный отчаяния, на своего кузена, безжалостно похищавшего все ее сокровища. Она несколько утешилась, увидев, что они сложены в экипаже рядом с ней.

— Где же Том? — спросила Ева.

— На козлах, детка. Я хочу предоставить ему место того пьяницы, который, помнишь, опрокинул коляску.

— Ах, Том будет замечательным кучером! — воскликнула Ева. — Я уверена, он никогда не будет напиваться!

Экипаж остановился перед старинным домом, построенным в смешанном полуфранцузском, полуиспанском стиле. В Новом Орлеане кое-где еще встречаются здания такого типа. Миновав сводчатые ворота, экипаж въехал в квадратный двор, со всех четырех сторон окруженный аркадами в мавританском духе. Стройные колонны поддерживали украшенные арабесками галереи и, словно во сне, вызывали представление о романтической роскоши времен арабского владычества в Испании. Сразу можно было заключить, что двор украшался в угоду утонченному вкусу владельца. Посреди двора был расположен фонтан. Серебристые струи взмывали вверх и ниспадали в мраморный бассейн, окаймленный фиалками. В прозрачной воде бассейна, сверкая на солнце чешуей, словно ожившие алмазы, резвились сотни золотых и серебряных рыбок. Фонтан окружала выложенная мозаичными плитками дорожка, заключенная в кольцо зеленого, мягкого, как бархат, газона. Два больших апельсиновых дерева раскинулись у крыльца. По краям газона были расставлены украшенные искусной резьбой белые мраморные вазы с редкими тропическими растениями. Огромные гранатовые деревья со своими блестящими листьями и огненными цветами, аравийский жасмин с темной листвой и серебристыми звездами цветов, яркая герань, роскошные розовые кусты, сгибающиеся под душистым грузом своих цветов, желтый жасмин и пахнущая лимоном вербена смешивали воедино свое благоухание. А старые алоэ, такие таинственные и странные среди этой гущи листьев и цветов, словно древние чародеи, поглядывали на пышную, но непрочную красоту, раскинувшуюся вокруг них.

Занавеси из пестрой восточной ткани украшали аркады и в часы, когда солнце светило особенно ярко, опускались, даря прохладу и тень.

Когда экипаж въехал во двор, Ева в восторге замерла, словно птичка, готовая вырваться на волю из клетки.

— Не правда ли, тетушка, — воскликнула она, — ведь он замечательный, мой дорогой, мой милый, мой чудесный дом! Разве он не прекрасен?

— О, все это очень красиво, — проговорила мисс Офелия, выходя из кареты. — Но мне этот дом кажется очень уж старым и каким-то языческим.

Соскочив с козел, Том обвел все вокруг спокойным взглядом, в котором сквозило удовольствие. Не следует

8 – 4402

забывать: негры родом из страны, своей яркой пышностью превосходящей все на свете. В душе у них живет настоящая страсть ко всему красивому, красочному и необычному.

Сен-Клер, мягкий и чуткий по натуре, только улыбнулся на замечание Офелии. Увидав восхищение на лице Тома, он спросил его:

— Тебе, друг мой, кажется, нравится здесь?

— О да, мастер, здесь все так, как надо! — проговорил Том с удовлетворением.

Вся эта сцена разыгралась в течение коротких мгновений, пока выносили из кареты вещи и расплачивались с кучером. Толпа слуг всех возрастов — мужчины, женщины и дети — сбежалась со всех сторон, приветствуя хозяина.

Впереди всех стоял молодой мулат, одежда которого отличалась подчеркнутой изысканностью. Он принимал изящные позы, помахивая надушенным батистовым платочком.

Этот мулат казался очень важной персоной. Он с горячностью накинулся на остальных слуг, всеми силами стараясь оттеснить их как можно дальше в глубь двора.

— Назад! Назад! — кричал он повелительно. — Не стыдно вам нарушать домашний покой хозяина в первые же минуты его прибытия?

Пораженные, очевидно, изысканностью этой фразы, негры отступили на почтительное расстояние, так что к тому моменту, когда Сен-Клер, расплатившись с кучером, обернулся, он увидел лишь одного Адольфа — так звали эту важную персону в шелковом жилете с золотой цепочкой и в белых штанах, которая кланялась с неимоверным изяществом и подобострастием. Рядом с ним стояли два широкоплечих негра, готовые внести в дом вещи приехавших.

— Ах, это ты, Адольф! — сказал Сен-Клер, протягивая ему руку. — Ну, как дела, дружище?

Адольф немедленно разразился весьма красочной речью, импровизированной... в течение последних двух недель.

— Отлично, отлично! — своим обычным небрежно-ироническим тоном проговорил Сен-Клер, проходя мимо него. — Великолепно сказано, Адольф. Но не присмотришь ли ты теперь за багажом? Я сейчас выйду поздороваться с людьми.

Он проводил мисс Офелию в большую гостиную, выходившую на веранду.

Ева между тем, миновав вестибюль и гостиную, ворвалась в нарядный маленький будуар. Высокая бледная женщина с большими черными глазами приподнялась на кушетке при виде ее.

— Мама! — в буйном восторге закричала Ева, бросившись на шею матери и осыпая ее поцелуями.

— Довольно, довольно, детка! Осторожнее, а то у меня разболится голова. — И мать с томным видом поцеловала ребенка.

Вошел Сен-Клер и поцеловал жену. Затем он представил ей свою кузину.

Мари взглянула на приезжую с некоторым любопытством, затем поздоровалась с обычной своей томной учтивостью.

Слуги между тем толпились за дверью. Впереди них можно было заметить мулатку лет сорока, трепетавшую от радостного ожидания.

— Ах, вот Мэмми! — воскликнула Ева. Перебежав через всю комнату, она бросилась в объятия мулатки и горячо ее расцеловала.

Мэмми не высказала опасения, что у нее разболится голова. Она прижала девочку к груди, плача и смеясь от радости. Высвободившись из ее объятий, девочка стала перебегать от одного к другому из собравшихся слуг, жала руку одним, крепко целовалась с другими.

Позднее мисс Офелия признавалась, что вся эта сцена вызвала у нее чуть ли не тошноту.

— Эти южные дети, — говорила она, — способны проделывать вещи, которых я никогда бы не могла допустить!

— Что вы хотите этим сказать? — спросил Сен-Клер.

— Господи! Я добра ко всем и никому не желаю зла, но... целоваться с ними!

— С неграми? Ах, это для вас непривычно?

— Ну конечно! Как она может?

Сен-Клер, рассмеявшись, вышел на веранду.

— Ну-ка, скорей все сюда! Мэмми! Джимми! Полли! Суккей! Рады видеть хозяина? Да? — И, переходя от одного к другому, он пожимал им руки. — Осторожней с ребятами! — воскликнул он вдруг, чуть не наступив на крохотного негритенка, на четвереньках ползавшего по полу. — Когда я кого-нибудь задавлю, пусть он скажет не стесняясь!

Со всех сторон раздавался смех и сыпались добрые пожелания. Сен-Клер роздал им все имевшиеся при нем мелкие деньги.

— А теперь все вы, большие и малые, уходите!

Вся масса черных блестящих лиц исчезла за дверью, ведущей на веранду. За ними выбежала и Ева, неся большую сумку, которую она в пути постепенно набивала орехами, яблоками, сластями, лентами, кружевами и игрушками.

Повернувшись, Сен-Клер вдруг заметил Тома. Он стоял, переминаясь с ноги на ногу, явно испытывая неловкость. Напротив него, небрежно прислонившись к колонне, стоял Адольф и рассматривал его в лорнет с развязностью, которой мог бы позавидовать любой светский франт.

— Ты что это, плут? — сказал Сен-Клер. —Так-то ты относишься к своему товарищу? Мне кажется, милый мой, — добавил он, коснувшись пальцем вышитого жилета Адольфа, — мне кажется, что это мой жилет...

— О, мастер! Он весь был залит вином, и джентльмен с таким положением, как мастер, не стал бы носить его... Он годится только для такого бедного негра, как я.

И Адольф, покачав головой, провел рукой по своим надушенным волосам.

— Ну, ладно, прощаю тебе на этот раз, — улыбнувшись, произнес Сен-Клер. — Сейчас я покажу Тома его госпоже, затем ты отведешь его на кухню, и постарайся не задирать перед ним носа. Имей в виду, что он сто́ит двух таких франтов, как ты.

— Мастер всегда шутит, — сказал с самодовольным смехом Адольф. — Мне очень приятно, что мастер приехал такой веселый.

— Пойдем, Том, — сказал Сен-Клер.

Том вошел в гостиную. Молча любовался он бархатными коврами и всей этой роскошью. Даже во сне он не видел ничего похожего: зеркала, картины, разрисованные потолки, статуи, портреты, — и, подобно царице Савской перед лицом царя Соломона, он замер, не смея даже шагнуть вперед.

— Вот видите, Мари, я купил наконец для вас кучера, — сказал Сен-Клер. — Он столь же воздержан, сколь и черен, и будет возить вас, если прикажете, как на похоронах. Откройте глаза и взгляните... И не говорите больше, что я не думаю о вас, когда путешествую.

Мари, приоткрыв глаза, поглядела на Тома.

— Я уверена, что он пьяница, — протянула она.

— Нет, нет! Мне ручались, что товар благочестивый и трезвый.

— Я очень желала бы, чтобы он вел себя прилично, но мало в это верю.

— Адольф, отведи Тома на кухню, — приказал Сен-Клер. — И не важничай, помни, что я говорил тебе.

Адольф удалился. Том последовал за ним, тяжело ступая.

— Настоящий бегемот! — проговорила Мари.

— Ну, будет, Мари, улыбнитесь! — произнес Сен-Клер, усаживаясь на пуфе около кушетки. — Скажите что-нибудь приятное вашему бедному мужу, вернувшемуся из дальних странствий.

— Вы пробыли в поездке на две недели больше, чем было условлено, — сказала Мари.

— Но ведь я объяснил вам причину.

— Да, в таком коротком и холодном письме.

— Но, дорогая моя, как раз уходила почта, я мог написать только несколько строк или ничего.

— Всегда так, — ответила супруга. — Всегда найдется повод продлить поездку и укоротить письмо.

— Поглядите, — снова начал Сен-Клер, доставая изящный бархатный футляр и раскрывая его. — Это подарок, который я привез вам из Нью-Йорка.

Это был дагерротип[1], четкий и ясный, как гравюра. На нем была изображена Ева с отцом.

Мари с неудовольствием поглядела на портрет:

— Какая нелепая поза!

— Поза — дело вкуса, но какого вы мнения о сходстве?

— Если вы не считаетесь с моим мнением в одном отношении, вас не должно оно интересовать и в другом, — ответила жена, закрывая футляр.

— Но все же скажите, Мари, — настаивал Сен-Клер, — похоже, по-вашему, или нет? Будьте умницей!

— С вашей стороны, Сен-Клер, очень дурно принуждать меня так долго разговаривать. Вы ведь знаете, что у меня целый день была мигрень, а в доме, с тех пор как вы приехали, такой шум, что я просто умираю!

— Вы подвержены мигреням, мэ-эм? — вмешалась мисс Офелия, поднимаясь из глубокого кресла, в котором она до сих пор спокойно сидела, составляя про себя подробную опись меблировки.

— Я страдаю, как мученица, от этих мигреней, — проговорила миссис Сен-Клер.

— Можжевеловая настойка — великолепное средство

[1] *Дагерротип* — первоначальный вид фотографии; изображение получалось путем воздействия световых лучей на металлическую пластинку, покрытую светочувствительным слоем.

против мигреней, — сказала мисс Офелия. — Таково, по крайней мере, мнение Августины, жены Дэкона-Абрама Пирри, лучшей сиделки во всей нашей местности.

— Я прикажу собрать первый же урожай этих ягод, когда они созреют в нашем саду на берегу озера, — сказал Сен-Клер и позвонил. — Сестрица, — добавил он, — вам, наверно, хочется отдохнуть в вашей комнате после такой утомительной дороги? Адольф, — сказал он, обращаясь к вошедшему мулату, — пришлите сюда Мэмми.

Через минуту появилась мулатка, которую Ева так горячо целовала при встрече. Девочка уже успела собственноручно повязать ей голову привезенным в подарок пестрым платком.

— Мэмми, — сказал Сен-Клер, — я поручаю эту леди твоим заботам. Она устала и нуждается в отдыхе. Проводи ее в отведенную для нее комнату и смотри, чтобы ей было удобно.

Мэмми двинулась к дверям. За ней вышла и мисс Офелия.

ГЛАВА XVI

Хозяйка Тома и ее взгляды

— Итак, Мари, теперь наступит для вас золотое время. Я привез к вам кузину, практичнейшую из женщин. Она снимет с ваших плеч все хозяйственные заботы и предоставит вам возможность заняться собой и снова стать молодой и прекрасной. Вам больше не будет досаждать необходимость возиться с ключами. Церемонию передачи ключей нужно проделать возможно скорее.

Слова эти были сказаны за завтраком через несколько дней после приезда мисс Офелии.

— Я очень рада ее приезду, — проговорила Мари, томно подпирая голову рукой. — Скоро она убедится, что в наших условиях хозяйка — вот кто настоящая рабыня.

— О, конечно, она в этом убедится, — подтвердил Сен-Клер, — а также убедится и во многом другом.

— Нас упрекают, — сказала Мари, — за то, что мы держим рабов. Как будто мы делаем это для себя! Если б мы заботились о себе, то отпустили бы их всех разом.

Ева глядела на мать своими большими, серьезными глазами. Казалось, ответ матери был ей не вполне понятен.

— Но тогда, мама, почему же ты их держишь? — спросила она просто.

— Право, не знаю... Нам на горе... Они отравляют мне жизнь. Они-то больше всего виновны в моем недомогании... Наши негры самые худшие из всех, какие существуют!

— Мари, вы сегодня поднялись с левой ноги, — шутливо заметил Сен-Клер. — Вы ведь сами знаете, что все это не так. Ну, хотя бы Мэмми, разве она не милейшее создание? Что бы вы делали без нее?

— Мэмми, конечно, отличная служанка, — сказала миссис Сен-Клер, — и все же она, как и все эти цветные, недопустимо эгоистична.

— О, эгоизм — ужасная вещь! — торжественно произнес Сен-Клер.

— Вот хотя бы, например, — продолжала Мари, — разве не эгоистично спать так крепко? Она отлично знает, что, когда повторяются мои припадки, я ежечасно нуждаюсь в мелких услугах. Ну, и что же? Ее ужасно трудно разбудить! Усилия, которые мне пришлось применить этой ночью, виной тому, что я сегодня так слаба.

— А разве она не просидела подле тебя все последние ночи, мама? — робко проговорила Ева.

— Кто это тебе сказал? — с досадой спросила Мари. — Значит, она жаловалась?

— Нет, она не жаловалась. Она только рассказывала, как плохо тебе бывало по ночам.

— Почему же, — спросил Сен-Клер, — вы не велите Розе или Джэн заменить ее на ночь или две? Она бы отдохнула.

— Как вы можете предложить мне нечто подобное, Сен-Клер? Вы, право, не думаете о том, что говорите! Прикосновение чужих рук довело бы меня до судорог! Если бы Мэмми была предана как должно, она легче переносила бы бессонные ночи. Мне рассказывали о людях, у которых такие преданные слуги. Но мне не выпало на долю такого счастья! — И Мари тяжело вздохнула.

Мисс Офелия выслушала эту речь с холодным достоинством, сжав губы, как человек, твердо решивший хорошенько разобраться в обстановке, раньше чем рискнуть высказаться.

— Мэмми, конечно, по-своему добра, — продолжала Мари. — Она кротка и почтительна. Но в глубине души она эгоистка и никогда не перестанет тосковать и просить о возвращении ее мужа. Когда я вышла замуж, я привезла ее сюда. Отец мой оставил себе ее мужа. Ее муж кузнец и был очень нужен моему отцу. Я полагала и говорила им, что, раз им уже не придется жить вместе, они должны считать себя разведенными. Мне следовало быть настойчивее и выдать Мэмми замуж за другого. Я этого не сделала. Я была чересчур добра и слабохарактерна. Я сказала Мэмми, что ей не придется видеться со своим мужем чаще, чем раз или два за всю дальнейшую жизнь, потому что воздух в тех краях, где живет мой отец, вреден для моего здоровья, и я не могу часто ездить туда. Я посоветовала ей выбрать себе кого-нибудь из здешних. Так нет же! Она и слышать об этом не захотела. Мэмми подчас ужасно упряма, но об этом знаю только я одна.

— У нее есть дети? — спросила мисс Офелия.

— Да, двое.

— Ей, наверно, очень тяжела эта разлука.

— Возможно. Но не могла же я привезти их сюда...

Это два маленьких нечистоплотных зверька. Я не могла бы терпеть их близко от себя. И затем они отнимали бы у нее все ее время. Я уверена, что Мэмми была всем этим немного огорчена. Она так и не пожелала выбрать себе другого мужа и если б только могла, то хоть завтра вернулась бы к своему прежнему мужу. Да, да, я в этом уверена! Люди теперь так эгоистичны, даже лучшие из них!

— Тяжело и думать об этом, — сухо проговорил Сен-Клер.

Мисс Офелия остановила на нем проницательный взгляд. Она угадывала раздражение, накоплявшееся в нем, видела язвительную улыбку, морщившую его губы.

— Мэмми всегда была моей любимицей, — снова заговорила Мари. — Хотела бы я показать ее гардероб вашим служанкам на Севере: шелк, кисея и настоящий батист! Я не раз целыми днями возилась, делая для нее шляпы, чтобы она могла отправиться на какое-нибудь празднество. С ней всегда очень хорошо обращались и плетью наказывали не больше одного-двух раз за всю ее жизнь. Она ежедневно получала чай или крепкий кофе с белым сахаром...

Ева, все время слушавшая мать со странным сосредоточенным и углубленным выражением, иногда появлявшимся на ее лице, тихонько подошла к ней и обвила руками ее шею.

— В чем дело, Ева? Что тебе надо?

— Мама, — проговорила девочка, — не могла бы я посидеть около тебя ночь? Одну-единственную ночь? Я уверена, что не стала бы тебя расстраивать и не заснула бы... Я так часто не сплю по ночам... лежу и думаю...

— Какие глупости, дитя! Какие глупости! Странное ты существо, право!

— Ты позволишь, мама? Мне кажется... — робко добавила она, — мне кажется, что Мэмми не совсем здорова... Она говорила, что с некоторых пор у нее все время болит голова...

— Да, это одна из выдумок Мэмми! Мэмми такая же, как и все негры: она способна поднять бог весть какой шум, если у нее заболит голова или палец. Не следует им в этом потворствовать. Ни в каком случае! Для меня это стало принципом! — воскликнула она, обращаясь к Офелии. — Если вы только позволите рабам по всякому поводу жаловаться, вы скоро знать не будете, кого из них слушать! Я сама никогда не жалуюсь. Никто не знает, как я страдаю... По-моему, долг каждого человека страдать молча. И я молчу.

Это заявление было столь неожиданным, что в круглых глазах мисс Офелии отразилось безмерное удивление, которое она не в силах была скрыть, тогда как Сен-Клер от души расхохотался.

— Сен-Клер всегда смеется, стоит мне лишь намекнуть на мои страдания, — произнесла Мари голосом умирающей мученицы. — Как бы он когда-нибудь не пожалел об этом!

Мари поднесла платок к глазам.

Наступило тягостное молчание. Сен-Клер поднялся и, взглянув на часы, сказал, что ему необходимо уйти по делу. Ева выбежала за ним. Леди Сен-Клер и Офелия остались за столом одни.

— Сен-Клер всегда такой! — сказала Мари, резким движением спрятав платок, как только бесчувственный супруг, на которого этот платок должен был оказать воздействие, скрылся из глаз. — Он и понятия не имеет, как я страдаю все эти годы. Он был бы прав, если бы я когда-нибудь жаловалась или говорила о себе. Мужчинам надоедают плаксивые, вечно ноющие жены. Но я молчала, я покорилась своей судьбе... Да, покорилась. И Сен-Клеру стало казаться, что я все могу перенести.

Мисс Офелия не могла придумать подходящего ответа.

Пока она размышляла, Мари утирала слезы и, казалось, разглаживала перышки, словно голубка после дождя. Тут же она завела с Офелией хозяйственный разговор о посуде, о мебели, о запасах — другими словами, обо всем, что Офелия должна была взять в свои руки. При этом она осыпала ее таким множеством советов и наставлсний, что голова менее устойчивая, чем голова мисс Офелии, наверняка бы не выдержала.

— Ну вот, — сказала в заключение Мари, — мне кажется, я вам все объяснила. И как только у меня снова наступит ухудшение, вы будете иметь возможность действовать, не спрашивая меня ни о чем. Но прошу вас, приглядывайте за Евой. За ней нужно следить.

— По-моему, она чудесный ребенок, — ответила мисс Офелия. — Мне за всю мою жизнь не приходилось видеть лучшего.

— Она очень странная... очень странная! — протянула Мари. — У нее так много причуд... Она совсем не похожа на меня. — Мари вздохнула, словно бы подтверждая нечто очень печальное.

«Какое счастье, что непохожа», — подумала в это время Офелия, но из предосторожности не высказала своего мнения вслух.

— Ева всегда любила общество слуг, — продолжала Мари. — Господи, это, конечно, бывает у многих детей. Я сама в детстве в усадьбе отца играла с маленькими негритятами. Но Ева способна становиться на равную ногу со всеми, с кем только имеет дело. Мне до сих пор не удалось ее отучить от этого, так как Ссп Клер потворствует ее капризам. Сен-Клер балует в своем доме всех... кроме собственной жены.

Мисс Офелия по-прежнему хранила молчание.

— С рабами, — заговорила снова Мари, — можно держаться только так: их нужно заставлять чувствовать, что они низшие существа, — это прежде всего, и затем крепко держать в руках.

— Но вы все же допускаете, — неожиданно резко спросила Офелия, — что рабы — это люди и им нужен отдых, когда они устают?

— Разумеется, разумеется. Я хочу, чтобы у них было все, что им по справедливости полагается, все, чего требуют приличия... Мэмми может поспать... не сейчас, так в другое время. Тут нет ничего сложного. Я не видела другой такой сони, как она. Спит сидя, стоя, за работой — где придется. Не беспокойтесь, она не умрет от отсутствия сна! Но, знаете, обращаться с неграми, как с экзотическими растениями или с китайским фарфором, просто смешно! — сказала она, опускаясь на мягкие подушки кушетки и поднося к носу хрустальный флакон с ароматической солью.

— Вот видите, — проговорила она вдруг угасающим голосом, — видите, кузина Офелия, я не часто говорю о себе, у меня нет этой привычки. Я этого не люблю... Да по правде сказать, у меня нет на это сил. Но есть вопросы, в которых мы расходимся с Сен-Клером. Сен-Клер никогда не понимал и не ценил меня. Я думаю, что это связано с состоянием моего здоровья. Мужчины ведь эгоисты. Это свойственно им по природе. Они не понимают женщин...

Мисс Офелия, осторожная, как все жители Новой Англии, больше всего на свете боялась впутываться в чужие семейные дрязги. Она поняла, что ей грозит чересчур откровенное признание. Лицо ее мгновенно приняло непроницаемое выражение. Она вытащила из своей рабочей корзинки чулок, длиной чуть не в полтора ярда, и энергично заработала спицами. Ее губы сжались так крепко, словно желали выразить: «Вы хотите вызвать меня на разговор? Но вам не удастся впутать меня в ваши дела!»

Лицо ее выражало столько же сочувствия, сколько мог бы выразить каменный лев.

Но Мари не обратила на это внимания. Она нашла себе слушателя, ей хотелось говорить, и этого было для нее достаточно. Она еще раз понюхала флакон, черпая в нем силы, и продолжала:

— Вы понимаете... выходя за Сен-Клера, я принесла ему в приданое мои денежные средства и моих рабов. Поэтому я вправе распоряжаться ими так, как считаю нужным. У Сен-Клера — свое состояние и свои рабы. Пусть обращается с ними, как ему заблагорассудится. Но в мои дела пусть не вмешивается! У него по многим вопросам самые дикие взгляды... в особенности на то, как следует обращаться с рабами. Он ведет себя по отношению к ним так, будто они ему дороже меня. Он позволяет им делать все, что им вздумается. Вы и представить себе не можете, он иногда бывает ужасен! Он установил такой порядок, что в этом доме никто не может быть наказан иначе... как лично им или лично мною. Это было сказано в таком тоне, что я не смею нарушить его запрета. Вы сами можете судить, к чему это привело. Он никогда не поднимает руки на слуг, хотя бы они бог ведает что позволяли себе. Что же касается меня... Вы сами понимаете, как жестоко было бы требовать от меня такого напряжения сил. Рабы — это взрослые дети.

— Мне об этом, слава богу, ничего не известно! — сухо заметила Офелия.

— Но вам придется всему этому научиться, если вы останетесь здесь. Вам трудно даже представить себе, каким тяжким испытаниям они ежедневно и ежечасно подвергают хозяек дома. А жаловаться Сен-Клеру бесполезно. Он говорит, что это мы сделали их тем, что́ они есть, и что мы должны с этим мириться. Он говорит, что мы виновны в их пороках и жестоко было бы их наказывать. Он говорит, что мы на их месте были бы не лучше... Как будто нас можно сравнивать с ними!

— Но не думаете ли вы, — резко сказала мисс Офелия, — что бог сотворил их из той же плоти, что и нас?

— Ну, конечно, не думаю! Вы шутите, должно быть? Ведь это низшая раса!

— А не кажется ли вам, — с возрастающим возмущением воскликнула Офелия, — что все же это люди, живые люди?

— Я этого не отрицаю, — зевнув, произнесла Мари. — Об этом ведь никто не спорит. Но сравнивать их души с нашими — об этом, разумеется, и речи быть не может. Сен-Клер, правда, доходит до того, что готов утверждать, будто разлучить Мэмми с ее мужем — это все равно, что разлучить меня с ним. Сколько я ни твержу ему, что тут большая разница, он ее не видит, не признает. Это все равно, как если б сказать, что Мэмми своих грязнушек-ребят любит так, как я люблю Еву. И тем не менее Сен-Клер холодно, настойчиво требовал, чтобы я, такая больная и слабая, отпустила Мэмми и заменила ее другой служанкой... Я редко проявляю свои чувства, но на этот раз я вышла из себя. Да, даже я...

Казалось, мисс Офелия не сдержится и заговорит. Длинные спицы в ее руках задвигались так быстро и гневно, что это должно было обратить на себя внимание собеседницы, если бы та способна была замечать что-либо.

— Теперь вам должно быть ясно, чем вам придется управлять... Дом, в котором нет ни правил, ни порядка, где рабы получают все, что хотят, делают, что хотят. Разве только за исключением тех случаев, когда у меня хватает силы... Иногда я пускаю в ход мой хлыст, плетенный из бычьих жил, но такое напряжение убивает меня. Ах, если б только Сен-Клер поступал, как все!

— А как именно?

— Отправил бы их в исправительный дом для сечения

или в любое другое место, где их наказывают кнутом. Другого способа нет. Если бы не мое слабое здоровье, я управляла бы вдвое энергичнее Сен-Клера.

— Как же он поступает? Вы говорили, что он никогда никого не бьет?

— Господи! Мужчины как-то по-особому умеют приказывать. Это им как-то легко дается. И затем... поглядите в глаза Сен-Клеру, в его взгляде есть что-то странное. В этом взгляде, когда он недоволен, как будто сверкает молния. Когда Сен-Клер здесь, никто не осмелится шуметь. Но когда бразды правления будут в ваших руках, вы увидите, что без строгости не обойтись. Они такие скверные, такие лицемерные, такие ленивые!

— Ах, все та же старая песня! — проговорил Сен-Клер, неожиданно входя в комнату. — Как дорого на Страшном суде придется этим несчастным расплачиваться за все, особенно за лень! Это совершенно непростительно, особенно принимая во внимание, что мы, как вы имели возможность убедиться, подаем им в этом отношении самый благой пример, — закончил он, во весь рост растягиваясь на кушетке напротив своей жены.

— Какой вы злой, Сен-Клер!

— Да что вы? А мне представлялось, что я очень любезен, поддерживая вас во всем, что вы говорите! Как я, впрочем, делаю всегда.

— Вы отлично знаете, Сен-Клер, что это вовсе не так!

— Значит, я ошибся. Благодарю за то, что вы меня поправили, дорогая!

— Ах, вы стараетесь нарочно рассердить меня!

— Ну, не надо, Мари. Сегодня очень жарко! Я долго бранился с Адольфом, и это меня ужасно утомило. Разреши мне отдохнуть в свете твоей ласковой улыбки.

— Что у вас произошло с Адольфом?

— Мне пришлось довести до его сознания, что я желал бы сохранить для собственного моего употребления хоть кое-что из моего платья. Затем мне пришлось ограничить чрезмерное потребление им одеколона. Адольф был возмущен, и мне пришлось отечески увещевать его, пока он не успокоился.

— Ах, Сен-Клер! Ведь это недопустимая снисходительность! Когда вы наконец научитесь обращаться с рабами!

— Подумаешь, какая трагедия, если какой-нибудь жалкий раб желает походить на своего господина! Если я так дурно воспитал его, что пределом счастья для него является одеколон, то почему бы не предоставить ему возможность им наслаждаться!

— Но почему вы его не воспитали лучше? — спросила Офелия с оттенком вызова.

— Это чересчур утомительно. О сестрица, сестрица, лень способна погубить больше душ, чем вы способны спасти. Если б не лень, даже я мог бы стать ангелом. Я склонен думать, что лень и есть именно то, что ваш старый доктор Ботерем в Вермонте называл «эссенцией нравственного падения».

— Мне кажется, — сказала Офелия, — что вы все, рабовладельцы, несете страшную ответственность. Я бы ни за какие блага не согласилась взять ее на себя. Вы обязаны воспитывать ваших рабов, обязаны обращаться с ними как с человеческими существами, видеть в них взрослых людей, а не ребят каких-то! Так я считаю.

Долго сдерживаемая горячность мисс Офелии вырвалась наконец наружу.

— Будет вам, будет! — произнес Сен-Клер, вставая. — Разве вы знаете нас?

И, усевшись за рояль, он заиграл что-то веселое.

Сен-Клер был очень музыкален. Игра его поражала четкостью и блеском. Пальцы его легко скользили по клавишам. Он сыграл подряд несколько веселых вещиц, словно человек, желающий поднять собственное настроение. Затем он внезапно прервал игру.

— Признаюсь, сестрица, — весело сказал он, — что слова ваши — чистое золото, и вы выполнили ваш долг. Мое уважение к вам еще возросло. Не сомневаюсь, что вы только что показали нам алмаз истины, драгоценный камень чистейшей воды... Но лучи его сначала ослепили меня, и я не сразу сумел его оценить.

— Что касается меня, — сказала Мари, — то я не разделяю мнения кузины Офелии. Пусть мне покажут хоть кого-нибудь, кто делал бы для своих рабов больше, чем мы! Но все это не впрок! Даже наоборот: они от этого только хуже становятся. А поучать их? Так уж я ли не поучала! Я до хрипоты твердила им, в чем заключается их долг. Всему, всему учила их! Им разрешено даже ходить в церковь, хоть они там ни звука и не понимают. Так что, в сущности, это напрасный труд, как вам легко будет убедиться.

Офелия подумала, что и так слишком много сказала. Она не ответила. Сен-Клер принялся что-то насвистывать.

— Огюстэн, прошу вас не свистеть. У меня заболит голова.

— Я уже перестал. Чем бы я еще мог быть вам приятен?

— Вы могли бы проявить хоть некоторое сочувствие к моим страданиям. Но вы никогда не считались с ними!

— О жестокий ангел!

— Ваш тон раздражает меня!

— Так объясните, как мне разговаривать с вами. Скажите мне — как, и я охотно повинуюсь.

Веселые взрывы смеха, доносившиеся со двора, проникли сквозь тяжелые шелковые шторы. Сен Клер вышел на веранду, раздвинул занавески и тоже рассмеялся.

— В чем дело? — спросила мисс Офелия.

Том сидел на дворе на низкой дерновой скамейке. Все петли на его куртке были украшены цветами жасмина. Радостная, улыбающаяся Ева собиралась обвить его шею гирляндой из роз. Справившись со своей задачей, она, словно прирученная птичка, забралась на колени старого негра.

— Ах, Том, какой ты сейчас смешной!

Том, как всегда, улыбавшийся своей спокойной и доброй улыбкой, казалось, был так же восхищен, как и его юная хозяйка.

— Как вы можете допускать подобные вещи! — с возмущением проговорила мисс Офелия.

— А что же тут дурного? — спросил Сен-Клер.

— Как вам сказать... не знаю, но меня это просто пугает!

— Вам отлично известно, что ребенок без всякого риска может, если ему вздумается, приласкать большого пса, даже... если он черен. А если это существо мыслящее, рассуждающее, обладающее, как вы недавно подчеркивали, бессмертной душой? Вы дрожите, признайтесь, сестрица! Я хорошо знаю вас, американцев-северян. Нам хвастать особенно нечем, но у нас привычка создает то, что, собственно, должно бы происходить под влиянием нравственного чувства. Привычка преодолевает предрассудки. Это наблюдение вынесено мною из поездок по Северу. Вы, северяне, относитесь к неграм, как к жабам или змеям... а на словах возмущаетесь их тяжким положением. Вы не желаете, чтобы их истязали, но вы не желаете также иметь с ними что-либо общее. Вы хотели бы выслать их всех в Африку, лишь бы не видеть их, не ощущать их присутствия... Зато им вслед вы готовы направить парочку миссионеров, возложив на этих пастырей обязанность обратить их на путь истины. Разве я не прав, кузина?

— Кое-какая правда в ваших словах есть, — промолвила мисс Офелия, немного подумав.

— Что было бы с этими несчастными, — сказал Сен-Клер, опираясь на перила балкона и глядя на Еву, которая носилась по двору, увлекая за собою Тома, — если бы

не было детей? Одни лишь маленькие дети проявляют истинный демократизм. Поглядите на Еву: для нее Том — герой. Сказки его кажутся ей изумительными, его песни доставляют ей больше наслаждения, чем любая опера. Его карман, наполненный всякими безделушками, представляется ей кладезем неслыханных сокровищ, а он сам для нее — самый замечательный Том из всех, которые когда-либо существовали... Да, Ева одна из тех прекрасных роз, которые господь уронил на землю на радость сирых и угнетенных.

— Знаете, кузен, — воскликнула мисс Офелия, — слушая вас, можно предположить, что вы религиозны!

— К сожалению, дорогая, вы несколько ошибаетесь.

— Что же заставляет вас так говорить?

— Говорить легче всего, — с улыбкой произнес Сен-Клер. — Шекспир, если не ошибаюсь, вложил в уста одного из своих героев: «Легче мне научить добру двадцать человек, чем быть одним из двадцати, которые последуют моим поучениям». Великолепная штука — разделение труда! Мое дело, кузина, проповедовать, ваше — проводить мои принципы в жизнь.

Как видно из вышеизложенного, Тому нечего было жаловаться на свою теперешнюю жизнь.

Привязанность к нему Еванджелины, признательность, свойственная ее благородному характеру, заставили ее попросить отца приставить к ней Тома для личных услуг. Том получил распоряжение бросать всякое другое дело, как только его потребует мисс Ева. Не трудно себе представить, что он с радостью подчинился этому приказанию. Работа на конюшне не обременяла Тома. В его подчинении находилось несколько слуг. Он только присматривал за порядком. Мари Сен-Клер заявила, что не потерпит, чтобы от него пахло лошадьми, когда он приближается к ней. Поэтому она потребовала, чтобы на Тома не возлагалось никакой работы, последствия которой могли бы вредно повлиять на ее нервную систему. Она не в состоянии переносить скверного запаха!

Том в своем суконном, тщательно вычищенном черном костюме, в касторовой шляпе на голове, в сверкающих ботфортах, со спокойным, добродушным лицом имел очень внушительный вид. Он жил в красивом доме, и это было ему приятно: он спокойно наслаждался пением птиц, видом цветов и фонтана, красотой двора. Картины, люстры, роскошь гостиной — все это в его глазах превращало этот дом в настоящий дворец Аладдина.

В одно прекрасное воскресное утро Мари Сен-Клер, стоя в нарядном платье на ступеньках веранды и застегивая бриллиантовый браслет на узкой и изящной руке, собиралась в полном блеске — в шелку, кружевах и бриллиантах — отправиться в одну из самых модных церквей, чтобы проявить там свое благочестие. Мари Сен-Клер приняла раз навсегда за правило по воскресеньям быть благочестивой. Стоило посмотреть на нее, такую стройную, нарядную, воздушную и гибкую, окутанную, словно туманом, прозрачной паутиной своей кружевной накидки! Какое очаровательное создание! Ее мысли были, наверно, столь же прекрасны, как и она сама.

Мисс Офелия, стоявшая рядом с ней на крыльце, казалась полной противоположностью своей обворожительной родственницы. Она была костлява, угловата и казалась нескладной. Но она тоже была окружена своей собственной атмосферой, которая ощущалась так же ясно, как и прелесть ее соседки.

— Где Ева? — спросила Мари.

— Она задержалась на лестнице. Ей нужно было что-то сказать Мэмми.

Что же Еве понадобилось сказать Мэмми? Послушайте

ее, читатель, и вы поймете многое, чего не дано было понять миссис Сен-Клер.

— Мэмми, дорогая моя, я знаю, что у тебя болит голова, — торопливо говорила девочка.

— Как вы добры, мисс Ева. Последнее время у меня всегда болит голова... Но это пустяки.

— Ты сейчас прогуляешься, и тебе станет легче. — И Ева обхватила ее шею руками. — Вот, Мэмми, возьми мой флакончик с нюхательной солью!

— Да что вы, этот красивый золотой флакончик?! О господи! Нет, мисс, я не смею взять его!

— Но почему? Тебе он нужен, а мне нисколько. Мама всегда употребляет такой флакон, когда у нее болит голова. Возьми его, тебе будет легче! Возьми, пожалуйста, чтобы доставить мне удовольствие!

— Как она говорит, золотко мое! — прошептала Мэмми, в то время как Ева засовывала ей за пазуху флакончик. Затем девочка расцеловала служанку и со всех ног бросилась вниз по лестнице.

— Кто тебя так задержал? — резко спросила мать.

— У Мэмми болит голова, я отдала ей мой флакончик, чтобы она взяла его с собой в церковь, — проговорила Ева.

— Как, золотой флакон? Ты отдала его Мэмми? — воскликнула Мари, топнув ногой. — Когда ты наконец научишься прилично вести себя! Вернись немедленно и возьми его назад.

Девочка, опустив глаза и жалобно скривив губы, направилась к лестнице.

— Не надо, Мари, — сказал подошедший к ней Сен-Клер. — Предоставьте ребенку свободу, пусть делает как хочет.

— Ах, Огюстэн, как же она станет жить, когда вырастет!

— Один бог знает, но путь в рай она найдет, вероятно, легче, чем мы с вами, дорогая!

— Ну как, кузен, вы готовы ехать в церковь? — спросила Офелия, всем корпусом поворачиваясь к Сен-Клеру.

— Я не поеду.

— Я всегда желала, чтобы Огюстэн посещал церковь, — сказала Мари, — но в нем нет ни искорки благочестия.

Это весьма печально и совершенно неприлично для человека из общества.

— Знаю, знаю, — с обычной своей иронической улыбкой произнес Сен-Клер, — вы, дамы из общества, ходите в церковь ради показного благочестия. Уж если бы я и пошел, то скорее в храм, который посещает Мэмми. Там хоть не уснешь со скуки.

— Как, к этим воющим методистам?![1] Фи, какой ужас!

— Да, представьте себе, это мне больше по душе, чем мертвечина, царящая в ваших церквах, дорогая моя. Требовать от мужей, чтобы они ходили туда, — право, жестоко! Ева, тебе очень хочется ехать в церковь? Останься лучше дома, мы с тобой поиграем.

— Но, папочка...

— Ведь там смертельно скучно.

— Немножечко скучно... я вот-вот готова уснуть, но я стараюсь не засыпать.

— Что же ты для этого делаешь?

— Ведь ты знаешь, папа, — почти шепотом произнесла девочка, — кузина Офелия говорит, что бог хочет, чтобы мы ходили в церковь. Бог, говорит она, нам все дает, так нужно что-то делать и для него, раз ему это нравится.

— Чистая ты моя душа, — с нежностью произнес Сен-Клер, целуя ее, — поезжай, раз тебе этого хочется. — И он посадил ее в карету.

Когда карета скрылась из глаз, он сел в кресло, стоявшее на веранде, и, закурив сигару, развернул местную газету и погрузился в новости дня.

— Пойми, Ева, — поучала по дороге Мари свою маленькую дочь, — нужно, разумеется, быть доброй к слугам, но нельзя относиться к ним, как к людям нашего

---

[1] *Методисты* — религиозная секта, возникшая в XVIII в. в Англии. «Воющими» их называли за протяжное, заунывное пение псалмов во время богослужений.

круга. Если б Мэмми заболела, ты ведь не уложила бы ее в свою постель?

— Конечно, уложила бы, мама, — сказала Ева. — Мне было бы удобнее ухаживать за ней, и потом моя постель мягче, чем ее.

Миссис Сен-Клер пришла у ужас.

— Что же делать, чтобы этот ребенок понял меня! — в отчаянии прошептала она.

— Ничто вам не поможет, — многозначительно произнесла мисс Офелия.

. . . .

— Какова же была программа сегодняшнего богослужения? — спросил Сен-Клер за обедом.

— О, священник Г. произнес изумительную проповедь! Такую проповедь было бы полезно послушать и вам, Сен-Клер, — воскликнула Мари. — Он выразил все мои мысли... Все в точности...

— Тема обширная! Ему пришлось много говорить... — иронически протянул Сен-Клер.

— Я имею в виду мои взгляды на общественные отношения. Проповедь была построена на следующем тексте из Священного Писания: «Все прекрасно в свое время». Он доказывал, что все классы, все социальные различия созданы по воле божией. Он говорил, что вполне справедливо, чтобы существовали «высшие» и «низшие», что одни созданы для того, чтобы повелевать, другие — чтобы повиноваться. Он так удачно опровергал все возражения против существования рабства! Он неопровержимо доказал, что Библия явно на нашей стороне... Я так жалела, что вы его не слышали!

— Весьма благодарен. Но то, что я прочел в газете, принесло мне такую же пользу, да вдобавок я выкурил при этом сигару... А в церкви это было бы невозможно.

— Но позвольте, — сказала мисс Офелия, — разве вы не разделяете его мнения?

— Кто, я? Вам ведь известно, что я только бедный грешник... Религиозная сторона вопроса меня ничуть не трогает. Если б речь зашла о рабстве, я ответил бы ясно и четко: мы стоим за существование рабства, мы обладаем правом иметь рабов и желаем сохранить его. Это соответствует нашим интересам. Вот и все. И это без громких слов и священных изречений. Думаю, что меня поймет каждый.

— В самом деле, Огюстэн, — сказала миссис Сен-Клер, — я начинаю думать, что для вас нет ничего святого... Просто невозможно вас слушать!

— Невозможно слушать! Этим все сказано. Но почему, исходя из тех же священных цитат, не доказать, например, что прекрасно «в свое время» выпить лишнее, засиживаться до поздней ночи за картами и предаваться множеству таких же душеспасительных развлечений, наслаждаться которыми нам дозволяет провидение и которые среди молодежи имеют довольно широкое распространение. Я был бы в восторге услышать, что и это прекрасно «в свое время».

— Скажите же, в конце концов, — вдруг резко вмешалась Офелия, — вы за или против рабства?

— Вы все в вашей Новой Англии возмутительно логичны! — весело ответил Сен-Клер. — Если я отвечу на этот вопрос, вы поставите мне еще дюжину, один труднее другого... Я не хотел бы заходить слишком далеко. Всю жизнь я занимаюсь тем, что бросаю камешки в стекла соседей и из предосторожности не вставляю стекол в свои окна.

— Вот, вот он какой! — с досадой сказала Мари. — Его никак не поймешь! И все оттого, что он не признает религии.

— Религия... — произнес Сен-Клер тоном, который заставил обеих женщин поднять на него глаза. — Религия! Разве то, что преподносят вам в церкви, — религия? Это — скользкая и гибкая доктрина, приспосабливающаяся к капризам и требованиям эгоистического светского общества! Религия — это нечто, делающее нас менее добросовестными, менее благородными, менее справедливыми и честными по отношению к нашим ближним, чем я был бы сам, следуя велениям моей греховной, легкомысленной, ищущей наслаждений природы!

— Значит, вы не верите, что Библия одобряет рабство? — спросила мисс Офелия.

— Библия была любимой книгой моей матери, — задумчиво произнес Сен-Клер. — Мне было бы больно думать, что она допускает рабство. Я требую одного: нужно называть вещи своим именем. Если кто-нибудь открыто заявляет, что рабство нам необходимо, что мы не можем без него существовать и обречены на обнищание, если от него откажемся, то это будет, по крайней мере, ясным объяснением, и всем будет понятно, почему мы за него держимся и сохраняем его. И хоть одна заслуга будет за этим заявлением: правдивость и искренность. Но если какой-нибудь пастырь с торжественной физиономией, гнусаво цитируя Священное Писание, пытается доказать законность рабства, у меня создается о нем, должен признаться, довольно жалкое впечатление.

— Вы безжалостны... — томно протянула Мари.

— А теперь вообразите на минуту, что цена хлопка внезапно и навсегда падет и все рабовладение сразу же станет невыгодным. Не думаете ли вы, что и толкование Библии так же круто изменится? Как убедительно станут доказывать в церквах, что и разум и Библия против рабовладения!

— Пусть так, — произнесла Мари, небрежно откидываясь на подушки. — Я, во всяком случае, очень довольна, что родилась во времена рабства, и нахожу, что это отличная вещь. Я чувствую, что так и должно быть.

— А ты, моя крошка, — произнес Сен-Клер, обращаясь к Еве, которая с розой в руках вбежала в комнату, — какого ты мнения по этому поводу?

— По какому, папа?

— Что тебе больше по душе: жить так, как ты жила у дяди в Вермонте, или иметь дом, полный рабов, как здесь?

— О, у нас гораздо лучше! — сказала Ева.

— Почему? — спросил Сен-Клер с некоторым удивлением.

— Потому что у нас гораздо больше людей, которых можно любить! — ответила Ева, глядя на отца своими выразительными глазами.

— Ева верна себе. Вот один из ее обычных глупых ответов! — с досадой проговорила Мари.

— Разве это так глупо? — спросила девочка, забираясь на колени к отцу.

— Возможно, что и глупо... Но где же была моя девочка во время обеда?

— Я была у Тома и слушала, как он поет... Тетушка Дина принесла мне туда мой обед.

— Слушала пение Тома! Как вам это нравится?

— Да, он поет такие замечательные песни!

— Ну скажи, разве это лучше, чем опера?

— О да, папочка! Он научит меня петь эти песни.

— Значит, уроки музыки? Час от часу не легче!

— Да, он поет для меня. Я читаю ему вслух Библию, а он мне объясняет, что́ все это значит.

— Право, это очень забавно! — воскликнула Мари, громко смеясь.

— Я убежден, что Том не так уж плохо толкует Библию, — сказал Сен-Клер. — У него в этой области особый дар. Сегодня утром мне очень рано понадобились лошади, и я поднялся в его комнату над конюшней. Я услышал, как он молился в своей комнате. Давно я не слышал ничего более проникновенного. Он молился и за меня...

— Он, наверно, знал, что вы его слушаете. Эти штуки мне хорошо знакомы! — сказала Мари.

— Не думаю. Он, оказывается, не такого уж лестного

мнения обо мне. Он говорил обо мне с господом богом с большой откровенностью. По мнению Тома, мне необходимо исправиться.

— Что ж, подумайте об этом, — заметила мисс Офелия.

— Вы такого же мнения, я в этом не сомневался, — сказал Сен-Клер. — Увидим, увидим! Правда, Ева?

ГЛАВА XVII

Как защищается свободный человек

Вернемся теперь в дом квакеров.

Близится вечер, и в доме заметно некоторое волнение. Рахиль Холлидей переходит от одного шкафа к другому, отбирая от своих съестных припасов все, что может пригодиться путникам в дороге. Сгущаются сумерки. Багровое солнце задумчиво остановилось на горизонте, посылая свои прощальные лучи в маленькую комнатку, где сидят друг подле друга Элиза и ее муж. Джордж держит на коленях ребенка и свободной рукой сжимает руку жены. Оба они серьезны и грустны. На лицах заметны следы слез.

— Да, Элиза, я признаю: все, что ты говоришь, — правда. Ты во много раз лучше меня! Я постараюсь исполнить твое желание, постараюсь поступать так, как подобает свободному человеку. Ты и сама знаешь, что я всегда, несмотря на все трудности, старался вести себя как должно... даже тогда, когда все, казалось, было против меня. Сейчас я постараюсь отбросить всю горечь и боль, постараюсь быть таким добрым, как ты.

— Там, в Канаде, я буду помогать тебе, — проговорила Элиза. — Я умею шить платья, гладить и стирать тонкое белье. Вдвоем мы заработаем достаточно на жизнь.

— Да, Элиза... Если мы будем чувствовать поддержку друг друга, если с нами будет наш мальчик... Если бы эти люди могли себе представить, какое счастье для человека знать, что его жена и ребенок принадлежат ему! Я часто удивлялся, что люди, имеющие право сказать «моя жена», «мой ребенок», могут желать еще чего-нибудь другого. У нас нет ничего, кроме наших рук, а между тем я кажусь себе сильным и богатым. Мне нечего больше желать. До двадцати пяти лет я трудился и день и ночь, и у меня нет ни цента. У меня нет даже соломенной крыши над головой, нет ни дюйма земли, которую я мог бы назвать своей. Но пусть только они оставят меня в покое, и я буду счастлив. Я буду трудиться и вышлю мистеру Шельби деньги за тебя и за мальчика. Но моему бывшему хозяину я ничего не должен: он заработал на мне достаточно.

— Опасность для нас еще не миновала, — сказала Элиза. — Мы еще не в Канаде.

— Ты права. Но мне кажется, что я уже дышу воздухом свободы, и это придает мне силы!

Снаружи послышались голоса. В дверь постучали. Элиза отперла дверь.

Вошел Симеон Холлидей в сопровождении своего соседа Финеаса Флетчера, которого он представил Элизе и ее мужу. Флетчер был высокий и тонкий, как жердь, мужчина с рыжей шевелюрой. Лицо его выражало проницательность и лукавство. В нем чувствовались уверенность в себе и знание жизни. При первом же взгляде видно было, что этот человек твердо знает, чего хочет, и гордится своим благоразумием и проницательностью.

— Наш друг Финеас, — сказал Симеон, — узнал коечто интересное для тебя и твоих близких. Тебе полезно будет выслушать его.

— Это верно, — сказал Финеас, — и это лишний раз доказывает, как полезно, находясь в некоторых местах, не спать слишком крепко. Прошлой ночью я остановился на ночлег в маленькой, мало посещаемой таверне у дороги. Помнишь, Симеон, то место, где мы в прошлом году продали яблоки толстухе в длинных серьгах? Я устал с дороги и в ожидании, пока мне приготовят постель, улегся в углу на груде мешков, прикрывшись шкурой бизона. И затем... затем я уснул.

— Навострив все же одно ухо? — спокойно спросил Симеон.

— Нет, часа два я спал как убитый. Я был очень утомлен. Когда я немного пришел в себя, в таверне уже находились какие-то люди. Они сидели за столом, пили и беседовали. Услышав, что кто-то упомянул о квакерах, я насторожился. «Можешь не сомневаться, — говорил один из них, — что они находятся у квакеров». Тут я стал уже слушать обоими ушами. Речь шла о вас, это было ясно. И вот они выложили весь свой план. Джорджа предполагается вернуть бывшему его хозяину в Кентукки, чтобы

9 – 4402

наказание, которому он будет подвергнут, могло устрашить всех негров, мечтающих о побеге. Элизу они собираются отвезти на продажу в Новый Орлеан... рассчитывая заработать на ней тысячу шестьсот, а то и тысячу восемьсот долларов. Мальчика они должны будут отдать какому-то работорговцу, который купил его. Джима и его мать собирались также отправить обратно в Кентукки к их прежнему хозяину. Они говорили, что в соседнем городке находятся два констебля, которых они привезли с собой, чтобы с их помощью захватить беглецов. Молодую женщину доставят в суд, и один из ловцов — маленький такой, со слащавым голосом — присягнет, что она принадлежит ему. Им был известен путь, по которому мы предполагали двинуться отсюда, и они собирались часов в семь или восемь нагнать нас. Что же мы предпримем?

Во время всего этого рассказа слушатели застыли в позах, достойных быть запечатленными на картине. Рахиль Холлидей, оторвавшаяся от своих пирогов, чтобы послушать новости, стояла, подняв к небу испачканные в муке руки. Лицо ее выражало тревогу. Симеон погрузился в раздумье. Обняв обеими руками Джорджа, Элиза не в силах была отвести от него взгляда. Джордж сжимал кулаки. Вся его поза и выражение лица были такие... как у всякого другого мужчины, который бы узнал, что у него собираются отнять сына и продать с аукциона жену.

— Джордж, что нам делать? — спросила Элиза угасшим голосом.

— Я знаю, что́ я буду делать! — сказал Джордж, направляясь в спальню, где находились его пистолеты.

— Так, так, — произнес Финеас, обращаясь к Симеону. — Ты видишь, какие предстоят дела.

— Вижу, — сказал Симеон. — Хотелось бы, чтобы до этого не дошло.

— Я никого не хочу втягивать в это дело, — сказал Джордж. — Одолжите мне только вашу повозку и укажите путь. Я сам буду править лошадьми. Джим силен, как гигант, он храбр и мужественен, а я также не из трусливых.

— Великолепно, друг, — одобрительно молвил Финеас. — Но при этом тебе необходимо еще кое-что, тебе нужен проводник. Дерись — это твое дело, согласен. Но ведь путь тебе неизвестен.

— Я никого не хочу впутывать! — воскликнул Джордж.

— Впутывать? — повторил Финеас, и лицо его выразило лукавство. — Как это ты мог бы меня впутать, хотел бы я знать?

— Финеас умен и ловок, — сказал Симеон. — Ты можешь на него положиться и довериться ему. — И, положив руку на плечо Джорджа и глядя на пистолеты, он добавил: — Не торопись прибегать к этому средству. Молодая кровь подчас горяча.

— Я первый не нападу на них, — ответил Джордж. — Единственное, чего я требую от этой страны, это чтобы меня оставили в покое. Я хочу уйти отсюда спокойно. Но…

Он умолк. Лицо его омрачилось, и во взгляде блеснула угроза.

— Одну из моих сестер продали на новоорлеанском невольничьем рынке. Я знаю, для чего… И я должен оставаться спокойным, зная, что мерзавцы хотят отнять у меня жену и продать ее… когда природа дала мне крепкие руки, чтобы защищать ее! Нет, упаси меня бог от этого! Я буду драться до последнего издыхания, но не позволю им отнять у меня жену и сына. Неужели вы осудите меня за это?

— Ни один человек не посмеет осудить тебя!

— Не поступили бы вы на моем месте точно так же, сэр?

— Да минует меня искушение! Человек слаб! — произнес Симеон.

— А я думаю, что у меня хватит сил... если подобные вещи будут угрожать тебе, — с горячностью воскликнул Финеас, размахивая своими длинными руками, похожими на мельничные крылья, — избавить тебя хоть от одного из этих людей!

Сказать по правде, Финеас еще не так давно был мужественным лесным бродягой, неутомимым охотником и метким стрелком. Красота прекрасной молодой квакерши покорила его сердце и заставила его вступить в ее общину. Он стал достойным членом этой общины, но особо благочестивые собратья укоряли его в том, что старая закваска дает себя подчас чувствовать.

— Друг Финеас всегда действует по-своему, — с улыбкой произнесла Рахиль. — Но мы знаем, что сердце у него доброе.

— Не следует ли нам поторопиться? — спросил Джордж.

— Я поднялся в четыре часа, — сказал Финеас, — и мчался сюда во весь опор. Если они выедут, как собирались, то я, во всяком случае, опередил их часа на два, на три... Да кроме того, неосторожно выехать до наступления темноты. В соседних поселках есть два или три человека, враждебно настроенных к нам. Увидев нашу повозку, они могут попытаться задержать нас. Но часа через два, я думаю, мы можем уже рискнуть. Я схожу к Майклу Кроссу и уговорюсь с ним, чтобы он верхом следовал за нами. Он нам даст знать, если преследователи станут нас настигать. Лошадка Кросса по быстроте не имеет себе равных. Я позабочусь о лошадях и предупрежу Джима и его мать, чтобы они были готовы к отъезду. Мы можем надеяться добраться до наших друзей раньше, чем преследователи успеют напасть на нас. Мужайся, друг Джордж! Не впервые мне приходится вызволять людей, оказавшихся в таком положении, как ты и твоя семья.

Финеас вышел, закрыв за собою дверь.

— Финеас ничего не боится, — сказал Симеон, — и сделает для тебя все.

— Если б меня не мучила мысль, что вы из-за нас можете подвергнуться опасности…

— Будь добр, Джордж, не повторяй таких слов. Мы делаем то, к чему нас обязывает наша совесть. А теперь, мать, — добавил Симеон, обращаясь к Рахили, — поторопись со своими приготовлениями. Мы не можем отпустить наших друзей голодными.

Пока Рахиль и ее дети заканчивали изготовление маисовых лепешек, варили курицу и окорок, Джордж и его жена сидели в соседней комнате, держась за руки и с ужасом думая о том, что, быть может, через несколько часов они будут разлучены навсегда.

— Элиза, — говорил Джордж, — люди, у которых есть близкие, друзья, земли, дома и деньги, не могут любить друг друга так, как любим мы, у которых нет ничего, кроме этой любви. До встречи с тобой, Элиза, никто не любил меня, кроме матери и сестры. Я вспоминаю мою дорогую Эмилию такой, какой она была утром того дня, когда торговец увез ее. Она пробралась ко мне в уголок, где я спал… «Бедный Джордж, — шептала она, — ты лишаешься последнего друга. Что будет с тобой, несчастный мой мальчик!» Я вскочил, обнял ее… рыдал… Она тоже плакала. Это были последние ласковые слова, которые мне пришлось слышать. Прошло десять лет, и сердце мое, казалось, иссохло, как песок. Так было, пока я не встретил тебя. Твоя любовь воскресила меня. Я стал новым человеком. И хотя бы мне пришлось пролить всю кровь до последней капли, они не оторвут тебя от меня, Элиза! Чтобы захватить тебя, им придется перешагнуть через мой труп.

— Да сжалится над нами бог! — прошептала Элиза. — Только бы он дал нам возможность вырваться из этой страны… Это единственное, о чем мы просим.

— Бог? Но ведь он на их стороне! — с горечью проговорил Джордж.

— Дети мои, — позвала из другой комнаты Рахиль, — ужин уже ждет вас!

В это время в дверь постучали. Вошла Руфь.

— Я спешила принести мальчику три пары теплых, чистых, мягких шерстяных чулок, — сказала она. — В Канаде ведь очень холодно. Будь мужественна, дорогая, — проговорила Руфь, опускаясь на стул подле Элизы. Она ласково пожала руку молодой женщины и тут же сунула Гарри пирожок.

— Я принесла для него несколько штук, — сказала она, роясь в карманах. — Ребята ведь постоянно хотят есть...

— Какая вы добрая! — сказала Элиза.

— Садись за стол, Руфь, и поужинай с нами, — приветливо предложила молодой женщине Рахиль.

— Не могу, Рахиль! Я оставила Джона с малышом, а лепешки в печке... Если я задержусь на лишнюю минуту, Джон даст пирогам сгореть и скормит малышу весь сахар, какой только найдется в сахарнице. Такой уж у него характер! — воскликнула, смеясь, Руфь. — Прощай, Элиза! Прощай, Джордж!

Несколько минут спустя у крыльца остановилась крытая повозка. Ночь была ясная, звездная. Финеас поспешно соскочил с козел, чтобы усадить путешественников.

Джордж вышел на крыльцо с ребенком на руках. Свободной рукой он поддерживал жену. За ним следовали Рахиль и Симеон.

— Сойдите-ка на минутку, — сказал Финеас, обращаясь к людям, уже сидевшим в повозке. — Я устрою поудобнее сиденье для женщин и ребенка.

— Вот две буйволовых шкуры, — сказала Рахиль. — Уложи их на сиденье.

— Джим! Держи пистолеты наготове, — сказал

Джордж. — Ты знаешь, что́ нам делать, если нас настигнут!

— Еще бы не знать! — произнес Джим, выпрямляя могучие плечи. — Не бойся! Я не позволю им снова отнять у меня мать.

Пока они разговаривали, Элиза успела проститься с Рахилью. Симеон усадил ее в повозку, где она устроилась вместе с ребенком на заднем сиденье. Старуха поместилась рядом с ней. Джордж и Джим примостились на скамеечке впереди них, а Финеас занял место на козлах.

— Доброго пути! — напутствовал их Симеон.

— Благодарим вас от всего сердца! — послышалось в ответ.

Повозка тронулась, стуча и громыхая. Разговаривать было невозможно.

Они ехали по дороге, извивавшейся сквозь густую чащу леса, подымались в гору, спускались вниз, ехали по унылой, безлюдной равнине. Проходили часы, и повозка все дальше и дальше удалялась от дома квакеров.

Ребенок скоро уснул, уронив головку на материнскую грудь. Старая негритянка забыла о своих страхах, а когда забрезжил рассвет, задремала даже Элиза. Финеас был веселее всех. Чтобы сократить время, он насвистывал песенки, несколько легкомысленные для квакера.

Было около трех часов ночи, когда Джордж вдруг услыхал быстрый конский топот позади. Он подтолкнул локтем Финеаса, который осадил лошадей, чтобы лучше было слышно.

— Это Майкл, — сказал он. — Я узнаю топот его коня.

Поднявшись на ноги, он с некоторым беспокойством стал вглядываться в дорогу. Вскоре они различили вдали на холме силуэт всадника, мчавшегося к ним во весь опор.

— Это он! — сказал Финеас.

Джордж и Джим, еще не зная хорошенько, что́ они

должны предпринять, соскочили на землю. Молча повернулись они в ту сторону, откуда мчался вестник, ожидаемый с такой тревогой.

Он быстро приближался. Вот он на мгновение скрылся за холмом, но топот копыт был явственно слышен. Вот конь вынес его на пригорок, достаточно близкий, чтобы слышен был голос.

— Да, это Майкл, — сказал Финеас. — Хелло! Майкл! Сюда, сюда!

— Это ты, Финеас?

— Да. Какие вести? Они уже близко?

— Они почти нагоняют нас! Человек восемь или десять! Пьяные, ругаются, разъяренные, как звери.

Не успел он договорить, как порыв ветра донес звуки голосов и топот копыт.

— Скорей, скорей все в повозку! — приказал Финеас. — Если вы собираетесь драться, подождите, пока я укажу вам подходящее место.

Они вскочили в повозку. Финеас погнал лошадей галопом. Майкл ехал рядом. Женщины все слышали. Они уже видели вдали группу людей, темные силуэты которых выступали на розовеющем фоне утреннего неба. Преследователи взлетели на ближайший холм и заметили повозку. Раздался вопль грубого торжества. Элиза, близкая к обмороку, прижимала к себе ребенка. Старуха молилась и охала. Джордж и Джим судорожно сжимали в руках пистолеты.

Расстояние между повозкой и преследователями все сокращалось. Но повозка, сделав резкий поворот, остановилась у подножия высокой, совершенно отвесной скалы, поднимавшейся из груды нагроможденных друг на друга скал, окруженных со всех сторон гладкой равниной. Эта каменная громада мрачно и одиноко возносилась к загоравшемуся солнцу и, казалось, сулила верное и неприступное убежище. Финеасу это место было отлично знакомо. Он часто бывал здесь на охоте. Сюда-то он и спешил, погоняя лошадей.

— Вот мы и доехали, — сказал он, соскакивая с козел. — Ну, скорей, скорей, вылезайте все и взбирайтесь за мной на скалу. Майкл! Припряги своего коня к повозке и поезжай к Амариа. Пусть он скачет сюда да прихватит с собой кое-кого из своих. Придется потолковать с этими негодяями.

Не прошло и минуты, как все уже выскочили из повозки.

— За мной! — крикнул Финеас, подхватывая на руки мальчика. — За мной! Поддержите женщин и, если вы когда-нибудь умели бегать, бегите!

Предупреждение было лишним. В одно мгновение они перескочили через тянувшуюся вдоль дороги живую изгородь и со всех ног бросились к скалам. Майкл в это время, соскочив с коня, привязал его к повозке и, погоняя лошадей, помчался вперед по дороге.

— За мной! — скомандовал Финеас, когда в предрассветных сумерках ясно обозначилась тропинка, круто поднимавшаяся вверх по скале. — Здесь одно из моих старых охотничьих убежищ. Карабкайтесь вверх!

Финеас, держа на руках ребенка, с ловкостью дикой козы взбирался по скале. За ним следовал Джим, неся на руках дрожащую старуху мать. Джордж и Элиза замыкали шествие.

Всадники между тем, доскакав до подножия скалы, громко крича и ругаясь, попытались следовать за Финеасом и его спутниками.

Но беглецы уже достигли вершины скалы, где тропинка сворачивала в узкое ущелье. Здесь можно было продвигаться только по одному. Пройдя несколько шагов, они внезапно очутились перед расщелиной фута в три шириной. По ту сторону высилась огромная, высотой в тридцать футов, каменная глыба с неприступными отвесными склонами, напоминавшими стены горного замка. Финеас легко перепрыгнул через расщелину и, оказавшись на противоположной стороне, опустил ребенка на ровную, покрытую мягким мхом площадку.

— Скорей! Скорей! Прыгайте, если вам дорога жизнь! — крикнул он.

И все перепрыгнули вслед за ним.

Обломки камней образовывали какое-то подобие бруствера, скрывавшего их расположение от глаз преследователей, находившихся внизу.

— Хорошо! Все мы в сборе! —сказал Финеас, следя за движениями противника.

Преследователи уже карабкались вверх по скале.

— Пусть-ка поймают нас теперь! — сказал Финеас. — Чтобы добраться сюда, им придется идти по одному сквозь расщелину под дулами наших пистолетов... Ясно, ребята?

— Ясно, — ответил Джордж. — Но теперь, так как это наше личное дело, то и опасность мы примем на себя и драться будем одни.

— Совершенно правильно, Джордж! — согласился Финеас, жуя листок дикого тутового дерева. — Защищайся, дерись, как тебе будет угодно. Но мне, надеюсь, будет разрешено полюбоваться этим зрелищем? Эти негодяи там внизу совещаются и поглядывают вверх, будто куры, собирающиеся взлететь на насест... Не скажешь ли ты им предварительно несколько слов, Джордж? Пусть они знают, что их пристрелят, как только они попытаются добраться сюда.

Сейчас можно было уже ясно разглядеть лица преследователей. Тут были наши старые знакомые: Том Локер и Мэркс. Их сопровождали два констебля, приглашенные ими для задержания негров, и несколько проходимцев, набранных в таверне и готовых за выпивку принять участие в охоте за беглыми рабами.

— Вот ловко, Том! — сказал один из них. — Ваши кролики сидят в ловушке!

— Да, вот они там, наверху. А вот и тропинка... Надо лезть туда... Не соскочат же они вниз с такой высоты! Им нет выхода.

— А вдруг, Том, они станут стрелять в нас из-за скал? Это будет довольно неприятно.

— Как вам не стыдно! — воскликнул Том Локер с насмешкой. — Вечно трясетесь за свою шкуру. Бояться нечего. Негры ведь трусы.

— Не знаю, почему бы мне и не дрожать за мою шкуру, — пробормотал Мэркс. — Запасной у меня нет... А что до негров, так они иной раз дерутся как черти...

В эту минуту на скале показался Джордж.

— Эй вы! — обратился он к стоящим внизу, и голос его звучал спокойно и ровно. — Кто вы такие и что вам надобно?

— Нам нужны беглые негры, — крикнул Локер. — Джордж и Элиза Гаррис и их сын, Джим Сельден и его старуха. С нами два констебля, и у нас есть варрент[1] на право захватить их. И мы их захватим! Слышите? Не вы ли Джордж Гаррис, собственность мистера Гарриса из округа Шельби в Кентукки?

— Да, я Джордж Гаррис. Некий мистер Гаррис из Кентукки утверждает, что я принадлежу ему. Но я теперь свободный человек и стою на свободной земле. Джим и его мать тоже здесь... У нас есть оружие для защиты нашей жизни, и мы будем защищаться. Можете подняться сюда, если вам угодно. Но первый, кто окажется на расстоянии выстрела, будет убит, и следующий тоже, и третий — и так все до одного.

— Будет вам, молодой человек! — сказал какой-то низкорослый толстяк, выступив вперед и усиленно сморкаясь. — Все эти речи в ваших устах звучат необдуманно. Вы отлично видите, что мы представители власти. Закон

[1] *Варрент* — разрешение суда на задержание бежавшего раба.

на нашей стороне, и власть, и все! Лучший исход для вас — это спокойно сдаться… Все равно, рано или поздно вам придется сделать это.

— Мне отлично известно, что закон и власть на вашей стороне, — с горечью ответил Джордж. — Вы желаете захватить мою жену, чтобы продать ее на новоорлеанском невольничьем рынке, запереть моего сына, как теленка, в загоне работорговца, хотите старуху, мать Джима, вернуть зверю-хозяину, который избивал и мучил ее только потому, что он не мог бить и мучить Джима. Джима и меня вы хотите подвергнуть истязаниям и мукам… Вы хотите, чтобы нас раздавили под своей пятой те, кого вы называете нашими хозяевами… И ваши законы поддерживают вас. Позор вам, и позор вашим законам! Но мы еще не в ваших руках! Мы не признаем ваших законов, мы не признаем вашей страны! Мы здесь под вольным небом такие же свободные люди, как вы. И клянусь вам, мы будем биться за нашу свободу до последнего вздоха!

Лучи восходящего солнца падали на смуглое лицо Джорджа. Страстное возмущение и отчаяние зажгли огонь в его глазах, и он поднимал к небу руку, словно призывая его в свидетели.

О, если б Джордж был юным венгерцем, прикрывающим в родных горах отступление изгнанников, покидающих Австрию в надежде найти убежище в Америке, его поведение назвали бы героизмом. Но так как Джордж был всего-навсего африканцем, защищающим беглецов, покидающих Соединенные Штаты и стремящихся найти убежище в Канаде, — мы чересчур «благовоспитанны» и слишком «горячие патриоты», чтобы видеть в этом какое бы то ни было геройство.

Если венгерские повстанцы спасаются от законных властей своей страны, американское правительство и газеты приветствуют их звуками фанфар. Но когда то же самое совершают беглые негры, то это... Да что же это в самом деле?

Пусть так... Во всяком случае, осанка, взгляд, голос говорившего, весь он, стоящий перед врагами на скале, заставили шайку Локера притихнуть. В бесстрашии и мужестве есть нечто, способное на мгновение воздействовать даже на самые огрубелые души. Один только Мэркс остался безучастным. Он спокойно зарядил пистолет и в то самое мгновение, когда после речи Джорджа наступила тишина, прицелился и выстрелил в него.

— Вы ведь знаете, — сказал он, — что за мертвого или живого будет заплачено одинаково.

Джордж отскочил назад. Элиза громко вскрикнула. Пуля, скользнув по волосам Джорджа, впилась в дерево.

— Пустяки, Элиза, — поспешно сказал Джордж.

— Какие подлецы! — воскликнул Финеас.

— Приготовься, Джим! — проговорил Джордж. — Проверь пистолеты. Стереги проход. Первого, кто покажется, пристрелю я. Ты выстрелишь во второго... Нельзя тратить два заряда на одного.

— Но если ты промахнешься?

— Я не промахнусь! — спокойно ответил Джордж.

— Из этого парня выйдет толк, — пробормотал Финеас сквозь зубы.

Между тем осаждающие после выстрела Мэркса пришли в замешательство.

— Вы попали в одного из них, — сказал кто-то, обращаясь к Мэрксу. — Я слышал крик.

— Я прикончу второго, — заявил Том. — Никогда я не боялся негров, не побоюсь и теперь. Кто за мной? — И он полез на скалу.

Джордж слышал каждое произнесенное внизу слово. Он наставил дуло пистолета на выход из ущелья, откуда должен был появиться первый из нападавших.

Наиболее храбрые спутники Тома последовали за ним.

Они карабкались вверх один за другим, и последние подталкивали первых, хотя тем было не так уже к спеху. Враги приближались. Вскоре массивная фигура Тома появилась на краю расщелины.

Джордж спустил курок. Пуля впилась Тому в бок, но, взревев, как раненый бык, он одним прыжком перелетел через расщелину и оказался на краю площадки, где находились беглецы.

— Друг, — неожиданно произнес Финеас, становясь впереди своего маленького отряда и отталкивая Локера своими длинными руками. — Ты нам здесь вовсе не нужен!

Том, соскользнув с края площадки, покатился вниз по поросшему кустами и деревьями крутому склону, пока, разбитый и стонущий, он не очутился на дне обрыва. Падение было бы смертельным, если бы оно не было несколько смягчено ветвями деревьев, за которые цеплялось его платье. Все же Том ударился о землю много крепче, чем ему было желательно.

— Господи, помилуй, да ведь это настоящие дьяволы! — пробормотал Мэркс, поспешно спускаясь и проявляя при этом значительно бо́льшую энергию, чем при подъеме. Остальные ринулись за ним, толкая и обгоняя друг друга. Толстый констебль задыхался от бега.

— Джентльмены, — предложил Мэркс, — обойдите скалу и спуститесь за Томом. Я тем временем сяду на лошадь и съезжу за подмогой.

Не обращая внимания на насмешки и брань, Мэркс, не теряя даром времени, исполнил свое намерение и пустился наутек.

— Что за гадина! — проговорил один из участников экспедиции. — Притащил нас сюда по своему делу, а сам улепетывает!

— Ничего не поделаешь, — сказал другой. — Придется спуститься за тем, другим. По правде сказать, мне наплевать, живой он еще или мертвый!

Цепляясь за деревья и кусты, они спустились на дно расселины, где, с одинаковым неистовством охая и ругаясь, лежал злополучный герой.

— Вы здорово вопите, Том. Сильно разбились, что ли?

— Сам не знаю. Приподымите меня! Можете? Будь проклят этот квакер! Если б не он, я парочку-другую из них сбросил бы вниз... чтоб посмотреть, как им это понравится.

Ему помогли встать и, поддерживая под руки, отвели туда, где стояли лошади.

— Если б только вы могли довезти меня за милю отсюда, до той таверны... Дайте мне носовой платок, какую-нибудь тряпку... чтоб прикрыть рану и остановить кровь!

Заглянув вниз, Джордж увидел, что преследователи стараются посадить Локера на коня. Но после нескольких тщетных попыток Том тяжело грохнулся наземь.

— Только бы он не умер! — проговорила Элиза, которая, как и все ее друзья, сверху наблюдала за происходившим.

— Почему бы и нет! — ответил Финеас. — Он получил бы по заслугам! Но клянусь честью, — воскликнул он вдруг, — они, кажется, собираются его покинуть!

Он не ошибся. Пораздумав немного и посовещавшись, вся компания вскочила на коней и помчалась по дороге.

Когда они скрылись из глаз, Финеас тоже стал готовиться в путь.

— Поскорее, друзья! Мы должны спуститься вниз и немедленно двинуться дальше, хотя бы пешком. Я просил Майкла поехать на ферму, вызвать на подмогу людей и вернуться с повозкой. Я думаю, однако, что нам лучше будет пойти им навстречу. Дай-то бог, чтобы он скорее вернулся. Сейчас еще рано, и мы по дороге не встретим много людей. Да и от цели нас отделяют каких-нибудь две мили. Не будь дорога сегодня ночью так плоха, они бы нас не догнали.

Спустившись вниз, Финеас увидел возвращавшуюся повозку. Ее сопровождали друзья.

— Какое счастье! — воскликнул он. — Вот едет Майкл, а с ним Стефенс и Амариа. Теперь мы в безопасности!

— Тогда задержимся еще на минутку, — сказала Элиза. — Поможем этому несчастному, который так громко стонет.

— Это наш долг, — поддержал ее Джордж. — Возьмем его с собой.

— И оставим его на попечение квакеров, — согласился Финеас. — Это доброе дело. Я не возражаю против него. Пойдем же, посмотрим, что с ним.

И Финеас, за время своей бродячей охотничьей жизни успевший приобрести кое-какие, хотя и примитивные, познания по хирургии, опустился на колени около Тома и принялся внимательно осматривать его рану.

— Мэркс... — слабым голосом проговорил Том. — Это вы, Мэркс?

— Нет, друг, это не Мэркс, — ответил Финеас. — Твой Мэркс больше беспокоится о своей шкуре, чем о тебе... Он давно уже удрал.

— Мне кажется, я умираю, — проговорил Том. — Проклятый пес! Оставил меня умирать без помощи! Моя покойная старуха мать всегда твердила мне, что я так кончу...

— Ай-ай-ай! — воскликнула добродушная старая негритянка. — Он зовет свою мать... Какой бы он ни был... мне все-таки жаль его...

— Потише, потише, — проговорил Финеас, — веди себя спокойно. Ты погиб, если мне не удастся остановить кровь.

Финеас с ловкостью настоящего лекаря занялся перевязкой. Его друзья старались ему помочь кто и как умел.

— Это вы столкнули меня вниз? — слабым голосом проговорил Том Локер.

— Но ведь иначе ты сбросил бы вниз нас всех, — сказал Финеас, накладывая повязку. — Не вертись! Дай хорошенько перевязать. Мы ведь народ не злой, желаем тебе добра. Сейчас мы отвезем тебя в один дом, где за тобой будут ухаживать, как за родным сыном.

Том, застонав, закрыл глаза. У такого рода людей мужество — чисто внешнего характера: оно иссякает по мере того, как льется кровь...

Подъехал Майкл с повозкой. Они раздвинули скамейки, сложили буйволовые шкуры на одну сторону, и четверо мужчин с трудом уложили на них Тома. Он окончательно лишился чувств. Растроганная старая негритянка уселась в глубине. Элиза, Джордж и Джим устроились как пришлось, и лошади тронулись.

— Какого вы мнения о нем? — спросил Джордж, обращаясь к Финеасу, рядом с которым он сидел на козлах.

— Все благополучно, — ответил Финеас. — Рана не очень глубока, но ударился он, падая, очень сильно. Он потерял много крови, и это лишило его сил. Когда он очухается, может быть, это послужит ему уроком...

— Куда же мы денем этого беднягу? — спросил Джордж.

— Мы отвезем его к Амариа. Бабушка Стефенса — ее зовут Доркас — считается лучшей сиделкой во всей округе... Не пройдет и двух недель, как она поставит его на ноги.

Час спустя наши путники остановились у дверей фермы, где их уже ожидал сытный завтрак. Тома Локера уложили в постель, гораздо более опрятную и мягкую, чем те, которые он обычно занимал. Рану его промыли и перевязали, и он остался лежать на спине, словно утомленный ребенок. Он то закрывал, то открывал глаза, обводя полусонным взглядом комнату с белыми занавесками и останавливая их на фигурах людей, бесшумно скользивших вокруг него.

Мы временно покинем его в этом положении и вернемся к дяде Тому.

ГЛАВА XVIII

Жизненный опыт и взгляды мисс Офелии

Положение Тома в доме Сен-Клера с каждым днем укреплялось.

Сен-Клер был ленив и не дорожил деньгами. До последнего времени все закупки производились Адольфом, который был столь же неосмотрителен, как и его господин, и оба сорили деньгами. Привыкнув в течение многих лет сряду управлять всем имением и делами мистера Шельби, Том с искренним огорчением наблюдал за неимоверной расточительностью, царившей в доме его нового хозяина, и даже не мог удержаться от робких намеков и замечаний.

Сен-Клер вначале только изредка и случайно поручал ему какое-нибудь дело. Затем, пораженный его деловыми способностями и редкой рассудительностью, стал давать ему все более и более серьезные поручения и в конце концов доверил ему все закупки и хозяйственные дела. Напрасно Адольф сетовал на то, что его разжаловали.

— Нет, нет, Адольф, оставь Тома в покое, — говорил Сен-Клер, обращаясь к Адольфу, который плакался на то, что власть ускользает из его рук. — Нам с тобой ведомы только наши желания, а Тому известны и цены... Деньги могут понемногу иссякнуть, если вовремя не принять мер.

Облеченный безграничным доверием своего беззаботного хозяина, вручавшего ему банкноты, даже не проверив их достоинства, и принимавшего сдачу, не считая ее, Том, казалось, мог легко поддаться соблазну. Но его спасали врожденная честность и глубокая порядочность. Оказываемое ему доверие, при его взглядах, обязывало его лишь к особо щепетильной аккуратности.

Том относился к своему жизнерадостному, красивому молодому хозяину со смешанным чувством: он был к нему привязан, почитал его, но в то же время поведение Сен-Клера вызывало в нем отеческое беспокойство.

Однажды ночью Сен-Клер ужинал в компании и вернулся домой около двух часов почти до бесчувствия пьяный.

Том с помощью Адольфа уложил его спать. Адольф, которому все это казалось веселой забавой, до смерти хохотал над наивным ужасом Тома.

— В чем дело, Том? Чего ты ждешь? — спросил на следующее утро Сен-Клер, сидя в халате и домашних туфлях в своем кабинете. Он только что выдал Тому деньги на расходы и не мог понять, почему тот мнется и не уходит.

— Разве что-нибудь не в порядке? — продолжал он, видя, что Том все еще продолжает стоять на месте.

— Боюсь, что не совсем в порядке, мастер, — ответил Том, и лицо его стало серьезным.

Сен-Клер, отложив газету и отодвинув в сторону кофейную чашку, вопросительно взглянул на Тома.

— Так в чем же дело, Том? — спросил он. — Вид у тебя торжественный, как у факельщика.

— Я очень опечален, мастер... Я всегда думал, что мастер добр ко всем...

— И что же? Разве это не так? Чего тебе не хватает? Ты, должно быть, не получил чего-нибудь, и это лишь вступление?

— Мастер всегда был добр ко мне, и мне не на что жаловаться... Мне ничего не нужно. Но есть кто-то, к кому мастер дурно относится.

— Ничего не понимаю! Что ты вбил себе в голову? Да говори же! Объясни мне, в чем дело.

— Вчера между часом и двумя ночи я подумал об этом. Мастер дурно относится... к самому себе...

Том произнес эти слова, стоя вполоборота и схватившись за ручку дверей.

Сен-Клер почувствовал, как краска залила его лицо, но затем он рассмеялся.

— И это все? — весело спросил он.

— Все, — произнес Том и вдруг, круто повернувшись, воскликнул: — О дорогой сэр! Я боюсь, что все, все, все пропадет — и тело и душа!

Голос Тома дрожал, и слезы струились по его щекам.

— Бедный, простодушный человек, — произнес Сен-Клер, чувствуя, что и у него готовы навернуться слезы. — Поверь, я не стою твоих слез.

Но Том не уходил. Лицо его и поза выражали мольбу.

— Ну хорошо, Том. Я больше не буду участвовать в этих проклятых попойках. Клянусь честью, не стану больше! Они уж давно опротивели мне, и я сам себе опротивел из-за них. Итак, Том, вытри глаза и ступай по своим делам... Только без благословений! Я вовсе не так уж добр. — И он мягко выпроводил Тома за дверь кабинета.

Том ушел, вытирая глаза.

— Я сдержу данное ему слово, — вполголоса произнес Сен-Клер, глядя ему вслед. И он его сдержал.

Но кто опишет муки и треволнения нашей старой знакомой — мисс Офелии, на долю которой выпала задача управлять домом на Юге?

Ни Мари, ни до нее ее мать не могли быть причислены к разряду хозяек, способных создать порядок в таком большом доме, каким был дом Сен-Клера, и сколько-нибудь разумно распределить работу среди многочисленных слуг.

Мари была ленива, ребячлива, непоследовательна в поступках своих и требованиях и непредусмотрительна. Слуги ее были олицетворением тех же недостатков. В своем разговоре с мисс Офелией она правильно обрисовала положение в своем доме. Только причину она не указала.

В первые дни после перехода власти в руки мисс Офелии она поднималась в четыре часа утра и, сама убрав свою комнату, что она делала, к величайшему удивлению горничной, с первого же дня приезда в дом Сен-Клера, — принималась за тщательную проверку шкафов и кладовых, ключи от которых были переданы ей.

В первый же день были проинспектированы буфетная, бельевая, проверен фарфор и винный погреб. Сколько было раскрыто сокровеннейших тайн! Какой перепуг вызвало это вторжение, какой ропот против этой северной леди!

Тетушка Дина, занимавшая ответственный пост главной поварихи и полновластно управлявшая всем «кухонным департаментом», пришла в неистовый гнев оттого, что кто-то осмелился посягнуть на ее незыблемые права. Феодальные бароны во времена Великой хартии не могли бы проявить большего возмущения по поводу посягательства королевской власти на их священные права.

Дина была особа с характером. Было бы оскорблением ее памяти, если б мы не дали читателю ясного представления о ней.

Тетушка Дина была прирожденной стряпухой, как и тетушка Хлоя, как, впрочем, и многие другие негритянки. Но тетушка Хлоя была аккуратна и методична в своей работе и исполняла свои обязанности, придерживаясь раз установленного порядка. Дина творила только по вдохновению. Подобно многим современным философам, она глубоко презирала разум и логику и подчинялась только своей интуиции. Не было такого гения, такого авторитета, таких доводов, которые могли бы заставить ее признать существование лучшей системы, чем ее собственная, и убедить ее, что в ее систему могут быть внесены какие-либо изменения. Ее прежняя госпожа, мать Мари Сен-Клер, дала ей укрепиться в этом убеждении. «Мисс Мари», как она продолжала звать Мари Сен-Клер и после замужества, нашла более удобным подчиниться, чем вступать в пререкания. И Дина царила самовластно. Ей тем легче было сохранять свое положение, что она в совершенстве владела дипломатическим искусством, состоящим в умении проявлять внешнюю покорность, а на деле непоколебимо стоять на своем. У нее всегда были наготове тысячи оправданий. Основным принципом при этом было то, что главная повариха не может быть виновна. Она была окружена достаточным числом грешников, на которых при надобности можно было свалить любую вину, оставаясь самой незапятнанной. Если какое-нибудь блюдо оказывалось неудачным, то для этого было пять бесспорных причин и пятьдесят виновных, проявивших, несмотря на все ее радения, неслыханную небрежность.

Но случаи, когда можно было жаловаться на результаты творчества Дины, были очень редки. Она шла своими, ей одной ведомыми путями, но неизменно достигала цели, не считаясь ни с временем, ни с местом. Кухня ее всегда создавала такое впечатление, словно здесь пронесся страшный ураган. Каждая вещь имела столько мест, сколько есть дней в году. Но оставьте ее в покое, не приставайте к ней — и вы вкусите яств, достойных эпикурейца.

Был час, когда начинались приготовления к обеду. Тетушка Дина, предаваясь раздумью и отдыху, да и вообще любившая чувствовать себя свободной, сидя на полу, покуривала толстую трубку с коротеньким мундштуком, которой она очень дорожила. Она закуривала ее всякий раз, когда нуждалась во вдохновении. Дина призывала муз домашнего очага.

Вокруг нее живописно группировались негритята, которых всегда такое множество в большом хозяйстве на Юге. Одни лущили горох и чистили картофель, другие ощипывали тонкий пух домашней птицы.

Время от времени Дина, прерывая нить своих размышлений, награждала подзатыльником кого-нибудь из своих юных помощников или при помощи длинной пудинговой ложки увещевала провинившегося.

Все эти курчавые головы покорно склонялись под железным скипетром всесильной поварихи. По ее твердому убеждению, единственным назначением всех этих негров было облегчать ее труд и «сокращать число ее шагов», как она сама выражалась. Она выросла в этой обстановке и не только считала такой порядок вещей естественным и незыблемым, но и доводила его до крайних пределов.

Мисс Офелия, закончив обход остальной части дома, добралась наконец и до кухни. Дина, основываясь на дошедших до нее слухах, уже находилась в ожидании готовящихся нововведений. Она решила держаться строго оборонительной позиции и всяческим новшествам противопоставить пассивное сопротивление.

Просторная кухня была вымощена кирпичом. Старинный очаг занимал бо́льшую часть ее. Тщетно Сен-Клер пытался заменить его плитой. Дина не допустила этого. Ни один из консерваторов не противился с такой яростью мероприятиям новейших времен, как это делала властная повариха Сен-Клера.

Впервые попав на Север, Сен-Клер был поражен порядком, царившим в кухне дяди. По возвращении домой он обставил свою кухню буфетами, шкафами, шкафиками и всевозможными приспособлениями, предаваясь иллюзии, что все это поможет Дине создать хоть какой-нибудь намек на порядок. Но пользы было не больше, чем если бы он всем этим снабдил сороку или белку. Чем больше было буфетов и ящиков, тем больше было мест, куда Дина могла засовывать тряпки, гребни, сношенные башмаки, ленты, искусственные цветы и разные другие предметы, дорогие ее сердцу.

Когда мисс Офелия вошла в кухню, Дина не встала. Она с потусторонним спокойствием продолжала курить, искоса следя за каждым движением старой мисс, делая при этом вид, что занята исключительно наблюдением за своими помощниками.

Мисс Офелия выдвинула какой-то ящик.

— Что сюда полагается класть? — спросила она.

— Всякую всячину, м и с с и с, — иронически подчеркивая слово «м и с с и с», ответила старая Дина.

Ответ вполне совпадал с истиной: в ящике была свалена именно «всякая всячина». Мисс Офелия прежде всего вытащила оттуда великолепную льняную скатерть, всю в пятнах, служившую, по-видимому, для обертывания сырой говядины.

— Что это такое, Дина? — с возмущением спросила мисс Офелия. — Надеюсь, вы не заворачиваете мясо в лучшие скатерти вашей госпожи?

— Господи, да, конечно же, нет! Просто у меня не оказалось больше кухонных полотенец... Я взяла эту скатерть и собиралась отправить ее в стирку. Потому она и оказалась здесь.

— Какое легкомыслие! — проговорила мисс Офелия, вслух высказывая свое мнение и продолжая рыться в ящике. Она извлекла из него терку и два или три мускатных орешка, книжку с методистскими псалмами, клубок шерсти, начатое вязанье, завернутый в бумажку табак, трубку, два позолоченных соусника, наполненных помадой для волос, кусок белой фланели и тщательно закатанные в нем несколько маленьких белых луковиц, узорчатые полотняные скатерти, махровые полотенца, вязальные спицы и разодранные кульки, из которых сыпались душистые травы, которым южное солнце придает такой восхитительный аромат.

— Куда вы кладете мускатный орех? — спросила мисс

Офелия тоном человека, который молит у бога даровать ему терпение.

— Куда попало, миссис. Вон там, в треснувшей чашке, лежит несколько штук... Там в шкафу тоже есть немного.

— Здесь, на терке, тоже есть, — произнесла мисс Офелия, вынимая из терки орешки.

— Ах, да! Я сегодня утром положила их туда. Я люблю, чтобы у меня все было под рукой. Джек! Занимайся своим делом! Чего ты здесь торчишь? Я тебе! — И она замахнулась своей поварешкой.

— А это что такое? — спросила мисс Офелия, беря в руки соусник, наполненный помадой.

— Ах, это моя помада! Я положила ее туда, чтобы иметь ее под рукой.

— И для этого вам необходимы золоченые соусники?

— Господи, я так торопилась! Я собиралась на днях освободить их.

— А это столовое белье?

— Ах, я положила его туда, чтобы отправить в стирку как-нибудь на днях...

— Разве у вас нет места, куда класть то, что отдается в стирку?

— Мистер Сен-Клер говорил, что он для этого купил вон тот ларь, но крышка у него очень уж тяжелая. А кроме того, у меня всегда стоит на нем что-нибудь, и тесто я на нем раскатываю.

— А почему бы вам тесто не катать на этом столе? Он ведь специально для этого приспособлен.

— Да что вы, миссис! На нем всегда столько грязной посуды... и всякого хлама... Там никогда не бывает места.

— Нужно мыть посуду и сразу же убирать ее.

— Мыть посуду! — воскликнула Дина пронзительным голосом. Гнев заставил ее забыть об обычной сдержанности. — Что все эти леди понимают в этом! Хотела бы я поглядеть, когда бы хозяину подали обед, если б я стала заниматься мытьем и уборкой посуды! Мисс Мари никогда даже не заикалась об этом!

— Вот луковицы…

— Да. Я их туда положила… потом забыла. Я собиралась тушить мясо. Я завернула луковицы во фланельку и оставила там.

Мисс Офелия приподняла бумажку из-под душистых трав.

— Я бы очень просила миссис не трогать этих вещей, — произнесла Дина уже более решительным тоном. — Я люблю знать, где что находится, когда мне что-нибудь нужно.

— Но вы ведь видите, что бумажка порвалась.

— Так удобнее доставать.

— Но вы видите, что все травы рассыпаны.

— Ну конечно… раз миссис все перерыла. Миссис сама все рассыпала! — И Дина в крайнем волнении приблизилась к ящику. — А что, если б миссис поднялась в гостиную и там подождала, пока у меня будет время навести порядок? Я все приберу, но я ничего не могу делать, когда хозяйка стоит у меня над душой… Что ты зеваешь, Сэм? Зачем ты подпускаешь мальчишку к сахарнице? Я тебе сейчас!

— Дина, я сама все приберу на кухне, — сказала мисс Офелия. — И я надеюсь, что в дальнейшем вы будете поддерживать порядок.

— Господи, мисс Офелия! Нельзя же леди заниматься таким делом! Нет, никогда я не видела, чтобы леди занимались такими вещами! Ни старая госпожа, ни мисс Мари… Нет, никогда!

Дина в гневе расхаживала по кухне, в то время как мисс Офелия собственными руками разбирала, складывала стопками, вытирала, чистила, расставляла по местам кухонную утварь, и все это с такой быстротой, что Дина совсем обомлела.

— Если северные леди так ведут себя, значит, они не

настоящие леди, — заметила она, обращаясь к одному из своих помощников, когда Офелия исчезла из виду. — Я не хуже других умею прибирать, когда наступает время для мытья и уборки. Но я терпеть не могу, чтобы леди путались в мои дела и запихивали мои вещи в такие места, где мне их потом не найти!

Нужно отдать Дине справедливость: время от времени на нее находила какая-то неудержимая потребность наводить чистоту и порядок. Это были, по ее словам, «дни генеральной уборки». В такие дни она до дна перебирала ящики и вытаскивала из буфетов все содержимое. Все это расставлялось и разбрасывалось по полу и столам. Беспорядок воцарялся в ее владениях поистине невообразимый. Затем она закуривала трубочку и внимательно рассматривала все предметы кухонного обихода, обсуждая способ их применения. Привлекая на помощь молодое поколение, она заставляла до блеска начищать котлы, кастрюли и сковороды.

Когда все кастрюли и блюда были вычищены, столы сияли белизной, а все лишнее было рассовано по углам, Дина переодевалась в яркое платье, обматывала голову пестрым платком и повязывала белый передник. Затем она изгоняла из кухни всех своих юных подручных, чтобы подольше «сохранить порядок».

Впрочем, периодическое рвение Дины к чистоте не было лишено некоторых отрицательных сторон: Дина бывала так восхищена блеском своих кастрюль и сковород, что упорно отказывалась пользоваться ими.

Постепенно мисс Офелии удалось навести некоторый порядок в доме. Однако все труды ее по привлечению к этому делу слуг были подобны труду Сизифа или Данаид[1].

---

[1] *Труд Сизифа или Данаид* — тяжелый, но бесполезный труд. Согласно древнегреческому мифу, царь Сизиф осужден был после своей смерти втаскивать на гору огромный камень, который неизменно скатывался обратно; Данаиды (пятьдесят дочерей Даная) должны были наполнять водой бездонную бочку.

Придя в полное отчаяние, она обратилась за помощью к Сен-Клеру.

— Не придерживаться никакого порядка, не дорожить временем, не знать ни для чего места — ведь это недопустимая расхлябанность! — возмущалась она.

— Дорогая моя Вермонт, вы, северяне, придаете нелепое значение времени. Какую цену может иметь время, объясните мне, пожалуйста, для человека, у которого его вдвое больше, чем он в состоянии заполнить? Что же касается распорядка дня, то ведь если у человека нет другого занятия, кроме лежания на диване, то какое значение может иметь, если завтрак или обед будут поданы часом раньше или позже? Дина кормит нас изумительнейшими обедами — супы, рагу, жаркие, десерт, мороженое, пломбиры и тому подобное. Все это она умеет вызвать из бездны хаоса и мрака. Восхитительно, не так ли? Но упаси нас бог спуститься в кухню и увидеть, как все это изготовляется: мы бы ни к чему не решились больше прикоснуться! Дорогая сестрица, перестаньте думать об этом. Все равно толку не выйдет. Вы потеряете душевный покой, а Дину заставите потерять голову. Пусть делает как хочет!

— Но, Огюстэн, вы и представления не имеете, в каком виде я нашла все на кухне!

— Вы полагаете, я не знаю, что скалка, которой она раскатывает тесто, валяется под кроватью, а терка находится у нее в кармане вместе с табаком? Что на кухне шестьдесят пять сахарниц, и все они рассованы бог весть где? Что она вытирает посуду — когда столовой скатертью, а когда и лоскутом от своей старой юбки? Но в том-то и чудо, что при всем этом она готовит восхитительные обеды. А кофе? Какой кофе! О ней нужно судить, как о генералах и государственных мужах... по одержанным победам.

— Но расточительство, но ужасные траты?

— Правильно! Заприте все, храните при себе ключи. Выдавайте продукты по мере надобности, но не вздумайте проверять остатки. Это, пожалуй, еще единственный путь!

— Не скрою, Огюстэн, что меня все это беспокоит. На меня подчас находит сомнение: честны ли они? Можно ли на них полагаться?

Огюстэн от души расхохотался при виде серьезного и расстроенного лица мисс Офелии, когда она задавала ему этот вопрос.

— Нет, сестрица, это просто невероятно, просто невероятно! — восклицал он. — Честны? Да неужели на это можно рассчитывать? А почему бы им быть честными? Что мы для этого делаем?

— Почему вы не стараетесь воспитать их?

— Воспитать? Та-та-та! Какое я могу им дать воспитание? Похож я на воспитателя, нечего сказать! Что же касается Мари, то она скорее способна сжить со свету всех рабов, чем обратить на путь истины хотя бы одного.

— Но не может же быть, чтобы среди них не было честных людей!

— Конечно, есть. Иногда природа ради забавы создает такого простого, наивного, преданного человека, что даже самое зловредное влияние не способно испортить его. Но поймите: уже у груди матери чернокожие ребятишки понимают, что успеха и благополучия они могут добиться, только пробираясь окольными путями. Только эти пути возможны и в отношениях с родителями, и с хозяевами, и с хозяйскими детьми, товарищами их детских игр. Лицемерие, ложь становятся привычкой, без них не обойтись. И наказывать их за это нет основания. Такие люди, как Том, — это исключение и чудо!

— А что же будет с их душами! — воскликнула мисс Офелия.

— Ну, признаюсь, это уж меня никак не касается. Меня интересует только земная жизнь. Принято считать, что чернокожие отданы на земле во власть дьяволу во имя блага белых. Кто знает, может быть, на том свете картина будет иная.

— Какой ужас! — прошептала Офелия. — Ах, рабовладельцы! Постыдились бы вы хоть самих себя!

— Право, не знаю, чего мне стыдиться. Нас окружает довольно приличная компания. Приглядитесь к тому, что творится во всем мире: всюду низшие классы приносятся в жертву высшим. Примером может служить хотя бы Англия. А между тем весь мир клеймит колонистов Южной Америки за то, что наш способ угнетения несколько разнится от их способов.

— В штате Вермонт все люди свободны, — возразила Офелия.

— Согласен. В Новой Англии и в Северных штатах дело организовано несколько лучше, чем у нас. Но, мне кажется, звонят к обеду... Итак, сестрица, забудьте на время о ваших тяжких заботах и пожалуйте к столу!

Вечером мисс Офелия находилась на кухне. Внезапно один из негритят громко закричал:

— Вон идет тетка Прю, идет и ворчит, как всегда!

Вошла высокая и сухая негритянка, неся на голове корзину с горячими булочками и сухарями.

— Здравствуй, Прю, — сказала кухарка.

Поставив корзинку, Прю опустилась на пол и, упершись в колени локтями, пробормотала:

— О господи, хоть бы умереть мне скорее!

Голос ее звучал хрипло, а вид ее был мрачен.

— Почему вы хотели бы умереть? — спросила Офелия.

— Я избавилась бы от мучений, — ответила Прю, не поднимая глаз.

— Зачем вы постоянно напиваетесь? — проговорила Джэн, хорошенькая горничная, квартеронка, позвякивая коралловыми серьгами.

Прю бросила на нее злобный взгляд.

— И ты к этому же придешь! — ответила она. — И тогда нам с тобой будет по пути. Тогда ты тоже с радостью выпьешь рюмочку, лишь бы забыть о своем горе.

— Будет тебе, Прю, — оборвала ее кухарка. — Выкладывай свои хлебцы. Миссис рассчитается с тобой.

Офелия взяла у нее дюжину белых хлебцев.

— Там на полке, в треснувшей кружке, кажется, лежат талоны, — сказала Дина. — Слазай-ка туда, Джек, и достань!

— Для чего эти талоны? — спросила мисс Офелия.

— Хозяин Прю получил деньги вперед и выдал нам эти талоны. Мы расплачиваемся ими с Прю за булки.

— Когда я возвращаюсь домой, — сказала Прю, — хозяин подсчитывает деньги и талоны и, когда счет не сходится, — избивает меня.

— И по заслугам, — вставила хорошенькая Джэн, — раз ты тратишь его деньги на выпивку!

— И дальше буду так делать, — со вздохом произнесла Прю. — Не могу я жить иначе! Выпью и забудусь...

— Это очень дурно с вашей стороны, — сказала мисс Офелия.

— Я и сама знаю, — произнесла Прю. — Но я все равно буду так делать. Я хотела бы умереть и освободиться от моих мук. — И старуха, с трудом встав на ноги, подняла на голову корзину. Но раньше чем выйти, она еще раз взглянула на горничную.

— Ты думаешь, что очень красива со своими побрякушками? — сказала она. — Вертишь головой и сверху вниз глядишь на людей. Так... так... Придет время, и ты будешь такой же старой и несчастной, как я. Тогда посмотрим, не захочешь ли ты пить, пить и пить! Поберегитесь пока, эй вы! Эй! — И она с полубезумным смехом вышла из кухни.

Том, находившийся в кухне во время разговора со старухой Прю, вышел вслед за нею на улицу. Он видел, как она время от времени с глухим стоном останавливалась и затем продолжала свой путь. Наконец она остановилась у дверей какого-то дома и, опустив на ступеньки корзину, поправила платок на плечах.

— Я провожу вас немного и понесу вашу корзину, — сказал Том.

— Зачем? — произнесла старуха. — Я не нуждаюсь в помощи.

— Мне кажется, вы больны, расстроены чем-то...

— Я не больна! — резко оборвала она его.

— Если бы я мог... — заговорил Том, с волнением глядя на нее. Если бы я мог заставить вас... отказаться от выпивки. Вы ведь губите себя...

— Знаю. Я попаду прямо в ад, — ответила она с болью и яростью. — Я попаду в ад... Мой хозяин повторяет это каждый день. Хоть бы я уж скорее оказалась там!

Том вздрогнул, услышав эти слова, в которых звучало беспредельное отчаяние и гнев.

— Где вы родились? — спросил он ее.

— В Кентукки. Один человек купил меня, чтобы присматривать за детьми, которых он выращивал на продажу. В конце концов он и меня продал работорговцу, у которого меня и купил мой теперешний хозяин.

— Почему вы приучили себя к пьянству?

— Нужно было как-нибудь заглушить горе. У меня, уже после переезда сюда, был ребенок. Я надеялась, что мне позволят вырастить его. Хозяйке он вначале даже как будто полюбился. Он был такой толстенький... никогда не кричал. Но хозяйка моя захворала. Я ухаживала за нею, сидела по ночам около нее, наконец сама схватила лихорадку. Молоко у меня пропало. Ребенок стал голодать, так как хозяйка не соглашалась покупать для него молоко... Вскоре от него остались кожа да кости. Ребенок стал беспокойным, и хозяйка запретила мне держать его

10 – 4402

по ночам при себе. Чтобы ребенок не беспокоил хозяйку, мне приходилось убирать его на чердак. Однажды ночью он кричал там, кричал... пока не умер. А я стала пить, чтобы заглушить в ушах его крик. И буду пить... даже если за это попаду в ад. Хозяин мне твердит, что я непременно попаду в ад, а я отвечаю ему, что я и так уж в аду.

Застонав, несчастная подняла корзину и, поставив ее на голову, медленно удалилась.

Том вернулся домой страшно огорченный. На дворе он встретил маленькую Еву. Глаза ее блестели весельем, и голова была украшена венком из тубероз.

— Ах, Том! — воскликнула она. — Вот и ты! Как я рада, что встретила тебя. Папа позволил, чтобы ты запряг пони и покатал меня в новой коляске. — Она взяла его за руку. — Но что с тобою, Том? Ты какой-то печальный...

— Да, мисс Ева... Но я пойду и запрягу ваших лошадок.

— Нет, ты раньше скажи мне, что с тобой, Том. Я видела, как ты разговаривал со старой Прю...

И Том в простых и бесхитростных словах, волнуясь, рассказал девочке историю несчастной старухи.

ГЛАВА XIX

Тяжкие испытания мисс Офелии продолжаются

— Том, незачем запрягать лошадей... я никуда не поеду, — сказала Ева.

— Не поедете, мисс Ева?

— Твой рассказ так тяжело давит мне на сердце... так тяжело давит на сердце, — повторила она со слезами на глазах. — Не хочу я кататься.

И она вернулась в дом.

Несколько дней спустя вместо Прю булки принесла

другая женщина. Мисс Офелия как раз находилась на кухне.

— В чем дело, — спросила Дина, — куда девалась Прю?

— Прю больше не придет, — с таинственным видом зашептала женщина.

— Почему? Умерла она, что ли?

— Мы ничего не знаем... Она в погребе.

И женщина искоса взглянула на мисс Офелию.

Мисс Офелия взяла булочки, и Дина пошла проводить женщину до дверей.

— Да говори же! Что с Прю?

Женщина, казалось, и хотела, и боялась говорить.

— Так вот... — проговорила она наконец. — Прю снова напилась. И ее заперли в погреб... Они оставили ее там на целый день, а потом я услыхала, как они говорили, что ее уже мухи едят. Наверно, она умерла.

Дина всплеснула руками. Повернувшись, она вдруг заметила стоявшую рядом с ней Еву. Большие глаза девочки были широко раскрыты от ужаса. Вся кровь, казалось, отхлынула от ее лица.

— Господи, помилуй! Мисс Ева лишается чувств! Разве можно было при ней говорить такие вещи!

— Я вовсе не собираюсь падать в обморок, Дина, — произнесла девочка с волнением. — И почему бы мне этого не слышать? Ведь бедная Прю весь этот ужас перенесла. Ей было больнее, чем мне.

И Ева, тяжело вздохнув, стала медленно подниматься вверх по лестнице.

Даже мисс Офелия забеспокоилась и потребовала, чтобы ей сообщили всю правду о Прю. Дина рассказала ей все, не скупясь на подробности. Том добавил то, что слышал от самой Прю.

— Это просто возмутительно! — воскликнула мисс Офелия, врываясь в кабинет, где Сен-Клер, полулежа в кресле, читал газету.

— Что такое опять стряслось? — спросил Сен-Клер.

— Что? Они засекли насмерть несчастную Прю!

И мисс Офелия изложила всю историю, останавливаясь на наиболее печальных подробностях.

— Я давно предполагал, что так кончится, — сказал Сен-Клер, снова углубляясь в газету.

— Как! Вы предполагали и ничего не предприняли, чтобы предотвратить это злодеяние! — воскликнула мисс Офелия. — Да разве нет у вас судей или других лиц, которые имели бы право вмешаться в такое дело?

— Принято считать, что достаточной гарантией является заинтересованность владельца в сохранении своей собственности. Если же люди желают терпеть убытки — не знаю, чем тут можно помочь. Эта несчастная была, если не ошибаюсь, воровкой и пьяницей. Не думаю, что ее участь вызовет особое сочувствие.

— Знаете, Огюстэн, это просто ужасно! Подобные поступки призовут на вашу голову гнев господень!

— Но не я, дорогая сестрица, совершил это преступление, и я не имел возможности помешать ему. Если какие-то бессердечные негодяи творят всякие жестокости, при чем же тут я? Они имеют власть. Они не несут никакой ответственности. Никто не имеет права их контролировать. Всякое вмешательство было бы бесполезно. Нет такого закона, который защищал бы рабов. Самое лучшее, что нам остается делать, это закрыть глаза, заткнуть уши и предоставить все своему течению. Другого выхода нет.

— Закрыть глаза?! И вы на это способны?

— Дорогая моя, чего вы, собственно, хотите? Целый класс униженных, беззащитных существ отдан в бесконтрольное распоряжение людей, которые ни перед кем не отвечают и так невежественны, что не способны даже понять своей собственной выгоды. Будьте уверены, что так обстоит дело чуть ли не во всем мире. Что же может при таком состоянии общества сделать отдельный человек, хотя бы он и руководился самыми благородными чувствами? Что может он сделать, как не закрыть глаза и ожесточить свое сердце? Не могу же я скупать всех несчастных, которых я вижу, стать странствующим рыцарем и вмешиваться в каждое несправедливое дело в таком городе, как наш? Единственное, что я могу, это не идти по тому пути, по которому идут другие.

Лицо Сен-Клера на минуту затуманилось, казалось, он даже опечалился. Но вскоре ему удалось снова вызвать веселую улыбку на своем лице.

— Ну, дорогая сестрица, да не стойте же тут, будто разгневанная волшебница! Вы только чуть-чуть приподняли край занавеса и увидели в миниатюре то, что происходит на свете. Если мы станем углубляться во все горести, царящие кругом, у нас пропадет охота жить!

И, вытянувшись на диване, Сен-Клер снова углубился в газету.

Усевшись в кресле, мисс Офелия достала вязанье, лицо ее приняло строгое выражение, она казалась поглощенной работой. Но в груди ее тлел огонь, и вскоре он вспыхнул ярким пламенем.

— Знаете, Огюстэн, если вы можете с этим мириться, то я не могу! Возмутительно, что вы защищаете подобную систему! Вот мое мнение.

— Как? — поднимая голову, с удивлением проговорил Огюстэн. — Продолжение следует?

— Да! Я утверждаю, что это возмутительно, — сказала она. — Возмутительно защищать подобную систему!

— Это я-то ее защищаю? Кто посмел бы сказать, что я ее защищаю?

— Ну конечно, защищаете! И вы, и все южане... Зачем вы держите рабов?

— Неужели вы, дорогая моя, так просты и наивны, что можете допустить, будто все на свете делают только то, что считают правильным? Разве вы не делаете или, во всяком случае, никогда не делали того, что считали дурным?

— Если это и случалось, — сказала Офелия, и спицы быстрее зашевелились в ее руках, — то я каялась в этом.

— И я тоже, — сказал Сен-Клер, — я тоже всегда каюсь.

— Тогда зачем же вы продолжаете поступать дурно?

— А вы, добрая моя кузина, вы никогда, покаявшись, не продолжали поступать дурно?

— Только в тех случаях, когда соблазн был слишком силен.

— Ага! Вот и я подвергаюсь весьма сильным соблазнам!

— Но я, по крайней мере, всегда твердо решала больше не поддаваться соблазнам...

— Вот уже два года, как я только и делаю, что принимаю твердое решение, и все никак не могу стать на правильный путь.

— Огюстэн, дорогой мой мальчик, — мягко проговорила Офелия. — Довольно шутить, это очень серьезная тема.

— Чересчур серьезная, — сказал Сен-Клер. — А я терпеть не могу серьезных тем, когда стоит такая жара. Можно разве вознестись к высотам божественной морали, в то время как подвергаешься нападению москитов? Как же мне это раньше не пришло в голову? Новейшая теория! Я только теперь понял, почему северные народы испокон века были добродетельнее южан! Я проник в суть этого вопроса.

— Огюстэн, вы были и остались легкомысленным человеком!

— В самом деле? Впрочем, возможно. Но я хочу быть серьезным хоть раз в жизни. Пододвиньте-ка мне корзинку с апельсинами. Вы обязаны поддержать мои силы плодами земными, если я сделаю над собою такое усилие.

Итак, — начал он, притягивая к себе корзинку, — если силой обстоятельств люди оказываются вынужденными держать в рабстве дюжину-другую себе подобных, то уважение к обществу, в котором они живут...

— Я что-то не замечаю, чтобы вы стали серьезны, — сказала мисс Офелия.

— Погодите, всему свое время. Я уже собрался с духом, — произнес он, и лицо его стало вдруг задумчивым и серьезным. — По вопросу о рабовладении двух мнений быть не может. Плантаторы, использующие труд рабов и богатеющие на нем, священники, желающие угодить плантаторам, политические деятели, желающие управлять, — все они напрягают силы ума своего и красноречия, чтобы извратить понятие о морали и обмануть весь свет. Но хоть они и ссылаются при этом на природу, на Евангелие и на самого господа бога, все же ни свет, ни они сами не верят их теориям. Рабовладение создано дьяволом и, по-моему, может служить лучшим доказательством его существования.

Мисс Офелия, опустив вязанье, пораженная, подняла глаза на Сен-Клера, который, наслаждаясь ее удивлением, продолжал:

— Вы удивлены? Но выслушайте меня до конца. Тот, кто не желает закрывать глаза, должен отдать себе отчет, в чем, собственно, заключается это проклятое богом и людьми рабство. Смысл его прост: так как мой темнокожий брат невежественен и слаб, а я образован и силен, я вправе ограбить его, забрать все, что у него есть, и давать ему только то, что нахожу нужным! Все, что мне трудно или неприятно делать, я могу заставить сделать негра. Я не люблю работать — пусть работает негр! Меня палит солнце — пусть на солнце пребывает негр! Негр будет зарабатывать деньги, а я буду их тратить. Негр будет тонуть в болоте, чтобы я мог пройти посуху, негр будет действовать по моей воле, а не по своей, и так изо дня в день в течение всей своей жизни... Вот что такое рабство.

Сен-Клер вскочил и, как всегда в минуты волнения, зашагал взад и вперед по комнате.

— Уверяю вас, если бы вся наша земля провалилась и вместе с нею навеки была бы погребена вся эта несправедливость и гнусность, я согласился бы провалиться вместе с нею. Когда мне во время моих поездок по стране случалось видеть отъявленных мерзавцев, имевших на основании закона ничем не ограниченную власть над мужчинами, женщинами и детьми, купленными ими нередко на деньги, добытые за игорным столом или другим нечестным путем, — я сотни раз готов был проклясть мою родину!

— А я думала, — задумчиво произнесла Офелия, — что все вы здесь считаете такое положение с рабами справедливым и соответствующим Святому Писанию...

— Нет, так далеко мы еще не зашли! Даже мой брат Альфред, который ведет себя как самый отчаянный деспот, не защищается такими аргументами. Нет, он гордо и непоколебимо основывается на старом принципе — праве сильного. Он утверждает, и в этом он прав, что американские плантаторы творят точно то же самое, что аристократы и финансисты в Англии. Для плантатора рабы то же, что для тех — низшие классы. Другими словами, он подчиняет своей власти их разум и плоть и заставляет их служить благополучию хозяина. И оправдывает он такие методы с помощью довольно своеобразных аргументов: он утверждает, что высшей цивилизации нельзя достигнуть, не прибегая к порабощению масс. Будет ли это называться рабством или нет — безразлично, но необходимо, чтобы существовал низший класс, вынужденный выполнять физическую работу и довольствоваться животной жизнью во имя того, чтобы высший класс имел силы и досуг для приобретения богатства и развития своего ума и знаний. Так рассуждает мой брат.

— Но ведь нельзя же английские условия сравнивать со здешними! — воскликнула мисс Офелия. — Ведь рабочего там не покупают, не продают, не разлучают с семьей, не наказывают кнутом!

— Он так же зависит от воли того, на кого он работает, — ответил Сен-Клер. — Рабовладелец может засечь до смерти непокорного раба. Капиталист, если пожелает, уморит его голодом. Что же касается семейных уз, то еще вопрос, что́ страшнее: видеть, как продают твоих детей, или видеть, как они дома погибают от голода.

— Но нельзя же оправдывать рабство тем, что бывают еще худшие условия! — возмутилась Офелия.

— Да я вовсе и не собираюсь оправдывать его. Более того, я убежден, что рабство — это самое чудовищное и наглое издевательство над правами человека. Здесь человека покупают, как лошадь: открывают ему рот, осматривают зубы, проверяют подвижность суставов. У нас есть торговцы, специалисты по выращиванию рабов, ростовщики, маклеры, наживающиеся на продаже людей. Да, все это делает насилие более заметным в глазах цивилизованного мира... хотя, по существу, большой разницы между тем, что происходит в Америке и в Англии, нет: и там и тут эксплуатация одного класса другим.

— Мне никогда не приходило в голову взглянуть на это с такой точки зрения.

— Я путешествовал по Англии, много интересного и поучительного узнал о положении низших классов в этой стране и полагаю, что мой дорогой братец не так уж неправ, когда он утверждает, что положение его рабов ничем не хуже, чем положение большей части английских рабочих.

Сен-Клер умолк и задумался.

— Был такой период в моей жизни, — снова заговорил он, — когда я был полон надежд и планов. Я носился с мыслью стать освободителем негров, смыть с моей родины это позорное пятно. Всех молодых людей, думаю, охватывает такая лихорадка... хотя бы один раз в жизни.

— Но тогда... почему же вы этого не сделали?

— Условия сложились не так, как я ожидал... Одним словом, по той или иной причине, но я не сделался, как мечтал, освободителем человечества, а уподобился дощечке, плывущей по воле волн... Брат нападает на меня при каждой встрече и, пожалуй, прав. Его жизнь логически вытекает из его принципов, тогда как моя расходится с моими принципами.

— Но, дорогой Огюстэн, как можете вы мириться с этим?

— Мириться? Нет, кузина, я ненавижу эту жизнь! Земля рыдает под игом рабства, оно убийственно не только для раба, оно убийственно воздействует и на хозяина. Простым глазом видно, что целый класс угнетенных, приниженных, развращенных нами людей, живущих бок о бок с нами, представляет собой такое же тяжкое зло для владельца, как и для самого раба. Английские капиталисты менее остро ощущают это, так как они не так тесно соприкасаются с теми, кого угнетают. Но здесь эти люди часто находятся под одной с нами крышей. Они соприкасаются с нашими детьми, нередко оказывают на них бóльшее влияние, чем мы сами. А между тем наши законы самым решительным образом препятствуют малейшим попыткам дать этим людям хотя бы самые элементарные знания. И правильно! Дайте образование хоть одному поколению негров, и мы, рабовладельцы, будем разорены дотла: если мы не дадим им свободы, они сами возьмут ее.

— Чем же, по-вашему, все это кончится, Огюстэн?

— Не знаю. Но одно можно сказать с уверенностью: во всем мире массы объяты глухим возмущением и гневом. Я чувствую, что завтра... или, может быть, несколько позже, разразится страшная гроза. Одинаковые события готовятся и здесь, у нас, и в Англии, и в Европе. Моя мать часто говорила, что придет день правды и всеобщего счастья. Но кому дано будет дожить до этого дня?

— Огюстэн, бывают минуты, когда мне кажется, что вы вовсе не такой, каким стараетесь казаться, — произнесла Офелия, с волнением глядя на своего кузена.

— Благодарю вас, дорогая, за хорошее мнение обо мне. Мне не чужды взлеты и падения. Теоретически я готов коснуться недосягаемых высот, а на практике я пресмыкаюсь в пыли... Но звонят к чаю, идемте, кузина. Надеюсь, вы больше не станете утверждать, что я ни разу в жизни не разговаривал серьезно.

За столом кто-то упомянул о смерти Прю.

— Я уверена, кузина, — произнесла миссис Сен-Клер, — что вы всех нас теперь будете считать варварами.

— Не знаю, — ответила Офелия, — но эта история, во всяком случае, — проявление подлинного варварства.

— Попадаются негры, — заметила Мари, — с которыми совершенно немыслимо справиться. Они такие отвратительные, что и жить-то им незачем. Я не чувствую к ним ни малейшего сострадания!

— Но, мамочка, — сказала вдруг Ева, — бедная Прю была очень несчастна, потому-то она и пила.

— Вот так оправдание! — воскликнула Мари. — Я тоже несчастна! Я думаю, — добавила она задумчиво, — что испытания, выпавшие на мою долю, куда страшнее, чем пережитое этой негритянкой. Несчастья негров порождаются их злобой. Бывают между ними такие, которых даже самыми тяжелыми наказаниями нельзя принудить к повиновению... Я вспоминаю, что у моего отца был когда-то раб, он был так ленив, что удрал, лишь бы избавиться от работы. Он бродил по саваннам[1], занимаясь воровством и совершая всевозможные преступления. Его

---

[1] *Саванны* — тропическая степь с травой выше метра высотой, переходящая местами в непроходимое болото, что сильно затрудняет передвижение по ней.

поймали и высекли. Он снова убежал, его снова высекли. Это не помогло. В конце концов он снова уполз в саванны, так как ходить уже не мог, и умер там... И все это без всякого повода, так как неграм у моего отца жилось хорошо.

— Однажды мне удалось, — сказал Сен-Клер, — привести к повиновению негра, от которого отступились и хозяева и надзиратели.

— Вам! — воскликнула Мари. — Хотела бы я знать, как это вам удалось?

— Это был африканец огромной силы и роста, настоящий Геркулес. В нем чувствовалась какая-то инстинктивная и странная жажда свободы. Мне никогда не приходилось встречать человека, так трудно подчиняющегося дисциплине. Это был настоящий лев. Звали его Сципион. Никому не удавалось заставить его работать как следует. Управляющие плантаций продавали и перепродавали его, лишь бы от него избавиться. В конце концов его приобрел мой брат Альфред, надеявшийся сломить его упорство. В один прекрасный день Сципион ударом кулака свалил надсмотрщика и бежал в саванны. Я как раз приехал посмотреть плантацию Альфреда. Брат был в бешенстве. Я объявил ему, что он сам виноват и что я берусь справиться с непокорным. Было решено, что, если его поймают, он будет отдан в собственность мне. Нас собралось человек шесть или семь для охоты за ним. Мы были вооружены, и при нас были собаки. Мы пустили лошадей галопом. Собаки, напав на след, подали голос... Мы подняли его, как дичь. Он бежал, перескакивая через препятствия, будто дикая коза. Нам долго не удавалось настичь его. Наконец Сципион запутался в густой поросли сахарного тростника. Он повернулся к нам лицом и стал мужественно отбиваться от собак. Кулаком он убил двух или трех из них, но был сражен выстрелом из ружья и, окровавленный, свалился к моим ногам. Несчастный поднял на меня взгляд, в котором отражались отчаяние и му-

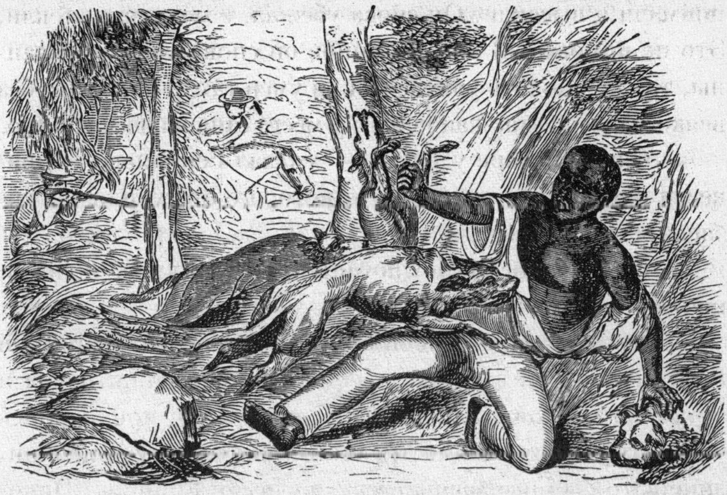

жество. Я отозвал людей и собак, готовых кинуться на него, и объявил, что он мой пленник. Это было единственное, что я мог сделать, чтобы защитить его: преследователи, опьяненные победой, готовы были расстрелять его на месте. Я откупил его у Альфреда. Затем принялся за его усмирение... Не прошло и двух недель, как мы нашли с ним общий язык...

— Как же вы этого достигли? — спросила Мари.

— О, все было очень просто. Я велел поместить его у меня в комнате. Предоставил ему хорошую постель... перевязал его раны и сам ухаживал за ним, пока он не встал на ноги. Потом я подписал акт об его освобождении и сказал, что он может отправляться куда ему угодно.

— И он ушел? — спросила Офелия.

— Нет, он отказался оставить меня. Никогда не было у меня более верного и более преданного слуги! Я поручил ему управлять моей усадьбой на озере, и он безукоризненно справлялся со своими обязанностями. Он погиб во время холеры... Он отдал свою жизнь за меня. Сначала заболел я, я был при смерти. Кругом царила паника, все, кроме Сципиона, покинули меня. Он вернул меня к жизни, но сам заразился... Спасти его не удалось... Никого, кажется, я не оплакивал так, как его.

Когда Сен-Клер умолк, Ева вдруг подбежала к нему, обхватила его шею руками и разразилась судорожными рыданиями.

— Ева, детка моя, что с тобой? — воскликнул Сен-Клер, чувствуя, как содрогается от рыданий все ее маленькое хрупкое тельце.

— Ничего, ничего, папочка... только все это ложится мне на сердце...

— Что ты хочешь сказать, моя крошка?

— Я не могу объяснить тебе, папочка... Я так много думаю... Когда-нибудь я расскажу тебе.

— Думай, думай, детка родная! Только не плачь и не огорчай своего отца. Вот погляди, какой чудный персик я сорвал для тебя. Пойдем поглядим на золотых рыбок, — добавил Сен-Клер, беря ее за руку и выходя на веранду.

Среди всех этих рассказов о жизни благородных господ мы рискуем забыть о нашем скромном друге Томе. Но если читатель пожелает заглянуть вместе с нами в маленькую комнатку над конюшнями, он сразу войдет в курс его дел.

Комната очень мала. В ней стоят кровать, стул и грубо выструганный стол, на котором лежит Библия. Том сидит за столом и держит перед собой грифельную доску, поглощенный каким-то делом, требующим, очевидно, всех его сил и внимания.

Тоска по семье постепенно так возросла в душе Тома, что, выпросив у Евы листок бумаги и постаравшись собрать все свои познания по каллиграфии, почерпнутые из занятий с Джорджем, он решил написать письмо. Прежде всего нужно было составить черновик. Том находился в великом смущении. Он позабыл, как пишутся некоторые

буквы, и весь погрузился в свою работу, стараясь их вспомнить. Вдруг, легкая как птичка, в комнату впорхнула Ева и, взобравшись сзади на его стул, заглянула через его плечо на доску.

— Ой, дядя Том! Какие смешные штуки ты выводишь! — воскликнула она.

— Я пробую, мисс Ева, написать письмо моей бедной старухе и ребятишкам. — Том смахнул ладонью навернувшиеся слезы. — Но мне кажется, что я не сумею...

— Мне бы очень хотелось помочь тебе, Том, — сказала девочка. — Я немножко училась писать. В прошлом году я хорошо знала все буквы, но сейчас боюсь, что забыла.

Ева прижалась своей золотистой головкой к черной курчавой голове Тома, и они вдвоем занялись сложным делом. Познания у обоих были малоудовлетворительны. После долгих усилий, попыток и совещаний на доске появилось нечто вроде написанных слов.

— Ах, дядя Том! Вот теперь получается совсем хорошо! — воскликнула наконец Ева, с восхищением глядя на доску. — Как обрадуется твоя жена! А детки твои как будут довольны! Как это гадко, что тебя увезли от них. Я попрошу папу отослать тебя к ним обратно...

— Моя прежняя хозяйка обещала выкупить меня, как только представится возможность. Я надеюсь, она свое обещание выполнит... Молодой мастер Джордж сказал, что приедет за мной. Он подарил мне в залог долларовую монету.

И Том вытащил из-за пазухи продырявленный доллар.

— О, тогда он, наверно, приедет! — с уверенностью сказала Ева. — Я очень рада!

— Потому-то мне и нужно им написать, чтобы они знали, где я нахожусь. Потом я хочу сообщить бедной моей Хлое, что мне неплохо живется. Она так боялась за меня, бедняжка...

— Том! — позвал Сен-Клер, появляясь в дверях.

Том и Ева одновременно поднялись на ноги.

— Что вы тут делаете? — спросил Сен-Клер, подойдя ближе и взглянув на грифельную доску.

— Это письмо... — проговорил Том, — может быть, мне не следовало...

— Мне не хотелось бы обижать вас, ни того ни другого, но мне кажется, Том, что уж лучше ты бы попросил меня написать за тебя письмо. Я займусь этим, как только вернусь после катанья верхом.

— Ему обязательно нужно написать! — воскликнула Ева. — Потому что, папочка, его хозяйка обещала выкупить его...

В тот же вечер письмо Тома было написано по всем правилам искусства и сдано на почту.

Мисс Офелия тем временем не отступала от своей линии в ведении хозяйства и продолжала внедрять всякие новшества. Все в доме, начиная от Дины и кончая последним негритенком, в один голос повторяли, что мисс Офелия очень «странная»; так обычно рабы на Юге называют хозяев, которые им не пришлись по вкусу.

Привилегированные слуги — камердинер Сен-Клера Адольф и горничные Джэн и Роза — уверяли, что она не настоящая леди; настоящие леди, по их словам, никогда не занимаются такими делами.

Мари, со своей стороны, утверждала, что ее просто утомляет чрезмерная деловитость мисс Офелии. Активность ее и в самом деле могла подать некоторый повод к таким жалобам. Она шила и штопала с раннего утра и до поздней ночи, словно ее вынуждала к тому крайняя необходимость. Иногда она откладывала шитье, но лишь с тем, чтобы взяться за вязанье, и спицы шевелились, шевелились, шевелились... Да, в самом деле было утомительно глядеть на нее!

ГЛАВА XX
Топси

Однажды утром, когда Офелия была поглощена хозяйственными делами, с лестницы донесся голос Сен-Клера.

— Спуститесь вниз, кузина! — кричал он. — Я хочу вам кое-что показать!

— В чем дело? — спросила мисс Офелия, спускаясь по лестнице с шитьем в руках.

— Поглядите, — сказал Сен-Клер, — я кое-что купил специально для вас. — И он подтолкнул к ней маленькую девочку-негритянку лет восьми или девяти.

Она была необыкновенно черна, даже для негритянки. Круглые глаза, блестящие, как стеклянные бусы, с необычайной быстротой перебегали с предмета на предмет. Губы, полураскрытые от удивления, вызванного чудесами, наполнявшими этот дом, обнажали два ряда ослепительно белых зубов. Ее курчавые волосы, заплетенные во множество тонких косичек, торчали во все стороны. Лицо выражало какую-то смесь упрямства и хитрости, странно смягченных оттенком торжественной серьезности. Вся одежда ее состояла из старого порванного платья, сшитого из холщового мешка. Так стояла она, с напускной скромностью скрестив руки на груди. Всей своей внешностью она скорее напоминала какого-то маленького лесного зверька, чем девочку.

— Огюстэн, — произнесла мисс Офелия, поворачиваясь к Сен-Клеру, — зачем вы привели сюда это... существо?

— Для того, чтобы вы могли проявить свои способности: надлежащим образом обучить и воспитать ее. Мне показалось, что это забавный образец породы Джимми-Вороненка... Сюда, Топси! — И он свистнул, словно подзывая собаку. — Спой-ка нам одну из твоих песенок и попляши!

В блестящих, как стеклышки, глазах девочки сверкнул

озорной огонек, и пронзительным голосом она затянула старинную негритянскую песню. Пение свое она сопровождала размеренными движениями ног и рук — хлопала в ладоши, подскакивала, кружилась на одном месте, стукала коленкой о коленку и, не переставая, тянула свою протяжную песню. В завершение она несколько раз перекувырнулась, испустила пронзительный крик, столь же чуждый гамме человеческих звуков, как свисток локомотива, и внезапно замерла в неподвижной позе на ковре, скрестив руки с выражением лицемерия и торжества, искоса бросая на присутствующих плутоватые взоры.

Мисс Офелия молчала. Она была поражена.

Сен-Клер, как озорной мальчишка, наслаждался достигнутым эффектом.

— Топси, — произнес он, обращаясь к девочке, — вот твоя новая госпожа. Я дарю тебя ей. Смотри, веди себя как следует.

— Да, сэр, — ответила Топси все с той же торжественной серьезностью, но в то же время довольно зло прищурившись.

— Нужно быть хорошей девочкой, слышишь, Топси? — продолжал Сен-Клер.

— О да, сэр! — воскликнула Топси с видом лицемерной покорности.

— Послушайте, Огюстэн, — воскликнула Офелия, — что все это значит? Ваш дом и так битком набит этими черномазыми ребятишками! Шагнуть нельзя, того и гляди наступишь на кого-нибудь из них... Встаю утром — наталкиваюсь на негритенка, спящего за дверью... Пошла дальше — из-под стола выглядывает чья-то чумазая физиономия; третий растянулся на коврике в вестибюле. Они копошатся всюду, кричат, лазают куда попало... А вам понадобилась еще эта! Зачем?

— Чтобы вы занялись ею, обучили и воспитали, ведь я уже говорил вам. Вы все проповедуете, что им нужно дать образование, вот я и хотел предоставить вам достойный экземпляр для опыта. Воспитайте ее так, как подобает.

— Уверяю вас, что мне это совсем не нужно! У меня и так работы выше головы.

— Вот таковы все вы, христиане! Вы организуете целые общества и посылаете каких-то несчастных миссионеров просвещать язычников. Но покажите мне хоть одного человека, который был бы способен взять к себе такого бедного язычника и заняться его обращением! Если кому-нибудь из вас предложить такое дело, сразу же окажется, что эти нуждающиеся в вашем внимании «ужасно грязны» и «неприятны», что это потребует чересчур больших усилий, и так далее, и так далее...

Сен-Клер попал в точку: совесть мисс Офелии, как всегда, была на страже, и она гораздо благожелательнее взглянула на девочку.

— Но ведь не было особой необходимости приобретать еще одну... — уже мягче возразила она. — Этих чернокожих ребят и так больше чем достаточно в доме.

— Так вот, дорогая, — сказал Сен-Клер, уходя, — я прошу у вас прощения за мои шутки. Вы так добры, что они не могут вас рассердить, и вы меня извините. Дело заключалось в следующем: девочка принадлежала супружеской паре, которая постоянно пьянствовала. Они содержали какой-то жалкий кабачок, мимо которого мне ежедневно приходилось проходить, и мне надоело слышать, как она ревет, когда они ее избивают. Девчонка показалась мне потешной, но озорной. Я подумал, что из нее может еще выйти толк, и купил ее. Попробуйте-ка воспитать ее согласно вашим правилам. Поглядим, что из этого получится...

— Хорошо, я сделаю все, что могу, — сказала мисс Офелия и приблизилась к девочке с такой осторожностью, точно это был черный паук. — Она ужасно грязная да к тому же полуголая. Ее следует вымыть и приодеть...

Мисс Офелия повела девочку на кухню.

«К чему это мисс Офелии могла понадобиться еще одна девчонка? — подумала стряпуха, недружелюбно приглядываясь к Топси. — Неужели и она еще будет путаться здесь под ногами?»

— Фи! — протянули Джэн и Роза с пренебрежительной гримасой. — Пусть не попадается на дороге! Просто непонятно, зачем понадобилась мастеру эта черномазая замарашка!

— Замолчите наконец! — прикрикнула на девушек старая Дина. — Она ни чуточки не чернее вас, мисс Роза! Вы, кажется, считаете себя белой? Но вы ни черная, ни белая... А следовало бы быть либо такой, либо этакой!

Мисс Офелия сразу поняла, что на кухне ни у кого нет особой охоты заняться мытьем девочки, и она принялась за это сама. Джэн сердито и неохотно помогала ей.

Возможно, что людей с утонченной чувствительностью покоробит подробное описание этой чистки и мытья совершенно запущенного ребенка, до этих пор знавшего лишь обиды и побои. Но, увы, в этом мире многие тысячи людей вынуждены жить в таких условиях, одного описания которых не в состоянии вынести такие же смертные, как и они.

Мисс Офелия была женщина решительная и твердая. Преодолев отвращение, она довела начатое дело до конца. Она выполнила все, чего требовали от нее ее убеждения. Заметив на плечах и на спине ребенка многочисленные рубцы и пятна, свидетельствовавшие о методах, применявшихся при ее воспитании, она почувствовала, что в сердце ее пробудилось сострадание.

— Поглядите только, — говорила между тем Джэн, указывая на рубцы, — достаточно взглянуть на это, чтобы сразу догадаться, какая она скверная девчонка! Возни у нас с нею будет вдоволь!

Топси прислушивалась к рассуждениям Джэн, исподтишка бросая острые взгляды на коралловые серьги говорившей.

Когда девочку с ног до головы одели, и даже довольно прилично, когда ее постригли, мисс Офелия вздохнула с облегчением: ей показалось, что Топси приняла гораздо более благообразный вид. Мисс Офелия стала даже подумывать о том, к каким методам прибегнуть при ее воспитании.

Усевшись против девочки, она приступила к допросу:

— Сколько тебе лет, Топси?

— Не знаю, миссис! — И она состроила гримасу, так что обнажились ее белые зубы.

— Как это ты не знаешь? Неужели никто тебе этого не говорил? Кто твоя мать?

— У меня никогда не было матери, — ответила Топси, снова скорчив гримасу.

— Не было матери? Что ты болтаешь? Где же ты родилась?

— Я и не родилась! — решительно заявила Топси, продолжая корчить все более страшные рожи.

Обладай мисс Офелия пылким воображением, ей могло бы показаться, что перед нею кривляется какой-то уродливый маленький гном из страшных сказок, но она спокойно продолжала свой допрос, только уже более строгим тоном.

— Так отвечать не полагается, дитя мое, — сказала она. — Я не шучу с тобой. Скажи мне, где ты родилась и кто твои отец и мать?

— Я не родилась, — ответила девочка более твердо. — У меня не было ни отца, ни матери, никого... Я выросла у торговца рабами. Там было много ребят, все такие же, как и я. Старая тетка Сю смотрела за нами.

Девочка говорила вполне искренно.

— Сколько времени ты прожила у своих хозяев в кабачке?

— Не знаю.

— Год? Больше?

— Не знаю.

— Подумать только, — воскликнула Джэн, — не иметь понятия, что такое время! Не знать, что такое год! Она даже не знает, сколько ей лет!

— Умеешь ли ты хотя бы шить? — спросила Офелия.

— Нет.

— Что же ты умеешь делать? Что ты делала у своих хозяев?

— Я умею ходить за водой, мыть тарелки, чистить ножи, услуживать посетителям.

— Хозяева были добры к тебе?

— Ну еще бы! —проговорила девочка, недоверчиво взглянув на Офелию.

Раздраженная мисс Офелия прекратила этот явно безнадежный разговор, а Сен-Клер, зашедший в комнату и оказавшийся свидетелем происходившего, усмехнувшись, сказал:

— Что ж, сестрица, вот вам нетронутая почва! Полоть вам не придется, вы можете здесь сеять все, что найдете нужным.

Взгляды мисс Офелии на воспитание были так же тверды и непоколебимы, как и на все остальное. Это были взгляды, имевшие хождение в Новой Англии сотню лет назад и сохранившиеся до наших дней в районах, находящихся «вдали от разложения» (куда не доходит железная дорога). Принципы эти легко выразить в нескольких словах: научить детей разговаривать только тогда, когда это им полагается; выучить их чтению, письму и катехизису; пороть их, когда они лгут.

Эта система была единственной, которая была известна мисс Офелии, и она поспешила применить ее к Топси.

Прежде всего она строго установила права и обязанности. Топси рассматривалась как личная собственность мисс Офелии. Видя, как недоброжелательно отнеслись к маленькой негритянке на кухне, мисс Офелия решила ограничить деятельность Топси своей комнатой. Она отказалась от многолетней привычки самой стелить постель и подметать свою комнату и приняла на себя добровольное мученичество, обучая этому делу свою чернокожую собственность. Это было нелегко. Если бы кто-либо из наших читательниц оказался в подобном положении, он оценил бы всю тяжесть этой жертвы.

Итак, мисс Офелия рано утром позвала Топси к себе в комнату и с соответствующей торжественностью принялась посвящать ее в сложную науку уборки. Взгляните на Топси! Она умыта, нет больше торчащих во все стороны косичек. На ней чистое платье, накрахмаленный передник. Она стоит перед мисс Офелией, и вид у нее, несмотря ни на что, далеко не веселый.

— Итак, Топси, я покажу тебе, как стелить постель. Я люблю, чтобы она была постлана хорошо. Следи поэтому внимательно за тем, что я тебе буду показывать.

— Да, мэ-эм, — произнесла Топси с мрачной серьезностью и тяжело вздохнула.

— Так вот, гляди. Вот это нижняя простыня, а вот это верхняя... Вот это рубец простыни. Ты запомнишь, не правда ли?

— Да, мэ-эм, — ответила Топси, и лицо ее выразило величайшее внимание.

— Нижнюю простыню нужно подкладывать под валик и потуже подсовывать под матрац у изголовья. Верхнюю ты завернешь вот этак, а в ногах тоже подложишь под матрац. Узким рубцом к ногам. Видишь?

— Да, мэ-эм, — и снова тяжелый вздох.

Но мисс Офелия не успела заметить, что в ту самую минуту, когда она, желая подтвердить свою теорию примером, отвернулась, ее юная ученица схватила со стола пару перчаток и ленту и с неимоверной ловкостью запихала их себе в рукав, после чего руки ее с невиданной быстротой снова скрестились на груди, придавая ей благочестивый и скромный вид.

— Теперь, Топси, посмотри, как ты сама справишься с этим делом, — сказала мисс Офелия, снимая с кровати простыни и одеяла и усаживаясь на стул.

Топси справилась с задачей с большой ловкостью, ни на мгновенье не изменяя серьезного выражения лица. Мисс Офелия могла быть вполне удовлетворена: Топси натянула простыни, разгладила даже самые мельчайшие складки, проявив при этом внимание и серьезность, восхитившие ее руководительницу. Но вдруг она сделала неловкое движение, и из рукава выглянул конец ленты. Мисс Офелия сразу же заметила его и бросилась к девочке:

— Что это такое? Скверная, гадкая девчонка! Ты украла ленту?

Лента выпала из рукава Топси, но она не проявила особого смущения. С самым невинным видом и полным недоумением глядела она на злополучную ленту.

— Вот как? Это лента мисс Фелии? Правда? Я сейчас вижу ее в первый раз в жизни.

— Топси, — произнесла мисс Офелия, — разве ты не знаешь, что лгать грешно?

— Я никогда не лгу, мисс Фелия! — затараторила девочка. — Я сказала правду, чистую правду!

— Топси, ты продолжаешь лгать! Я прикажу выпороть тебя.

— Что же делать, миссис! Пусть меня хоть целый день секут, я ничего другого не могу сказать... — заикаясь, пробормотала Топси. — Я даже и не видела эту ленту. Она, наверное, зацепилась за мой рукав. Мисс Фелия, должно быть, оставила ее на кровати... вот и случилась такая беда.

Эта явная ложь так возмутила мисс Офелию, что она схватила девочку за плечи и встряхнула ее.

— Не смей этого говорить! — крикнула она.

От толчка из второго рукава вывалились перчатки.

— Та-ак! Ты и теперь посмеешь утверждать, что не украла ленту?

Топси созналась, что стащила перчатки, но упорно продолжала уверять, что ленты не брала.

— Если ты сию минуту признаешься во всем, тебя не накажут, — сказала мисс Офелия.

Топси с грустно-покаянным видом призналась во всем.

— Говори, ты, наверное, и другие вещи успела стащить за то время, что находишься в доме? Я позволила тебе вчера весь день бегать без присмотра. Сознайся во всем, что ты проделала, и тебя не выпорют!

— Так вот, миссис... я стащила красную штуку, которую мисс Ева носит на шее.

— Мерзкая девчонка! А что еще?

— Я стащила серьги Джэн... вы знаете, те самые красные сережки.

— Принеси сейчас же все, что ты взяла. Слышишь, сию минуту принеси!

— Ой, не могу, мэ-эм... все сожгла!

— Сожгла? Какая лгунья! Принеси сейчас же, а не то тебя выпорют!

Пересыпая свои уверения клятвами, плача и рыдая, Топси продолжала твердить, что это невозможно, что она все, все сожгла.

— Зачем было жечь? Не понимаю!

— Потому что я злая, да, очень злая. Я не могу удержаться...

В это время в комнату, ничего не подозревая, вошла Ева. На шее у нее, как обычно, было красное ожерелье.

— Ты нашла свое ожерелье, Ева?

— Нашла? Оно весь день было у меня на шее!

— А вчера?

— И вчера тоже, кузина Офелия. И, знаете, так смешно: я вчера даже на ночь забыла снять его и спала в нем.

На лице мисс Офелии отразилось удивление. Но ее недоумение еще усилилось, когда в комнату вошла Джэн, неся на голове корзинку только что выглаженного белья. Длинные коралловые серьги позвякивали при каждом ее движении.

Не знаю, право, как наказать этого ребенка! Топси, зачем ты мне сказала, что взяла эти вещи?

— Миссис велела мне признаться... а мне больше не в чем было признаваться, — слезливо пробормотала Топси, усиленно вытирая глаза.

— Но я же не заставляла тебя признаваться в том, чего ты не делала! Ты снова наврала!

— Как? Это значит врать? — с самым невинным видом спросила Топси.

— У этой породы и понятия нет о правде, — заметила Джэн, с презрительным возмущением глядя на Топси. — Будь я на месте мастера Сен-Клера, я приказала бы до крови высечь ее! Ее нужно проучить!

— Нет, нет, Джэн, — проговорила вдруг Ева повелительным тоном. — Нельзя так говорить! Я не хочу слышать таких слов!

— Ах, мисс Ева, вы чересчур добры! Вы не знаете, как нужно поступать с неграми: бить их нужно до полусмерти, иначе с ними не справиться!

— Как вам не стыдно, Джэн! Это очень, очень гадко. Ни слова больше об этом! — И глаза Евы вспыхнули огнем, а на щеках появилось подобие румянца.

Джэн невольно повиновалась.

— У мисс Евы в жилах кровь ее отца... сразу видно... — забормотала она, выходя из комнаты. — За всех заступается...

Ева не сводила глаз с Топси.

Обе девочки стояли друг против друга. Одна златокудрая, белая и холеная, с прелестным личиком, и рядом с ней — другая, забитая, темнокожая, с недоверчивым и лукавым взглядом и приподнятыми, словно в ожидании удара, плечами.

Какие мысли проносились в этих детских головках?

Мисс Офелия, возмущенная поведением Топси, разразилась бурей упреков. Ева, опечаленная, некоторое время стояла молча.

— Бедная Топси, — заговорила она вдруг своим нежным, мелодичным голосом. — Зачем тебе было воровать? Ведь здесь тебе будет хорошо... Я готова тебе отдать все, что ты пожелаешь, только не воруй!

Это были первые ласковые слова, которые маленькая негритянка слышала за всю свою жизнь. Мягкий голос, приветливый взгляд с неимоверной силой подействовали на это маленькое существо, и в ее круглых, сверкающих, как бусы, глазах блеснуло подобие слезы. Затем послышался сухой, отрывистый смешок, и Топси состроила свою обычную гримасу. Ухо, никогда не слышавшее ничего, кроме грубых и жестоких слов, недоверчиво воспринимает впервые услышанные слова любви и ласки. То, что говорила Ева, должно было казаться Топси смешным и непонятным. Она не поверила ей.

Но что же делать с Топси? Мисс Офелия теряла голову. Ее план воспитания оказался неприемлемым. Ей нужно было время, чтобы все обдумать. Чтобы выгадать время, она заперла Топси в темный чулан. Она верила в благотворное влияние темных чуланов.

— Не знаю, — сказала она Сен-Клеру, — как мне удастся воспитать этого ребенка, не прибегая к порке.

— Ну и порите ее, сколько хотите! — ответил, смеясь, Сен-Клер. — Предоставляю вам полную свободу действий.

— Детей необходимо пороть. Никогда я не слыхала, чтобы без порки можно было вырастить ребенка!

— Совершенно верно, — согласился Сен-Клер, внутренне усмехаясь. — Поступайте, как считаете нужным.

Я позволю себе только заметить следующее: я видел, как этого ребенка били угольным совком, видел, как его колотили кочергой — вообще всем, что попадалось под руку. Она к этому привыкла. Вам, знаете ли, придется приказать, чтобы ее пороли очень, очень крепко, тогда, возможно, это окажет на нее должное действие.

— Но что же тогда делать?

— Вопрос серьезный... Я желал бы, чтобы вы сами ответили на него. Что делать с человеческим существом, которое поддается только воздействию бича? Такие случаи встречаются, и даже довольно часто.

— Не знаю... Мне никогда не попадались такие дети.

— И среди нас, взрослых мужчин и женщин, попадаются экземпляры ничуть не лучше. Что с ними делать?

— Не знаю, что вам на это ответить, — проговорила Офелия.

— И я также не знаю, — сказал Сен-Клер. — Возмутительные жестокости, злодейства, описание которых встречается порой в газетах, смерть Прю, например, — где причина всего этого? Она нередко кроется в недопустимом поведении обеих сторон... Хозяин становится все более жестоким, раб — все более бесчувственным. С бичом положение такое же, как с опиумом: дозу приходится увеличивать по мере того, как притупляется чувствительность. Став владельцем рабов, я очень быстро понял это. Я решил не начинать, ибо не знал, где этому будет предел. Я хотел спасти хоть одно — свою совесть. Поэтому мои рабы нередко ведут себя, как избалованные дети. Все же я полагаю, что так лучше, иначе и они и я будем тупеть и ожесточаться. Вы много говорили о нашем долге воспитывать их, поэтому мне очень хочется, чтобы вы испытали свои силы на ребенке, каких у нас тысячи.

— Это ваша система порождает таких детей, — произнесла Офелия.

— Согласен. Но они существуют...

Мисс Офелия принялась за дело со свойственной ей энергией: она распределила часы работы Топси, взялась за обучение ее чтению и шитью.

Занятия чтением шли успешно. Топси заучила буквы с поразительной быстротой. Вскоре она уже бегло читала. Шитье представило больше трудностей. Гибкая, как кошка, подвижная, как обезьянка, она ненавидела сидение на одном месте, требовавшееся для этой работы: она ломала иголки, выкидывала их за окно или незаметно втыкала в стены, обрывала и путала нитки. Ловкости и подвижности ее рук позавидовал бы ярмарочный фокусник, а лицом своим она владела в совершенстве. Хотя мисс Офелия и была уверена, что такие вещи случайно так часто не могли повторяться, все же ей никогда, несмотря на самое тщательное наблюдение, не удавалось поймать ее на месте преступления.

Вскоре Топси стала центром внимания всего дома. Она была неутомима во всевозможных затеях: разыгрывала целые сцены, передразнивала всех, строила невероятные гримасы, плясала, прыгала, лазала, кувыркалась. В часы, когда она была свободна, ее можно было увидеть в сопровождении негритят, проживающих в доме, которые, раскрыв рты от удивления и восторга, гурьбой следовали за нею. Даже мисс Ева, казалось, была зачарована ее фокусами, как голубь бывает заворожен взглядом змеи.

Мисс Офелию огорчало, что Еве так нравится общество озорной маленькой негритянки. Она неоднократно обращалась к Сен-Клеру с просьбой запретить Еве общаться с Топси.

— Бросьте, кузина, — говорил он, — предоставьте детей самим себе. Общество Топси принесет ей только пользу.

— Топси — испорченная девчонка! Неужели вы не боитесь, что она научит Еву дурному?

— Нет. Этого не может случиться. Если бы речь шла о другом ребенке... возможно. Но зло не пристанет к Еве.

— Никогда нельзя быть уверенным. Я, во всяком случае, не позволила бы моим детям играть с Топси.

— Вашим детям, допускаю, но моим — можно, — с улыбкой сказал Сен-Клер. — Если бы Еву можно было испортить, это давно бы уже произошло.

Вначале слуги относились к Топси с презрительным пренебрежением. Но вскоре они поняли свою ошибку. Было замечено, что причинивших ей неприятность или зло неизменно и быстро постигало наказание. Внезапно исчезали серьги или какая-нибудь особенно любимая безделушка, испорченной оказывалась какая-нибудь принадлежность туалета, или же виновник неожиданно натыкался на лохань с горячей водой. Бывало и так, что поток грязной воды непонятно откуда обрушивался на плечи, облаченные в парадный костюм. Производилось следствие, но виновника обнаружить не удавалось. Топси приходилось держать ответ перед домашним судом, но ей всегда удавалось доказать свою невиновность.

Одним словом, Топси быстро дала понять всем, что удобнее оставить ее в покое. Так и сочли лучшим поступить.

Топси обладала удивительным проворством и ловкостью. Она необычайно быстро успевала научиться всему, что ей показывали. Нескольких уроков было достаточно, чтобы она научилась прибирать комнату мисс Офелии так, как ее госпожа этого желала, и мисс Офелия, при всей своей требовательности, не могла указать ни малейшего недочета. Немыслимо было лучше натянуть простыни, лучше положить подушку, чище вымести пол, стереть пыль, лучше расставить вещи, чем это делала Топси, когда хотела. Но, к сожалению, хотела она этого далеко не всегда.

Если мисс Офелия после нескольких дней самого тщательного наблюдения решала, что Топси уже окончательно стала на добрый путь, и, занявшись другим делом, предоставляла свою маленькую помощницу самой себе, Топси умудрялась устроить в комнате самый невероятный хаос. Вместо того чтобы стлать постель, она стаскивала наволочки и, просунув курчавую голову между пуховыми валиками, вылезала увенчанная торчащими во все стороны перьями. Она взбиралась на перекладины, поддерживавшие полог, и повисала там головою вниз. Простыни она расстилала по полу вместо ковра, одевала валик в ночную кофточку мисс Офелии и среди всего этого беспорядка принималась плясать, петь и свистеть, глядя в зеркало и строя ужасные рожи. Одним словом, как мысленно повторяла мисс Офелия, — настоящий чертенок!

Однажды мисс Офелия, по небрежности, непростительной для такой аккуратной женщины, забыла ключ в замке своего комода. Вернувшись, она застала Топси, которая, вытащив красную парадную шаль мисс Офелии,

11 – 4402

повязала ею в виде тюрбана свою курчавую голову и с важностью королевы прохаживалась перед зеркалом.

— Топси! — закричала мисс Офелия, потеряв терпение. — Как ты смеешь так вести себя?

— Не знаю, мэ-эм! Наверно, оттого, что я такая гадкая.

— Просто не придумаю, что мне делать с тобой!

— Нужно меня выпороть, мэ-эм. Моя прежняя хозяйка всегда порола меня. Я без этого не могу работать.

— Нет, Топси, я не стану тебя пороть. Ты все отлично умеешь делать, когда захочешь. Но почему ты не хочешь?

— Я привыкла, чтобы меня пороли, мэ-эм. Мне кажется, что так со мной и надо поступать.

Случалось, что мисс Офелия прибегала и к этому средству. С Топси при этом обязательно делались судороги, она пронзительно кричала, рыдала и стонала. Полчаса спустя, вскарабкавшись на какой-нибудь выступ балкона, она, окруженная толпой негритят, выражала свое полное презрение ко всему случившемуся.

— Ха-ха, мисс Фелия порет меня! Да ведь она и комара не способна убить своей плеткой! Вот поглядели бы вы только на моего прежнего хозяина... плетка мясо вырывала, вот как! Он был мастер на такие дела, мой прежний хозяин!

Топси всегда хвасталась своими проступками.

— Эй вы, негритята! — возглашала она, обращаясь к своим слушателям. — Знаете ли вы, что все вы грешники? Да, да, все люди грешники! И белые тоже грешники! Сама мисс Фелия так говорит... Но, кажется, негры — самые страшные грешники. А я самая большая грешница. Я такая скверная, что со мной ничего нельзя поделать. Прежняя моя хозяйка по целым дням бранила меня самыми ужасными словами. Мне кажется, я самое скверное существо на всем белом свете!

И, совершив головокружительный прыжок, гибкая и

легкая, Топси повисала на какой-нибудь высокой ограде, в полном восхищении от своих подвигов.

Каждое воскресенье мисс Офелия обучала Топси катехизису[1]. Топси с легкостью запоминала слова и повторяла заученное наизусть с быстротой, восхищавшей учительницу.

— Какую пользу, по вашему мнению, это может ей принести? — спросил однажды Сен-Клер.

— Учить наизусть катехизис? Да ведь это всегда было полезно детям!

— Даже если они ничего не понимают?

— О, дети вначале никогда не понимают, но, подрастая, постепенно начинают понимать.

— Я, к сожалению, так и не научился понимать, — улыбаясь, заметил Сен-Клер, — хотя, должен признаться, вы немало труда потратили, чтобы вбить мне в голову эту премудрость.

— Ах, Огюстэн! У вас были такие чудные способности, и я возлагала на вас большие надежды!

— Разве я...

— Хотелось бы мне, чтобы вы были таким же хорошим, каким были тогда.

— Я и сам бы желал этого... Но продолжайте, продолжайте обучать Топси. Быть может, вам удастся сделать из нее человека.

Топси, которая все время, пока длился этот разговор, стояла, благонравно сложив руки, неподвижная, как черная мраморная статуя, по знаку мисс Офелии быстро затараторила, повторяя заученный урок.

— Не буду вам больше мешать, — сказал Сен-Клер, беря газету и делая вид, что погрузился в чтение.

Топси без запинки продолжала наизусть читать заданное. Иногда, однако, она вдруг заменяла одно слово дру-

---

[1] *Катехизис* — книга, написанная в форме вопросов и ответов, излагающая сущность христианского вероучения.

11*

гим и, как ни старалась мисс Офелия заставить ее исправить ошибку, продолжала упрямо повторять слово по-своему.

Так в течение года или двух продолжалась воспитательная работа мисс Офелии. Она постепенно привыкла к Топси, как привыкают к хронической болезни — к мигрени, к невралгии.

Сен-Клера девочка забавляла, как забавляют проделки попугая или охотничьей собаки. Всякий раз, когда Топси грозило наказание, она искала убежища за его стулом, и Сен-Клер всегда вступался за нее. Она же всегда изыскивала повод выпросить у него мелкую монету на покупку орехов или леденцов, которыми она затем с неиссякаемой щедростью угощала остальных ребят в доме. Нужно быть справедливым и признать, что Топси никогда не жадничала и была склонна проявлять великодушие. Зло она делала только из чувства самосохранения.

Итак, теперь, когда Топси введена в нашу повесть, она будет фигурировать в дальнейшем наравне с остальными действующими лицами.

ГЛАВА XXI
Кентукки

Нашим читателям, вероятно, небезынтересно будет вернуться несколько назад, на ферму в Кентукки, заглянуть также в хижину дяди Тома и посмотреть, как живется тем, о ком мы почти забыли.

Летний вечер... Двери и окна большой гостиной широко распахнуты в ожидании приносящего прохладу предзакатного ветерка.

Мистер Шельби сидит в большом холле, который прилегает к гостиной, тянется вдоль всего дома и заканчивается с обеих сторон балконами. Откинувшись на спинку стула и положив ноги на другой стул, он наслаждается послеобеденной сигарой. Миссис Шельби, занятая вышиванием, сидит у дверей гостиной. Сразу видно, что она чем-то озабочена и только ищет удобного случая, чтобы заговорить.

— Ты знаешь, — произнесла она наконец, — Хлоя получила письмо от Тома.

— Серьезно? У него, по-видимому, нашлись там друзья... Как же ему живется, бедному старому Тому?

— Его продали в очень хороший дом. Мне кажется, что с ним хорошо обращаются и не перегружают работой.

— Тем лучше, тем лучше! Это меня радует, — с большой искренностью проговорил мистер Шельби. — Том, надо полагать, привыкнет к Югу и даже не пожелает вернуться сюда.

— О нет! Он как раз спрашивает, скоро ли накопится достаточно денег на его выкуп.

— Не знаю, не знаю... — хмуро промолвил Шельби. — Когда дела начинают идти под гору, трудно сказать, когда этому настанет конец. Совсем как в саваннах: из одной ямы попадаешь в другую. Занимать у одного, чтобы расплатиться с другим, перехватить у этого, чтобы отдать тому... Сроки платежей надвигаются раньше, чем успеваешь выкурить сигару и оглянуться. А там сыплются векселя, повестки...

— Но мне кажется, дорогой, что можно бы, во всяком случае, внести в положение какую-то ясность. Что, если бы ты продал лошадей или одну из твоих ферм и расплатился бы сразу со всеми?

— То, что ты говоришь, Эмилия, просто смешно. Ты, бесспорно, самая очаровательная женщина во всем Кентукки... но ты, как и все женщины, ничего не понимаешь в делах.

— А не мог ли бы ты хоть немного посвятить меня в

твои дела, показать мне хотя бы список твоих долгов? Я посмотрю, попробую сократить расходы.

— Не мучай меня. Я не могу точно определить сумму моих долгов. Я знаю ее только приблизительно. Дела ведь не распределишь и не разделишь, как тесто тетки Хлои... Не будем больше говорить об этом. Я уже сказал тебе: ты ничего не понимаешь в делах.

И мистер Шельби, не находя других доводов, повысил голос — это неопровержимый аргумент в споре между мужем и женой.

Миссис Шельби, слегка вздохнув, умолкла. Хотя она и была, как заявил ее муж, всего только женщина, она обладала ясным, четким и практическим умом, а силой воли, несомненно, превосходила своего мужа. Она горячо желала выполнить обещание, данное Тому и Хлое, и болела душой, видя, как препятствия одно за другим вырастают на ее пути.

— Не кажется ли тебе, — снова заговорила она, — что мы все-таки могли бы достать необходимую сумму? Бедняжка Хлоя только и живет мечтой о возвращении Тома...

— Мне очень жаль, друг мой, но мы дали опрометчивое обещание. Лучшее, что можно сейчас сделать, как мне кажется, это объяснить Хлое, что выкупить Тома не удастся. Она с этим примирится. Том через год-два женится, и ей также нужно было бы подумать о другом браке.

— Мистер Шельби... я учила своих людей тому, что их брак так же священен, как и наш. Я никогда не позволю себе дать Хлое такой совет!

— Очень жаль, дорогая, что ты обременила их законами нравственности, совершенно не соответствующими их положению.

— Уважение к этим законам нам внушали с детства, сэр!

— Пусть так. Не будем больше возвращаться к этому

вопросу, Эмилия. Я предоставляю тебе свободу в твоих воззрениях и взглядах, но остаюсь при своем мнении, что они не подходят для людей, находящихся на положении рабов.

— Да, ты прав! Они не подходят для людей, находящихся на положении рабов... Поэтому-то я так и ненавижу это положение! Но я заявляю тебе, мой друг: я считаю себя связанной обещанием, данным мной этим несчастным. Если мне не удастся добыть деньги другим путем, — что ж, я буду давать уроки музыки. Я этим достаточно заработаю и соберу нужную сумму.

— Я не допущу этого, Эмилия! Неужели ты действительно дойдешь до такого унижения?

— До унижения, говоришь ты? Я гораздо сильнее буду чувствовать себя униженной, если нарушу свое слово.

— Ты ужасно экзальтирована и всегда готова на героический подвиг! Все же, раньше чем пускаться на такое донкихотство, тебе не мешало бы подумать кое о чем...

Разговор был прерван появлением тетушки Хлои.

— Не желает ли миссис, — сказала она, — взглянуть на полученную провизию? — И она кивком головы указала на цыплят, которых держала в руке.

Миссис Шельби подошла к ней.

— Я думаю, не пожелает ли миссис, чтобы я приготовила куриный паштет?

— Мне, право, все равно, Хлоя. Готовь что хочешь!

Но Хлоя продолжала стоять, с рассеянным видом держа в руке цыплят. По лицу ее можно было безошибочно определить, что думала она в эту минуту не о цыплятах.

— Господи! — проговорила она вдруг с коротким сухим смешком. — Вот мастер и миссис ломают себе голову, где добыть деньги, а не пользуются для этого тем, что у них есть в руках...

Хлоя снова коротко засмеялась.

— Я тебя не понимаю, — сказала миссис Шельби, по поведению Хлои угадывая, что та слышала весь ее разговор с мужем. — Я тебя не понимаю.

— Ну как же, — сказала Хлоя, — другие хозяева отдают своих негров в наем и зарабатывают этим деньги... Зачем держать в доме столько лишних ртов?

— Так говори же прямо, Хлоя, кого из наших негров ты предлагаешь отправить на заработки?

— Предлагаю? Я ничего не предлагаю, миссис. Только Сэмюэль рассказывал, будто в Луисвилле человек ищет стряпуху, которая умела бы хорошо готовить торты, кексы и паштеты, и готов был бы платить за ее работу четыре доллара в неделю. Четыре доллара, миссис!

— Ну, и дальше что, Хлоя?

— Вот я и подумала, миссис: пора, чтобы Сэлли начала работать самостоятельно. Сэлли всегда была моей помощницей. Теперь она уже знает столько же, сколько и я, правду я говорю! И если б миссис отпустила меня, я могла бы там заработать деньги. Насчет тортов и паштетов я за себя постою! Не осрамлюсь ни перед каким фандитером!

— Кондитером, Хлоя.

— Может быть, и так, миссис. Я вечно ошибаюсь.

— Итак, Хлоя, ты согласилась бы расстаться с детьми?

— Мальчики уже большие и могут работать, и Сэлли согласна присматривать за маленькой... эта крошка чистое золото, с ней и возиться не придется!

— До Луисвилла очень далеко, Хлоя.

— О господи! Я этого не боюсь. Луисвилл, говорят, где-то там, в низовье реки... Недалеко от тех мест, где мой старик. Правду я говорю?

Последние слова были произнесены вопросительным тоном, и глаза Хлои напряженно впились в лицо миссис Шельби.

— Увы, Хлоя! Оттуда нужно проехать еще много сотен миль...

Хлоя сразу приуныла.

— И все-таки, Хлоя, там ты будешь ближе к Тому. А все, что ты заработаешь, мы будем откладывать на выкуп твоего мужа, — сказала миссис Шельби.

Случается, что яркий луч солнца внезапно осветит темную тучу. Именно так засветилось вдруг черное лицо Хлои. Да, она просияла.

— О, какая миссис добрая! — воскликнула она. — Я об этом самом и думала. Мне не надо ни башмаков, ни платья, ничего... Я все буду откладывать. Сколько недель в году, миссис?

— Пятьдесят две, Хлоя.

— Пятьдесят две... по четыре доллара в неделю, сколько это будет?

— Двести восемь долларов в год.

— В самом деле? — воскликнула Хлоя в восхищении. — Сколько же лет понадобится, чтобы...

— Четыре или пять. Но тебе не придется так долго дожидаться... Я добавлю свои.

— О, я бы не хотела, чтобы миссис давала уроки или что-нибудь такое... Это совсем не подходящее для нее дело. Мастер прав. Никому из семьи не придется такими делами заниматься, пока у меня есть руки и голова на плечах!

— Не бойся, Хлоя, — с улыбкой произнесла миссис Шельби, — я не посрамлю честь нашей семьи. Но когда же ты рассчитываешь уехать?

— Я ничего не рассчитывала. Но завтра Сэм отправляется вниз по реке... он повезет на продажу коней и говорит, что мог бы взять меня с собой. Я уже собрала свои вещи... Если миссис позволит, я уеду завтра же утром. Может быть, миссис напишет мне пропуск... и даст рекомендацию?

— Хорошо, я займусь этим, Хлоя.

Миссис Шельби поднялась к себе, а Хлоя, обрадованная, побежала в свою хижину, торопясь закончить приготовления к отъезду.

— Знаете, мастер Джордж, — сказала она, обращаясь к юноше, который некоторое время спустя зашел в хижину и застал Хлою собирающей вещи. — Вот прибираю вещи Сузи, привожу все в порядок... Ведь я уезжаю, мастер Джордж, уезжаю! Четыре доллара в неделю! И миссис будет их откладывать на выкуп моего старика!

— Вот так история! — воскликнул Джордж. — Когда же ты поедешь?

— Завтра утром с Сэмом. А теперь, мастер Джордж, сядьте, пожалуйста, и напишите письмо моему старику. Надо же ему все рассказать... Вы напишете, не правда ли?

— Разумеется, напишу, — сказал Джордж. — Дядя Том здорово обрадуется, получив от нас весточку! Схожу принесу чернила и бумагу. Я напишу ему про новых жеребят и про все...

— Да, да, мастер Джордж! Обо всем напишите. А пока я приготовлю вам кусок цыпленка или что-нибудь другое... Не придется вам теперь ужинать у бедной вашей тетки Хлои!

ГЛАВА XXII

«Сохнет трава... увядает цветок»

Жизнь течет день за днем. Так прошло два года жизни нашего друга Тома вдали от всего, что было дорого и близко его сердцу. Он с грустью вспоминал о том, что осталось позади, и все же его нельзя было назвать совсем несчастным...

Том приучил себя мириться с судьбой, какой бы она ни была. Эта покорность судьбе соответствовала всему складу его характера.

Как уже говорилось, Джордж ответил на его письмо

подробным письмом, написанным четким ученическим почерком, которое Том, по его словам, мог читать «сидя на другом конце комнаты». Из письма Джорджа Том узнал все подробности домашней жизни, уже известные читателю. В письме сообщалось, что Хлоя работает в Луисвилле, где благодаря своему кулинарному искусству зарабатывает много денег. Далее Тому сообщалось, что деньги эти предназначаются на его выкуп. Мос и Пит хорошо работают, а крошка находится под неусыпным наблюдением Сэлли и всех домашних вообще.

Хижина Тома временно заперта, но Джордж, не жалея красок и давая волю своему воображению, расписывал, как эта хижина будет расширена и украшена ко времени возвращения Тома.

В последней части письма подробно рассказывалось об учебных занятиях Джорджа и описывались его успехи в школе. Каждый раздел письма начинался с разукрашенной завитушками заглавной буквы.

Джордж не забыл также сообщить Тому имена четырех жеребят, появившихся на свет уже после его отъезда. Непосредственно за этим следовало сообщение о том, что отец и мать находятся в полном здравии.

Стиль письма Джорджа был, пожалуй, чересчур краток и сжат. Но Тому оно показалось лучше всех произведений современной литературы, и он беспрестанно любовался им. Он долго совещался с Евой о том, нельзя ли вставить письмо в рамку и повесить в комнате. План этот не был осуществлен лишь потому, что никак нельзя было изыскать способа повесить письмо так, чтобы сразу видны были обе страницы.

Дружба между Томом и Евой росла по мере того, как вырастала и сама девочка. Том глядел на нее с какой-то смесью почтения и нежности. Самой большой его радостью было удовлетворять все ее милые прихоти, исполнять все ее желания, которых так много в детском сердце и которые меняются, как цвета радуги. По утрам, на рынке, он прежде всего останавливался у выставок цветочниц, выбирал для нее самые прекрасные букеты, отыскивал самый чудесный персик, самый крупный апельсин. Он испытывал особое наслаждение, когда, возвращаясь затем домой, уже издали видел ее золотистую головку, блестевшую словно солнечный луч, и с порога навстречу ему несся звенящий голосок:

— Дядя Том! Что ты мне принес сегодня?

Привязанность Евы к Тому была не менее горячей. Ей всегда доставляло удовольствие сделать Тому что-либо приятное. Несмотря на свой юный возраст, она удивительно хорошо читала. Тонкий и музыкальный слух, яркое поэтическое воображение и врожденный инстинкт, заставлявший ее сразу чувствовать все прекрасное, придавали ее чтению необыкновенную глубину и проникновенность. Вначале она читала Тому Библию лишь из желания доставить удовольствие своему другу. Но вскоре Ева увлеклась этой книгой, дававшей богатую пищу ее горячему воображению.

Вся семья Сен-Клеров к этому периоду нашего повествования переселилась в свою виллу, расположенную на берегу озера Поншартрен. Летний зной прогнал из раскаленных и пыльных стен города всех, кто имел возможность найти себе приют на берегах озера, освеженных легким дыханием влажного ветра.

Вилла Сен-Клера была выстроена в виде коттеджа, какие встречаются в Восточной Индии. Она была окружена легкими бамбуковыми верандами, за которыми расстилался огромный парк и чудесный сад. Окна и двери большой гостиной выходили прямо в сад, благоухающий цветочным ароматом и наполненный редкими тропическими растениями. Затейливые тропинки, извиваясь, вели к озеру.

Пылающий золотом закат превращал весь горизонт в море огня, и богатство небесных красок отражалось в волнах. Вся поверхность озера казалась покрытой розоватыми или золотистыми полосами.

Том и Ева сидели на маленькой, поросшей мхом скамейке в беседке на берегу озера. Был воскресный день, и на их коленях лежала раскрытая книга. Ева читала вслух:

Я вижу стеклянное море,
Пылающее огнем...

— Дядя Том, — внезапно оборвав чтение, проговорила девочка, указывая на озеро. — Вот, вот оно!

— Что такое, мисс Ева?

— Разве ты не видишь? — прошептала она. — Вон там... — И она рукой указала туда, где хрустальные волны, поднимаясь и опускаясь, отражали небесные лучи. — Ты видишь, Том: это — стеклянное море, пылающее огнем.

— И правда, мисс Ева. В самом деле похоже...

— Дядя Том, — проговорила она неожиданно, — я скоро уйду от вас...

— Уйдете, мисс Ева? Куда же это?

Ева поднялась и протянула свои маленькие ручки в ту сторону, где низко над горизонтом опускалось солнце. Вечерний луч заиграл в золотистых прядках ее волос.

— Да, дядя Том, я уйду далеко, далеко... — повторила она. — Я скоро, скоро уйду.

Сердце Тома пронзила жестокая боль. Ему сразу же вспомнилось, сколько раз за последние полгода он замечал, как день ото дня маленькие ручки Евы становятся все тоньше, кожа делается все более прозрачной, а дыхание таким отрывистым и коротким. Он вспомнил, как быстро она теперь уставала и слабела, когда они играли в саду. Он слышал, как мисс Офелия говорила о кашле, который не поддается никаким лекарствам. Вот даже сейчас щеки ребенка горели лихорадочным огнем...

Беседа Тома и Евы была прервана мисс Офелией.

— Ева! Ева! Дорогая моя крошка, вот уж падает роса... Тебе нельзя оставаться в саду! — воскликнула она.

Ева и Том поспешили к дому.

Мисс Офелия прекрасно умела ходить за больными. Она давно уже уловила первые грозные признаки злого недуга. Она заметила, что легкий сухой кашель мучает Еву по утрам. Слишком яркая окраска щек девочки и лихорадочный блеск глаз также не ускользнули от ее внимания.

Мисс Офелия поделилась своими опасениями с Сен-Клером, но он беспечно ответил:

— Не каркайте, кузина! Терпеть этого не могу! Неужели вы не понимаете, что все это от роста? В такой период дети всегда становятся слабее.

— А кашель?

— Пустяки! Просто слегка простудилась.

— Увы, так началось у Элизы Джэмс, у Елены и Марии Сандерс...

— Вы так умудрены опытом, что достаточно ребенку кашлянуть или чихнуть, и вам уже мерещится несчастье и чуть ли не смерть! Прошу вас только об одном: смотрите за Евой, оберегайте ее от вечерней прохлады, не позволяйте много бегать, и все будет отлично.

Так говорил Сен-Клер, но в глубине его души затаилась тревога. Он изо дня в день с беспокойством следил за Евой, постоянно уверяя себя: «Ева здорова... Этот кашель — пустяки...» Он почти не отходил от нее. Чаще, чем прежде, брал он ее с собой на прогулки верхом, привозил новые укрепляющие лекарства. «Не то чтобы ребенку это нужно, — говаривал он, — но повредить ведь это не может».

Если его что-нибудь и беспокоило, то прежде всего ранняя и всевозрастающая зрелость душевных сил девочки. Случалось, что, не отдавая себе отчета, она делала

такое глубокое замечание, что оно производило какое-то странное впечатление в ее устах. В такие минуты Сен-Клер прижимал к себе девочку, словно его объятия могли защитить ее и спасти от надвигающейся опасности. Его охватывало страстное желание не оставлять ее ни на мгновение, не отпускать от себя.

Ева всегда была добра, но сейчас в ее отношении к окружающим появилась какая-то трогательная заботливость. Она по-прежнему охотно играла с Топси и другими негритянскими ребятишками, но казалось, что она скорее наблюдает за их играми, чем участвует в них. Случалось, она полчаса по-детски забавлялась и смеялась над фокусами Топси, и вдруг словно облако пробегало по ее лицу, глаза заволакивались туманом, и мысли ее уходили куда-то далеко-далеко.

— Мама, — сказала она однажды, обращаясь к матери. — Почему мы не учим наших слуг читать?

— Что за вопрос? Это не принято!

— А почему не принято?

— Потому что это им ни к чему. Они от этого не станут лучше работать... а созданы они только на то, чтобы работать.

— Но ведь нужно же человеку уметь читать и писать!

— Пусть кто-нибудь читает им вслух.

— А ведь кузина Офелия научила же Топси читать!

— Научила. Но какой из этого вышел толк? Топси — самое отвратительное создание, какое мне только приходилось видеть.

— Или вот хотя бы наша бедная Мэмми... Она так любит своих детей, а написать им не может. И читать она не умеет. Что же она будет делать, когда я не смогу ей читать вслух?

Миссис Сен-Клер рылась в своих ящиках и ответила на слова дочери рассеянно:

— Ну, конечно, конечно, у тебя скоро будут другие заботы... Не станешь же ты всю жизнь читать вслух твоим неграм! Твое усердие, разумеется, очень похвально, я тоже иногда читала вслух неграм, когда была здорова... Но тебе пора подумать о своих туалетах, ты скоро будешь выезжать в свет, и у тебя не останется времени ни для чего другого. Погляди, вот драгоценности, которые я подарю тебе, когда ты начнешь выезжать. Они были на мне, когда я впервые отправилась на бал. Можешь мне поверить, девочка, я произвела настоящий фурор!

Ева взяла в руки шкатулку и вынула из нее бриллиантовое ожерелье. Большие задумчивые глаза ее на мгновение остановились на сверкающих камнях. Но мысли ее были далеко.

— О чем ты замечталась, девочка?

— Много ли денег стоит это ожерелье? — вдруг спросила Ева.

— Должно быть, много. Твой дед посылал за ним во Францию. Я думаю, что оно стоит чуть ли не целое состояние.

— Как хорошо, если бы эти бриллианты были моими и я могла бы с ними сделать все, что я захочу.

— Что бы ты сделала?

— Я продала бы их и купила ферму в свободных штатах... увезла бы туда всех наших негров и наняла бы учителей, которые научили бы их писать и читать.

Смех матери оборвал мечты Евы.

— Стала бы содержательницей пансиона для негров! Ха-ха-ха! Ты, может быть, научила бы их также играть на рояле и рисовать по бархату!

— О, я научила бы их многому, но прежде всего грамоте, — ответила девочка спокойным и решительным тоном. — Я знаю, мама, как им тяжело бывает оттого, что они не умеют ни читать, ни писать. Спроси у Тома и у многих других... Нет, их непременно нужно учить читать!

— Довольно, довольно, ты еще ребенок и ничего не понимаешь в этих вопросах. Кроме того, у меня от твоей болтовни разболелась голова.

У миссис Сен-Клер всегда бывала в запасе головная боль в тех случаях, когда разговор приходился ей не по вкусу.

Ева вышла из комнаты.

С этого дня она настойчиво принялась за обучение Мэмми чтению.

ГЛАВА XXIII
Энрик

Вскоре после описанной сцены брат Сен-Клера, Альфред, приехал со своим сыном, мальчиком лет двенадцати, на несколько дней погостить в вилле у озера.

Трудно представить себе нечто более необычайное, чем эти два брата-близнеца, когда они бывали вместе. Природа, вместо того чтобы сделать их похожими, словно задалась целью создать их во всех отношениях совершенно отличными друг от друга. И все же в них было что-то общее.

Они любили, держась под руку, прогуливаться по аллеям сада: Огюстэн — голубоглазый, с золотистой шевелюрой, стройный и гибкий, и Альфред — темноволосый, с резко очерченным профилем, крепко сложенный. Они никогда и ни в чем не бывали согласны друг с другом, спорили по всякому поводу, но и не скучали вдвоем, словно контраст связывал их.

Энрик, старший сын Альфреда, был красивый черноглазый мальчик, полный огня и жизни. Он был очарован своей маленькой кузиной.

У Евы был любимый маленький, белый как снег пони, обладавший удивительно мягкой рысью и кротким нравом.

Однажды Том подвел пони к заднему крыльцу как раз в тот момент, когда туда подошел мальчик-мулат лет тринадцати, ведя под уздцы невысокую вороную арабскую лошадку, которую, не страшась расходов, выписали для Энрика.

Энрик был горд своим новым приобретением. Принимая из рук юного грума поводья, он внимательно оглядел лошадь, и лицо его потемнело от гнева.

— Что это, Додо, ленивый щенок?! — закричал он. — Ты опять не вычистил сегодня утром мою лошадь?

— Простите, мастер... — робко начал Додо. — Конь, верно, сейчас запылился...

— Молчать, наглая тварь! — крикнул Энрик, замахиваясь хлыстом. — Как ты смеешь раскрывать рот!

Грум был красивый мулат одного роста с Энриком. Вьющиеся волосы обрамляли высокий и благородный лоб. Глаза его при окрике Энрика сверкнули, и румянец залил щеки.

— Мастер Энрик... — попробовал он снова заговорить.

Не дав ему возможности оправдаться, Энрик стегнул его хлыстом по лицу, затем, схватив за плечо, швырнул наземь и продолжал стегать до тех пор, пока не выбился из сил.

— Пусть это послужит тебе уроком, как отвечать, когда я с тобой разговариваю! — сказал он. — А теперь отведи лошадь обратно и хорошенько вычисти ее!

— Молодой мастер, — сдержанно произнес Том, — я знаю, что он хотел сказать вам: конь молодой, горячий, выйдя из конюшни, он вывалялся в пыли. Я сам видел, как парень утром чистил лошадь...

— Молчи и жди, пока тебя спросят!

Круто повернувшись на каблуках, он направился к Еве, которая в амазонке стояла на ступеньках веранды.

— Мне очень жаль, кузина, что из-за этого болвана тебе пришлось дожидаться. Присядь пока... он сейчас вернется. Но что с тобой, Ева? Почему ты такая невеселая?

— Как вы могли так грубо, так жестоко поступить с бедным Додо? — воскликнула девочка.

— Грубо? Жестоко? — с искренним удивлением переспросил мальчик. — Что ты хочешь этим сказать, дорогая Ева?

— Я не желаю, чтобы вы называли меня «дорогая Ева»!

— Дорогая сестрица, ты, право, не знаешь Додо! С ним иначе никак не справиться. Он вечно лжет и обманывает! Его нужно обрывать на первом же слове и не позволять даже рот раскрыть! Так поступает и мой отец...

— Но дядя Том сказал, что Додо не виноват. А Том никогда не говорит неправды.

— В таком случае этот старый негр — редкое исключение среди своих сородичей. Додо лжет, едва начав говорить...

— Ты сам, обращаясь с ним таким образом, заставляешь его из страха лицемерить и лгать.

— Ева, ты так горячо заступаешься за Додо, что я, кажется, готов тебя приревновать!

— Но ведь ты избил его, а он ни в чем не был виноват!

— Ерунда! Пусть запишет в счет будущего. Следующий раз, когда он будет виновен, я не побью его! Додо всегда

успеет заслужить порку. Но при тебе я больше не стану его бить, раз это тебя огорчает.

Объяснения Энрика не удовлетворили Еву. Но она поняла, что бесцельно продолжать разговор: ее кузен все равно не поймет ее чувств.

— На этот раз ты все сделал как надо, Додо, — снисходительно улыбаясь, произнес Энрик. — Подойди сюда и подержи лошадь мисс Евы, пока я подсажу ее в седло.

Додо подошел и встал около пони Евы. Лицо его выражало обиду, глаза были заплаканы.

Энрик с рыцарской любезностью подсадил Еву в седло и вложил в ее руки поводья.

Но Ева, не глядя на Энрика, склонилась к мулату.

— Ты славный мальчик, Додо, — произнесла она. — Благодарю тебя.

Пораженный ее голосом, Додо снизу вверх взглянул в это чудесное, кроткое личико. Он почувствовал, как слезы подступают к его глазам и кровь приливает к щекам.

— Сюда, Додо! — повелительно крикнул Энрик.

Додо бросился к нему и придержал лошадь, пока господин его вскакивал в седло.

— Вот тебе деньги, купи себе конфет! — Энрик бросил ему мелкую монету и, пришпорив коня, помчался вдогонку за Евой.

Оба брата Сен-Клер были свидетелями этой сцены. Грубость племянника возмутила Огюстэна, но он сдержался.

— Мне кажется, — произнес он с обычной иронией, — что перед нами яркий образец воспитания будущего республиканца!

— Энрик настоящий дьявол, когда в нем закипает кровь! — ответил Альфред.

— Ты, должно быть, считаешь это полезной школой для него? — довольно сухо спросил Огюстэн.

— Как бы я ни относился к этому, но помешать не в силах. Это не мальчишка, а ураган. Мать и я давно уже отступились от него. Но Додо — проходимец, и проучить его хлыстом только полезно.

— Разумеется, это поможет ему лучше усвоить первые строки республиканского катехизиса: все люди рождены свободными и равными.

— Фи, это одна из пресных глупостей, вывезенных из Франции. Давно пора эти сентиментальные бредни изъять из обращения!

— Вот именно, — многозначительно протянул Огюстэн.

— Для каждого из нас ясно, — продолжал Альфред, — что далеко не все люди рождаются свободными и равными. Ничего подобного! Я лично считаю, что в этой республиканской декларации — правды не более половины. Люди богатые, образованные, хорошо воспитанные, одним словом — цивилизованные должны пользоваться равными правами. Но чернь — ни в коем случае!

— Прекрасная мысль... особенно если удается удержать чернь в таком положении. Но во Франции настал и ее час.

— Потому-то и следует держать чернь в повиновении! Именно так я и намерен поступать, — произнес Альфред, с силой топнув ногой, словно желая кого-то придавить к земле.

— Тем страшнее чернь, когда она сбрасывает иго, — задумчиво проговорил Огюстэн. — Достаточно вспомнить Сан-Доминго[1].

— Ерунда! — решительно сказал Альфред. — В нашей стране мы сумеем предотвратить такие вспышки! Мы обязаны воспротивиться всей этой дурацкой болтовне о необходимости воспитания и образования для черни, которая сейчас стала такой модной. Низшие классы не должны получать образования. Это ясно как день!

— Но воспитание они все же получают, — заметил Огюстэн спокойно. — Весь вопрос — какое. Наша система — воспитывать их с помощью насилия и варварства. Мы порываем со всеми законами гуманности и стараемся превратить их в грубых животных. Если же им удастся одержать над нами верх — они именно так и поведут себя...

— В том-то и дело, что они не должны одержать верх!

— Правильно, — сказал Сен-Клер, — разведите пары

---

[1] *Сан-Доминго* — маленькая республика в Вест-Индии, где в 1791 г. произошло восстание рабов.

до высшего напряжения, закройте предохранительный клапан и сядьте на него. Куда-то вы полетите!..

— Ничего, — возразил Альфред. — Поживем — увидим. Я, во всяком случае, готов безбоязненно сидеть на предохранительном клапане, пока котлы достаточно крепки и машина работает бесперебойно.

— Дворяне при дворе Людовика XVI[1] думали примерно так же. Австрия и Пий IX[2] придерживаются таких же взглядов, но в один прекрасный день вы все столкнетесь в воздухе, когда... котлы взорвутся.

— Время покажет! — со смехом бросил Альфред.

— Так вот я тебе говорю, — вскричал Огюстэн, — если в наше время что-либо можно предсказать с уверенностью, так это восстание масс и победу низших классов, которые станут высшими!

— Будет тебе, будет, Огюстэн! Это одна из очередных глупостей, которые проповедуют красные республиканцы. Черт возьми, ты настоящий уличный агитатор! Что касается меня, то я надеюсь умереть до того, как власть попадет в их грязные лапы.

— Грязные или нет, но эти руки будут управлять вами. Их очередь настанет! И у вас будут такие правители, каких вы сами сумели создать. Французское дворянство держало народ без штанов и дождалось правительства санкюлотов, то есть бесштанников! А Гаити[3]...

— Ради создателя, Огюстэн! Хватит об этом Гаити! Гаитяне — не англосаксы, будь они англосаксами, все сложилось бы по-иному.

---

[1] *Людовик XVI* — король Франции (1754 — 1793), казнен во время Французской буржуазной революции.

[2] *Пий IX* — папа римский (с 1846 г.), более 30 лет рьяно защищавший привилегии церкви и духовенства и враждебно выступавший против всяких реформ.

[3] *Гаити* — в 1791 г. негры и мулаты острова Гаити восстали; рабы жгли усадьбы, захватывали плантации и истребляли плантаторов.

— Можешь не сомневаться, что если и у нас прозвучит набат, подобный тому, что прозвучал в Сан-Доминго, то в рядах восставших будут и те, в чьих жилах кровь белых отцов смешалась с жаркой материнской кровью. И все они: и негры, и мулаты — не допустят больше, чтобы их продавали, покупали, обращались с ними, как с живым товаром. Поверь мне, они восстанут! Должны восстать!

— Безумие! Вздор!

— О, это обычный ответ! — сказал Огюстэн.

— Нет, в самом деле, у тебя талант пропагандиста! — воскликнул Альфред смеясь. — Но не беспокойся о нас: наша власть обеспечена, сила в наших руках. — И, снова топнув ногой, он добавил: — Эта раса повержена наземь, и она никогда не поднимется. Порукой этому наша энергия и упорство! И в общем, Огюстэн, наш спор ни к чему. Мы десятки раз бродили с тобой по этому пути и всегда попадали в тупик... Что ты скажешь по поводу партии в триктрак?[1]

Братья поднялись на веранду и уселись за бамбуковым столиком, разложив перед собою доску для игры.

— Знаешь, Огюстэн, — снова заговорил Альфред, расставляя на доске шашки, — я бы на твоем месте сделал одну вещь...

— Так, так... Сразу узнаю тебя: ты обязательно должен что-то предпринять!

— Да нет, серьезно, сделай опыт: дай твоим неграм образование. Предоставь им возможность подняться!

И пренебрежительная улыбка скользнула по губам Альфреда.

— Дать им возможность подняться, когда они раздавлены гнетом социальной несправедливости! С таким же

[1] *Триктрак* — одна из разновидностей шашечной игры, в которой ходы противника определяются количеством выброшенных на костях очков.

успехом можно бы взвалить на их плечи Этну и предложить им встать и пойти! Человеку в одиночку не под силу бороться с обществом, когда оно против него. Чтобы образование и воспитание дало настоящие результаты, оно должно быть делом государства или, во всяком случае, нужно, чтобы государство не ставило этому препятствий.

— Тебе бросать кости! — сказал Альфред.

Братья погрузились в игру, пока топот приближающихся к дому лошадей не отвлек их от этого занятия.

— Вот и дети возвращаются, — произнес Огюстэн. — Погляди, брат, видел ли ты что-нибудь прекраснее?

Двое подростков были действительно очаровательны. Энрик, с черными до блеска кудрями, сверкающим взором и радостной улыбкой, склонялся к своей прелестной кузине. Ева была в синей амазонке, того же цвета шапочка оттеняла ее золотистые волосы. Яркий румянец, загоревшийся на ее щеках от быстрой езды, еще больше подчеркивал прозрачную белизну ее кожи.

— Какая красавица, клянусь богом! — воскликнул Альфред. — Не одно сердце доведет она до отчаяния в своей жизни!

— До отчаяния... — повторил Сен-Клер голосом, в котором прозвучала неожиданная боль. — Один бог знает, как я этого страшусь...

И он сбежал вниз, чтобы принять дочь в свои объятия, когда она соскакивала с лошади.

— Ева, родная, ты не утомилась? — спросил он, крепко прижимая ее к своей груди.

— Нет, папа! — ответила девочка.

Но Сен-Клер чувствовал, как тяжело и порывисто она дышит, и тревога все больше и больше закрадывалась в его душу.

— Зачем ты ездишь так быстро, детка? — произнес он с укором. — Ведь ты знаешь, что тебе это вредно!

— Так весело было скакать, папочка! Мне так нравится.

Сен-Клер на руках отнес ее на кушетку.

— Энрик, — сказал он, поудобнее укладывая ее, — ты должен беречь Еву, ей нельзя так быстро ездить...

— Следующий раз я буду это помнить, — виновато ответил Энрик, усаживаясь подле кушетки.

Еве стало лучше. Оба брата снова уселись за игру, предоставив детей самим себе.

— Знаешь, Ева, — сказал Энрик, — мне очень грустно, что папа пробудет здесь всего два дня. Теперь так долго не придется увидеться с тобой! Если б я остался здесь, я постарался бы быть добрым, не бить больше Додо. Мне не хочется причинять ему боль, но я такой вспыльчивый... Поверь, я вовсе не так уж скверно обращаюсь с ним... иногда даю ему деньги на леденцы и одеваю его хорошо, ты ведь видела? В общем он даже счастлив.

— А был бы ты, Энрик, счастлив, если б около тебя не было никого, кто бы любил тебя?

— Я? Нет, конечно.

— Но ведь ты отнял Додо от тех, кто его любил, и теперь он не видит ни любви, ни ласки... А этого ты ничем не можешь ему возместить!

— Да, в самом деле, не могу... Не могу же я любить его? Да и никто не может!

— Почему не можешь?

— Любить Додо? Я просто не понимаю тебя, Ева! Он мне нравится... но любить! Да неужели ты любишь своих негров?

— Конечно, люблю.

— Какая чепуха!

Ева ничего не ответила, но ее устремленные вдаль глаза налились слезами.

— Ну, тогда, — проговорила она, — люби Додо ради меня, Энрик. И будь добр к нему.

— Ради тебя я готов полюбить хоть весь свет! — воскликнул мальчик. — Ведь ты самое чудесное создание, какое я видел в своей жизни!

— Меня очень радует твое обещание, Энрик, — сказала Ева, повеселев. — Надеюсь, ты сдержишь его.

Обеденный колокол прервал их разговор.

ГЛАВА XXIV
Зловещие предзнаменования

Через два дня после описанных событий Альфред и Огюстэн расстались. Ева, возбужденная присутствием двоюродного брата, увлекалась играми и верховой ездой больше, чем позволяли ее силы. После отъезда Энрика она стала быстро слабеть. Сен-Клер решился наконец посоветоваться с врачом. До сих пор он все время воздерживался от этого. Позвать врача — не значило ли это стать перед лицом страшной истины? Но так как Еве стало настолько плохо, что ей пришлось два дня пролежать в постели, врач все же был приглашен.

Мари Сен-Клер не замечала до сих пор, как быстро тают силы ее ребенка. В этот период она была целиком поглощена изучением двух новых болезней, которыми, по своему убеждению, была поражена. Мари представить себе не могла, чтобы кто-нибудь мог страдать так, как она. Когда дело касалось других, она утверждала, что это просто лень или отсутствие воли.

— Если бы они болели всеми болезнями, которые мучают меня, — твердила она, — они поняли бы, что это совсем другое дело!

Мисс Офелия не раз пыталась пробудить у матери опасения за здоровье дочери.

— Ничего у нее нет, — неизменно отвечала Мари. — Она бегает, играет...

— Да, но этот кашель...

— Кашель! Не говорите мне о кашле. Я всю жизнь кашляла. Когда мне было столько лет, сколько Еве, все предполагали, что меня подтачивает чахотка. Мэмми проводила целые ночи у моей постели. О, этот кашель Евы — пустяк!

— А слабость... прерывистое дыхание?

— О, со мной это тоже бывало в детстве. Это нервное, чисто нервное!

— Да, но по ночам она потеет...

— Вот уж десять лет подряд, как я тоже потею. Часто все белье промокает, ни одной сухой нитки не остается! По сравнению с этим пот Евы — ерунда!

Но когда болезнь Евы стала очевидной, когда был вызван врач, Мари впала в другую крайность. Она отлично это знала, говорила она. Она всегда предчувствовала, что ей выпадет на долю стать несчастнейшей из матерей. Ей, тяжело больной, суждено увидеть, как единственное возлюбленное дитя раньше ее покинет этот мир... И Мари целыми ночами терзала Мэмми, а днем жаловалась на новое постигшее ее несчастье.

— Мари, дорогая, не говорите этого! — умолял ее Сен-Клер. — Не следует сразу приходить в отчаяние!

— Ах, Сен-Клер, вы не знаете, что такое сердце матери! Вы не можете понять... Нет, вы никогда не поймете!

— Но, Мари, ведь эта болезнь поддается лечению!

— Я не могу, Сен-Клер, относиться к болезни Евы с таким безразличием, как вы. Если вы остаетесь бесчувственным, когда единственное ваше дитя в таком состоянии... Я не такая, как вы! Это слишком сильный удар для меня после всего, что мне пришлось пережить.

— Правда, — говорил Сен-Клер, — Ева очень хрупкий ребенок, я и раньше замечал это. Она росла так быстро, что это истощило ее силы. Сейчас у нее переломный возраст. Это критический момент. Но особенно плохо на нее действует летняя жара, и затем она переутомилась во время пребывания здесь Энрика. Доктор говорит, что надежда еще не потеряна...

— Что ж, если вы способны обольщаться, тем лучше для вас. Приходится радоваться, что не все люди обладают чрезмерной чувствительностью. Я предпочла бы, конечно, не переживать все так болезненно, как переживаю. От тревоги за Еву я окончательно расхворалась.

Иногда эти сетования Мари достигали ушей бедной Евы, и девочка плакала от сострадания к матери, печалясь, что причиняет ей столько тревог.

Недели через две после отъезда Энрика Еве стало немного лучше. Это была обманчивая передышка, которую неумолимая болезнь дарит иногда своим жертвам почти на краю могилы. Снова ее маленькие ножки замелькали по садовым тропинкам, по галереям, окружающим дом. Она играла, резвилась, и обрадованный отец говорил всем, что Ева выздоровела. Только мисс Офелия и врач не разделяли всеобщей надежды.

И еще одно сердце не поддавалось обману: это было бедное сердечко Евы.

Несмотря на ласку и любовь, которыми она была окружена, несмотря на светлое будущее, которое сулили ей забота и любовь близких людей, она не сожалела об уходящей жизни.

Правда, были минуты, когда она с мучительным состраданием думала о тех, кого оставляла, особенно об отце. Быть может, не отдавая себе в этом вполне ясного отчета, она инстинктивно чувствовала, что в его сердце она занимает больше места, чем в чьем-либо другом. Она любила и свою мать. Ева была нежным ребенком, но эгоизм миссис Сен-Клер огорчал и смущал ее: ведь она, как каждый ребенок, была убеждена, что мать всегда бывает права, а между тем многое в поведении матери было ей непонятно.

Ева очень жалела также и добрых, верных своих слуг, для которых она была светлым солнечным лучом. Страдания рабов, свидетельницей которых она бывала, словно тяжелый гнет западали в ее душу. Она испытывала смутное желание сделать что-нибудь для них, облегчить их жизнь, спасти не только своих рабов, но и всех, кто страдал так же, как они. И мучителен был контраст между горячим огнем ее порывов и хрупкой оболочкой, в которой они зарождались.

Однажды Ева и Том сидели на своей любимой скамейке в беседке.

— Дядя Том, — сказала она вдруг, — помнишь тогда

на пароходе всех этих несчастных негров? Одни потеряли мужей, другие оплакивали своих маленьких деток... А потом, когда я узнала историю с Прю... я почувствовала, что готова с радостью умереть, если б моя смерть могла положить конец всем этим мукам. Да, я хотела бы умереть за них! — закончила она с глубоким волнением, положив свою маленькую, тонкую ручку на широкую руку Тома.

Том смотрел на нее с благоговением. Но тут Сен-Клер позвал дочь. Она вскочила и убежала. Том следил за нею взглядом. Когда она исчезла, он утер набежавшие на глаза слезы.

— Напрасно стараются удержать здесь мисс Еву, — сказал он, обращаясь к Мэмми, которую встретил около дома. — Господь уже отметил ее своей печатью.

— Да, да, — всхлипнув, произнесла Мэмми. — Я всегда говорила, что она не похожа на детей, которым суждено жить. Это видно по ее глазам. Я много раз говорила об этом госпоже... А теперь день приближается... Бедный маленький наш ягненочек...

Ева между тем подбежала к отцу, сидевшему на террасе. Сен-Клер показал ей статуэтку, купленную для нее. Но вид девочки внезапно поразил и взволновал его: случается, что красота бывает так совершенна и в то же время кажется такой непрочной и хрупкой, что больно смотреть на нее. Несчастный отец схватил вдруг девочку на руки, забыв о том, что́ собирался ей сказать.

— Ева, родная моя, тебе теперь лучше? — проговорил он. — Правда, лучше?

— Папа, — твердо сказала девочка, — я уже давно хочу кое-что сказать тебе. Хочу сказать тебе сейчас, пока я еще не слишком ослабела.

Сен-Клер почувствовал, как дрожь пробежала по его

12 – 4402

телу. Ева поудобнее уселась у него на коленях, прижалась головой к его груди и продолжала:

— Напрасно вы столько возитесь со мной. Скоро настанет день, когда мне придется всех вас покинуть...

Ева вздохнула.

— Что с тобой, моя детка? — проговорил Сен-Клер с деланой веселостью. — Ты просто нервничаешь. Никогда не нужно поддаваться мрачным мыслям. Погляди, какую статуэтку я тебе купил!

— Нет, папа, — сказала Ева, мягко отстраняя статуэтку. — Не надо обманывать себя. Мне не лучше, я это чувствую. Я скоро уйду... И я не нервничаю и не грущу... Если бы я не огорчалась за тебя, папочка, и за всех, кто меня любит, я была бы совсем счастлива. Так надо, чтобы я ушла... далеко-далеко...

— Что с тобой, любимая моя? Кто так опечалил твое маленькое сердечко? Ведь у тебя есть все, чтобы быть счастливой...

— Нет, так будет лучше... — твердила девочка. — Здесь многое меня огорчает и кажется ужасным. И все-таки мне жаль расстаться с вами... сердце мое разрывается...

— Так скажи же мне, дорогая моя, что тебя печалит?

— То, что творится уже давно... что творится каждый день... Пойми, папочка: наши рабы, вот они-то и печалят меня. Они все так добры ко мне... Мне хотелось бы, чтобы они были свободны. Скажи, разве невозможно отпустить их на волю?

— Но, маленькая моя, разве им у нас плохо?

— Конечно, нет, папа, но, если что-нибудь случится с тобой, что́ будет с ними? Таких людей, как ты, папочка, очень мало... Дядя Альфред не такой, как ты, и мама — тоже нет... Вспомни хозяев бедной Прю... О, какие ужасные вещи могут делать люди! — закончила она, содрогнувшись.

— Детка моя, ты чересчур впечатлительна. Мне очень жаль, что тебе все это рассказывали!

— Вот, вот, папа! Ты хочешь, чтобы я была счастлива... чтобы я даже не слышала ни о чем грустном, когда на свете есть такие несчастные, как Прю! И я все думаю... думаю... Папа, скажи, разве никак невозможно отпустить на волю всех рабов?

— Это очень трудно сделать, детка. Рабство — дурная вещь, и я осуждаю его. От всей души желаю я, чтобы на земле не осталось ни одного раба. Но как этого достичь — не знаю.

— Папа, ты такой приветливый, добрый, ты так хорошо говоришь... Разве ты не мог бы заходить к людям в их дома и попробовать убедить их, что рабов нужно освободить? Когда я умру, вспоминай меня... и ради меня сделай это... Я бы сама сделала, если б могла.

— Умрешь? Ева! О, не говори таких слов, девочка моя! Ведь ты единственное, что есть у меня на свете!

— Ребенок бедной старой Прю тоже был для нее всем на свете... и она слышала, как он плачет, и не могла помочь ему. Папа, эти несчастные создания любят своих детей так же сильно, как ты любишь меня. О, сделай что-нибудь для них! Вот хотя бы наша бедная Мэмми: она любит своих детей... Я видела, как она плакала и тосковала о них. Том тоже любит своих детей, с которыми он разлучен. Ах, папа, папа, так ужасно все это знать!

— Успокойся, ангел мой, — произнес Сен-Клер, — я обещаю тебе сделать все, что ты хочешь.

— Тогда обещай мне, что Том будет освобожден, как только... — она не договорила, затем после некоторого колебания добавила: — как только меня не станет...

— Да, да, дорогая, я исполню все, о чем ты просишь.

— Милый, милый... — прошептала она, прижимаясь

горячей щекой к его щеке. — Как бы я хотела, чтобы мы ушли вместе...

Сен-Клер молча прижал ее к своей груди.

— Ты скоро придешь ко мне, — произнесла девочка спокойным, уверенным тоном.

— Да, я отправлюсь вслед за тобой, — прошептал Сен-Клер. — Я тебя не забуду.

Вечер между тем спустил вокруг них свой торжественный покров. Сен-Клер не мог говорить и только прижимал к себе это маленькое, хрупкое тельце.

Наступила ночь. Он отнес девочку в комнату и, когда она переоделась, снова взял ее на руки и держал так, пока она не уснула.

ГЛАВА XXV

Живой урок

Воскресный день клонился к вечеру. На веранде, вытянувшись на бамбуковом шезлонге, Сен-Клер курил сигару. Мари лежала в гостиной на диване, придвинутом к окну, выходившему на веранду. В руках у нее был нарядно переплетенный молитвенник. Мари делала вид, что читает эту книжку, так как было воскресенье и она хотела лишний раз подчеркнуть свое благочестие.

Мисс Офелия, после долгих поисков нашедшая поблизости какую-то общину методистов, отправилась на молитвенное собрание в сопровождении Тома и Евы.

— А все-таки я настаиваю, Огюстэн, — сказала Мари после нескольких минут раздумья, — чтобы вы послали в город за моим врачом, доктором Позей. Я убеждена, что у меня болезнь сердца.

— Господи боже мой, дорогая моя, зачем вам этот врач! Врач, который лечит Еву, очень знающий.

— При серьезном заболевании ему все же нельзя доверять. А моя болезнь очень серьезна, смею вас уверить.

Я думала об этом все последние ночи. Мне пришлось перенести столько тяжких испытаний!

— Вы все это сами выдумываете, Мари! Я не верю, что у вас болезнь сердца.

— О, я знала, что вы не поверите! Я была к этому готова. Вы волнуетесь, если у Евы насморк... но я... уж обо мне-то вы меньше всего беспокоитесь!

— Ну, хорошо, дорогая, если уж вам обязательно хочется иметь болезнь сердца, я готов всем и каждому подтвердить, что так оно и есть. Только мне до сих пор об этом не было известно.

— Я очень желала бы, чтобы вам не пришлось когда-нибудь раскаиваться в своих насмешках! Но верите вы или не верите, заботы и хлопоты о дорогой моей дочери способствовали развитию болезни, зачатки которой существовали у меня и раньше.

Трудно было сказать, какими хлопотами Мари утруждала себя. Так подумал Сен-Клер, вставая и направляясь в сад, как и подобало бессердечному супругу. Вскоре подъехала карета, из которой вышли мисс Офелия с Евой.

Следуя своей неизменной привычке, мисс Офелия прошла прямо к себе в комнату, чтобы снять шляпу и шаль. Ева взобралась на колени к отцу, спеша рассказать ему обо всем виденном.

Скоро, однако, их разговор был прерван шумом, доносившимся из комнаты мисс Офелии: она осыпала кого-то горькими упреками.

— Какое новое преступление совершила Топси? — проговорил Сен-Клер. — Весь шум из-за нее, готов пари держать.

Не прошло и минуты, как появилась мисс Офелия. Она была страшно возмущена и тащила за собой Топси.

— Иди, иди сюда! — твердила мисс Офелия. — Я все расскажу хозяину!

— Что случилось? В чем дело? — спросил Огюстэн.

— Дело в том, что я не позволю больше этой дрянной девчонке изводить меня! Я больше не могу возиться с нею! Ни один человек не вынесет этого! Представьте себе только: я заперла ее наверху в моей комнате и дала ей выучить наизусть псалом. А она что сделала? Поглядела, куда я прячу ключ, забралась в комод, вытащила оттуда шелк и ленты, приготовленные для отделки шляпы, и разрезала все на платье для куклы. В жизни не видела ничего подобного!

— Я же вам говорила, кузина, — с томным видом произнесла Мари, — что эти существа можно воспитывать, только не скупясь на наказания. Если бы вы мне позволили, — продолжала она, с упреком взглянув на своего мужа, — если б вы мне позволили действовать, как я нахожу нужным, я бы приказала выпороть эту тварь, да так, чтобы она на ногах не могла стоять.

— Не сомневаюсь, что именно так вы бы и поступили, — сказал Сен-Клер. — Пусть-ка при мне кто-нибудь упомянет о «нежной женской душе»! Должен признаться, что чуть ли не все женщины, с которыми мне приходилось встречаться, были всегда готовы, если бы им только дать волю, избить до полусмерти раба, имевшего несчастье не угодить им!

— Все те же нелепые насмешки! — проговорила с обидой Мари. — Наша кузина — умная женщина, и она пришла к тому же заключению, что и я.

Мисс Офелия, как и любая хозяйка дома, способна была вспылить, заметив беспорядок, но слова Мари настолько не совпадали с ее взглядами, что она сразу остыла.

— Нет, я ни за что на свете не могла бы поступить с этим ребенком так жестоко, — сказала мисс Офелия. — Однако должна вам признаться, Огюстэн, что я попала в

тупик: я учила ее как могла и умела; я до одури читала ей нотации, даже порола ее, наказывала разными способами. И ничего! Она сегодня такая же, какой была в первый день нашей встречи.

— Подойди-ка сюда, мартышка! — произнес Сен-Клер, подзывая к себе девочку.

Топси подошла. Ее лукавые круглые глаза блестели, выражая какую-то смесь страха и озорства.

— Почему ты так ведешь себя? — спросил Сен-Клер, которого эта необыкновенная рожица всегда забавляла.

— Это все от злости, как говорит мисс Фелия, — покаянным тоном промолвила Топси.

— Разве ты не понимаешь, как много мисс Офелия сделала для тебя? Она говорит, что делала все, что только мыслимо!

— О мастер, конечно! Моя прежняя хозяйка тоже всегда так говорила. Она только чуть побольнее порола меня, вырывала у меня волосы и била головой об дверь. Но это не помогало. Мне кажется, если бы у меня выдрали даже все волосы по одному, все равно не помогло бы! Такая уж я скверная! Да ведь мастер знает, что я негритянка, а мы уж все такие!

— Я не вижу никакого выхода и сдаюсь!.. — сказала мисс Офелия. — Я лучше отдам ее.

Ева сидела молча, прислушиваясь к разговору. Поднявшись, она знаком предложила Топси следовать за ней. В конце галереи находилась маленькая комнатка со стеклянной дверью, служившая Сен-Клеру читальней. Туда и направились обе девочки.

— Я должен посмотреть, что надумала Ева, — сказал Сен-Клер и, стараясь неслышно ступать, подошел к стеклянной двери.

Приподняв портьеру, он заглянул в комнату. Затем, полуобернувшись и приложив палец к губам, он знаком подозвал мисс Офелию.

Обе девочки сидели на полу. На лице Топси, как и обычно, было выражение лукавства и безразличия. Ева, сидевшая против нее, казалась сильно взволнованной. В глазах ее блестели слезы.

— Скажи, Топси, — проговорила она, — что заставляет тебя так вести себя? Почему ты не хочешь попробовать стать доброй? Разве ты никого не любишь?

— Мне некого любить! — ответила Топси. — Я люблю леденцы и больше ничего.

— Но ведь ты любишь своего отца и свою мать?

— Нет у меня ни отца, ни матери! — с досадой сказала Топси. — Я ведь вам уже говорила, мисс Ева.

— Да, да, — с грустью произнесла Ева. — Но нет ли у тебя брата, или сестры, или тети?

— Нет у меня никого! Никого!

— И все-таки, если бы ты попробовала стать хорошей... ты бы могла, я знаю...

— Сколько бы я ни старалась, я все равно останусь негритянкой! — сказала Топси. — Ах, если бы я могла содрать с себя шкуру и стать белой, тогда бы я попробовала!

— Но ведь тебя можно любить, хоть ты и черная, Топси. Если б ты была доброй, мисс Офелия полюбила бы тебя.

В ответ прозвучал обычный короткий и резкий смешок.

— Ты мне не веришь, Топси? — спросила Ева.

— Ни капельки! Мисс Офелия не выносит меня потому, что я черная. Ей легче дотронуться до жабы, чем прикоснуться ко мне. Никто не может любить негров. А мне-то вообще все равно! И Топси принялась насвистывать.

— Топси, бедненькая, но ведь я тебя люблю, — проговорила Ева. Она положила свою исхудалую ручку на плечо Топси. — Да, я тебя люблю, — продолжала она, — потому что у тебя нет ни отца, ни матери, ни друзей... потому что ты несчастная маленькая девочка, которую все обижают. Я тебя люблю и хочу, чтобы ты стала доброй! Знаешь, Топси, я очень больна и, кажется, проживу недолго... и вот я бы хотела, чтобы ты попробовала стать доброй хотя бы из любви ко мне. Мне ведь так недолго осталось быть вместе с вами!

Слезы неожиданно появились в круглых глазах маленькой негритянки и закапали на руку Евы. Уронив голову на колени, Топси зарыдала.

— Бедная Топси, — шептала Ева.

— Дорогая моя мисс Ева, — лепетала Топси сквозь слезы, — я попробую, непременно попробую быть хорошей… До сих пор мне было все равно…

Сен-Клер опустил портьеру.

— Она напоминает мне мою мать, — сказал он, обращаясь к мисс Офелии.

— У меня всегда было предубеждение против негров, — тихо прошептала мисс Офелия, — я не могла вынести, чтобы этот ребенок прикасался ко мне, но я не думала, что она это замечает.

— Не надейтесь скрыть от ребенка хотя бы затаенную неприязнь, — сказал Сен-Клер. — Осыпайте его подарками, доставляйте любые удовольствия, это не пробудит в нем ни малейшего чувства благодарности, если он при этом будет ощущать то отвращение, которым вы полны.

— Не знаю, как я сумею справиться с собой, — проговорила мисс Офелия. — Они мне неприятны, а особенно эта девочка… Как преодолеть это чувство?

— Берите пример с Евы.

— О, Ева! У нее такое любящее сердце! Хотела бы я быть такой, как она… Она живой урок…

ГЛАВА XXVI
Смерть

Спальня Евы была большая и светлая. Как и все остальные комнаты в доме, она выходила на веранду и сообщалась со спальней ее родителей и с комнатой мисс Офелии.

Сен-Клер обставил комнату дочери в соответствии со

вкусом ее обитательницы. Окна были затянуты белой и розовой кисеей. По кайме ковра были вытканы листья и розовые бутоны, в центре была изображена охапка распустившихся роз. Кровать, стулья и кушетки были из бамбука, причудливой и приятной формы. У изголовья кровати, на алебастровой колонке, возвышалась изящная статуэтка с миртовым венком в руках. К венку был прикреплен розовый кисейный полог, предохранявший от москитов, — вещь, необходимая в этих краях. Прелестные бамбуковые кушетки были устланы розовыми шелковыми подушками. Середину комнаты занимал стол, на котором стояла белая мраморная ваза, высеченная в форме лилии, окруженной бутонами. Она всегда была наполнена цветами. На этом же столе лежали книги Евы и стоял письменный прибор из резной слоновой кости.

На полочке камина стояли две мраморные вазы, которые Том ежедневно наполнял свежими цветами. На стенах висело несколько хороших картин, изображавших детей в различных позах. Одним словом, все было убрано так, чтобы глаз мог в любую минуту остановиться на предмете, вызывающем только светлые и радостные мысли.

Улучшение здоровья, придававшее девочке в течение нескольких последних дней силы, оказалось обманчивым. Все реже и реже слышался шум ее легких шагов на веранде. Зато чаще можно было ее видеть лежащей в шезлонге у открытого окна. Взор ее глубоких, задумчивых глаз был устремлен на озеро, воды которого мерно колыхались.

Как-то после полудня Ева лежала у окна, полураскрыв книгу. Ее прозрачные пальцы рассеянно перелистывали страницы.

Внезапно до нее донесся раздраженный голос матери, в котором звучали визгливые ноты.

— Что это такое? Как ты смеешь! Ты оборвала все мои цветы! — кричала миссис Сен-Клер.

Ева услышала хлесткий звук пощечины.

— Но, мэ-эм, это для мисс Евы! — послышался ответ, и Ева узнала голос Топси.

— «Для мисс Евы»! Оправдание, нечего сказать! Очень ей нужны твои цветы! Вон отсюда, чумазая ты дрянь!

Ева быстро поднялась с кресла и вышла на веранду.

— О мама! Мне так нужны эти цветы! — с волнением проговорила она. — Дайте их мне.

— К чему? Твоя комната и так полна цветов!

— А мне все мало! Топси, дай сюда цветы!

Топси, стоявшая, печально опустив голову, подошла к Еве и протянула ей цветы, взглянув на нее робким и застенчивым взглядом.

— Какой прелестный букет! — сказала Ева, перебирая ярко-красную герань и белые японские розы с блестящими, словно лакированными листьями. — Ты просто мастерица делать букеты. Погляди, вон та ваза пустая... Я хотела бы, чтобы ты каждый день приносила и ставила в нее свежие цветы.

Топси сразу повеселела.

— Новый каприз! — произнесла миссис Сен-Клер. — Зачем это тебе?

— Оставь, мама, неужели ты против того, чтобы Топси приносила мне цветы? Скажи, неужели против?

— Как хочешь, дорогая, как хочешь! Топси! Ты слышала, что сказала мисс Ева? Исполни ее желание!

Топси поклонилась и, опустив глаза, медленно удалилась. Ева заметила, как по ее черной щеке скатилась слеза.

— Вот видишь, мама, я знала, что Топси хотела доставить мне удовольствие.

— Глупости! Она стремится делать одни только гадос-

ти. Она знает, что нельзя трогать цветы, и нарочно трогает. Вот и все! Но если тебе это нравится — пусть!

Ева, утомленная, снова легла на кушетку.

— Мама, — проговорила она после некоторого молчания, — мне хотелось бы обрезать мои волосы.

— Зачем?

— Я хочу подарить их на память моим друзьям… пока я могу это сделать сама. Пожалуйста, попроси кузину обрезать их.

Мари позвала мисс Офелию. Когда она вошла, девочка, встряхнув свои длинные темно-золотистые косы так, что они рассыпались у нее по плечам, весело сказала:

— Подойдите сюда, кузина, и остригите овечку!

— Что это такое? — воскликнул Сен-Клер, неожиданно входя в комнату.

— Папа, я попросила кузину отрезать часть моих волос. Их слишком много у меня, и от их тяжести болит голова. Потом мне хочется несколько прядок подарить...

— Только осторожно, кузина! — взмолился Сен-Клер. — Срезайте сзади, там не так будет заметно. Локоны Евы — моя гордость!

— О папочка! — с грустью сказала девочка.

Затем она движением руки подозвала отца. Сен-Клер сел возле нее.

— Папа, — сказала она, — я слабею с каждым днем. Я знаю, что меня скоро не станет... Мне хотелось бы поговорить с тобой... откладывать дальше нельзя. Поговорим сейчас?

— Хорошо, дорогая моя, — прошептал Сен-Клер, одной рукой закрывая глаза, а другой сжимая руку дочери.

— Я хочу, чтобы сюда собрались все наши домашние. Я должна кое-что сказать им...

— Хорошо, — глухо произнес Сен-Клер.

Мисс Офелия созвала слуг, и скоро все собрались в комнате Евы.

Ева лежала, откинувшись на подушки. Распустившиеся волосы рассыпались по ее плечам. Лихорадочный румянец резко выделялся на прозрачно-бледном лице. Большие грустные глаза задумчиво остановились на каждом из присутствующих.

В комнате царило глубокое молчание. Все казались опечаленными тяжелым предчувствием. Женщины закрывали лица передниками.

— Я просила вас прийти, друзья мои, — заговорила Ева, приподнимаясь, — потому что я всех вас люблю и мне хочется кое-что сказать вам на прощание...

Ее прервали вздохи, плач и жалобные причитания, раздавшиеся со всех сторон.

Она немного помолчала и затем продолжала с такой торжественной серьезностью, которая заставила всех замолкнуть:

— Я знаю, что вы меня тоже любите...

— О да, да! Все! Дорогая, маленькая мисс! — почти разом сорвалось со всех уст.

— Я знаю это, чувствую всем сердцем, — продолжала девочка. — Все вы до единого были добры ко мне. И мне хочется кое-что подарить вам, что заставит вас вспомнить обо мне. Каждому из вас я дам по одному своему локону...

Невозможно описать эту сцену: плача и рыдая, слуги окружили Еву, получая из ее рук последний знак любви.

Мисс Офелия, опасавшаяся слишком сильного впечатления, которое эта сцена должна была произвести на больную, постепенно одного за другим выпроваживала всех слуг. Остались только Том и Мэмми.

— Дядя Том, — сказала Ева, — вот этот самый красивый локон я оставила для тебя... А ты, милая, добрая, ласковая моя Мэмми, — произнесла она, в порыве нежности обхватив шею негритянки, — я знаю, тебе будет трудно расстаться со мной...

— О мисс Ева, мисс Ева! Как же я буду жить без вас? — пролепетала преданная женщина и разразилась бурными рыданиями.

Мисс Офелия мягко выпроводила Тома и Мэмми на веранду. Она повернулась к кровати, полагая, что уже больше никого не осталось в комнате, и неожиданно увидела Топси.

— Откуда ты взялась, гадкая девчонка? — резко спросила она.

— Я была здесь, — проговорила Топси, утирая глаза. — О мисс Ева! Я была такая злая... Но неужели вы мне ничего не дадите?

— Что́ ты, что́ ты, бедная моя Топси! — тихо сказала Ева. — Я и тебе тоже дам локон. Каждый раз, когда ты взглянешь на него, ты вспомнишь, что я тебя любила и желала тебе добра...

— О мисс Ева!.. — Топси закрыла лицо передником.

Мисс Офелия молча увела ее из комнаты. Когда они ушли, Ева тихо коснулась руки отца.

— Папа...

Сен-Клер вздрогнул.

— Дорогой мой папа, — повторила Ева.

— Нет, нет, не могу! — почти вскрикнул Сен-Клер, поднимаясь с кресла. — Мне не вынести этой муки! Небо слишком жестоко поразило меня!

В голосе его послышалась нестерпимая горечь.

— Папа, — воскликнула Ева, — ты разрываешь мне сердце! — Она бросилась отцу на шею и так горько разрыдалась, что перепугала всех.

— Ева, маленькая моя, успокойся, успокойся! — повторял Сен-Клер. — Не огорчайся, не плачь... Видишь, я уже успокоился...

Девочка прильнула к груди отца, и он, склонившись, старался утешить ее ласковыми словами.

Мари поднялась и выбежала из комнаты.

— Ты мне не подарила локона, — произнес Сен-Клер с печальной укоризной.

— Вот все эти для тебя и для мамы, — сказала Ева, тряхнув головой. — И доброй кузине Офелии вы тоже дайте... Но этим бедным, несчастным людям я хотела подарить мои локоны сама, чтобы о них потом не забыли.

Ева быстро угасала. Нельзя было больше обманывать себя, надеяться. Ее спальня превратилась в комнату тяжело больной. Днем и ночью мисс Офелия неутомимо выполняла обязанности внимательной сиделки. Только теперь, в эти горестные дни, Сен-Клеры могли оценить ее по достоинству. У нее были такие необыкновенно ловкие руки, такой внимательный глаз! У нее была ясная голова, и она никогда не терялась, ничего не забывала, ничем не пренебрегала, не ошибалась. Если раньше многие, пожимая плечами, посмеивались над ее странностями и смешными привычками, так сильно отличавшимися от беззаботной лени южан, но теперь им пришлось признать, что в данной обстановке она оказывалась самым нужным и ценным человеком.

Том много времени проводил с Евой. Нервы девочки были возбуждены. Ее успокаивало, когда ее носили на руках по комнате, и Том был счастлив, что мог, уложив девочку на подушку, носить ее по веранде. Если освежающий ветерок дул со стороны озера и Ева чувствовала себя лучше, он выходил с нею в сад и прохаживался, держа ее на руках, в тени апельсиновых деревьев или же усаживался где-нибудь и пел ей старинные песни.

Иногда ее носил Сен-Клер, но он был менее силен, чем Том, и быстро уставал. Тогда Ева говорила ему:

— Папа, пусть Том поносит меня... это его не утомляет.

Но не один Том стремился хоть что-нибудь сделать для больной. Все слуги были полны тем же желанием, и каждый в меру своих сил и умения что-нибудь делал для Евы.

Сердце бедной Мэмми рвалось к ее дорогой маленькой хозяйке, но у нее не было случая услужить ей. Миссис

Сен-Клер объявила, что она совершенно лишилась сна. При ее характере было вполне понятно, что она не давала спать никому из окружающих. Раз двадцать за ночь она заставляла Мэмми подниматься и растирать ей ноги, освежать лоб холодной водой или отыскивать завалившийся куда-нибудь носовой платок, посылала ее посмотреть, что означает шорох в комнате Евы, опустить занавеску, так как слишком много света, или раздвинуть полог, так как ей темно. Если же днем Мэмми пыталась урвать хоть минуту, чтобы поухаживать за своей любимицей, Мари изыскивала тысячу способов занять ее своей собственной особой.

Только украдкой удавалось Мэмми взглянуть на больную, шепнуть ей ласковое слово.

Том был единственным из всех, кого девочка посвящала в свои мысли. Она говорила ему то, что не решалась сказать отцу из опасения огорчить его.

Том не ночевал больше у себя в комнате. Все ночи он проводил на веранде, у дверей Евы, чтобы сразу отозваться на малейший зов.

— Том, — произнесла мисс Офелия, застав его однажды ночью на веранде, — что за странная привычка спать на полу! Мне казалось, что вы любите порядок и спите в кровати, как все порядочные люди...

— Так оно и есть, мисс Офелия, но сейчас...

— Что сейчас?

— Сейчас надо быть наготове... Только тише, чтобы не услышал мастер Сен-Клер.

— Я вас не понимаю, Том.

— Я жду каждую ночь... Если что случится...

— Почему это приходит вам на ум, Том? Разве мисс Ева говорила вам, что ей хуже?

— Нет, но сегодня утром она сказала, что час ее приближается...

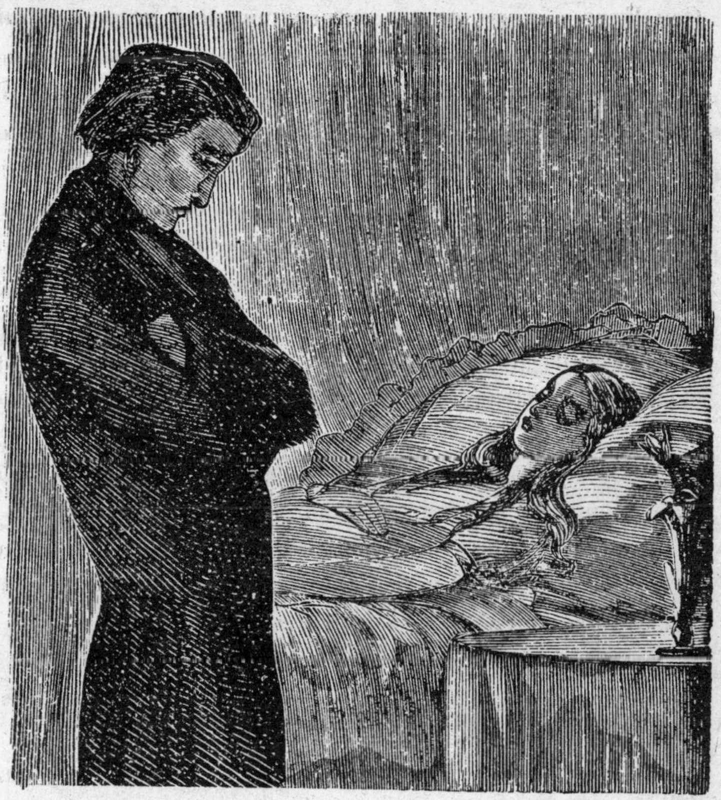

Разговор этот между Томом и мисс Офелией происходил около одиннадцати часов вечера, в то время, когда, закончив все приготовления к ночи, мисс Офелия собиралась задвинуть засов у наружной двери.

Мисс Офелия не была ни чересчур впечатлительна, ни чрезмерно нервна, но взволнованная торжественность, с которой Том произнес эти слова, поразила ее. Ева весь этот день была как-то необычайно весела и оживленна. Она долго сидела в кровати, разглядывая всякие безделушки и называя тех из своих друзей, которым они должны быть подарены. Она была бодрее, разговорчивей. Вечером, глядя на нее, отец заметил, что еще ни разу за все время болезни ей не было так хорошо, и, поцеловав ее перед уходом, тихо сказал, обращаясь к Офелии:

— Кто знает, кузина, может быть, нам еще удастся спасти ее... Еве, безусловно, стало лучше...

В этот вечер, впервые за последние недели, он вышел из ее комнаты с более легким сердцем.

Мисс Офелия решила провести эту ночь подле больной. Около полуночи она уловила то, что опытные сиделки называют «переменой». Отворилась дверь на веранду, и Том, бывший все время наготове, в одно мгновение вскочил на ноги.

— Врача, Том! Не теряйте ни минуты!

Затем она прошла в комнату Сен-Клера и постучала:

— Огюстэн, пойдите сюда!

Слова эти упали на сердце Сен-Клера, как комья земли на крышку гроба. В одно мгновенье очутился он у постели Евы, склонился над нею.

Что увидел он, от чего замерло его сердце и остановилось дыхание? Почему не обменялся он ни словом с Офелией?

Те, которым приходилось видеть это выражение на любимом лице, навсегда запомнили это нечто неописуемое, убивающее надежду, не оставляющее сомнений, что любимое существо уже не принадлежит вам...

Не было на лице Евы зловещей печати. Наоборот: на нем отражалось несказанное спокойствие.

Они стояли перед девочкой, не сводя с нее глаз, в таком глубоком молчании, что даже стук маятника казался назойливо шумным.

Вскоре появился врач, сопровождаемый Томом.

Войдя в комнату, Том бросил взгляд на постель и остановился, не произнеся ни слова.

— Когда наступила эта перемена? — прошептал врач, склонившись к уху Офелии.

— Около полуночи.

Мари, разбуженная приездом врача, показалась в соседней комнате.

— Огюстэн, кузина, что случилось? — пролепетала она.

— Тише, — хрипло проговорил Сен-Клер, — она умирает...

Услышав это страшное слово, Мэмми бросилась будить слуг. Вскоре весь дом был на ногах. Зажглись огни, послышался шорох шагов. Встревоженные лица мелькали за перилами веранды. В дверь заглядывали люди, глаза которых были полны слез.

Сен-Клер ничего не слышал и не видел, кроме лица своей дочери.

— О господи, — шептал он. — Если бы она еще на мгновение пришла в себя, если б произнесла хоть слово! — Склонившись к ней, он позвал ее: — Ева, любимая моя!

Большие синие глаза раскрылись, улыбка скользнула по ее губам. Она попыталась приподнять голову и что-то сказать.

— Ты узнаешь меня, Ева?

— Дорогой папа...

Сделав последнее усилие, она обвила его шею руками.

Затем руки ослабели, упали. Сен-Клер приподнял ее головку и увидел, как по лицу пробежала судорога смерти.

Девочка упала назад на подушки, задыхающаяся, потерявшая последние силы. Глаза ее время от времени еще раскрывались и неподвижно глядели куда-то вверх.

— Ева... — с нежностью проговорил Сен-Клер.

Она не отозвалась.

— Ева, — повторил он, — дитя мое... Скажи нам что-нибудь... скажи, Ева!

Улыбка осветила ее лицо. Она вздохнула и вытянулась.

ГЛАВА XXVII

Конец пути

Ева лежала, одетая в то самое белое платье, которое часто носила при жизни. Длинные ресницы оттеняли прозрачную белизну нежных щек. Голова слегка склонилась набок, словно девочка и в самом деле спала.

Сен-Клер, скрестив руки, стоял у постели дочери, не сводя взгляда с ее лица. С той минуты, когда в комнате девочки кто-то произнес: «Ее не стало», — его глаза словно застилал непроницаемый туман. Он слышал голоса. Ему задавали вопросы. Он отвечал. Его спрашивали, на какой день назначить похороны, где похоронить ее. Он с нетерпением отвечал, что ему это безразлично.

Адольф и Роза убирали комнату. Мисс Офелия давала общие указания, но именно они сумели придать убранству комнаты поэтическое обаяние, устранив все грозное и мрачное, так часто характеризующее похороны в Новой Англии.

Как и прежде, в вазах на этажерках стояли цветы, белые благоухающие цветы с красиво ниспадающей листвой. На столик Евы, задрапированный белым, была поставлена ее любимая ваза, в ней — бутон белой розы.

Сен-Клер в задумчивости стоял у постели, когда в комнату неслышно вошла Роза с корзинкой белых цетов. Заметив Сен-Клера, она почтительно отступила на шаг, но, убедившись, что он не обращает на нее внимания, приблизилась к кровати. Сен-Клер, словно во сне, видел, как она вложила в руки Евы букетик роз и красиво расположила остальные цветы на смертном ложе.

Дверь открылась, и на пороге показалась Топси. Глаза ее опухли от слез. Она что-то прятала под передником. Роза сделала угрожающий жест, но Топси, не глядя на нее, ступила в комнату.

— Уходи отсюда, — повелительно зашептала Роза. Уходи! Тебе здесь нечего делать!

— О, пустите меня! — взмолилась Топси. — Я принесла такой красивый цветок!

— Уходи! — еще резче сказала Роза.

— Нет, пусть она остается! — воскликнул Сен-Клер. — Пусть подойдет сюда...

Топси подошла к кровати и положила к ногам Евы свое приношение. Затем, неожиданно испустив какой-то дикий вопль и упав навзничь около ложа Евы, она разразилась рыданиями.

На шум вбежала мисс Офелия. Она попыталась приподнять девочку и заставить ее замолчать — все было напрасно.

— О мисс Ева, мисс Ева! — вскрикивала Топси. — Я тоже хотела бы умереть...

Такое глубокое страдание, такая боль звучали в этом крике, что Сен-Клер впервые после смерти Евы почувствовал, как слезы подступили к его глазам.

— Встань, ну, встань, детка, — мягко говорила Офелия.

— Я ведь никогда больше не увижу ее! — рыдая, твердила Топси. — Не увижу ее!

На мгновение в комнате все утихло.

— Она сказала, что любит меня, — снова заговорила Топси сквозь слезы. — Да, она меня любила... Да, да! А теперь у меня никого, никого не осталось! Никого!..

— Пожалуй, она права, — сказал Сен-Клер. — Но постарайтесь как-нибудь успокоить это несчастное маленькое создание, — добавил он, повернувшись к мисс Офелии.

Мисс Офелия ласково, но твердо подняла Топси с пола и выпроводила из комнаты. При этом она и сама не в силах была удержаться от слез.

— Топси, бедная девочка, — говорила она ласково. — Не горюй... Я ведь тоже люблю тебя, хотя я и не такая добрая, как наша дорогая маленькая Ева... Я помогу тебе стать хорошей, славной девушкой...

Голос мисс Офелии выражал больше, чем слова. А еще выразительнее были честные и искренние слезы, катившиеся по ее лицу.

— О моя маленькая Ева, — шептал Сен-Клер, — как много добра сделала ты за свою короткую жизнь! А я... какой пустой и бесплодной была моя жизнь...

После похорон Евы семья Сен-Клеров переехала в город. Истерзанная душа Огюстэна требовала перемены обстановки, способной изменить и ход его мыслей. Он покинул поэтому и дом, и сад, и маленькую могилку и, вернувшись в Новый Орлеан, с головой окунулся в жизнь большого города. Он пытался заполнить пустоту в своей душе. Люди, встречавшие его на улице или в кафе, о постигшей его утрате узнавали только по креповой повязке на его шляпе. Он казался спокойным, улыбался, разговаривал, просматривал газеты, спорил о политике, проявлял интерес к коммерческим делам. Кто мог подозревать, что за этой беззаботной внешностью скрывается сердце, как могила полное печали и мрака...

— Сен-Клер очень странный человек, — жалобно говорила Мари, обращаясь к мисс Офелии. — Право же, мне всегда казалось, что уж если ему что-нибудь и дорого на свете, так это наша маленькая Ева! Но я вижу, что и ее он с легкостью забыл... Я не могу добиться, чтобы он поговорил со мной о ней.

— Где вода спокойна, там и глубока, говорят у нас, — медленно произнесла Офелия.

— Эта пословица в данном случае неприменима, — возразила Мари обиженно. — Когда у человека есть сердце — это бывает видно, этого не скроешь... Как тяжко обладать чувствительным сердцем! Лучше бы уж я была такой, как Сен-Клер... моя чувствительность убивает меня!

— Взгляните на мистера Сен-Клера, мэ-эм, — сказала как-то Мэмми. — Он так исхудал, что превратился в тень. Он ничего не ест. Я знаю, что он не забывает мисс Еву. Ах, никто, никто не забудет ее, дорогую нашу крошку! — И Мэмми заплакала.

ГЛАВА XXVIII

Сомкнулись волны...

Неделя за неделей проходили в доме Сен-Клера. Волны жизни, сомкнувшись на том месте, где скрылась маленькая ладья, продолжали свое обычное течение. О, эти мелочи повседневной жизни: холодные, жесткие, властные, неумолимые, — как безжалостно топчут они драгоценнейшие чувства нашего сердца! Приходится есть, пить, приходится спать, приходится даже просыпаться! Нужно покупать, продавать, спрашивать, отвечать на вопросы.

Надежды Сен-Клера, все его интересы до сих пор незаметно для него самого вертелись вокруг дочки. Ради Евы он украшал свой дом, заботился о своем поместье, о денежных делах. Время свое он распределял так, как было лучше для девочки. Все мысли его были полны Евой, все делалось только для нее. Евы не стало, и сразу теряли смысл и действия его и намерения.

Но какая-то невидимая, неуловимая связь продолжала существовать между ним и любимым ребенком. Часто в минуты отчаяния ему казалось, что он слышит детский голос, зовущий его к добру и правде. Он словно видел маленькую ручку, указывающую ему путь в жизни.

Сен-Клер стал другим человеком. У него появились иные взгляды на взаимоотношения с рабами. Он стал ощущать недовольство своим прошлым и настоящим.

Сразу же по возвращении в Новый Орлеан он предпринял кое-какие шаги к освобождению Тома, привязанность к которому росла в его сердце с каждым днем. Ничто в этом мире не напоминало ему так ярко дорогого образа его девочки, как ее старый чернокожий друг. Ему хотелось, чтобы Том постоянно находился около него, и Том всюду сопровождал своего хозяина.

— Итак, друг, — сказал ему однажды Сен-Клер, — я собираюсь сделать тебя свободным человеком. Складывай свои пожитки и готовься к возвращению в Кентукки.

Радость, как молния, сверкнула в глазах Тома.

Сен-Клера почти обидело, что Том с такой легкостью готов был расстаться с ним.

— Мне кажется, Том, — произнес он сухо, — что тебе здесь было не так уж плохо... Не понимаю, почему тебя так обрадовала возможность уехать.

— О нет, мастер, — воскликнул Том, — дело вовсе не в этом! Меня радует, что я буду свободным человеком.

— Скажи по совести, Том, не кажется ли тебе, что сейчас ты живешь лучше, чем если бы был свободен?

— Конечно, нет, мастер, — ответил с неожиданной твердостью Том. — Конечно, нет!

— На свой заработок ты никогда бы не мог так питаться и быть одетым так, как ты одет и как питаешься у меня, — сказал Сен-Клер.

— Я это отлично знаю, — согласился Том, — мастер был очень добр ко мне, слишком добр... Но я предпочел бы иметь самый бедный дом, самую плохую одежду, лишь бы знать, что это мое, а не хозяйское. Разве это не естественно, мастер?

— Думаю, что ты прав, Том. И ты скоро уедешь... это будет приблизительно через месяц. Хотя... может быть, тебе и не следовало бы этого делать, кто знает...

— Я не уеду, — сказал Том, — пока я могу быть полезен мастеру, пока мастера грызет тоска...

— Пока меня грызет тоска... — задумчиво, глядя в окно, повторил Сен-Клер. — Ты в самом деле думаешь остаться со мной так долго? Ах, добрый мой Том, — продолжал он, положив руку на его плечо, — славный ты человек... Нет, я не стану так долго задерживать тебя. Поезжай к своей жене и детям...

Разговор был прерван приездом гостей.

Мари Сен-Клер переживала смерть Евы настолько глубоко, насколько вообще была способна что бы то ни было переживать. А так как ей свойственно было делать несчастными всех окружающих, когда несчастье поражало ее, то рабы ее сейчас имели достаточное основание горевать и оплакивать свою маленькую хозяйку, мягкое обхождение и великодушное заступничество которой не раз ограждали их от деспотизма ее матери.

Мисс Офелия тоже по-своему болезненно ощущала потерю Евы. Но в ее честном и добром сердце горе приносило другие плоды: она стала покладистее и мягче. Так же ревностно относилась она к своим обязанностям, к любому делу, за которое бралась, но стала как-то спокойнее, сдержаннее. Офелия уделяла теперь большое внимание воспитанию Топси. Она уже не вздрагивала от отвращения при прикосновении к девочке, и ей не нужно было скрывать неприязнь, которую она уже не испытывала.

Топси также изменилась к лучшему.

— Мне кажется, вам в самом деле удастся сделать из Топси человека, — сказал однажды Сен-Клер. — Не покидайте ее, Офелия...

— Девочка делает успехи, — согласилась мисс Офелия. — Но, Огюстэн, — добавила она, касаясь руки Сен-Клера, — я хочу спросить вас об одной вещи... Кому принадлежит Топси — вам или мне?

— Что за вопрос! Я подарил ее вам.

— Но не законным путем. Я хотела бы, чтобы она была моей легально.

— О-о, кузина! А что скажет на это объединение аболиционистов? Вы в роли рабовладельца! Боюсь, что в покаяние за такой грех будет учрежден однодневный пост.

— Не говорите пустяков! Я хочу, чтобы Топси была моей для того, чтобы увезти ее в свободные штаты и там освободить. Тогда все сделанное мною не пропадет понапрасну.

— Кузина, кузина, планы у вас прямо бунтовщические! Я не имею права поддерживать вас на этом пути.

— Бросьте шутить, Огюстэн! Поговорим серьезно. Все мои старания сделать из нее порядочную девушку пропадут даром, если мне не удастся оградить ее от роковых условий рабства. Если вы хотите, чтобы она действительно стала моей, составьте формальную дарственную, официальный акт.

— Хорошо, хорошо, обязательно сделаю. — И, усевшись в кресло, он спокойно развернул газету.

— Сделайте это сейчас! — попросила Офелия.

— Что за поспешность?

— Сейчас как раз подходящий момент. Вот вам перо, чернила, бумага... Пишите!

Сен-Клер, как и большинство людей такого склада, не любил, чтобы его торопили с делом, спешность которого для него не была очевидной. Его раздражали педантичность и настойчивость мисс Офелии.

— Господи, не понимаю, неужели вам мало моего слова!

— Я хочу иметь полную уверенность, — сказала Офелия. — Вы можете умереть, разориться, и тогда, несмотря на все мои старания, Топси может быть продана с аукциона.

— Какая предусмотрительность! Ничего не поделаешь: раз уж я попал в вашу власть, мне остается только подчиниться.

Сен-Клер быстро составил акт. Он был знаком с необходимыми формальностями, и это не представило для него трудности.

— Вот, мисс Вермонт, все в порядке. — Он протянул ей бумагу.

— Давно бы так, — с улыбкой похвалила его Офелия. — Но разве не нужна еще подпись свидетеля?

— Вы правы. Мари, — произнес он, приоткрывая дверь в комнату жены, — кузине хочется иметь ваш автограф. Не подпишете ли вы этот документ?

— Что это? — спросила Мари, пробегая бумагу. — Да ведь это просто забавно! Я считала, что кузина такая противница рабства, и вдруг она допускает... Впрочем... — И она небрежно поставила на документе свое имя.

— Теперь она душой и телом принадлежит вам, — сказал Сен-Клер, подавая документ мисс Офелии.

— Она принадлежит мне не более, чем принадлежала до этого, — сказала Офелия. — Но теперь я имею возможность защитить ее, если это будет нужно.

— Она ваша по всем правилам закона, — сказал Сен-Клер и, вернувшись в гостиную, снова взялся за газету.

Мисс Офелия, избегавшая по возможности оставаться в обществе Мари, последовала за ним, не забыв, однако, убрать дарственную. Усевшись в кресло, она принялась за вязанье.

— Огюстэн, — сказала она неожиданно, — сделали ли вы что-нибудь для ваших слуг на случай вашей смерти?

— Нет.

— Ведь может наступить момент, когда ваша снисходительность по отношению к ним принесет им большой вред...

Эта мысль не раз приходила самому Сен-Клеру, но он ответил небрежно, продолжая читать газету:

— Я займусь этим как-нибудь на днях...

— Когда?

— Когда-нибудь... позже...

— А если вы умрете до этого?

— Да что вы, кузина! Что это значит?

Отложив газету, он вплотную подошел к ней и заглянул ей в глаза.

— Не находите ли вы у меня признаков желтой лихорадки или холеры? — спросил он. — Почему вы так настойчиво хотите заставить меня заняться моими предсмертными делами?

— И в расцвете жизни смерть стоит у нас за плечами, — проговорила Офелия.

Сен-Клер прошелся по комнате и остановился у дверей, которые вели на веранду. Он хотел оборвать этот разговор, который был ему неприятен. Но про себя он все время машинально повторял: «Смерть!» Он оперся о балюстраду и остановил свой взор на струях фонтана, которые взлетали вверх и, рассыпавшись на тысячу сверкающих брызг, падали обратно в бассейн. Затем, словно сквозь густой туман, он увидел цветы, деревья, расставленные во дворе вазы. Снова он повторил это таинственное, пугающее слово «смерть».

Долго просидел он на террасе. Затем встал и, углубившись в свои мысли, стал ходить взад и вперед по веранде. Казалось, он забыл обо всем окружающем, и Тому пришлось напомнить ему, что уже дважды звонили к чаю.

За столом Сен-Клер сидел все такой же задумчивый и рассеянный. После чая Мари, Офелия и он перешли в гостиную. Никто не произносил ни слова.

Мари улеглась на кушетку и вскоре уснула.

Мисс Офелия вязала.

Сен-Клер сел за рояль и сыграл несколько грустных мелодий. Спустя некоторое время он встал, выдвинул какой-то ящик и достал из него старую тетрадь нот с пожелтевшими листами. Опустившись на стул, он перелистал несколько страниц.

— Взгляните, — сказал он мисс Офелии. — Эти ноты принадлежали моей матери. Посмотрите, вот это вписано ее рукой... Это выдержки из «Реквиема» Моцарта. Она переписала это сама.

Мисс Офелия, поднявшись, подошла к нему и заглянула в ноты.

— Она часто пела это, — сказал Сен-Клер. — Мне кажется, я и сейчас слышу ее...

Он взял несколько торжественных аккордов и вполголоса запел.

Услышав пение, Том вошел в гостиную и остановился у дверей. Исполнение Сен-Клера было проникнуто страстью. Голос и инструмент изливали поток глубокой и чарующей гармонии, тайну которой Моцарт гениально раскрыл в своем изумительном реквиеме.

Умолкнув, Сен-Клер некоторое время продолжал сидеть за роялем, опершись головой на руку. Затем он поднялся и зашагал взад и вперед по комнате.

— Дорогая моя маленькая Ева! Бедная детка! — произнес он. — Это ты толкнула меня на путь больших перемен...

Впервые после смерти дочери он заговорил о ней, и видно было, что ему с трудом удавалось преодолеть волнение.

— Вот, — продолжал он, — как я понимаю долг человека: он обязан отдать все силы свои и способности на борьбу с чудовищной системой подлости и несправедливости, на которой зиждется наш общественный порядок. Он обязан даже быть готовым к тому, чтобы пожертвовать своей жизнью, если это окажется необходимым.

— Почему же вы до сих пор бездействовали? — тихо спросила Офелия.

— Потому, что благих намерений хватало только на то, чтобы лечь на кушетку и проклинать всех, в частности духовенство, за то, что они неспособны на жертвы. Требовать же от других, чтобы они шли на мученичество, легче всего!

— А теперь вы готовы действовать?

— Никому не ведомо будущее... Я сейчас смелее, чем прежде. Я утратил все, а тот, кому нечего терять, спокойнее идет на риск.

— Что же вы рассчитываете делать?

— Выполнить свой долг по отношению к слабым и бедным так, как я его понимаю. Начну со своих слуг, для ко-

13 – 4402

торых до сих пор ничего не делал. А позже, кто знает, я, может быть, постараюсь быть полезным целой категории людей... Попытаюсь сделать что-нибудь, чтобы спасти мою страну от позора, тяготеющего над ней.

— Считаете ли вы возможным, чтобы все рабовладельцы согласились на освобождение своих невольников?

— Не знаю... Но настало время решительных действий. То тут, то там на земном шаре проявляются героизм и готовность к жертвам. Быть может, и среди нас найдутся благородные сердца, которые не будут расценивать людей в долларах и центах.

— Трудно этому поверить, — недоверчиво произнесла Офелия.

— Но предположите, что в одно прекрасное утро мы возьмем да освободим тысячи наших рабов. Кто займется их воспитанием? Кто научит их правильно использовать свою свободу? Оставаясь среди нас, они ничему не научатся. Мы, южане, сами слишком ленивы и неподвижны, чтобы воспитать в них энергию и работоспособность, без которых из них не выйдет настоящих людей. Они отправятся на Север, где труд в моде и все люди работают. Но скажите откровенно: достаточно ли сильно у вас на Севере чувство долга и любви к ближнему, чтобы вы согласились взять на себя роль опекунов и воспитателей? Вы посылаете сотни тысяч долларов на содержание всяких миссионеров, но согласитесь ли вы на то, чтобы в ваши города и поселки хлынули эти чернокожие? Если мы освободим их, займетесь ли вы их воспитанием? Сколько семейств в ваших городах согласится приютить у себя семью негров? Найдется ли хоть один коммерсант, который согласится принять к себе Адольфа, если я сделаю из него приказчика? Если б я захотел поместить Джэн и Розу в школу, сколько школ в ваших свободных штатах согласится принять их? А между тем они по цвету своей кожи такие же белые, как многие наши северянки и южанки. Вы видите, кузина, что я рассуждаю здраво. Наше положение неприятно. Мы, южане, официальные угнетатели негров, но закоренелые предрассудки северян гнетут негров не менее жестоко.

— Это правда, кузен. Это правда, и я испытывала это сама... Но я преодолела эти предрассудки, и мне кажется, что на Севере есть люди, которым достаточно будет разъяснить, в чем заключается их долг... Я думаю все же, что мы это сделаем.

— Вы — безусловно! Я знаю, что вы сделаете все, что сочтете своим долгом.

— Господи боже мой, я уж вовсе не такая особенная, — сказала мисс Офелия. — Другие поступят так же, как я. Например, я собираюсь взять Топси к себе домой... Кроме того, Огюстэн, мне известно, что на Севере есть много людей, которые стремятся именно к тому, о чем мы говорим.

— Да, но их ничтожное меньшинство. А если число освобождаемых будет значительно, мы услышим, как они заговорят!

Мисс Офелия ничего не ответила. Несколько минут длилось молчание. Тень мрачной задумчивости лежала на лице Сен-Клера.

— Не знаю, — произнес он наконец, — почему я сегодня все время вспоминаю свою мать... Как странно, что прошлое подчас встает перед нами, как живое. Я, пожалуй, пройдусь немного, — сказал он вдруг, — и заодно посмотрю, что пишут в вечерних газетах.

Взяв шляпу, он вышел из комнаты.

Том последовал за ним до ворот и спросил, не желает ли хозяин, чтобы он сопровождал его.

— Не нужно, друг мой, я вернусь через час.

Том уселся под навесом веранды.

Вечер был ясный и теплый. Том глядел на фонтан, струи которого серебрились при свете луны, и прислушивался к журчанью воды. Он думал о своем доме, о семье. Ведь скоро он будет свободен, скоро увидится с ними. Думал о том, как он будет работать, заработает деньги на то, чтобы выкупить жену и детей. Затем он вспомнил Еву, и ему стало казаться, что прекрасное лицо ее и золотистые волосы мелькнули в сверкающей водяной пене. Он уснул, и ему приснилось, что она приближается к нему, воздушная и легкая, как при жизни... Тома разбудил громкий стук в ворота, шум голосов и шагов.

Он бросился отпирать. Вошли какие-то незнакомые люди. Они внесли на носилках чье-то тело, закутанное в плащ. Свет фонаря резко осветил лицо лежащего. Том пронзительно вскрикнул. Это был крик отчаяния и ужаса. Люди с носилками двинулись к дому, достигли дверей гостиной, где сидела Офелия, занятая вязаньем...

Как узнали позже, Сен-Клер зашел в кафе, чтобы просмотреть вечернюю газету. Пока он читал, в зале произошла драка. Сен-Клер и кое-кто из сидевших за столиками бросились разнимать дерущихся, и Сен-Клер был ранен в бок кривым ножом, который он пытался отнять у одного из дерущихся.

Дом наполнился плачем и жалобами. Рабы в отчаянии бросались на землю, рвали на себе волосы, бесцельно бегали взад и вперед.

Мари лежала в полуобморочном состоянии. Только Том и мисс Офелия в какой-то степени сохраняли присутствие духа.

Мисс Офелия превратила одну из кушеток в постель. На ней уложили раненого, обливавшегося кровью. Сен-Клер лишился чувств от боли и слабости. Кроме того, он потерял много крови. Мисс Офелия поднесла к его носу ароматическую соль. Сен-Клер пришел в себя, раскрыл

глаза, обвел взглядом комнату и остановил его на портрете матери.

Приехал врач и, осмотрев больного с помощью мисс Офелии и Тома, тщательно наложил повязку. По его виду все поняли, что надежды нет. Рыдая, слуги толпились у дверей.

— Их необходимо удалить, — сказал доктор. — Помочь ему сейчас может лишь полный покой.

Сен-Клер открыл глаза и взглянул на людей, которых мисс Офелия и врач пытались выпроводить из комнаты.

— Бедные... — проговорил он, и по лицу его скользнуло выражение раскаяния.

Прошло некоторое время, вдруг Сен-Клер положил свою руку на руку Тома, стоявшего у его постели, и прошептал:

— Бедный Том... Я умираю...

— Позвать священника? — спросил врач.

Сен-Клер отрицательно покачал головой. Губы его что-то беззвучно шептали.

— Сознание затемняется... — тихо произнес врач.

— Напротив, — с неожиданной энергией проговорил Сен-Клер. — Только сейчас оно прояснилось!

Смертельная бледность покрыла его лицо, и вместе с нею выражение умиротворенности и покоя появилось в его чертах, будто у засыпающего ребенка.

Несколько минут он лежал совершенно неподвижно.

Том видел, что рука смерти опускается на чело его хозяина. Но Сен-Клер еще раз открыл глаза. Отсвет радости мелькнул в его глазах, той радости, которую испытывают при свидании с любимым человеком. «Мать моя...» — прошептал он, и все было кончено.

ГЛАВА XXIX
Беззащитные

Часто рассказывают об отчаянии негров, которые теряют доброго хозяина. Удивляться тут нечему. Нет на свете существа более несчастного и заслуживающего большего сострадания, чем раб при таких обстоятельствах. Ребенок, потерявший отца, может рассчитывать на защиту закона, на поддержку со стороны друзей умершего. Он что-то представляет собой, на что-то может надеяться. Он занимает какое-то положение, имеет какие-то права. Раб — ничто! Закон не признает за ним никаких прав. Это — товар. Если когда-либо за ним признавали право на какие-то человеческие желания и потребности, он был обязан этим лишь доброй воле своего хозяина. Не стало хозяина — и все идет прахом.

Невелико число тех, кто своей неограниченной и безответственной властью умеет пользоваться человечно. Это

известно всем, а рабу — лучше всех. Девяносто девять шансов за то, чтобы попасть в руки жестокого и деспотичного хозяина. Один шанс — встретить хозяина доброго и справедливого. Смерть доброго хозяина приходится долго и тяжко оплакивать.

Отчаяние и ужас охватили дом, когда скончался Сен-Клер. Он был скошен смертью в расцвете сил. У Мари, пока длилась агония ее супруга, обморок следовал за обмороком, и тот, с кем она была связана узами брака, покинул ее навсегда, не обменявшись с нею даже единым прощальным словом.

Мисс Офелия, со свойственной ей выдержкой и силой воли, до последней минуты не покидала своего кузена. Все внимание свое она сосредоточила на том, чтобы предупредить малейшее его желание и сделать все необходимое для него.

Том также не отходил от постели умирающего.

Он был полон мыслями о безвременной кончине Сен-Клера и, отдавая последний долг праху своего господина, не задумывался над тем, что эта нежданная смерть обрекает на рабство, от которого ему уже не найти избавления.

Похороны были обставлены со всей подобающей пышностью: торжественные лица и молитвы, креп и черные драпировки...

Затем холодные, мутные волны повседневной жизни потекли по своему обычному руслу. Вскоре перед всеми встал печальный вопрос: что же делать дальше?

Этот вопрос задавала себе и Мари, которая, сидя в длинном траурном одеянии среди своих встревоженных рабов, рассматривала образцы крепа и всевозможных черных тканей.

Этот же вопрос задавала себе и мисс Офелия, помыслы которой уже устремлялись к ее дому на Севере.

Этот вопрос с ужасом задавали себе и невольники, хорошо знавшие жестокий и бесчувственный нрав госпожи, в руках которой они теперь находились. Всем было известно, что снисходительность, до сих пор проявлявшаяся по отношению к ним, зависела не от хозяйки, а от хозяина, и что теперь, когда его не стало, ничто уже не оградит их от тирании этой женщины, которую горе еще более ожесточило.

Прошло недели две после похорон. Мисс Офелия работала у себя в комнате. Раздался робкий стук в дверь: вошла Роза, хорошенькая маленькая квартеронка, о которой мы уже неоднократно упоминали. Волосы ее были растрепаны, а глаза вспухли от слез.

— О мисс Фили! — воскликнула она, падая на колени и хватаясь за складки платья Офелии. — Пойдите, пойдите к госпоже, заступитесь за меня! О, горе мне, горе! Она хочет отправить меня в исправительный дом, чтобы меня там выпороли... Вот, посмотрите! — И она протянула мисс Офелии какую-то бумажку.

Это был приказ, написанный нежной и белой ручкой Мари и адресованный содержателю дома для бичевания рабов с требованием нанести предъявительнице пятнадцать ударов кнутом.

— Что ты натворила? — спросила мисс Офелия.

— Вы ведь знаете, мисс Фили, у меня такой скверный характер... Я, конечно, виновата. Я примеряла миссис Мари платье... Она дала мне пощечину. Я не удержалась и сказала... Я была невежлива... Она объявила, что сумеет справиться со мной и раз навсегда отучит слишком высоко поднимать голову. И она написала вот это и приказала отнести. Лучше уж меня убили бы на месте!

Мисс Офелия сидела, в нерешительности держа бумажку в руках.

— Видите, мисс Фили, — продолжала между тем Роза срывающимся голосом, — я не кнута боюсь... если бы секли меня вы или миссис Мари... Но ведь пороть меня будет мужчина, да еще такой ужасный! О мисс Фили, стыд, стыд-то какой!

Мисс Офелии и до этого было известно, что существовал общепринятый обычай посылать женщин и даже молодых девушек в специальные заведения, где их пороли мужчины, достаточно подлые и гнусные, чтобы заниматься таким ремеслом. Поэтому, когда к ней прибежала Роза, в душе мисс Офелии вспыхнуло чувство оскорбленной женской чести. Но, как всегда, осторожная и умеющая владеть собой, она сдержалась.

— Побудь здесь, дитя мое, — сказала она внешне спокойно, скомкав в руке бумажку, — я попробую поговорить с твоей госпожой.

— Позор! Возмутительно, чудовищно! — шептала она, направляясь в комнату Мари.

Она застала Мари сидящей в глубоком кресле. Мэмми расчесывала ей волосы, Джэн растирала ноги.

— Как вы чувствуете себя сегодня? — спросила мисс Офелия.

Глубокий вздох, глаза полузакрылись — таков был первый ответ Мари.

— О, я и сама не знаю, кузина, — томно произнесла она спустя несколько мгновений. — Не хуже, чем мне вообще дано себя чувствовать... — И она вытерла глаза батистовым платочком с черной каймой в палец шириной.

— Я зашла к вам, — начала мисс Офелия с тем легким и сухим покашливанием, которое нередко служит предисловием к затруднительному разговору, — я зашла к вам поговорить об этой несчастной Розе...

Глаза Мари широко раскрылись, кровь залила ее бледные щеки, и она резким тоном произнесла:

— Не понимаю! В чем дело?

— Она раскаивается в своем проступке.

— Неужели? Она еще не так будет раскаиваться! Слишком долго я терпела наглость этой твари.

— Но не можете ли вы наказать ее как-нибудь по-другому? Не так позорно?

— Наоборот! Чем позорнее, тем лучше! Этого-то я и хочу. Всю жизнь она кичилась тем, какая она хрупкая, нежная, гордилась своей смазливой физиономией и господскими манерами. Она, в конце концов, совершенно забыла, кто она такая. Я дам ей такой урок, который сразу сломит ее гордость!

— Но, кузина, если вы уничтожите у молодой девушки чувство стыдливости, вы тем самым развратите ее...

— Стыдливость? — воскликнула Мари, презрительно засмеявшись. — Подходящее слово, нечего сказать, для такой твари! Я заставлю ее понять, что она, несмотря на все свои ужимки, ничем не лучше любой потаскушки, которая в лохмотьях шатается по улицам... Не посмеет она больше задирать передо мной нос!

— Я уверена, что потом вы пожалеете об этой жестокости, — все еще сдерживаясь, проговорила мисс Офелия.

— Хотела бы я знать, в чем здесь жестокость! — воскликнула Мари. — Я приказала нанести ей всего пятнадцать ударов и добавила, чтобы ее били не слишком сильно. Какая же тут жестокость?

— Вы не видите здесь жестокости? Так будьте уверены: любая молодая девушка предпочтет смерть такому наказанию.

— Возможно, но только девушка, обладающая вашей чувствительностью. Эти твари к таким вещам привыкли.

Нет другого способа справиться с ними. Дайте им только волю, и они так зазнаются, что с ними не будет никакого сладу. Это и случилось с моими рабами. Но теперь я уже начинаю с ними справляться по-своему, и пусть они знают, что им грозит порка, если они не изменят своего повсдения.

Мари угрожающим взглядом обвела комнату. Джэн вздрогнула, склонив голову, словно понимая, что эта угроза относится и к ней. Мисс Офелия стояла с таким видом, будто проглотила какую-то смесь, готовую вот-вот взорваться. Казалось, она не выдержит, но, понимая всю бесцельность спора с Мари, она постаралась овладеть собой и молча вышла из комнаты.

Как ни тяжело это было, но мисс Офелии предстояло сообщить Розе, что ничего не удалось сделать для облегчения ее участи.

Не прошло и минуты, как вошел слуга и заявил, что хозяйка приказала немедленно отвести Розу в помещение для порки, и ее потащили туда, невзирая на слезы и сопротивление.

Несколько дней спустя Том, задумавшись, стоял на веранде. К нему подошел Адольф, который со дня смерти своего хозяина находился в страшно подавленном состоянии. Адольф хорошо знал, что хозяйка терпеть его не может, но при жизни хозяина он не обращал на это внимания. Зато теперь он трепетал от страха, не зная, что его ожидает.

Мари уже несколько раз совещалась со своим поверенным. Посовстовавшись еще с братом своего мужа, она решила продать дом и всех рабов, оставив только тех, кто принадлежал ей лично: их она предполагала увезти с собой на плантацию своего отца.

— Знаешь ли ты, Том, — сказал Адольф, — что всех нас собираются продать?

— Кто тебе сказал?

— Я спрятался за портьерой, когда хозяйка беседовала со своим поверенным. Через несколько дней нас всех отправят на аукцион.

— Да исполнится воля всевышнего, — сказал Том, скрестив на груди руки и глубоко вздохнув.

— Никогда уж нам не найти такого хозяина! — робко проговорил Адольф. — Но уж лучше быть проданным, чем оставаться у нашей госпожи.

Том отвернулся, сердце его было полно тоской. Надежда на свободу, смутная мечта о свидании с женой и детьми, картина встречи с ними возникали перед ним так, как моряку на идущем ко дну корабле мерещатся острый шпиль церкви и близкие сердцу крыши родной деревни.

Том крепче прижал руки к груди, стараясь подавить подступающие к горлу слезы и найти утешение в молитве; но чем настойчивее он заставлял себя повторять: «Господи, да будет воля твоя!» — тем мучительнее становилось его отчаяние, тем сильнее он жаждал свободы.

Он отправился к мисс Офелии, которая после смерти Евы особенно сердечно относилась к нему.

— Мисс Фили, — сказал он, — мистер Сен-Клер обещал отпустить меня на свободу. Он даже предпринял кое-какие шаги для этого. И вот я хотел попросить вас быть такой доброй и поговорить с хозяйкой... Может быть, хозяйка доведет до конца... раз мистер Сен-Клер желал этого...

— Я поговорю с нею, Том. Но если это зависит от миссис Сен-Клер, у меня мало надежды на успех... Попытаться я все же попытаюсь.

Разговор этот произошел через несколько дней после истории с Розой и в то время, как мисс Офелия деятельно готовилась к отъезду.

Подумав хорошенько, мисс Офелия пришла к заключению, что при своем первом разговоре с Мари она проявила чрезмерную горячность, и решила на этот раз быть возможно сдержаннее и уступчивее. Собравшись с духом, она взяла свое вязанье и направилась в комнату Мари с твердым намерением быть как можно любезнее и вести переговоры о Томе со всей дипломатической ловкостью, на какую только была способна.

Мари лежала, вытянувшись на кушетке. Джэн, ходившая в город по ее поручению, раскладывала перед ней образчики темных материй.

— Вот это как раз то, что подошло бы мне, — произнесла Мари. — Но я не уверена, что это годится для траура.

— Как же, миссис, — поспешила ответить Джэн. — Разумеется, подойдет! Вдова генерала Добернон носила платье из такой же материи прошлым летом после смерти своего мужа, и как это ей было к лицу!

— А вы какого мнения, мисс Офелия?

— Это целиком зависит от моды, и вы больше знаете в этом толк, чем я.

— Дело в том, — сказала Мари, — что мне просто нечего надеть. На будущей неделе я уезжаю. Нужно на чем-нибудь остановиться.

— Вот как? Вы так скоро уезжаете?

— Да, брат Сен-Клера писал мне. Он того же мнения, что и мой поверенный: нужно немедленно продать мебель и рабов. Что же касается дома, то лучше подождать подходящего случая.

— Мне хотелось бы поговорить с вами по одному вопросу, — начала мисс Офелия. — Огюстэн обещал Тому отпустить его на волю. Он начал даже хлопотать об этом. Надеюсь, что вы доведете это дело до конца.

— Я этого, разумеется, не сделаю, — резко возразила Мари. — Том — один из лучших наших рабов, и стоит он дороже всех. Нет, нет! Да и на что ему нужна свобода? Ему гораздо лучше в том положении, в каком он находится.

— Но Огюстэн обещал ему свободу, и Том надеется, что его отпустят домой.

— Господи боже мой! Ну, конечно, все они желают, чтобы их отпустили! Уж такая это порода — вечно всем недовольны и всегда желают того, чего у них нет! Да я принципиально, при всех условиях, против освобождения негров! Пока вы держите негра в рабстве — он работает и ведет себя прилично; отпустите его — и он сразу обленится, бросит работать, начнет пьянствовать... станет преступником! У меня перед глазами была сотня примеров. Нет никакого смысла освобождать их!

— Но Том, он такой работящий, такой преданный...

— Не к чему мне об этом говорить! Я видела сотни таких, как он. Он хорош, пока знает, что он раб. Вот и все.

— Но если вы продадите его... если он попадет в руки к дурному хозяину?

— Глупости! Один шанс против ста, чтобы хороший парень попал к дурному хозяину. Хозяева гораздо лучше, чем о них принято говорить. Я родилась и выросла на Юге. Мне никогда не приходилось встречать хозяина, который бы плохо обращался со своими рабами. В этом отношении я вполне спокойна.

— Пусть так, — с твердостью произнесла мисс Офелия, — но я знаю, что одним из последних желаний вашего мужа было отпустить Тома на волю. Он дал обещание сделать это у смертного одра нашей дорогой маленькой Евы... и я никак не думала, что вы пойдете наперекор...

Мари при этих словах закрыла лицо платком и, рыдая, поднесла к носу флакон с нюхательной солью.

— Все, все против меня! — заныла она. — Никто не щадит меня. Я никак не подумала бы, что вы так безжалостно напомните мне о моих бедных умерших. Это так

жестоко, так жестоко... Никто меня не жалеет! О, как я несчастна! У меня была единственная дочь — я потеряла ее! У меня был муж, который вполне подходил мне, и мужа тоже уносит смерть! А вы так бессердечны, что напоминаете мне о них, хотя знаете, что эти воспоминания меня убивают... Да, конечно, у вас были добрые намерения, но вы поступили неосторожно, очень неосторожно!

И Мари, рыдая, позвала Мэмми, чтобы та распахнула окно, подала бы ей флакон с камфарой.

Воспользовавшись начавшейся суматохой, мисс Офелия вернулась к себе. Она понимала, что все ее старания напрасны. У Мари всегда был наготове неистощимый запас нервных припадков и обмороков. К ним она теперь прибегала всякий раз, лишь только мисс Офелия пыталась упомянуть о предсмертных желаниях ее мужа или Евы. Мисс Офелия прибегла к единственному выходу, остававшемуся ей: она написала миссис Шельби письмо, в котором, рассказав о несчастии, постигшем Тома, просила прийти ему на помощь и прислать как можно скорее деньги на его выкуп.

ГЛАВА XXX
Склад живого товара

Склад невольников! Одно это выражение, возможно, вызовет перед глазами некоторых из наших читателей страшную картину. Им будет мерещиться какое-то мрачное подобие ада, лишенное воздуха и света.

Но нет, наивный читатель! В наши дни люди научились совершать преступления с большой ловкостью, без шума и так, чтобы не оскорблять зрения и слуха утонченных зрителей. Человеческий товар высоко ценится на рынке. Поэтому принимают меры, чтобы он был достаточно упитан, прилично одет, чтобы за ним был хороший уход и с ним хорошо обращались. Тогда он появится на рынке в таком виде, который произведет наиболее выгодное впечатление. Склад невольников в Новом Орлеане ничем не отличается по внешнему виду от любого другого дома. Он содержится в чистоте. Только с наружной стороны на каком-то подобии крытой галереи ежедневно можно видеть выставленных напоказ мужчин, женщин и детей — образцы товара, имеющегося в продаже на том складе.

Вас учтиво приглашают войти и осмотреть товар. Вам сообщают, что вы найдете здесь большой выбор мужей, жен, братьев, сестер, отцов, матерей и малолетних детей, которых вы можете приобрести вместе или порознь, в полной зависимости от желания покупателя. Человека продают, закладывают, отдают внаем, обменивают в случае надобности на бакалейные товары или на любые другие, как пожелает торговец или как того потребуют его коммерческие интересы.

Дня через два после разговора между мисс Офелией и миссис Сен-Клер Том, Адольф и еще с полдюжины невольников, принадлежавших мистеру Сен-Клеру, были поручены вниманию и заботам некоего мистера Скеггса, содержателя склада невольников по улице Н*** в Новом Орлеане. Предполагалось, что они будут поставлены на аукцион на следующий день.

У Тома, как и у некоторых других рабов, был с собою сундучок с его личными вещами.

Вновь прибывших рабов поместили на ночь в длинной комнате, где находилось уже много мужчин самого различного возраста, роста и оттенков кожи. Весь вечер оттуда доносились взрывы хохота.

— Ага, отлично! Продолжайте, ребята! Продолжайте! — произнес мистер Скеггс, входя в помещение. — У меня неграм всегда весело... О господи! Да это Сэмбо производит такой шум!

Сэмбо был долговязый негр с подвижным лицом, веселивший остальных своими шутками.

Легко себе представить, что Том не был расположен разделять общее веселье. Он выбрал место подальше от шумной компании, собравшейся вокруг Сэмбо, и уселся на свой сундучок, прислонившись головой к стене.

Торговцы людьми всячески стараются поддерживать среди рабов веселое настроение; это — лучший способ заставить их забыть о своей судьбе и сделать нечувствительными к страданиям. С первой минуты, как только торговец приобрел на северном рынке негра и доставил его на Юг, он задается целью убить в нем всякую чувствительность, развить грубость и тупое безразличие. Торговец пополняет свою партию в Виргинии и Кентукки, затем везет ее в какую-нибудь здоровую местность, чтобы его негры поправились и растолстели. Их кормят до отвала, и, чтобы никто из них не затосковал, торговец достает скрипку и дает им возможность поплясать. На того же, кто не хочет веселиться, кто слишком упорно вспоминает жену, детей и свой дом, смотрят как на опасного хитреца. На него обрушиваются все издевательства, какие только способен изобрести бессердечный и жестокий хозяин, который ни перед кем не отвечает за свои действия. Беззаботность, веселье, бодрость — вот что требуется от раба, особенно при посторонних. Таким путем он может надеяться найти хорошего покупателя, угодить торговцу и избежать наказания.

— Что тут делает этот негр? — воскликнул Сэмбо, сразу же после ухода Скеггса направляясь к Тому.

Кожа Сэмбо по цвету напоминала черное дерево. Это был парень высокого роста, весельчак, способный без умолку болтать и сопровождавший свою болтовню уморительными гримасами и ужимками.

— Что ты тут делаешь? — обратился он к Тому, толкая его, в виде шутки, кулаком в бок. — Размечтался, что ли?

— Меня завтра продадут с аукциона, — спокойно ответил Том.

— Продадут с аукциона! Эй, мальчики, вот так штука! Хотел бы я быть на его месте! Эй, мальчики, поглядите, какой потешный! А вот этот тоже из вашей компании? — спросил Сэмбо, фамильярно кладя руку на плечо Адольфа. — И его тоже завтра ставят на аукцион?

— Прошу вас оставить меня в покое! — проговорил Адольф, с явной брезгливостью отодвигаясь от него.

— Эй, мальчики, полюбуйтесь! Перед вами настоящий образец белого негра! Белый, как сливки, а надушен-то как! — добавил он, подходя еще ближе к Адольфу и принюхиваясь. — Господи помилуй! Ему место в табачной лавочке: он весь товар продушил бы своими духами... Вся лавочка пропахла бы, честное слово!

— Я уже сказал вам, чтобы вы оставили меня в покое! Слышите? — в ярости крикнул Адольф.

— Скажите, пожалуйста, какие вы нежные, вы, белые негры! Дотронуться не смей до вас! Подумать только!

И Сэмбо грубо передразнил Адольфа.

— Подумаешь, сколько важности! — восклицал он. — Сразу видно, что мы из хорошего дома!

— Да, да, у меня был хозяин, который мог всех вас скупить, как железный лом!

— Неужели?! Какой это, верно, был джентльмен!

— Я принадлежал дому Сен-Клер, — с гордостью заявил Адольф.

— В самом деле? — протянул Сэмбо. — Он, должно быть, очень счастлив, что избавился от тебя, твой хозяин! Он, верно, продаст тебя с целой партией битой посуды! — закончил Сэмбо, сопровождая свои слова пренебрежительной гримасой.

Взбешенный таким оскорблением, Адольф бросился, размахивая кулаками, на своего обидчика.

Вокруг послышался громкий хохот и аплодисменты. На шум появился хозяин.

— Что такое? Тише, тише, мальчики! — закричал он, размахивая бичом.

Невольники разбежались, спеша укрыться по углам. Один только Сэмбо, рассчитывая на свои преимущества всеми признанного шута, остался непоколебимо стоять на месте, втягивая голову в плечи, когда бич слишком близко свистел вокруг него.

— Это не мы, хозяин, не мы! — твердил он. — Мы вели себя мирно. Это новенькие… Они пристают к нам! Покоя от них нет!

Хозяин повернулся к Тому и Адольфу и, не давая себе труда разобраться, кто являлся истинным виновником шума, наградил вновь прибывших здоровыми затрещинами, после чего удалился, приказав всем ложиться спать и не шуметь.

Заглянем теперь в комнату женщин.

Они лежали на полу в самых различных позах. Здесь были негритянки всех цветов и оттенков — от темного цвета черного дерева до матовой белизны слоновой кости, всех возрастов — от детского и до самого преклонного. Вот прелестная десятилетняя девочка. Ее мать продана вчера, и она уснула в слезах и горе, что некому больше оберегать ее сон. Вот старая, очень старая негритянка. Ее исхудалые плечи и мозолистые руки свидетельствуют о долгих годах тяжелого труда. Завтра ее отдадут, в придачу при какой-нибудь покупке, за любую цену. Не менее сорока или пятидесяти других женщин лежат где попало, закутавшись в тряпье.

В стороне от других сидят две женщины.

Одна из них — мулатка с мягким взором и привлекательным лицом. Ей лет сорок пять, а то и пятьдесят. На голове ее тюрбан из индийской ткани. Она одета чисто и опрятно. Очевидно, ее хозяева бережно относились к ней. Подле нее, прижавшись будто птенчик в гнезде, полулежит молоденькая, пятнадцатилетняя девушка, ее дочь. Она белее матери, сразу видно, что она квартеронка. Все же чертами лица она очень похожа на мать: те же кроткие, черные глаза, только ресницы длиннее. Вьющиеся волосы отливают золотистым блеском. Она тоже одета очень чисто. Ее маленькие белые ручки, по-видимому, незнакомы с черной работой. Обе они — мать и дочь — поступят в продажу завтра вместе с невольниками Сен-Клера.

Джентльмен, владелец фирмы Б. и К°, которому они принадлежат и который положит в карман вырученные за них деньги, — член одной из церковных общин в Нью-Йорке. Да, он возьмет эти деньги и со спокойным сердцем отправится в церковь возносить молитву всевышнему и сразу же забудет о содеянном.

Обе эти женщины, которых мы назовем Сусанной и Эмелиной, долго принадлежали одной очень милой и благочестивой даме, жившей в Новом Орлеане. Она заботливо воспитала их, дала им даже возможность обучиться чтению и письму. В течение многих лет судьба их складывалась так счастливо, как только было возможно в их положении. Однако этому благополучию пришел конец.

Единственный сын их госпожи, самостоятельно управлявший делами и имуществом своей матери, то ли по неспособности, то ли по легкомыслию, запутался в долгах и в конце концов потерпел банкротство. В числе самых значительных его кредиторов была фирма Б. и К° из Нью-Йорка. Б. и К° написали своему поверенному в Новом Орлеане. Поверенный наложил арест на имущество должника. Наиболее ценной частью этого имущества были эти две женщины и еще несколько невольников, работавших на плантации. Поверенный сообщил об этом в Нью-Йорк своим доверителям. Мистер Б., как мы уже упоминали, был христианин, гражданин свободных Штатов. Полученное от поверенного известие несколько смутило его. Ему не нравилась торговля людьми, безусловно, не нравилась. Он не желал заниматься такими делами, но дело шло о тридцати тысячах долларов. Не слишком ли высокая цена за какие-то принципы? Он подумал, поинтересовался мнением людей, мнение которых было ему хорошо известно заранее, затем написал своему поверенному, прося его действовать по собственному усмотрению, довести дело до конца и вырученные деньги переслать ему.

Письмо прибыло в Новый Орлеан. На следующий же день Эмелина и Сусанна были отправлены на «склад», чтобы там дожидаться ближайшего аукциона.

Они хорошо видны при слабом лунном свете, проникающем сквозь небольшие окна. Прислушаемся к их беседе. Обе они плачут, скрывая одна от другой свои слезы.

— Мама, положи голову ко мне на колени и постарайся уснуть, — ласково сказала девушка, стараясь казаться спокойной.

— Не до сна мне, Лина... не могу. Ведь это последняя ночь, которую мы проводим вместе.

— Не говори так, мама! Может быть, нас продадут вместе, кто знает...

— Я могла бы так думать, Лина, если бы речь шла о других, но не о нас. Я так безумно боюсь потерять тебя, что мне мерещатся одни лишь опасности.

— Торговец говорит, что у нас хороший вид и продать нас будет легко...

Сусанне вспомнились взгляды этого человека и его слова. С ужасом глядела она, как он рассматривал руки Эмелины, приподнимал блестящие каштановые локоны и в конце концов сказал, что это «первосортный товар».

— Будь уверена, мама, мы попадем в хороший дом, — твердила Лина. — Ты будешь поварихой, а я горничной или швеей. Постараемся быть как можно приветливее и веселее, перечислим все, что мы умеем. Вот увидишь, все будет хорошо.

— Завтра, Лина, я приглажу тебе волосы щеткой, чтобы они не завивались локонами...

— Зачем, мама? Ведь пышные волосы мне идут гораздо лучше!

— Возможно, но так тебе скорее удастся попасть в хорошие руки.

— Не понимаю, почему, — сказала девушка.

— Мне все это больше знакомо, чем тебе. Порядочные люди скорее решатся купить тебя, если вид у тебя будет скромный и приличный, чем если заметят, что ты чересчур заботишься о своей внешности.

— Хорошо, мама, пусть будет по-твоему.

— Эмелина, если нам суждено попасть в разные руки, помни все, чему я тебя учила. Будь хорошей, честной девушкой.

Так говорила эта несчастная женщина в своем беспредельном отчаянии. Она знала, что завтра первый встречный негодяй, грубый и безжалостный, может, если только у него хватит денег, стать полным и неограниченным властелином над ее дочерью. Она думала об этом, сжимая дочь в своих объятиях и жалея, что девушка так хороша собой и воспитана такой чистой и целомудренной.

Лунный свет, мирный и спокойный, отбрасывал на тела спящих тени от решетки. Мать и дочь запели печальную и протяжную песню, которую нередко приходится слышать, когда хоронят негров-рабов. Страстной печалью звучала песня, исполняемая нежными, взволнованными голосами двух женщин, и казалось, что это стонет в муках сама земля. Строфа за строфой разносились по мрачной тюрьме, и печально повторялся припев:

Умерла, умерла наша Мэри
И скрылась от нас навсегда...

Пойте, пойте, несчастные! Ночь коротка, а утро разлучит вас навсегда.

Но вот и утро. Все на ногах. Мистер Скеггс оживлен и взволнован. Нужно подготовить товар к аукциону. Нужно проверить внешний вид, одежду. Нужно, чтобы каждый сделал приятное лицо и хорошо вел себя. Их выстраивают полукругом для последнего осмотра, до вывода на площадку.

Мистер Скеггс, в пальметто на голове, с сигарой во рту, расхаживает среди них. Он дает последние указания.

— Это еще что такое? — восклицает он, останавливаясь перед Сусанной и Эмелиной. — А локоны? Где же твои локоны?

Девушка робко взглядывает на мать.

— Это я велела ей пригладить волосы, — говорит она вкрадчиво, надеясь перехитрить его. — Я велела ей убрать локоны, чтобы выглядеть приличнее и скромнее.

— Не выдумывай! — произнес торговец тоном, не допускающим возражений. Повернувшись к девушке, он добавил: — Скорей, скорей пойди завей волосы! Беги и немедленно возвращайся! А ты помоги ей, — приказал он матери, помахивая бамбуковой тростью. — Эти локоны увеличат продажную цену по меньшей мере на сто долларов, — пробормотал он, глядя им вслед.

Защищенные от солнца роскошным куполом, по мраморным плитам пола расхаживают мужчины различных национальностей. Вокруг площадки установлены трибуны для аукционистов. Две из них, на противоположных концах, уже заняты блестящими и разговорчивыми джентльменами, которые, мешая французскую речь с английской, многословно выхваляют товар и стараются разжечь азарт покупателей. Около одной из трибун столпились рабы Сен-Клера — Том, Адольф и остальные. Рядом с ними стоят Сусанна и Эмелина, опустив головы, печальные, встревоженные тяжелым предчувствием. Зрители, собирающиеся или не собирающиеся приобрести раба — это их личное дело, — тесным кольцом окружают группу невольников, щупают, разглядывают их, точь-в-точь как жокеи в день состязаний осматривают лошадей.

— Хэлло, Альфред! Что привело вас сюда? — восклицает молодой джентльмен, хлопнув по плечу другого, одетого с чрезвычайной изысканностью и внимательно, сквозь лорнет, рассматривающего Адольфа.

— Мне нужен камердинер... Я узнал, что будут продавать людей Сен-Клера, и подумал, не найдется ли здесь что-нибудь подходящее.

— Вот уж ни за что не стал бы покупать раба, принадлежавшего Сен-Клеру! Все они недопустимо избалованы и нахальны, как черти.

— О, будьте спокойны! Если куплю их я, то они быстро поймут, что имеют дело не с таким хозяином, как этот мсье Сен-Клер. Честное слово, я куплю этого парня, мне нравится его фигура!

— Вот этого? Да что вы! Он мот, привык франтить, швырять деньгами. Он вас разорит!

— Не разорит! Поймет, и очень скоро, что у меня ему не удастся так вести себя. Разок-другой отправится в заведение для порки — и сразу излечится. Уж я-то его выправлю! Нет, я обязательно куплю его, решено!

Том между тем, задумавшись, стоял среди других и, присматриваясь к лицам тех, кто толпился вокруг, задавал себе вопрос, кого бы из этих людей он желал иметь своим господином. Да, читатель, если бы вы когда-нибудь захотели среди двухсот человек выбрать того, кто должен стать вашим господином и повелителем, вы, наверно, так же, как и Том, пришли бы к заключению, что выбор опасен и труден. Том видел вокруг себя разных людей — больших и маленьких, толстых и худощавых, круглых и долговязых. Большинство из них были людьми неотесанными и грубыми, способными обращаться с себе подобными как со щенками: если вздумается — бросить в огонь или утопить.

За несколько минут до открытия торгов сквозь толпу протискался мускулистый, коренастый человек в поношенной, расстегнутой на груди рубашке и в засаленных штанах. Он уверенно и решительно действовал локтями, как человек, который не любит даром тратить времени. Подойдя к группе невольников, он сразу приступил к осмотру.

С первого же взгляда Том почувствовал к нему непреодолимое отвращение. Это чувство усиливалось по мере того, как человек приближался к нему. Он был невысокого роста, но в нем чувствовалась атлетическая сила. Голова у него была круглая, как шар. Над серовато-зелеными глазами топорщились желтоватые густые брови. Волосы были жесткие и прямые, красновато-рыжего цвета. За щекой он держал табачную жвачку и время от времени энергично сплевывал густую, окрашенную табачным соком слюну. Руки у него были несоразмерно большие, грубые и волосатые, а ногти грязные и запущенные.

Этот человек без стеснения приступил к осмотру группы рабов, к которой принадлежал Том. Взяв Тома за подбородок, он заставил его открыть рот, чтобы проверить зубы, вытянуть руки, чтобы показать мускулатуру, и сделать несколько прыжков вверх и вперед, чтобы убедиться в крепости его ног.

— Откуда родом? — спросил он резко.

— Из Кентукки, — ответил Том, оглядываясь вокруг и словно ища спасения.

— Что ты там делал?

— Управлял фермой хозяина.

— Вот так штука! — буркнул покупатель и пошел дальше.

Остановившись около Адольфа, он сплюнул табачный сок прямо на его до блеска начищенные сапоги, пробормотал какое-то ругательство и прошел дальше.

Через несколько шагов он остановился против Сусан-

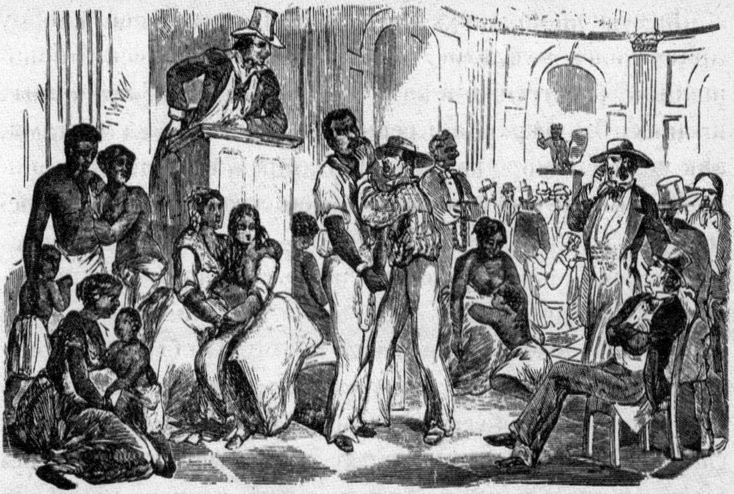

ны и Эмелины. Своей тяжелой, короткопалой лапой он притянул к себе девушку, провел этой лапой по ее шее, груди, ощупал плечи, осмотрел зубы. В конце концов он толкнул ее к матери, на лице которой отражались все муки, которые вызывало в ней поведение этого омерзительного человека.

Испуганная девушка заплакала.

— Эй ты, недотрога! Нечего хныкать! — прикрикнул на нее торговец. — Сейчас начнется аукцион.

Действительно, торги начинались.

Адольф был продан за довольно круглую сумму тому молодому человеку, который с самого начала высказал желание приобрести его.

Остальные слуги Сен-Клера достались разным покупателям.

— Твоя очередь! Ты! — крикнул Тому продавец. — Поскорей, уснул, что ли?

Том поднялся на помост, бросая вокруг тревожные взгляды. До него доносился глухой шум и гул, в котором ничего нельзя было различить. Визгливые выкрики аукциониста, на французском и английском языках восхвалявшего его достоинства, смешивались с возгласами торгующихся. Вот в последний раз упал молоток. Четко прозвенел и повис в воздухе последний слог слова «доллар». Все было решено. Том был продан. У него был хозяин.

Когда Том спускался с помоста, коренастый человек с круглой головой грубо схватил его за плечо и, толкнув в угол, резким тоном приказал:

— Стой здесь!

Том уже ничего не замечал.

Аукцион продолжался. Снова опускается молоток. На этот раз продана Сусанна. Она сходит с помоста, останавливается, оглядывается назад. Дочь протягивает к ней руки. На лице матери смертная мука, с отчаянием глядит она на человека, купившего ее. Это человек средних лет, представительной наружности. У него доброе сердце...

— О, сударь, купите и мою дочь!

— Я охотно сделал бы это, но боюсь, что у меня не хватит средств, — отвечает он, глядя на Эмелину с сочувствием и жалостью.

Робкая, трепещущая девушка, в свою очередь, поднимается на помост.

Кровь прилила к ее бледным щекам, в глазах лихорадочный жар. Мать испускает стон, видя, что она в эту минуту хороша, как никогда. Аукционист все замечает, старается не упустить эти преимущества и красноречиво расхваливает достоинства девушки. Предлагаемые суммы растут и растут.

— Я сделаю все, что могу, — говорит новый хозяин Сусанны. Он, как и другие, повышает ставки.

Но скоро ему приходится выйти из игры. Аукционист горячится. Число торгующихся все уменьшается. Борьба продолжается между одним новоорлеанским старожилом, известным своими утонченными аристократическими замашками, и коренастым человеком с круглой головой.

Старый аристократ продолжает борьбу, с презрением поглядывая на своего противника. Но у коренастого человека двойное преимущество: упорство и деньги. Борьба заканчивается быстро. Молоток опускается. Молодая девушка стала собственностью этого человека с грубым лицом.

Нового хозяина зовут Сэймон Легри. Он владелец плантаций на берегу Красной реки. Эмелину присоединяют к группе, состоящей, кроме Тома, еще из двух невольников, недавно купленных Легри.

Добрый джентльмен огорчен. Но что поделаешь: такие случаи ведь происходят ежедневно. Да, на аукционах приходится видеть матерей, со слезами расстающихся со своими дочерьми и шепотом повторяющих слово: «Навсегда...» Нельзя этому помешать...

Два дня спустя поверенный по делам торгового дома Б. и К° в Нью-Йорке отправил своим доверителям кругленькую сумму.

ГЛАВА XXXI

Путешествие по реке

В трюме корабля, плывущего вверх по Красной реке, сидел Том в ручных и ножных кандалах. На сердце у него лежал холодный груз, более тяжелый, чем эти кандалы. Для него угасли все небесные светила, померкли и луна и звезды. Подобно убегавшим вдаль деревьям на берегу, умчались и все мечты, так радовавшие его сердце: и ферма в Кентукки, и жена, дети, и добрые хозяева, и дом Сен-Клера, и золотистая головка маленькой Евы, ее нежный, ласковый взор, и сам Сен-Клер, красивый и гордый, иногда чересчур легкомысленный, но всегда снисходительный и добрый. Все это ушло навсегда. А взамен?..

В законе говорится, что раб «может в качестве движимого имущества быть продан из рук в руки или с аукциона», — таков закон!

Скупив в разных местах в Новом Орлеане восемь невольников, мистер Легри, новый хозяин Тома, отвел их, в наручниках и скованных попарно, на стоявший в гавани пароход «Пират», готовый к отплытию вверх по Красной реке.

Легри погрузил свой товар. Пароход отчалил, и тогда Легри с обычной для него деловитостью решил произвести смотр своим невольникам. Он остановился против Тома. Перед аукционом Тому было приказано надеть свое лучшее платье. На нем была хорошая крахмальная сорочка, ботинки его были до блеска начищены.

— Встань! — приказал ему Легри.

Том повиновался.

— Сними все это!

Так как Том, стесненный наручниками, раздевался недостаточно быстро, Легри помог ему, сорвав с его шеи крахмальный воротничок, который он тут же засунул к себе в карман.

После этого он подошел к сундучку Тома, с содержимым которого успел уже ознакомиться. Легри вытащил из сундучка пару старых штанов и поношенную куртку, которую Том надевал, когда отправлялся в конюшню. Затем Легри снял с Тома кандалы и указал ему на какую-то щель, образовавшуюся между тюками.

— Иди туда, — повелительно произнес он, — надень вот это.

Том исполнил его приказание и вернулся на прежнее место.

— Сними ботинки! — приказал Легри.

Том снял.

— Вот тебе! — крикнул Легри, бросая ему пару грубых, поношенных башмаков. — Походишь и в таких!

Затем, снова надев на Тома наручники, Легри занялся осмотром снятой одежды. Он вытащил из кармана шелковый платок, который тут же забрал себе. Разные мелочи,

которые Том хранил словно драгоценности, так как ими некогда забавлялась Ева, Легри с презрением выкинул в воду.

В одном из карманов праздничной одежды Тома Легри обнаружил книжку методистских псалмов. Нахмурившись, он перелистал ее.

— Вот как! Мы, оказывается, набожны! Ты принадлежишь к церковной общине?

— Да, мастер, — твердо ответил Том.

— Значит, ты скоро выйдешь из нее. Не терплю у себя негров, которые молятся, распевают псалмы и воют! Запомни это и берегись! — И, говоря это, он топнул ногой, вперив в Тома жестокий взгляд своих маленьких серых глаз. — Отныне я твоя церковь! Слышишь? Поступай, как я тебе приказываю!

Том промолчал. Но какой-то внутренний голос твердил в его душе: «Нет!»

Мельком взглянув на опечаленное лицо Тома и захватив с собою сундучок, в котором был сложен весь запас чистой одежды Тома, Легри отправился на переднюю па-

14 – 4402

лубу, где вскоре вокруг него собрались матросы. Не скупясь на шутки по поводу негров, которые разыгрывают из себя господ, он распродал все содержимое сундучка Тома и в конце концов продал и самый сундучок. Он и покупатели были уверены, что сыграли веселую шутку; их забавляло, что Том грустными глазами провожал каждую из своих вещей, которые быстро расходились по чужим рукам.

— Вот видишь, любезный, — сказал Легри, подходя к Тому, — я избавил тебя от лишнего груза. Береги свое платье, ты не скоро получишь другое. Я люблю, чтобы негры берегли свою одежду. У меня костюм носят не меньше года!

После этого Сэймон направился к Эмелине, скованной вместе с другой женщиной.

— Ну, милая, — проговорил он, беря ее за подбородок, — веселей, веселей!

Эмелина бросила на него взгляд, полный отвращения и ужаса. Легри уловил этот взгляд, и брови его грозно сдвинулись.

— Эй ты, девка! — резко сказал он. — Нужно быть приветливой, когда я с тобой разговариваю! Слышишь? А ты, старая желтая шкура, — добавил он, обращаясь к женщине, к которой была прикована Эмелина, — не строй такую похоронную рожу! Нужно глядеть веселей! Веселей! — крикнул он, отступая на шаг. — Посмотрите на меня! Прямо, прямо в глаза смотрите! Вот так! А теперь, — гаркнул он, сжимая свой огромный кулак, походивший на кузнечный молот, — видите вы этот кулак? Проверьте-ка, сколько он весит! — И Легри с размаху опустил кулак на руку Тома.

— Полюбуйтесь, какие кости! Предупреждаю вас, что этот кулак не уступит железному молоту, когда понадобится свалить негра. Мне ни разу еще не попадался негр, которого бы я не свалил одним ударом.

Он потряс кулаком у самого лица Тома, который отшатнулся, закрыв глаза.

— Я не полагаюсь на надсмотрщиков. Я сам себе надсмотрщик! Предупреждаю вас: я вижу все! Слушаться! Не увиливать! Со мной это не пройдет. Поблажки от меня не дождетесь! Жалости я не знаю!

Несчастные женщины не смели вздохнуть. Вся группа невольников в ужасе, с перекошенными от страха лицами, опустилась на пол.

Легри повернулся на каблуках и отправился в буфет, чтобы рюмочкой-другой подкрепить свои силы.

— Вот как я начинаю знакомство с моими невольниками, — сказал он, обращаясь к молодому человеку весьма благородной наружности, который в течение всей этой сцены стоял недалеко от него. — Это мой способ! Нужно с самого начала проявить энергию, пусть знают, что́ их ожидает.

— В самом деле? — протянул незнакомец, глядевший на Легри с тем любопытством, с каким естествоиспытатель рассматривает новую для него особь.

— Да, в самом деле! — повторил Сэймон. — Я не похож на вас, плантаторов-аристократов с беленькими ручками, которых обкрадывают и обманывают проклятые управляющие. Пощупайте-ка мои мускулы! Что? А кулак? Полюбуйтесь! Кожа на нем затвердела, как камень. Затвердела от ударов по этим неграм. Пощупайте!

Незнакомец коснулся пальцем кулака Сэймона.

— Действительно, довольно твердая, — сказал он просто. — У вас, наверно, и сердце от таких упражнений затвердело, — добавил он.

— Должен признаться, что так. Могу похвастаться! — со смехом ответил Сэймон. — Не знаю никого, кто был бы так неумолим, как я! Нет, никого! Никому не удается провести или смягчить меня — ни криком, ни плачем, ни мольбами. Можете не сомневаться.

— Вам удалось подобрать удачные экземпляры, — заметил незнакомец.

— Правильно, — сказал Сэймон. — Вот хотя бы Том, тот, что стоит в стороне. Я, пожалуй, немного даже переплатил за него. Его расхваливали как редкостный экземпляр. Я думаю сделать из него кучера. Но сначала придется выбить из него дурь, которая засела у него в голове от того, что с ним обращались так, как никогда не следует обращаться с неграми. Но это пройдет... Вон та женщина с желтым лицом... По правде сказать, она не совсем здорова. Я купил ее, зная, чего она сто́ит. Она протянет год или два... Я ведь не прилагаю особенных усилий к тому, чтобы они долго жили. Я выжимаю из них все, что можно, а потом покупаю новых. И хлопот и расходов меньше.

— Сколько времени они в среднем могут протянуть у вас? — спросил незнакомец.

— Право, не берусь сказать. Все зависит от их здоровья. Крепкие, здоровые экземпляры могут протянуть шесть-семь лет. Более слабые уже через год-два сходят на нет. Когда-то я прилагал неимоверные усилия, чтобы со-

хранить их подольше. Я ухаживал за ними, когда они болели, снабжал их одеждой, одеялами — одним словом, всем! Все мои старания пропадали попусту. Я лез из кожи вон, и деньги шли прахом. Теперь для больных ли, для здоровых — порядок один. Когда негр умирает, я покупаю другого. На мой взгляд, это обходится дешевле, и, уж во всяком случае, это много удобнее.

Когда Легри ушел, молодой человек уселся рядом с другим пассажиром, который с плохо скрываемым возмущением прислушивался к его разговору с Легри, и сказал:

— Не хотелось бы, чтобы у вас создалось впечатление, будто все наши южные плантаторы таковы, как этот парень. Это гнусный и подлый мошенник!

— Тем не менее ваши законы допускают, чтобы он владел человеческими существами, которые вынуждены полностью подчиняться его неограниченной воле, не находя нигде защиты от него! Как он ни отвратителен, вы все же не решитесь сказать, что не найдутся тысячи таких, как он!

Совсем другого рода разговор происходил в это время между Эмелиной и мулаткой, с которой она была скована. Они рассказывали друг другу о своей прежней жизни. Что могло быть естественнее в их положении?..

— Кому вы принадлежали? — спросила Эмелина.

— Моего хозяина звали мистер Эллис. Он жил на Леви-стрит. Ты, верно, видела его дом.

— Он был добр к вам?

— Да, пока не заболел. А болел он больше полугода и стал страшно капризен. Он не позволял нам спать ни днем ни ночью. Никто не мог на него угодить. День ото дня он становился все более требовательным. Он заставлял меня сидеть около него много, много ночей подряд. Я падала с ног от истощения. Однажды утром он увидел, что я уснула. Это привело его в такой гнев, что он решил продать меня самому жестокому хозяину, который подвернется. А между тем перед этим он мне обещал, что после его смерти я получу свободу.

— Были у вас близкие?

— У меня был муж, кузнец. Хозяин сдавал его внаем на сторону. Меня так внезапно увели, что я даже не успела повидаться с ним. У меня есть еще дети... четверо их... О боже мой, боже!

Женщина закрыла лицо руками.

Слушая такие печальные повествования, обычно стараешься найти слово утешения. Эмелина попыталась придумать что-нибудь, но не могла. Да и что, в самом деле, можно было сказать? Обе они, связанные общей судьбой, словно по уговору, рожденному страхом, не упоминали о своем новом хозяине.

Разрезая бурные мутные волны, пароход двигался вверх по течению, вдоль извилистых скалистых берегов Красной реки. Наконец он остановился у какого-то маленького городка, и Легри со своим гуртом невольников высадился на берег.

ГЛАВА XXXII
Мрачные края

Том и его спутники выстроились позади тяжелого фургона и с трудом двинулись по изрытой выбоинами дороге.

В фургоне на скамейке восседал Сэймон Легри, и на куче багажа полулежали, по-прежнему скованные вместе, обе женщины. Группа направилась к плантации Легри, расположенной на некотором расстоянии от пристани.

Безлюдная, заброшенная дорога, бесконечно извиваясь, тянулась то сквозь сосновые рощи, где ветер свистел в высоких вершинах деревьев, то по болотам, где путь был выложен бревнами. Темные стволы сосен, опутанные гирляндами черного мха, поднимались из трясины. Кругом лежали стволы гигантских деревьев, гниющие в воде ветви и сучья. Изредка между ними проползали отвратительные на вид змеи.

Печальный путь! Это ощущает даже свободный человек, скачущий по этой дороге на добром коне с туго набитым кошельком в кармане. Но какое тяжкое впечатление она должна производить на несчастных, которых каждый их шаг уводит навсегда от всего, что дорого человеку, о чем он с тоской вспоминает...

Такая мысль пришла бы каждому, кто увидел бы исполненные безнадежного отчаяния лица рабов, когда перед ними открылась эта роковая дорога.

Один только Легри, казалось, был весел. Время от времени он вытаскивал из кармана фляжку с водкой и прикладывался к ней.

— Эй! — крикнул он, обернувшись и заметив печальное выражение на лицах рабов, шагавших позади его фургона. — Эй, мальчики, песню!

Негры переглянулись.

— Ну-ка, веселей! — крикнул Сэймон, щелкая бичом.

Том затянул одну из своих любимых старинных песен:

Скажи, где конец моим мукам
И скоро ли избавлюсь я от них?..

— Молчать, черномазая обезьяна! — заорал Легри. — Не думаешь ли ты, что я стану слушать твои проклятые методистские песни? Эй вы! Повеселей, говорят вам! Скорей!

Один из невольников запел бессмысленную песенку, довольно распространенную среди негров:

Ах, вчера уж вечерело,
Зайца в роще я поймал,
А хозяин увидал,
Как взошла луна,
Да, да!
Посмеялся он: Ха! ха!
О-ха-ха! И о-ха-ха!
Посмеялся он: Ха! ха!
О-ха-ха! Ха-ха!..

Певец считался не столько со смыслом, сколько с мелодией песни. Остальные подтягивали.

Пели громко, во всю силу легких. Негры покорно соглашались веселиться. Но ни стоны отчаяния, ни самые страстные мольбы не могли бы так ярко выразить душевную муку и боль, как дикая мелодия, которую время от времени подхватывал хор пронзительных голосов. Несчастные измученные сердца, пытающиеся в музыке излить свое горе! Да, даже в этой песне звучал призыв, мольба о помощи, которую не мог уловить Сэймон. Его слух различал лишь громкие звуки песни, которая была ему по душе потому, что поднимала, как он говорил, дух его негров.

— Ну вот, милая моя девочка, — сказал он вдруг, обращаясь к Эмелине и опуская ей на плечо руку, — вот мы скоро и дома!

Грубость Легри приводила Эмелину в ужас, но, ощутив прикосновение его руки, готовой приласкать ее, она невольно подумала: «Лучше бы он избил меня!»

— Ты не носишь сережек? — спросил он, касаясь своими грубыми пальцами ее хорошенького ушка.

— Нет, мастер, — прошептала Эмелина, опустив глаза и задрожав.

— Ну, тогда я тебе подарю пару серег, как только мы прибудем на место... если, конечно, ты будешь доброй девочкой. Да ты не бойся: я не заставлю тебя выполнять тяжелую работу, тебе у меня будет хорошо. Ты будешь жить, как госпожа. Но надо быть доброй девочкой...

Вдали уже виднелась усадьба.

В прошлом она принадлежала богатому владельцу, обладавшему изысканным вкусом, который очень заботился об ее украшении. Он умер, оставив большие долги. Легри приобрел плантацию и пользовался ею так же, как и всем, что попадало ему в руки: старался выжать из нее как можно больше денег. Плантация поэтому успела приобрести тот запущенный вид, который так быстро принимает любое владение, попадающее из заботливых рук в грубые и небрежные.

На лужайке перед домом, где прежде были красиво рассажены декоративные кусты и деревья, теперь буйно разрослась сорная трава, на которой валялись дырявые ведра, осколки битых бутылок, солома и всевозможные отбросы. Ползучий жасмин и жимолость свисали с покосившихся колонн, к которым теперь без стеснения привязывали лошадей. Обширный сад также порос сорными травами, над которыми кое-где одиноко поднималась головка редкого экзотического цветка. Стекла теплиц были разбиты, и рамы поломаны. На прогнивших полках виднелись еще цветочные горшки. Увядшие стебли и мертвые листья одни лишь напоминали о том, что здесь были растения.

Фургон ехал по аллее, некогда посыпавшейся песком, а сейчас уже поросшей травой. По бокам в два ряда тянулись чудесные китайские деревья. Их изящная форма и вечнозеленая листва сохранились в полной красе, несмотря на отсутствие какого бы то ни было ухода.

Дом когда-то был красивый и обширный. Он был выстроен в стиле, обычном для этой части Америки. Со всех сторон его охватывала двухэтажная веранда, на которую выходили двери всех комнат.

Дом производил грустное впечатление своей страшной запущенностью. Окна были забиты досками. Там, где на них сохранились ставни, они болтались на полусорванных петлях. Некоторые окна, за отсутствием стекол, были забиты всяким тряпьем. Все вместе не сулило ничего радостного.

Всюду кругом валялась солома, поленья, обломки ящиков и разбитые бочки. Несколько свирепого вида псов, разбуженных стуком колес и готовых растерзать любого, бросилось навстречу прибывшим. Понадобились соединенные усилия местных слуг и Легри, чтобы отогнать их от Тома и его спутников.

— Вы видите, чтó вас ожидает, — сказал Легри, с явным удовлетворением лаская собак и обращаясь к новым невольникам. — Эти псы натасканы для охоты на негров. Они загрызут любого из вас насмерть, если кто-либо вздумает бежать. Итак, берегитесь! Как дела, Сэмбо? — крикнул он, обращаясь к негру, одетому в какое-то отрепье, который вертелся около него.

— Отлично! — ответил Сэмбо.

— Квимбо! — крикнул Легри, повернувшись к друго-

му негру, всеми силами старавшемуся привлечь внимание своего хозяина. — Ты помнишь, что я тебе говорил?

— Еще бы, хозяин! Конечно, помню.

Эти двое негров после Легри были самыми значительными людьми на плантации. Легри долго и тщательно натаскивал их, как и своих псов, стараясь и тем и другим привить одинаковую свирепость и кровожадность. Его старания увенчались успехом: Сэмбо и Квимбо стали воплощением бессердечия и злобы.

Легри, как и многие тираны, о которых рассказывается в истории, управлял своими рабами, пользуясь, как одним из лучших средств, враждой между своими подручными. Так, например, Сэмбо и Квимбо от всей души ненавидели друг друга, а их обоих ненавидели все остальные негры на плантации. Играя на этой взаимной вражде, заставляя одного доносить на другого, а всех остальных на этих двоих, Легри был спокоен, что ничего не произойдет на плантации, не став немедленно известным ему.

Человеку трудно жить, не сближаясь с людьми. Поэтому Легри допускал временами известную короткость в отношениях со своими двумя подручными — короткость, которая могла стать для них роковой, ибо в любую минуту по первому знаку хозяина каждый из них готов был перегрызть горло другому. Их вид, когда они подобострастно кружили вокруг Легри, мог служить лучшим доказательством того, насколько жестокий и грубый человек стоит ниже зверя. Словно вырубленные топором черты лица, большие глаза, с завистливой злобой следившие за движением соперника, хриплые звериные голоса, свисавшая лохмотьями одежда — все это находилось в полном соответствии с местом, в котором развертывалось действие.

— Сэмбо! — приказал Легри. — Отведи этих негров в поселок. Вот женщина: я купил ее тебе в жены, — добавил он, отделяя мулатку от Эмелины и толкая ее к Сэмбо. — Я ведь обещал привезти тебе жену.

Женщина в волнении отскочила назад.

— О хозяин! — воскликнула она. — Ведь у меня в Новом Орлеане остался муж.

— Что ж такого? А здесь тебе разве не понадобится муж? Молчи и убирайся!

Легри щелкнул бичом.

— А ты, красавица, пойдешь со мною в дом, — сказал он, взглянув на Эмелину.

В это самое мгновение в одном из окон появилось бледное, искаженное ненавистью лицо. Когда Легри открыл дверь, послышался резкий и властный голос женщины, произносившей какие-то слова. Том, с искренним участием следивший взглядом за Эмелиной, услышал этот голос.

— Молчи! — злобно прошипел Легри, обращаясь к говорившей. — Тебе назло сделаю все, что захочу!

Больше Тому ничего не удалось уловить: ему пришлось последовать за Сэмбо в поселок.

Поселок представлял собою подобие длинной улицы, вдоль которой выстроились грубо сколоченные хижины.

Он был расположен на некотором расстоянии от хозяйского дома. Грязной и мертвой казалась эта улица, и отталкивающее, мрачное впечатление производили жилища. Том чувствовал, что ноги подгибаются под ним. Он все время тешил себя мыслью, что у него будет хоть маленькая хижина, конечно самая неприхотливая, но все же такая, которую он мог бы превратить в чистый и уютный уголок, — приют, куда он мог бы укрыться со своими мыслями после тяжелого трудового дня. Он заглянул в несколько хижин. Они мало чем напоминали человеческое жилье. Не было никакой мебели. Ворохи грязной соломы на полу, затоптанном множеством ног, служили постелью.

— В которой хижине мне устраиваться? — с мрачной покорностью спросил он Сэмбо.

— Не знаю. Вот хотя бы в этой. Здесь, пожалуй, найдется еще место для одного. Повсюду набито множество негров. Даже не знаю, куда вас всех рассовать...

Был поздний вечер, когда в поселок вернулась орава людей, и по жалким лачугам разбрелись мужчины и женщины в грязных лохмотьях, вряд ли готовые особенно охотно потесниться и предоставить место вновь прибывшим. Шум слышался со всех сторон. Резкие гортанные крики и спор доносились с той стороны, где находилась ручная мельница. Все рабы были вынуждены сами молоть подгнившие кукурузные зерна, из которых затем они пекли лепешки, составлявшие их жалкий ужин. Весь день с раннего утра люди провели в поле, склонившись под неумолимым бичом надсмотрщика.

«В чем дело? — спросит, быть может, какой-нибудь малоискушенный человек. — Разве так уж трудно собирать хлопок?» Бесспорно, нет! Но ведь не так уж страшно терпеть, когда на голову капля по капле стекает вода. А между тем даже сама инквизиция не могла придумать более страшной пытки, чем эти капли, непрерывно, равномерно падающие на голову осужденного. Даже легкий сам по себе труд может стать нестерпимым в силу своей продолжительности и тоскливого однообразия и еще от сознания, что делается эта работа не по собственной воле.

Люди проходили мимо Тома, и он с тоской вглядывался в их лица, ища среди этой толпы хоть одно приветливое. Лица мужчин были изможденные, хмурые, отупевшие. Женщины выглядели слабыми и грустными, в их глазах отражалось безнадежное отчаяние. Скрип мельничного жернова раздавался до поздней ночи. Жерновов было мало, и так как более сильные отгоняли слабых, то этим несчастным приходилось молоть свое зерно уже после всех остальных.

— Эй ты! — крикнул Сэмбо, подходя к мулатке и бросая перед ней на землю мешок маиса. — Как тебя зовут?

— Люси, — ответила женщина.

— Так вот, Люси, ты теперь моя жена. Смели это зерно и испеки из него лепешки.

— Я не жена тебе! — со смелостью, которую породило отчаяние, крикнула женщина. — Никогда я не буду твоей женой!

— Ах, вот ты какая! — рявкнул Сэмбо, взмахнув бичом и намереваясь нанести ей удар.

— Убей меня, если хочешь! Убей! И чем скорее убьешь, тем лучше! — кричала женщина. — Я хочу, хочу умереть!

— Эй ты, Сэмбо! — послышался голос Квимбо. — Если ты будешь калечить рабов, я пожалуюсь на тебя хозяину. — И Квимбо занялся мельницей, от которой он отогнал двух несчастных женщин.

— А я, старая ты образина, а я скажу хозяину, что ты не подпускаешь к мельнице женщин. Ты обязан придерживаться очереди!

Том от усталости, голода и истощения еле стоял на ногах.

— Бери! — сказал ему Квимбо, швырнув к его ногам мешок маиса. — И береги его. До будущей недели тебе другого не дадут.

Тому пришлось долго ожидать, пока ему удалось добраться до мельницы. Увидев, как две несчастные, совершенно ослабевшие женщины тщетно пытаются повернуть колесо, он почувствовал сострадание к ним и смолол за них их зерно. Затем он раздул огонь и приготовил свой скудный ужин.

Том сделал для этих женщин немного, но дружеская помощь, как ни была она ничтожна, явилась для них чем-то незнакомым и новым. Теплое сочувствие, сказавшееся в его поступке, задело в их сердцах какую-то им самим до сих пор неведомую струну. Выражение ласки засветилось на их лицах. Они сами вызвались замесить для него лепешки и испечь их. Том уселся у огня и погрузился в размышления.

— Откуда ты родом? — спросил Том одну из женщин.

— Я родилась и воспитывалась в Кентукки, — сказала она. — Я получила хорошее воспитание и никак не ожидала, что попаду в такое положение… Здесь не слышишь ничего, кроме брани и щелканья бича. — Женщина тяжело вздохнула. — Руки и ноги мои дрожат от усталости, — продолжала она. — Сэмбо постоянно преследует меня. Он говорит, что я недостаточно быстро собираю хлопок. Никогда не удается мне поужинать раньше полуночи, и чуть усну — уже звучит труба, и надо снова идти на работу. Прощай! — утомленно закончила она. — Пойду лягу...

Женщины удалились в свою хижину, и Том остался один у очага, замирающий огонь которого отбрасывал красные отсветы на его лицо.

Тяжелая борьба происходила в его душе. От сознания, что впереди его ждут одни страдания, крушение всех дорогих его сердцу надежд, им овладело отчаяние.

Том поднялся и направился в хижину, где ему было отведено место для жилья.

Едва он открыл дверь, как в лицо ему пахнуло спертым воздухом переполненного помещения. Земляной пол был завален телами спящих. Но ночная роса проникала сквозь одежду, и ледяной холод пронизывал тело. Смертельная усталость валила его с ног. Он закутался в какую-то рвань, заменявшую одеяло, и, растянувшись на соломе, уснул.

Ему приснилось, что он сидит в саду на дерновой скамейке, на берегу озера Поншартрена. Опустив не по-детски серьезные глаза, маленькая Ева читает ему вслух. Слова постепенно тают, сливаясь в какую-то дивную мелодию. Девочка поднимает на него взгляд больших задумчивых глаз и ласково глядит на него. Из этих глаз словно исходят благотворные лучи и согревают его измученное сердце...

ГЛАВА XXXIII

Касси

Очень быстро Том понял, чего он может ожидать и чего ему следует опасаться в тех условиях, в которых ему предстояло отныне существовать. Он был опытным и умелым рабочим, которому все легко удавалось. Добросовестность и честность были для него делом и убеждения и привычки. Спокойный и исполнительный, он надеялся, отдавая все силы работе, хотя бы отчасти избежать страданий, связанных с его положением. Обиды и оскорбления обрушивались на него, но он решил все сносить терпеливо, твердо веря, что настанет время, когда виновным воздастся по заслугам. Он искал утешения в этой мысли, но одновременно где-то в глубине души теплилась надежда, что судьба еще предоставит ему случай спастись.

Легри по достоинству оценил Тома. Он видел, что Том отличный работник. Но он испытывал к этому негру непреодолимое отвращение, естественное отвращение негодяя к хорошему и честному человеку.

Легри раздражало, что ни одна его грубая и безжалостная выходка, ни одна обида, творимая им над слабыми, не проходит незамеченной для Тома. Он видел, что Том осуждает его, и это молчаливое осуждение раздражало его и внушало ненависть к рабу.

Саймона Легри бесили и душевная мягкость Тома и участие, которое вызывали в нем страдания других рабов. Он видел также, что невольники угадывают это теплое участие, незнакомое им до сих пор. Покупая Тома, Легри втайне надеялся сделать из него подобие надсмотрщика, который мог бы заменить его, когда он находился в отсутствии, но он был твердо убежден, что для выполнения таких обязанностей необходимо одно основное качество, а именно — жестокость. Том же не был жесток. Легри задался целью ожесточить его.

Прошло несколько недель. Легри решил приступить к обучению Тома.

Однажды утром, когда партия невольников собиралась уже отправиться в поле, внимание Тома привлекла женщина, которую он видел здесь впервые. Тома поразили ее осанка и манера держаться.

Это была высокая, стройная женщина. Руки и ноги ее отличались поразительной красотой формы. Одежда на ней была чистая и опрятная. Ей могло быть лет тридцать пять — сорок. Раз увидев это лицо, нельзя было его забыть: в нем было нечто такое, что говорило о пережитой любви, о мучительных страданиях, о слезах и ужасе. У женщины был высокий лоб, безукоризненная линия бровей, прямой нос, тонко очерченный рот. Изящные контуры лица и шеи давали представление о том, как хороша она была когда-то. Но гордо скрываемая боль преждевременно избороздила ее лоб глубокими морщинами, щеки ввалились и покрылись нездоровой бледностью, черты заострились. Она сильно исхудала. В черных глазах, затененных густыми черными ресницами, застыло выражение дикого, безнадежного отчаяния. В каждой черточке ее красиво изогнутых губ, в каждом движении ее сквозили гордость и смелость. Но в глазах, темных как ночь, затаилось безнадежное, безысходное горе, и странным казалось противоречие между выражением этих глаз и презрительной складкой около губ.

Откуда она появилась? Кто она такая? Том этого не мог знать, — он видел ее впервые. Она шла рядом с ним, надменная и гордая, в тусклом свете нарождающегося дня.

Остальные невольники, по-видимому, знали ее. Все взоры обратились к ней. Словно торжествующий шепот пробежал по рядам этих жалких, оборванных и голодных людей:

— А! Вот она, наконец! Так ей и надо!

— Хи-хи-хи! Миссис! Сами увидите теперь, каково нам!

— Посмотрим, как она примется за дело!

— Ого! И ее станут бить, как нас!

— Хотел бы я знать, выдерут ли ее вечером!

Женщина шла, словно не слыша насмешек, с выражением гневного презрения на лице. Она не удостоила Тома ни словом, хотя он всю дорогу от поселка до поля шел бок о бок с нею.

Том принялся за работу с обычным усердием. Так как женщина работала поблизости, он изредка незаметно поглядывал на нее. Он видел, что гибкость и ловкость ее движений делают для нее работу более легкой, чем для многих других. Она собирала хлопок быстро, но все с тем же пренебрежительным видом, словно одинаково презирала и работу и обстоятельства, которые обрекли ее на такое положение.

В течение дня Тому пришлось столкнуться с мулаткой, которая была куплена на аукционе вместе с ним. Женщина выглядела совсем больной. Том несколько раз слышал, как она шептала слова молитвы; она шаталась и, казалось, вот-вот готова была упасть. Поравнявшись с нею, Том молча вынул из своей корзинки несколько пригоршней хлопка и переложил в корзину женщины.

— О, не делай этого! — сказала мулатка, с удивлением глядя на него. — Ты наживешь неприятности!

В тот же миг рядом с ними появился Сэмбо. Он непавидел эту женщину. Плеть засвистела в его руке.

— Вот как, Люси! Попалась на месте преступления! — крикнул он своим хриплым голосом. — Мошенничаешь! — И он ударил ее ногой, обутой в грубый, подкованный железом башмак, а Тома с силой хлестнул бичом по лицу.

Том молча вернулся к своей работе, но женщина, и без того совершенно истощенная, упала без чувств.

— Ничего, я приведу ее в сознание! — свирепо усмехаясь, проговорил Сэмбо. — У меня для этого есть средство получше камфары! — Вытащив из отворота своей куртки булавку, он до самой головки вонзил ее в тело несчастной. Она застонала и сделала попытку подняться.

— Встань, скотина! — орал он. — Слышишь? За работу, или я угощу тебя еще раз!

Женщина на мгновение напрягла все свои силы. Казалось, у нее появилась сверхъестественная энергия, и она принялась за работу с каким-то отчаянным усердием.

— Смотри у меня! Не отлынивай! — покрикивал Сэмбо. — А не то разделаюсь с тобой так, что тебе жизнь будет немила!

— Она и так немила мне, — проговорила женщина.

Том слышал эти слова и слышал, как она затем прошептала:

— О господи! До каких пор это будет продолжаться? Неужели ты не придешь нам на помощь?

Том снова, не боясь навлечь на себя гнев надсмотрщика, подошел к несчастной и переложил в ее мешок весь собранный им хлопок.

— О нет, нет! — твердила она. — Ты не знаешь, что они сделают с тобой!

— Мне легче будет перенести наказание, чем тебе.

Том вернулся на свое место. Все это заняло времени меньше минуты.

Женщина, которая в паре с Томом шла на работу, оказалась поблизости от него. Она слышала его последние слова и взглянула на него своими огромными черными глазами. Несколько секунд не отводила она взгляда, а затем молча сунула в корзинку Тома несколько пригоршней своего хлопка.

— Ты не знаешь, где находишься, — сказала она. — Иначе ты не решился бы на такой поступок. Когда ты побудешь здесь месяц, ты перестанешь даже думать о том, чтобы помогать другим. С тебя хватит заботы о том, как бы сохранить собственную шкуру.

— Да оградит меня от этого бог, миссис! — проговорил Том, с невольным почтением обращаясь к этой рабыне.

— Бог? — переспросила женщина. — Бог не посещает этих мест, — добавила она с невыразимой горечью.

Женщина быстро удалилась. На губах ее снова появилась та же презрительная улыбка.

Надсмотрщик издали наблюдал за этой сценой. Он подбежал к женщине, размахивая плетью.

— Вот как! — орал он с торжествующим видом. —

И ты тоже мошенничаешь? Теперь ты в моей власти. Берегись, не то попляшешь у меня!

Один лишь взгляд... словно молния сверкнула в черных глазах женщины. Губы ее дрогнули, ноздри раздулись, когда она, неожиданно повернувшись, вплотную подошла к Сэмбо и вперила в него свой гневный и презрительный взор.

— Пес! — произнесла она. — Прикоснись ко мне, если посмеешь! У меня еще достаточно власти, чтобы бросить тебя на съедение собакам, изрубить на куски или сжечь живьем! Мне стоит для этого только слово вымолвить!

— Но тогда какого дьявола вы здесь очутились? — проговорил Сэмбо, оробев и отступая на шаг. — Я не желаю вам зла, мисс Касси.

— Убирайся! — И женщина снова принялась за работу.

Она работала с неслыханной быстротой. День еще не

кончился, а корзина ее уже была полна до краев. Хлопок был плотно сложен и примят, а между тем она несколько раз успела прийти на помощь Тому.

Много времени спустя, после захода солнца, измученные рабы с корзинами на головах подошли к сараю, где взвешивался и хранился хлопок.

Легри стоял у входа в сарай и слушал отчет своих подручных.

— Том вносит смуту, — говорил Сэмбо. — Я поймал его сегодня, когда он совал хлопок в корзину Люси. Не сегодня-завтра, как только хозяин перестанет следить за ним, он начнет убеждать негров, что с ними недостаточно хорошо обращаются.

— К черту проклятого негра! — проворчал Легри. — Нужно проучить его, не правда ли, мальчики?

Лица надсмотрщиков исказились отвратительной гримасой.

— Да, да, никто не сумеет так проучить негра, как мастер Легри! — воскликнул Квимбо. — Сам дьявол с ним не сравняется!

— Так вот, мальчики, лучший способ выбить дурь из его головы — это заставить его самого произвести порку. Приведите его ко мне.

— Вряд ли это удастся хозяину.

— Заставлю, не беспокойтесь! — буркнул Легри, засовывая за щеку табачную жвачку.

— А вот и Люси, — проговорил со злобой Сэмбо. — Самое мерзкое, самое отвратительное создание на всей плантации!

— Остерегись, Сэмбо, я догадываюсь, почему ты так ее ненавидишь!

— Значит, хозяину известно, что она не захотела выполнить его волю и стать моей женой?

— Плетка заставит ее подчиниться, — сказал Легри и сплюнул. — Работа сейчас спешная, и бить ее до смерти не стоит... Она очень тощая, а эти тощие женщины готовы издохнуть под плеткой, лишь бы настоять на своем.

— Эта Люси в самом деле подлая тварь, — настаивал Сэмбо. — Лентяйка, не желает работать! За нее сегодня работал Том.

— Вот как! Что ж, ему самому зато придется выдрать ее. Это послужит ему уроком, а затем он все-таки не так сильно будет бить, как вы, проклятые дьяволы!

Оба надсмотрщика засмеялись поистине дьявольским смехом. Легри назвал их самым подходящим для них именем.

— Вес хлопка, может быть, и окажется правильным, — сказал Сэмбо. — Том и мисс Касси наполнили ее корзинку.

— Сегодня взвешивать буду я, — с ударением произнес Легри.

Надсмотрщики снова захихикали.

— Значит, Касси справилась со своей работой? — спросил Легри.

— Она работает, как сатана со всеми своими помощниками!

— В ней самой сидит сатана! — буркнул Легри и, грубо выругавшись, прошел в сарай, где происходило взвешивание.

Медленно, еле передвигая ноги и сгибаясь под тяжестью своей ноши, входили негры в сарай и боязливо ставили корзины на весы.

В руках Легри была дощечка, на которую был наклеен список имен. Против каждого имени он проставлял вес.

Корзинка Тома весила столько, сколько полагалось. Но он с беспокойством оглянулся на несчастную мулатку.

Страшно ослабевшая, Люси, шатаясь, подошла к весам и поставила свою корзинку. Вес был правильный, и Легри отлично видел это.

— Вот ты какая! — крикнул он с деланым гневом. —

Проклятая лентяйка! Здесь не хватает веса! Отойди-ка в сторону, займемся тобой после!

Женщина мучительно застонала и почти упала на скамью.

К весам подошла Касси. Высокомерно и презрительно пододвинула она свою корзину.

Легри с насмешкой поглядел ей прямо в глаза. Но где-то в глубине его взгляда таился страх.

Она не отвела своего взора. Губы ее зашевелились, и она произнесла несколько слов по-французски.

Что сказала она ему? Никто не понял ее слов. Но лицо Легри, когда она говорила, исказилось от ярости. Он замахнулся, словно для удара. Она видела это движение, но с дерзким пренебрежением отвернулась и медленно удалилась.

— А теперь, Том, подойди-ка сюда! — приказал Легри.

Том повиновался.

— Тебе известно, Том, — начал Легри, — что я купил тебя не для черной работы. Я уже говорил тебе это. Я решил дать тебе повышение. Ты будешь надсмотрщиком. С сегодняшнего вечера ты начнешь обучаться своему делу. Возьми эту женщину и отдери ее плетью. Ты знаешь, как это делается. Не раз, верно, видел на своем веку.

— Простите, мастер, надеюсь, вы не заставите меня выполнять такое дело... Я никогда этого не делал... Никогда... никогда... и не стану делать! Это невозможно, совсем невозможно!

— Ты еще многому научишься, чего не делал раньше, — крикнул Легри, хватая плетенный из бычьих жил хлыст и ударяя им Тома изо всей силы по лицу. За первым ударом последовал град других.

— Ну, как? — сказал Легри, утомившись. — Посмеешь еще повторить, что не можешь?

— Да, хозяин, — проговорил Том, утирая кровь, заливавшую ему лицо. — Да. Я готов работать день и ночь, пока во мне останется хоть искорка жизни, но делать то, что велит мастер... Это несправедливо, и я никогда, никогда не стану этого делать!

Голос у Тома был очень мягкий. Он держался спокойно и почтительно. Легри был уверен, что легко справится с ним. При последних словах Тома словно трепет пробежал по стоявшей кругом толпе, пораженной удивлением. Несчастная мулатка, сложив руки, воскликнула:

— Господи!..

Все остальные рабы стояли, затаив дыхание, словно в ожидании бури.

На мгновение Легри как будто растерялся. Но затем прорвалось сдерживаемое до сих пор бешенство.

— Как?! Гнусная ты черная скотина! Ты считаешь, что выполнить мою волю несправедливо? Да разве стадо таких жалких животных, как вы все, знает, что справедливо и что нет? Я сумею положить этому конец! Кто ты такой? Вы, верно, мистер Том, считаете себя джентльменом? Ах, так! Ты собираешься указывать своему хозяину, что́ справедливо и что́ нет? Ты считаешь, значит, что пороть эту женщину нельзя?

— Нельзя, хозяин. Эта несчастная больна и слаба. Жестоко было бы пороть ее, и поэтому я никогда не соглашусь сделать это. Если вам угодно убить меня — убейте. Но если вы думаете, что я хоть на кого-нибудь здесь подниму руку... Нет! Пусть лучше меня убьют!

Том говорил все тем же своим мягким и добрым голосом, но теперь всякому должно было быть понятно, что решение его непоколебимо.

Легри трясся от бешенства. Его зеленоватые глаза метали искры. Каждый волосок в его бакенах поднимался словно щетина. Но, подобно некоторым хищным зверям, которые любят позабавиться своей жертвой раньше чем растерзать ее, он сдерживался, довольствуясь ехидными шутками.

— Представьте себе, — говорил он, — какой благочестивый пес попал к нам, грешным! Святой! Джентльмен!

О, это, вероятно, очень могущественный человек! Сюда, негодяй! Вот как? Ты желаешь прослыть благочестивым человеком? Но ты, видимо, плохо знаешь Библию! Там говорится: «Рабы, повинуйтесь господам вашим». А разве я не господин твой? Разве я не заплатил тысячу двести долларов за все, чем набита твоя проклятая черная шкура? Не принадлежишь ты разве мне телом и душой? — И он изо всех сил ударил Тома ногой.

Страдания и боль лишили Тома последних сил. Но вопрос этот будто оживил его. Он выпрямился во весь свой высокий рост и восторженно взглянул на небо. Слезы и кровь заливали его лицо, но голос прозвучал твердо, когда он сказал:

— Нет, нет, душа моя не принадлежит вам, хозяин. Вы не могли купить ее! Вам нечем было бы уплатить за нее... Вы не можете причинить мне зла.

— Вот как! Не могу? — произнес Легри с дьявольским смехом. — Посмотрим! Эй, Квимбо! Сэмбо! Сюда! Выдерите эту собаку так, чтобы она месяц не могла встать на ноги!

Оба черных гиганта накинулись на Тома. Их лица выражали жестокую радость. Они походили в эту минуту на настоящих слуг ада. Несчастная мулатка вскрикнула от ужаса. Все рабы в каком-то общем порыве поднялись на ноги.

Квимбо и Сэмбо увели Тома. Он не сопротивлялся.

ГЛАВА XXXIV

История квартеронки

Была уже поздняя ночь. Окровавленный и истерзанный, Том лежал в углу заброшенного склада. Вокруг были навалены груды сгнившего хлопка и всякого другого мусора.

Царила непроглядная тьма. В затхлом воздухе с жуж-

жанием носились рои москитов. Жгучая жажда, самая мучительная из пыток, дополняла нестерпимые страдания Тома.

— О господи! — шептал он. — Где взять мне силы перенести все страдания и не сдаться им?

Внезапно где-то позади него раздался звук шагов. Блеснул слабый луч света.

— Кто здесь? Умоляю вас: пить, пить... глоток воды... Прошу вас, глоток воды...

Касси — это была она — опустила на землю фонарь, налила из бутылки в кружку воды и, приподняв голову Тома, поднесла к его губам. Сжигаемый лихорадкой, он опорожнил не одну кружку.

— Пей... пей... — приговаривала она. — Я ведь знала, что тебе захочется пить. Не в первый раз я ночью выхожу, чтобы помочь несчастным, которым пришлось испытать то же, что и тебе.

— Благодарю вас, миссис, — проговорил он, когда наконец немного утолил жажду.

— Не называй меня «миссис», — сказала она. — Я такая же жалкая невольница, как и ты, только во много раз несчастнее, чем ты можешь стать когда-либо. — В голосе ее прозвучала страшная горечь. — Но погоди, — продолжала она, возвращаясь к дверям и подтягивая поближе к Тому набитый соломой мешок, который она покрыла влажной простыней. — Постарайся, бедный друг мой, переползти сюда и лечь на этот мешок.

Том был так изранен и избит, что ему с трудом удалось последовать ее совету. Но прикосновение холодной влажной простыни принесло ему заметное облегчение.

Женщине не раз приходилось оказывать помощь жертвам Легри. Она искусно перевязала раны Тома, приложила к ним какие-то снадобья, и ему стало несколько легче.

— Вот так, — сказала она, подложив ему под голову

вместо подушки тюк попорченного хлопка. — Это все, что я могу сделать для тебя.

Том поблагодарил ее. Женщина опустилась на пол около него, обхватив руками колени. Взгляд ее был устремлен вдаль. Чепчик соскользнул с ее головы, и черные пышные волосы рассыпались вокруг ее гордого и бесконечно скорбного лица.

— То, что ты сделал, — заговорила она, — бесцельно и бесполезно. Ты честный человек, и справедливость была на твоей стороне. Но все бесполезно. Бесполезно бороться... Нужно уступить, покориться. Ты попал в руки мерзавца. Сила на его стороне.

Покориться! Но разве человеческая слабость и нестерпимая мука не шептали ему на ухо это же слово? Том приподнялся.

— О боже, боже, — со стоном проговорил он, — как могу я покориться?

— Напрасно ты призываешь бога, — резко сказала женщина. — Мне кажется, что бога вовсе нет, а если есть, то и он против нас. И небо, и земля — все против нас!

Том содрогнулся и закрыл глаза, услышав эти слова, полные печальной безнадежности.

— Вот видишь, — продолжала женщина, — тебе тут не разобраться... Зато мне все ясно. Вот уже пять лет, как я нахожусь здесь, во власти этого человека, которого я ненавижу! Эта плантация находится в десяти милях от ближайшего человеческого жилья. Она затеряна среди болот. Здесь не найдется ни одного белого, который мог бы засвидетельствовать на суде, что тут заживо сожгли негра или растерзали его, содрали с него кожу, выбросили на съедение собакам или засекли насмерть. Здесь не существует закона ни божеского, ни человеческого, который мог бы помочь кому-либо из нас. Если б я рассказала о том, что мне пришлось повидать и услышать здесь, у тебя волосы встали бы дыбом. Но борьба бесполезна... Разве я хотела жить с ним? Я получила хорошее воспитание... А он! Господи милостивый, кто он и что он такое? А между тем я прожила с ним пять лет, проклиная каждое мгновение моей жизни! Теперь он привез другую... молоденькую, ей всего пятнадцать лет. Судя по ее словам, она воспитывалась в благочестии и нравственных правилах... К черту все эти правила!

Женщина разразилась мучительным, полубезумным смехом, который страшным, пугающим звуком пронесся под крышей сарая.

Том закрыл глаза. Все вокруг наполнилось мраком и ужасом.

— Что мне делать, что делать? — твердил он. — Где найти силы противостоять злу?

А женщина неумолимо продолжала:

— А кто они, эти несчастные, твои товарищи по работе, чтобы стоило за них обрекать себя на такие страдания? Среди них нет ни одного, который при первом удобном случае не обратился бы против тебя. Они пали так низко и так жестоки друг к другу, как это только возможно для человеческого существа. Страдать, как страдаешь ты, ради того, чтобы не причинить им зла, — поверь, это напрасно и бесцельно.

— Несчастные существа! — проговорил Том. — Кто же сделал их такими жестокими? Если я покорюсь, миссис, тогда и я постепенно стану таким же жестоким, как они. Нет, нет, миссис! Я все потерял: жену, детей, дом, доброго хозяина, который освободил бы меня, если бы прожил еще неделю… Я потерял, безвозвратно потерял все, что было мне дорого на этом свете. Нет, нет! Стать безжалостным… Нет, этого я не хочу!

— Не может быть, — сказала женщина, — чтобы нас осудили за этот грех. Мы вынуждены совершить его. Он ляжет на тех, кто принуждает нас к нему.

— Да, разумеется, — промолвил Том. — Но все же это не помешает нам стать бессердечными и злыми… Вы подумайте, вдруг я стану таким жестоким, как Сэмбо? Не все ли равно тогда, каким путем я дошел до этого? Нет, мне именно это и страшно: стать таким, как они.

Женщина с испугом взглянула на Тома. Казалось, какая-то новая мысль поразила ее.

— Ты прав! — воскликнула она со стоном. — То, что ты сейчас сказал, правда. Увы, увы!

Она упала на пол, словно пораженная болью, и извивалась в нестерпимой муке. На минуту стало совсем тихо. В старом сарае слышны были лишь их тяжелые вздохи.

— Миссис… — проговорил наконец Том слабым голосом.

Женщина резким движением поднялась на ноги.

— Миссис, — повторил Том, — вы только что сказали, что бог против нас. Но это не так. Все дело в том, чтобы мы сами не поддавались искушению делать зло.

— Но ведь мы в таком положении, что не совершать зла невозможно!

— Такой невозможности не должно быть!

— Ты убедишься сам, — сказала Касси. — Вот хотя бы ты... Что ты станешь делать? Они завтра снова примутся за тебя! Я знаю их... Знаю, на что они способны. Я содрогаюсь при мысли о тех страданиях, которые они причинят тебе. Все равно они заставят тебя подчиниться.

— Я верю, что у меня хватит силы устоять.

— Увы, — продолжала Касси, — мне знакомы все эти слова, я слышала их много раз. А в конце концов приходилось сдаться и подчиниться. Вот хотя бы Эмелина. Как и ты, она противится. К чему? Все равно придется сдаться... или умереть медленной смертью.

— Что ж, тогда я умру. Я согласен умереть, даже если они продлят мои пытки, они не смогут помешать мне в конце концов умереть. Умереть! Ведь тут они будут бессильны.

Женщина не ответила. Темные глаза ее были устремлены в землю.

— Кто знает, — чуть слышно шептала она, — может быть, он прав... Но для тех, кто хоть раз покорился, все кончено. Для них нет надежды... нет, нет... Мы живем как во сне. Мы внушаем отвращение всем, внушаем отвращение самим себе. Напрасно ждем смерти, не решаясь наложить на себя руки... Нет больше надежды, нет! Эта девушка... такая юная... Ей ровно столько лет, сколько было мне... Погляди на меня, — обратилась она вдруг к Тому с болезненным оживлением, — погляди на меня, такую, как я теперь. А ведь я выросла в роскоши. Я помню себя девочкой, помню, как резвилась в нарядных гостиных. Меня одевали, как куклу. Гости, друзья, бывавшие в доме, восхищались моей внешностью, моим уменьем держаться. Окна одной из гостиных выходили в сад... Я с сестрами и братьями играла в прятки под апельсиновыми деревьями в саду. Меня отдали учиться в монастырь...

меня учили музыке, французскому языку, рукоделиям... чему только меня не учили! Мне было четырнадцать лет, когда меня внезапно вызвали на похороны отца. Он скончался совершенно неожиданно. Когда стали приводить в порядок дела, выяснилось, что оставшегося едва ли хватит на покрытие долгов. Кредиторы составили опись имущества. Я была внесена в эту опись. Моя мать была рабыней... Отец все собирался освободить меня, но так и не собрался. Я и раньше знала, что я рабыня, но никогда об этом не задумывалась. Разве придет когда-нибудь в голову, что человек, полный здоровья и сил, может умереть? Отец погиб в какие-нибудь три-четыре часа. Это был один из первых случаев холеры в Новом Орлеане. На следующий день после похорон жена моего отца со своими детьми уехала на плантацию своих родителей. Мне казалось, что ко мне как-то странно относятся, но я не обращала на это внимания. Делами по ликвидации имущества руководил адвокат. Он приезжал ежедневно, ходил по всему дому и очень учтиво разговаривал со мной. Однажды он привез с собой какого-то молодого человека. Никогда не видела я такого красавца и никогда не забуду этого вечера. Мы гуляли с ним в саду. Я чувствовала себя одинокой и печальной, а Генри был так нежен и ласков со мной. Он сказал мне, что видел меня еще до моего отъезда в монастырь, что любит меня и хочет стать моим другом и защитником. Одним словом, хотя он и не сказал мне, что уплатил за меня две тысячи долларов и что я — его собственность, все же я с радостью отдала ему себя, всю, все чувства мои без остатка, — ведь я любила его... Любила! — повторила она и на мгновение умолкла. — О, как я его любила! Как люблю и буду любить его до последней минуты моей жизни! Он предоставил в мое распоряжение роскошный дом, слуг, лошадей, экипажи, мебель, наряды — все, что можно приобрести за деньги. Я любила только его одного, он был мне дороже всего на свете. У меня была лишь одна мечта: чтобы он женился на мне. Я думала, что если он действительно любит меня так сильно, как говорит, если я действительно была для него, как он уверял, всем, — он поспешит освободить меня из рабства и женится на мне. Он объяснил мне, что это невозможно. Он говорил, что если мы будем верны друг другу, это и будет настоящий брак перед богом. Ах, если это была правда, то разве не была я его настоящей женой? Разве я не была ему верна? В течение семи лет я ловила каждый его взгляд, каждое движение, каждым дыханием моим я стремилась угодить ему... Он заболел желтой лихорадкой. Двадцать дней и двадцать ночей я не отходила от его постели, я, я одна ухаживала за ним, делала все... Он называл меня своим добрым ангелом, говорил, что я спасла ему жизнь...

Помолчав немного, Касси продолжала:

— У нас было двое детей. Первым родился сын. Мы назвали его Генри. Он был так похож на отца, у него были такие же прекрасные глаза, такой же лоб, и волосы густыми прядями обрамляли его лицо. Он был такой же умный, такой же одаренный, как отец. Зато все говорили, что маленькая Элиза — вылитый мой портрет. Он так гордился мной и нашими детьми! О, какие это были радостные дни! Я была счастлива, как только может быть счастлива женщина! Но потом пришли тяжелые времена... Один из его кузенов — Бэтлер, очень друживший с ним, приехал в Новый Орлеан. Генри считал его другом, но я... С первой минуты, как только увидела его, я стала его бояться. У меня было предчувствие, что этот человек навлечет на нас горе... Часто по вечерам они с Генри уходили куда-то и возвращались домой в два, в три часа ночи. Я ничего не смела сказать. Генри был самолюбив и обидчив. Но страх не переставал терзать меня. Оказалось, что кузен водил Генри в игорные дома, а характер у Генри был такой, что стоило ему сесть за карточный стол,

как его уже никакими силами нельзя было оторвать. Бэтлер познакомил Генри с другой женщиной... Очень скоро я почувствовала, что сердце Генри уже не принадлежит мне. О да, с каждым днем он уходил от меня все дальше и дальше. Сердце мое разрывалось на части... Его подлый друг предложил в конце концов продать ему меня и моих детей. Тогда он уплатит карточные долги Генри. И Генри продал нас... Он сказал мне, что уезжает по делам за город и пробудет там недели две-три. Он говорил со мной ласковее, чем в последнее время, уверял, что вернется... Но меня нельзя было обмануть. Я чувствовала, что пробил час. Я словно окаменела, не могла ни плакать, ни произнести ни слова... Он поцеловал меня, долго целовал детей и вышел. Я видела, как он вскочил на коня. Я следила за ним глазами, пока он не скрылся из виду. Когда он исчез из моих глаз, я упала без чувств... Тогда явился тот негодяй. Он пришел, чтобы вступить во владение своей собственностью. Он сказал, что купил меня и моих детей. Он показал документы... Я осыпала его проклятиями и заявила, что скорее умру, чем соглашусь жить с ним. «Как вам будет угодно, — сказал он, — но если вы не будете рассудительны, я продам ваших детей и вы уже никогда не увидите их». Он сказал мне, что я давно ему нравилась, что он нарочно запутал Генри в долгах, чтобы принудить его продать меня, что он намеренно свел Генри с другой женщиной и что, узнав все это, я должна понять, как мало тревожат его мои слезы... Пришлось подчиниться. Руки у меня были связаны: ведь дети мои были в его власти. При малейшем сопротивлении он грозил, что продаст моих детей. Таким путем он подчинил меня своим желаниям. О, что это была за жизнь! Жизнь, когда сердце твое топчут изо дня в день... Продолжать любить, хотя любовь и была источником твоих страданий, и быть прикованной к человеку, которого ненавидишь! Я любила когда-то читать Генри вслух, играть, петь, танцевать с ним. Но делать хоть что-нибудь для этого негодяя было для меня настоящей пыткой, и все же я ни в чем не смела отказать ему, иначе он был резок и груб с детьми. Элиза была робким маленьким созданием, но сын мой, Генри, был смел и вспыльчив, как его отец. Он никогда и никому не подчинялся. Мой хозяин постоянно уличал мальчика в какой-нибудь провинности, постоянно ссорился с ним. Я жила в трепете и страхе, стараясь внушить мальчику уважение к хозяину, заставить его вести себя почтительно. Я старалась, чтобы дети не попадались ему на глаза. Все оказалось напрасным! Однажды он пригласил меня проехаться верхом. Вернувшись домой, я не нашла своих детей. Он сказал, что дети проданы. Показал мне деньги — цену их крови. Все рушилось! Я буйствовала, проклинала бога и людей. Он испугался, но не уступил, гово-

ря, что хотя дети и проданы, но от меня будет зависеть возможность увидеться с ними, что если я буду дурно вести себя, это отзовется на их судьбе. Я покорилась, внешне успокоилась. Он намекнул мне, что когда-нибудь выкупит их... Так прошли недели две. Однажды, гуляя, я проходила мимо арестного дома. У входа толпился народ. Мне послышался детский голосок. И вдруг Генри, мой маленький Генри, вырвавшись из рук каких-то мужчин, которые пытались удержать его, с криком бросился ко мне и ухватился за мое платье. Мучители с бранью кинулись за ним, и один из них — о, никогда мне не забыть его лица! — крикнул Генри, что он все равно поймает его, отведет в тюрьму и так проучит, что у него раз и навсегда пропадет охота убегать... Я молила их, заклинала всем святым... Они же смеялись надо мной. Несчастный мальчик кричал, цеплялся за меня... В конце концов они вырвали его из моих объятий. А Генри не переставал кричать: «Мама, мама, мама!» Лицо какого-то человека, стоявшего в толпе, как будто выражало сострадание... Я предложила ему все деньги, которые оказались при мне, умоляя вмешаться. Он отрицательно покачал головой и пояснил: хозяин моего сына жалуется, что с тех пор, как он приобрел Генри, ребенок дерзко ему отвечает и не слушается, вот он и решил сломить упорство мальчика. Я бросилась домой. В ушах моих все еще звенел плач моего сына. Задыхаясь, ворвалась я в гостиную, где застала Бэтлера. Я все рассказала ему и умоляла вступиться. В ответ он только рассмеялся, сказав, что мальчишка получит по заслугам, что его необходимо выдрессировать.

— В эту минуту мозг мой словно заволокло туманом. Я пришла в неистовство. Помню только, что где-то поблизости я увидела большой нож с кривым лезвием... Кажется, я схватила его и бросилась на этого человека. Затем все смешалось... Больше я ничего не помню... Когда я пришла в себя, я находилась в хорошенькой комнатке, но это не была моя прежняя комната. У моей постели сидела старая негритянка. Меня посещал врач. Я была окружена заботой. Вскоре я узнала, что Бэтлер уехал и оставил меня здесь, чтобы продать. Этим и объяснялась забота обо мне... Каждый день меня наряжали, приходили хорошо одетые джентльмены, сидели в моей комнате, курили... Они глядели на меня, задавали мне вопросы, спорили между собой о том, сколько стоит за меня заплатить. Я была такой мрачной и замкнутой, что никто из них не решался купить меня. После их ухода мне грозили побоями, если я не буду более любезной и приветливой. Но вот однажды пришел человек по фамилии Стюарт. Казалось, он относился ко мне с некоторым участием. Он догадывался, что со мной произошло нечто ужасное. Он стал часто заходить ко мне, стараясь беседовать со мной с глазу на глаз, и в конце концов убедил меня поведать ему мою историю. Кончилось тем, что он купил меня и обещал сделать все, что в его силах, чтобы разыскать моих детей и выкупить их. Он отправился в дом, где находился одно время мой маленький Генри... Там ему сказали, что мальчика продали какому-то плантатору с Жемчужной реки. Это было последнее, что мне удалось услышать о нем. Затем Стюарт узнал, где находится моя дочь. Она воспитывалась у какой-то пожилой женщины. Он предложил за нее неимоверную сумму, но хозяева отказались продать ее. Бэтлер узнал, что Стюарт хочет купить ее для меня, и просил передать, что я никогда ее не увижу... Капитан Стюарт был очень добр ко мне. У него была большая плантация, и он увез меня туда. Прошло около года, и у меня родился сын. Дорогое, бедное маленькое существо! Как я любила его! Я никак не могла избавиться от мысли, что не смогу вырастить ребенка. Я взяла несчастного крошку на руки — ему было не более двух недель, — целовала его, целовала без конца, и слезы мои стекали на его личико... Потом я влила ему в рот настой опия и прижала его к своей груди. Так держала я его, пока он не уснул... сном смерти. Какая мука! Сколько слез я пролила! Все думали, что я сделала это случайно, по ошибке... А знаешь, Том, ничем я так не горжусь, как этим поступком! Хоть этого одного удалось спасти от всех страданий. Несчастное дитя! Ничего лучшего, чем смерть, я не могла ему подарить... Вскоре вспыхнула холера. Капитан Стюарт умер. Да, умирали все, кому следовало жить! А я... я была на краю смерти и не умерла. Я переходила из рук в руки, пока не превратилась в больную, увядшую женщину.

Касси умолкла. Она рассказывала эту историю с жаром, слова быстро срывались с ее уст. Лицо казалось полубезумным: она то обращалась к Тому, то говорила сама с собой. Впечатление от ее слов было так сильно, столько огня, столько боли было в них, что Том, слушая ее, забывал о своих ранах. Приподнявшись на локте, он следил глазами за женщиной, которая в возбуждении шагала по сараю, при каждом движении встряхивая густые темные волосы, ниспадающие на ее плечи.

— Ты говорил мне, — начала она снова, — что нужно противиться злу. Возможно! В монастыре сестры рассказывали мне о дне Страшного суда, когда все наши поступки раскроются. О, сколько страданий будет тогда отомщено! Нашим мучителям кажется, что страдания наши и наших детей — ничто. Когда я, бывало, бегала по улицам в поисках своих детей, в душе моей жила такая ненависть, что ее, казалось мне, было достаточно, чтобы уничтожить целый город! Я страстно желала, чтобы дома рухнули, чтобы мостовые разверзлись под моими ногами... О, как я жажду, чтобы был такой суд, на котором я могла бы свидетельствовать против тех, кто погубил меня и моих детей, погубил и душу мою, и тело! Молодой девушкой я была благочестива и скромна, теперь я — погибший человек!

Она сжала руки, словно сдавливая чье-то горло, и в глазах ее вспыхнул злой огонек.

— Да, — проговорила она, — скоро я отправлю его… отправлю туда, где ему давно пора быть. Скоро! В одну из ближайших ночей… хоть бы меня за это сожгли живьем!

Она расхохоталась. Дикий и страшный этот смех долго звучал в полупустом сарае и перешел в рыдание. Упав на пол, женщина забилась в судорогах.

Но это длилось недолго. Она медленно поднялась, видимо стараясь овладеть собой.

— Что я еще могу сделать для тебя, бедняга? — спросила она, подходя к Тому.

Сейчас в ее голосе звучали обаятельная мягкость и нежная ласка, составлявшие самый резкий контраст с ее обычной дикой необузданностью.

Том отпил еще глоток воды и с признательностью посмотрел на нее. Он хотел что-то сказать, но она прервала его:

— Не говори, лежи спокойно и постарайся уснуть, если можешь…

Пододвинув поближе к нему кружку с водой и заботливо поправив мешок, на котором лежал Том, она удалилась.

ГЛАВА XXXV
Прощальный дар

Гостиная Сэймона Легри была длинная, просторная комната с большим камином. Стены когда-то были оклеены красивыми и богатыми обоями. Теперь они, грязные, заплесневелые, свисали рваными клочьями. Воздух был пропитан тошнотворным запахом сырости, грязи и запустения. В камине тлел уголь. Хотя погода была не очень холодная, в этой большой комнате по вечерам бывало всегда сыро и холодно. Красноватый отсвет углей еще больше подчеркивал нежилой и неуютный вид этого помещения: всюду валялись седла, скребки и щетки для чистки лошадей, сбруя, уздечки, плетки, плащи и всевозможная одежда — все это в самом невероятном беспорядке. Огромные псы, о которых мы уже упоминали, располагались здесь же.

Легри был занят приготовлением грога. Он наливал в свою чашку горячую воду из кувшина с отбитым носиком.

— Мерзавец Сэмбо! — ворчал он. — Поссорил меня с моими новыми рабами... Том неделю будет непригоден для работы. И это когда время не терпит!

— И поделом вам! — послышался голос за его спиной.

Это был голос Касси, которая слышала его слова.

— Ах, это ты, чертовка! Вернулась все-таки?

— Да, — холодно ответила она. — Но действовать я буду по-своему.

— Ошибаешься, старая ведьма! Я свое слово сдержу. Ты будешь вести себя, как я приказываю, или отправишься в поселок и будешь работать, как все.

— Я в тысячу раз охотнее стала бы жить в поселке, в самой жалкой лачуге, чем оставаться в вашей подлой власти!

— Но ты все равно в моей власти, — сказал он, состроив отвратительную гримасу. — Утешься. Ну, подойди сюда, сядь ко мне на колени, и поговорим с тобой.

Он взял ее за руку.

— Берегитесь, Сэймон Легри! — крикнула она.

Легри невольно вздрогнул.

— А, ты боишься меня, Сэймон! — продолжала она решительно. — И ты прав. Во мне сидит сатана!

Последние слова она произнесла свистящим шепотом на ухо Легри.

— Ох, верю, верю! Отойди от меня! — отталкивая ее, проговорил Легри. — Впрочем, почему бы нам не быть друзьями, как прежде, Касси?

— Как прежде? — прошептала она с горечью, но тут же умолкла. Буря чувств, поднявшаяся в ее душе, не находила выхода в словах.

Касси в течение долгого времени пользовалась значительным влиянием на Легри, но последнее время она становилась все более и более раздражительной. Порой, тяготясь своим ненавистным и позорным ярмом, она приходила в неистовство, граничившее с безумием. Припадки эти приводили Легри в трепет: как и многие грубые и невежественные люди, он испытывал суеверный страх перед безумными.

Когда Легри привез Эмелину, в душе Касси внезапно пробудилось давно заглохшее чувство женской гордости. Она вступилась за девушку. На этой почве между ней и Легри произошла ссора. Легри поклялся, что если Касси не смирится, он отправит ее работать в поле. Касси с презрением ответила, что пойдет на работу, и действительно проработала в поле целый день, чтобы показать свое пренебрежение к его угрозам.

Весь этот день Легри было как-то не по себе.

— Я требую, Касси, чтобы ты вела себя прилично, — помолчав, сказал Легри.

— Это вы-то говорите о приличном поведении! А что вы только что сделали? Искалечили одного из лучших ваших рабочих, и это в самую горячую пору. Вечно даете волю вашему проклятому характеру!

— Признаюсь, что я сделал глупость, доведя дело до столкновения. Но если раб осмеливается проявлять волю, ее нужно сломить.

— Его-то вы не сломите, могу вас уверить!

— Кто? Я? — закричал Легри, в бешенстве вскакивая со стула. — Хотел бы я посмотреть, как это я не смогу справиться с рабом! Это был бы первый случай. Я переломаю ему все кости, но заставлю подчиниться!

В эту минуту в дверях показался Сэмбо. Он подошел ближе, не переставая кланяться, и протянул хозяину какой-то предмет, обернутый в бумагу.

— Что тебе, собака? — крикнул Легри.

— Колдовство, хозяин!

— Что?!

— Такая штука, которую негры достают у колдуний... Когда эта штука при них, они не чувствуют боли, сколько бы их ни пороли. У Тома эта вещь висела на шее на черном шнурке.

Легри, как все невежественные и жестокие люди, был суеверен. Он взял сверток и с опаской развернул его. Из свертка выпал серебряный доллар и длинный золотисто-белокурый локон, который, будто живой, обвился вокруг пальцев Легри.

— Проклятие! — заорал Легри, топая ногами и стряхивая с руки золотистую прядь, словно она жгла его. — Откуда это? Убери! Унеси поскорей! В огонь! Сожги, сожги, говорят тебе! — И он швырнул локон в огонь камина. — Зачем ты принес мне эту штуку?

Сэмбо стоял, разинув рот, остолбенев от удивления. Касси, собиравшаяся уже покинуть комнату, остановилась, глядя на Легри и стараясь угадать причину его испуга.

— Никогда не смей приносить мне эти чертовские штуки! — продолжал кричать Легри, замахиваясь кулаком на Сэмбо, который поспешно отступил. Затем, подойдя к окну, он вышвырнул доллар.

Сэмбо поспешил уйти. Легри, казалось, был смущен проявленной им трусостью. Он уселся в кресло с видом разозленного бульдога и молча стал потягивать пунш.

Касси вышла незамеченная и, как мы уже знаем, отправилась в старый склад, чтобы оказать помощь Тому.

Что же произошло с Легри, какая сила таилась в этом белокуром женском локоне, которая привела в такое волнение человека, привыкшего давать полную волю самым жестоким своим порывам? Чтобы ответить на этот вопрос, нам придется вместе с нашим читателем вернуться несколько назад.

Как ни жесток, ни порочен, ни безжалостен стал этот

человек, все же было когда-то далекое время, когда он засыпал у груди нежно любящей матери, когда его укачивали мягкие женские руки под звуки тихой колыбельной песни. Там, в далекой Новой Англии, белокурая мать растила своего единственного сына с самоотверженной любовью, которую ничто не могло угасить. Но сын жестокосердого отца, на которого эта кроткая женщина напрасно потратила все сокровища своего сердца, пошел по проклятым стопам родителя. Буйный, распущенный и властолюбивый, он пренебрегал советами матери и не желал терпеть ее упреков. Еще почти мальчиком он покинул ее и отправился искать счастья на море. В родной дом он вернулся лишь однажды. Мать пыталась удержать его при себе, оторвать от порочной жизни, которую он вел, и направить на путь добра.

Но ожесточенное сердце замкнулось в упорстве. Когда мать, в порыве беспредельного отчаяния, с мольбой упала к его ногам, он отшвырнул ее и, оставив на полу без чувств, ругаясь, выбежал из дому и вернулся к себе на корабль.

Легри успел забыть о матери, когда вдруг однажды ночью, во время разнузданного кутежа, ему подали письмо. Вокруг сидели отупевшие от пьянства собутыльники. Он распечатал письмо. Из него выпал длинный белокурый локон, который так же обвился вокруг его пальцев.

В письме сообщалось, что мать его умерла и, умирая, простила его.

Зло обладает роковой способностью даже самому чарующему и прекрасному придать уродливую и пугающую форму. Туманный образ любящей матери, посылавшей ему свое последнее «прости», в порочном мозгу Легри вызывал лишь мрачное представление о Страшном суде и о вечном проклятии. Легри сжег письмо, сжег и присланный локон. Но, глядя на то, как волосы, сгорая, извивались в огне, он дрожал, представляя себе адское пламя. Тогда он стал пить еще больше, надеясь в вине утопить мучительное воспоминание. Случалось, глубокой ночью, когда торжественная тишина заставляет и злодея остаться наедине со своими мыслями, перед ним вдруг из тумана всплывал бледный образ матери, и он чувствовал, как вокруг пальцев обвивается ее белокурый локон. Холодный пот выступал у него на лбу, и в смертельном страхе он соскакивал с кровати.

— Проклятие! — бормотал Легри, опоражнивая стакан. — Где он мог добыть этот локон? Совсем, совсем такой... Я думал, что забыл... Но разве можно забыть! Проклятие! Я один... Нужно позвать Эмелину. Она меня ненавидит, чертовка. Наплевать! Я заставлю ее спуститься сюда!

Легри вышел в обширный вестибюль, откуда вела лестница в верхний этаж. Когда-то ступени этой роскошной витой лестницы были покрыты ковром. Сейчас лестничная клетка была завалена мусором и ломом. Ковра и в помине не было. Повороты тонули во мраке, и ступени, казалось, вели неведомо куда. Бледные лунные лучи пробивались сквозь стекла над входной дверью. Было сыро и холодно, как в погребе.

Легри остановился перед нижней ступенькой лестницы. До него донеслось чье-то пение. Сначала ему почудилось, что это плод возбужденной фантазии.

— Хэлло! Кто там? — крикнул он.

Трепетный голос с огромным чувством исполнял песню, очень распространенную среди рабов:

Сколько слез, сколько слез и рыданий...

— Проклятая девка! Я задушу ее! — буркнул Легри и вдруг с бешенством заорал: — Лина! Лина!

Но только эхо насмешливо повторило: «Лина... Лина...»

А нежный женский голос продолжал:

Нет, не может, не может быть прощения
Тем, кто страдания и горе причинял...

Легри сделал шаг вперед и снова остановился. Ему стыдно было бы в этом признаться, но крупные капли пота выступили у него на лбу и сердце усиленно колотилось от страха. Ему показалось, что где-то впереди мелькнуло что-то белое, и он задрожал при мысли, что это, быть может, в тумане скользит тень его матери.

— К черту! — выругался он, возвращаясь в гостиную. — Я знаю сейчас твердо: нужно оставить в покое этого негра. Мне кажется, меня околдовали. Да, да, именно так. Меня с той самой минуты знобит и бросает в пот. Где он добыл этот локон? Не может быть, чтобы это был тот самый... Да нет же, нет! Я сжег его... Я отлично знаю, что сжег...

— Эй вы! — завопил Легри, топая ногой, и засвистел, подзывая собак. — Составьте хоть вы мне компанию!

Но собаки только приоткрыли сонные глаза и сразу же снова уснули.

— Вот как? Тогда я позову Сэмбо и Квимбо. Пусть споют, пусть спляшут какой-нибудь из своих дьявольских танцев... Пусть отгонят эти страшные мысли!

...Было уже около двух часов ночи, когда Касси, возвращаясь из сарая, где лежал несчастный Том, услышала дикие взвизгивания, топот и собачий вой, сливавшиеся в какую-то адскую какофонию.

Подойдя к окну, Касси заглянула в комнату.

Легри и оба надсмотрщика распевали песни, завывали, опрокидывали стулья и строили друг другу самые чудовищные гримасы.

«Неужели, — подумала Касси, — было бы преступлением избавить мир от этих трех мерзавцев?»

Она поспешно отвернулась и, пройдя по черному ходу, побежала по лестнице наверх, в комнату Эмелины.

ГЛАВА XXXVI

Эмелина и Касси

Войдя в комнату, Касси увидела Эмелину, которая, бледная от ужаса, забилась в самый отдаленный угол комнаты. Услышав скрип дверей, она в испуге поднялась, но, увидев Касси, бросилась к ней навстречу и схватила ее за руку:

— О Касси, это ты! Я так счастлива, что ты пришла! Я так боялась, что это... Ты не знаешь, как они всю ночь шумят там внизу...

— К сожалению, знаю, — сухо ответила Касси. — Сколько раз мне приходилось это слышать.

— Касси, милая, неужели нет возможности бежать? Все равно куда! В саванны, туда, где змеи... куда хочешь! Нельзя ли бежать хоть куда-нибудь, только бы подальше отсюда? Я хотела бы жить в саваннах... грызть древесную кору... Мне приятнее было бы чувствовать подле себя змею, чем его.

— Многие здесь думали так, как ты, и я знаю, чем это кончалось. Тебе не удалось бы остаться в саваннах. Тебя затравили бы собаками, вернули бы сюда и тогда... тогда...

— Что бы он сделал?

Девушка в страшном волнении, затаив дыхание, впилась взглядом в лицо Касси.

— Уж лучше спроси: на какую жестокость и низость он не оказался бы способен! Своему ремеслу он выучился от пиратов Вест-Индии. Ты навсегда утратила бы сон, если бы я рассказала тебе все, что мне довелось видеть и что он сам хвастливо рассказывает о себе. Я слышала здесь вопли, которые потом неделями звучали в моих ушах. Погляди, вон там есть место, где стоит обуглившееся дерево с обгоревшей листвой. Земля вокруг него покрыта пеплом. Спроси, что совершалось там, и увидишь, посмеют ли тебе ответить.

— О господи, что ты хочешь сказать?

— Я ничего не хочу сказать. Мне страшно даже вспоминать об этом! Никому не ведомо, что́ предстоит нам увидеть завтра, если несчастный Том будет упорствовать дальше.

— Но ведь это чудовищно! — воскликнула Эмелина. — О Касси, что мне делать? Посоветуй...

— То, что делала я. Исполняй то, что требуют от тебя, хотя бы ненавидя и проклиная.

— Он хотел заставить меня пить эту отвратительную водку... Я не переношу ее!

— Лучше бы пила. Я тоже терпеть не могла водки, а теперь я не могу обходиться без нее. Надо же иметь хоть какую-нибудь радость в жизни... Наше положение кажется нам менее ужасным, когда мы выпьем.

— Моя мать всегда твердила мне, чтобы я никогда не пробовала водки!

— Твоя мать... — прошептала Касси, и выражение глубокой печали легло на ее лицо. — Какое значение имеет то, что говорят матери? Тебя купили, за тебя заплачены деньги, и ты принадлежишь хозяину. Таков порядок здесь, в Америке. Пей водку, пей, чем больше, тем лучше! Тебе будет легче.

— Касси, Касси, сжалься надо мной!

— Сжалиться над тобой? А разве я не жалею тебя? Разве у меня не было дочери? Кто знает, где она теперь и кому принадлежит. Наверно, пошла по стопам своей матери, как и ее дети пойдут по ее стопам. Не будет этому конца! Вечное проклятие тяготеет над нами.

— О, лучше бы я никогда не родилась! — вскричала Эмелина, заломив руки.

— Да, я тоже не раз повторяла это, — сказала Касси. — Если б у меня хватило решимости, я наложила бы на себя руки.

— Наложить на себя руки? Это большой грех... — проговорила Эмелина.

— Не знаю, почему. Это было бы не более грешно, чем вести такую жизнь, как та, что ведем мы изо дня в день... Но в монастыре монахини рассказывали такие ужасы, которые заставляли бояться смерти. Если б только знать, что смерть — это действительно конец, конец всему...

Эмелина отвернулась и закрыла лицо руками.

В то время как в комнате Эмелины происходил этот разговор, Легри, пьяный, упал в кресло и погрузился в глубокий сон.

Легри пьянел редко. Здоровый и крепко сложенный, он с легкостью переносил последствия излишеств, которые свалили бы любого другого. К тому же недоверие к окружающим заставляло его быть осторожным. Но если уж он напивался, то переставал походить на человека.

В эту ночь, в стремлении заглушить голос совести, терзавший его, он выпил больше обыкновенного. Прогнав своих собутыльников, он растянулся в кресле, в котором сидел, и крепко уснул.

Странные видения обступили Легри. Среди тяжелого, беспокойного сна к его изголовью приблизилась закутанная в покрывало женщина и остановилась подле него. Холодной рукой коснулась она его лба. Ему чудилось, что он узнает ее, несмотря на покрывало, скрывавшее лицо. Легри затрепетал. Снова показалось ему, что длинные волосы обвиваются вокруг его пальцев, затем они обхватили его шею, сжимая ее все крепче и крепче. Вот ему уже нечем дышать. Ему чудилось, что он слышит чьи-то голоса, и то, о чем они шептали, заставляло кровь леденеть в жилах. Потом ему померещилось, что он бредет по краю бездны, с трудом удерживая равновесие и борясь со смертельным страхом. Чьи-то черные руки хватали его, раскачивали и швыряли в пропасть. Тогда появлялась Касси. Она хохотала и толкала его в глубину. А женщина с закрытым лицом отбрасывала покрывало, — это была его мать. Она отворачивалась от него, и он падал, в то время как со всех сторон слышался смутный шум: стоны, крики и дьявольский хохот.

Легри проснулся.

Спокойные бледно-розовые лучи зари скользили по комнате. О, какая красота, какая свежесть окружают рождение каждого нового дня и словно говорят человеку: «Взгляни, вот еще одна возможность предоставлена тебе... Борись за правду, за любовь и добро!»

Но грубый, опустившийся до уровня зверя Легри проснулся с проклятиями и ругательствами на устах. Какое значение имел для него алый багрянец — чудо, возобновляющееся каждое утро! Налив в стакан водки, он отпил до половины.

В комнату вошла Касси.

— Я провел ужасную ночь, — сказал Легри, обращаясь к ней.

— Вам еще не то придется пережить, — сухо ответила Касси.

— Что ты хочешь этим сказать, дрянь?

— Увидите сами, скоро увидите... А теперь, Сэймон, я хочу вам дать добрый совет.

— К черту!

— Мой совет, — продолжала она невозмутимо, прибирая разбросанные по комнате вещи, — мой совет: оставить Тома в покое.

— А тебе что за дело?

— Мне, конечно, все равно. Если вы платите за негра тысячу двести долларов и калечите его, да еще в самое горячее время, мне это, конечно, безразлично! Я постаралась вылечить его.

— Послушай, скажи правду: почему ты вмешиваешься в мои дела?

— И в самом деле, почему? Я сберегла вам несколько тысяч долларов тем, что заботилась о ваших рабах. И вот благодарность! Если ваш урожай будет ниже, чем у других, вы проиграете пари. Томпкинс одержит верх, и вы расплатитесь, как того заслужили. Вот и все! Воображаю, как глупо вы тогда будете выглядеть!

У Легри, как и у многих плантаторов, была одна честолюбивая мечта — собрать самый большой урожай в округе. Он заключил в соседнем городке множество пари, что его урожай будет выше, чем у соседей, и Касси умело коснулась этой единственной струнки, способной прозвучать.

— Пусть так. Согласен. Но пусть он попросит у меня прощения и даст обещание впредь вести себя лучше.

— Он этого не сделает.

— Вот как! Не сделает?

— Нет!

— Почему же, сударыня? — с пренебрежительной улыбкой спросил Легри.

— Потому что он прав, потому что он знает это и не согласится признать, что ошибался.

— Пусть этот пес думает, что ему угодно, но он скажет то, что я пожелаю, или...

— Или вы погубите урожай, не дав ему возможности работать в такое время, когда дорога каждая минута!

— Но он покорится, говорю тебе! Или я не знаю, что такое негр? Сегодня же утром он будет ползать у моих ног, как собака!

— Нет, Сэймон, людей такого сорта вы не знаете. Вы можете убить его, но не заставите его признать себя виновным.

— Посмотрим! — резко проговорил Легри, направляясь к выходу. — Где он находится?

— В старом складе.

Несмотря на решительный тон, каким он говорил с Касси, Легри, однако, ощущал какое-то внутреннее беспокойство. Ночные видения и советы Касси быть осторожным произвели на него сильное впечатление. Он не желал поэтому, чтобы кто-нибудь присутствовал при его разговоре с Томом. Он собирался, в случае, если угрозы не окажут нужного действия, отложить свою месть до более удобного времени.

Ласковые лучи утренней звезды проникли и в жалкое убежище раба, и в душу его снизошел покой. Советы и предупреждения Касси не только не поколебали его решимости, но, наоборот, заставили его встрепенуться. Том говорил себе, что этот нарождающийся день, может быть, станет его последним днем. Поэтому он был полон торжественного покоя, и шаги его мучителя не пробудили в нем страха.

— Ну, парень, — сказал Легри, презрительно пнув его ногой, — как поживаешь? Не говорил я разве, что коечему тебя научу? Что скажешь? Урок подействовал? Не собираешься ли ты угостить бедного грешника подходящей проповедью?

Том не ответил.

— Эй ты, скотина, встань! — крикнул Легри, вторично толкнув его ногой.

Человеку в таком состоянии, в каком был Том, встать было очень трудно. Том сделал тщетную попытку подняться. Легри грубо захохотал.

— Что-то ты не слишком проворен, Том! — продолжал он насмехаться. — Не простудился ли вчера вечером?

Но Тому все же удалось подняться, и он со спокойным и ясным лицом стоял перед своим хозяином.

— Ах, черт! Ты все-таки встал? — крикнул Легри. — Значит, мало тебе всыпали вчера! На колени, Том! Проси прощения за твои вчерашние ответы!

Том не шевельнулся.

— На колени, пес! — заорал Легри, ударив его плетью.

— Мистер Легри, — проговорил Том, — я этого не сделаю. Я поступил так, как считал справедливым. И так я буду поступать всегда. Я никогда не совершу дурного дела, а там — будь что будет!

— Что будет?! Ты не знаешь, что будет, мистер Том! Ты рассчитываешь отделаться кнутом, как вчера? Это ерунда, пустяк, и больше ничего! Не хочется ли тебе, чтобы тебя привязали к дереву и вокруг разложили небольшой огонек? Может быть, это будет тебе приятно, Том? Как ты находишь?

— Хозяин, я знаю, что вы способны на страшные вещи, но...

Том выпрямился и сложил руки, словно для молитвы.

— Но когда вы убьете плоть мою, вы будете бессильны. Дальше наступит вечность...

Вечность! Слово это наполнило силой и радостью душу несчастного раба. Легри показалось, что его ужалил скорпион. Он скрипнул зубами, но ярость помешала ему произнести хотя бы слово. А Том, словно человек, освободившийся от связывающих его пут, заговорил радостным голосом:

— Вы купили меня, мистер Легри, и я буду вам добрым слугой. Я буду отдавать вам всю силу моих рук, все мое время, все старания. Но веления моей совести я ставлю выше всего — выше жизни, выше смерти. Вы можете поверить мне, мистер Легри: я нисколько не боюсь смерти! Я жду ее в любое время. Вы можете наказать меня кнутом, заморить голодом, сжечь... Вы только поможете мне раньше положенного срока отправиться туда, куда мне и без того суждено отправиться.

— Но до этого ты покоришься мне! — в ярости прошипел Легри.

— Нет, — спокойно ответил Том.

— Проклятие! — закричал Легри и одним ударом кулака свалил Тома с ног.

Маленькая холодная рука легла на плечо Легри. Легри обернулся. Это была рука Касси. Это прикосновение сразу пробудило в нем воспоминание о ночном видении; слышанные во сне грозные слова снова прозвучали в его мозгу, и трепет ужаса пробежал по его телу.

— Вы опять прицепились за свое! — сказала Касси по-французски. — Бросьте! Предоставьте его мне. Я приведу его в такое состояние, чтобы он мог вернуться на работу в поле. Послушайтесь меня!

Говорят, что даже у крокодила и носорога, которых природа снабдила крепкой броней, все же есть уязвимая точка. Уязвимой точкой у таких злодеев, как Легри, обычно оказывается суеверие. Легри отвернулся от Тома и сказал с обычной грубостью:

— Хорошо, пусть будет по-твоему! А ты берегись, — добавил он, обращаясь к Тому. — Я оставлю тебя в покое потому, что работа не ждет и мне дороги рабочие руки. Но я никогда ничего не забываю. Я запишу эту историю за тобой, а расчет произведем на твоей черной шкуре. Запомни!

С этими словами Легри вышел.

— Ничего, и тебе придется расплатиться! — проговорила Касси, мрачно глядя ему вслед. Затем она повернулась к Тому. — Как ты чувствуешь себя, бедняга? — спросила она мягко.

— Бог послал мне одного из своих ангелов, и он заставил льва умолкнуть, — ответил негр.

— Умолкнуть на время, — проговорила Касси. — Но он возненавидел тебя. Его злоба будет преследовать тебя, как пес, изо дня в день, будет хватать тебя за горло и капля по капле пить твою кровь. Я хорошо знаю этого человека!

ГЛАВА XXXVII

Свобода

Как ни тяжко положение Тома, мы все же на время оставим его и посмотрим, что сталось с Джорджем и его женой, которых мы покинули на ферме у проезжей дороги, в кругу преданных друзей.

Том Локер, охая, метался на белоснежной постели, окруженный материнской заботой старушки Доркас, и был столь же терпеливым и покладистым пациентом, каким был бы, вероятно, большой буйвол.

Вообразите себе высокую, полную достоинства женщину, сдержанную и в то же время приветливую. Кисейный чепец наполовину прикрывает разделенные пробором серебристые вьющиеся волосы, обрамляющие высокий лоб. Серые глаза глядят умно и рассудительно. Гладкая белоснежная косынка целомудренно скрещивается на груди. Коричневое шелковое платье миролюбиво шуршит, когда она проходит по комнате.

— У, черт! — рычит Том Локер, ударяя кулаком по одеялу.

— Я вынуждена просить тебя, Томас, не употреблять таких выражений, — говорит тетушка Доркас, спокойно оправляя одеяло.

— Хорошо, старуха, больше не буду... если только удержусь. Но жара такая, что поневоле будешь ругаться.

Тетушка Доркас снимает с ног больного добавочное покрывало и снова подворачивает одеяло так, что Том становится похож на кокон. Делая все это, тетушка Доркас спокойно говорит:

— Мне очень хотелось бы, друг, чтобы ты хоть немного перестал ворчать и ругаться. Последи хоть сколько-нибудь за своим поведением.

— Мое поведение! Это последнее, что меня беспокоит! Гром и молния!

Том Локер так подскочил, что сразу же сбилось одеяло и вся постель пришла в беспорядок.

— Тот мужчина и женщина находятся здесь? — спросил он неожиданно.

— Да, здесь, — ответила Доркас.

— Пусть они переправляются на ту сторону озера, и чем скорее, тем лучше.

— Так они, должно быть, и сделают, — сказала тетушка Доркас, спокойно продолжая вязать.

— Вот что, — проговорил Локер, — у нас в Сандуски есть агенты. Они следят за всеми прибывающими пароходами. Теперь я уж могу тебе все сказать... Мне хотелось бы, чтобы им удалось удрать, хотя бы назло этому дьяволу Мэрксу. Подлый трус!

— Томас! Томас!

— Что же делать, старуха: бутылка лопнет, если ее слишком крепко закупорить. Что касается женщины... посоветуй ей переодеться. Ее приметы сообщены в Сандуски.

— Хорошо, постараюсь, — с неизменным спокойствием отвечала Доркас.

Том Локер, с которым мы уже в дальнейшем больше не встретимся, пролежал три недели у квакеров. Он заболел ревматической лихорадкой, которая присоединилась к страданиям, которые ему причиняла рана. Он встал с постели несколько менее веселый, но зато более рассудительный, чем был до болезни. Вместо охоты за рабами он занялся охотой на медведей и волков в одном из малообитаемых районов страны и заслужил даже некоторую славу в этой области. О квакерах он с тех пор всегда отзывался с уважением.

— Хорошие люди, — говорил он о них. — Хорошие люди! Пытались обратить меня на путь истинный. Это им не вполне удалось. Но запомните, чужестранцы: за больным они умеют ухаживать, как никто! Да, замечательно! И никто так, как они, не умеет печь пироги и всякие там штуки...

Узнав, что их поджидают в Сандуски, наши беглецы решили разделиться. Джим и его старуха мать двинулись вперед в качестве авангарда.

Двумя днями позже в Сандуски тайно переправили Джорджа и Элизу с ребенком. До посадки на пароход они нашли приют под одним гостеприимным кровом.

Ночь подходила к концу. Утренняя звезда в дивном сиянии вставала перед путниками.

Свобода! Волшебное слово! Какая сила кроется в тебе? Что такое свобода для Джорджа Гарриса? Свобода для него — это право человека быть человеком, а не рабочим скотом; право назвать любимую женщину своей женой; право защищать ее от всяких насилий и посягательств; право защищать и воспитывать своих детей; право иметь свой дом, свою веру, свои взгляды, независимо от воли другого.

Таковы были мысли, заставлявшие бурно вздыматься грудь Джорджа, который сидел, подпирая голову руками, следя за тем, как его жена облекалась в мужское платье, надеясь таким образом легче сбить своих преследователей с толку.

— Теперь очередь за ними... — сказала Элиза, стоя перед зеркалом и распуская свои длинные черные шелковистые волосы. — Жаль немного... — проговорила она, перебирая темные пряди. — Правда, жаль срезать их?

Джордж грустно улыбнулся, но ничего не ответил.

Элиза снова повернулась к зеркалу, и в руках ее блеснули ножницы. Один локон за другим падали на пол.

— Свершилось! — шутливо произнесла она, беря в руки гребень. — Теперь нужно причесаться. Вот так... Ну, разве я не хорошенький мальчик? — добавила она, обернувшись к мужу.

— Ты прелестна в любом наряде, Элиза, — проговорил Джордж с нежностью.

— Но почему ты так печален? — спросила Элиза, опускаясь на колени и положив руку на плечо мужа. — Говорят, что до Канады осталось не более суток пути. Одну лишь ночь и день на озере, а там... там...

— Вот в этом-то и все дело! — воскликнул Джордж, обняв жену. — В этом-то и все дело! Судьба наша решается. Быть так близко к цели, и вдруг потерять все! О, я бы не пережил этого!

— Не страшись ничего, — проговорила Элиза, душа которой была полна надежды. — Я чувствую, что все кончится благополучно, Джордж!

— Хорошо, если ты окажешься права, Элиза, — прошептал Джордж, судорожно прижимая ее к себе. — Но доживем ли мы до такого великого счастья? Неужели действительно наступит конец нашим страданиям и мы будем свободны?

— Я уверена в этом, — с воодушевлением воскликнула Элиза, и слезы блеснули на ее длинных черных ресницах. — Сегодня, еще сегодня, страна рабства останется позади!

— Я верю, что будет так, дорогая! — сказал Джордж, вскакивая на ноги. — Да, верю! Едем! И в самом деле, — добавил он, отстраняя ее от себя, но не выпуская ее руки из своей и с восхищением глядя на нее, — и в самом деле ты очаровательный юноша! Эти коротенькие кудряшки удивительно тебе к лицу. Где же твоя шапка? Так... немножечко набок... Никогда, кажется, ты не была еще так прелестна! Но уже время, сейчас подъедет повозка... Позаботилась ли миссис Смит о платье для Генри?

Дверь распахнулась. Вошла пожилая, почтенного вида дама, ведя за руку Генри, переодетого девочкой.

— Какая чудесная маленькая девочка! — с восхищением говорила Элиза, разглядывая ребенка со всех сторон. — Мы назовем ее Генриеттой. Разве не прекрасное имя?

Ребенок в смущении молчал. Он глядел на мать сквозь свисавшие на глаза кудри, с трудом узнавая ее в этом одеянии. Иногда он глубоко вздыхал.

— Узнает Генри свою маму? — спросила Элиза, протягивая ему руки.

Ребенок испуганно ухватился за платье женщины, которая привела его.

— Полно, Элиза. Не нужно ласкать его. Ведь ты знаешь, что ему нельзя оставаться с нами.

— Я и сама знаю, что это глупо, но мне нестерпимо тяжело видеть его с другой женщиной... — проговорила Элиза. — Но идем! Где же мой плащ? Джордж, покажи мне, как мужчины накидывают плащ.

— Вот так, — сказал Джордж, накидывая ей плащ на плечи.

— Вот так, — повторила Элиза, подражая его движению. — И я должна топать ногой, широко шагать и иметь самый дерзкий вид?

— В последнем нет необходимости, ведь еще попадаются скромные молодые люди.

— Ах, эти перчатки! Господи, мои руки тонут в них!

— Все-таки я советую тебе их не снимать. Этих крохотных лапок достаточно, чтобы выдать нас всех... Миссис Смит, вы поручены нашим заботам. Вы наша кузина, помните?

— Мне говорили, — сказала миссис Смит, — что туда прибыли люди, которые сообщили капитанам всех судов приметы мужчины, женщины и маленького мальчика.

— Я знаю, — гневно сказал Джордж.

У крыльца остановилась повозка, и добрые люди, приютившие беглецов, столпились вокруг них, осыпая ласковыми напутствиями.

Миссис Смит, почтенная канадская гражданка, возвращалась домой и согласилась разыграть роль тетушки маленького Генри. В последние два дня только она и ухаживала за ним, а дополнительная порция пирожков, лепешек и леденцов укрепила дружбу между ней и мальчиком.

Повозка остановилась на набережной. Оба молодых человека прошли по мосткам на пароход. Элиза вела под руку миссис Смит. Джордж наблюдал за погрузкой багажа.

Находясь в капитанской каюте и расплачиваясь за проезд всей компании, Джордж неожиданно услышал разговор двух мужчин, стоявших поблизости.

— Я внимательно следил за всеми, кто прошел на пароход, — говорил один из собеседников, — и совершенно уверен, что их не было среди проходивших.

Говоривший был служащий пароходной компании, и обращался он к нашему старому знакомому Мэрксу, который с обычной для него настойчивостью в погоне за своей добычей добрался до Сандуски.

— Женщину трудно отличить от белой, — сказал Мэркс. — Мужчина несколько более смуглый. На руке у него клеймо.

Рука Джорджа, протянутая им за билетами и сдачей, слегка дрогнула. Он медленно повернулся, и спокойный, равнодушный взгляд его скользнул по лицам говоривших. Затем он пошел искать Элизу, которая ожидала его на противоположном конце парохода.

Миссис Смит и Генри заняли места в дамской каюте, где смуглая красота ребенка вызвала бурные восторги пассажирок, которые осыпали его ласками.

Прозвучал последний звонок. Джордж с радостью увидел, как Мэркс сошел с парохода на берег. Глубокий вздох облегчения вырвался из его груди, когда первые же повороты колеса удалили пароход от берега на такое расстояние, которое было непреодолимо для его преследователей.

Был чудесный день. Лазурные волны озера переливались, сверкая под ослепительными лучами солнца. С берега дул свежий ветерок, и корабль гордо плыл вперед, оставляя за собой пенистый след. Шли часы, и наконец, ясно видимый, уже недалекий, показался берег Канады.

Корабль приближался к маленькому городку Амхертс-

берг. Джордж взял руку своей жены. Он задыхался от волнения, глаза его заволокло туманом. Прозвучал колокол, и судно пришвартовалось к пристани. Джордж двигался как во сне; он собрал вещи, разыскал миссис Смит и Генри, и все они высадились на берег.

Миссис Смит отвела их в дом одного миссионера[1], который никогда не отказывал в приюте несчастным, искавшим спасения у этих берегов.

Кто сможет описать блаженство этого первого дня свободы!

Существует шестое чувство — чувство свободы, во сто крат благороднее и возвышеннее остальных. Передвигаться, говорить, дышать, ходить, не отдавая никому отчета в своих действиях, не подвергаясь опасности! Каким прекрасным казалось матери личико уснувшего ребенка, которого воспоминание о недавней опасности делало еще дороже и ближе ее сердцу! Счастье было так велико, что они не могли уснуть. А ведь не было ни дюйма земли, принадлежащей им, не было собственной крыши над головой. Они истратили все свои деньги до последнего доллара и были не богаче птицы, парящей под облаками.

ГЛАВА XXXVIII
Победа

Часто случается, что, измученный тягостью своего жизненного пути, человек приходит к выводу, что умереть легче, чем жить.

Когда Том стоял лицом к лицу со своим мучителем, слышал его угрозы и думал, что настал его последний час, сердце его смело и радостно заколотилось в груди. Он чувствовал, что вынесет любые пытки. Но когда палач вы-

[1] *Миссионер* — религиозный проповедник в колониальных странах (от латинского слова *«миссио»* — поручение).

шел, когда временное возбуждение улеглось, проснулась боль. Тогда только он ощутил, что все тело его разбито, только тогда понял он, как одинок он и унижен, как безнадежно и тяжко его положение.

День тянулся мучительно долго.

Много раньше, чем зажили раны Тома, Легри потребовал, чтобы он вернулся на работу в поле. Оскорбления, обиды и несправедливость, все, что только мог изобрести жестокий и грубый человек, — все обрушилось на голову Тома. Каждый из нас, испытавший тяжелое горе, знает, что даже и в нашем, несравнимо лучшем, положении мы становимся в такие минуты особенно раздражительными и восприимчивыми к обидам. Тома уже не удивляла мрачная угрюмость его товарищей по работе. Он чувствовал, как его покидают спокойное добродушие и мягкая покорность судьбе, уступая место безнадежному отчаянию, которое он наблюдал у других. Он надеялся вначале, что в свободные минуты будет иметь возможность спокойно подумать, вспомнить о прошлом. Но скоро он понял, что у Легри свободных минут не бывает.

Когда наступало горячее время, Легри заставлял своих негров работать и в праздничные дни. Да и почему бы ему этого не делать? Это был лучший способ собрать больше хлопка и выиграть пари. При этом, разумеется, могло погибнуть несколько рабов, но зато он получал возможность купить новых и даже лучших.

В первое время своего пребывания на плантации Том по вечерам, вернувшись с работы, при мигающем свете очага прочитывал одну-другую страницу из Библии, но после тех истязаний, которым он подвергся, он очень ослабел и вынужден был бросить чтение: в голове у него стоял звон, в глазах мутилось, и он, обессиленный, валился на пол рядом со своими товарищами.

Иногда ему удавалось увидеть Касси. Иногда его

16 – 4402

зачем-нибудь звали в дом, и тогда ему случалось встретить и Эмелину, осунувшуюся и бледную. Но ему не удавалось поговорить с ними, да и до разговоров ли было!

Однажды вечером, утомленный и измученный, он сидел около догорающих углей, на которых варился его жалкий ужин. Он подбросил в огонь немного хворосту. Вдруг чей-то грубый хохот заставил его поднять голову. Рядом с ним стоял Легри.

— Ну как, старик, понял наконец, что напрасно упорствовать? Я так и знал, что в конце концов вобью это в твою баранью башку!

Эта насмешка причинила Тому более острое страдание, чем голод, холод и все перенесенные лишения. Он промолчал.

— Ты дурак! — продолжал Легри. — У меня, когда я купил тебя, были на твой счет самые добрые намерения. Ты мог бы занять здесь гораздо лучшее положение, чем Квимбо или Сэмбо. Жилось бы тебе неплохо. Вместо того чтобы каждый день или через день терпеть порку, ты порол бы других. Ты бы повсюду свободно разгуливал, а иногда мог бы согреться стаканом пунша или виски. Скажи сам, разве это не было бы благоразумнее с твоей стороны? Послушайся меня: брось все свои глупости и подчинись.

— Никогда, никогда этого не будет! — с жаром воскликнул Том.

— Ты же видишь, к чему тебя привело упрямство, — сказал Легри. — Лучше быть моим верным слугой. Я коечто да значу и могу сделать все, что захочу!

— Нет, мастер, нет, — сказал Том. — Я останусь верен своей совести и по вашему пути не пойду.

— Значит, ты просто болван, — произнес Легри, презрительно плюнув прямо на него и оттолкнув его ногой. — Все равно я заставлю тебя покориться. Увидишь!

Легри удалился.

Долго еще сидел Том у угасшего костра. Когда он поднялся, путь его был ясен для него.

Бледный свет утра призвал невольников на работу. Среди этих несчастных, шагавших нетвердой поступью, подавленных и слабых, лишь один шел с высоко поднятой головой. Ах, Легри, пробуй теперь свои силы, спеши! Ведь горе, унижения, обиды, потеря всего дорогого лишь ускорят его вступление на путь, где его ждет конец всех страданий, полный покой. С этой ночи кончились его колебания между надеждой и безнадежностью, исчезли страх и сомнения.

Перемена, происшедшая в нем, не могла ускользнуть от окружающих. К нему вернулись веселость и жизнерадостность, которых не могли уже нарушить ни издевательства, ни оскорбления.

— Что с этим проклятым Томом? — спрашивал Легри своих приспешников. — Всего несколько дней тому назад он был убит и подавлен, а сейчас весел, как птица!

— Кто его знает, мастер! Может быть, собирается бежать?

— Пусть попробует, — с злорадной усмешкой сказал Легри. — Как ты думаешь, Сэмбо? Пусть-ка попробует!

— Хи-хи-хи, вот бы ловко! — подобострастно захихикал подлый палач. — Вот-то забавно будет поглядеть, как он начнет вязнуть в болоте, прорываться сквозь заросли! А собаки, собаки следом за ним! Смеху-то будет, как в тот раз, когда мы изловили Молли! Я думал, собаки разорвут ее раньше, чем я успею их остановить. У нее до сих пор остались следы их укусов.

— И останутся до самой смерти, — сказал Легри. — Только не прозевай, Сэмбо! Если негр соберется бежать, — хватай его!

— Положитесь на меня, мастер, — ответил Сэмбо. — Я уж поймаю зайца, будьте спокойны!

Разговор этот произошел в ту минуту, когда Легри садился на лошадь, собираясь съездить в город.

Возвращаясь ночью домой, он решил сделать круг и заглянуть в поселок.

Ночь была необычно хороша. Светила луна. Удлиненные тени прекрасных китайских деревьев ложились на дорожки. Кругом была глубокая, торжественная тишина.

Подъезжая к поселку, Легри услышал пение. Редко можно было слышать пение в этих местах! Легри остановил коня и прислушался. Мягко звучал чей-то тенор:

Не боюсь страны я искушений,
И даже ад не страшен мне…
Найду я в правде утешенье,
Покой найду я в вечном сне…

— Черт, — проворчал Легри, — неужели он верит этому? Неужели верит в какую-то там правду? Сюда, негр! — заорал он, замахиваясь хлыстом. — Как ты смеешь болтаться здесь, когда тебе полагается спать? Заткни свою гнусную черную глотку и убирайся к себе.

— Хорошо, мастер, — произнес Том предупредительно и, повернувшись, собрался войти в хижину.

Спокойное выражение лица Тома привело Легри в ярость. Он подъехал к негру, и на плечи и на голову Тома посыпался град ударов.

— Вот тебе, пес! Ты и теперь все так же ничего не боишься?

Но удары причиняли лишь внешнюю боль, они не терзали сердца, как прежде. Том был все так же спокоен и послушен, и Легри чувствовал, как власть над этим человеком ускользает от него.

Когда Том скрылся в хижине, Легри резко повернул лошадь и поскакал к дому.

Душа Тома была переполнена теплом и жалостью к несчастным, окружавшим его. Ему казалось, что для него самого миновало время тоски и горя, и он стремился по дороге в поле или на обратном пути в поселок подбодрить добрым словом слабых и отчаявшихся. Эти отупевшие от страданий люди не могли понять такого поведения Тома, но его заботливость и доброта, не иссякавшие, несмотря ни на что, на протяжении долгих недель и месяцев, заставили зазвучать в их сердцах самые сокровенные струны. Постепенно этот странный, молчаливый человек, всегда терпеливый, готовый помочь другому и не требующий помощи для себя, уступавший в холодные ночи свое жалкое одеяло какой-нибудь большой женщине, а в поле подкладывавший свой хлопок в корзину более слабого, рискуя навлечь на себя гнев надсмотрщиков, — этот человек постепенно завоевал среди своих товарищей по несчастью огромное влияние. Когда горячка в поле несколько улеглась, по воскресеньям невольники собирались вокруг Тома, внимательно слушая его рассказы. Они нередко советовались с ним о своих житейских делах. Но Легри злобно разгонял такие сборища.

Даже Касси, встречаясь с Томом, обретала некоторый покой. Доведенная до отчаяния, раздраженная страданиями, искалечившими ее жизнь, Касси задумала отомстить за все ужасы, свидетельницей или жертвой которых ей пришлось быть за годы жизни у Легри.

Однажды ночью, когда в хижине Тома все спали, легкий шорох разбудил его. В отверстии, заменявшем окно, показалось лицо Касси. Молчаливым жестом она позвала его.

Том вышел.

Стояла тихая ночь. Все кругом было залито лунным светом. Лицо Касси поразило Тома: ее глаза горели каким-то странным огнем.

— Подойди сюда, дядя Том, — прошептала она, полужив руку на его плечо. — Подойди сюда... я хочу тебе сообщить кое-что.

— В чем дело, миссис Касси? — проговорил Том с волнением.

— Том, хочешь ты стать свободным?

— Я буду свободен, миссис, когда настанет время.

— Ты можешь освободиться сегодня же ночью! — И снова по лицу Касси словно полыхнула молния. — Идем!

Том стоял в нерешительности.

— Идем! — снова шепотом заговорила она, не сводя с него пристального взгляда своих больших глаз. — Идем! Он крепко спит. Я положила в его виски достаточно этого снадобья, чтобы он проснулся не скоро. Будь у меня его больше, мне не понадобилась бы твоя помощь. Но идем... Дверь, которая выходит на черное крыльцо, открыта. Около дверей лежит топор... Я сама положила его туда. Дверь в его комнату отперта, я проведу тебя. Я бы сделала все сама, но у меня уже нет сил... Идем же, идем скорее!

— Нет, миссис! Ни за какие блага в мире я не сделаю этого, — твердо сказал Том, отступая на шаг, несмотря на все усилия Касси удержать его.

— Том, подумай обо всех этих несчастных! Мы освободим их! Мы отправимся куда-нибудь в саванны, найдем там остров и будем жить независимо. Иногда это удается. Пойми, любая жизнь будет лучше той, которую мы ведем здесь!

— Нет, — сказал Том. — Зло не может породить добра. Я готов лучше отрубить себе собственную руку.

— Хорошо, — промолвила Касси, — тогда я сделаю все сама!

— О миссис Касси! — воскликнул Том. — Во имя всего, что вам дорого, молю вас: не совершайте такого дела!

Все это породит одно лишь зло. Нельзя совершать убийства, нужно ждать, терпеть и ждать!

— Ждать? — вскрикнула Касси. — Ждать! Но разве не ждала я столько, что сердце у меня выболело и разум помутился? Каких только страданий он не заставил меня вынести, меня и всех этих несчастных. А ты сам, Том? Разве не высасывает он из тебя всю кровь, капля за каплей? Да, я должна, должна отомстить! Настал и его черед, пусть прольется и его кровь!

— Нет, нет! — сказал Том, хватая ее руки. — Ничего, кроме беды, не получится из этого. Нельзя проливать кровь! Не берите на себя такой грех!

Ласковый голос Тома, слезы, сверкавшие в его глазах словно утренняя роса, успокаивали истерзанную душу несчастной женщины. Том почувствовал, как слабеют ее судорожно сжатые руки.

— Ведь я говорила тебе, Том, — тихо сказала она, — что меня преследуют злые мысли... О дядя Том! Ведь я не могу найти себе покоя, не могу даже плакать. Я не плакала с того самого дня, как продали моих детей. То, что ты говоришь, справедливо. Да, возможно, что справедливо... Но я не могу терпеть и прощать, как ты. Я могу лишь ненавидеть и проклинать!

— Бедная женщина! — с волнением произнес Том, глядя на нее. — А что, если бы вам попробовать бежать отсюда вместе с Эмелиной? Если бы вам удалось это сделать, не совершив убийства? Только так...

— А ты, дядя Том, пойдешь ли ты с нами?

— Нет. Было время, когда я готов был сделать это. Но я не имею права оставить этих несчастных. Я останусь с ними до конца. Вы — другое дело. Слишком страшен для вас здесь соблазн... Вы можете не устоять, для вас лучше уйти... если только это возможно.

— Не знаю я отсюда иного пути, кроме как в могилу! Нет такого живого существа на земле или в воде, которое не имело бы приюта: змея, аллигатор, и те имеют место, где могут спокойно уснуть. Для нас одних нет ни норы, ни берлоги. Там, в самой гуще болотных кустарников, собаки разыщут нас... Все, все против нас, даже животные! Куда мне идти?

Том не находил слов для ответа.

— Попытайтесь... — прошептал он наконец. — А я мысленно буду с вами и всем сердцем буду желать успеха...

Касси долгими часами обдумывала всевозможные планы побега и отбрасывала их один за другим, как неосуществимые. А теперь вдруг в мозгу ее возникла мысль, такая простая и осуществимая, что в душе сразу ожила надежда.

— Я попробую, дядя Том, — сказала она.

— Верю, что вас ждет удача, — проговорил Том.

ГЛАВА XXXIX
Стратегический план

Чердак в доме Сэймона Легри был, как и большинство чердаков, обширен, пуст, затянут паутиной, запылен и служил складом для всякого хлама. Богатая семья, занимавшая этот дом во времена своего благоденствия, привезла с собой много роскошной мебели. Часть мебели потом увезли, а то, что осталось, забытое и заброшенное, покрывалось плесенью в комнатах или валялось на чердаке, где стояли и два огромных ящика. Сквозь мутное и грязное стекло единственного оконца на чердак еле проникал скудный свет, вырывавший из мрака кресла с высокими спинками и запыленные столы, имевшие когда-то более подходящее назначение.

Чердак невольно вызывал мысли о злых духах и призраках. С ним были связаны и легенды, еще усиливавшие суеверный страх негров.

Несколько лет тому назад на этом чердаке была заперта негритянка, попавшая в немилость к Легри. Она пробыла там несколько недель.Что там произошло? Мы не сумеем этого сказать. Но однажды оттуда вынесли труп этой несчастной и поспешно зарыли в яму. С тех пор стали говорить, что на чердаке слышатся брань, проклятья вперемежку с тяжкими стонами и жалобами.

Слухи эти дошли до Легри. Он рассвирепел, пришел в бешенство и поклялся, что первый же, кто осмелится повторить эти россказни, будет иметь случай сам проверить их правдоподобность. Легри грозил заковать виновного в цепи и на целую неделю посадить на чердак. Угроза не поколебала веру негров в привидения, но заставила их молчать.

Понемногу и лестница, ведущая на чердак, и даже вестибюль, откуда поднималась эта лестница, были всеми заброшены, а о легенде с течением времени забыли.

У Касси возникла мысль воспользоваться этим суеверным страхом и заставить его послужить ее целям.

Комната Касси была расположена под самым чердаком.

В один прекрасный день, не спросив разрешения у Легри, она заставила перенести всю свою мебель и вещи в другую комнату, находившуюся в противоположном конце дома. Негры, занятые переноской, громко разговаривали и шумели. В это время домой вернулся Легри.

— В чем дело, Касси? Что случилось? — спросил он. — Откуда дует ветер?

— Перебираюсь в другую комнату, — сухо ответила Касси.

— Почему, разреши узнать?

— Мне так нравится.

— Черт тебя дери! Я спрашиваю: почему?

— Господи, хочу хоть иногда иметь возможность вздремнуть!

— Вздремнуть? А кто тебе мешает?

— Я готова сказать вам, если вы согласны слушать.

— Говори, дрянь!

— Я знаю, конечно, что вас это не испугало бы... Рыдания какие-то, удары, кто-то падает, катается по полу чердака... И так добрую половину ночи... От полуночи до утра.

— Люди на чердаке? — воскликнул Легри, делано смеясь. — Что же это за люди, Касси?

Касси пристально взглянула на него и ответила тоном, от которого мурашки пробежали по его телу:

— В самом деле, Сэймон, вы спрашиваете, что это за люди? Вы! Вы лучше всех могли бы ответить, какие это люди. Или, может быть, вы не знаете?

Легри выругался и замахнулся на нее хлыстом. Но Касси быстро вошла в свою комнату и заперлась на ключ.

— Переночуйте разок в той комнате, — крикнула она из-за двери. — Тогда сами увидите! Советую вам попробовать!

Легри шумел, ругался. Затем, несколько овладев собой, отправился в гостиную.

Касси поняла, что стрела попала в цель, и с этого дня не переставала поддерживать суеверный ужас своего мучителя.

Она засунула в щель на крыше отбитое горлышко бутылки. При самом легком дуновении ветра эта стеклянная трубка издавала звук, похожий на жалостный стон, а если ветер крепчал, то сверху доносилось подобие рыданий.

Случалось, что и негры слышали эти страшные звуки, и тогда вновь воскресала память о забытой легенде. Постепенно какой-то таинственный ужас овладел жителями дома. В присутствии Легри никто не осмеливался заикнуться о происходящем, но атмосфера непреодолимого страха захватила и его.

Однажды Легри сидел в старой гостиной у камина. Догорающие дрова бросали колеблющийся свет на окружающие предметы. Это была одна из тех ночей, когда буря и ветер наполняют старые, разрушающиеся здания целым полчищем самых разнообразных звуков. Трещали оконные рамы, хлопали ставни, ветер выл и стонал, обрушиваясь в трубу камина, он выкидывал в комнату золу и дым, словно в топке забавлялся целый сонм чертенят.

Легри сначала занимался счетами, затем прочел газету. Касси сидела в углу, мрачно глядя на огонь.

Откинув газету, Легри взял в руки книгу, лежавшую на столе. Книгу эту читала Касси. Легри принялся ее перелистывать. Это был какой-то отвратительный сборник страшных рассказов о кровавых убийствах, привидениях и мертвецах. Неряшливо отпечатанный, иллюстрированный ярко раскрашенными картинками, он, как и большинство таких книжек, был способен поразить воображение неискушенного читателя.

Легри бросил несколько пренебрежительных и брезгливых замечаний по поводу книги, но продолжал перелистывать страницу за страницей. Почитав некоторое время, он швырнул книгу в сторону и выругался.

— Ты ведь не веришь в духов, Касси? Не правда ли? — спросил он и, взяв каминные щипцы, разгреб уголь. — Я думал, что ты достаточно умна, чтобы не пугаться какого-то шума!

— А не все ли вам равно, верю я или нет? — угрюмо ответила Касси.

— Когда я ходил в море, — продолжал Легри, — меня тоже пытались запугать всякими страшными сказками, но я на них и внимания не обращал. Меня не так-то легко испугать. Слышишь?

Касси, сидя в углу, не сводила с него глаз. В ее взгляде мерцал тот странный блеск, который всегда смущал его.

— Этот шум... его производили крысы. Крысы и ветер. Крысы всегда чертовски шумят. Я часто слышал, как они скреблись в корабельном трюме. А что до ветра, — наплевать мне на ветер!

Касси отлично знала, какое впечатление производит на Легри ее взгляд. Но она молча продолжала сидеть в своем углу, не отводя от него своих темных глаз, в которых вспыхивали странные огоньки.

— Да говори же ты, женщина! — крикнул, наконец не выдержав, Легри. — Разве ты не согласна со мной?

— Разве могут крысы спуститься по лестнице, пройти через вестибюль и открыть дверь, которую вы перед тем заперли на задвижку да еще заставили стулом. Разве могут крысы неслышно подобраться к вашей кровати и коснуться вас рукой... вот так?

И Касси, поднявшись, подошла к Легри и положила на него свою холодную как лед руку.

Легри вскочил на ноги и отступил, как человек, находящийся во власти страшного кошмара.

— Что же хочешь сказать, женщина? Этого не было с тобой?!

— Разумеется, нет... Разве я что-нибудь сказала? Нет, нет... — ответила Касси, улыбаясь с холодным пренебрежением.

— Как? Было?! Ты сама видела? В самом деле? Да говори же, Касси! Расскажи мне все!

— Пойдите наверх и проведите там ночь, тогда все узнаете.

— Оно спускалось с чердака?

— Оно? Что за «оно»?

— То, о чем ты говоришь?

— Я? Я ничего не говорила! — резко оборвала его Касси.

Легри, все больше волнуясь, зашагал взад и вперед по комнате.

— Я должен проверить это! — произнес он. — Сегодня же! Я возьму с собой пистолеты.

— Советую вам действовать именно так. Лягте в моей бывшей комнате и приготовьтесь стрелять.

Легри топнул ногой и выругался.

— Не ругайтесь, — остановила его Касси. — Неизвестно, кто может вас услышать... Ах, что это?

— В чем дело? Что случилось?

Стоявшие в углу старинные голландские часы медленно пробили двенадцать.

Легри замер в неподвижности. Касси считала удары.

— Полночь! — сказала она. — Вот теперь посмотрим.

Повернувшись, она распахнула дверь в вестибюль и остановилась на пороге, точно прислушиваясь.

— Тише... — проговорила она, поднося к губам палец.

— Это только ветер, — сказал Легри. — Разве ты не слышишь, как он бесится?

— Сэймон, сюда! — прошептала Касси и, схватив его за руку, подтащила к самой лестнице. — Вы знаете, что это такое?

Дикий вопль, несшийся с чердака, повторяемый многоголосым эхо, прокатился по лестнице. У Легри затряслись колени. Лицо его от ужаса посерело.

— Где же ваши пистолеты? — спросила Касси с ледяной иронией. — Самое время проверить их, как вы говорили.

— Не пойду я туда! — буркнул Легри и выругался.

— Но почему же? — настаивала Касси. — Привидений не существует, вы ведь это сами знаете. Так идемте же, идемте! — Касси стала подниматься по лестнице, смеясь и оборачиваясь к Легри. — Идем! Идем! — продолжала она звать его.

— Ты настоящий дьявол, — в бешенстве бормотал

Легри. — Вернись, дрянь! Слышишь, Касси, вернись, я не хочу, чтобы ты лезла туда!

Но Касси, заливаясь безумным смехом, будто на крыльях летела вверх по ступенькам. Сэймон слышал, как она отпирала дверь чердака, и в ту же минуту вихрь с диким шумом ворвался в пролет лестницы. Погасла свеча, которую Сэймон держал в руке, и он поспешил укрыться в гостиной. Вскоре к нему присоединилась и Касси. Она была бледна, спокойна и холодна. Казалось, это был сам дух мести.

— Надеюсь, вы удовлетворены? — спросила она.

— Чтоб тебя черт побрал!

— Не понимаю, в чем дело... Да, я поднялась туда и прикрыла двери, вот и все. Что же, по-вашему, происходит там, на чердаке?

— Не твое дело!

— Неужели? Что ж, я, во всяком случае, довольна уже тем, что мне не придется ночевать в прежней комнате.

Все объяснялось очень просто. Предвидя ветреную ночь, Касси заблаговременно открыла окно на чердаке. В ту минуту, когда она распахнула дверь, ветер, вырвавшись на лестницу, погасил свечу в руках Легри. Все произошло так, как хотела Касси.

Легри предпочел бы теперь скорее вложить руку в пасть льва, чем обыскать чердак в собственном доме. По ночам, когда в доме все засыпали, Касси перетаскивала на чердак всевозможную провизию. Она перенесла туда также часть своих платьев и вещи Эмелины. Все было готово, и она ждала только подходящего случая.

Однажды, проявив к Легри непривычную ласковость и внимание, она добилась, чтобы он взял ее с собою в городок, куда он изредка ездил. Городок был расположен на берегу Красной реки.

Касси обладала необычайной памятью. Она постаралась запомнить все особенности пути и тщательно рассчи-

тала, сколько времени понадобится, чтобы добраться до реки.

Пришло время осуществить задуманное.

Однажды вечером Легри не было дома, он отправился осмотреть одну из своих ферм. Касси прошла в комнату Эмелины. Обе они собрали вещи и связали их в два небольших узла.

— Хватит, — сказала Касси. — Надень шляпу, и пойдем.

— Нас еще могут заметить.

— Разумеется, могут, — ответила Касси. — Но разве ты не понимаешь, что охотиться за нами станут при всех условиях. Мы избрали самый лучший способ. Мы выйдем по черному ходу и доберемся до края поселка. Сэмбо и Квимбо заметят нас и пустятся в погоню. Мы удерем в саванны, зайдем в болото. Им понадобится время на то, чтобы созвать людей, отвязать псов, пустить их по следу. Это даст нам возможность выиграть время. Пока они будут кричать и спорить, как делают всегда, мы дойдем до конца канала, который тянется вдоль дома. Затем повернем обратно к дому и по воде дойдем до дверей. Собаки потеряют наш след: вода собьет их с толку. По черному ходу мы проникнем в дом и поднимемся на чердак. Там, в большом ящике, я приготовила отличную постель. Некоторое время придется прожить на чердаке. Чтобы разыскать нас, Легри перевернет небо и землю. Он соберет самых ловких надсмотрщиков с других плантаций. Обыщут каждый клочок земли в саваннах. Ведь он всегда хвастался, что никому и никогда не удавалось убежать от него. Вот мы и дадим ему поохотиться вволю!

— Какой замечательный план, Касси! Только ты одна могла придумать нечто подобное!

В глазах Касси не было ни радости, ни увлечения — одна лишь решимость отчаяния.

— Идем! — сказала она, беря Эмелину за руку.

Обе беглянки без шума выбрались из дому и, скрытые уже сгустившимся мраком, дошли до поселка.

Месяц, сиявший на небе, задерживал наступление полной темноты. Они уже приближались к краю саванны, широким кольцом окружавшей плантацию, когда услышали голос, звавший их. Но это был не Сэмбо, а Легри, который сыпал проклятиями и приказывал им остановиться.

Эмелина при звуке этого голоса сразу же ослабела, ноги у нее готовы были подкоситься. Она схватила Касси за руку.

— О Касси, — проговорила она, — я теряю сознание!

— Если ты упадешь, я убью тебя!

Касси вытащила маленький кинжал, острие которого сверкнуло перед глазами молодой девушки.

Эта угроза возымела желанное действие. Эмелина не

лишилась чувств, а вместе с Касси скользнула в болотистую поросль саванны, такую густую и темную, что разыскивать их без собак было бы бесполезно.

— Ничего, все идет отлично! — со злой усмешкой пробормотал Легри. — Они сами залезли в западню, подлые девки! Не уйдут от меня, придется им попотеть!

— Хэлло! Сюда, Сэмбо! Квимбо, сюда! — заорал Легри, появляясь в поселке, куда только что вернулись с работы все мужчины и женщины. — В болотах скрываются две беглянки. Пять долларов тому негру, который поймает их. Спустите собак, спустите Тигра, Фурию, всех спустите!

Известие о побеге произвело ошеломляющее впечатление.

Поднялась страшная суматоха. Люди бегали взад и вперед, зажигали смоляные факелы, спускали с цепи собак, яростный лай которых еще усиливал оглушительный шум, царивший вокруг.

— Хозяин, как прикажете: стрелять в них, если не удастся захватить? — спросил Сэмбо, которому хозяин вручил карабин.

— Можешь, если хочешь, стрелять в Касси. Пора ей отправиться к дьяволу! Там ей и место! В молоденькую же стрелять не смей! Эй, мальчики, вперед! И поживей! Тому, кто их поймает, пять долларов! Остальным, чем бы ни кончилось, по рюмке водки!

Вся эта свора людей и собак, освещенная огнем факелов, с диким воем, улюлюканьем и лаем ринулась к болотам. Остальные следовали на некотором расстоянии. Дом, когда Эмелина и Касси вернулись туда, был пуст. Вдали слышались крики их преследователей.

Из окон гостиной обе женщины видели огни факелов, рассыпавшиеся по краю болота.

— Смотри, — сказала Эмелина, — охота начинается! Смотри, как бегут и пляшут огни! А собаки! Ты слышишь, как они лают? Если б мы оказались там, мы были бы обречены на гибель... О, ради бога, спрячемся скорее!

— Нам незачем спешить, — спокойно ответила Касси. — Все они заняты сейчас охотой. Этого развлечения им хватит на весь вечер. Поднимемся тихонечко наверх. Впрочем, — добавила она, решительно вытаскивая ключ из кармана куртки, которую Легри в спешке сбросил с себя, — впрочем, я возьму здесь кое-что, чем можно будет заплатить за наш переезд.

Касси отперла шкаф и достала из него пачку кредиток, которые тут же быстро пересчитала.

— О нет, не надо! — воскликнула Эмелина. — Мы не должны этого делать!

— Неужели? — насмешливо процедила Касси. — Интересно знать, почему это нельзя? Неужели лучше умереть с голоду в болотах, чем иметь вот это на уплату за проезд в свободные штаты? Деньги — великая вещь, девушка!

Касси засунула деньги в лиф.

— Господи, но ведь это же кража! — прошептала Эмелина.

— Кража? — презрительно засмеявшись, повторила

Касси. — В чем смеют они упрекнуть нас, они, укравшие у нас и тело, и душу? Каждая из этих бумажек также украдена у кого-нибудь из несчастных, которых гонят в пекло ради выгоды Сэймона Легри! Хотела бы я послушать, как он заговорит о воровстве! Да, именно он! Но пойдем наверх. Там у меня запас свечей и книг, чтобы коротать время. Можешь быть спокойна, они не пойдут искать нас на чердаке! А если явятся, я сыграю для развлечения роль призрака.

Поднявшись на чердак, Эмелина увидела огромный ящик, служивший некогда для упаковки мебели. Ящик был повален на бок таким образом, что открытая сторона приходилась против ската крыши. Касси зажгла маленькую лампочку, и обе женщины почти ползком забрались в ящик, где находились матрац и подушки. В другом ящике была сложена одежда и провизия на дорогу.

Касси подвесила лампочку на крючке, заранее вбитом ею в одну из стенок ящика.

— Вот наше жилище, — сказала она. — Как оно тебе нравится?

— Ты уверена, что они не станут нас искать на чердаке?

— Хотела бы я видеть, как Сэймон Легри осмелится сунуться сюда! Живо бы он унес ноги! Что до негров, то любой из них скорее даст себя растерзать, чем полезет на чердак.

Несколько успокоенная, Эмелина оперлась локтем на подушку.

— Скажи мне, Касси, — проговорила она, — ты и в самом деле собиралась убить меня, когда там, в болоте, пригрозила мне кинжалом?

— Я хотела, чтобы ты не упала в обморок, и это мне, как видишь, удалось. А теперь помни, Эмелина: надо отучиться падать в обморок. Это никогда никакой пользы не приносит. Если б я там в болоте не помешала тебе, ты теперь была бы во власти этого негодяя.

Эмелина содрогнулась.

Женщины умолкли. Касси читала книгу. Измученная всем пережитым, Эмелина задремала. Ее разбудили громкие крики, конский топот и лай разъяренных псов. У нее вырвался заглушенный крик.

— Возвращаются с охоты, — холодно пояснила Касси. — Не бойся ничего. Погляди в это окошечко. Не видишь ты разве, все они там, внизу? На эту ночь Сэймону Легри придется отказаться от продолжения охоты. Его лошадь вся в грязи; немало, видно, пришлось ей скакать по болотам! Собаки тоже совсем обессилели... Да, мистер Легри, вам порядочно еще придется поохотиться! Дичь не там, где вы ее ищете!

— Умоляю тебя, замолчи! — прошептала Эмелина. — Вдруг он услышит?

— Если услышит, я так припугну их, что они все равно не решатся сюда подняться. Успокойся, мы можем шуметь сколько угодно. Это только полезно.

Наконец полуночная тишина окутала дом. Проклиная свою неудачу и придумывая самые ужасные способы мести, Легри улегся спать.

ГЛАВА XL
Жертва

Побег Эмелины и Касси привел Легри в величайшее раздражение. Как и можно было ожидать, вся сила его гнева обрушилась на беззащитную голову Тома. Когда Легри объявил рабам о побеге обеих женщин, в глазах Тома блеснул огонек, руки его потянулись к небу. Все это видел Легри. Он заметил и то, что Том не присоединился к своре преследователей. Он хотел было принудить его,

но, зная упорство Тома, когда дело касалось его убеждений, отказался от своего намерения. Он спешил, и не стоило сейчас вступать в борьбу с этим негром.

Таким образом, Том остался в поселке вместе с немногими другими невольниками.

После того как Легри, взбешенный и разочарованный, вернулся с безуспешной охоты, злоба, давно накапливавшаяся у него против Тома, превратилась в безумную ярость. Этот негр, не издевался ли он над ним? Издевался с первой же минуты, как Легри купил его! И не чувствовалась разве в нем какая-то скрытая сила, безмолвная, но обжигающая, как адское пламя?

— Я ненавижу его! — бормотал Легри, сидя на краю своей постели. — Я ненавижу его, а он принадлежит мне. Не могу я разве сделать с ним все, что захочу? Хотел бы я посмотреть, кто мне помешает!

Легри сжал кулаки, словно он держал в них какую-то вещь, которую хотел раздавить. Но Том был верный и честный слуга, и хотя Легри за это ненавидел его еще больше, но все же это соображение несколько сдерживало его.

На следующий день он решил созвать соседних плантаторов с собаками и ружьями, чтобы устроить в саваннах облаву и предпринять настоящую охоту по всем правилам. Если он добьется удачи — хорошо; если нет — он вызовет к себе Тома, и тогда... При одной мысли об этом он скрипел зубами и кровь закипала в его жилах. Тогда он сломит его или... У него мелькнула адская мысль, и он с радостью остановился на ней.

— Отлично, — сказала Касси, выглядывая в окошко. — Охота возобновляется!

Несколько всадников уже гарцевали у крыльца, и какие-то чужие псы рвались на привязи. Они лаяли и грызлись между собой.

Двое из этих людей были надсмотрщиками с соседних плантаций. Остальные были приятели и собутыльники Легри по городским тавернам. Они присоединились к охоте в качестве любителей. Трудно вообразить более отвратительную банду. Водка лилась рекой. Легри угощал и рабов, прибывших с соседних плантаций. Таков был обычай: охота на беглых рабов превращалась в праздник для негров, участвующих в преследовании.

Касси прислушалась, прижавшись к оконцу. Свежий утренний ветерок доносил до нее разговоры охотников. Услышав, как они распределяют участки охоты, спорят о достоинствах своих собак, решают, когда следует стрелять, и заранее смакуют, как они расправятся с каждой из беглянок в отдельности, Касси откинулась назад, сжав руки и подняв глаза к небу.

— О господи! — воскликнула она. — Что совершили мы такого, чтобы с нами так обращались!

В голосе ее прозвучало страшное волнение.

— Если б не ты, дитя мое, — продолжала она, повер-

нувшись к Эмелине, — я вышла бы к ним и была бы благодарна тому, кто пристрелил бы меня. К чему мне свобода? Разве вернет она мне моих детей? Сделает меня снова такой, какой я была?

Молодую девушку с ее детской непосредственностью испугало мрачное отчаяние Касси. Она робко взглянула на нее и с нежной лаской сжала ее руку.

— Бедная Касси! — прошептала она. — Отгони от себя такие мысли. Кто знает, если ты вернешь себе свободу, быть может, тебе удастся найти и дочь. Я, во всяком случае, всегда буду тебе дочерью. Я знаю, увы, что мне уже никогда не придется встретиться с моей несчастной матерью… Я буду любить тебя, Касси, даже если ты не станешь меня любить.

Эта тихая девичья нежность смягчила ожесточившееся сердце Касси. Она уселась возле Эмелины и, обняв ее за плечи, стала гладить ее блестящие темные волосы.

— О Лина, девочка моя, — говорила Касси, — я ощущала голод вместе с моими детьми, я вместе с ними терпела жажду, и глаза мои от слез утратили свой блеск. Вот здесь, здесь… — добавила она, ударяя себя в грудь, — стало пусто, совсем пусто. Одно лишь отчаяние живет в моей груди. О, если бы я могла найти моих детей, тогда растаял бы лед, который давит на мое сердце…

— Нужно надеяться, — прошептала Эмелина. — Нужно надеяться, Касси…

Охота длилась долго и была полна оживления, но результатов все же не дала.

Касси из своего убежища с насмешливым торжеством глядела на Легри, который вечером соскочил с лошади, усталый и раздосадованный.

— А теперь, Квимбо, — приказал он, во всю длину растянувшись в гостиной на диване, — иди и приведи сюда этого Тома. Да поскорей! Старый пес все знает. Я выколочу тайну из его черной шкуры.

Сэмбо и Квимбо терпеть не могли друг друга. Сходились они только в своей общей ненависти к Тому. Легри вначале объявил им, что купил Тома с целью сделать из него старшего надсмотрщика; отсюда и родилась их вражда к нему. Эта враждебность еще усилилась, как только они заметили, что Том впал в немилость. У таких хитрых и вероломных людей, какими стали они, это вполне естественно. Поэтому понятно, с какой охотой Квимбо выполнил приказание Саймона.

В душе Тома, когда он узнал, что его зовет Легри, мелькнуло предчувствие. Ему был известен план беглянок, он знал также, где они сейчас находятся. Ему знаком был страшный нрав человека, с которым ему предстояло вступить в борьбу. Знал он и то, какой неограниченной властью над ним обладал его противник. Но он твердо решил, что у него хватит силы умереть и он не предаст несчастных и слабых.

Опустив на землю корзину, он без сопротивления отдался в грубые руки Квимбо.

— Так, так! — приговаривал черный гигант, волоча его за собой. — Попадет же тебе! Хозяин у тебя в долгу, все припомнит! Научит тебя, как помогать хозяйским неграм удирать от него!

Ни одно из этих жестоких слов не коснулось слуха Тома. Он шел вслед за Квимбо, и мимо проносились деревья, кусты, хижины рабов, они скользили перед глазами, как затянутый туманом ландшафт мимо быстро мчащегося экипажа. Сердце его билось сильнее обычного. Он понимал, что приближается роковой час.

Легри поднялся навстречу Тому и, стиснув зубы от ярости, грубо схватил его за ворот куртки.

— Итак, Том, — проговорил он, задыхаясь от бешенства, — известно ли тебе, что я решил тебя убить?

— Это вполне возможно, сэр, — сказал Том совершенно спокойно.

— Да, я решил... убить... тебя, — повторил Легри с

расстановкой и делая ударение на каждом слове, — если ты не скажешь мне все, что знаешь. Эти женщины... где они?

Том молчал.

— Слышишь, ты! — топая ногами, прорычал, словно разъяренный лев, Легри. — Говори!

— Мне нечего сказать вам, хозяин, — медленно, спокойно и решительно проговорил Том.

— Как ты смеешь мне так отвечать, старый пес?! — закричал Легри. — Итак, ты ничего не знаешь?

Том продолжал молчать.

— Говори! — заорал Легри громовым голосом и ударил его изо всех сил. — Ты что-нибудь знаешь об этих женщинах?

— Знаю, но ничего сказать не могу. Я могу умереть.

Легри с трудом перевел дух. Сдерживая бешенство, он схватил Тома за плечи, приблизил свое лицо к его лицу и со страшной угрозой в голосе произнес:

— Послушай, ты вообразил, что если я один раз помиловал тебя, то и теперь не выполню свою угрозу. Но на этот раз я твердо решил. Ты с первого дня не пожелал подчиниться мне. Так вот, теперь решено: я заставлю тебя покориться или убью! Либо одно, либо другое. Я выпущу всю кровь твою по каплям... Я выцежу эти капли одну за другой, пока ты не сдашься!

Том молчал.

Тишина была так глубока, что ясно слышалось тиканье старинных часов. Но она длилась недолго.

В глазах Легри мелькнули сомнение, нерешительность. Затем злоба одержала верх, и Легри в неистовом бешенстве бросился на Тома и ударом кулака свалил его на пол.

Описание жестокостей возмущает нас. Оно может взволновать нас, смутить наш душевный покой!

А между тем все это происходит в моей стране, совер-

шается каждый день, о Америка, под защитой твоих законов! И церковь является свидетельницей совершаемого, видит все и... молчит!

...Истязание длилось долго.

— Он кончается, хозяин, — проговорил Сэмбо, невольно тронутый покорностью Тома.

— Еще! Еще! Надбавь, пока он не уступит! — вопил Легри. — Или он признается, или я выпущу из него последние капли крови!

Том приоткрыл глаза и взглянул на своего мучителя.

— Несчастный... — проговорил он. — Ты ничего больше не можешь мне сделать! — И он потерял сознание.

— Клянусь своей душой, он, кажется, издох! — сказал Легри, подойдя ближе, чтобы посмотреть на свою жертву. — Да, мертв! Навсегда закрылась его проклятая глотка. И то хорошо!

Да, Легри, эти уста умолкли. Но кто заставит умолкнуть голос, проснувшийся в твоей душе, — голос твоей совести? Но нет, тебе не дано услышать этот голос!

Том был еще жив. Его мужество и проявленное во время истязаний терпение произвели глубокое впечатление на обоих негодяев, которые, подчиняясь воле хозяина, пытали его.

После ухода Легри они сделали все, чтобы привести Тома в сознание.

— Мы совершили злое дело, — сказал наконец Сэмбо. — Надеюсь, что оно на том свете будет записано на счет хозяина, а не на наш!

Они обмыли его раны и постелили постель из подгнившего хлопка. Один из них побежал в дом и выпросил там, будто для себя, стакан водки. Он влил несколько капель в рот Тома.

— Том, мы виноваты перед тобой! — сказал Квимбо.

— Прощаю вам от всего сердца... — проговорил умирающий. — Вы сделали это не по своей воле...

Тогда оба эти человека, не знавшие жалости, почувствовали, что слезы навернулись у них на глазах.

ГЛАВА XLI
Молодой хозяин

Два дня спустя по аллее, вдоль которой росли китайские деревья, легкий экипаж подкатил к дому Легри. Молодой человек, бросив вожжи на спину лошадей, торопливо соскочил с подножки и спросил, где ему найти хозяина дома.

Это был не кто иной, как Джордж Шельби.

Чтобы понять, каким образом он оказался здесь, нам необходимо вернуться несколько назад.

Письмо, написанное мисс Офелией и адресованное миссис Шельби, по несчастной случайности провалялось около двух месяцев на почте. За это время Том, как мы уже знаем, был продан и увезен в болота Красной реки.

Миссис Шельби прочла письмо с глубоким огорчением. Но предпринять в те дни она ничего не могла. Муж ее был тяжко болен, лежал в горячке, и она не отходила от его постели. Джордж Шельби был уже взрослым юношей, он помогал матери в управлении делами отца.

Мисс Офелия, к счастью, указала в письме адрес адвоката, который вел дела Сен-Клера. Джордж написал ему и попросил сообщить все, что известно о Томе. Положение, в котором находилась семья Шельби, не давало возможности сделать большего. Смерть мистера Шельби навлекла на семью множество тяжелых забот.

Мистер Шельби проявил неограниченное доверие к деловым способностям своей жены, завещав ей распоряжаться всеми своими денежными делами. Но это значило и возложить на нее очень трудные обязанности.

Со свойственной ей энергией миссис Шельби принялась распутывать денежные дела своего покойного мужа. С помощью Джорджа она прежде всего взялась за проверку счетов. Миссис Шельби решилась кое-что продать, лишь бы покрыть долги и внести ясность в их положение.

Именно в этот период, когда она и Джордж были заняты продажей участков и деловыми переговорами, пришел ответ от доверенного Сен-Клеров. Он сообщал, что ему ничего не известно, кроме того, что Том продан с аукциона.

Ни Джордж, ни миссис Шельби не могли удовлетвориться таким ответом. Полгода спустя Джорджу пришлось отправиться в низовья Огайо. Он решил заехать в Новый Орлеан и навести справки о несчастном Томе.

После долгих и бесплодных поисков Джордж столкнулся с человеком из Нового Орлеана, который сообщил ему все нужные сведения. Запасшись необходимыми деньгами, он отправился на Красную реку с твердым намерением выкупить своего старого друга.

Его провели в дом. Легри сидел в гостиной.

Он принял молодого человека с грубоватой любезностью.

— Я узнал, — сказал Джордж, — что вы купили в Новом Орлеане негра по имени Том. Он принадлежал моему отцу, и я приехал узнать, нельзя ли его выкупить.

Легри нахмурился.

— Да, — ответил он, — я действительно купил раба с такой кличкой. И потерпел на этой покупке чертовский убыток. Наглый пес, негодяй, который по всякому поводу готов был бунтовать! Он подбивал моих негров к побегу. Он помог удрать двум женщинам, которым цена была тысяча долларов штука. Он не отрицает этого. А когда я велел ему сказать, где они находятся, он гордо заявил, что хотя ему это и известно, но он ничего не скажет. И уперся на своем, хоть его и пороли по моему приказу, и как следует пороли! Мне кажется, что сейчас он пытается сдохнуть, но не знаю, удастся ли ему это.

— Где он? — вскричал Джордж. — Где он? Я хочу его видеть!

Щеки молодого человека вспыхнули, но он еще сдерживался.

— Он там, вон в том сарае, — сказал негритенок, державший под уздцы лошадь Джорджа.

Легри обругал мальчугана и пнул его ногой. Джордж, не произнеся ни слова, бросился к складу.

После той страшной ночи прошло уже двое суток. Том лежал неподвижно. Он не чувствовал боли, так как нервы его после бесчеловечных истязаний утратили чувствительность. Он находился в каком-то глубоком забытьи.

Иногда ночью к нему пробирался кто-нибудь из негров, урывая хоть несколько минут от кратких часов своего отдыха. Бедные люди, что могли они ему дать? Глоток воды? Но подносили они ему этот глоток от сердца, переполненного жалостью к его страданиям. На лицо Тома капали их слезы, слезы сострадания и благодарности.

В одну из ночей Касси выскользнула из своего убежища и, невзирая на опасность, пробралась в сарай, где, как она узнала из случайно услышанного разговора, лежал умирающий Том, принесший себя в жертву ради нее и Эмелины.

Ее тронули последние слова, слова любви и жалости к своим несчастным товарищам, которые произносили холодеющие уста Тома. Впервые за долгие годы эта суровая и гордая женщина изливала свое горе в слезах.

Войдя в сарай, Джордж почувствовал, что у него кружится голова.

— Возможно ли?! Возможно ли, мой дорогой дядя Том! Старый мой дядя Том! — проговорил он, опускаясь на колени около своего старого друга.

В этом голосе было нечто такое, что проникло в душу умирающего. Том повернул голову и прошептал:

— Смертное ложе мое, по воле господней, стало мягче пуха...

Джордж склонился к бедному рабу, и из глаз его хлынули слезы, делавшие честь его мужественному сердцу.

— Дядя Том, дорогой друг мой! Очнись! Скажи хоть что-нибудь... Взгляни на меня! Ведь это я, Джордж, около тебя... Я, твой маленький Джордж! Неужели ты не узнаешь меня?

— Мастер Джордж... — проговорил Том почти угасшим голосом и приоткрыл глаза. Казалось, сознание оставило его.

Затем медленно, постепенно мысли его стали проясняться. Блуждающий взгляд остановился на лице юноши, мозолистые руки сплелись, и по щекам его покатились слезы.

17 – 4402

— Свершилось... свершилось желанное, — прошептал он. — Они не забыли меня... Легче стало у меня на сердце... Теперь я могу спокойно умереть...

— Нет, нет! Ты не умрешь! Ты не должен умереть! Не смей даже думать об этом! Я приехал, чтобы выкупить тебя и увезти домой! — воскликнул Джордж в горячем порыве.

— Ах, мастер Джордж, вы опоздали... Меня уже ждет смерть...

— Том, милый, не умирай! От одной только мысли о том, что́ ты перенес, у меня сердце готово разорваться! А видеть тебя лежащим в этой дыре... Бедный, бедный мой дядя Том!

— О нет, не бедный, — торжественно произнес Том. — Я был бедный, но это время миновало... О мастер Джордж, я не поддался соблазну, не выдал несчастных... Я победил...

Джордж был поражен, слыша, с какой силой были произнесены эти слова, хотя голос и прерывался от слабости. Он благоговейно молчал.

Том сжал руку своего молодого хозяина.

— Только не говорите Хлое, в каком виде вы застали меня... — тихо сказал он. — Бедная моя жена... она не снесла бы такого удара. Скажите ей только, что видели меня. Бедные детки мои... бедная маленькая крошка... девочка моя. Мое сердце разрывалось, когда я думал о них. Передайте хозяину и доброй нашей хозяйке, что я сохранил горячую привязанность к ним. Всем, всем передайте дома, что я очень любил их...

В эту минуту к дверям сарая подошел Легри. С досадой и деланым безразличием он заглянул внутрь.

— Негодяй! — с возмущением проговорил Джордж. — Я радуюсь мысли, что когда-нибудь дьявол расквитается с ним за все его дела!

— О нет, не надо так говорить, — сказал Том. — Кто знает, быть может, он еще раскается...

Силы, которые радость встречи с молодым хозяином придала Тому, быстро таяли, уступая место страшной слабости. Глаза его закрылись, в чертах произошла таинственная перемена, возвещающая о приближении конца. Дыхание замедлилось, стало коротким и трудным. Широкая грудь тяжело поднималась и опускалась. Но лицо сохраняло выражение торжественного покоя.

Еще несколько мгновений, и он уснул с улыбкой на устах. Джордж сел подле него, полный молчаливого благоговения. Место, где скончался Том, казалось ему священным. Он закрыл угасшие навсегда глаза, затем медленно поднялся.

Повернувшись, он увидел, что за его спиной стоит Легри. Лицо его было угрюмо.

Смерть, свидетелем которой был Джордж, на время подавила его буйный юношеский гнев, но присутствие Легри было ему невыносимо. Он стремился уйти, по возможности не вступая с ним в лишние разговоры.

— Вы выжали из Тома все, что могли, — сказал он. — Сколько вы возьмете с меня за его тело? Я хочу увезти его и похоронить по-настоящему.

— Дохлыми неграми я не торгую, — резко ответил Легри. — Можете хоронить его, где и когда хотите.

— Ребята, — повелительным тоном обратился Джордж к неграм, которые толпились вокруг. — Помогите мне поднять его и отнести ко мне в экипаж. Затем достаньте лопату.

Один из негров побежал за лопатой, двое других помогли Джорджу уложить тело Тома в экипаж.

При всем этом Джордж не удостоил Легри ни словом, ни взглядом. Легри молчал, предоставив Джорджу распоряжаться по своему усмотрению.

Насвистывая с деланым равнодушием, он последовал за Джорджем до экипажа.

Джордж отодвинул сиденье, чтобы освободить место, разостлал по дну экипажа свой плащ и бережно уложил тело Тома. Затем, повернувшись, он посмотрел в лицо Легри и, с трудом владея собой, проговорил:

— Я еще не высказал вам, что думаю о совершенной вами гнусности. Сейчас не время и не место для этого. Но запомните: эта кровь будет отомщена. Я предам это преступление самой широкой огласке. В ближайшем городе я заявлю о совершенном вами убийстве.

— Сделайте одолжение, заявляйте! — ответил Легри, презрительно щелкнув пальцами. — Заявляйте! Хотел бы я только знать, чем вы подтвердите ваше обвинение? Где у вас свидетели? Где доказательства?

Джордж не мог не согласиться, что, к сожалению, Легри прав. На плантации не было ни одного белого, а для суда в Америке показания цветных недействительны.

— А в общем, — сказал Легри, — сколько шума из-за какого-то дохлого негра!

Эти слова подействовали как искра, попавшая в бочку с порохом. Сдержанность не принадлежала к числу главных качеств Джорджа. Он резко обернулся и мощным ударом, нанесенным Легри прямо в лицо, свалил его наземь.

Есть люди, которым побои, несомненно, идут на пользу. Ткните их носом в грязь, и они проникнутся к вам уважением. Легри принадлежал именно к такому сорту людей. Он поднялся, стряхнул пыль, приставшую к его одежде, и проводил взглядом медленно удалявшийся экипаж. Видно было, что он исполнен уважения к Джорджу. Он не раскрыл рта, пока экипаж и следовавшие за ним люди не скрылись из глаз.

Миновав границу плантации, Джордж остановился у небольшого песчаного холма, вокруг которого росли деревья. Это место запомнилось ему, когда он ехал на плантацию.

Здесь он вырыл могилу для своего друга.

— Хозяин, — спросили негры, когда все было готово, — что же делать с плащом?

— Похороним его завернутым в плащ, — сказал Джордж. — Бедный Том, это единственное, что я могу теперь дать тебе... Но хоть это будет твоим...

Тело молча опустили в могилу. Засыпав ее, негры покрыли могилу дерном.

— А теперь, ребята, можете идти, — сказал Джордж, сунув каждому из них в руку по четверть доллара.

Затем Джордж опустился на колени у могилы своего старого друга.

— Здесь, у твоей могилы, — проговорил он, — клянусь сделать все, что только будет в моих силах, чтобы смыть с моей страны проклятое клеймо рабства!

ГЛАВА XLII

История одного привидения

Легко себе представить, как много на плантации Легри ходило всевозможных рассказов о призраках и привидениях.

Люди на ухо передавали друг другу, что по ночам в доме слышится шум шагов, кто-то спускается вниз по лестнице и бродит по всему дому. Напрасно запирали на замок верхний этаж. У призрака был, по-видимому, второй ключ, или он пользовался старинной привилегией всех привидений — проникал сквозь замочную скважину и разгуливал по дому так свободно, что это хоть кого могло привести в отчаяние.

Знатоки расходились в своих суждениях о внешности привидения. Негры, так же, впрочем, как и белые, имеют обыкновение зажмуривать глаза и прикрывать голову одеялом или любой подходящей для этого одеждой, как только мелькнет хоть какое-нибудь подобие привидения.

Возможно, что именно поэтому во всех хижинах поразному рисовали портрет привидения. Хоть подлинность каждого из них и была подтверждена уверениями и клятвами, все же, как часто случается с портретами, ни один не походил на другой. Впрочем, я ошибаюсь: один признак, неотъемлемый для любого привидения, упоминался всеми, а именно — длинный белый саван, заменявший призраку одежду. Эти бедные, невежественные люди не были знакомы с историей и не могли знать, что все подробности этого костюма подтверждены даже авторитетом великого Шекспира, который сказал:

> И мертвые в саване белом
> По улицам Рима бредут…

Как бы то ни было, но у нас есть особые основания верить тому, что в час, положенный для привидений, какая-то высокая фигура, укутанная в белое, разгуливала по дому Легри, открывала двери, беспрепятственно бродила по комнатам. Она то появлялась, то исчезала, скользила вверх по пустынной лестнице, скрывалась на чердаке, а между тем утром двери оказывались запертыми и закрытыми крепко и основательно.

Отзвуки этих разговоров достигали до слуха Легри. Чем тщательнее старались скрыть от него происходящее, тем сильнее было впечатление, которое на него производили эти слухи. Он стал больше пить, постоянно бывал пьян, ругался еще грубее, чем раньше, но только днем. Ночью ему снились сны, и сны эти делались все менее приятными.

В ночь, последовавшую за погребением Тома, он отправился в ближайший город, чтобы как следует напиться. Вернулся он поздно, запер дверь комнаты и даже заставил ее стулом. Он поставил у изголовья лампочку и положил рядом с собой пистолет. Вынув ключ из замочной скважины, он улегся в постель и уснул.

Он был утомлен и некоторое время спал крепко. Затем сквозь сон он ощутил приближение чего-то неизъяснимо страшного. По комнате скользила какая-то тень. Легри почудилось, что он узнает саван своей матери, но им размахивает Касси. Нет, она одета в этот саван, она показывает его Легри. Он слышал неясный шум, стоны и плач. Он понимал, что спит, и делал нечеловеческие усилия, чтобы проснуться. Это ему наполовину удалось. Он знал, что дверь раскрыта, но не в силах был шевельнуть ни ногой, ни рукой. Наконец он сразу, рывком, обернулся. Дверь была действительно раскрыта. Он видел руку, которая погасила лампу.

Луна была скрыта облаками и туманом, и все же он видел нечто белое, скользившее по комнате. Он услышал шуршание савана, облекавшего привидение. Привидение

остановилось у его изголовья. Сильная рука трижды коснулась его руки, и чей-то голос почти шепотом трижды произнес: «Идем! Идем! Идем!» Легри от страха вспотел. Затем — он не знал, когда и как это случилось, — видение исчезло. Вскочив с кровати, Легри бросился к двери. Она была заперта на ключ. Легри лишился чувств.

С этой ночи он запил, как никогда. Он пил с яростью, с бешенством, беспросыпно.

Вскоре по всей округе распространился слух, что Легри заболел, затем — что Легри при смерти. Его невоздержанность привела к страшной болезни. Никто не в силах был глядеть на его предсмертную агонию: он кричал, плакал, ругался. От рассказов о том, что ему мерещилось, кровь застывала в жилах. У его ложа стояла фигура женщины и неумолимо твердила: «Идем! Идем! Идем!»

По странной случайности, в ту ночь, когда видение

явилось ему в последний раз, утром все двери дома оказались широко раскрытыми. Кое-кто из негров утверждал, что они видели, как между деревьями аллеи скользили две женские фигуры, укутанные в белое, и что они скрылись в направлении большой дороги.

Всходило солнце. Касси и Эмелина остановились на поросшем деревьями холме вблизи города.

Касси, по обычаю испанских креолок, была вся в черном. Маленькая шляпка и густая черная вуаль полностью скрывали ее лицо. Обдумывая план побега, она заранее распределила роли: она разыграет госпожу, а Эмелина служанку.

Остатки некогда роскошного гардероба и то, что сохранилось из ее драгоценностей, позволяли ей одеться в соответствии со взятой на себя ролью.

Беглянки остановились в пригородной гостинице. Там Касси приобрела чемодан и наняла человека, который нес его за нею. В городе она наняла еще носильщика, который вместе с Эмелиной нес ее покупки. Все принимали ее за путешествующую аристократку.

Первый, кого она встретила в городской гостинице, был Джордж Шельби, ожидавший здесь парохода.

Касси с чердака в доме Легри успела разглядеть молодого человека. Она видела, как он увез тело Тома, и была незримой свидетельницей столкновения между Джорджем и Легри. Касси слышала все, что говорили о нем негры, она знала, кто он такой и какое отношение имел к Тому.

Узнав, что он, так же как она, ждет парохода, Касси сразу почувствовала себя как-то увереннее.

Внешний вид, поведение Касси, ее речь и деньги, которыми она сорила, исключали возможность подозрений, которые могли бы возникнуть у служащих гостиницы. Разве придет в голову подозревать щедрого постояльца?

Щедрость — это основное! Касси это знала, и кошелек ее всегда был раскрыт для вознаграждения за маленькие услуги.

К вечеру пришел пароход.

Джордж Шельби предложил Касси опереться на его руку. Он любезно проводил ее на пароход и позаботился, чтобы ей была отведена удобная каюта.

Сославшись на нездоровье, Касси пролежала в постели все время, пока они плыли по Красной реке. За нею преданно ухаживала и неотлучно находилась при ней молоденькая горничная.

Когда они добрались до Миссисипи, Джордж, узнав, что незнакомка, так же как и он, собирается ехать дальше, предложил достать для нее каюту на том самом пароходе, на который должен был пересесть и он. Следуя порывам своего доброго сердца, он преисполнился сочувствия к ее слабому здоровью и окружил Касси заботой и вниманием.

Итак, наши три путешественника находятся на борту прекрасного парохода «Цинциннати», и могучая сила пара уносит их вверх по реке.

Здоровье Касси восстанавливалось, время от времени она стала выходить на палубу подышать воздухом. Пассажиры говорили о ней как о женщине, которая в молодости была, вероятно, изумительно красива.

С первой минуты, как только Джордж увидел ее лицо, его поразило какое-то смутное и неуловимое сходство с кем-то хорошо ему знакомым. Но он не мог вспомнить, с кем именно. Такое ощущение хоть раз в жизни приходилось переживать каждому из нас. Он не мог отвести от нее глаз и упорно следил за нею. Будь то за столом или когда она сидела у дверей своей каюты, она постоянно, лишь только поднимала глаза, встречала взгляд юноши, устремленный на нее. Правда, всякий раз он поспешно отворачивался, видя, что такая настойчивость ей неприятна.

Касси делалось не по себе: она подумала, что Джордж что-то заподозрил, и решила наконец положиться на его благородство и рассказать ему все о себе и Эмелине.

Джордж не мог не загореться самой горячей симпатией к человеку, которому удалось вырваться из лап Легри. Он не мог спокойно вспоминать эту плантацию, хладнокровно говорить о ней. Со свойственной его возрасту пылкостью, не задумываясь о последствиях, он обещал ей сделать все, что в его силах, чтобы спасти их.

Каюта, находившаяся рядом с каютой Касси, была занята француженкой — некоей мадам де Ту. Она ехала в сопровождении своей очаровательной маленькой дочки, которой едва исполнилось двенадцать лет.

Дама, узнав, что Джордж родом из Кентукки, пожелала завязать с ним знакомство. Осуществить это ей помогла ее прелестная веселая девочка, развлекавшая пассажиров во время скучного двухнедельного путешествия.

Джордж часто усаживался у дверей каюты мадам де Ту, и Касси могла слышать их разговор.

Мадам де Ту интересовалась всеми мельчайшими подробностями жизни в Кентукки, где она, по ее словам, жила в раннем детстве.

Джордж был поражен, узнав, что она жила по соседству с ним. Не менее удивило его и то, что она, по-видимому, была хорошо знакома и с людьми и с условиями жизни в этих краях.

— Знаете ли вы,— спросила однажды мадам де Ту, — человека по фамилии Гаррис? У него была ферма где-то поблизости от вас.

— Да, есть такой негодяй, и живет он недалеко. Но наша семья никогда не поддерживала с ним отношений.

— Если не ошибаюсь, это богатый рабовладелец?

Мадам де Ту, задавая этот вопрос, проявила более горячий интерес, чем сама хотела бы показать.

— Да, — с удивлением ответил Джордж.

— Тогда вы можете... вы должны знать, был ли среди его рабов мулат по имени Джордж?

— Да, конечно, Джордж Гаррис... Я его хорошо знаю. Он женился на одной из невольниц моей матери... Он бежал в Канаду.

— Бежал? — воскликнула мадам де Ту. — Бежал? Благодарю тебя, господи!

Во взгляде Джорджа как бы мелькнул вопрос, но он промолчал.

Мадам де Ту оперлась головой на руку, и слезы хлынули из ее глаз.

— Джордж Гаррис — мой брат,— проговорила она.

— Неужели? — с величайшим удивлением воскликнул Джордж.

— Да, — ответила мадам де Ту, подняв голову и вытирая глаза, — да, мистер Шельби, Джордж Гаррис— мой брат.

— Неужели? — повторил Джордж, чуть отодвинув свой стул, чтобы лучше разглядеть лицо собеседницы.

— Меня продали еще ребенком и отправили на Юг, где впоследствии я попала к доброму человеку. Он увез меня в Западную Индию, освободил и женился на мне. Недавно он умер... Я ехала в Кентукки, намереваясь разыскать брата и выкупить его.

— Я слышал, как он рассказывал о своей сестре, — сказал Джордж. — Ее звали Эмилия...

— Это я... Но прошу вас, скажите, мой брат... какой он?

— Он дельный человек, человек высоких душевных качеств. Умный, честный, благородный. Я хорошо знаю его.

— А какова его жена?

— Настоящее сокровище! Красавица, умница, приветливая. Ее воспитала моя мать. Она умеет читать, писать, вышивает, к тому же прелестно поет.

— Она родилась у вас в доме?

— Нет, отец мой купил ее во время одной из своих поездок в Новый Орлеан и привез в подарок моей матери. Ей было тогда лет восемь или девять. Отец ни за что не хотел сказать, сколько заплатил за нее, но недавно, разбирая его бумаги, мы нашли акт продажи. Сумма неслыханная, но девочка была так хороша собой!

Джордж сидел спиной к Касси. Он не видел, с каким напряжением она ловила все подробности его рассказа. Но только сейчас, когда он сказал о красоте девочки, Касси вдруг коснулась его руки.

— Имя! Знаете ли вы имя продавца?— прошептала она, страшно побледнев от волнения.

— Саймонс, если не ошибаюсь... Мне кажется, этим именем подписан акт о продаже.

— Боже!

Касси без чувств рухнула на пол.

Джордж и мадам де Ту бросились к ней. Они проявили обычное при таких обстоятельствах беспокойство, но ни тот, ни другая не догадывались о причинах случившегося. Джордж от избытка усердия опрокинул кувшин с водой и разбил две вазы.

Бедная Касси, придя в себя, повернулась к стене и долго рыдала, как ребенок.

Вы, матери, читающие эти строки, вы, вероятно, легче всего угадаете, каковы были ее мысли! А может быть, и не угадаете... Но в эту минуту она почувствовала, что судьба наконец сжалилась над нею и ей суждено увидеть свою дочь.

В самом деле, месяц спустя...

Но не будем предвосхищать событий.

ГЛАВА XLIII

Месяц спустя

Остальное рассказать недолго.

Джорджа Шельби страшно увлекла романтическая окраска происшедшего. К тому же он от природы был отзывчив и добр. Он доставил Касси акт, на основании которого Элиза ребенком перешла в собственность семьи Шельби. Дата, имя — все совпадало. Уже не могло быть сомнений в том, что речь идет о ее ребенке. Единственное, что оставалось сделать, — это разыскать след беглецов.

Касси и мадам де Ту, с которой ее объединило сходство их судьбы, немедленно отправились в Канаду и посетили все поселки, где обычно находили приют те, кому удавалось перебраться через границу.

В Амхертсберге они разыскали миссионера, который приютил у себя Элизу и Джорджа сразу после их прибытия. Благодаря его указаниям им удалось проследить путь беглецов до Монреаля[1].

Вот уже пять лет, как Джордж и Элиза свободны. Джордж постоянно работает в мастерской одного почтенного механика, и заработка его вполне хватает на безбедное существование его семьи, которая сейчас еще увеличилась благодаря появлению на свет маленькой дочки.

Генри — чудесный мальчик. Он уже ходит в школу и делает большие успехи.

Почтенный миссионер из Амхертсберга был так заинтересован успехами поисков, что, уступив просьбам Касси и мадам де Ту, согласился сопровождать их до Монреаля.

И вот мы находимся в прелестном домике, располо-

---

[1] *Монреаль* — большой город в Канаде.

женном в пригороде Монреаля. Вечереет. В очаге пылает огонь. Стол накрыт к вечернему чаю. Скатерть сверкает белизной. В противоположном углу комнаты виднеется другой стол, покрытый зеленым сукном. На нем письменные принадлежности, тут и перья и бумага. Над столом полка с маленькой библиотечкой хорошо подобранных книг. Этот уголок заменяет Джорджу кабинет.

Жажда знаний, заставившая Джорджа в той тяжелой обстановке, в которой протекало его детство, стремиться проникнуть в тайну чтения и письма, эта жажда и теперь заставляет его беспрерывно учиться.

— Джордж, довольно, брось книги, поболтай со мной, пока я приготовлю все к чаю, — говорит Элиза. — Ведь целый день тебя не было дома... Да ну же!

Малютка Элиза, желая помочь матери, попыталась вырвать из рук отца книжку и вскарабкаться к нему на колени.

— Маленькая фея!— проговорил Джордж.

Он сдался. Что же делать нежному отцу и мужу в подобном случае!

— Вот и хорошо! — одобрительно заметила Элиза, отрезая ломоть хлеба.

Элиза уже не выглядит такой юной, какой мы знали ее в доме Шельби. Она немного пополнела, строже стала прическа. Но она кажется такой счастливой, такой удовлетворенной своей жизнью...

— Генри, мой мальчик, как ты сегодня решил задачу? — спрашивает Джордж, положив руку на голову сына.

— Я решил ее сам, мне никто не помогал!

У Генри уже нет длинных локонов, но большие глаза все так же хороши.

— Молодец!— говорит Джордж. — Учись, учись, мой сын. Ты счастливее, чем был в твои годы твой отец...

В эту минуту в дверь постучались. Элиза пошла открывать. Радостный возглас: «Неужели вы?!» — привлек внимание Джорджа.

Доброго пастора из Амхертсберга встречают приветливо и ласково. Его сопровождают две женщины. Элиза приглашает их сесть.

Нужно признаться, что добрый старик заранее продумал, как должна произойти эта встреча. По дороге он наставлял обеих женщин, как им следует вести себя.

Каково же было его огорчение, когда, усадив обеих женщин, достав платок и собираясь утереть губы и дать волю своему красноречию, он увидел, как мадам де Ту, нарушив все его указания, неожиданно бросилась обнимать Джорджа, не переставая при этом твердить:

— Джордж! Ты не узнаешь меня? Твоя сестра, я твоя сестра Эмилия!

Касси, наоборот, сидела внешне спокойная. Но внезапно она увидела маленькую Элизу — это была точная копия ее маленькой Элизы: лицо, манера держаться, каждая черточка, каждый локон... И крошечная девочка так пристально глядела на нее. Касси не могла совладать с собой: она схватила ее в объятия и, прижимая к сердцу, воскликнула:

— Крошка дорогая моя!

Да, действительно, трудно было следовать плану старого джентльмена. Все же ему удалось всех успокоить и произнести краткую речь, подготовленную им заранее. Он произнес ее с таким чувством, что все всплакнули. Слез было достаточно, чтобы вполне удовлетворить оратора.

В записях миссионеров, сталкивавшихся с беглецами, нашедшими приют в Канаде, нередко можно найти рассказы, кажущиеся более невероятными, чем любой вымысел.

Может ли быть иначе, пока существует система рабства, раздробляющая семьи и разбрасывающая отдельных членов ее, как осенний ветер разбрасывает и рассеивает пожелтевшие листья?

На канадском берегу, дающем приют несчастным, спасшимся от рабства, нередко с безмерной радостью собираются близкие, потерявшие всякую надежду на свидание и горько оплакивавшие друг друга. Трудно подыскать слова, чтобы описать трогательный прием, который оказывают прибывшие сюда ранее каждому новому беглецу. От него надеются узнать хоть что-нибудь о судьбе матери, сестры, отца или ребенка, которых ушедшие потеряли из виду во мраке рабства.

Беглецы нередко совершают героические поступки, далеко оставляющие за собой все созданное фантазией писателя и поэта. Известно немало случаев, когда, рискуя жизнью, не страшась мучений и пыток, они пускались в обратный путь, через все ужасы, которыми грозил им проклятый край, ради того, чтобы попытаться вывезти оттуда мать, сестру или жену.

Один молодой человек (историю эту рассказал нам старик миссионер) был дважды пойман, подвергся самым ужасающим пыткам и снова бежал. В письме, показанном нам, он сообщал друзьям, что намеревается в третий раз сделать попытку пробраться назад, чтобы освободить свою сестру.

Но вернемся к нашим друзьям.

Прошло несколько дней, но какая перемена произошла со всеми героями нашего повествования!

Вот они сидят все вместе за семейным столом, радостные и счастливые. Только Касси иногда с такой страстностью прижимает к себе маленькую Элизу, сидящую у нее на коленях, словно боясь, что ее могут у нее отнять, что девочка с удивлением поднимает на бабушку глаза.

За эти два-три дня Касси словно переродилась. Даже нашему читателю было бы трудно ее узнать: мрачное отчаяние в полубезумных глазах уступило место спокойной уверенности. Она целиком окунулась в лоно семьи.

Мадам де Ту ознакомила Джорджа со своими делами: после смерти мужа она стала обладательницей значительного состояния и великодушно предложила поделиться им со своими родными. Когда она спросила Джорджа, что могла бы она сделать для него на эти деньги, он ответил:

— Помоги мне, Эмили, получить образование. С детских лет это было самым горячим моим желанием. Дальше я уж пробьюсь сам.

Обсудив все хорошенько, семья решила на несколько лет уехать во Францию.

Они увезли с собой и Эмелину.

В пути она очаровала своей красотой первого помощника капитана парохода, на котором они плыли, и вскоре после прибытия в порт стала его женой.

Джордж за четыре года прослушал курс одного из французских университетов. Быстрые успехи свидетельствовали о его блестящих способностях.

Политические волнения, возникшие во Франции, заставили семью вернуться в Америку.

Пробыв в Америке всего несколько недель, Джордж с семьей сел на пароход, отправлявшийся в Африку. Его, как он писал одному из своих друзей, не прельщала мысль прослыть американцем благодаря светлому цвету своей кожи. «Я не жду ничего хорошего от Америки...» — писал он дальше.

Нам кажется, что мы еще услышим об этом смелом и мужественном человеке, который, несомненно, заставит говорить о себе.

Об остальных действующих лицах нашего повествования нам больше нечего рассказать.

Впрочем, еще несколько слов о мисс Офелии и Топси, а затем мы всю прощальную главу посвятим Джорджу Шельби.

Мисс Офелия увезла Топси с собой в Вермонт. Ее друзья и родные в первую минуту решили, что маленькая негритянка была столь же странным, сколь и лишним добавлением к штату их дома, и без того достаточно хорошо обслуживаемого. Но Топси очень быстро завоевала расположение не только всей семьи, но и ближайших соседей. Когда она выросла, ее деятельный ум, энергия и живость, делавшие ее в детстве таким непоседливым озорным ребенком, нашли себе благородное применение: она занялась обучением и воспитанием детей своего народа.

Возможно, что некоторые читатели будут рады узнать, что госпоже де Ту после долгих поисков удалось напасть на след сына Касси. Это был высокий, стройный и очень энергичный человек. Как выяснилось, ему удалось бежать несколькими годами раньше матери. Он нашел приют на Севере у добрых и отзывчивых людей, постаравшихся дать ему образование. В ближайшем будущем он собирается последовать за своими родными в Африку.

ГЛАВА XLIV
Освободитель

Джордж Шельби только коротко сообщил матери о дне своего предполагаемого возвращения. У него не хватило мужества рассказать ей в письме о страшной сцене смерти, свидетелем которой он был. Несколько раз брался он за перо, но даже при одном воспоминании у него захватывало дух. Каждый раз он в конце концов рвал в клочья начатое письмо и выбегал на улицу, ища успокоения.

В тот день, когда ожидали возвращения молодого хозяина, весь дом находился в праздничном возбуждении.

Миссис Шельби сидела в гостиной. Горевший в камине яркий огонь разгонял последние остатки осенней сырости. На столе, накрытом к ужину, сверкала богатая посуда и всеми цветами радуги отливал граненый хрусталь.

Всем убранством руководила тетушка Хлоя. На ней было новое коленкоровое платье, белоснежный передник и туго накрахмаленный тюрбан. Ее черное, словно полированное лицо излучало радость.

Она нарочито медленно накрывала на стол, задерживаясь на всевозможных мелочах, ища предлога подольше поболтать с хозяйкой.

— О, как хорошо ему будет здесь! — говорила она.— Я поставлю его прибор сюда, на его любимое место, поближе к огню. Мастер Джордж всегда любит сидеть в тепле... Вот так дело! Почему это Сэлли не достала парадный чайник, тот маленький, который мастер Джордж подарил миссис к Рождеству? Я возьму его из буфета... Получила ли миссис известия от мастера Джорджа?— решилась она наконец спросить.

— Да, Хлоя, получила. Всего одну строчку: он сообщил о дне своего приезда.

— И ни слова о моем бедном старике?!— проговорила Хлоя, переворачивая чашки.

— Нет, Хлоя. Он пишет, что все расскажет сам.

— Как это похоже на мастера Джорджа! Он всегда любит все сам рассказывать. С ним постоянно так... По правде сказать, я никак не пойму, как это белые умудряются так много писать! Так трудно писать, и столько на это нужно времени...

Миссис Шельби улыбнулась.

— Я думаю, что дорогой мой старик не узнает ребят... Особенно малютку... О, она теперь совсем большая, и добрая, и хорошенькая-хорошенькая! Она осталась дома, чтобы приглядеть за пирогом. Я испекла тот самый пирог, который он так любит. И чтоб зарумянился как следует... точь-в-точь как в то утро, когда его увезли. О господи, как тяжко мне было в то утро!

Миссис Шельби вздохнула. У нее на сердце лежала какая-то тяжесть. Беспокойство владело ею с той самой минуты, как она получила письмо от сына. Она чуяла недоброе за этой завесой молчания.

— Миссис сохранила денежные бумажки? — с беспокойством спросила Хлоя.

— Да, Хлоя.

— Мне хотелось бы показать ему те самые бумажки, те самые, что мне дал шабрикант. «Хлоя,— сказал он мне, — я желал бы, чтобы ты осталась у меня». — «Благодарю вас, хозяин, — ответила я ему, — но скоро приезжает мой бедный старик, да и миссис стало трудно обходиться без меня». Вот так я и сказала ему! Он совсем не знает Полли, мой старик... Нет, совсем не знает, — продолжала Хлоя.— Вот уж пять лет прошло, как его увезли... Полли была еще совсем маленькая, даже на ножках еще плохо стояла. Помните, как он все боялся, что она упадет, когда она пробовала ходить? Бедный мой муж!

Послышался стук колес.

— Мастер Джордж! — И Хлоя ринулась к окну.

Миссис Шельби поспешила к входным дверям. Она обняла своего сына. Неподвижная, у окна, Хлоя старалась взором проникнуть сквозь ночной мрак.

Джордж вошел в комнату и направился к Хлое.

— Бедная моя тетушка Хлоя! — проговорил он с волнением и обеими руками сжал ее черную руку.— Я бы пожертвовал всем своим состоянием, лишь бы привезти его с собой. Но он ушел в лучший мир...

Крик боли вырвался у миссис Шельби.

Хлоя молчала.

Все вошли в столовую.

Деньги Хлои все еще лежали на столе.

— Вот! — сказала она, собрав бумажки и трясущейся рукой протягивая своей хозяйке всю пачку. — Нет больше надобности ни глядеть на них, ни говорить... Я знала, что так будет... продан и убит на этих страшных плантациях...

Хлоя повернулась и вышла из комнаты. Миссис Шельби бросилась за ней, взяла ее за руку и, усадив на стул, села рядом.

— Бедная моя Хлоя!

Хлоя припала к плечу миссис Шельби и зарыдала.

— О миссис, простите меня! Сердце мое разрывается, вот и все!

— Я понимаю, Хлоя, — проговорила миссис Шельби, сама заливаясь слезами. — Мне нечем утешить тебя... Время, быть может, заживит твои раны.

Несколько минут в комнате царила тишина, прерываемая только рыданиями несчастной женщины.

Подошел Джордж и, сев подле бедной негритянки, описал сцену смерти, свидетелем которой ему пришлось быть. Он повторил ей все слова любви и нежной заботы, которые умирающий просил передать ей.

Прошел месяц. Все невольники, работавшие в поместье Шельби, собрались в большой гостиной, чтобы выслушать какое-то сообщение молодого хозяина.

Каково же было их удивление, когда он появился, неся в руках целую кипу бумаг; это были акты, удостоверявшие, что все они отпущены на свободу. Он прочел вслух каждую бумагу в отдельности и вручил акты рабам. Послышались рыдания, крики восторга.

Но многие из собравшихся стали просить, чтобы их не прогоняли. Они столпились вокруг Джорджа, стараясь вернуть ему полученные документы.

— Нам не нужна бо́льшая свобода, чем та, которой мы пользуемся сейчас. Мы не желаем покинуть этот старый дом, и молодого хозяина, и хозяйку!

— Дорогие друзья, — начал Джордж, как только ему удалось добиться хотя бы некоторой тишины, — вам незачем покидать меня. Но все вы: и мужчины и женщины, — вы свободны. За работу я буду платить вам жалованье, о размерах которого мы условимся. Если я умру или разорюсь — а ведь это всегда может случиться, — у вас будет то преимущество, что ни описать вас, ни продать никто не будет иметь права. Я останусь на ферме и научу вас — на это понадобится, должно быть, известное время — пользоваться правами свободного человека.

Я твердо верю, что я смогу выполнить мою задачу до конца.

Все негры продолжали толпиться вокруг Джорджа. Старые и молодые, они осыпали его выражениями благодарности. Им трудно было поверить тому, что отныне они в самом деле свободные люди.

— Еще одно слово, — сказал Джордж, когда шум затих. — Вы, конечно, помните нашего старого друга, славного дядю Тома?

В кратких, но выразительных словах он рассказал о его смерти и передал приветы, которые послал с ним дядя Том.

Затем он добавил:

— На его могиле, друзья, я поклялся, что никогда не буду владеть ни единым рабом, если у меня будет возможность освободить его... И что никто по моей вине не подвергнется опасности быть оторванным от своего домашнего очага, от своей семьи и умереть, как умер Том, где-то на дальней плантации... Друзья мои! Наслаждаясь свободой, помните, что вашей свободой вы обязаны этому прекрасному человеку, и постарайтесь отблагодарить его, окружив заботой и любовью жену его и детей. Вспоминайте о том, что вы свободны, всякий раз, когда пройдете мимо его хижины. Пусть она напоминает вам и о том, каким он был, и, следуя его примеру, будьте честными, хорошими людьми!

ГЛАВА XLV
В заключение — еще несколько слов

Много раз к автору этой книги обращались с вопросом: взята ли описываемая им история из действительной жизни? На этот вопрос мы не можем не ответить.

Все эпизоды, вошедшие в повесть, имели место в действительности и тщательно проверены. Свидетелем одних был сам автор, о других ему рассказали близкие его друзья. Все характеры, все образы — точное воспроизведение их живых прототипов. Даже слова, вложенные в уста героев, были на самом деле ими произнесены, и мы постарались передать их с предельной точностью.

Элиза, например, портрет с натуры. Материалом для создания этого образа автору послужила широко известная история матери, которая ради спасения своего ребенка переправилась по движущемуся льду через Огайо.

Один из братьев автора книги, служащий торгового дома в Новом Орлеане, рассказал историю старухи Прю и нарисовал портрет Легри, на плантации которого ему пришлось побывать.

«Он дал мне пощупать свой кулак, напоминавший кузнечный молот, и хвастал, что кожа на нем затвердела от ударов, которыми он награждал своих рабов. Покинув его дом,— сообщал в одном из своих писем брат автора, — я вздохнул с облегчением, будто вырвался из пещеры людоеда».

Что касается мрачной судьбы Тома, то, увы, подобных примеров в нашей стране множество. Имеется немало свидетелей, могущих подтвердить правдивость наших слов. Если вспомнить, что в Южных штатах существует закон, согласно которому показания темнокожего против белого на суде не считаются действительными, легко себе представить, сколько омерзительных преступлений ежедневно и совершенно безнаказанно совершается в нашей «демократической» стране.

Скандальную огласку получила история захвата корабля «Жемчужина», когда несколько красивых девушек, мулаток и квартеронок, пытавшихся бежать из Колумбийского округа, были публично проданы с торгов. Предоставим слово почтенному Горацию Манну, адвокату, выступавшему в их защиту:

«В числе шестидесяти шести лиц, пытавшихся в 1848 году бежать на шхуне «Жемчужина», находилось несколько красивых молодых девушек.

Среди них и была некая Элизабет Руссель.

Она вскоре попала в руки работорговца и должна была быть выставлена на продажу на невольничьем рынке в Новом Орлеане. Видевшие эту девушку рассказывали, что сердце разрывалось от жалости к ней. Ее пытались выкупить, но проклятый торговец был неумолим и отправил ее в Новый Орлеан. Судьба сжалилась над ней: она умерла в пути.

В этой партии были еще две девушки, по фамилии Эдмондо. Когда их собирались отправить на аукцион, к месту, где они были выставлены, прибежала их старшая сестра. Она заклинала негодяя торговца пожалеть несчастных. Он грубо посмеялся над ее мольбами и ответил, что им будет очень хорошо: у них будут нарядные платья и украшения.

Обе девушки были также отправлены в Новый Орлеан».

Можно ли после этого подвергнуть сомнению рассказ о Касси и Эмелине?

Во избежание упрека в несправедливости нельзя не упомянуть о том, что среди владельцев подчас встречаются и великодушные люди, подобные Сен-Клеру. Но, увы, встречаются они очень редко.

В течение долгих лет автор избегал даже в разговорах касаться темы рабства. Это был слишком больной вопрос. Автор тешил себя надеждой, что рост цивилизации быстро положит конец бесправному положению негров в Америке. Но с момента опубликования закона 1850 года, когда стало известно, что правительство страны, считающей себя прогрессивной и гуманной, вменяет гражданам в обязанность задерживать и возвращать беглых рабов их владельцам, с того момента, когда почтенные «представители народа», считающиеся в частной жизни добрыми и даже отзывчивыми людьми, обсуждали этот законодательный акт с «нравственной и религиозной точки зрения»,— автор сказал себе: «Нет, эти люди не знают, что такое рабство». С этой минуты у автора была лишь одна цель: изобразить рабство наиболее правдиво и достаточно ярко.

Автору кажется, что ему удалось достаточно ярко изобразить наиболее сносные условия жизни рабов у некоторых владельцев. Но кому под силу показать самое худшее?! Кому под силу раскрыть все страшные тайны, весь ужас, скрывающийся во мраке этой чудовищной долины страданий?

Нарисованные нами картины — лишь бледные наброски по сравнению со страшной действительностью, порожденной проклятой системой рабства! Разве можно предоставить человеку полную и безответственную власть над другими людьми? А между тем закон, лишающий раба права давать показания на суде, превращает любого владельца в безответственного деспота. Ведь закон этот не лишает права даже самого подлого негодяя владеть рабами и распоряжаться их жизнью!

И еще одно: разве вина в существовании этой системы падает только на жителей Юга? Нет, Северные штаты — «свободные штаты» — поддерживали и защищали эту систему. Вина их еще более тяжкая, чем вина южан, ибо они не могут ссылаться на обычаи, привычку и воспитание.

Мы являемся сейчас свидетелями того, как трепещут и содрогаются целые страны и народы. Могучая сила, вырываясь на свободу, потрясает мир, подобно землетрясению, вздымающему земную кору. Ограждена ли Америка от подобных потрясений? Страны, несущие на себе ответственность за творимые несправедливости, неведомо для них самих таят в себе зародыши этих потрясений!

Каков же должен быть итог этих потрясений? Что означает ропот, доносящийся на всех языках и со всех сторон? Угадать его значение не трудно.

Это — требование свободы и равенства.

КОНЕЦ

ОГЛАВЛЕНИЕ

ГЛАВА I, *в которой читатель знакомится с «гуманным» человеком* 5

ГЛАВА II. *Мать* 19

ГЛАВА III. *Супруг и отец* 23

ГЛАВА IV. *Вечер в хижине дяди Тома* 32

ГЛАВА V. *Что чувствует живая собственность при перемене владельца* 46

ГЛАВА VI. *Все раскрылось* 59

ГЛАВА VII. *Любовь матери* 73

ГЛАВА VIII. *Погоня* 92

ГЛАВА IX, *из которой видно, что и сенатор — только человек* 114

ГЛАВА X. *Отправка товара* 134

ГЛАВА XI. *Живая собственность проявляет непокорность* 146

ГЛАВА XII. *Своеобразные картины из области дозволенной законом торговли* 166

ГЛАВА XIII. *Поселок в лесу* 189

ГЛАВА XIV. *Ева* 199

ГЛАВА XV. *О новом хозяине Тома и еще кое о чем...* 211

ГЛАВА XVI. *Хозяйка Тома и ее взгляды* 232

ГЛАВА XVII. *Как защищается свободный человек* 255

ГЛАВА XVIII. *Жизненный опыт и взгляды мисс Офелии* 274

ГЛАВА XIX. *Тяжкие испытания мисс Офелии продолжаются* 290
ГЛАВА XX. *Топси* 306
ГЛАВА XXI. *Кентукки* 324
ГЛАВА XXII. *«Сохнет трава... увядает цветок»* 330
ГЛАВА XXIII. *Энрик* 338
ГЛАВА XXIV. *Зловещие предзнаменования* 349
ГЛАВА XXV. *Живой урок* 356
ГЛАВА XXVI. *Смерть* 362
ГЛАВА XXVII. *Конец пути* 374
ГЛАВА XXVIII. *Сомкнулись волны...* 378
ГЛАВА XXIX. *Беззащитные* 390
ГЛАВА XXX. *Склад живого товара* 402
ГЛАВА XXXI. *Путешествие по реке* 415
ГЛАВА XXXII. *Мрачные края* 423
ГЛАВА XXXIII. *Касси* 432
ГЛАВА XXXIV. *История квартеронки* 442
ГЛАВА XXXV. *Прощальный дар* 457
ГЛАВА XXXVI. *Эмелина и Касси* 464
ГЛАВА XXXVII. *Свобода* 472
ГЛАВА XXXVIII. *Победа* 480
ГЛАВА XXXIX. *Стратегический план* 489
ГЛАВА XL. *Жертва* 502
ГЛАВА XLI. *Молодой хозяин* 510
ГЛАВА XLII. *История одного привидения* 519
ГЛАВА XLIII. *Месяц спустя* 527
ГЛАВА XLIV. *Освободитель* 533
ГЛАВА XLV. *В заключение — еще несколько слов* 537

Литературно-художественное издание

Гарриет Бичер-Стоу

ХИЖИНА ДЯДИ ТОМА

Ответственный редактор *Л. Кондрашова*
Художественный редактор *И. Сауков*
Дизайн переплета, компьютерная графика *А. Мащуков*
Технический редактор *Н. Носова*
Компьютерная верстка *О. Шувалова*
Корректор *Н. Суздалева*

ЗАО «Издательство «ЭКСМО-Пресс». Изд. лиц. № 065377 от 22.08.97.
125190, Москва, Ленинградский проспект, д. 80, корп. 16, подъезд 3.
Интернет/Home page — www.eksmo.ru
Электронная почта (E-mail) — info@ eksmo.ru

Книга — почтой: **Книжный клуб «ЭКСМО»**
101000, Москва, а/я 333. E-mail: bookclub@ eksmo.ru

Оптовая торговля:
109472, Москва, ул. Академика Скрябина, д. 21, этаж 2
Тел./факс: (095) 378-84-74, 378-82-61, 745-89-16
E-mail: reception@eksmo-sale.ru

Мелкооптовая торговля:
117192, Москва, Мичуринский пр-т, д. 12/1
Тел./факс: (095) 932-74-71

ООО «Медиа группа «ЛОГОС». 103051, Москва, Цветной бульвар, 30, стр. 2
Единая справочная служба: (095) 974-21-31. E-mail: mgl@logosgroup.ru
contact@logosgroup.ru

ООО «КИФ «ДАКС». Губернская книжная ярмарка.
М. о. г. Люберцы, ул. Волковская, 67.
т. 554-51-51 доб. 126, 554-30-02 доб. 126.

Книжный магазин издательства «ЭКСМО»
Москва, ул. Маршала Бирюзова, 17 (рядом с м. «Октябрьское Поле»)

Сеть магазинов «Книжный Клуб СНАРК»
представляет самый широкий ассортимент
книг издательства «ЭКСМО».
Информация в Санкт-Петербурге по тел. 050.

Налоговая льгота — общероссийский классификатор
продукции ОК-005-93, том 2; 953000 — книги, брошюры

Подписано в печать с готовых диапозитивов 21.08.2001.
Формат 84×108 $^{1}/_{32}$. Гарнитура «Бодони».
Печать офсетная. Усл. печ. л. 28,56.
Тираж 10 100 экз. Заказ 4402

Отпечатано в полном соответствии
с качеством предоставленных диапозитивов
в ОАО «Можайский полиграфический комбинат».
143200, г. Можайск, ул. Мира, 93.